Pôle fiction

Dodie Smith

Le château de Cassandra

*Traduit de l'anglais
par Anne Krief*

GALLIMARD JEUNESSE

Titre original : *I Capture the Castle*

Édition originale publiée en Grande-Bretagne
par William Heinemann Ltd, 1949
© The Estate of Dodie Smith, 1949, pour le texte
© Éditions Gallimard Jeunesse, 2004,
pour la traduction française
© Éditions Gallimard Jeunesse, 2015,
pour la présente édition

LE CAHIER À SIX PENCE

MARS

Chapitre 1

J'écris ces mots assise dans l'évier de la cuisine. Ou plutôt, les pieds dans l'évier ; car le reste de mon corps est sur l'égouttoir où j'ai posé la couverture du chien et le couvre-théière. Je ne peux pas dire que ce soit très confortable, surtout avec cette odeur déprimante de savon au phénol, mais c'est le seul endroit de la cuisine qui bénéficie d'un peu de lumière naturelle. Et puis je me suis aperçue qu'écrire dans un lieu inhabituel peut se révéler fort productif : j'ai écrit mon meilleur poème perchée sur le toit du poulailler. Même si ce n'est pas un très bon poème. Je suis arrivée à la conclusion que ma poésie était si mauvaise que désormais je ferais mieux de m'abstenir.

La pluie tombe goutte à goutte du toit dans le baquet posé près de la porte de derrière. La vue que l'on a de la fenêtre au-dessus de l'évier est épouvantablement sinistre. Au-delà du petit jardin humide et froid de la cour, on aperçoit les murs écroulés qui bordent les douves. Au-delà des douves, les champs labourés et détrempés s'étendent jusqu'au ciel gris. Je me dis que toute la pluie que nous avons eue ces derniers temps est bonne pour la végétation, et qu'à tout moment le printemps peut survenir. J'essaie de voir des feuilles aux arbres et la cour baignée de soleil. Malheureusement, plus je m'imagine du vert et du doré, plus les couleurs du crépuscule me semblent ternes.

Qu'il est réconfortant de détourner son regard des fenêtres pour le diriger vers le feu, auprès duquel ma sœur Rose est en train de repasser, bien qu'elle n'y voie pas grand-chose et que ce serait vraiment dommage qu'elle brûle son unique chemise de nuit. (J'en ai deux, mais l'une n'a plus de dos.) Rose a l'air particulièrement séduisante à la lueur du feu de bois parce que c'est une personne plutôt rosâtre ; elle a un teint rosé, des cheveux d'un blond rose, très clairs et fins. J'ai beau être assez habituée à elle, j'ai parfaitement conscience qu'elle est très belle. Elle a près de vingt et un ans et en veut à la vie. J'ai dix-sept ans, ai l'air plus jeune, me sens plus vieille. Je ne suis pas belle du tout, mais j'ai un joli minois.

Je viens de faire remarquer à Rose combien notre situation est vraiment romantique : deux filles dans cette bâtisse mystérieuse et isolée. Elle m'a rétorqué qu'elle ne voyait pas ce qu'il y avait de romantique à être enfermées dans une ruine entourée d'un océan de boue. Je dois reconnaître que notre demeure n'est pas un lieu des plus indiqués pour vivre. Pourtant, je l'aime beaucoup. La maison elle-même a été construite au temps de Charles II, mais elle a été greffée sur les vestiges d'un château du XIVe siècle quelque peu endommagé par Cromwell. Tout le mur de l'est faisait partie du château ; il en reste deux tours. La loge de garde est intacte et un grand pan de l'ancienne muraille, bien conservée, la relie au reste de la maison. Et la tour de Belmotte, unique rescapée d'un château encore plus ancien, se dresse toujours sur son tertre, non loin. Mais je ne vais pas me lancer dans une description détaillée de notre curieuse demeure tant que je n'aurai pas un peu plus de temps devant moi.

J'écris ce journal en partie pour m'exercer à la nouvelle technique d'écriture rapide que je viens tout juste d'apprendre et en partie pour m'entraîner à écrire un roman ; j'ai l'intention de décrire tous les personnages et d'introduire des dialogues. Ce devrait être bon pour mon style de me lancer sans trop réfléchir, puisque, jusqu'à présent, mes récits étaient plutôt du genre guindé et affecté. La seule fois où papa m'a fait l'honneur d'en lire un, il a dit qu'il y avait un mélange de majesté et de vaines tentatives d'humour. Il m'a conseillé de me laisser aller un peu pour que les mots puissent jaillir spontanément.

J'aimerais bien connaître le moyen de faire jaillir les mots de papa. Il y a des années de cela, il a écrit un livre très original intitulé *Jacob Luttant,* combinaison de fiction, de philosophie et de poésie. Il a eu un grand succès, surtout en Amérique, où papa a gagné beaucoup d'argent en faisant des tournées de conférences sur cet ouvrage, et tout laissait croire qu'il allait devenir un très grand écrivain. Mais il a arrêté d'écrire. Maman pensait que c'était à cause de quelque chose qui lui était arrivé quand j'avais environ cinq ans.

Nous habitions à l'époque dans une petite maison au bord de la mer. Papa venait de nous rejoindre après sa seconde tournée de conférences en Amérique. Un après-midi, tandis que nous prenions le thé au jardin, il a eu le malheur de se mettre très bruyamment en colère contre maman alors qu'il s'apprêtait à couper un morceau de gâteau. Il lui a brandi le couteau sous le nez de façon si menaçante qu'un voisin zélé a sauté par-dessus la barrière du jardin pour intervenir et reçu un grand coup de poing dans la figure. Papa a expliqué au tribunal que tuer une femme avec notre petit couteau à pâtisserie en argent serait une entreprise longue et fastidieuse pour que mort s'ensuive ; et qu'il n'avait aucunement l'intention d'assassiner maman. Tout le procès semble avoir été parfaitement burlesque, et chacun, hormis le voisin, s'est montré très drôle. Mais papa a commis l'erreur de se montrer plus drôle que le juge et, comme le grave préjudice porté au voisin ne faisait pas le moindre doute, il a été condamné à trois mois de prison.

Lorsqu'il en est sorti, il était aussi gentil qu'avant, un peu plus peut-être, car son caractère s'était adouci. À part ça, il ne m'a pas paru changé le moins du monde. Rose se souvient cependant qu'il avait déjà commencé à se montrer insociable – c'est à cette époque-là qu'il a signé un bail de location de quarante ans pour le château, l'endroit rêvé pour être insociable. Quand nous y avons emménagé, il était censé commencer un nouveau livre. Mais le temps a passé sans le moindre résultat jusqu'au jour où nous avons compris qu'il n'essayait même plus d'écrire, et cela fait des années qu'il refuse d'en discuter même la possibilité. Il passe la majeure partie de ses journées dans la salle de la loge de garde, glaciale en hiver car il n'y a pas de cheminée ; il reste blotti contre le poêle à pétrole. Pour autant que l'on sache, il consacre tout son temps à lire des romans policiers empruntés à la bibliothèque du village. Miss Marcy, la bibliothécaire et institutrice, les lui apporte. Elle l'admire énormément et dit que «le fer est entré dans son âme».

Personnellement, je ne crois pas que le fer ait pu pénétrer bien loin en trois mois de prison, en tout cas, pas chez un homme doté d'une aussi grande énergie que mon père ; et il semblait bien en avoir encore pas mal à sa sortie de prison. Mais il n'en a plus à présent, et son insociabilité est devenue plus ou moins chronique ; j'ai souvent l'impression qu'il préférerait même ne pas croiser les membres de sa famille. Il a perdu toute gaieté. De temps en temps, il arbore une espèce de fausse jovialité qui me gêne, mais le plus souvent, il est morose ou irritable – je crois que j'aimerais mieux le voir se mettre en colère comme avant. Oh, pauvre papa, il est véritablement pathétique. Mais il pourrait au moins se rendre un petit peu utile au jardin. Je suis bien consciente que ce portrait ne lui rend pas vraiment justice. Il faudra que je le reprenne plus tard.

Maman est morte il y a huit ans, de mort tout à fait naturelle. Je crois qu'elle a dû être quelqu'un d'assez effacé, car je n'en ai qu'un souvenir très vague alors que j'ai une excellente mémoire pour toutes sortes de choses. (Je me souviens parfaitement de l'incident du couteau à pâtisserie – j'ai frappé le voisin à terre avec ma petite pelle en bois. Papa a toujours dit que ça lui avait valu un mois de prison supplémentaire.)

Il y a trois ans (ou quatre ? Je sais que papa a eu un brusque accès de sociabilité en 1931), on nous a présenté une belle-mère. Ç'a été une vraie surprise. C'est un célèbre modèle qui pose pour les peintres et dit avoir été baptisée Topaz, même s'il est vrai qu'aucune loi n'oblige une femme à garder un nom pareil toute sa vie. Elle est très belle et a une magnifique chevelure, si blonde qu'elle semble blanche, et un teint d'une pâleur extraordinaire. Elle ne met aucun maquillage, pas même de la poudre. Il y a deux tableaux d'elle à la Tate Gallery : l'un de MacMorris, intitulé *Topaz en jade*, où elle porte un superbe collier de jade ; et l'autre de H. J. Allardy, où elle est nue sur un sofa recouvert d'un tissu de crin qui la grattait terriblement, à ce qu'elle raconte. Il s'intitule *Composition* ; mais dans la mesure où Allardy l'a peinte encore plus pâle qu'elle ne l'est en réalité, son tableau aurait dû s'appeler *Décomposition*.

À vrai dire, la pâleur de Topaz n'a rien de malsain ; cela lui donne simplement l'air d'appartenir à une nouvelle race inconnue. Elle a une voix très grave, disons plutôt qu'elle prend une voix très grave ; c'est une espèce de pose un peu bohème et, dans la même veine, elle peint et joue du luth. Mais sa gentillesse est parfaitement authentique, de même que sa cuisine. Je l'aime beaucoup, beaucoup – je suis contente d'écrire cela au moment précis où elle apparaît dans l'escalier de la cuisine. Elle porte son antique robe d'intérieur orange. Ses cheveux blonds, raides, lui descendent en cascade jusqu'à la taille. Elle s'arrête sur la marche du haut et dit : « Ah, les filles… » avec des inflexions veloutées sur chaque mot.

À présent, elle tisonne le feu, assise sur le trépied en fer. La lueur rose lui donne l'air plus commun, mais elle est très jolie. Elle a vingt-neuf ans et a eu deux maris avant papa (elle ne nous en parle pas beaucoup), mais elle fait encore terriblement jeune. Peut-être cela tient-il à son absence d'expression.

La cuisine est très belle maintenant. Le feu rougeoie tranquillement derrière la grille du foyer et par l'ouverture circulaire, sur la cuisinière dont on a ôté la plaque ronde. Les murs blanchis à la chaux prennent des nuances rosées ; même les poutres noircies de la charpente sont d'un doré foncé. La poutre la plus élevée se trouve à neuf mètres du sol. Rose et Topaz ont l'air de deux tout petits personnages dans une grande caverne aux parois chatoyantes.

Rose vient de s'asseoir sur le garde-feu ; elle attend que son fer à repasser soit chaud. Elle regarde Topaz d'un air mécontent. Je sais très souvent à quoi pense Rose et je parierais qu'en ce moment elle convoite la robe d'intérieur orange et déteste son vieux corsage et sa jupe minable. La pauvre Rose déteste la plupart des choses qu'elle a et a très envie de ce qu'elle n'a pas. J'ai véritablement autant de raisons qu'elle d'être mécontente et insatisfaite, mais j'y fais moins attention. Je me sens excessivement heureuse en cet instant, à les regarder toutes les deux ; sachant que je peux aller les rejoindre au chaud, tout en restant quand même ici dans le froid.

Ça y est, il vient d'y avoir une petite scène ! Rose a demandé à Topaz d'aller à Londres pour gagner un peu d'argent. Topaz a répondu qu'elle ne pensait pas que cela vaille la peine parce que la vie y était trop chère. Il est vrai que ce qu'elle arrive à mettre de côté, elle le dépense en cadeaux pour toute la famille : elle est très généreuse.

— Et deux des peintres pour qui je pose d'habitude sont partis à l'étranger, et je n'aime pas travailler pour MacMorris.

— Pourquoi ça ? a demandé Rose. Il paie mieux que les autres, non ?

— Il le devrait, étant donné sa fortune. Mais je n'aime pas poser pour lui car il n'y a que ma tête qui l'intéresse. Ton père dit que ceux qui me peignent nue peignent mon corps et pensent à leur travail, mais que MacMorris peint ma tête et pense à mon corps. Et c'est parfaitement exact. J'ai eu beaucoup plus de problèmes avec lui que je n'oserais jamais l'avouer à ton père.

— J'aurais cru que cela valait le coup d'avoir quelques petits désagréments pour gagner un peu d'argent.

— Eh bien, je te laisse les désagréments, ma chérie, a répondu Topaz.

Cela a vraiment dû énerver Rose, considérant qu'elle n'a jamais eu la moindre occasion de faire face à ce genre de désagréments. Alors, rejetant la tête en arrière d'un air mélodramatique, elle a rétorqué :

— J'accepte volontiers. Cela pourrait vous intéresser de savoir que cela fait un moment que je songe à me vendre. S'il le fallait, je ferais le trottoir.

Je lui ai répondu qu'elle aurait du mal à trouver un bout de trottoir au fin fond du Suffolk.

— Mais si Topaz avait la gentillesse de me prêter

de quoi aller à Londres et de me donner quelques conseils...

Topaz a répondu qu'elle n'avait jamais fait le trottoir et qu'elle le regrettait un peu, «parce qu'il faut toucher le fond pour atteindre les sommets», ce qui est exactement le genre de topazisme qui exige énormément d'affection pour être supporté.

– Et de toute façon, a-t-elle ajouté à l'adresse de Rose, tu es la dernière personne à être capable de mener une vie rude et dissolue. Si tu tiens vraiment à te vendre, tu ferais mieux de te choisir un homme riche et de l'épouser en tout bien tout honneur.

Rose en avait naturellement déjà eu l'idée, mais elle avait toujours espéré que l'homme en question serait beau, romantique et plein de charme. J'imagine que c'est le simple désespoir de jamais rencontrer le moindre homme à épouser, même laid et sans le sou, qui la fit brusquement éclater en sanglots. Comme elle ne pleure qu'une fois par an, j'aurais vraiment dû aller la consoler, mais je voulais noter tout cela par écrit. Je commence à me rendre compte combien les écrivains peuvent se montrer impitoyables.

Quoi qu'il en soit, Topaz a réussi à la consoler beaucoup mieux que je n'aurais su le faire, car j'ai le plus grand mal à serrer fort les gens dans mes bras. Elle s'est montrée très maternelle, laissant Rose déverser toutes ses larmes sur sa robe d'intérieur en velours orange, qui en avait pourtant déjà vu d'autres. Tout à l'heure, Rose sera furieuse contre elle-même, parce qu'elle a une fâcheuse tendance à mépriser Topaz; mais pour le moment, elles sont les meilleures amies du monde. Rose est en train de ranger son repassage, tout en ravalant encore un peu ses larmes, et Topaz met la table pour le thé en échafaudant des plans délirants pour gagner un peu d'argent, tels que donner un concert de luth au village ou acheter un cochon à crédit.

J'ai ajouté mon grain de sel pour laisser reposer ma main endolorie, mais je n'ai rien dit d'une importance capitale.

Il s'est remis à pleuvoir. Stephen traverse la cour. Il vit avec nous depuis qu'il est enfant ; sa mère était notre domestique du temps que nous pouvions nous le permettre, et à sa mort, il n'avait nulle part où aller. Il cultive des légumes pour nous tous, s'occupe des poules et fait toutes sortes de petits travaux. Je me demande ce que nous ferions sans lui. Il a aujourd'hui dix-huit ans, une belle allure noble, mais l'air un brin idiot. Il a toujours été très dévoué à mon égard ; papa l'appelle mon soupirant. C'est un peu ainsi que j'imagine Silvius, dans *Comme il vous plaira* – mais je n'ai rien de Phébé.

Stephen est entré. La première chose qu'il a faite, ç'a été d'allumer une bougie et de la fixer sur l'appui de la fenêtre, à côté de moi, en disant :

– Vous vous abîmez les yeux, miss Cassandra.

Après quoi il a laissé tomber sur ce journal un petit morceau de papier plié en quatre. Mon cœur a chaviré, parce que je savais qu'il m'avait écrit un poème ; je suppose qu'il y avait travaillé dans la grange. Il est écrit en script, d'une assez belle écriture appliquée. Il commence ainsi : « À miss Cassandra, de Stephen Colly». C'est un charmant poème... de Robert Herrick[1].

Que dois-je faire avec Stephen? Papa dit que son désir d'expression libre est pathétique, mais je suis persuadée que le plus cher désir de Stephen est de me plaire; il sait que je fais grand cas de la poésie. Je devrais lui dire que je sais qu'il se contente de recopier les poèmes – il a fait cela tout l'hiver, presque toutes les semaines –, mais je n'ai pas le cœur à lui faire de la peine. Peut-être, lorsque le printemps sera venu, irai-je me promener avec lui et lui présenterai-je les choses d'une manière encourageante. Cette fois, j'ai évité les éloges hypocrites en lui faisant un sourire approbateur du fond de la cuisine. En ce moment, il est en train de pomper de l'eau dans la citerne, l'air très heureux.

Le puits se trouve sous la cuisine et date de la construction du château; il fournit de l'eau depuis six cents ans et ne s'est jamais tari, paraît-il. Bien sûr, il devait y avoir plusieurs pompes. Celle-ci date de l'installation de l'eau (prétendument) chaude, à l'époque victorienne.

Je suis constamment interrompue. Topaz vient de remplir la bouilloire en m'aspergeant les jambes, et mon frère Thomas est rentré de l'école située dans la ville voisine, King's Crypt. C'est un garçon un peu lourd de quinze ans, aux cheveux en paquet, impossibles à peigner. Ils sont de la même couleur queue-de-vache que les miens, mais les miens se laissent coiffer.

---

1. Robert Herrick (1591-1674), auteur de nombreux poèmes sur les fleurs.

En voyant Thomas entrer, cela m'a soudain rappelé l'époque où moi-même, je rentrais du collège, chaque jour, il y a quelques mois seulement. En un éclair, j'ai revu les seize kilomètres que je faisais dans le petit tortillard brinquebalant, puis les huit autres à vélo depuis la gare de Scoatney. Ce que je pouvais détester ça, l'hiver ! Pourtant, d'une certaine manière, j'aimerais bien être encore au collège ; d'abord, pour la fille du gérant du cinéma, qui était en classe avec moi et m'emmenait de temps en temps voir des films gratuitement. Ça me manque énormément. Et puis le collège me manque aussi – c'était un très bon collège pour une aussi petite bourgade. J'avais une bourse, comme Thomas aujourd'hui ; nous sommes passablement brillants.

La pluie bat violemment les carreaux. À la lueur de ma bougie, on dirait qu'il fait nuit noire. Et le fond de la cuisine est plus obscur depuis que la bouilloire a été reposée sur la plaque de la cuisinière. Les filles sont assises par terre et font griller du pain à travers la grille du foyer. Une sorte de halo lumineux dessine le contour de leur visage, du côté où le feu rougeoie à travers leurs cheveux.

Stephen a fini de pomper et alimente le feu sous l'antique chauffe-eau en brique qui nous aide à chauffer un peu mieux la cuisine tout en nous fournissant de l'eau chaude supplémentaire. Entre le chauffe-eau et la cuisinière, la cuisine est la pièce de la maison la plus chaude ; c'est la raison pour laquelle nous y passons tant de temps. Mais même en été, nous y prenons nos repas, car les meubles de la salle à manger ont été vendus l'an dernier.

Mon Dieu! Topaz est en train de faire des œufs à la coque! Personne ne m'avait encore dit que les poules obéissaient aux prières. Oh, admirables poules! Je m'attendais à n'avoir que du pain et de la margarine pour le thé, et je ne m'habitue pas à la margarine autant que je le voudrais. Je remercie le ciel qu'il n'existe pas un succédané de pain moins cher que le pain.

Comme il est curieux de se dire qu'autrefois « thé » signifiait pour nous le thé de l'après-midi : des petits gâteaux et de fines tartines de pain beurré dégustés au salon. Aujourd'hui, c'est un repas dont la consistance est fonction de nos maigres ressources et qui doit nous tenir jusqu'au petit déjeuner. Nous le prenons dès que Thomas est rentré du collège.

Stephen allume la lampe. Dans un instant, la lueur rosée aura disparu de la cuisine. Mais la lumière de la lampe est magnifique aussi.

La lampe est allumée. Et tandis que Stephen l'apporte sur la table, papa apparaît dans l'escalier. Il s'est enveloppé dans sa vieille couverture de voyage – il est venu de la loge de garde en passant par le chemin de ronde.

– Le thé, le thé, a-t-il marmonné, est-ce que miss Marcy a apporté les livres de la bibliothèque?

– Non, elle n'est pas venue.

Puis il a dit qu'il avait les doigts gourds; pas d'un ton geignard, plutôt faussement étonné, bien que j'aie du mal à croire qu'on puisse s'étonner encore de se retrouver avec les doigts gourds (ou toute autre partie du corps) en passant l'hiver dans ce château. Et, le voyant descendre l'escalier en secouant ses cheveux trempés par la pluie, j'ai brusquement ressenti pour lui une bouffée de tendresse. Et ce n'est pas si fréquent.

Il est encore assez bel homme, bien que la beauté de ses traits se perde un peu dans la graisse de son visage et que son teint, autrefois aussi éclatant que celui de Rose, soit plus terne.

Il discute avec Topaz. J'ai le regret de noter qu'il est dans sa veine faussement gaie – même si je pense que la pauvre Topaz préfère quand même le voir ainsi, ces temps-ci. Elle l'adore et, de son côté, j'ai nettement l'impression qu'il la néglige.

Je vais devoir descendre de l'égouttoir ; Topaz a besoin du couvre-théière, et notre chienne, Héloïse, est arrivée et s'est aperçue que je lui avais emprunté sa couverture. C'est un bull-terrier ; d'un blanc immaculé sauf là où la peau rose bonbon apparaît sous les poils ras. C'est bon, Héloïse chérie, tu vas l'avoir, ta couverture. Elle me contemple d'un air où se lisent tout à la fois l'amour, le reproche, la confiance et l'humour. Comment fait-elle pour exprimer tant de choses rien qu'avec deux petits yeux en amande ?

Je termine ce chapitre assise sur une marche de l'escalier. Je crois qu'il n'est pas inutile de noter que je ne me suis jamais sentie aussi heureuse de ma vie, malgré ma peine pour papa, ma pitié pour Rose, ma gêne à propos des poèmes de Stephen et l'absence totale de raisons d'espérer une quelconque amélioration de notre situation familiale en général. Peut-être est-ce parce que j'ai assouvi mon besoin de création ; à moins que ce ne soit la perspective des œufs pour le thé.

Chapitre 2

Plus tard. Écrit dans mon lit.

Je ne suis pas trop mal installée, dans la mesure où j'ai mis mon manteau sur mon dos et une brique chaude sous mes pieds, mais je regrette que ce soit ma semaine dans le petit lit-cage : Rose et moi dormons à tour de rôle dans le lit à baldaquin. Elle y est en ce moment et lit un livre de la bibliothèque. Miss Marcy nous l'a apporté en nous disant que c'était une «jolie histoire». D'après Rose, c'est atroce, mais elle ferait mieux de le lire plutôt que de se lamenter sur son sort. Pauvre Rose ! Elle a mis sa vieille robe de chambre en flanelle bleue dont elle a remonté les pans autour de la taille pour avoir plus chaud. Cela fait tellement longtemps qu'elle a cette robe de chambre que je crois qu'elle ne la voit même plus ; si elle devait la laisser dans un coin pour la retrouver au bout d'un mois, je pense qu'elle aurait un choc. Mais de quoi je me mêle, moi qui n'ai même plus de robe de chambre depuis deux ans ? Tout ce qui reste de la dernière en date sert à envelopper ma brique chaude.

Notre chambre est vaste et remarquablement vide. Hormis le lit à baldaquin, qui est en fort piteux état, tous les meubles présentables ont été vendus les uns après les autres et remplacés par le strict minimum déniché chez les brocanteurs. C'est ainsi que nous avons une armoire qui n'a plus de porte, et une table de toilette en bambou que je tiens pour une pièce rare. Mon bougeoir est posé à la tête de mon lit sur une cantine en fer qui nous a coûté un shilling ; Rose a posé le sien sur une commode dont le faux marbre peint évoque plutôt la tranche de bacon. La cuvette et le broc en émail posés sur un trépied métallique m'appartiennent en propre, la propriétaire des Clés, l'auberge du village, me les ayant donnés quand je les ai découverts dans un coin de son écurie. Au moins, ça permet de laisser la place aux autres dans la salle de bains. La banquette de fenêtre en bois sculpté est assez jolie, je suis bien contente qu'on ne puisse la vendre d'aucune façon. Elle est construite dans l'épaisseur du mur et surmontée d'une grande fenêtre à meneaux. Il y a également des fenêtres qui donnent sur le jardin, avec de petites vitres en forme de losange.

Une chose continue à me fasciner : la tour ronde qui s'ouvre dans un coin de la pièce. Un escalier en colimaçon monte au sommet, plat et crénelé, ou descend vers le salon, malgré quelques marches un peu effondrées.

Peut-être aurais-je dû compter miss Blossom dans les meubles. C'est un mannequin de couturière particulièrement plantureux, agrémenté d'une jupe en treillis métallique autour de son unique jambe. Nous avons un comportement un peu ridicule par rapport à miss Blossom : nous faisons comme si elle existait pour de vrai. Nous nous imaginons que c'est une femme qui a vécu, qui a peut-être travaillé dans un pub quand elle était jeune. Elle dit des phrases comme : « Eh oui, ma cocotte, les hommes sont ainsi ! » et « Ne perds surtout pas de vue tes projets de mariage. »

Les vandales victoriens qui ont fait tant d'aménagements inutiles dans cette bâtisse n'ont pas eu l'idée de prévoir des couloirs, de sorte que nous sommes toujours obligés de traverser les chambres des autres. Topaz vient d'ailleurs de traverser la nôtre, vêtue d'une chemise de nuit en calicot blanc dans lequel elle s'est contentée de faire des trous pour la tête et les bras ; elle trouve la lingerie moderne vulgaire. Elle a plutôt l'air d'une condamnée se rendant au bûcher, alors qu'elle va tout simplement à la salle de bains.

Topaz et papa dorment dans la grande chambre qui donne sur l'escalier de la cuisine. Il y a une petite pièce entre leur chambre et la nôtre que nous appelons la « Zone tampon » ; Topaz l'utilise comme atelier. Thomas occupe la chambre de l'autre côté du palier, près de la salle de bains.

Je me demande si Topaz est allée chercher papa pour qu'il vienne se coucher ; elle est parfaitement capable de déambuler sur le chemin de ronde en chemise de nuit. J'espère que non, parce que papa la repousse sans ménagement chaque fois qu'elle fait irruption dans la loge de garde. Enfants, nous avons été habitués à ne jamais l'approcher sans y avoir été invités, et il estimait que c'était ainsi qu'elle devait elle aussi se comporter.

Non… elle n'y est pas allée. Elle est revenue il y a quelques instants et n'a pas fait mine de vouloir s'attarder dans notre chambre, mais il faut avouer que nous ne l'y avons pas encouragée. À présent, elle s'est couchée et joue du luth dans son lit. J'aime bien l'idée du luth, mais pas le son ; il sonne rarement juste et c'est un instrument qui est toujours déplacé.

J'ai vraiment des remords à me montrer si peu causante avec Topaz, mais la soirée avait largement compensé ma réserve.

Aux environs de huit heures du soir, miss Marcy est arrivée avec les livres. C'est une femme d'une quarantaine d'années, petite et plutôt fanée, mais qui est restée encore très jeune. Elle bat des paupières à tout bout de champ, glousse pour un rien et dit : « Non, mais vrrraimeeent ! » Elle vient de Londres mais cela fait cinq ans qu'elle est installée au village. C'est une très gentille institutrice ; ses spécialités sont les chansons populaires, les fleurs sauvages et la campagne. Au début, elle ne se plaisait pas trop ici (elle disait toujours que « la ville lui manquait »), mais elle a commencé à s'intéresser aux choses de la campagne et maintenant, elle essaie d'y intéresser les habitants eux-mêmes.

En tant que bibliothécaire, elle s'arrange toujours pour nous obtenir les dernières parutions ; elle a reçu une livraison aujourd'hui et a apporté à papa un roman policier paru il y a seulement deux ans, et de l'un de ses auteurs favoris.

– Oh ! il faut que je l'apporte tout de suite à Mortmain, a dit Topaz.

Elle appelle papa « Mortmain », en partie parce que notre étrange nom de famille lui plaît bien et en partie pour entretenir la fiction qu'il est toujours un écrivain célèbre. Il est revenu avec elle pour remercier miss Marcy et pour une fois, il avait l'air sincèrement chaleureux.

– Je suis capable de lire n'importe quel roman policier, bon, mauvais ou sans intérêt, lui a-t-il dit, mais un chef-d'œuvre reste un des rares plaisirs de la vie.

Après quoi il s'est aperçu qu'il avait obtenu ce livre avant le pasteur et cela lui a fait tellement plaisir qu'il en a embrassé miss Marcy.

– Oh, merci, monsieur Mortmain! s'est-elle exclamée. Enfin, je veux dire… non, mais vrrraimeeent! a-t-elle ajouté en rougissant et en battant des paupières.

Alors papa s'est drapé dans sa couverture, comme un Romain dans sa toge, avant de retourner dans la loge de garde, en proie à une bonne humeur tout à fait inhabituelle.

Dès qu'il n'y a plus eu de risque qu'il nous entende, miss Marcy a demandé :

– Comment va-t-il ?

D'un ton qui pouvait laisser croire qu'il était à l'article de la mort ou qu'il avait perdu la tête. Rose a répondu qu'il allait parfaitement bien et qu'il était toujours aussi bon à rien, comme d'habitude. Miss Marcy a eu l'air choquée.

– Rose s'inquiète beaucoup pour nos finances, lui ai-je expliqué.

– Nous n'allons pas ennuyer miss Marcy avec nos problèmes, s'est empressée d'ajouter Topaz.

Elle avait horreur de tout ce qui pouvait porter atteinte à papa.

Miss Marcy a répondu que rien de ce qui concernait notre maison ne pouvait possiblement l'ennuyer; je sais qu'elle s'imagine que notre vie au château est follement romantique. Puis elle a demandé, avec mille précautions, si par hasard ses conseils pourraient nous être de quelque secours :

– Parfois, un point de vue extérieur…

J'ai soudain pensé que je pourrais peut-être la consulter en effet ; c'est une petite bonne femme si futée : c'est elle qui a eu l'idée de me procurer l'ouvrage sur l'écriture rapide. Maman nous avait habitués à ne jamais parler de nos affaires au village, et j'ai le plus grand respect pour la loyauté de Topaz envers papa, mais j'étais persuadée que miss Marcy savait très bien que nous étions complètement fauchés.

– Si vous aviez quelque moyen de gagner de l'argent à nous proposer…, ai-je dit.

– Ou de le faire durer le plus possible…, je suis certaine que vous êtes trop artistes pour avoir l'esprit pratique. Réunissons le conseil d'administration !

Elle a proposé cela comme elle aurait proposé à ses élèves d'organiser un jeu. Elle était tellement enthousiaste qu'il aurait été vraiment grossier de refuser ; et je crois que Rose et Topaz étaient trop abattues pour tenter de s'y opposer de quelque manière.

– Allez, du papier et des crayons ! s'est écriée miss Marcy en frappant dans ses mains.

Le papier pour écrire est une denrée rare dans cette maison, et je n'avais pas du tout l'intention d'arracher des pages à mon cahier, un superbe cahier à six pence que m'a offert le pasteur. Pour finir, miss Marcy a déchiré les pages centrales de son registre de bibliothèque, ce qui nous a donné l'impression assez agréable de voler le gouvernement, après quoi nous nous sommes installés autour de la table et l'avons élue présidente de séance. Elle nous a dit qu'elle devait être également secrétaire afin de rédiger le compte rendu de la séance, et a écrit :

RAPPORT SUR LES FINANCES
DE LA FAMILLE MORTMAIN

Présents :
Miss Marcy (présidente)
Mrs. James Mortmain
Miss Rose Mortmain
Miss Cassandra Mortmain
Thomas Mortmain
Stephen Colly

Nous avons commencé par les dépenses.
– Premièrement, le loyer, a déclaré miss Marcy.
Le loyer est de quarante livres par an, ce qui semble dérisoire pour un château spacieux, mais les gens des environs trouvent que les ruines ne présentent que des inconvénients, nous n'avons que quelques arpents de terre et le bruit court qu'il y aurait des fantômes, ce qui est faux. (On voit de drôles de phénomènes sur la butte, mais aucun ne s'est jamais aventuré dans la maison.) Quoi qu'il en soit, cela fait trois ans que nous ne payons plus le loyer. Notre propriétaire, un vieux monsieur très riche qui habitait le manoir de Scoatney, à huit kilomètres d'ici, nous envoyait tous les ans un jambon pour Noël, que l'on ait payé le loyer ou pas. Il est mort en novembre dernier et nous avons beaucoup regretté le jambon.

– Il paraît que Scoatney Hall va rouvrir, a dit miss Marcy lorsque nous lui avons exposé notre situation par rapport au loyer. Deux garçons du village ont été engagés comme jardiniers supplémentaires. Bon, nous allons simplement noter le loyer en indiquant à côté «facultatif». La nourriture, à présent. Pouvez-vous vous débrouiller avec quinze shillings par semaine et par personne? Disons une livre par personne, avec les bougies, l'huile d'éclairage et les produits d'entretien.

L'idée que notre famille parvienne à trouver six livres par semaine nous a tous fait éclater de rire.

– Si miss Marcy a véritablement l'intention de nous aider, a remarqué Topaz, autant lui avouer tout de suite que nous n'avons aucune rentrée d'argent en perspective cette année.

Miss Marcy a rougi avant de répondre:

– Je savais que les choses étaient difficiles. Mais, chère madame Mortmain, il doit forcément y avoir quelque rentrée d'argent, non?

Nous lui avons exposé les faits: pas un seul penny n'est arrivé ni en janvier ni en février. L'année dernière, papa a reçu quarante livres d'Amérique, où *Jacob Luttant* continue à se vendre. Topaz a posé à Londres pendant trois mois, mis de côté huit livres pour nous et en a emprunté cinquante; et nous avons vendu un bahut deux corps à un marchand de King's Crypt pour vingt livres. Nous vivons sur ce bahut depuis Noël.

– Revenu de l'année dernière cent dix-huit livres, a déclaré miss Marcy en notant la somme.

Mais nous nous sommes empressés de lui dire que cela n'avait rien à voir avec nos revenus de cette année, car nous n'avons plus de meubles intéressants à vendre, Topaz n'a plus de riches mécènes, et il nous paraît hautement improbable que les droits d'auteur de papa soient aussi importants, puisqu'ils diminuent tous les ans.

– Vais-je devoir arrêter l'école ? s'est inquiété Thomas.

Naturellement, nous lui avons répondu que ce serait idiot parce que ses études ne nous coûtaient rien grâce à sa bourse, et que le pasteur venait de lui offrir un abonnement de train d'un an.

Miss Marcy a joué un instant avec son crayon avant de poursuivre :

– Si je dois vous aider, autant être franche. Ne pouvez-vous économiser un peu sur les gages de Stephen ?

Je me suis sentie rougir jusqu'aux oreilles. Naturellement, nous n'avons jamais versé le moindre argent à Stephen, et n'y avons même jamais songé. Et c'est alors que j'ai réalisé que nous aurions peut-être dû le faire. (Bien que je ne voie pas très bien comment nous aurions pu le payer depuis qu'il est en âge de gagner sa vie...)

– Je ne veux aucun salaire, a déclaré posément Stephen. Je ne l'accepterai pas. Tout ce que j'ai reçu dans la vie m'a été donné ici.

– Stephen est comme le fils de la maison, voyez-vous, ai-je expliqué.

Miss Marcy a eu l'air de penser que ce n'était pas nécessairement une très bonne chose, mais le visage de Stephen s'est illuminé pendant une seconde. Puis il a eu l'air gêné et a dit qu'il devait aller voir si toutes les poules étaient rentrées.

– Aucun... absolument aucun salaire ? Logé,

nourri, c'est tout ? a demandé miss Marcy après son départ.

— Nous ne nous verserons aucun salaire, est intervenue Rose.

Ce qui est parfaitement exact, mais nous ne travaillons pas autant que Stephen ni ne dormons dans une petite pièce sombre à côté de la cuisine.

— Et je trouve que c'est assez humiliant de discuter de notre pauvreté devant miss Marcy, a insisté Rose avec humeur. Je croyais que nous voulions juste lui demander conseil pour gagner de l'argent.

Là-dessus, nous avons passé un temps fou à ménager l'amour-propre de Rose et la susceptibilité de miss Marcy. Après quoi, nous sommes revenus à nos finances.

Topaz a déclaré qu'elle ne pouvait gagner plus de quatre livres par semaine à Londres et peut-être nettement moins, et qu'elle avait besoin de trois livres pour vivre, de quelques vêtements, et de quoi revenir ici au moins un week-end sur deux.

— Je n'ai plus envie d'aller à Londres, a-t-elle ajouté, d'un ton plutôt pathétique. J'en ai assez de poser. Et Mortmain me manque terriblement. Et il a besoin de moi ici… je suis la seule qui sache faire la cuisine.

— Ça n'a pas tellement d'importance quand on n'a plus rien à cuisiner, a remarqué Rose. Pourrais-je travailler comme modèle ?

— Je crains que non, a répondu Topaz. Tu es bien trop mignonne : tu n'as pas exactement le genre de silhouette qui convient aux peintres. Et tu n'aurais jamais la patience de rester des heures sans bouger. Je suppose que si rien ne se présente, je serai obligée d'aller à Londres. Je pourrais envoyer une dizaine de shillings par semaine à la maison.

– Mais c'est formidable, a dit miss Marcy en écrivant : « Mrs. James Mortmain : dix shillings potentiels par semaine. »

– Pas toute l'année, a dit fermement Topaz. Je ne pourrais jamais le supporter, et il ne me resterait plus de temps à moi pour peindre. Bien entendu, je pourrais vendre quelques-uns de mes tableaux.

– Bien entendu, a répété miss Marcy très poliment avant de se tourner vers moi.

Je lui ai dit que je faisais de gros progrès en écriture rapide, mais que, naturellement, ce n'était pas vraiment de la sténo (ni non plus d'ailleurs vraiment de l'écriture rapide); et que je ne savais pas taper à la machine et que les occasions de me trouver en présence d'une machine à écrire étaient plutôt rares.

– Alors, je crains que nous ne puissions compter sur vous tant que vos travaux littéraires ne seront pas achevés, a conclu miss Marcy. Thomas, naturellement, compte pour zéro pendant quelques années encore. Rose, ma chérie ?

Alors, si quelqu'un dans la famille est incapable de rapporter le moindre penny à la maison, c'est bien Rose ; car bien qu'elle joue un peu de piano et chante assez plaisamment, et soit, évidemment, assez charmante, elle n'a aucun véritable talent.

– Peut-être pourrais-je garder des petits enfants, a suggéré Rose.

– Oh, non ! est intervenue précipitamment

miss Marcy. Je veux dire, euh… ma chérie, je ne crois pas que cela vous convienne du tout.

— Je m'engagerai comme domestique à Scoatney Hall, a encore proposé Rose, l'air de monter à l'échafaud.

— Eh bien, il va falloir vous y entraîner, ma chère, a répondu miss Marcy, et je ne suis pas certaine que ça plairait à votre père. Pouvez-vous faire quelques petits travaux de couture ?

— Quel genre ? a demandé Rose. Des sacs à patates ?

De toute façon, Rose est très mauvaise en couture.

Miss Marcy contemplait sa liste d'un air assez désespéré.

— Je crains que notre chère Rose ne compte également pour zéro en ce moment, a-t-elle conclu. Il ne nous reste donc plus que Mr. Mortmain.

— Si je compte pour zéro, papa devrait compter pour double zéro, a rétorqué Rose.

Miss Marcy s'est penchée en avant et a dit tout bas :

— Vous savez, mes chéries, j'essaie de vous aider tous autant que vous êtes. Quel est le véritable problème de Mr. Mortmain ? Est-ce… est-ce la boisson ?

Nous avons éclaté de rire de telle manière que Stephen est venu voir ce qui était si drôle.

— Pauvre, pauvre Mr. Mortmain, a répondu Topaz dans un hoquet, si seulement il pouvait trouver de quoi s'acheter une bouteille de bière ! Cela coûte cher de boire, miss Marcy.

Miss Marcy a remarqué que ce ne pouvait être la drogue, et elle avait raison ; il ne fumait pas non plus, une fois que les cigares que le pasteur lui offrait à Noël étaient partis en fumée.

— Non, c'est la paresse pure et simple, a dit Rose, la paresse et le manque de caractère. Et je ne pense pas qu'il ait jamais été un bon écrivain. Je crois que *Jacob Luttant* a été largement surestimé.

Topaz a eu l'air tellement furieuse que j'ai bien cru qu'elle allait la frapper. Stephen s'est approché de la table et s'est interposé entre elles deux.

— Oh, non! miss Rose, a-t-il dit calmement, c'est un grand livre, tout le monde le sait. Mais un certain nombre de choses qui lui sont arrivées l'ont empêché de continuer à écrire. Il ne suffit pas de le vouloir pour écrire.

Je m'attendais à ce que Rose le remette à sa place, mais avant qu'elle ait pu dire quoi que ce soit, Stephen se retournait vers moi et poursuivait précipitamment :

— J'ai pensé, miss Cassandra, que je pourrais peut-être trouver du travail. On m'en a proposé à la ferme des Quatre-Pierres.

— Et le jardin, Stephen! me suis-je écriée, car nous vivions sur les légumes du jardin potager.

Il a répondu que les jours allaient bientôt rallonger et qu'il pourrait s'en occuper le soir en rentrant.

— Et je peux me rendre utile au jardin, n'est-ce pas, Stephen? a dit Topaz.

— Oui, madame, très utile. Je ne pourrais pas prendre ce travail si vous étiez à Londres, bien sûr, il y aurait trop à faire pour miss Cassandra.

Rose n'est absolument bonne à rien, au jardin comme à la maison.

– Donc, vous pouvez me compter pour vingt-cinq shillings par semaine, miss Marcy, a poursuivi Stephen, car Mr. Stebbins a dit qu'il commencerait à ce tarif-là. Et je dînerai aux Quatre-Pierres.

J'étais contente de savoir qu'il aurait au moins un vrai repas par jour.

Miss Marcy a répondu que c'était une excellente idée, bien que ce soit dommage d'être obligé pour cela de se priver des dix shillings de Topaz.

– Même s'ils n'étaient que potentiels…

Tandis qu'elle notait sur sa feuille les vingt-cinq shillings de Stephen, Rose a dit brusquement :

– Merci, Stephen.

Dans la mesure où en règle générale elle ne se souciait guère de lui, cela nous a paru important. Et elle lui a souri très gentiment. Notre pauvre Rose était si déprimée ces derniers temps qu'un sourire de sa part était comme un rayon de soleil après une longue journée pluvieuse. Je me demande comment on peut ne pas être séduit par Rose lorsqu'elle sourit. Je croyais que Stephen allait être follement heureux, mais il s'est contenté de hocher la tête et d'avaler sa salive plusieurs fois de suite.

À ce moment, papa est apparu dans l'escalier et nous a tous contemplés du haut des marches.

– À quoi jouez-vous ? a-t-il demandé.

On aurait pu croire en effet qu'on jouait à un jeu, tous réunis autour de la table sous la lampe.

– Ce livre est excellent ! a-t-il ajouté en descendant vers nous. Je vais l'abandonner quelques instants et en profiter pour essayer de trouver l'assassin. J'aimerais bien un petit biscuit, s'il vous plaît.

Dès que papa a faim entre les repas – et il mange très peu à table, moins que quiconque –, il demande un biscuit. Je crois qu'il s'imagine que c'est la chose la plus dérisoire et la moins chère qu'il puisse demander. Naturellement, il y a une éternité que nous n'avons pas eu de vrais biscuits achetés en magasin, mais Topaz nous fait des petites galettes d'avoine, très nourrissantes. Elle lui a mis un petit peu de margarine sur un morceau de galette. J'ai aperçu un éclair de dégoût dans son regard et il lui a demandé si elle ne pouvait pas la saupoudrer de sucre.

– Cela n'a pas le même goût, a-t-il dit comme pour s'excuser. N'avons-nous rien à offrir à miss Marcy? Voulez-vous un thé ou un café, miss Marcy?

Elle l'a remercié en disant qu'elle ne tenait pas à se couper l'appétit pour le souper.

– Bon, je ne vais pas plus longtemps vous empêcher de jouer, a dit papa. Quel est ce jeu?

Et avant que j'aie eu le temps de faire diversion, il s'était penché par-dessus l'épaule de miss Marcy pour regarder la feuille posée devant elle.

En cet instant, il y avait écrit :

PERSPECTIVES POUR L'ANNÉE EN COURS

Mrs. Mortmain	zéro
Cassandra Mortmain	zéro
Thomas Mortmain	zéro
Rose Mortmain	zéro
Mr. Mortmain	zéro
Stephen Colly	25 s. par semaine

Papa a lu sans la moindre émotion apparente, le même sourire aux lèvres. Mais moi, je sentais qu'il se passait quelque chose. Rose dit toujours que j'attribue aux autres les sentiments que j'aurais éprouvés à leur place, mais cette fois, je suis sûre de mon intuition. Et soudain, j'ai vu très distinctement son visage, pas de la même façon que l'on voit celui de quelqu'un qui nous est très familier. J'ai vu combien il avait changé depuis que j'étais petite, et j'ai repensé au vers de Ralph Hodgson[1] sur les pauvres « tigres miteux et matés ». Que cela prend du temps pour expliquer ce que l'on ressent en une fraction de seconde ! J'ai encore pensé à des tas d'autres choses, compliquées, touchantes et très troublantes, le temps que papa lise cette liste.

Lorsqu'il a eu terminé, il a demandé, presque légèrement :

– Et Stephen va nous remettre son salaire ?

– Il faut que je vous paie ma pension ici, monsieur Mortmain..., monsieur..., a dit Stephen, et toutes... tout ce que vous avez fait pour moi ; tous les livres que vous m'avez prêtés...

– Je suis certain que tu feras un excellent chef de famille, a dit papa.

Il a pris la petite galette d'avoine saupoudrée de sucre des mains de Topaz et s'est dirigé vers l'escalier.

– Restez un peu auprès du feu, Mortmain, lui a-t-elle proposé.

---

1. *The Bells of Heaven*, poème de Ralph Hodgson (1871-1962), poète britannique.

Mais il a répondu qu'il voulait retrouver son livre. Puis il a remercié de nouveau miss Marcy de lui avoir apporté un si bon roman et lui a dit bonsoir le plus courtoisement du monde. Nous l'avons entendu traverser les chambres en fredonnant pour regagner la loge de garde. Miss Marcy n'a pas relevé l'incident, preuve de son grand tact; mais elle avait l'air un peu gênée et nous a dit qu'elle devait y aller. Stephen a allumé une lanterne et lui a proposé de la raccompagner jusqu'à la route, où elle avait laissé sa bicyclette à cause de la boue qui rendait notre chemin impraticable. Je suis sortie pour la reconduire. Comme nous traversions la cour, elle a levé les yeux vers la fenêtre de la loge de garde et m'a demandé si papa serait fâché si elle lui apportait une petite boîte de biscuits. Je lui ai répondu que je ne pensais pas qu'un peu de nourriture pourrait fâcher quiconque à la maison; ce à quoi elle a rétorqué : « Oh, mon Dieu ! » Puis elle a contemplé les ruines et dit combien c'était beau, mais que je devais y être habituée. J'avais envie de retourner près du feu, alors je me suis contentée de répondre oui; mais ce n'était pas vrai. Je ne me suis jamais habituée à la beauté de ce château. Et après son départ et celui de Stephen, je me suis aperçue qu'il était particulièrement beau. C'était une drôle de nuit. La lune, pleine, était cachée derrière les nuages, devenus argentés à son halo, de sorte que le ciel était assez clair. La tour de Belmotte, dressée sur sa butte, semblait encore plus haute que de coutume. À peine ai-je commencé à regarder le ciel que je n'ai plus pu en détacher les yeux; j'avais l'impression d'être attirée vers lui, sourde à tout autour de moi, bien qu'il n'y ait rien à entendre, pas même quelque petit craquement de brindilles. Lorsque Stephen est revenu, j'étais encore la tête en l'air.

– Il fait trop froid pour rester dehors sans manteau, miss Cassandra, a-t-il dit.

Mais comme j'avais oublié que j'avais froid, je n'avais plus froid du tout.

Tandis que nous nous dirigions vers la maison, il m'a demandé si je pensais que La Belle Dame sans merci[1] avait vécu dans une tour comme celle de Belmotte. Cela me paraissait tout à fait plausible ; mais je n'avais jamais imaginé qu'elle pût avoir une maison à elle.

Après quoi, nous avons décidé d'aller tous nous coucher afin d'économiser le bois, et nous avons donc sorti nos briques chaudes du four avant de regagner nos chambres. Or, se coucher tôt présente quelques inconvénients pour les bougies. J'ai calculé que j'avais deux heures de lumière avec la mienne, mais j'ai laissé filer la mèche et me suis retrouvée avec un paquet de cire fondue. (Je me demande comment faisait le roi Alfred[2] avec ses bougies quand ça lui arrivait.) J'ai appelé Thomas pour savoir s'il ne pouvait pas me donner la sienne, mais il avait encore des devoirs à faire. Je vais être obligée d'aller dans la cuisine : j'ai des bouts de chandelle dans une cachette secrète. Je me montrerai magnanime et je bavarderai gentiment avec Topaz en descendant.

---
1. *La Belle Dame sans merci*, célèbre ballade au thème médiéval de John Keats (1795-1821), poète romantique anglais.
2. Alfred le Grand (849-901), roi anglo-saxon.

... Je suis revenue. Il s'est passé quelque chose d'assez étonnant. Quand je suis entrée dans la cuisine, Héloïse, notre chienne, s'est réveillée et s'est mise à aboyer, et Stephen s'est levé pour voir de quoi il s'agissait. Je lui ai crié que ce n'était que moi et il a redisparu dans sa chambre. J'ai trouvé mon bout de chandelle et je venais de m'agenouiller auprès du panier d'Héloïse pour lui parler un peu (elle sent particulièrement bon quand elle vient de se réveiller, une odeur de chaud et de propre) lorsqu'il est ressorti, son manteau enfilé sur sa chemise de nuit.

– C'est bon, ai-je dit, j'ai trouvé ce que je voulais.

À ce moment, la porte de l'escalier s'est refermée brusquement, et nous avons été plongés dans l'obscurité, hormis le carré un peu plus clair de la fenêtre. J'ai traversé la cuisine à tâtons et me suis cognée dans la table. Alors Stephen m'a prise par le bras et m'a conduite jusqu'au pied de l'escalier.

– Je peux me débrouiller maintenant.

Nous étions tout près de la fenêtre qui laissait passer le mystérieux halo d'un clair de lune brumeux.

Il me tenait toujours le bras.

– Je voudrais vous demander quelque chose, miss Cassandra. Je voudrais savoir si vous avez toujours faim ; je veux dire quand vous n'avez rien à manger.

J'aurais certainement répondu que oui, bien sûr, mais j'avais remarqué au ton de sa voix combien il était tendu et inquiet.

– Il y a toujours une ou deux bricoles qui traînent, non ? ai-je dit. Naturellement, ce serait nettement mieux s'il y avait des tas de mets appétissants, mais c'est supportable. Pourquoi cette question ?

Il m'a répondu qu'il y avait pensé, allongé sur son lit, et qu'il ne pouvait se faire à l'idée que je puisse avoir faim.

— Si jamais cela vous arrivait, surtout dites-le-moi, a-t-il insisté, et je m'arrangerai.

Je l'ai chaleureusement remercié et lui ai rappelé qu'il allait grandement nous aider avec son salaire.

— Oui, ce sera déjà ça. Mais dites-moi si vous n'avez pas assez. Bonne nuit, miss Cassandra.

En montant l'escalier, je me félicitai de ne pas lui avoir avoué que j'avais perpétuellement faim, parce que, comme il pillait déjà Herrick pour moi, il aurait aussi bien pu voler de la nourriture. C'était une idée assez terrible, mais en même temps, plutôt réconfortante.

Papa venait juste d'arriver de la loge de garde. Il ne donnait en rien l'impression d'avoir été vexé. Il a simplement remarqué qu'il avait gardé quatre chapitres de son livre à lire au lit.

— Cela exige une grande force d'âme, a-t-il ajouté.

Topaz a eu l'air plutôt déprimée.

J'ai trouvé Rose allongée dans le noir car Thomas lui avait emprunté sa bougie afin de terminer ses devoirs. Elle a dit que cela lui était complètement égal parce que son livre s'était révélé en fin de compte trop gentillet pour qu'elle ait envie de le continuer.

J'ai allumé mon bout de chandelle et l'ai collé au paquet de cire fondue au fond du bougeoir. J'ai dû m'aplatir le plus possible dans mon lit pour avoir assez de lumière pour écrire. Je m'apprêtais à m'y remettre lorsque j'ai vu Rose regarder autour d'elle pour vérifier si j'avais bien refermé la porte de la Zone tampon.

– À quoi as-tu pensé quand miss Marcy a dit que Scoatney Hall allait être rouvert ? a demandé Rose. Moi, cela m'a fait penser au début d'*Orgueil et Préjugés,* quand Mrs. Bennet annonce que Netherfield Park est enfin loué, et que Mr. Bennet va rendre visite au nouvel occupant des lieux.

– Mr. Bennet ne lui devait aucun loyer, ai-je remarqué.

– De toute façon, papa n'y serait pas allé, lui. Qu'est-ce que j'aimerais vivre dans un roman de Jane Austen !

Moi, j'aurais préféré figurer dans un livre de Charlotte Brontë.

– Qu'est-ce qui serait le mieux : Jane avec un soupçon de Charlotte, ou Charlotte avec un soupçon de Jane ?

C'est le genre de discussion que j'adore, mais j'avais envie de poursuivre la rédaction de mon journal, alors j'ai simplement répondu :

– À parts égales, ce serait l'idéal.

Et je me suis remise à écrire vaillamment. Il est près de minuit. Je me sens plutôt comme une héroïne de Brontë en ce moment, à écrire à la lueur d'une bougie qui coule, les doigts si engourdis que je peux à peine tenir mon crayon. Je regrette que Stephen m'ait parlé de nourriture parce que, depuis, j'ai faim ; ce qui est absolument ridicule dans la mesure où j'ai mangé un œuf il n'y a pas six heures. Oh, mon Dieu ! je viens de songer que si Stephen s'inquiétait de ce que je puisse avoir faim, c'est probablement qu'il a faim lui-même. Quelle famille!

Je me demande si je ne peux pas gagner quelques minutes de lumière en faisant des mèches avec des petits bouts d'allumettes plantés dans la cire liquide. Parfois ça marche.

Cela n'a servi à rien; autant écrire à la lueur d'un ver luisant. Mais la lune est enfin sortie des nuages et j'y vois un peu. C'est assez excitant d'écrire au clair de lune.

Rose dort, sur le dos, la bouche grande ouverte. Même ainsi, elle est jolie. J'espère qu'elle est en train de rêver qu'un riche jeune homme la demande en mariage.

Je n'ai pas le moins du monde sommeil. Je vais faire un petit brin de causette avec miss Blossom. Sa poitrine opulente, plus opulente que jamais, se découpe dans l'encadrement argenté de la fenêtre. Je viens de lui demander si elle pensait qu'il allait enfin nous arriver quelque chose d'intéressant à Rose et à moi, et je l'ai entendue me répondre distinctement : « Eh bien, je n'en sais rien, ma cocotte, mais ce qui est sûr, c'est que ta chère sœur serait capable de se transformer en pâquerette s'il le fallait! »

Ce n'est pas du tout le genre de chose qui me tentent...

Je pourrais continuer à écrire toute la nuit, mais je n'y vois pratiquement plus, ce qui gâche beaucoup de papier, donc je vais me contenter de réfléchir. La méditation semble être le seul luxe qui ne coûte rien.

Chapitre 3

Je viens de relire ce journal depuis le début. Je m'aperçois que j'arrive à relire sans difficulté l'écriture rapide, y compris ce que j'ai écrit hier soir au clair de lune. Je suis étonnée d'en avoir écrit autant ; quand il s'agit d'inventions, écrire une page me prend des heures, tandis que la vérité semble couler à la vitesse de mon crayon. Mais les mots ne conviennent pas vraiment – les miens en tout cas. Qui pourrait se représenter notre cuisine éclairée par le feu dans l'âtre, ou la tour de Belmotte se dressant vers les nuages argentés sous la lune, ou encore l'air à la fois noble et humble de Stephen ? (Ce n'était pas très gentil de ma part de dire qu'il avait l'air un brin idiot.) Quand je lis un livre, j'y mets toute mon imagination, de sorte qu'en ce sens la lecture ressemble un peu à l'écriture ; ou plutôt, c'est comme si je vivais ce que je lisais. La lecture en devient beaucoup plus passionnante, mais je ne crois pas que nous soyons nombreux à agir ainsi.

Cet après-midi, j'écris dans le grenier parce que Topaz et Rose sont en grande discussion à la cuisine ; elles ont déniché un paquet de teinture verte, qui date de l'époque où je jouais un elfe dans un spectacle de l'école, et vont teindre de vieilles robes. Je n'ai aucunement l'intention de devenir le genre d'écrivain incapable d'écrire autrement qu'isolée – après tout, Jane Austen écrivait dans le salon et cachait à peine son travail quand elle avait de la visite (je suis même sûre qu'elle y pensait tout en bavardant) – mais je ne suis pas encore Jane Austen et il y a des limites à ma patience. Et j'ai besoin de calme pour me mettre à la description du château. Comme il fait très froid là-haut, j'ai mis mon manteau et mes gants de laine, qui se sont transformés au fil du temps en mitaines avec un pouce ; et Ab, notre superbe chat roux clair, me tient chaud au ventre – j'écris à plat ventre sur la citerne d'eau, couchée sur lui. Il s'appelle en réalité Abélard, pour aller avec Héloïse (inutile de dire que c'est Topaz qui a trouvé leurs noms), mais on l'appelle rarement ainsi. Il est d'un naturel plutôt aimable, mais pas des plus démonstratifs ; j'ai droit cet après-midi à un traitement de faveur exceptionnel.

Aujourd'hui, pour commencer, je vais raconter :

COMMENT NOUS SOMMES ARRIVÉS AU CHÂTEAU

Pendant que papa était en prison, nous habitions dans une pension de famille, à Londres, maman n'ayant pas voulu rester à côté du voisin interventionniste. Lorsque papa a été libéré, il a décidé d'acheter une maison à la campagne. Je pense qu'à l'époque nous ne devions pas être dans le besoin, puisque *Jacob Luttant* s'était très bien vendu pour un livre aussi original, et que les conférences de papa lui avaient rapporté encore plus que les ventes. Et maman gagnait elle aussi sa vie.

Papa ayant opté pour le Suffolk, nous nous sommes installés à l'hôtel de King's Crypt, d'où nous partions tous les jours à la recherche d'une maison – à l'époque nous avions une voiture : papa et maman devant, Rose, Thomas et moi derrière. Tout cela était follement amusant, car papa était d'excellente humeur – Dieu sait qu'alors le fer n'était pas encore entré dans son âme! En revanche, il avait assurément grande méfiance envers tous les voisins; nous avons vu des tas de très jolies maisons dans des tas de villages, mais aucune ne semblait retenir son attention.

C'était la fin d'un automne très doux et doré. J'adorais les couleurs passées des chaumes et les prairies embrumées. Rose n'aime pas les plaines, mais moi, oui, ça m'a toujours plu, on dirait que les plaines permettent au ciel de s'étendre à sa guise. Un soir, il y avait un très beau coucher de soleil, nous nous sommes perdus. Maman avait la carte sous les yeux et disait tout le temps que le pays était à l'envers, et quand elle l'a eu retournée dans le bon sens, c'étaient les noms qui étaient à l'envers. Rose et moi en avons beaucoup ri; cela nous plaisait vraiment d'être perdus. Papa s'est montré très patient avec maman au sujet de la carte.

Tout à coup, nous avons aperçu une grande tour ronde au loin, perchée sur une petite colline. Papa a aussitôt décidé qu'il fallait aller la voir de plus près, tandis que maman se montrait nettement moins enthousiaste. Ç'a été difficile à trouver, car les routes étaient sinueuses, et les villages et les bois nous la cachaient par intermittence, mais toutes les cinq minutes elle réapparaissait, ce qui nous mettait, papa, Rose et moi, dans tous nos états. Maman ne cessait de répéter que Thomas allait se coucher trop tard : il dormait, ballotté entre Rose et moi.

Nous avons fini par arriver devant un panneau vermoulu indiquant : « Vers Belmotte et le château. Voie sans issue », tourné en direction d'un chemin étroit et envahi par la végétation. Papa s'y est aussitôt engagé, et nous avons progressé tant bien que mal, avec les ronces qui s'accrochaient à la voiture, comme si elles voulaient l'empêcher d'avancer ; cela m'a fait penser au Prince charmant se frayant un chemin dans la forêt pour rejoindre la Belle au Bois dormant. Les haies étaient si hautes et le chemin si tortueux que nous ne voyions qu'à quelques mètres devant nous. Maman ne cessait de répéter que nous ferions mieux de faire demi-tour avant d'être coincés et que le château devait être encore à des kilomètres, quand soudain, nous avons débouché à découvert et nous l'avons vu : mais ce n'était pas la tour perchée sur la colline qui nous avait attirés jusque-là. C'était un assez grand château, bâti sur un terrain plat. Papa a poussé un cri, et l'instant d'après, nous étions tous sortis de la voiture, émerveillés par ce que nous avions devant les yeux.

Comme il avait l'air mystérieux et magnifique dans la lumière de cette fin d'après-midi ! Je me souviens parfaitement de cette première vision, je revois les murailles et les tours grises se découpant sur le ciel jaune pâle, le château qui se reflétait jusqu'à nous dans les douves pleines à ras bords, les nappes de plantes aquatiques vert émeraude. Aucun souffle de vent ne venait troubler le miroir de l'eau, aucun son non plus de quelque nature ne nous parvenait. Seules nos exclamations enthousiastes faisaient paraître le château encore plus silencieux.

Papa indiqua la loge de garde : elle était composée de deux tours réunies à mi-hauteur par une pièce aux fenêtres à meneaux. À droite de la loge de garde, il ne restait plus qu'un amas de ruines, mais sur la gauche, de hauts murs crénelés la reliaient à une tour d'angle ronde. Un pont enjambait les douves et conduisait au grand portail en chêne massif garni de clous, sous les fenêtres de la salle de garde, et une petite porte ménagée dans un des deux battants était légèrement entrebâillée. Dès que papa s'en est aperçu, il s'est précipité droit dessus. Maman a tenté de nous empêcher de le suivre en nous faisant remarquer qu'il s'agissait d'une propriété privée, mais elle a fini par nous laisser partir, restant avec Thomas qui venait de se réveiller et pleurnichait.

Je me rappelle comme si c'était hier cette errance dans le silence, l'odeur humide des pierres et des plantes comme nous traversions le pont, le moment d'excitation qui a précédé notre entrée par la petite porte ! Une fois passée la porte, nous nous sommes retrouvés dans la pénombre et la fraîcheur du passage sous la loge de garde. C'est là que j'ai véritablement «senti» pour la première fois le château, c'est là que j'ai pris réellement conscience du poids considérable des pierres au-dessus de moi et partout alentour. J'étais trop jeune pour connaître grand-chose à l'histoire et au passé : à mes yeux, c'était un château de conte de fées ; et l'étrange froid qui y régnait a agi sur nous tous comme un charme si envoûtant que je ne lâchais pas la main de Rose. Nous sommes sorties toutes les deux en courant vers la lumière du jour, et là, nous nous sommes arrêtées net.

Sur notre gauche, au lieu des murs gris et des tours que nous nous attendions à découvrir, se trouvait un long bâtiment de briques disposées en chevrons et enduit d'un crépi blanc, veiné de pans de bois blanchis par le temps. Il comportait toutes sortes de petites fenêtres à croisillons, jaune d'or dans le soleil couchant, et on aurait dit que le pignon des combles menaçait de basculer en avant à tout moment. Nous n'étions plus dans le même conte de fées : c'était précisément l'idée que je me faisais de la maison d'Hansel et Gretel et, l'espace d'un instant, j'ai craint qu'une sorcière n'ait enlevé papa. Mais je l'ai vu qui essayait d'ouvrir la porte de la cuisine. Il est revenu en courant, traversant la cour-jardin envahie par les herbes folles, nous criant qu'il y avait une petite fenêtre ouverte près de la porte d'entrée, par laquelle Rose pourrait se glisser pour nous ouvrir ensuite. J'étais soulagée qu'il ait songé à Rose et non à moi : j'étais terrifiée à l'idée de rester une seconde toute seule dans cette maison. Rose n'avait jamais peur de rien. Elle était déjà en train d'essayer d'escalader la fenêtre, avant même que papa ne soit là pour l'aider. Elle s'est faufilée dans l'ouverture et nous l'avons entendue batailler avec les gros verrous. Après quoi, elle a ouvert triomphalement la porte.

Le grand hall d'entrée carré était froid et sombre,

et sentait terriblement le moisi. Toutes les boiseries étaient peintes d'une espèce de couleur beigeasse, imitant les veines du bois.

– Comment peut-on avoir l'idée de faire une chose pareille à de si beaux lambris anciens ? a explosé papa.

Nous l'avons suivi dans une pièce, à gauche, dont les murs étaient tapissés de papier peint grenat et qui disposait d'une grande cheminée peinte en noir. Une jolie petite fenêtre donnait sur le jardin, mais je trouvais néanmoins que c'était une pièce très laide.

– Faux plafond, a commenté papa en levant le bras pour vérifier. Oh, mon Dieu, j'imagine que les Victoriens ont massacré comme ça toute la maison !

Nous sommes retournés dans l'entrée, puis dans la grande pièce qui est aujourd'hui notre salon ; il occupe toute la profondeur du bâtiment. Rose et moi avons couru en tous sens avant d'aller nous asseoir sur la large banquette devant la fenêtre à meneaux, que papa ouvrait pour que nous puissions nous regarder dans l'eau des douves. Puis il nous a fait remarquer l'épaisseur des murs et expliqué la façon dont cet édifice avait été construit à l'époque des Stuarts sur les ruines de l'ancien château fort.

– Il a dû être superbe autrefois et il pourrait le redevenir... a-t-il dit en contemplant les chaumes. Vous imaginez cette vue en été, avec le champ de blé qui arrive au bord des douves.

Puis il s'est retourné et a poussé une exclamation horrifiée à la vue du papier peint : d'après lui, on aurait dit des grenouilles géantes écrasées.

C'était sûrement vrai, et il y avait aussi une épouvantable cheminée tout ornée de carreaux couleur tabac. Mais les fenêtres à losanges donnant sur le jardin étaient splendides dans le soleil couchant, et j'étais déjà amoureuse des douves.

Pendant que Rose et moi faisions des signes à nos reflets dans l'eau, papa s'est engagé dans le petit couloir qui menait à la cuisine et nous l'avons bientôt entendu s'écrier : « Les cochons ! Les cochons ! » Pendant une seconde j'ai cru qu'il avait découvert des cochons, mais ce n'était que son opinion sur les gens qui avaient saboté la maison. La cuisine était absolument hideuse. Elle avait été cloisonnée en plusieurs pièces dans l'une desquelles on avait mis des poules ; il y avait un grand faux plafond qui commençait à s'affaisser, et l'escalier comme les placards étaient peints du même ton de faux bois veiné beigeasse que l'entrée. Ce qui m'a frappée, c'était le tas d'oripeaux et de paille sur lequel avaient dû dormir des vagabonds. Je m'en suis tenue le plus éloignée possible et n'ai été soulagée que lorsque papa a décidé de poursuivre la visite au premier étage.

Les chambres étaient dans le même état que les pièces du rez-de-chaussée : faux plafonds, cheminées affreuses et papiers peints laids à faire peur. Mais j'ai été véritablement enchantée en découvrant la tour ronde qui donnait dans la chambre qui est à présent la mienne et celle de Rose. Papa a essayé d'en ouvrir la porte, mais comme elle était condamnée, il a traversé le palier.

– Cette tour d'angle que nous avons vue de l'extérieur doit certainement se trouver dans les parages, a-t-il dit.

Nous l'avons suivi dans la petite chambre de Thomas, à la recherche de cette tour, puis dans la salle de bains. Elle était pourvue d'une baignoire gigantesque, avec un encadrement en acajou, et de deux cuvettes de W.-C., côte à côte, dont les sièges étaient en acajou également, et munis d'un unique abattant pour les deux. Toute la partie en faïence représentait des vues du château de Windsor, et quand on tirait la chasse, le clapet, au fond, s'escamotait et tout le bas du château disparaissait. Au-dessus des deux cuvettes, il y avait un petit texte laissé par les précédents occupants : « Soutiens-moi, et je serai sauvé[1]. » Papa s'est assis sur le rebord de la baignoire et a explosé de rire. Il ne toucherait à rien dans cette salle de bains, de sorte que même le petit verset est toujours à sa place.

La tour d'angle se trouvait entre la baignoire et les toilettes. Comme il n'y avait pas de porte, nous avons monté l'escalier de pierre en colimaçon, mais il y avait tant de marches effondrées que nous avons dû faire demi-tour. Nous étions cependant parvenus assez haut pour réussir à déboucher sur le haut de la muraille ; il y avait un chemin de ronde assez large, avec un parapet crénelé de part et d'autre. De là, nous voyions maman dans la voiture en train de bercer Thomas.

– N'attirez pas son attention, nous a recommandé papa, ou elle va penser que nous allons nous casser le cou.

Le chemin de ronde nous a menés jusqu'à l'une

---

1. Psaume 119 de la Bible.

des tours de la loge de garde, où, donnant dans l'escalier de cette tour, se trouvait la porte de la salle de garde.

– Dieu merci, ils n'ont touché à rien ici! a remarqué papa en entrant. Comme je vais pouvoir bien travailler dans cette pièce!

Des fenêtres à meneaux donnaient sur la cour, comme celles de devant sur le chemin. Papa nous a dit qu'elles dataient de l'époque Tudor; plus récentes que la loge de garde elle-même, mais plus anciennes que la maison.

Nous sommes retournés dans la tour et avons estimé que les marches de l'escalier à vis étaient en assez bon état pour continuer notre ascension : quand nous nous sommes retrouvés en train d'avancer à tâtons, dans le noir, je l'ai amèrement regretté. Papa a gratté quelques allumettes, mais dès que l'une s'éteignait, il y avait quelques secondes atroces pendant lesquelles nous étions plongés dans l'obscurité. Les pierres glacées et rugueuses étaient étranges au contact de mes mains et de mes genoux nus. Mais lorsque enfin nous avons débouché à l'air libre, en haut de la tour crénelée, nous n'avons pas été déçus : jamais je ne m'étais trouvée dans un tel état d'euphorie. J'étais tellement contente d'avoir eu le courage de monter jusque-là. Non que j'aie eu vraiment le choix : Rose n'avait cessé de me pousser par-derrière!

Nous avons contemplé le chemin en contrebas et les champs qui s'étendaient au loin, de part et d'autre ; nous étions si haut que nous voyions parfaitement la façon dont les haies les découpaient en parcelles disparates, tel un patchwork.

Il y avait quelques petits bois et, à environ un kilomètre sur la gauche, un tout petit village. Nous avons fait le tour pour regarder la cour-jardin, quand soudain, nous nous sommes exclamés en même temps : «La voilà!» Au-delà des murs en ruines, sur le côté ouest de la cour, une colline, s'élevait en pente douce, et au sommet de cette colline nous est apparue la belle tour dont la recherche nous avait conduits jusqu'ici. Je ne comprenais pas pourquoi nous ne l'avions pas vue quand, en arrivant, nous étions entrés dans la cour en empruntant le passage sous la loge de garde. Peut-être le jardin en friche nous en masquait-il la vue; ou peut-être notre découverte de la maison nous avait-elle stupéfaits au point que nous n'avons pas songé à regarder dans l'autre direction.

Papa s'est précipité dans l'escalier. Comme je lui criais de m'attendre, il m'a prise dans ses bras, laissant passer Rose devant avec les allumettes. Il supposait que le bas de l'escalier allait déboucher dans le passage sous la loge de garde, mais Rose grattait la dernière allumette tandis que nous arrivions sous la porte voûtée qui donnait sur le chemin de ronde; nous l'avons donc suivi en sens inverse jusqu'à la salle de bains et avons regagné l'entrée de la maison par le joli petit escalier. Maman, qui nous cherchait, est apparue au même instant à la porte principale en traînant par la main un Thomas renfrogné et endormi : il ne voulait pas rester tout seul dans la voiture. Papa lui a montré la tour sur la colline – on la voyait parfaitement dès lors qu'on savait dans quelle direction regarder – et lui a demandé de le suivre ; il a traversé la cour-jardin au pas de course. Elle lui a répondu qu'elle ne pouvait pas le suivre avec Thomas. Je me souviens de m'être dit que je devrais peut-être lui tenir compagnie, mais au lieu de cela, j'ai couru après papa et Rose.

Nous avons escaladé les murs écroulés qui délimitaient le jardin et franchi les douves par le pont branlant situé à l'angle sud-ouest ; ce qui nous a menés au pied de la colline, mais papa nous a expliqué que ce n'était pas une colline naturelle, mais une sorte de remblai, résultat de terrassements très anciens ayant servi de fortifications (dès lors nous ne l'avons plus appelée que «la butte»). Le gazon était ras et moelleux, et il n'y avait plus trace de ruines. Arrivés en haut, nous avons dû escalader une espèce de talus, qui, d'après papa, devait servir de défense extérieure. Nous nous sommes retrouvés sur un vaste plateau couvert de hautes herbes. Tout au fond, il y avait une butte plus petite, arrondie et très lisse, et c'est sur celle-ci que, à plus de cent cinquante mètres, la tour noire se découpait sur le ciel embrasé par les derniers rayons du soleil. L'entrée était à plus d'un mètre cinquante du sol, en haut d'une volée de marches en pierre – papa a essayé en vain de forcer la porte ; donc nous n'avons pas pu visiter la tour, ce soir-là.

Nous avons tous fait le tour de la petite butte et papa nous a encore expliqué qu'on appelait cela une motte ; il nous a dit que cette partie-là était beaucoup plus ancienne que le château fort, en bas. Le soleil s'est couché et une petite brise s'est levée, conférant un aspect inquiétant à tout le lieu, mais papa continuait de parler avec le même enthousiasme et le même plaisir. Quand soudain Rose s'est exclamée :

– C'est dans une tour comme celle-ci que vivait Mère Demdike, dans *The Lancashire Witches*[1].

Elle m'avait lu des passages de ce livre jusqu'à ce que maman l'en empêche tant cela me faisait peur. Juste à ce moment, nous avons entendu maman nous appeler d'en bas ; elle avait une drôle de voix, aiguë, presque désespérée.

– Allez, viens, maman a peur, ai-je dit en prenant Rose par la main.

Et je me suis convaincue que je courais pour venir en aide à maman, alors qu'en réalité, j'étais terrifiée à l'idée de rester à proximité de cette tour une seconde de plus.

Papa a dit que nous ferions mieux d'y aller tous. Nous avons escaladé les talus, après que Rose et moi, main dans la main, eûmes dévalé la pente douce, prenant de plus en plus de vitesse, de sorte que j'ai bien cru que nous allions tomber. Pendant tout le temps qu'a duré notre course folle, j'avais une peur bleue, mais c'était plutôt agréable. C'est ainsi que j'ai vécu toute cette soirée.

Lorsque nous avons regagné la maison, maman était assise sur les marches de l'entrée et berçait Thomas qui s'était rendormi.

– N'est-ce pas un endroit extraordinaire ? s'est

---

1. Histoire d'amour sur fond de sorcellerie de W. H. Ainsworth (1805-1882), roman dont l'action se situe au début du XVIIe siècle. Les sorcières de Pendle sont célèbres dans le Lancashire, et leur procès suivi de leur exécution par pendaison semble historiquement établi.

exclamé papa. Il sera à moi, quand bien même devrais-je y laisser mon dernier penny.

– Si telle doit être ma croix, j'imagine que le bon Dieu me donnera la force de la porter, a rétorqué maman.

Papa a éclaté de rire, mais moi, cela m'a choquée. Je ne sais absolument pas si elle plaisantait ou non, mais je m'aperçois combien le souvenir que j'ai d'elle s'est estompé. Même quand je me rappelle ce qu'elle disait, je n'entends plus le son de sa voix. Et si je la revois à peu près telle qu'elle était ce jour-là, blottie sur les marches, ou de dos dans la voiture, avec son tailleur en tweed marron et son chapeau de feutre informe, je ne retrouve plus du tout son visage. Lorsque j'essaie de le faire, je revois simplement la photo que j'ai d'elle.

Rose et moi sommes retournées à la voiture avec elle, mais papa a fait encore un tour jusqu'à la nuit tombée. Je me souviens l'avoir vu apparaître sur le chemin de ronde, près de la loge de garde, m'émerveillant d'être montée moi-même là-haut. Malgré la pénombre du crépuscule, je distinguais ses cheveux blonds et son beau profil. Il était svelte à l'époque mais avec une large carrure – il a toujours été quelqu'un d'imposant.

Il était dans un tel état d'exaltation qu'il a conduit comme un fou jusqu'à King's Crypt. À l'arrière de la voiture, Rose, Thomas et moi étions secoués comme dans un panier à salade. Maman lui a dit que ce n'était pas très prudent sur ces routes si étroites, alors il s'est mis à rouler à une vitesse d'escargot, ce qui nous a fait beaucoup rire, Rose et moi.

— Il faut être raisonnable, a dit maman, Thomas devrait être au lit à l'heure qu'il est.

Thomas s'est redressé brusquement et a lancé :
— Oh, oui alors, je devrais être au lit !

Ce qui nous a tous fait rire, même maman.

Le lendemain, après avoir pris ses renseignements, papa s'est rendu à Scoatney Hall. À son retour, il nous a dit que Mr. Cotton n'était pas disposé à vendre le château, mais qu'il lui avait accordé un bail de quarante ans.

— Et je peux faire tout ce que je veux dans la maison, a-t-il ajouté, car le vieux monsieur est bien conscient qu'elle ne peut pas être pire qu'elle l'est actuellement.

Naturellement, papa l'a considérablement améliorée, la badigeonnant à la chaux, dégageant les lambris du salon enterrés sous huit couches de papier peint, démolissant les cheminées les plus laides, les faux plafonds, les cloisons de la cuisine. Il y avait encore beaucoup de choses qu'il avait prévu de faire, particulièrement en ce qui concerne le confort — je sais que maman voulait un chauffage central et un appareil à produire de l'électricité ; mais il a dépensé tant d'argent à acheter des meubles d'époque, avant même le début des travaux, qu'elle l'a convaincu de réduire les dépenses au minimum. Il avait toujours dans l'idée que les aspects pratiques viendraient plus tard ; probablement quand il aurait écrit son prochain livre.

Nous avons emménagé au printemps. Je me souviens parfaitement du jour où le salon a été terminé. Tout était si pimpant : les rideaux de chintz à fleurs, les beaux meubles anciens rutilants, les lambris peints en blanc qu'il avait fallu recouvrir tant ils étaient abîmés. J'étais fascinée par le grand vase de jeunes branches de hêtre ; je me suis assise par terre pour l'admirer tandis que Rose jouait son morceau, *To a Water Lily*[1], sur le vieux piano à queue de maman. Tout à coup, papa a surgi dans la pièce, l'air très exalté, et nous a annoncé qu'il y avait une surprise pour nous à la fenêtre. Il a ouvert en grand la fenêtre à meneaux et nous avons découvert, glissant paisiblement côte à côte dans les douves, deux cygnes blancs. Nous nous sommes penchées pour leur donner du pain, et durant tout ce temps une brise printanière agitait les feuilles de hêtre vert tendre. Puis nous nous sommes rendues dans le jardin, où les pelouses avaient été tondues et les massifs de fleurs nettoyés ; il y avait toutes sortes de fleurs grimpantes précoces qui embaumaient. Dans la salle de garde, papa est allé ranger ses livres.

– N'est-ce pas une très jolie maison ? nous a-t-il crié d'en haut.

J'étais entièrement de son avis ; et je le suis encore. Mais si on réussit à y passer un hiver, on trouvera qu'il fait trop chaud au pôle Nord.

Comme la mémoire est une chose curieuse ! Quand je ferme les yeux, je vois trois châteaux différents : celui découvert dans la lumière de ce premier soir, celui tout propre et tout pimpant des premiers temps de notre installation, et celui qu'il est aujourd'hui. Cette dernière image est très

---

1. Pièce pour piano d'Edward Alexander MacDowell, compositeur et pianiste américain mort en 1908.

triste, car tous nos beaux meubles ont disparu : il ne reste plus qu'un tapis dans la salle à manger ; non que cette pièce nous manque énormément – c'est la première que nous ayons visitée le jour où nous avons exploré la maison, et elle a toujours été trop éloignée de la cuisine. Il reste encore quelques fauteuils dans le salon et, fort heureusement, personne ne pourra nous acheter le piano car il est beaucoup trop encombrant et vétuste. Mais le joli chintz des rideaux a fané et tout a l'air à l'abandon. Dès que le printemps sera là, il faudra vraiment que nous essayions de rafraîchir cette maison, au moins pourrons-nous toujours faire un bouquet de branches de hêtre.

Cela fait maintenant cinq ans que nous sommes pauvres ; après la mort de maman, nous avons vécu sur le capital qu'elle nous a laissé. Je ne me suis jamais souciée de ce genre de choses, car j'ai toujours été convaincue qu'un jour ou l'autre, papa recommencerait à gagner de l'argent. Maman nous a toujours entretenus dans l'idée que c'était un génie et qu'il ne fallait jamais bousculer les génies.

Quel est donc son problème à lui ? Et à quoi passe-t-il exactement ses journées ? J'ai écrit hier qu'il ne faisait rien d'autre que lire des romans policiers, mais c'était une exagération stupide, parce que miss Marcy ne peut pas lui en procurer plus de deux par semaine (bien qu'il soit capable de relire les mêmes au bout d'un certain temps, ce qui me semble ahurissant). Évidemment, il lit aussi d'autres livres. Tous ceux qui avaient quelque valeur ont été vendus (ce que j'ai pu les regretter !), mais il en reste encore pas mal, dont une vieille *Encyclopædia Britannica,* incomplète ; je sais qu'il la lit en s'amusant à sauter d'un renvoi à l'autre. Et je suis certaine qu'il réfléchit énormément. Plus d'une fois, quand il ne répondait pas à mon coup frappé à la porte de la salle de garde, je suis entrée et l'ai trouvé en train de regarder dans le vide. Lorsqu'il fait beau, il marche beaucoup, ce qui ne lui est pas arrivé depuis des mois. Il a laissé tomber tous les amis qu'il avait à Londres. Le seul qu'il se soit fait ici, c'est le pasteur, le meilleur homme qui soit ; c'est un célibataire qui vit avec sa vieille servante. Cela me fait penser que papa s'est arrangé pour ne pas le voir de tout l'hiver.

L'insociabilité de papa a été un grand obstacle à ce que nous nous fassions des relations ici, et il n'y a pas grand monde à connaître. C'est un tout petit village : il y a l'église, le presbytère, la petite école, l'auberge, un magasin (qui sert aussi de bureau de poste) et un petit groupe de cottages ; mais le pasteur arrive à attirer du monde des fermes et des hameaux environnants. C'est un charmant petit village au nom invraisemblable de Godsend, ce qui est la déformation de Godys End, qui lui-même vient du nom du chevalier normand Étienne de Godys, fondateur du château de Belmotte. Notre château, je veux dire celui sur lequel notre maison a été construite, s'appelle aussi Godsend ; c'est un descendant de Godys qui l'a bâti.

Personne ne connaît au juste l'origine de « Belmotte », toute la butte s'appelle ainsi, de même que la tour elle-même. On pourrait supposer que « Bel » vient du français, mais le pasteur croit plutôt que cela vient de «Bel», le dieu soleil, dont le culte a été introduit par les Phéniciens, et que le tertre a été érigé pour que l'on puisse y allumer des feux votifs, la nuit de la Saint-Jean; il pense que les Normands se sont contentés de profiter de son existence. Papa ne croit pas en la théorie du dieu Bel et dit que les Phéniciens adoraient les étoiles et non le soleil. Quoi qu'il en soit, cette butte est l'endroit rêvé pour adorer aussi bien le soleil que les étoiles. Ce qui m'arrive de temps en temps.

J'avais l'intention de recopier dans ce journal un essai sur les châteaux que j'ai écrit pour la Société d'Histoire de l'école, mais il est très long et le style particulièrement ampoulé (ce qu'ils ont dû souffrir!), donc je vais essayer d'en faire un résumé :

LES CHÂTEAUX

Au début de l'époque normande, il semble qu'il y eût des tertres protégés par des fossés et des palissades en bois. À l'intérieur de ces défenses, il y avait des bâtiments en bois, et parfois un monticule élevé qui servait de poste de guet. Par la suite, les Normands se mirent à construire de grandes tours carrées (appelées donjons), mais on s'aperçut qu'on pouvait en miner les angles – miner signifiait alors creuser la terre, saper, et non faire sauter à l'aide d'explosifs –, de sorte qu'ils décidèrent de bâtir des tours rondes, parmi lesquelles Belmotte. Plus tard encore, les donjons furent ceints de hauts murs, appelés courtines. Ces courtines étaient le plus souvent construites selon un plan carré, et flanquées de tours en saillie ou en fer à cheval, de part et d'autre de la loge de garde, ou «châtelet», aux quatre coins et au milieu de chacun des côtés, de façon que les défenseurs puissent voir de partout les assiégeants qui chercheraient à saper ou à escalader les murs, et les repousser. Mais les assiégeants n'étaient pas à court d'expédients, et disposaient en particulier d'une arme nommée trébuchet, capable de projeter de gros blocs de pierre, et même un cheval mort, par-dessus ces courtines, ce qui était assez gênant. Finalement, quelqu'un eut l'idée de creuser des fossés le long des courtines. Naturellement, il fallait que les châteaux avec douves soient construits sur un terrain plat; le donjon de Belmotte, perché sur sa butte, devait être à peu près tombé en désuétude lorsque le château de Godsend fut construit. Puis tel a été peu à peu le sort de tous les châteaux, et les Têtes rondes de Cromwell[1] ont démoli deux pans et demi de nos courtines.

Bien avant cela, le nom des Godys s'était éteint et les deux châteaux étaient passés aux mains des Cotton de Scoatney, par l'intermédiaire d'une de leurs filles. La maison bâtie sur les ruines leur servit un temps de modeste manoir, puis elle devint une simple ferme. Aujourd'hui, elle n'est même plus cela : ce n'est que la demeure d'une famille ruinée, les Mortmain.

---

1. Oliver Cromwell (1599-1658), homme politique anglais célèbre pour son puritanisme et son rejet de l'absolutisme du roi Charles Ier. Ses Têtes rondes, partisans du Parlement, s'opposèrent aux Cavaliers, partisans du roi qui, livré à Cromwell, fut jugé et décapité.

Oh, qu'allons-nous faire pour trouver de l'argent? Nous sommes assurément tous assez intelligents pour en gagner un peu, ou pour faire un beau mariage : je veux parler de Rose ; car pour ma part, le mariage me tente aussi peu que le cimetière, et je ne suis même pas certaine que quelqu'un voudrait de moi. Mais comment faire pour que Rose rencontre quelqu'un ? Nous avions l'habitude d'aller tous les ans à Londres chez la tante de notre père, qui a une maison à Chelsea avec un bassin et des nénuphars, où elle reçoit toutes sortes d'artistes. C'est chez elle que papa a rencontré Topaz – tante Millicent ne lui a jamais pardonné de l'avoir épousée, c'est pourquoi elle ne nous invite plus ; c'est assez ennuyeux parce que cela signifie que nous ne pouvons rencontrer aucun homme, pas même des artistes. Oh, pauvre de moi ! J'ai le moral au plus bas. Tout en écrivant, je me suis plongée dans le passé, baignée par sa lumière : tout d'abord la lumière dorée de l'automne, puis la lumière argentée du printemps, enfin, l'étrange lumière grise mais passionnante, qui éclaire le passé historique. Mais me voilà revenue sur terre et la pluie bat contre la fenêtre du grenier, un courant d'air glacé souffle dans l'escalier et Ab est redescendu, alors j'ai froid au ventre.

Grands dieux, qu'est-ce qu'il pleut ! La pluie dessine de longues stries qui coupent Belmotte en diagonale. Qu'il pleuve ou qu'il fasse du soleil, Belmotte est toujours belle. J'aimerais bien que ce soit la nuit de la Saint-Jean pour pouvoir allumer mon feu votif sur la colline.

La citerne glougloute, ce qui signifie que Stephen est en train de tirer de l'eau à la pompe.

Oh, bienheureuse perspective, ce soir, je prends un bain! Et si Stephen est rentré, ce doit être l'heure du thé. Je vais descendre et me montrer charmante avec tout le monde. Les nobles actions et les bains chauds sont les meilleurs remèdes contre la dépression.

Chapitre 4

J'étais loin d'imaginer ce que la soirée me réservait : il nous est véritablement arrivé quelque chose ! Mon imagination meurt d'envie de se déchaîner et de tirer des plans sur la comète ; mais j'ai remarqué que lorsqu'on imagine des choses, elles ne se produisent jamais dans la vraie vie, donc je me retiens. Au lieu de me laisser aller à de folles conjectures, je vais raconter la soirée en commençant par le commencement, en me réjouissant en silence, car chaque moment me semble passionnant au regard de ce qui a suivi.

J'ai trouvé refuge dans la grange. En conséquence de ce qui s'est passé hier soir, Rose et Topaz ont entrepris un grand nettoyage de printemps dans le salon. Elles sont de très belle humeur. Quand je me suis éclipsée, Rose était en train de chanter *The Isle of Capri* d'une voix très haute et Topaz *Blow the Man Down* d'une voix très basse. La matinée est très belle aussi, il fait plus chaud, le soleil brille, mais la campagne est encore à moitié inondée. La grange – que nous louons à Mr. Stebbins, mais nous lui devons tellement d'argent pour les œufs et le beurre qu'il ne nous paie plus le loyer – est remplie de paille jusqu'en haut ; j'ai grimpé sur le tas et ouvert la petite porte carrée sous le toit. Je vois les chaumes et les champs labourés, et le blé d'hiver trempé, jusqu'au village où la fumée monte tout droit des cheminées dans l'air immobile. Tout est jaune pâle, comme lavé à grande eau, et respire l'optimisme.

Hier, quand je suis redescendue du grenier, je me suis aperçue que Rose et Topaz avaient teint tout ce qu'elles avaient pu trouver à teindre, jusqu'au torchon à vaisselle et à l'essuie-mains. Dès que j'ai eu plongé mon mouchoir dans la grande lessiveuse de teinture verte, j'ai été fascinée à mon tour : on se prend vraiment pour un dieu à changer la couleur des choses. J'ai teint mes deux chemises de nuit, puis nous avons teint tous les draps de Topaz, ce qui a été une telle entreprise que nos ardeurs en ont été quelque peu refroidies. Papa est descendu pour le thé et il n'était pas particulièrement ravi que Topaz ait teint son gilet jaune, qui a pris une nuance «très vieille mousse des bois». Et il a trouvé que nos bras teints en vert jusqu'au coude étaient absolument dégoûtants.

Nous avons eu du vrai beurre pour le thé, parce que Mr. Stebbins en a donné à Stephen quand il est venu discuter avec lui de sa prochaine embauche à la ferme – il a commencé à travailler ce matin ; et Mrs. Stebbins nous a fait porter un rayon de miel. Stephen a déposé tout cela à ma place, ce qui m'a donné un peu l'impression d'être la maîtresse de maison. Il n'y a rien de meilleur au monde que du pain frais, du vrai beurre et du miel pour le thé, même pour les millionnaires !

Il a plu comme rarement, durant le repas. Je n'ai jamais aimé que les éléments se déchaînent, ce n'est pas tant que cela me fasse peur, mais j'imagine tellement la pauvre campagne malmenée qu'à la fin il me semble que c'est moi que l'on maltraite. C'est tout le contraire qui se passe pour Rose : on dirait qu'elle incite les éléments à se déchaîner, qu'elle appelle de ses vœux des coups de tonnerre de plus en plus fracassants et des éclairs aveuglants. Elle est allée à la porte voir la pluie tomber et nous a dit que le jardin était complètement sous l'eau.

— Le chemin va se transformer en rivière, a-t-elle remarqué avec satisfaction, n'étant pas du genre à se rappeler que Thomas allait devoir revenir à bicyclette dans une heure : il rentrait tard aujourd'hui à cause d'un exposé.

— Si je puis me permettre d'ajouter au plaisir simple que tu prends à te délecter de la violence de Dame Nature, sache que d'ici quelques minutes nous aurons, dans le toit, au moins six nouvelles fuites du plus bel effet.

Il y en avait déjà une dans la cuisine, sous laquelle Stephen avait mis une bassine. Je lui ai dit que les deux fuites du grenier avaient commencé avant que je descende, mais il y avait des baquets en dessous. Il est allé voir s'ils ne débordaient pas et nous a annoncé en revenant qu'il y avait quatre nouvelles fuites. Comme nous étions à court de récipients, nous avons mis trois casseroles et la soupière.

— Je ferais peut-être mieux de rester là-haut pour les vider au fur et à mesure, a-t-il proposé.

Il a pris un livre et quelques bouts de chandelle,

et j'ai pensé que ça allait être assez sinistre de lire des poèmes sous six gouttières.

Nous avons fait la vaisselle, après quoi Rose et Topaz sont allées dans la buanderie étendre les draps teints. Papa a attendu auprès du feu que la pluie cesse pour regagner la salle de garde. Il était assis sans bouger, le regard fixe. J'ai été frappée de constater à quel point nos relations étaient inexistantes. Je suis allée m'asseoir sur le garde-feu et je lui ai parlé du temps qu'il faisait ; c'est là que je me suis rendu compte que je lui faisais la conversation comme à un étranger. Cela m'a tellement attristée que je n'ai plus rien trouvé à lui dire. Après quelques minutes de silence, il a dit :

– Alors comme ça, Stephen est allé travailler à Quatre-Pierres.

Je me suis contentée de hocher la tête, puis il m'a regardée d'un drôle d'air et m'a demandé si j'aimais bien Stephen. Je lui ai répondu que oui, bien sûr, mais que ses poèmes me gênaient un peu.

– Tu devrais lui dire que tu sais qu'il les recopie. Tu feras cela très bien : encourage-le à écrire quelque chose de son cru, même si c'est mauvais. Et sois très directe avec lui, mon enfant, au risque de le brusquer un petit peu.

– Mais je ne pense pas que ça lui plaise, ai-je dit. Je crains qu'il ne prenne cette brusquerie pour du mépris. Et tu sais quelle affection il a toujours eue pour moi.

– D'où la nécessité d'une certaine brusquerie, a rétorqué papa. À moins que... Évidemment, il est beau comme un dieu. Je suis assez content qu'il ne se soit pas épris de Rose.

J'ai dû avoir l'air particulièrement interloquée, car il m'a souri en disant :

– Oh, ne t'inquiète surtout pas pour ça. Tu as suffisamment de bon sens pour faire instinctivement ce qu'il convient. Il est inutile de demander à Topaz de te donner des conseils, car elle va penser que tout cela est merveilleux, tout à fait naturel, et, pour autant que je sache, ça l'est probablement. Dieu sait ce que vous allez devenir, mes filles.

Et j'ai brusquement compris de quoi il parlait.

– Je comprends, ai-je dit, et je serai un peu brusque, sans plus.

Je me demande bien si je vais en être capable. Et je me demande aussi si c'est vraiment indispensable ; la dévotion de Stephen à mon égard n'est ni sérieuse ni réfléchie. Mais à présent que j'ai cette idée en tête, je ne peux m'empêcher de me rappeler la façon bizarre dont il m'a demandé si j'avais faim. C'est ennuyeux... mais plutôt excitant... Je vais arrêter d'y penser ; ces choses-là ne m'intéressent pas du tout. Elles sont nettement plus du genre de Rose, et je comprends très bien ce que papa a voulu dire lorsqu'il s'est félicité de ce que Stephen ne soit pas épris de Rose.

Topaz est revenue de la buanderie et a mis des fers à repasser à chauffer, donc papa a changé de sujet et m'a demandé si j'avais teint tous mes vêtements en vert. Je lui ai répondu que j'en avais très peu à teindre.

– Aucune robe longue ?
– Non, pas une.

Et d'ailleurs, je ne vois pas comment je pourrais me procurer le moindre vêtement de grande personne.

– Mais ma tunique de gymnastique a encore de beaux jours devant elle et elle est très confortable.

– Il faut que je lui transforme une de mes robes, a dit Topaz en retournant à la buanderie.

J'ai eu l'impression que mon manque de vêtements était une critique de la part de papa, alors, pour essayer de parler d'autre chose, je lui ai posé la question la plus maladroite possible :

– Comment va le travail ?

Tandis que son visage se refermait, il m'a répondu d'un ton sec :

– Tu es trop grande pour croire encore aux contes de fées.

Je savais que j'avais mis les pieds dans le plat, alors autant les agiter un peu.

– Dis-moi franchement, papa, tu n'as plus du tout envie d'essayer d'écrire ?

– Ma chère Cassandra, m'a-t-il répondu d'un ton cinglant que je lui avais rarement entendu, il est grand temps que cesse cette légende selon laquelle je serais un écrivain. Ne compte surtout pas sur mes revenus pour t'offrir ta robe de débutante.

Là-dessus, il s'est levé puis il est monté au premier étage. Je me serais giflée pour avoir gâché la première conversation que nous avions depuis des mois.

Thomas est rentré à ce moment-là, trempé jusqu'aux os. Je lui ai conseillé de ne pas traverser la chambre de papa, comme nous avons l'habitude de le faire, et il est passé par-devant. Je lui ai apporté des sous-vêtements secs – heureusement pour lui le repassage de la semaine était fait – et suis allée voir comment allait Stephen.

Il avait planté les bouts de chandelle sur le plancher, tout près de son livre ouvert, et lisait à plat ventre. Son visage était étonnamment lumineux dans l'obscurité du grand grenier. Je suis restée un instant à le regarder bouger les lèvres avant qu'il ne s'aperçoive de ma présence. Les casseroles étaient sur le point de déborder. Comme je l'aidais à les vider par la fenêtre, j'ai vu qu'il y avait de la lumière dans la salle de garde, ce qui signifiait que papa était retourné chez lui sous la pluie. Celle-ci commençait d'ailleurs à se calmer. L'air était chargé d'humidité.

Je me suis penchée au-dessus du jardin et j'ai trouvé qu'il faisait plus chaud qu'à l'intérieur, mais notre maison met toujours un certain temps à s'adapter aux changements de temps.

– Ça va bientôt être le printemps, miss Cassandra, a dit Stephen.

Nous avons humé l'air avec un bel ensemble.

– Il y a une certaine douceur dans l'air, non? ai-je répondu. J'inclinerais à considérer cette pluie comme une ondée printanière, n'est-ce pas, à moins que je ne m'abuse? Vous savez que j'ai toujours tendance à croire que le printemps est arrivé.

Il s'est penché par la fenêtre et a pris une profonde inspiration.

– Il arrive bel et bien, miss Cassandra. Nous aurons peut-être quelques petits ratés, mais il arrive bel et bien, c'est un début.

Puis soudain il a souri, mais pas à moi, il a souri en regardant droit devant lui et a ajouté :

– Et les débuts sont toujours des moments délicieux…

Après quoi il a refermé la fenêtre et nous avons replacé les casseroles sous les filets d'eau qui, dans les récipients vides, faisaient une jolie petite musique. Les flammes des bougies par terre projetaient les ombres les plus étranges et faisaient paraître Stephen gigantesque. Je me suis souvenue alors que papa avait dit qu'il était beau comme un dieu ; et puis je me suis souvenue que je ne m'étais pas souvenue d'être un peu brusque.

Nous sommes redescendus dans la cuisine et j'ai donné quelque chose à manger à Thomas. Topaz repassait sa robe d'intérieur en soie, qui avait l'air très belle : elle était bleu pâle, mais avec la teinture elle avait pris un extraordinaire ton aigue-marine. Je crois que ça a contribué à rendre Rose de très mauvaise humeur. Elle s'était mise à repasser une petite robe en coton sur laquelle la teinture n'avait pas parfaitement pris.

– À quoi bon perdre son temps avec des affaires d'été ! a-t-elle dit. J'ai l'impression qu'il ne fera plus jamais chaud.

– Il y a vraiment un parfum de printemps dans l'air ce soir, lui ai-je dit. Va sentir dehors !

Comme Rose était parfaitement insensible aux saisons, elle ne m'a pas écoutée, mais Topaz est aussitôt allée ouvrir la porte en grand. Puis elle a rejeté la tête en arrière, ouvert largement les bras et respiré à pleins poumons.

– Ce n'est qu'une petite bouffée de printemps, pas encore le grand souffle ! ai-je précisé, mais son extase était trop grande pour qu'elle m'entende.

Je m'attendais véritablement à ce qu'elle se jette dans la nuit, mais, après quelques grandes respirations, elle est montée au premier étage essayer sa robe d'intérieur.

— Ça me dépasse, a remarqué Rose. Depuis le temps, je ne sais toujours pas si elle fait ça parce qu'elle en a vraiment envie, si elle joue la comédie pour nous épater, ou si elle la joue pour s'épater elle-même.

— Les trois à la fois, ai-je dit. Et puisque ça l'aide à vivre, je ne l'en blâmerai pas.

Rose est allée fermer la porte, mais avant de la claquer, elle a humé quelques instants l'air frais de la nuit, ce qui manifestement ne lui a pas remonté le moral.

— Si je pouvais faire quelque chose de fou, je le ferais tout de suite ! a-t-elle déclaré.

— Mais qu'est-ce que tu as au juste, Rose ? a demandé Thomas. Ça fait des jours que tu te frappes la poitrine et ça commence à bien faire. Heureusement que nous pouvons au moins nous moquer un peu de Topaz, mais toi, tu es toujours aussi sinistre.

— Ne parle pas la bouche pleine, a rétorqué Rose. Je suis sinistre, et c'est comme ça ! Je n'ai rien à me mettre, je n'ai aucune perspective d'avenir. Je vis dans un tas de ruines où je n'ai rien d'autre à attendre que la vieillesse.

— Ça fait des années que c'est le cas, a raillé Thomas. Comment se fait-il que ça te déprime brusquement ?

— Peut-être à cause du long hiver glacial, ai-je suggéré.

— Le long hiver glacial de ma vie, oui ! a rétorqué Rose, ce qui a déclenché chez Thomas un tel fou rire qu'il s'en est étouffé.

Rose a eu l'intelligence de rire un peu, elle aussi. Elle est venue s'asseoir à la table, l'air un peu moins rébarbatif.

– Dites-moi, Stephen, a-t-elle demandé, vous qui allez à l'église : est-ce que les gens croient encore au diable ?

– Certains, mais je ne pense pas que ce soit le cas du pasteur.

– Le diable n'est plus à la mode, ai-je dit.

– Donc, il serait peut-être flatté si je croyais en lui, et se démènerait pour moi. Je vais lui vendre mon âme, comme Faust.

– Faust a vendu son âme au diable en échange de sa jeunesse, a fait remarquer Thomas.

– Eh bien, moi, je vais la lui vendre pour profiter de ma jeunesse pendant qu'il en est encore temps, a répliqué Rose. Vous croyez qu'il va m'entendre si je crie, ou bien vais-je devoir me mettre en quête d'un « Puits du Diable », d'un « Trou du Diable » ou que sais-je encore ?

– Tu pourrais essayer de faire un vœu sur la tête de notre gargouille, lui ai-je proposé.

Elle avait beau être fort désespérée, elle était beaucoup plus, comment dirais-je ? plus gaie et facétieuse que tous ces derniers temps, et je voulais l'encourager dans cette voie.

– Allez me chercher l'échelle, Stephen, a-t-elle demandé.

Ce que nous appelons notre gargouille n'est en réalité qu'une tête sculptée dans la pierre tout au-dessus de la cheminée de la cuisine. Papa estime que la chapelle du château devait se trouver là-haut, parce qu'il y a encore, çà et là, quelques vestiges de pierres cannelées ainsi qu'une anfractuosité qui avait dû servir de bénitier. Le vieux mur a été tant de fois badigeonné que les contours en sont très flous aujourd'hui.

– L'échelle ne montera pas jusque-là, miss Rose, a objecté Stephen, et le pasteur a dit que c'était une tête d'ange.

– Peut-être, mais aujourd'hui il a vraiment un air diabolique, a insisté Rose, et après tout, le diable n'est qu'un ange déchu.

Nous avons tous levé les yeux vers la tête en question et, en effet, elle avait bien l'air un peu diabolique ; les boucles de cheveux avaient été en grande partie cassées, et les rares qui restaient lui faisaient comme de petites cornes.

– Peut-être que ce sera beaucoup plus efficace si tu fais un vœu sur une tête d'ange en pensant au diable, ai-je suggéré, comme les sorcières qui disent la messe à l'envers.

– Nous pourrions te hisser sur le séchoir à linge, Rose, a proposé Thomas.

Le séchoir, où étaient suspendus les draps teints, était monté. Rose a demandé à Stephen de le descendre, mais il m'a regardée comme pour avoir mon accord. Rose s'est rembrunie et s'est dirigée vers la corde.

– Si vous tenez vraiment à faire les imbéciles, laissez-moi d'abord enlever les draps, ai-je dit.

Rose a donc descendu le séchoir, et Stephen m'a aidée à étendre les draps sur deux autres séchoirs sur pied. Thomas retenait la corde tandis que Rose en éprouvait la solidité.

– Le séchoir tiendra, a affirmé Stephen. J'ai aidé à le construire et je sais qu'il est très solide. Mais je ne peux garantir ni la corde ni les poulies.

Je suis allée m'asseoir à côté de Rose, me disant que si avec nos deux poids ça tenait, elle ne courrait aucun danger toute seule. J'ai bien vu à son regard, et au rouge qui lui était monté aux joues, qu'il était inutile de tenter de l'en dissuader. Nous avons un peu éprouvé la résistance du séchoir en rebondissant dessus, après quoi elle a déclaré :

– C'est bon. Hissez-moi là-haut !

Stephen est venu aider Thomas.

– Mais pas vous, miss Cassandra, a-t-il dit. C'est dangereux.

– Je suppose que cela vous est bien égal que ce soit moi qui me rompe le cou, a remarqué Rose.

– J'aimerais autant pas, a répliqué Stephen, mais je sais que vous insisterez jusqu'à ce que nous cédions. Et de toute façon, c'est vous qui avez quelque chose à demander à l'ange, pas miss Cassandra.

Moi aussi, j'aurais été ravie de faire un vœu, mais pour tout l'or du monde je ne serais pas montée là-haut.

– C'est un diable, pas un ange, rappelez-vous ! a dit Rose qui est restée quelques secondes les jambes ballantes avant de nous dévisager les uns après les autres. Quelqu'un me met-il au défi de le faire ?

– Non ! nous sommes-nous écriés en chœur, ce qui a dû l'énerver un peu plus.

– Eh bien, je relève toute seule le défi. Hissez-moi !

Thomas et Stephen ont tiré sur la corde. Lorsque Rose s'est trouvée à près de trois mètres du sol, je leur ai demandé de s'arrêter un instant.

– Quel effet ça fait, Rose ? lui ai-je demandé.
– Bizarre, mais au moins ça change. Continuez, les gars.

Ils ont continué à la hisser. La tête en pierre devait se trouver à plus de six mètres de hauteur, et plus Rose s'élevait, plus j'avais mal au cœur : je crois que je n'avais pas perçu jusqu'alors à quel point ce qu'elle faisait était périlleux. Quand elle fut parvenue à moins de un mètre de la tête, Stephen lui a crié :

– Le séchoir ne peut pas monter plus haut !

Elle a levé le bras, mais sans réussir à toucher la tête.

– J'ai l'impression qu'il y a une prise ici, comme s'il y avait eu des marches, dans le temps.

L'instant d'après, elle se penchait en avant, saisissait une pierre en saillie et se plaquait contre le mur. La lampe, sur la table, n'éclairait pas grand-chose à une telle hauteur, mais cela me paraissait horriblement risqué.

– Dépêche-toi et finissons-en, lui ai-je crié.

J'avais les genoux tremblants et l'estomac retourné.

Il ne lui restait plus qu'une marche à saisir pour atteindre la tête.

– Il n'est pas très beau, vu de près, a-t-elle annoncé. Qu'est-ce que je lui dis, Cassandra ?

– Fais-lui une petite caresse sur la tête, ai-je suggéré. Cela doit faire des lustres que personne ne lui a témoigné de l'affection.

Rose lui a caressé la tête. J'ai saisi la lampe et l'ai brandie à bout de bras, mais le plafond de la cuisine était toujours plongé dans la pénombre. Elle était extraordinaire là-haut, on aurait dit

qu'elle se déplaçait en volant le long de la paroi ou qu'elle était peinte dessus. Je lui ai crié :
— Diable angélique ou ange diabolique,
Exauce notre vœu, écoute notre supplique.
Don de Dieu, ce château implore une faveur…
Et tout à coup je n'ai plus su quoi dire.
— Si c'est un diable, c'est un don du diable, a dit Thomas au moment même où une voiture klaxonnait bruyamment sur la route de Godsend. Tiens, voilà justement le diable qui vient te chercher ! a-t-il ajouté.
Rose a sursauté.
— Redescendez-moi ! s'est-elle écriée d'une voix que je ne lui connaissais pas, avant de se laisser tomber sur le séchoir.
Pendant une seconde, j'ai craint que les garçons n'aient pas prévu ce geste, mais ils n'avaient pas lâché la corde et ils ont redescendu Rose en douceur. À peine parvenue au sol, elle a sauté du séchoir et s'est assise par terre.
— C'est le klaxon qui m'a fait sursauter, a-t-elle dit toute tremblante, alors j'ai regardé en bas et j'ai eu le vertige.
Je lui ai demandé de me décrire très précisément ce qu'elle avait ressenti là-haut, mais elle m'a répondu qu'elle n'avait rien ressenti du tout jusqu'à ce qu'elle ait le vertige. C'est une des grandes différences entre nous : je sais que j'aurais ressenti toutes sortes de choses et eu envie de me les rappeler toutes, tandis qu'elle n'aura pensé qu'à ce qu'elle pourrait demander à la tête en pierre.
— Tu n'as pas fait de vœu, n'est-ce pas ?
Elle a éclaté de rire.

— Oh, j'ai réussi à lui confier un ou deux petits secrets, a-t-elle avoué.

À ce moment, Topaz est descendue, en ciré noir, chapeau de pluie et bottes en caoutchouc, comme si elle partait en expédition avec les sauveteurs en mer. Elle nous a dit que sa robe d'intérieur avait tellement rétréci à la teinture qu'elle étouffait dedans et qu'elle irait nettement mieux à Rose. Sur ce, elle est sortie, laissant la porte grande ouverte.

— Ne dévorez pas la nuit ! lui a crié Thomas en manière de plaisanterie.

— La chance commence à te sourire, ai-je dit à Rose, tandis qu'elle se précipitait au premier étage pour essayer la robe d'intérieur de Topaz.

Comme Thomas allait faire ses devoirs dans sa chambre, je me suis dit que je ferais aussi bien de me préparer mon bain et j'ai demandé à Stephen si ça le dérangeait que je le prenne dans la cuisine ; c'est là que je le prends en général, mais comme cela implique qu'il n'y mette pas les pieds pendant un bon bout de temps, j'éprouve toujours le besoin de m'excuser. Il m'a répondu avec beaucoup de délicatesse qu'il avait à faire dans la grange et qu'il allait m'aider avant.

— Mais il y a encore toute la teinture dans la baignoire, me suis-je rappelée.

Nous l'avons vidée, puis Stephen l'a rincée à grande eau.

— Je crains qu'il n'en reste encore sur les parois, miss Cassandra. Ne préférez-vous pas utiliser la baignoire de la salle de bains ?

La baignoire de la salle de bains était tellement vaste que l'eau chaude dont nous disposions n'arrivait à la remplir que de quelques centimètres, et un terrible courant d'air soufflait de la tour. J'ai choisi de risquer plutôt la teinture. Nous avons donc approché la baignoire du feu et Stephen y a versé toute l'eau chaude du chauffe-eau, puis m'a aidée à ériger un paravent à l'aide des séchoirs sur lesquels nous avons étendu les draps verts, alors que d'habitude, je me sers des housses pour les fauteuils. Comme nos séchoirs font un mètre cinquante de haut, je peux prendre mon bain en toute intimité, et en tout bien tout honneur, mais je suis beaucoup plus détendue si j'ai la cuisine pour moi toute seule.

— Qu'avez-vous à lire ce soir, miss Cassandra ?

Je lui ai répondu que j'avais le volume de «Bis» à «Cal» de notre vieille Encyclopédie que je viens de réemprunter au pasteur, car je crois qu'un certain nombre de choses essentielles m'ont échappé la première fois que je l'ai lue, il y a cinq ans, et le numéro de la semaine dernière de *Conversation au coin du feu*, que m'a gentiment prêté miss Marcy. J'aime bien avoir l'embarras du choix dans mon bain. Stephen a disposé mes lectures à portée de main, pendant que j'allais chercher mes affaires de toilette. Et soudain, une fois qu'il a eu allumé sa lanterne pour aller dans la grange, il m'a tendu une tablette entière de chocolat au lait à deux pence.

— Comment avez-vous fait ? me suis-je exclamée.

Il m'a expliqué qu'il avait pu l'acheter à crédit, grâce au fait qu'il avait un travail.

— Je sais que vous aimez bien manger dans votre bain, miss Cassandra. Entre les livres et le chocolat, vous avez tout ce qu'il vous faut, non ? À part peut-être une radio.

— N'allez surtout pas en acheter une à crédit ! ai-je dit en riant.

Et je l'ai remercié pour le chocolat et lui en ai proposé un morceau. Mais il a refusé et regagné la grange.

J'étais précisément en train d'entrer dans mon bain quand Héloïse s'est mise à gémir à la porte de derrière pour qu'on lui ouvre. Naturellement, elle voulait venir près du feu, ce qui est un peu pénible car elle ne présente aucune sorte d'intérêt dans un bain, hormis si l'on tient absolument à se faire griffer jusqu'au sang. Mais comme elle avait l'air d'avoir plutôt envie de dormir, nous nous sommes installées toutes les deux le plus gentiment du monde. J'étais merveilleusement bien derrière mon grand paravent, à l'abri des courants d'air ; et les chatoiements du feu qui se reflétaient sur les draps verts leur donnaient une couleur étonnante. J'ai eu l'idée géniale de m'asseoir sur le plus grand plat de service que nous ayons pour éviter la teinture ; mais les petites rigoles pour le jus de viande le rendaient quelque peu inconfortable.

Je suppose qu'en général, dans un bain, on commence par se laver en entier pour pouvoir paresser ensuite ; en ce qui me concerne, je commence toujours par paresser. Je me suis aperçue que les premières minutes étaient les plus délicieuses, et qu'il ne fallait surtout pas les gâcher — il me vient toujours des tas d'idées et la vie me paraît tout à coup bien plus agréable. Papa prétend que l'eau chaude est parfois aussi stimulante que l'alcool et, bien que je n'y aie encore jamais goûté – sauf si l'on compte le tout petit flacon de porto que le pasteur me donne pour mes rites de la nuit de la Saint-Jean –, je le crois volontiers. Donc, je commence par rêvasser, puis je me lave, et enfin je lis autant que la température de l'eau me le permet. La dernière étape d'un bain, alors que l'eau refroidit et qu'on n'a plus rien à espérer, peut se révéler tout à fait décevante. J'imagine qu'il en va de même avec l'alcool.

Cette fois, j'ai paressé en pensant à la famille et je dois vraiment rendre hommage à l'eau chaude de m'avoir permis de penser à ma famille tout en paressant agréablement. Car nous ne sommes pas particulièrement brillants, avec papa qui moisit dans sa salle de garde, Rose qui peste contre la vie et la terre entière, Thomas…, bon, c'est un garçon très gai, mais il ne faut pas se cacher qu'il est franchement sous-alimenté. Topaz est certainement la plus heureuse de nous tous car elle continue à penser que c'est follement romantique d'avoir épousé papa et de vivre dans un château ; et sa peinture, son luth et sa communion échevelée avec la nature lui sont d'un grand réconfort. J'aurais parié qu'elle était absolument nue sous son ciré et qu'elle avait l'intention de monter au sommet de la butte et de l'enlever, une fois là-haut. Après avoir posé nue pour les peintres pendant tant d'années, le naturisme en tant que tel revêt fort peu de charme à ses yeux, mais elle adore se trouver en relation intime avec les éléments. Cela nous a valu quelques problèmes un peu gênants avec la ferme des Quatre-Pierres, et depuis, elle s'est décidée à ne se promener toute nue que la nuit. Évidemment, la saison du naturisme s'arrête avec l'hiver, mais elle est étonnamment résistante au froid et je suis certaine qu'elle n'a pas été insensible aux signes avant-coureurs du printemps. Bien qu'il fasse un peu plus chaud, c'est loin d'être la canicule, et la savoir là-haut ce soir, à Belmotte, me fait apprécier plus que jamais mon bain.

J'ai mangé la moitié de ma tablette de chocolat et j'avais l'intention d'offrir l'autre moitié à Rose, mais Héloïse agitait la queue d'une façon si touchante et si confiante que j'ai partagé avec elle ; elle m'en a été tellement reconnaissante que j'ai bien cru qu'elle allait sauter dans la baignoire. J'ai réussi à la calmer, à la dissuader de continuer à lécher le savon et je m'apprêtais à me laver pour de bon lorsqu'on a frappé à la porte.

Je n'arrive toujours pas à comprendre comment j'ai pu avoir l'idée de répondre : « Entrez ! » Il faut croire que j'ai dit cela sans réfléchir. Je venais de me savonner la figure, ce qui nous rend particulièrement vulnérable, et lorsque j'ai imprudemment ouvert les yeux, le savon est entré dedans ; je cherchais à attraper une serviette à tâtons quand j'ai entendu la porte s'ouvrir. Héloïse s'est précipitée en aboyant à qui mieux mieux, ç'a été un miracle si elle n'a pas renversé les séchoirs au passage. Pendant les secondes qui ont suivi, la confusion était à son comble, avec Héloïse qui aboyait comme une perdue et deux hommes qui s'évertuaient à la faire taire. Je ne l'ai pas rappelée à l'ordre parce que je savais qu'elle ne mordait pas et surtout je ne me voyais pas en train d'expliquer que j'étais dans mon bain, d'autant que je n'avais même pas de serviette dans laquelle m'envelopper. J'ai enfin réussi à rouvrir les yeux tant bien que mal et je me suis aperçue alors que j'avais dû la laisser quelque part dans la cuisine. Heureusement, Héloïse a fini par se calmer au bout de quelques minutes.

– Tu n'as pas entendu quelqu'un répondre «Entrez»? a dit l'un des deux hommes, et j'ai compris à son accent qu'il devait être américain.

Il avait une voix agréable, comme les gentils dans les films américains, pas les gangsters.

– Il y a quelqu'un? a-t-il demandé.

Mais l'autre lui a dit de se taire, parce qu'il voulait voir la maison d'abord.

– C'est superbe! a-t-il ajouté.

Cette voix-là m'a énormément troublée. L'homme n'avait pas l'accent anglais, mais pas l'accent américain non plus, et aucun accent étranger d'ailleurs. C'était une voix très originale, très douce et très intéressante.

– Tu te rends compte que ce mur est celui d'un ancien château? a dit la voix.

Ça n'a pas été un moment très réjouissant pour moi, car je croyais qu'il allait venir regarder de plus près le mur de la cheminée, mais à cet instant, Thomas a surgi de l'escalier. Les hommes ont expliqué qu'ils avaient pris le chemin du château par hasard et que leur voiture s'était embourbée. Ils voulaient de l'aide pour la dégager.

– Ou si nous devons la laisser ici toute la nuit, autant vous prévenir, a dit la voix à l'accent américain, parce qu'elle est en plein milieu du chemin.

Thomas leur a proposé d'aller voir avec eux et je l'ai entendu prendre ses bottes dans la buanderie.

— Vous habitez un très bel endroit, a dit la voix originale.

Et j'ai eu peur qu'ils ne demandent à y jeter un coup d'œil. Mais l'autre a commencé à expliquer que la voiture était terriblement embourbée et voulu savoir si nous avions des chevaux pour la tirer. Une minute après, Thomas était parti avec eux. J'ai entendu la porte claquer et j'ai poussé un gros soupir de soulagement.

Mais je me sentais un peu déprimée; c'était trop triste de songer que je n'avais pas même vu ces hommes et que je ne les verrais peut-être jamais. J'essayais d'imaginer des visages qui iraient avec les voix quand soudain je me suis aperçue que l'eau refroidissait et que je ne m'étais pas encore lavée. J'ai fini par m'y mettre mais, en dépit de mes efforts énergiques, je n'ai pas réussi à venir à bout de la teinture verte de mes bras. Quand je m'y mets, je n'abandonne pas facilement et suis plutôt du genre maniaque, donc lorsque j'ai eu terminé, ces personnages m'étaient complètement sortis de l'esprit. J'ai quitté mon bain pour aller chercher sur la pointe des pieds un broc d'eau chaude au chauffe-eau juste à côté du feu, et je venais tout juste de me remettre à lire lorsque j'ai entendu la porte s'ouvrir de nouveau.

Quelqu'un est entré dans la cuisine et j'étais certaine que ce n'était personne de la famille – ils m'auraient appelée ou fait davantage de bruit. Je sentais que quelqu'un était en train d'inspecter la pièce. Au bout d'un moment, n'en pouvant plus, j'ai crié :

— Qui que vous soyez, sachez que je suis dans mon bain.

— Grand Dieu ! Je vous prie de m'excuser, a dit l'homme à la voix douce. Y étiez-vous déjà tout à l'heure ?

Je lui ai répondu par l'affirmative et demandé si la voiture était toujours embourbée.

— Ils sont allés chercher des chevaux pour la sortir de là, alors j'en ai profité pour revenir jeter un coup d'œil. C'est la première fois de ma vie que je vois un endroit pareil.

— Laissez-moi seulement me sécher et reprendre mes esprits, et je vous ferai visiter.

Je m'étais déjà séché le visage et le cou avec les draps et j'avais renoncé à m'aventurer dans le froid à la recherche de la serviette. Je lui ai donc demandé s'il ne la voyait pas quelque part, mais apparemment non, alors je me suis mise à genoux dans la baignoire, j'ai écarté les draps verts et j'ai glissé la tête dans l'entrebâillement des tissus. Il s'est tourné vers moi. Rarement ai-je été aussi étonnée : il avait une barbe noire !

Je n'avais jamais vu de barbu de ma vie, à part un vieillard à l'hospice de Scoatney qui ressemblait au Père Noël. Mais cette barbe-ci n'avait rien à voir : elle était taillée en pointe, plutôt à la mode élisabéthaine. Mais c'était quand même très étonnant, parce qu'il avait une voix vraiment juvénile.

— Bonjour ! m'a-t-il dit en souriant.

Et je peux vous assurer à son ton qu'il me prenait pour une enfant. Il a trouvé ma serviette et il était sur le point de me l'apporter lorsqu'il s'est arrêté net en disant :

— Tu n'as aucune raison d'avoir si peur. Je vais la poser là où tu pourras l'attraper et je m'en retournerai dans la cour.

— Je n'ai pas peur, mais vous ne ressemblez pas à votre voix.

Cela l'a fait rire, et j'ai compris alors que ce n'était pas des choses à dire, donc je me suis dépêchée d'ajouter :

— Ce n'est vraiment pas la peine de sortir. Vous ne voulez pas vous asseoir ? Loin de moi l'idée de me comporter de façon si peu hospitalière.

C'étaient bien là les phrases les plus pompeuses que j'aie jamais prononcées.

J'ai commencé par glisser un bras entre les draps pour saisir la serviette.

— Il risque de se produire une catastrophe si tu fais ça, a-t-il dit. Je vais te la passer par le côté.

Comme je retirais la tête, j'ai vu sa main apparaître sur le côté. J'ai attrapé la serviette et j'allais lui demander de me passer aussi mes vêtements lorsque la porte s'est ouverte de nouveau.

— Je t'ai cherché partout, Simon, a dit la voix américaine. C'est un sacré endroit, j'ai même vu un fantôme.

— N'importe quoi ! a répondu le barbu.

— Je t'assure, c'est vrai, j'étais dans le chemin... J'ai braqué ma torche électrique vers la tour et j'ai vu une forme blanche disparaître derrière.

— Un cheval, certainement.

— Penses-tu ! Il marchait sur ses deux jambes. Mais... mince alors, je suis peut-être en train de devenir fou, je t'assure qu'on aurait dit qu'il n'avait pas de jambes.

Manifestement, Topaz avait dû garder aux pieds ses grandes bottes en caoutchouc noir.

— Cesse de parler de cela, veux-tu, a chuchoté

le barbu, il y a un enfant qui prend un bain derrière les draps.

J'ai demandé si quelqu'un pouvait me passer mes vêtements et j'ai tendu le bras.

— Oh, mon Dieu! Mais c'est un enfant vert! s'est écrié l'Américain. Où sommes-nous tombés? C'est la maison Usher[1], ou quoi?

— Je ne suis pas entièrement verte, ai-je expliqué. C'est simplement que nous avons fait de la teinture aujourd'hui.

— Alors, ce doit être un de vos fantômes que j'ai aperçu, a dit l'Américain.

Le barbu s'est approché avec mes vêtements.

— Ne t'en fais pas pour le fantôme, a-t-il déclaré. Il n'a rien vu du tout, bien évidemment.

— Ce ne serait pas très étonnant, là-haut, sur la butte, ai-je répondu. Mais ce devait plutôt être ma belle-mère en grande communion avec la nature.

J'étais sortie de mon bain, enveloppée comme il se doit dans ma serviette, et j'ai tourné la tête pour m'adresser à lui : elle n'était plus du tout à la même hauteur que lorsque j'étais à genoux au fond de la baignoire, ce qui n'a pas manqué de le surprendre.

— Oh, mais vous êtes plus grande que je ne l'aurais cru, a-t-il remarqué.

Comme je prenais mes vêtements, j'ai aperçu du coin de l'œil l'autre homme. Il avait exactement la tête qui allait avec sa voix, un joli visage, original. Le plus étrange, c'est que j'avais l'impression de le

---

1. Edgar Allan Poe (1809-1849), écrivain américain qui publia en 1839 *Histoires extraordinaires* où figure notamment *La Chute de la maison Usher*.

connaître. Depuis, j'en ai conclu que c'était parce qu'il y avait énormément de jeunes gens comme lui dans les films américains, pas le héros naturellement, mais le frère du héros ou les jeunes pompistes des stations-services. Il a croisé mon regard.

– Bonjour ! m'a-t-il dit. Racontez-m'en un peu plus sur votre belle-mère sans jambes et sur le reste de votre famille. Avez-vous aussi une sœur qui joue de la harpe à cheval, ou que sais-je ?

Au même moment, Topaz a commencé à jouer du luth au premier – elle avait dû rentrer discrètement par la porte de devant. Le jeune homme a éclaté de rire.

– C'est bien ce que je disais !
– Ce n'est pas de la harpe, c'est du luth, a rectifié le barbu. Ça devient franchement stupéfiant ! Un château, un luth…

C'est alors que Rose a fait son apparition dans l'escalier ; elle portait la robe d'intérieur teinte en vert de Topaz, aux longues manches flottantes, de style un peu médiéval. Manifestement, elle ne savait pas qu'il y avait du monde à la maison, car elle s'est exclamée :

– Regarde, Cassandra !

Les deux hommes se sont retournés vers elle tandis qu'elle s'arrêtait net en haut des marches. Pour une fois, Topaz avait correctement accordé son luth et jouait *Green Sleeves*[1], ce qui était parfaitement de circonstance.

---

1. Célèbre chanson anonyme anglaise dont le titre signifie « Manches vertes ».

Chapitre 5

Plus tard. De nouveau sur le tas de paille dans la grange.

J'ai été obligée de laisser Rose là où elle était, c'est-à-dire dans l'escalier, car Topaz sonnait le déjeuner. Comme elle avait été trop occupée pour faire vraiment la cuisine, elle nous a servi des choux de Bruxelles froids avec du riz froid. Ce n'est pas ce que je préfère, mais au moins, ça cale formidablement. Nous avons déjeuné dans le salon, qui avait été nettoyé de fond en comble. Et malgré le feu qui brûlait dans la cheminée, il y faisait un froid de canard ; j'ai remarqué que les pièces extra-propres ont l'air extra-froides.

Rose et Topaz sont allées voir ce qu'elles pouvaient couper dans les haies pour nos grands pichets du Devon. Topaz a dit que si elles ne trouvaient rien de bien, elle couperait des branches nues et y accrocherait toutes sortes de petites choses amusantes – si c'est le cas, ça m'étonnerait que ça m'amuse beaucoup ; on se serait attendu de la part de quelqu'un qui, comme Topaz, aime autant la nudité, qu'il laisse les branches nues telles quelles.

Personne d'entre nous ne veut reconnaître que nous espérons que les Cotton reviennent très vite à la maison, mais c'est là notre souhait le plus cher. Car évidemment, les deux hommes étaient les Cotton : les Cotton de Scoatney qui venaient de débarquer pour la première fois dans la région. Je ne comprends pas comment je ne l'ai pas deviné tout de suite, car je savais bien que la propriété était revenue à un Américain. Le plus jeune fils du vieux Mr. Cotton était parti aux États-Unis dans les années 1900, après une grosse dispute familiale, je suppose, et par la suite s'était fait naturaliser américain. Évidemment, il était assez improbable qu'il hérite un jour de Scoatney, mais deux de ses frères aînés étaient morts à la guerre et le troisième avait péri dans un accident de voiture avec son fils unique. Après quoi, ce fils américain avait tenté de se réconcilier avec son père, mais le vieux monsieur n'acceptait de le revoir que s'il reprenait la nationalité anglaise, ce qu'il se refusait à faire. Il est mort il y a environ un an ; les deux jeunes gens sont ses fils. Simon, le barbu, nous a dit hier soir qu'il venait de réussir à persuader son grand-père de le recevoir lorsque le pauvre vieux Mr. Cotton est mort à son tour, ce qui est en effet très regrettable.

Le plus jeune des fils s'appelle Neil, et s'il a l'air si différent de son frère, c'est qu'il a été élevé en Californie, où son père avait un ranch, tandis que Simon vivait à Boston et à New York avec sa mère. (J'en déduis que les parents étaient divorcés. Mrs. Cotton est à Londres en ce moment et doit arriver incessamment à Scoatney.) Papa a dit que Simon avait bien l'accent américain et qu'il existe en Amérique autant d'accents différents qu'en Angleterre, davantage, en fait. Il a dit aussi que Simon parlait un très bon anglais, mais un peu désuet, comparé à celui qui est en vogue aujourd'hui. Il possède assurément une voix fascinante mais je persiste à préférer le plus jeune des frères.

Il est regrettable que Simon soit l'héritier, car Rose déteste les barbes ; mais nous pourrons peut-être la lui faire raser. Suis-je en train d'insinuer que ma sœur est décidée à épouser un homme qu'elle n'a vu qu'une seule fois et dont elle n'aime pas l'aspect physique ? Elle fait à moitié semblant d'y croire et je pense que c'est un jeu auquel jouent nombre de jeunes filles lorsqu'elles rencontrent n'importe quel bon parti. Elles s'imaginent... Et si une famille a jamais eu besoin de s'imaginer des choses, c'est bien la nôtre. Mais uniquement en ce qui concerne Rose. Je me suis posé la question de savoir si par hasard je ne nourrissais pas quelque rêve personnel, et très franchement, la réponse est non. Plutôt mourir que d'épouser l'un de ces deux hommes tout à fait charmants.

N'importe quoi ! Plutôt épouser les deux que de mourir. Mais il m'est brusquement apparu, perchée sur mon tas de foin, gavée de riz froid, qu'il y avait quelque chose de révoltant dans la façon dont l'esprit des filles est si prompt à songer au mariage, bien avant de songer à l'amour. Et que ce même esprit est bien souvent ignorant de ce que représente en réalité le mariage. Maintenant que j'y pense, je m'aperçois que je me suis forgé un jugement essentiellement à partir des livres, car je ne connais pas d'autres filles que Rose et Topaz. Mais dans les livres, certains personnages sont très réels, chez Jane Austen, par exemple ; et je sais très bien que les cinq membres de la famille Bennet, au début d'*Orgueil et Préjugés,* qui ne pensent en fait qu'au moyen de mettre le grappin sur les jeunes gens de Netherfield Park, ne songent pas un seul instant aux réalités du mariage. Je me demande si Rose y songe seulement. Je vais peut-être essayer de lui en parler avant qu'elle ne s'engage trop avant. Heureusement, je ne suis pas complètement ignorante sur le sujet – avec Topaz pour belle-mère, c'est impossible. Je connais tout des réalités de la vie. Et je n'en fais pas grand cas.

Ç'a été un moment extraordinaire que celui où Rose a surgi en haut de l'escalier. Cela m'a fait penser à Beatrix, dans *Esmond*[1], sauf que Beatrix ne s'est pas pris les pieds dans sa robe avant les trois dernières marches et qu'elle n'a pas dû se rattraper à la rampe d'une main teinte en vert. Mais tout s'est finalement passé pour le mieux car Rose a commencé à se sentir gênée dès qu'elle a aperçu les Cotton : je l'ai vu à la façon dont elle a descendu l'escalier, gracieuse mais gênée. Lorsqu'elle a trébuché, Neil Cotton s'est précipité à son secours, puis tout le monde a ri et s'est mis à parler aussitôt, de sorte qu'elle en a oublié son trouble.

Pendant que je me dépêchais de m'habiller, derrière les draps, les Cotton ont expliqué qui ils étaient. Ils n'étaient en Angleterre que depuis

---

[1]. *L'Histoire d'Henri Esmond,* de W. M. Thackeray (1811-1864), journaliste et romancier anglais, auteur également de *La Foire aux vanités* et de *Barry Lyndon.*

quelques jours seulement. Je me suis demandé quel effet cela faisait d'être à la place de Simon, arrivé de nuit et débarquant pour la première fois de sa vie dans une grande bâtisse telle que Scoatney, qui de plus lui appartenait. Pendant un instant, j'ai cru voir avec ses yeux et sentir à quel point notre château avait dû lui paraître étrange, émergeant de la campagne anglaise détrempée. Je l'imaginais en train d'essayer de jeter un coup d'œil par la fenêtre au-dessus de l'évier – je suis certaine que c'est ce qu'il a fait quand il est revenu sans son frère. Cette vision a dû m'apparaître par simple transmission de pensée, parce que, au même moment, il a dit :

– Je n'arrivais pas à croire que cette cuisine existait pour de vrai, on aurait dit une gravure tirée d'un vieux livre de contes de fées.

J'espère qu'il trouvait aussi que Rose avait l'air d'une princesse de contes de fées, ce qui était le cas. Et elle était tellement charmante, tellement à l'aise ; elle ne cessait de rire, de son joli rire cristallin. Elle n'avait plus rien à voir avec la Rose de mauvaise humeur qu'elle était à peine une demi-heure plus tôt et cela m'a rappelé l'épisode du vœu sur la tête de l'ange-démon. C'est alors qu'il s'est produit quelque chose de très curieux. Simon Cotton avait l'air aussi séduit par Rose que par la cuisine : son regard passait sans cesse de l'une à l'autre. Il avait sorti sa lampe torche, qu'il appelait lampe de poche, pour mieux examiner le mur de la cheminée (j'avais fini de m'habiller) et quand il l'a eu éclairé jusqu'à la tête en pierre, il s'est dirigé vers la petite fenêtre qui donne sur le fossé, dans le recoin le plus sombre de la cuisine.

Sa lampe s'est éteinte et il l'a retournée pour voir si l'ampoule ne s'était pas dévissée. À ce moment précis, elle s'est rallumée. Et pendant une fraction de seconde, l'ombre de sa tête a été projetée sur le mur et, avec sa barbe en pointe, on aurait dit exactement le diable.

Rose l'a vu en même temps que moi et a sursauté. Il s'est aussitôt retourné vers elle, mais au même instant, Héloïse a traversé les draps verts, renversant au passage un des séchoirs, ce qui a fait diversion. J'ai sauvé la situation en m'exclamant : « Enfer et damnation ![1] », comme pour gronder Héloïse, disant qu'il n'y avait que ça qu'elle comprenait, et ça a marché. Mais je ne pouvais oublier l'ombre. C'est complètement idiot, je sais, je n'avais jamais vu de regard aussi doux. Mais Rose est très superstitieuse. Je me demande si le jeune frère est riche. Il était aussi gentil avec Rose que Simon Cotton. Et avec moi aussi d'ailleurs.

Il y a eu un moment assez délicat quand Simon m'a demandé si le château était à nous et que j'ai répondu :

– Non, il est à vous.

Je me suis empressée d'ajouter que nous avions encore une trentaine d'années de bail devant nous. Je me demande si l'on peut décompter les années où l'on n'a pas payé le loyer. Bien évidemment, je n'ai pas fait allusion au loyer. Je crois que ça aurait jeté un froid.

---

[1]. « Hel, Hel ! » jeu de mots anglais, entre « Hel », l'abréviation d'Héloïse, et *hell* qui signifie « enfer ».

Au bout d'une vingtaine de minutes de discussion générale, Topaz est descendue, vêtue de son vieux tailleur en tweed. Comme elle s'habille rarement en tweed dans la journée, et jamais, au grand jamais le soir, ça lui donne l'air sinistre, exsangue, au lieu d'une pâleur troublante, et j'ai été plutôt étonnée ; d'autant que la porte de sa chambre était entrebâillée et qu'elle avait donc dû comprendre la situation. Je me suis retenue de lui demander pourquoi elle se présentait sous son plus mauvais jour. Peut-être imaginait-elle que le tweed donnerait à notre famille un air d'aristocrates terriens.

Nous lui avons présenté les Cotton, et elle leur a un petit peu parlé, mais nous a paru très morne. Qu'avait-elle hier soir ? Au bout de quelques instants, elle a préparé du chocolat – à part de l'eau, nous n'avions rien d'autre à offrir ; j'ai vidé pour Thomas la boîte de thé, et encore, ce n'était plus que de la poussière.

Nous n'avons pas les moyens de nous offrir du chocolat le soir, sauf cas exceptionnel – lorsque quelqu'un est malade, ou pour se réconcilier après une dispute familiale –, et ça me déplaisait de savoir que Thomas et Stephen n'en auraient pas ; ils n'étaient toujours pas revenus des Quatre-Pierres où ils étaient allés chercher des chevaux pour dégager la voiture. Il me semblait aussi que papa devait profiter avec nous de toutes les occasions de manger un peu, mais je savais qu'il était parfaitement inutile de lui demander de venir faire la connaissance d'étrangers ; je craignais, même s'il acceptait de descendre pour un petit biscuit, qu'il n'entende les voix une fois parvenu à sa chambre et ne fasse demi-tour. Quand brusquement, la porte de derrière s'est ouverte et il a fait son apparition. Il s'était remis à pleuvoir à verse et c'était beaucoup plus rapide, et moins périlleux, de traverser la cour en courant que de passer par le haut de la muraille. Il pestait sans retenue contre le sale temps, contre son poêle à pétrole qui s'était mis à fumer, et comme il avait sa vieille couverture sur la tête, il n'a découvert les Cotton qu'une fois en face d'eux. Topaz s'est arrêtée de remuer le chocolat dans la casserole et a annoncé fièrement :

– Mon mari, James Mortmain !

Et là, il s'est produit quelque chose d'extraordinaire.

– Mais... oh, mais c'est un miracle ! s'est écrié Simon Cotton. C'est vous l'auteur de *Jacob Luttant*...

Papa l'a regardé, et j'ai vu passer dans ses yeux une lueur de désespoir, je ne peux rien dire d'autre. Au début, j'ai cru que c'était parce qu'il s'était fait piéger par des inconnus. Puis il a dit : « Euh..., eh bien, oui... », d'une drôle de voix, un peu hésitante, quand soudain j'ai compris qu'en fait, il était extrêmement content, mais plutôt incrédule.

J'imagine qu'un naufragé perdu en pleine mer et apercevant un bateau à l'horizon aurait fait la même tête que papa en cet instant. Simon Cotton est venu vers lui, lui a serré la main et lui a présenté son frère.

– Neil, tu te souviens de *Jacob Luttant* ?
– Oui, bien sûr, il était génial, a-t-il répondu.

J'en ai aussitôt conclu qu'il pensait que Jacob

Luttant était le nom d'un des personnages du livre, tandis qu'il s'agissait en réalité de Jacob luttant avec l'ange. Simon, en revanche, a parlé du livre comme s'il l'avait terminé une minute plus tôt, alors que j'ai compris peu à peu qu'il l'avait étudié à l'université, il y avait des années de ça. Au début, papa était nerveux et maladroit, planté au milieu de la pièce et serrant sa couverture autour de lui mais, petit à petit, il s'est détendu, à tel point qu'au bout d'un moment on n'a plus entendu que lui et Simon qui plaçait un mot de temps en temps. Finalement, papa s'est débarrassé de sa couverture qui semblait l'entraver dans ses mouvements et s'est avancé vers la table en disant : « Du chocolat, du chocolat ! », comme s'il s'agissait là du breuvage le plus extraordinaire au monde – ce qui est bien mon avis.

Comme nous le dégustions, la conversation est devenue un peu plus générale. Papa a fait des plaisanteries à propos de nos mains vertes, et Neil Cotton, qui avait découvert le plat au fond de la baignoire, a trouvé très amusant que je m'en sois servie pour m'asseoir dessus. Rose était de plus en plus charmante, souriante et affable. Elle était assise au coin du feu, Ab sur les genoux, dont le poil est presque de la même couleur que ses cheveux, et les Cotton venaient toutes les cinq minutes le caresser. Je voyais bien que tout à la maison les fascinait. Quand Héloïse a sauté sur le couvercle du chauffe-eau pour y dormir au chaud, Neil a dit qu'il n'avait jamais rien vu d'aussi astucieux. Pour ma part, je n'ai pas dit grand-chose – papa et les Cotton se sont chargés de l'essentiel de la conversation – mais j'ai eu l'impression que les Cotton trouvaient tout ce que je disais très amusant.

Et puis, au moment où tout semblait marcher comme sur des roulettes, Simon Cotton a posé la question que je redoutais par-dessus tout :

— Et quand pouvons-nous espérer une suite à *Jacob Luttant* ? a-t-il demandé à papa en se tournant vers lui.

Je savais que j'aurais dû faire diversion en renversant mon chocolat chaud, par exemple, mais il me faisait bien trop envie. Tandis que j'étais aux prises avec ma gourmandise, papa a répondu :

— Jamais.

Il a dit cela sans colère ni amertume. Il l'a dit dans un souffle. Je ne pense pas qu'à part moi, quiconque se soit aperçu qu'au même moment, il s'est tassé sur lui-même, abattu : son port de tête s'est quelque peu altéré et ses épaules se sont affaissées. Mais avant que j'aie compris ce qui lui arrivait, Simon Cotton intervenait :

— Naturellement, il ne peut y avoir de suite, quand on y réfléchit.

Papa lui a jeté un regard tandis que Simon Cotton enchaînait précipitamment :

— Il semblerait que certains livres uniques en leur genre ne puissent avoir ni prédécesseurs ni successeurs pour leur auteur. Quand bien même seraient-ils destinés à influencer considérablement l'œuvre d'autres écrivains, pour leur créateur ils sont achevés, se suffisent à eux-mêmes.

Topaz regardait papa avec autant d'inquiétude que moi.

— Oh, mais il se peut…, a-t-elle essayé de protester avant que papa ne l'interrompe.

— Voulez-vous dire par là que ces écrivains-là sont la plupart du temps les auteurs d'un seul livre, un livre unique ? a-t-il demandé, très calmement.
— Dieu m'en garde, a répondu Simon Cotton. Je voulais simplement dire que j'avais eu tort d'employer le terme de « suite ». Les écrivains qui ont fait œuvre d'originalité, les précurseurs – dans un sens, probablement les seuls authentiques créateurs – vont chercher très loin en eux l'inspiration d'un unique chef-d'œuvre, parfaitement achevé et non le maillon d'une chaîne. Puis ils vont essayer de creuser de nouveau pour créer autre chose, d'aussi unique et original. Dieu a peut-être créé d'autres mondes mais, manifestement, il n'a pas pu renouveler l'expérience.

Il a expliqué tout cela d'une façon pompeuse et savante, mais avec une grande sincérité, et pourtant j'avais des doutes quant à sa sincérité. Je ne trouvais pas non plus que cela voulait dire grand-chose. Je crois que c'était une façon élégante et brillante de se sortir d'un mauvais pas ; mais si c'était effectivement le cas, il avait été prompt à comprendre qu'il se trouvait dans une situation délicate. Le plus étrange, c'est que papa a paru très impressionné par son discours. Il a fait un mouvement de la tête, comme frappé par une soudaine inspiration, mais il n'a rien répondu ; on avait un peu l'impression qu'il voulait réfléchir un instant. Après quoi, Simon lui a posé une question sur le troisième rêve de *Jacob Luttant*, et il est sorti de sa torpeur – je ne l'avais d'ailleurs jamais vu aussi vif depuis l'année de son mariage avec Topaz. Et il ne s'est pas contenté de parler de lui ; quand il a eu répondu à la question de Simon, il nous a toutes fait participer à la conversation (il a fait allusion à chacune de nous), surtout Rose. Dès qu'il disait quelque chose à son sujet, les Cotton se retournaient vers elle, ce qui ne semblait pas leur déplaire.

Neil Cotton était beaucoup moins bavard que son frère. Il est resté la plupart du temps assis sur le chauffe-eau en briques auprès d'Héloïse. À un moment, il m'a fait un clin d'œil amical.

Thomas a fini par revenir en disant que les chevaux attendaient. (Il y avait encore un peu de chocolat chaud pour lui, mais pas pour Stephen, qui était resté auprès des chevaux. Heureusement, je lui avais gardé, près du feu, la moitié de mon bol.) Je suis allée avec papa patauger dans la gadoue du chemin en compagnie des Cotton pour voir dégager leur voiture. Rose n'a pas pu venir à cause de sa robe d'intérieur et Topaz n'en brûlait pas d'envie. Il régnait une sympathique confusion, dans la lumière des lampes torches des Cotton, les éclats de rire et les bruits destinés à faire avancer les chevaux, jusqu'au moment où la voiture a enfin été remise sur la route. Après quoi, nous avons pris congé assez rapidement, mais les Cotton nous ont dit qu'ils seraient ravis de nous revoir au plus tôt, et là je suis certaine qu'ils étaient sincères.

Stephen et Thomas ont reconduit les chevaux à la ferme et je suis rentrée à la maison sous la pluie battante. Comme les garçons avaient pris la lanterne et qu'il faisait très noir – ai-je besoin de préciser que cela faisait des années que nous n'avions pas de lampe torche en état de marche ? –, papa me tenait fermement par le bras et semblait d'excellente humeur. Lorsque je lui ai demandé ce qu'il pensait des Cotton, il m'a répondu :

— Cela m'étonnerait qu'ils nous fassent des ennuis pour le loyer.

Puis il m'a dit qu'il avait oublié combien les Américains pouvaient être stimulants et m'a raconté quelques anecdotes sur ses tournées de conférences aux États-Unis. Il trouvait aussi que Simon Cotton était le type même de l'Américain à la Henry James, amoureux de l'Angleterre : « Il fera un formidable propriétaire pour Scoatney. » Le seul roman de Henry James que j'avais essayé de lire était *Ce que savait Maisie*, à neuf ans, parce que je croyais que c'était un livre pour les enfants. Nous avions à l'époque une superbe édition des œuvres de James, couleur prune, mais naturellement, elle a été vendue avec tous les autres livres de quelque valeur.

Dès que nous sommes rentrés au château, papa est monté dans la salle de garde, et moi je me suis dépêchée de rejoindre les filles. Elles étaient en pleine discussion très animée – Topaz s'était départie de son calme habituel. Elle était certaine que Rose avait fait sensation et commençait à échafauder des plans pour lui transformer une de ses robes, une authentique robe de Londres que Rose avait toujours admirée. Et elles ont décidé de faire un grand ménage dans le salon au cas où les Cotton passeraient incessamment sous peu. Je leur ai dit que je trouvais ça formidable que papa semble les apprécier autant. Derrière les fenêtres situées à l'arrière de la loge de garde, nous le voyions assis à sa table.

— C'est un miracle ! s'est exclamée Topaz. Il va se remettre au travail !

Stephen et Thomas sont rentrés et j'ai donné à Stephen le chocolat que je lui avais mis de côté, mais j'ai dû le menacer de le jeter dans l'évier pour qu'il accepte de le boire. Ensuite, nous sommes allées nous coucher. Rose a sorti tous ses vêtements et les a essayés les uns après les autres sur miss Blossom, pour voir s'il n'y en avait pas un ou deux mieux que dans ses souvenirs. Au contraire, ils étaient bien pires ! Mais cela n'a pas réussi à faire retomber sa bonne humeur.

Nous avons parlé et parlé à n'en plus finir. Quand soudain je me suis redressée dans mon lit.

— Rose, nous nous emballons beaucoup trop. Nous avons tort. Bien sûr, ce serait merveilleux d'être invitées à des soirées, à des fêtes, mais…, Rose, tu ne pourrais tout de même pas épouser ce… barbu ?

— Je serais capable d'épouser le diable en personne s'il avait de l'argent, a répliqué Rose.

Je suis absolument certaine qu'elle repensait à l'ombre de Simon Cotton sur le mur ; mais comme elle n'en a pas parlé, je n'ai rien dit non plus. Il est tout à fait déplacé d'imaginer de telles choses à propos d'un homme riche.

Une fois les bougies éteintes, j'ai fait parler miss Blossom — je suis incapable de savoir ce qu'elle va dire si je ne l'entends pas le dire pour de vrai. Lorsque je lui ai demandé ce qu'elle pensait de tout cela, elle m'a répondu :

— Eh bien, c'est un début, mes cocottes, y a pas à dire. À présent, il va falloir vous faire belles. Sûr que ces vieilles frusques que vous m'avez mises sur le dos ne vont pas vous être d'un grand secours, mais commencez par vous laver les cheveux et soignez un peu vos mains, cette teinture verte est très amusante, mais la plaisanterie a assez duré. Et maintenant, vous feriez bien de penser à votre teint et de dormir pour avoir bonne mine.

Rose a fort bien saisi l'allusion au sujet de la teinture ; ce matin, elle s'est mise à frotter et frotter ses mains jusqu'à ce qu'il n'en reste plus trace. Comme elle a utilisé tout ce qui restait de poudre à laver, je vais devoir attendre que ça passe tout seul ; la couleur a viré au gris de sorte qu'on dirait que j'ai les mains sales. Oh, je viens d'avoir une idée : après le thé, je vais me les frotter au papier de verre.

Comme la vie peut changer rapidement ! Hier à la même heure, elle était aussi morne qu'un jour d'hiver, et aujourd'hui, non seulement nous avons fait la connaissance des Cotton, mais ça sent vraiment le printemps. De la grange où je suis montée, je vois les prunelliers qui bourgeonnent dans les haies... Je viens de m'apercevoir qu'il me suffit de bouger la tête pour modifier à ma guise ce que je vois de la fenêtre sous le toit, de sorte que je peux encadrer ainsi les portions de chemin qui m'intéressent... Quel jeu passionnant !

Oh, mon Dieu, mon Dieu ! Les voilà, les Cotton ! Ils passent le dernier tournant du chemin ! Oh, là, là, que dois-je faire ?

Ils sont passés. Je n'avais aucun moyen de prévenir Rose et Topaz : je n'aurais pas pu sortir de la grange sans qu'ils me voient. Au moins, je sais qu'elles sont rentrées de leur promenade, puisque j'ai entendu Rose jouer du piano il y a un petit moment. Mais comment seront-elles habillées ? Et, mon Dieu, Rose avait envie de se laver les cheveux ! Jamais nous n'aurions pensé que les Cotton reviendraient aujourd'hui !

Par la fente entre les gonds de la porte de la grange, je les ai regardés passer, puis je suis remontée sur mon tas de paille et j'ai observé jusqu'à ce qu'ils disparaissent sous la voûte de la loge de garde.

Faut-il que j'y aille ? J'en ai envie, bien sûr, mais j'ai un gros trou à un bas, et ma tunique de gym est couverte de paille et de poussière...

Une bonne demi-heure a dû s'écouler depuis que j'ai écrit cette dernière ligne. Je n'y suis pas allée. Je suis restée couchée dans la paille à les imaginer dans le salon, au coin d'un bon feu de cheminée. Cela n'a pas beaucoup d'importance que Rose se soit lavé les cheveux, parce qu'ils sont aussi très beaux lorsqu'ils sont encore mouillés. Je crois que j'ai très bien fait de rester où je suis, au moins pour une raison : j'ai tendance à trop parler parfois. Il faut que je prenne bien garde à ne pas détourner l'attention de Rose. Je ne cesse de me répéter que c'est bien la réalité, que c'est arrivé pour de vrai : nous connaissons deux hommes. Et ils nous aiment bien, c'est certain, autrement, ils ne seraient pas revenus aussi vite.

Je n'ai pas très envie de continuer à écrire, je veux simplement rester allongée et réfléchir. Mais il y a quelque chose que je tiens à préciser. Cela a un rapport avec ce que j'ai ressenti en voyant les Cotton arriver dans le chemin, un drôle de sentiment, unique en son genre. J'aime bien observer les gens à leur insu. J'ai souvent regardé mes parents par les fenêtres éclairées, et ils ont l'air très différents, un peu comme lorsqu'on regarde un lieu dans un miroir. Je n'arrive pas à décrire cette impression avec des mots, elle m'échappe dès que j'essaie de la saisir pour la restituer.

La barbe de Simon Cotton a l'air plus étrange que jamais en plein jour, surtout depuis que je me suis aperçue qu'il n'était pas vieux du tout; à mon avis, il doit avoir moins de trente ans. Il a de belles dents et une jolie bouche. Elle semble un peu nue au milieu de tous ces poils. Comment un jeune homme peut-il aimer porter la barbe? Je me demande s'il a une cicatrice.

Ses sourcils remontent vers les tempes.

Neil Cotton a un visage des plus séduisants, bien qu'aucun de ses traits ne frappe au premier abord. De très beaux cheveux, plutôt blonds et bouclés. Il a l'air en très bonne santé; Simon est un peu pâle. Ils sont tous les deux grands; Simon est légèrement plus grand, Neil légèrement plus fort. Ils n'ont pas l'air frères; à les entendre parler, on ne le croirait pas non plus.

Simon porte un costume de tweed, très anglais.

Neil porte une veste comme je n'en ai jamais vu : le dos et le devant à carreaux, mais les manches unies. Peut-être a-t-elle été confectionnée à partir de deux vieux habits différents, mais j'espère que non, car cela voudrait dire qu'il est pauvre et son frère pingre. On dirait plutôt une veste outrageusement neuve. J'espère qu'elle est tout simplement américaine.

Ils sortent du château! Vais-je aller à leur rencontre et leur serrer la main? Non, pas avec ces mains grises…

Il est arrivé quelque chose d'horrible, tellement horrible que j'ose à peine l'écrire. Comment, mais comment ont-ils pu faire une chose pareille ?

Comme ils approchaient de la grange, je les ai entendus discuter.

– Mince alors, Simon, tu as de la veine de t'en tirer à si bon compte !

– C'est incroyable, n'est-ce pas ? Elle ne nous a pas fait du tout cette impression hier soir, non ? a répondu Simon avant de se retourner vers le château en ajoutant : quel endroit sublime ! Mais diablement inconfortable ! Et manifestement, ils n'ont pas le sou. J'imagine qu'on ne peut pas en vouloir à cette pauvre fille.

– Non, mais on peut lui en vouloir de montrer aussi carrément son jeu, a rétorqué Neil. Et cette robe ridicule... à cette heure de la journée ! C'est curieux, mais hier soir, je l'aimais bien, habillée comme ça.

– La belle-mère est assez sympathique. Elle avait l'air aussi mal à l'aise que moi. Mon Dieu, que cette fille m'a gêné !

– Nous allons être obligés de cesser de les fréquenter, Simon. Autrement, elle serait capable de te mettre dans une situation des plus déplaisante.

Simon a répondu qu'il était de son avis. Ils parlaient assez doucement, mais l'air était si calme que le moindre mot me parvenait très distinctement.

Au moment où ils passaient devant la grange, Neil a remarqué :

– Dommage que nous n'ayons pas vu la petite. Elle était mignonne.

– Peut-être un peu faussement ingénue, tu ne

trouves pas ? a objecté Simon. Ça m'embêterait beaucoup plus de ne plus voir le vieux monsieur – j'avais pensé lui venir un peu en aide. Mais je crois qu'il n'y a pas grand-chose à faire avec un ivrogne invétéré.

Oh, je les aurais tués ! Alors que papa n'a même pas de quoi manger, alors boire la moindre goutte d'alcool ! Ils ont dû entendre raconter des ragots mensongers. Comment peut-on oser dire qu'il boit ? Et il n'est pas vieux, il n'a pas encore cinquante ans.

Je n'ai plus rien entendu. Je regrette de ne pas être sortie de la grange pour les gifler. Comme ça, ils auraient vu si j'étais une fausse ingénue !

Mais qu'est-ce que Rose a bien pu faire ? Il faut que je rentre.

Huit heures. Au salon.

Je me suis réfugiée là pour échapper à Rose. Elle se sèche les cheveux dans la cuisine et se nettoie les ongles avec une allumette taillée en pointe. Et elle parle, elle parle. Je ne sais pas comment Topaz peut supporter ça, sachant ce qu'elle sait – en tout cas, moi, je n'ai pas pu garder ça pour moi. Je l'aurais peut-être pu si je ne l'avais pas trouvée seule quand je suis entrée ; mais c'est ainsi, et elle a bien vu que j'étais dans tous mes états. J'ai commencé à lui raconter, à voix basse – mais on entend absolument tout chez nous –, alors Topaz m'a fait taire et m'a entraînée dans le jardin. On entendait Rose chanter au premier, de sorte que nous n'avons rien dit avant d'avoir franchi le pont et commencé à gravir la butte.

Topaz n'était pas aussi furieuse que je l'aurais

cru mais, naturellement, je ne lui ai pas répété ce qu'il avait dit sur papa. Ça ne l'a même pas étonnée. Elle m'a raconté que Rose avait vu arriver les Cotton depuis la fenêtre de sa chambre et rien ni personne n'avait pu l'empêcher d'enfiler aussitôt sa robe d'intérieur. (Comme si on prenait le thé en robe d'intérieur!) Et elle s'était comportée de manière insensée, se jetant carrément à la tête de Simon Cotton.

– Tu veux dire qu'elle s'est montrée trop gentille envers lui?

– Pas exactement, cela n'aurait pas encore été trop grave. Mais elle a fait toutes sortes de simagrées et n'a cessé de le provoquer; si elle avait eu un éventail, je suis sûre qu'elle lui en aurait donné de petits coups en minaudant : «Vous, alors...», tout en battant des paupières. Ce qui était probablement très séduisant au siècle dernier.

Oh, je la voyais comme si j'y étais! Rose avait pêché ça dans de vieux livres. Nous ne connaissions aucune femme moderne, hormis Topaz, et c'était la dernière personne que Rose aurait songé à imiter. Oh, ma pauvre Rose..., contrairement à moi, elle n'avait même jamais vu de femmes modernes au cinéma.

– Ils ne reviendront pas, a dit Topaz. Je le savais déjà, avant que tu aies surpris leur conversation.

Je lui ai répondu que nous n'avions pas besoin d'eux, et que ce devait être des gens détestables pour parler comme ils l'ont fait. Mais Topaz a dit que c'était ridicule.

– Rose l'a bien cherché. Les hommes aiment assez qu'on leur montre qu'ils nous plaisent, mais ils fuient comme la peste celles qui mettront tout en œuvre pour les séduire, et c'est ce qui s'est passé, naturellement, toutes ces provocations, ces minauderies, destinées de la façon la plus éhontée à Simon. Si Mortmain avait été présent, il se serait gentiment moqué d'elle pour qu'elle cesse son petit jeu, et en tout cas, c'est lui qui aurait bavardé avec eux. Oh, et puis zut !

Papa est parti se promener : cela fait des mois que ça ne lui est pas arrivé. Topaz a dit que Simon Cotton lui avait apporté le livre d'un célèbre critique américain, où figurait un essai sur *Jacob Luttant*.

– Simon pourrait bien revenir ici rien que pour discuter avec Mortmain, a-t-elle remarqué.

Mais je n'en croyais rien.

Le jour commençait à baisser. Il y avait une lampe allumée dans la cuisine. Nous avons vu Rose en passant devant la fenêtre.

– On lui dit ? ai-je demandé.

Topaz pensait que ce n'était pas la peine, à moins que nous ne soyons invités à Scoatney.

– Ce jour-là, il faudra lui remettre un peu de plomb dans la cervelle.

Je suis sûre qu'on ne nous invitera pas.

Topaz m'a prise par les épaules et nous avons redescendu la petite butte, ce qui n'était pas très facile car elle faisait de plus grandes enjambées que moi. Arrivée en bas, elle s'est retournée vers la tour de Belmotte, dont la silhouette noire se détachait sur le ciel crépusculaire.

– Elle est belle, n'est-ce pas ? a-t-elle susurré de sa voix de velours.

Mais comment pouvait-elle être encore sensible à la beauté dans un moment pareil ? Soit dit en passant, lorsqu'elle a peint la tour, on aurait dit un gros rouleau à pâtisserie noir planté dans un plat à pudding vert retourné.

Ma bougie est en train de s'éteindre et il fait de plus en plus froid au salon, cela fait des heures qu'il n'y a plus de feu ; mais je ne peux pas écrire tout ça dans la même pièce que Rose. Quand je la regarde, j'ai l'impression de voir un rat pris au piège qui est sûr de s'en échapper un jour, alors que moi, je suis sûre du contraire. Non que j'aie déjà observé un rat pris au piège, ni que Rose se prenne pour un rat ; mais ce n'est pas le moment de fignoler les métaphores.

Héloïse vient de pousser silencieusement la porte pour se faufiler dans le salon et me lèche les chevilles, ce qui est très gentil de sa part, mais ça fait froid quand ça sèche. Du coup, j'entends beaucoup mieux que je ne l'aurais souhaité tout ce qui se passe dans la cuisine. Papa est descendu et parle avec véhémence : il dit que le critique américain a découvert dans *Jacob Luttant* des choses que lui, l'auteur, n'y avait certainement pas mises, et que le toupet de ces critiques était véritablement inouï. Il se réjouit manifestement à l'idée de discuter de tout cela avec Simon Cotton. L'exubérance de Rose a atteint des sommets insensés : je suis au regret d'annoncer qu'en ce moment même elle est en train de siffler.

Stephen est entré dans la pièce et m'a mis sa veste sur les épaules. Elle sent le cheval.

Suis-je véritablement une fausse ingénue ? Peut-être, et peut-être ce journal est-il aussi faussement ingénu. Je vais l'écrire désormais dans un style dépouillé, sec. Mais je crois plutôt que je vais m'arrêter complètement car j'arrive à la fin de ce cahier. J'ai déjà rempli les deux rabats des couvertures et je suis en train d'écrire en travers ; et l'écriture rapide en travers, à mon avis, ce sera absolument illisible.

Cela fait exactement vingt-quatre heures que les Cotton ont fait irruption pendant que j'étais dans mon bain.

Topaz vient de me crier qu'elle est en train de préparer du chocolat chaud. Oh, quel réconfort, le chocolat chaud ! Pas tant que ça finalement : Topaz me crie encore qu'elle le fera à l'eau car les Cotton ont bu tout le lait ; nous n'avions pas de thé à leur offrir. Quoi qu'il en soit, le chocolat est quand même bon sous toutes ses formes... Mais c'est affreux, parce que je suis sûre que Rose va croire que nous avons quelque chose à fêter, alors que Topaz et moi savons pertinemment qu'il s'agit plutôt d'une collation d'enterrement.

FIN

REFERMEZ VITE LE CAHIER

LE CAHIER À UN SHILLING

AVRIL ET MAI

Chapitre 6

J'ai un nouveau cahier, le plus beau que j'aie jamais vu. Il a coûté un shilling ! Stephen a chargé miss Marcy de l'acheter à Londres, la semaine dernière ; elle y est allée pour la journée avec un billet aller-retour à prix réduit. Quand il me l'a donné, je me suis dit que j'allais y écrire quelque chose dans le genre des *Hauts de Hurlevent* – je n'aurais jamais cru que j'aurais envie de poursuivre ce journal. Et aujourd'hui, il y a de la vie partout.

Je suis montée à Belmotte. Le printemps est arrivé si brutalement que les chatons sont encore accrochés aux noisetiers alors que les pâquerettes pointent déjà leur nez sur la butte ; je les aime tout particulièrement au milieu de l'herbe rase et vert vif de la butte, où on les dirait sorties d'un dessin d'enfant voulant représenter le printemps. Il y a des jonquilles dans la cour-jardin mais je ne peux pas les voir d'ici à cause du linge qui sèche ; Topaz ne cesse de sortir, toujours plus chargée chaque fois de linge à étendre, et cela participe aussi à l'excitation ambiante. Je suis restée un long moment adossée à la tour, à suivre des yeux avec ravissement la course des nuages blancs dans le ciel : il y a de la brise, mais c'est presque une brise estivale.

Cela fait aujourd'hui six semaines que Topaz et moi sommes montées à Belmotte, le moral au plus bas, bien qu'il ait réussi à baisser encore un peu plus par la suite. Au début, seules Topaz et moi étions malheureuses ; il nous a fallu un effort considérable pour réussir à le cacher aux autres : nous partions faire de grandes promenades toutes les deux pour pouvoir enfin tomber les masques. La folle gaieté de Rose a duré une dizaine de jours ; puis elle a commencé à se dire qu'il avait dû se passer quelque chose. Je lui ai fait gagner encore une semaine en lui laissant croire que l'arrivée de Mrs. Cotton avait fort bien pu retenir ses fils. Et le coup a été asséné : miss Marcy nous a dit que le pasteur était passé à Scoatney où on l'avait retenu pour déjeuner, et que plusieurs habitants du village avaient été invités.

— Mais personne d'autre de Godsend à part le pasteur ? ai-je demandé précipitamment, tout en sachant qu'il n'y avait personne d'autre à Godsend susceptible d'être invité, à part nous.

— Votre tour viendra, mes petites, a dit miss Marcy.

Rose s'est levée d'un coup et a quitté la cuisine.

Ce soir-là, une fois couchées toutes les deux, elle m'a brusquement ordonné :

— Demande à miss Blossom ce qui n'a pas marché, Cassandra.

J'étais absolument pétrifiée, car je sentais bien que je devais lui prodiguer quelques conseils pour la suite, mais je ne savais pas comment m'y prendre sans lui avouer la terrible vérité.

– Elle dit qu'elle n'en sait rien, ai-je fini par mentir.

Ce n'est pas comme si miss Blossom avait répondu elle-même, parce que je la tiens pour une personne très franche.

– J'espère que c'est parce que nous sommes très pauvres, a rétorqué Rose avec amertume.

Puis elle s'est assise sur son lit de fer (c'est ma semaine dans le lit à baldaquin) et a dit :

– J'ai vraiment été gentille avec eux…, vraiment.

J'ai tout de suite saisi l'occasion de lui répondre en contrefaisant la voix de miss Blossom :

– Peut-être justement que tu t'es montrée trop gentille, ma cocotte.

– Non, pas du tout. J'ai été charmante, mais un peu…, euh…, capricieuse, entêtée. N'est-ce pas ce qui plaît aux hommes ?

– Contente-toi d'être naturelle, ma fille, lui a conseillé miss Blossom, avant que j'enchaîne avec ma vraie voix : jusqu'à quel point te plaisent-ils, Rose ?

– Je n'en sais rien, mais je sais qu'aujourd'hui ils ne me plaisent plus du tout. Oh, et puis je n'ai plus envie d'en parler.

Et c'est tout ce qu'elle m'en a jamais dit – le plus affligeant, c'est que nous n'avons jamais pu en parler franchement. Jamais je ne m'étais sentie aussi loin d'elle. Et je suis au regret de dire qu'il y avait des moments où la profonde compassion, non dénuée d'affection, qu'elle m'inspirait se muait en une envie tout aussi profonde de lui flanquer un bon coup de pied au derrière. Car c'est une fille qui est incapable de prendre ses problèmes à bras-le-corps et de les régler ; elle est plutôt du genre à se poser et à regarder ce qui se passe.

Topaz a été d'une patience incroyable, mais il y a des jours où je me demande si, en plus de la patience, il ne s'agirait pas d'un vague point commun avec les vaches. Un peu comme son insensibilité au froid ; papa a dit un jour qu'elle avait l'épiderme molletonné et je me demande si ce n'est pas aussi le cas de sa sensibilité. Mais dès lors qu'il s'agit de papa, il n'y a plus nulle part de molleton qui tienne et elle a la sensibilité à fleur de peau. Il y a trois semaines, je l'ai trouvée en larmes dans la Zone tampon, devant le portrait qu'elle avait peint de lui, mais pour lequel il n'a jamais posé. (Il consiste pour l'essentiel en un certain nombre de triangles orange.) Elle m'a dit qu'il était infiniment plus déçu que Rose et qu'il avait pris un tel plaisir à bavarder avec Simon Cotton qu'il se faisait une joie à l'idée de discuter avec lui de l'essai américain sur *Jacob Luttant*.

— Surtout depuis qu'il a changé d'avis, il est convaincu à présent qu'il y avait effectivement dans son livre tout ce que le critique y a vu. Et j'étais certaine que ça lui avait redonné l'envie d'écrire. Mais tu ne devineras jamais ce que j'ai découvert, un jour où je suis entrée en cachette dans la salle de garde pendant qu'il était chez le pasteur... Des mots croisés !

J'ai bien essayé de lui dire qu'on pouvait gagner beaucoup d'argent en faisant des mots croisés.

— Mais pas ceux-là, a rétorqué Topaz. Ils n'avaient aucun sens. Cassandra, dis-moi, qu'a-t-il donc ?

Une idée épouvantable m'a traversé l'esprit : je me suis demandé si par hasard papa ne s'était pas mis à boire toutes ces années, s'il n'avait pas découvert une cave secrète sous le château, ou s'il ne se fabriquait pas sa propre boisson alcoolisée. Je sais qu'il existe une espèce de breuvage qui s'appelle l'esprit-de-bois.

– Oh, ne dis pas n'importe quoi ! s'est exclamée Topaz. Ça se voit quand un homme boit. Nous n'avons qu'à faire preuve de patience : c'est un génie, tout simplement.

Elle est allée se faire un bain d'yeux, puis elle a mis sa robe préférée, une robe italienne en satin damassé qui tombe presque en lambeaux ; elle la porte toujours avec un petit bonnet rouge rubis. Puis elle est descendue dans la cuisine préparer des galettes de pommes de terre pour le thé.

J'étais dans le jardin en train de contempler une jonquille sur le point de fleurir lorsque papa est revenu de chez le pasteur.

– Rien de nouveau ? ai-je demandé pour être gentille.

– Si, il semblerait que ce soit du dernier chic de ne pas être invité à Scoatney. À ce que je sais, les invitations pleuvent.

Il a dit cela de son ton condescendant, avant de me faire un petit sourire gêné et d'ajouter :

– Je suis désolé, mon enfant. Tu sais quel est le problème, non ?

Comme je le regardais sans répondre, il a continué :

– C'est le loyer, bien sûr ; ils ont dû se pencher sur cette question ridicule. Je m'en doute, car ils n'ont pas envoyé comme d'habitude le terme à payer normalement en mars. Oh, ils sont très gentils, les Américains les mieux élevés le sont toujours; mais ils ne veulent rien avoir à faire avec nous.

Je savais que Topaz ne lui avait pas dit la vérité; en partie parce qu'elle pensait que ça le chamboulerait et en partie aussi parce qu'elle était un peu du genre à croire en une sorte de solidarité féminine. Je me suis demandé si je ne devrais pas lui en parler moi-même. Et puis j'ai conclu qu'après tout, c'était peut-être une bonne chose qu'il se sente un peu coupable au sujet du loyer : tout, absolument tout est bon pour le pousser à se mettre au travail. Mais en le voyant dans sa vieille veste élimée, ses cheveux blonds pâlissants et décoiffés par la brise de mars, il m'a fait un peu de peine ; alors, je lui ai dit qu'il y avait des galettes de pommes de terre pour le thé.

Malheureusement, il se trouve que nous n'avons pas pu apprécier nos galettes de pommes de terre, à cause d'une de nos disputes familiales qui a éclaté au beau milieu du repas : une de ces disputes qui sont si drôles dans les livres et dans les films. Elles ne sont pas drôles du tout dans la vraie vie, surtout quand elles surviennent à table, comme c'est souvent le cas. Elles me laissent toujours toute pantelante et me rendent assez souvent malade. Tout a commencé quand Thomas a demandé trois fois de suite à Rose de lui passer le sel sans qu'elle lui réponde, et lorsqu'il lui a crié après, elle s'est penchée vers lui et lui a donné une grande claque sur l'oreille.

– Bon sang, Rose! s'est écriée Topaz, tu sais bien que Thomas a les oreilles fragiles!

Et Rose de rétorquer :

– Vous allez me le ressortir s'il meurt : ce sera de ma faute !

– Enfer et damnation ! s'en est mêlé papa en renversant sa chaise sur Héloïse qui s'est mise à aboyer.

– Ça suffit ! ai-je hurlé à mon tour. Ça suffit !

Ce qui était assez ridicule.

Stephen a été le seul à garder son calme ; il s'est levé tranquillement pour aller voir si Héloïse n'avait rien de grave. Elle n'était pas blessée, et elle s'est remise très vite car nous lui avons donné presque toutes nos galettes de pommes de terre. L'appétit nous est revenu un peu plus tard, mais à ce moment-là, il n'y avait plus rien à manger.

Notre ordinaire ne s'est pas vraiment amélioré, malgré le salaire de Stephen qui tombe régulièrement, car nous devons faire attention tant que les factures des fournisseurs n'ont pas toutes été réglées. Stephen arrive à mettre de côté un shilling par semaine, ce qui lui a permis d'acheter ce cahier. J'ai le sentiment un peu gênant qu'il dépensera toutes ses économies pour moi et qu'il ne s'achètera rien pour lui. Il ne m'a plus apporté de poèmes depuis un certain temps, ce qui est un soulagement !

Nous avons véritablement atteint le fond, le soir de notre dispute ; quand on est malheureux, on ne peut se permettre de se détester. Les coups du sort cruels exigent une extrême gentillesse dans le cercle familial.

Mais nous ne savions pas encore que notre situation était en voie d'amélioration, car c'était précisément le jour où la tante de papa, tante

Millicent, est morte. On pourrait croire que je n'ai pas de cœur, n'est-ce pas? Si je pouvais la ressusciter, je vous jure que je le ferais! Mais comme c'est impossible, il n'y a pas de mal à remercier le Seigneur pour ses voies impénétrables. Car cette tante nous a laissé, à Rose et à moi, toute sa garde-robe personnelle, c'est-à-dire tous ses vêtements et non son armoire, comme je l'ai cru au début. Quand le pasteur a lu dans *The Times* l'annonce de son décès, nous avons nourri quelque temps le faible espoir qu'elle ait laissé un peu d'argent à papa; mais elle l'avait rayé de son testament pour léguer toute sa fortune à un foyer destiné aux modèles de peintres. Je suppose qu'elle estimait que les modèles devaient rester dans des foyers au lieu d'épouser des membres de sa propre famille. («Tu imagines, m'a dit Rose, que si papa n'avait pas épousé Topaz, nous roulerions peut-être sur l'or à l'heure actuelle!» Je me suis sérieusement demandé si j'aurais préféré rouler sur l'or plutôt que d'avoir Topaz dans la famille, et j'en ai conclu que non, vraiment pas, et ça valait le coup d'en être sûre.)

Une fois retombée l'excitation de la nouvelle, nous nous sommes souvenues que tante Millicent avait soixante-quatorze ans et qu'elle s'habillait toujours de façon très excentrique. Mais savoir qu'on vous a laissé quelque chose remonte le moral.

Les notaires nous ont écrit pour nous demander de venir à Londres chercher nous-mêmes les vêtements; ils étaient prêts à payer tous nos frais. À la perspective d'une journée à Londres, nous nous serions crues au paradis, mais l'enfer n'était pas loin lorsqu'il a fallu décider comment nous allions nous habiller, surtout Rose – en ce qui concerne mes vêtements, c'était inutile d'en parler, donc je n'y ai pas songé un seul instant. Nous avons lavé nos manteaux d'hiver à l'éponge, les avons repassés, et nous sommes efforcées de croire qu'ils avaient meilleure allure. Et quand le temps s'est mis au beau, on a vu que ces manteaux étaient simplement hideux sous le soleil. Alors j'ai eu une idée.

– Et si nous mettions nos vieux tailleurs blancs ? ai-je proposé.

Tante Millicent nous les avait fait faire juste avant la dispute à cause du mariage de papa et de Topaz. Ils sont en lin et soie mélangés, très simples et bien coupés. Naturellement, nous les avons beaucoup portés, et le mien est trop court, bien qu'on ait défait presque tout l'ourlet ; mais c'est de loin ce que nous avons de plus joli et, par miracle, ils ont été rangés propres.

– Ils seraient parfaits si nous étions en plein été, a objecté Rose quand nous les avons essayés. Mais au mois d'avril… !

Nous avons quand même décidé de les mettre si le beau temps se maintenait. Et hier, en nous levant, nous étions plus en juin qu'en avril. C'était une matinée extraordinaire ! Je trouve que les matins de printemps ensoleillés sont ce que le bon Dieu a fait de mieux dans le genre. Ils contribuent grandement à ce que l'on croie en Lui.

Mr. Stebbins a prêté sa carriole à Stephen pour nous conduire à la gare et même le cheval semblait content.

– Avez-vous déjà vu le ciel si haut ? ai-je demandé.

Puis j'ai eu un peu honte d'être si heureuse, sachant que je ne l'aurais pas été si tante Millicent avait été encore en vie. Cela a probablement été dur pour elle de mourir, la pauvre vieille dame. Nous traversions Godsend et, dans le cimetière, le soleil matinal illuminait les pierres tombales moussues. J'ai essayé de me dire que, moi aussi, je mourrais un jour ; mais je n'arrivais pas à y croire – et tout à coup je me suis dit que ce jour-là, je me souviendrais de ce moment précis et que je reverrais le beau ciel du Suffolk, si haut, au-dessus des vieilles, vieilles tombes de Godsend.

Penser à la mort – si mystérieuse, si belle, si terrible et encore si lointaine – m'a rendue d'autant plus heureuse. La seule chose un peu déprimante a été la vision de Scoatney Hall à travers les arbres et cela m'a abattue uniquement par rapport à Rose, car franchement, qu'est-ce que j'ai à faire des Cotton ? (En tout cas, qu'est-ce que j'en avais à faire à ce moment-là ?) J'ai bien pris soin d'éviter son regard jusqu'à ce que nous ayons largement dépassé le parc, en passant avec tact deux minutes entières à boutonner une chaussure à un seul et unique bouton.

Nous sommes arrivés en temps voulu à la gare de Scoatney. Rose a proposé que nous voyagions en première classe puisque c'étaient les notaires qui payaient.

– Mais imagine qu'ils ne nous remboursent pas tout de suite ? ai-je objecté.

La paie de Stephen devait nous permettre de faire face à nos dépenses, mais Topaz avait bien l'intention de la lui rembourser intégralement.

Pour finir, nous avons pris des billets aller-retour pour la journée à prix réduit.

Stephen m'a répété plusieurs fois de faire très attention aux voitures ; il a même couru le long du train pour me le répéter encore une fois. Puis il est resté sur le quai ; il souriait, mais avec une vague expression de regret. J'ai pensé alors qu'il n'était jamais allé à Londres.

C'est curieux comme tout a eu l'air différent dès lors que nous avons quitté notre petit train pour changer à King's Crypt. L'impression de campagne avait disparu, on aurait dit que l'on respirait déjà l'air de Londres dans le train qui y menait. Et nos tailleurs blancs ont commencé à avoir l'air très, très bizarres. Et ils ont eu l'air beaucoup, beaucoup plus bizarres lorsque nous sommes arrivées à Londres ; les gens nous regardaient carrément. Rose s'en est tout de suite rendu compte.

– C'est parce qu'ils admirent nos tailleurs, ai-je expliqué pour la rassurer : je pensais réellement qu'ils étaient plus jolis que la plupart des vêtements ternes que portaient les femmes.

– On se fait remarquer, a-t-elle dit toute honteuse.

Elle ne savait pas encore à quel point nous allions bien davantage nous faire remarquer avant notre retour à la maison.

Cela faisait trois ans que nous n'étions pas allées à Londres. Nous ne connaissons pas bien la ville, évidemment ; hier, j'ai traversé pour la première fois la City. C'était fascinant, surtout les papeteries – je pourrais passer des heures et des heures devant les boutiques des papetiers. Rose dit que ce sont les magasins les plus ennuyeux qui soient, hormis peut-être les boucheries. (Je ne comprends pas comment on peut trouver les boucheries ennuyeuses : elles sont remplies d'horreurs sanguinolentes!) Nous avons passé notre temps à nous perdre et à demander notre chemin aux policiers, qui tous se sont montrés plutôt sympathiques et paternels. L'un d'eux est même allé jusqu'à arrêter les voitures pour nous faire traverser et un chauffeur de taxi a envoyé à Rose des baisers sonores du bout des lèvres.

Je m'attendais à ce que l'étude du notaire soit un vieux bureau sombre, avec un vieux notaire à la Dickens; mais c'était un bureau tout à fait ordinaire et nous n'avons rencontré qu'un clerc, qui était jeune et avait des cheveux très lisses. Il nous a demandé si nous étions capables d'aller jusqu'à Chelsea en bus.

– Non, a répondu Rose du tac au tac.

– C'est bon, prenez un taxi.

J'ai rétorqué que nous n'avions pas beaucoup de monnaie. Rose est devenue toute rouge. Il lui a jeté un petit coup d'œil, nous a dit d'attendre une seconde et il a quitté la pièce.

Il est revenu avec quatre billets d'une livre.

– Mr. Stevenage m'a dit de vous les remettre. Cela servira à régler vos dépenses : un taxi pour Chelsea, un taxi pour emporter vos affaires à la gare et un excellent repas. Et vous devrez repasser ici pour nous redonner la clé de la maison et signer un reçu. Compris?

Nous lui avons répondu que nous avions compris et nous sommes parties. Rose était furieuse que nous ayons été accueillies par un simple clerc et non par un personnage plus important.

– Ce n'est pas très correct vis-à-vis de tante

Millicent, s'est-elle indignée. Nous traiter comme du menu fretin !

Ça m'était bien égal d'être du fretin, menu ou pas, avec quatre livres en poche.

— Allons-y en bus et gardons l'argent du taxi, ai-je proposé.

Mais Rose m'a répondu qu'elle ne pouvait plus supporter qu'on la regarde comme ça.

— Nous devons être les seules filles de Londres à être en blanc.

Et juste à ce moment-là un conducteur de bus nous a crié :

— Allez, sautez, petits flocons !

Rose a hélé un taxi d'un air hautain.

Dans le jardin assoupi de tante Millicent, le bassin était à sec. J'espère que les poissons rouges ont trouvé une bonne maison.

Nous avons ouvert la porte d'entrée. J'ai été surprise de découvrir le vestibule sans le moindre meuble : je n'avais pas pensé une seconde que tous avaient été enlevés.

— Ça fait un drôle d'effet, ai-je remarqué une fois la porte refermée sur le soleil printanier.

— Ça fait surtout glacial, a dit Rose. Je suppose que les vêtements sont dans sa chambre. Je me demande si c'est là qu'elle est morte.

J'ai trouvé assez indélicat de faire ce genre de réflexion tout haut.

En montant au premier étage, nous avons jeté un coup d'œil au vaste double salon dont les deux grandes fenêtres donnaient sur la Tamise ; la lumière était éblouissante. La dernière fois que j'avais vu cette pièce, il y avait une fête et elle était illuminée par des douzaines de bougies. C'était le soir où nous avons rencontré Topaz pour la première fois. On venait d'exposer le portrait d'elle que MacMorris avait achevé récemment et tante Millicent avait demandé au peintre de venir avec son modèle. Elle portait la robe bleu pâle dans laquelle elle avait posé et il lui avait prêté le grand collier de jade. Je me souviens de mon étonnement devant sa longue chevelure blonde qui lui descendait jusqu'au bas des reins. Je me souviens aussi de papa qui ne l'avait pas quittée de toute la soirée, et de tante Millicent, avec son tailleur en velours noir et son écharpe en dentelle, qui le foudroyait du regard.

La vaste chambre de devant était vide, à mon grand soulagement ; mais on n'aurait pas dit que quelqu'un y était mort, la pièce était simplement vide et froide.

Les vêtements se trouvaient dans le petit cabinet de toilette, gisant en tas, par terre, près de deux vieilles malles en cuir noir où nous étions censées les ranger. On n'y voyait presque rien car le grand store vénitien vert avait été baissé. Comme le cordon était cassé, nous n'avons pas réussi à le relever mais nous avons pu incliner un peu les lattes.

La vieille capote militaire noire de tante Millicent était posée sur une des piles. Ce manteau me faisait peur quand j'étais petite ; dans mon souvenir, elle avait un peu l'air d'une sorcière là-dedans. Il m'a fait encore un peu peur hier, mais pas de la même manière : on aurait dit qu'il était mort. Tous les vêtements qui étaient là aussi d'ailleurs. Alors j'ai dit :

— Rose, je crois que je ne peux pas y toucher.

— Il le faut, a-t-elle répliqué en se mettant à fouiller dans le tas.

Peut-être, si nous avions bien aimé tante Millicent, aurions-nous éprouvé une certaine tendresse pour ses vêtements. Peut-être, s'ils avaient été jolis et un peu plus féminins, ce n'aurait pas été si atroce. Mais c'était pour l'essentiel des tailleurs noirs en gros drap lourd et d'épais sous-vêtements en laine rêche. Et des rangées et des rangées de chaussures plates enfilées sur des embauchoirs en bois, ce qui m'a le plus retournée, car j'avais l'impression que c'étaient des pieds morts.

— Il y a des dizaines de mouchoirs en coton, c'est déjà ça, a observé Rose.

Mais je détestais les mouchoirs, et les gants et les bas aussi ; et les deux épouvantables corsets qui avaient l'air hors d'usage.

— On devrait enterrer les gens avec leurs vêtements, ai-je remarqué. Cela nous éviterait de les traiter avec aussi peu de respect.

— Mais je les respecte, moi. Certains de ces tailleurs sont d'une très belle étoffe.

Elle les entassait dans les malles d'une façon tout à fait désinvolte et dédaigneuse. Je me suis obligée à les ressortir et à les plier convenablement, et j'ai eu la vision de tante Millicent qui me regardait d'un air soulagé.

— Elle a toujours aimé avoir des vêtements bien repassés et brossés, ai-je dit.

— Qu'est-ce que ça peut bien lui faire aujourd'hui ?

Et nous avons entendu du bruit dans l'escalier.

J'ai senti mon cœur se glacer jusqu'aux épaules. Puis la peur m'a prise à la gorge, et je n'ai plus été capable de prononcer un seul mot. Je me suis contentée de fixer Rose, terrorisée.

– Ce n'est pas possible, ce n'est pas possible! a-t-elle hoqueté. Oh, Cassandra, ce n'est pas possible!

Mais je savais qu'elle croyait que c'était possible. Et je savais, comme je sais beaucoup de choses de Rose, qu'elle avait peur avant même que nous soyons entrées dans la maison, que son sans-gêne avec les vêtements n'était que de l'esbroufe. Mais sur le moment, je ne savais pas qu'elle était doublement terrorisée, car elle pensait que si ce n'était pas tante Millicent qui montait l'escalier, ce devait donc être un clochard qui s'était caché au sous-sol et allait nous tuer toutes les deux avant de faire disparaître nos cadavres dans les malles.

Oh, merveilleuse Rose! Malgré ses peurs, elle a ouvert grande la porte en criant :

– Qui est là?

Le clerc de notaire était derrière la porte.

– Ça alors! Quel toupet! s'est-elle exclamée, furieuse. Entrer en douce chez les gens et faire peur à ma petite sœur...

– Tais-toi, Rose, ai-je murmuré d'une voix faible.

Le malheureux clerc s'est confondu en excuses.

– J'avais quelque chose à vous remettre, a-t-il dit en lui tendant une lettre.

Rose l'a lue.

– Mais nous ne pouvons pas payer ça!

Je la lui ai arrachée des mains. C'était la facture concernant la garde de certaines fourrures.

– Vous n'avez rien à payer, je me suis arrangé

par téléphone, a dit le clerc. En tant qu'exécuteurs testamentaires de votre tante, c'est nous qui recevons ses factures, est-ce que vous comprenez ? Celle-ci était sur mon bureau lorsque vous êtes venues ce matin, mais je ne l'avais pas encore regardée. Ces fourrures sont les vôtres à présent.

– Mais tante Millicent n'a jamais eu de fourrures, ai-je remarqué. Elle trouvait que c'était cruel envers les animaux.

Et j'étais tout à fait d'accord avec elle.

– Bon, écoutez, c'étaient les siennes, et cruel ou pas, vous feriez mieux d'aller les chercher. Ça vaut un peu d'argent, les fourrures...

J'ai relu la lettre : elle n'indiquait pas de quel genre de fourrures il s'agissait.

– Ce ne doit pas être n'importe quoi, étant donné le prix que ça coûte pour les garder au frais, a dit le clerc. Je vais vous dire ce qu'on va faire : vous allez me fourrer tout ce barda dans les malles et je vais vous les emporter à la gare, je les déposerai à la consigne, compris ? Et vous, vous filez aux fourrures.

Nous avons entassé tous les vêtements en quatrième vitesse – j'ai honte de dire que je n'ai plus trop pensé aux scrupules de tante Millicent envers les animaux. Le clerc, aidé du chauffeur de taxi, a descendu les malles ; après quoi, il nous a trouvé un autre taxi.

– Je regrette de ne pas pouvoir vous accompagner pour voir comment vous allez vous en sortir, mais je dois être au tribunal à trois heures.

Il avait les cheveux lisses et pas mal de boutons sur le visage, mais il avait aussi bon cœur.

Manifestement, c'était également l'avis de Rose, car elle s'est penchée par la vitre du taxi et lui a crié qu'elle était désolée de s'être mise en colère.

– N'en parlons plus ! Je suis sûr que j'aurais eu une peur bleue à votre place ! a-t-il répondu en riant tandis que son taxi démarrait. Espérons que ce sera de la zibeline !

Nous l'espérions aussi.

– Elles doivent être assez récentes puisque nous ne les lui connaissions pas, a dit Rose. Je suppose qu'elle était moins à cheval sur ses principes avec l'âge… et le froid.

– Ce sera probablement du lapin, ai-je dit, estimant que je devais brider nos imaginations ; mais je ne croyais pas vraiment que tante Millicent ait pu porter quelque chose de bon marché.

Le taxi s'est arrêté devant un superbe magasin, le genre de magasin que je n'oserais jamais traverser sans une bonne raison. Nous sommes entrées en passant par le rayon des gants et des bas, mais il y avait également, exposés çà et là, toutes sortes d'articles venant d'autres rayons : des flacons de parfum, un petit arbre en verre couvert de minuscules cerises, une branche de corail blanc posée sur un foulard en mousseline bleu-vert. Tout était calculé dans ce lieu pour inciter les gens qui ont de l'argent à le dépenser sans compter !

Les tapis étaient aussi moelleux que la mousse des bois et l'air embaumait ; cela sentait la jacinthe sauvage, ou la campanule, mais en plus fort.

– Qu'est-ce que ça sent exactement ? ai-je demandé à Rose.

– Le paradis.

Au rayon des fourrures, le parfum était différent,

plus lourd, et les fourrures elles-mêmes avaient une odeur troublante. Il y en avait des dizaines, négligemment disposées sur des canapés de satin gris – brun foncé, brun doré, argenté. Une jeune et belle femme, un mannequin, évoluait avec grâce, une cape d'hermine jetée sur les épaules par-dessus une robe de mousseline rose, un petit manchon à la main.

Une dame aux cheveux blancs à reflets bleutés, est venue nous demander si elle pouvait nous aider et a pris notre reçu ; quelques instants plus tard, deux hommes en veste blanche sont arrivés, les bras chargés des fourrures de tante Millicent, et les ont posées sur un canapé.

Nous les avons dépliées pour mieux les regarder. Il y avait deux très longs manteaux, l'un noir à poil dur, l'autre plus doux et brun ; une veste courte, noire, ajustée à la taille, avec des manches gigot ; et une grande couverture à poil long bordée d'un galon vert.

– Mais de quels animaux s'agit-il ? ai-je demandé d'une voix blanche.

La dame aux cheveux blancs bleutés les a examinées sous toutes les coutures. Puis elle a dit que le manteau marron était en castor, et la veste courte, dont le noir avait un peu viré vers des tons de rouille, en loutre. Elle était incapable d'identifier la couverture, mais ça ressemblait fort à du colley d'Écosse. Rose a essayé le long manteau noir. Il lui descendait jusqu'aux pieds.

– Tu as l'air d'un ours, lui ai-je dit.

– C'est de l'ours, a confirmé la dame aux cheveux blancs. Mon Dieu, je pense que ça a dû être un manteau de cocher !

— Il y a quelque chose dans la poche ! a dit Rose.

Elle a sorti un petit morceau de papier. Il y était écrit : « Chercher madame au train de 1 h 20. Cours de danse miss Milly à 3 heures. Les jeunes dames au Manoir à 6 heures. »

J'ai tout compris : tante Millicent était la plus jeune sœur du père de papa. Ces fourrures avaient dû appartenir à sa mère. Donc…

— Grand Dieu ! me suis-je écriée. Elles appartenaient à notre arrière-grand-mère !

Quelqu'un qui devait être une espèce de directeur est venu nous parler. Nous lui avons demandé s'il estimait que certaines aient quelque valeur.

— Aujourd'hui, il vous serait totalement impossible d'acheter du castor, mais je ne sais pas si ça vaut grand-chose. Nous ne travaillons plus du tout les fourrures comme avant. Elle pèse une tonne.

Le magasin n'achetait pas de fourrures d'occasion et il ne voyait pas à qui nous adresser. Nous avions le sentiment que Londres était le seul endroit où nous avions une chance de les vendre, et je voulais les laisser ici en attendant de consulter Topaz ; mais il nous a dit que si nous les laissions, nous serions obligées de payer un trimestre de frais de garde et je doutais que le notaire de tante Millicent fût disposé à régler cette nouvelle facture. Nous lui avons donc répondu que nous les emporterions dans nos bras, ce qui nous a semblé la seule solution. Nous avons signé des papiers et pris notre barda. En sortant, nous avons jeté un coup d'œil en direction du rayon que nous avions traversé à l'aller. Une femme achetait des gants en daim bleu pâle. Elle portait un petit tailleur noir très ordinaire, mais Rose l'a trouvé extraordinaire.

– C'est comme ça que nous devrions nous habiller !

Nous sommes restées un moment la bouche ouverte devant les parfums, les bas, différents articles, nous avons même vu une femme acheter douze paires de bas de soie, jusqu'à ce que j'intervienne :

– On dirait Ab quand il regarde les oiseaux passer devant la fenêtre. Nous n'allons pas tarder à pousser des petits cris de chat frustré.

Rose m'a répondu qu'elle se sentait exactement dans cet état.

– Bon, alors faisons le tour du magasin pendant qu'on y est, ai-je proposé.

Mais elle m'a dit que ce serait trop fatigant avec toutes ces fourrures sur les bras ; alors, je me suis avancée une dernière fois dans le rayon afin de humer à pleines narines le parfum de jacinthe sauvage, puis nous sommes sorties par l'entrée principale qui était tout près.

Rose voulait rapporter les fourrures directement à la City en taxi, mais il n'y en avait aucun à l'horizon et j'étais tellement affamée que j'ai réussi à la convaincre de manger quelque chose avant. Nous avons titubé jusqu'à Oxford Street – ces fourrures pesaient bien une tonne – où nous avons trouvé un endroit avec de belles nappes blanches et de beaux services à condiments sur les tables. Nous avons eu un petit peu de mal à nous installer ; nous avons commencé par essayer de plier les fourrures pour nous asseoir dessus, mais nous nous sommes vite aperçues qu'ainsi, nous étions aussi loin du sol que de la table. Nous avons fini par tout entasser par terre à côté de nos chaises, ce qui n'a pas trop fait plaisir à la serveuse. Mais ce restaurant m'a bien plu ; la plupart des clients étaient étonnamment laids, mais la cuisine était exquise. Nous avons pris du poulet rôti (une aile, deux shillings), deux sauces à la mie de pain (chacune), deux assiettes de légumes, du pudding à la mélasse et de succulents cafés crème. Nous étions complètement ballonnées ! Lorsque nous avons terminé, il n'était pas loin de quatre heures de l'après-midi.

– Nous n'avons presque rien vu de Londres, ai-je remarqué tandis que nous roulions vers l'étude du notaire.

Et Rose m'a répondu que même si nous n'avions pas été encombrées par les fourrures, elle n'aurait rien voulu visiter car ce n'était pas drôle d'être à Londres aussi mal habillées. Après quoi, elle est restée si longtemps sans rien dire que je lui ai demandé à quoi elle pensait.

– Je priais le bon Dieu pour qu'il m'envoie un petit tailleur noir.

Notre ami le clerc de notaire a éclaté de rire en découvrant les fourrures, mais il a dit que c'était quand même sacrément dommage. Il pensait que le castor était un manteau de voyage d'homme – il était trop grand même pour lui –, que la fourrure avait dû se porter à l'intérieur en pelisse, et le plaid écossais à l'extérieur. Il nous a offert du thé, avec deux petits biscuits aux raisins de Corinthe chacune, mais nous étions trop repues pour les manger ; nous les avons donc mis dans une enveloppe pour le voyage. Quand nous sommes allées rechercher les deux vieilles malles en cuir, l'employé de la consigne nous a demandé s'il y avait des cadavres à l'intérieur. C'est là que Rose m'a avoué combien elle avait eu peur que ce soient nos propres cadavres qui se retrouvent là-dedans.

Nous avons eu un compartiment pour nous toutes seules dans le train et, comme le temps avait fraîchi après le coucher du soleil, j'ai mis le manteau en castor, la fourrure contre moi. C'était merveilleusement sécurisant. C'était fabuleux, je débordais soudain d'une immense tendresse pour toutes ces fourrures – elles ne me faisaient plus du tout horreur, contrairement aux vêtements de tante Millicent, bien qu'elles aient été portées par des morts.

J'ai beaucoup réfléchi à tout ça, à mesure que le castor me réchauffait, et j'en ai conclu que c'était comme la différence entre les vieilles tombes de Godsend, si belles, et les nouvelles à ciel ouvert pour recevoir les cercueils (que je n'ai jamais pu regarder) ; que le temps en passant efface la laideur et les aspects les plus repoussants de la mort pour la transformer en quelque chose de beau.

Il y a un an, j'aurais écrit un poème en partant de cette idée. J'ai essayé hier, mais je n'y suis pas parvenue. Oh, j'ai bien réussi à faire des phrases qui riment et se scandent correctement, mais c'est tout ce qu'elles avaient pour elles. Je sais aujourd'hui que mes poèmes ne valaient pas plus que ça, mais ça ne m'empêchait pas de me sentir des ailes dès que j'en avais écrit un. Cela me manque d'ailleurs.

Je me suis laissée aller sur mon siège et j'ai fermé les yeux : aussitôt, toute la journée a défilé devant moi. Ce n'étaient pas de simples souvenirs, mais plutôt des images emprisonnées sous mes paupières ; la City, la circulation, les magasins, tout y était, entremêlé, chatoyant. Puis mon cerveau a commencé à faire le tri des éléments auxquels il voulait repenser, et j'ai mesuré alors à quel point cette journée était une sorte de patchwork de vêtements : d'abord nos ensembles blancs du matin, ensuite la découverte de ce que les gens portaient à Londres, puis les pauvres habits morts de tante Millicent, puis toutes les jolies choses du magasin, puis nos fourrures. Et je me suis dit que les vêtements étaient vraiment très importants aux yeux des femmes et qu'ils l'avaient toujours été. J'ai pensé aux gentes dames normandes dans le donjon de Belmotte, aux gentes dames Plantagenêt dans le château de Godsend, aux gentes dames Stuart quand notre maison a été bâtie sur les ruines, et hop ! aux robes longues, aux crinolines et aux tournures du temps de Jane Austen, et à Rose qui avait tellement envie d'un petit tailleur noir. Je me suis fait des tas de réflexions philosophiques d'une grande profondeur, mais peut-être ai-je simplement rêvé car il ne m'en reste rien. Quand Rose m'a réveillée, j'étais en train de rêver d'une branche de corail posée sur un foulard bleu-vert en mousseline.

Nous devions changer de train. J'étais gelée lorsque j'ai dû ôter le manteau de castor ; il fallait bien que je le fasse, car non seulement il avait l'air excentrique, mais en plus il traînait par terre.

J'étais bien contente de me retrouver dans notre petit tortillard car j'ai pu le remettre. Rose, pour sa part, a enfilé le grand manteau de cocher et nous nous sommes toutes les deux penchées par la fenêtre pour sentir la bonne odeur de la campagne – on ne s'en rend plus compte quand on y vit en permanence. Il nous restait nos petits biscuits et nous les avons mangés en contemplant la nuit ; j'ai gardé un des miens pour Stephen qui devait venir nous chercher avec la carriole de Mr. Stebbins pour prendre les malles.

Et puis c'est arrivé ! Pendant que nous étions arrêtés à Little Lymping, j'ai jeté un coup d'œil vers le fourgon de queue pour m'assurer que l'on ne nous descendait pas nos malles par erreur, étant donné que le chef de gare est un peu bête. Et là, penché à la fenêtre, à quelques mètres de moi, il y avait Simon Cotton ! Ses cheveux et sa barbe avaient l'air très noirs, son visage très pâle à la lueur blafarde du quai, mais j'ai quand même eu le temps de remarquer sa bouche qui m'a paru si nue.

Je me suis vivement jetée en arrière et j'ai prévenu Rose.

Nous avions dix minutes pour prendre une décision : nous étions à huit kilomètres de Scoatney et le petit train se traînait. Mais il m'aurait fallu plus de temps ! Je n'arrivais pas à décider si je devais raconter à Rose ce que les Cotton avaient dit d'elle – je redoutais sinon qu'elle se comporte de nouveau de manière ridicule.

– Montrons-nous distantes, ai-je affirmé en me recoiffant devant la glace entre les photos de la cathédrale de Norwich et la plage de Yarmouth.

– Distantes ? Parce que tu te figures que j'ai l'intention de leur parler ? Après la façon dont ils nous ont ignorées ?

– Mais il faudra quand même leur dire bonsoir, non ? Nous y mettrons une certaine froideur et nous passerons dignement notre chemin.

Elle m'a répondu que nous ne pouvions rien faire avec dignité, étant donné notre accoutrement et ces fourrures qui avaient l'air de descentes de lit. Elle voulait que l'on saute du train dès l'arrêt et que l'on parte à toute vitesse avant que les Cotton aient pu nous voir.

– Mais nous ne pouvons pas partir à toute vitesse sans nos malles, ai-je rétorqué, quand il m'est venu une idée. Nous allons descendre de l'autre côté du train et longer la voie jusqu'au fourgon de queue. Le temps qu'on y arrive, les Cotton auront quitté la gare.

Elle estimait que ça pouvait marcher. Nous avons donc décidé de garder les manteaux de fourrure sur nous, pour être invisibles dans la nuit au bout du quai, au cas où les Cotton auraient regardé dans notre direction pendant que nous récupérions nos malles. Rose a remonté l'immense col en peau d'ours afin de dissimuler ses cheveux blonds.

– Pourvu qu'un train n'arrive pas sur l'autre voie ! ai-je dit, tout en sachant que c'était fort peu probable à cette heure tardive et que, de toute façon, ils roulaient très lentement.

– Ne t'inquiète pas, on peut arrêter ces petits trains d'une seule main, a répondu Rose.

J'ai jeté sur mon épaule la couverture en colley d'Écosse, tandis que Rose se chargeait de la veste en loutre. Dès que le train s'est immobilisé, nous avons sauté sur la voie.

Nous n'avions pas imaginé combien il serait difficile de marcher : nous avions le plus grand mal à relever nos manteaux qui glissaient tout le temps et nous trébuchions en permanence. Les lampes à pétrole du quai dispensaient une lumière particulièrement faible et on n'y voyait plus rien du tout à la hauteur du fourgon de queue. Ne pouvant atteindre les portes de notre côté, nous avons été obligées de contourner le dernier wagon et de grimper sur le quai. Les portes étaient ouvertes, mais comme par hasard, il n'y avait personne pour descendre nos malles. En général, c'est le chef de gare qui s'en charge, mais c'est lui qui contrôle également les billets et il était certainement occupé à raccompagner les Cotton.

– Il faut qu'on se débrouille toutes seules, ai-je décrété.

Il faisait tellement sombre dans le fourgon qu'au début nous n'avons pas vu nos malles ; puis Rose les a repérées tout au fond, derrière un tas de gros bidons de lait. En essayant de les atteindre, nous sommes passées devant une grande caisse, juste sous le petit manchon à incandescence de la lampe, à la lueur de laquelle j'ai réussi à lire l'étiquette : COTTON, *Scoatney, Suffolk*. Rose l'a vue elle aussi et a poussé un petit cri. Une seconde après, nous entendions des bruits de voix et des pas qui approchaient sur le quai.

Nous nous sommes précipitées vers la porte et avons aussitôt compris qu'il était trop tard pour descendre du train.

– Vite, cachons-nous derrière les malles, a ordonné Rose.

Si j'avais eu le temps de réfléchir, j'aurais pu la raisonner et lui dire que nous aurions l'air vraiment ridicules si jamais on nous découvrait. Mais elle s'est précipitée derrière les malles et je l'ai suivie.

– Ils ne peuvent pas nous voir, a-t-elle dit en s'accroupissant.

J'étais d'accord avec elle, car les malles étaient assez hautes et la lumière très faible et très loin de nous.

– Baisse-toi encore, ai-je chuchoté, ta malle est moins haute que la mienne.

– Oh, nous allons y arriver à nous trois, a dit une voix.

Ce n'était pas celle du chef de gare, ce devait donc être le chef de train qui était revenu.

– Je vais vous aider, a proposé Neil Cotton en grimpant dans le fourgon, avant de s'écrier : « Oh, mon Dieu ! » et de redescendre aussitôt.

L'instant d'après, les portes se sont refermées avec une telle violence que ça a cassé la lampe à manchon, nous plongeant dans l'obscurité.

– Qu'est-ce qu'il y a ? Que se passe-t-il ? a crié Simon Cotton.

Je n'ai pas pu entendre ce que Neil lui a répondu, mais j'ai bien entendu le chef de train s'esclaffer :

– C'est la meilleure, celle-là !

– Oh, Rose, il nous a vues ! ai-je murmuré.

– Mais non ! Pourquoi nous aurait-il enfermées ? Non, il y a autre chose. Tais-toi, écoute !

J'ai redressé la tête, tout doucement. Je distinguais juste le carré de la fenêtre, entrouverte en haut. Et j'ai entendu Simon Cotton.

— Neil, tu es complètement fou.
— Je t'assure que c'est vrai.
— Mais, voyons, monsieur, j'y étais dans ce fourgon..., a répliqué le chef de train.
— Mais vous avez laissé les portes ouvertes.

J'ai vu une ombre vague se détacher de l'obscurité : c'était le visage de Rose qui émergeait de derrière la malle.

— Que se passe-t-il ? a-t-elle chuchoté avec angoisse.
— Chut ! ai-je dit en tendant l'oreille.

Je crois que je me souviendrai toute ma vie de cet instant : les étoiles dans l'encadrement de la fenêtre, la minuscule perle de lumière au-dessus de la lampe cassée, les relents de lait et de poisson. J'ai entendu Simon dire qu'il allait chercher une lampe torche dans la voiture.

— Et dis à maman de rester à l'intérieur et de bien fermer les portières, lui a crié Neil.

Rose a commencé à ramper vers la fenêtre. Il y a eu un bruit métallique ; elle avait heurté un bidon de lait.

Le chef de train a sifflé entre ses dents.

— Vous avez peut-être bien raison, monsieur...
— Bien sûr que j'ai raison, a répondu Neil. Ne leur ai-je pas donné à manger au parc de Yellowstone ?

C'est alors que j'ai tout compris.

— Rose..., il t'a prise pour un ours.

Je l'ai sentie sursauter.

— Quel imbécile ! Mais quel imbécile ! s'est-elle exclamée avant de se cogner dans un autre bidon de lait.

– C'est vrai, tu es un ours aux deux tiers. Et il y a un cirque de passage en ce moment à King's Crypt, j'ai vu les roulottes le long des voies, et les Cotton aussi très probablement.

Je me suis mise à rire, mais j'ai cessé quand je l'ai entendue batailler avec les portes à l'autre bout du fourgon. Elle a réussi à les ouvrir et sa silhouette s'est découpée sur le ciel étoilé.

– Viens vite ! m'a-t-elle soufflé en sautant sur la voie.

J'ai traversé le fourgon, heurtant au passage tous les bidons de lait. Au-dessus du vacarme, j'ai entendu Neil Cotton et le chef de train qui couraient sur le quai en criant quelque chose au conducteur de la locomotive.

– Oh, Rose ! ne sois pas sotte, lui ai-je crié, nous allons nous expliquer.

Elle m'a prise par la main et m'a tirée jusqu'à ce que je saute.

– Si tu ne viens pas avec moi, je ne te le pardonnerai jamais ! a-t-elle susurré rageusement. Plutôt mourir qu'expliquer quoi que ce soit.

– Alors tu vas probablement mourir, car il y a des tas de gens dans le coin qui ont des fusils à portée de la main...

Mais elle ne m'écoutait déjà plus et s'était évanouie dans l'obscurité, à l'arrière du train. Les passagers criaient et tapaient contre les portières, ils ne devaient pourtant pas être très nombreux mais ils faisaient un boucan de tous les diables ; heureusement, toute leur attention se concentrait du côté du quai. J'ai pensé brusquement que si Rose acceptait d'ôter son manteau, nous pourrions nous joindre aux poursuivants en faisant comme si nous venions de descendre du train; alors j'ai commencé par me débarrasser du mien, que j'ai lancé dans le fourgon avant de courir après Rose. Mais je n'avais pas fait deux mètres que le faisceau d'une lampe torche a percé les ténèbres. Je voyais Rose distinctement. Elle était parvenue tout au bout du quai et escaladait le petit talus et, comme elle était à quatre pattes, on aurait vraiment dit un ours. Un cri sauvage s'est élevé, venant de quelques personnes présentes sur le quai. Rose a atteint le haut du talus et a disparu dans les champs.

– La ferme de la Renardière est là-haut! s'est exclamée une femme. Ils ont trois petits enfants...

J'ai entendu quelqu'un courir le long du quai et la même femme s'écrier:

– Vite, vite! Tous à la Renardière!

Puis quelqu'un a sauté sur la voie et j'ai vu Stephen traverser le faisceau de la torche. Un éclat de métal a lui et j'ai compris qu'il avait une fourche à la main – elle devait se trouver dans la carriole de Mr. Stebbins.

– Arrêtez, Stephen, arrêtez! ai-je hurlé.

– Je ne lui ferai pas de mal à moins d'y être obligé, miss Cassandra, m'a-t-il crié en se retournant. Je vais essayer de le diriger vers une grange.

Neil m'a dépassée.

– Vous, donnez-moi ça, a-t-il ordonné en prenant la fourche des mains de Stephen.

Simon est passé en courant, braquant sa torche droit devant lui. Le chef de train avec quelques passagers venaient à sa suite, puis quelqu'un m'a bousculée et m'a fait tomber. Comme la lampe commençait à donner des signes de faiblesse, Simon a tapé dessus et la lumière est revenue.

— Je vais chercher les lanternes de la gare! a crié le chef de train en remontant sur le quai.

Les passagers l'ont attendu, mais Simon et Stephen ont suivi Neil dans le noir.

J'aurais peut-être dû leur dire tout de suite, mais j'étais un peu étourdie par ma chute et tout le tapage. Je savais que ce serait horrible pour Rose si non seulement les Cotton étaient au courant, mais tous les gens du train. Je pensais vraiment qu'elle avait de grandes chances de leur échapper.

«De toute façon, Neil verra bien que ce n'est pas un ours s'il arrive à s'approcher suffisamment d'elle», me suis-je rassurée. Puis ils sont tous passés avec les lanternes, et le chef de gare tenait son grand chien noir en laisse et une grosse pierre dans la main. Je savais que je ne pouvais plus rester sans rien faire : c'était trop dangereux. J'ai essayé de leur expliquer mais, avec les aboiements du chien, personne ne m'a entendue. Quand tout à coup, par-dessus le vacarme, il y a eu un cri strident.

Alors j'ai complètement perdu la tête.

— C'est ma sœur! ai-je hurlé. Il est en train de la tuer!

Je me suis mise à courir le long de la voie. Tout le monde m'a suivie en vociférant et quelqu'un s'est pris les pieds dans la chaîne du chien et a juré comme un beau diable. Nous avons escaladé le talus jusqu'au champ en surplomb et les hommes ont brandi leurs lanternes au-dessus de leur tête : mais ni Rose ni les Cotton et Stephen n'étaient en vue. Tout le monde s'est mis à parler en même temps, faisant mille propositions. Il y avait une grosse dame qui voulait que le chef de gare lâche son chien, mais il avait peur qu'il ne morde les Cotton au lieu de l'ours.

– Il va les étouffer ! a insisté la grosse dame. Ils n'ont pas une chance de s'en sortir !

J'ai ouvert la bouche dans l'intention de leur faire comprendre qu'il ne s'agissait pas d'un ours, quand j'ai aperçu au loin quelque chose de blanc. Les hommes aux lanternes l'ont vu aussi et ont couru dans la direction. Et soudain Neil Cotton est apparu dans la lumière, portant dans ses bras Rose, vêtue de son ensemble blanc. Simon Cotton et Stephen suivaient à quelques pas de distance.

La grosse dame s'est élancée vers eux.

– Restez en arrière, a dit Neil Cotton d'un ton ferme. Elle a subi un choc épouvantable.

– Rose ! Rose ! me suis-je écriée en courant à sa rencontre.

– Elle n'a rien, m'a vivement glissé Simon Cotton, mais nous allons la conduire à notre voiture.

Prenant une des lanternes, il a éclairé le chemin pour son frère et ils se sont remis en marche imperturbablement.

– Mais, l'ours, monsieur…, s'est enquis le chef de train.

– Mort ! a répondu Simon Cotton. Mon frère l'a tué.

– Vous êtes bien sûr, monsieur ? a demandé le chef de gare.

– On ferait mieux d'aller voir, a dit la grosse dame. Le chien va le retrouver très vite.

— Impossible, a rétorqué Neil Cotton par-dessus son épaule. Il est tombé dans la rivière et le courant l'a emporté.

— Pauvre bête, pauvre bête, elle n'avait pas une chance de s'en tirer, s'est lamentée la grosse dame. D'abord tué, ensuite noyé, et peut-être bien qu'il valait de l'argent...

— Allez rejoindre votre sœur, m'a dit Simon Cotton.

J'étais trop contente de lui obéir.

Il a tendu la lanterne à Stephen et est resté en arrière pour faire remonter les gens dans le train.

— C'est une drôle d'histoire, a marmonné le chef de gare.

Pour ma part, c'était évidemment une drôle d'histoire.

— Qu'est-ce qui s'est passé, Stephen ? ai-je chuchoté.

Rose a brusquement relevé la tête et m'a ordonné entre ses dents d'un ton mauvais :

— Tais-toi ! Va chercher les malles.

Et, tandis que Neil redescendait tant bien que mal le petit talus avec Rose dans les bras, je l'ai entendue leur dire qu'ils pouvaient ressortir en passant par le champ qui donnait derrière la gare. Il a traversé les voies et s'est dirigé droit vers le champ ; ainsi, ils n'ont pas eu à traverser la gare. Stephen les a éclairés un moment puis m'a rejointe au fourgon. Et avant que j'aie eu le temps de prononcer un seul mot, il m'a dit :

— Je vous en prie, miss Cassandra, ne me posez pas de questions pour l'instant.

J'ai lancé le manteau de castor, la couverture et la veste sur le quai.

– Vous pourriez au moins me dire ce que vous avez fait du manteau en peau d'ours, ai-je commencé, interrompue par l'arrivée du chef de train.

Le pauvre homme, il n'arrivait pas à comprendre comment l'ours avait réussi à sortir du fourgon. Je lui ai expliqué que Rose se trouvait à l'intérieur lorsque Neil Cotton avait claqué les portes et qu'elle venait d'ouvrir celles du fond quand elle avait entendu l'ours grogner.

– Et il s'est lancé à ses trousses en un éclair.

J'ai eu l'impression d'avoir pas mal éclairci les choses.

Le chef de gare nous a aidés à transporter les malles dans la carriole de Mr. Stebbins. La voiture des Cotton était garée à quelques mètres de là et Rose était à l'intérieur, en grande conversation avec Mrs. Cotton. Simon Cotton est sorti de la gare et m'a proposé de venir avec eux.

– Nous raccompagnons votre sœur chez elle, vous venez avec nous ?

Mais je préférais rester avec Stephen ; en partie parce que j'étais gênée, et en partie parce que j'avais peur de dire ce qu'il ne fallait pas, n'ayant pas la moindre idée de ce qui s'était réellement passé. Et de tout le trajet de retour, je n'ai rien pu tirer de Stephen.

– Oh, c'était terrible, terrible ! Il vaut mieux que ce soit miss Rose qui vous raconte. Je ne dirai rien.

J'ai dû attendre jusqu'à hier soir que nous soyons couchées toutes les deux pour avoir le fin mot de l'histoire – oh, elle nous a bien fait un rapide résumé des faits en arrivant à la maison, mais je savais parfaitement qu'elle ne disait pas tout. Sur le moment, elle nous a simplement raconté que Neil Cotton l'avait poursuivie avec une fourche ; elle a crié, et c'est alors qu'il a compris la situation et qu'il a demandé à Simon et à Stephen de faire comme s'il y avait eu un ours pour de vrai.

– Neil et Simon l'ont même fait croire à leur mère, a-t-elle dit. Oh, ils ont été formidables !

Je n'avais jamais vu papa rire autant. Il a dit que l'incident allait certainement être exagéré et enjolivé au point que Rose aura été poursuivie par un troupeau d'éléphants en folie. Et il a été très impressionné par la présence d'esprit des Cotton.

Ils n'étaient pas entrés à la maison, se contentant de déposer Rose dans la cour.

– Neil a dit qu'ils me laissaient pour que je puisse raconter l'histoire à ma façon, a-t-elle expliqué. Voilà, c'est fait. Et maintenant vous allez être obligés de dire jusqu'à la fin des temps qu'il y avait bien un ours.

Elle était en proie à la plus vive excitation, pas gênée le moins du monde de s'être fait autant remarquer. C'est moi qui l'étais ; je ne sais pas pourquoi, peut-être était-ce la fatigue. Je me suis mise à grelotter et j'avais envie de pleurer. Topaz s'est dépêchée de nous envoyer au lit et nous a apporté du chocolat chaud et des briques chaudes pour nos pieds, et je n'ai pas tardé à me sentir un peu mieux. Elle nous a embrassées très maternellement, ce que déteste Rose, et nous a recommandé de ne pas parler trop longtemps ; je crois que c'est elle qui avait envie de rester pour parler un peu avec nous, mais papa lui a crié de venir se coucher.

– Finissons notre chocolat dans le noir, ai-je proposé en soufflant la bougie.

Rose est toujours plus encline aux confidences dans l'obscurité.

La première chose qu'elle m'a demandée, c'était :

– Qu'est-ce que t'a raconté Stephen quand vous êtes rentrés tous les deux ?

Je lui ai répondu qu'il m'avait dit que c'était trop horrible à raconter.

– Je me demande s'il a vu…, a-t-elle commencé.

Puis elle s'est mise à rire, pour la première fois depuis des mois. Ses rires se sont faits plus étouffés ; je crois qu'elle avait dû s'enfouir la tête dans l'oreiller. Finalement, elle a été obligée d'en ressortir pour respirer et a déclaré :

– J'ai giflé Neil Cotton.

– Rose ! Mais pourquoi ?

Elle l'avait vu venir vers elle, avait vu la fourche qui se découpait sur le ciel et avait poussé le cri que nous avions entendu.

– Alors j'ai essayé de m'extraire de ce manteau mais je ne trouvais pas les boutons, donc j'ai continué à courir. Il me criait « Arrêtez ! Arrêtez ! » – il avait dû s'apercevoir que je n'étais pas un ours –, et puis il m'a rattrapée et m'a saisie par le bras. Je lui ai dit : « Lâchez-moi, bon sang ! », alors Stephen a reconnu ma voix et s'est écrié : « C'est miss Rose ! » Alors Neil Cotton a crié : « Mais pourquoi vous sauvez-vous ? » et j'ai répondu : « Parce que je ne veux plus vous voir, ni vous ni votre frère. Allez au diable ! » Et je lui ai donné une gifle.

– Oh, Rose ! me suis-je exclamée, atterrée par une telle monstruosité. Qu'a-t-il répondu ?

– Il a dit : « Grand Dieu ! », puis Simon et Stephen sont arrivés, et Stephen a dit que tous les passagers du train étaient à ma poursuite. « C'est votre faute, ai-je dit à Neil Cotton, à cause de vous, je vais être la risée de tout le voisinage. » Et il a répondu : « Un instant, taisez-vous ! », et c'est là qu'il leur a demandé de faire comme s'il y avait eu un ours pour de vrai...

– Tu ne trouves pas que c'était extraordinairement sympathique de sa part ?

– Oui, si l'on veut...

Je savais qu'elle était en train de chercher des arguments.

– Mais je crois, a-t-elle repris au bout d'un instant, que cela tient au fait qu'il ne nous prend pas au sérieux, et pas seulement nous, mais l'Angleterre en général. Je suis sûre qu'il n'aurait jamais osé faire croire quelque chose d'aussi stupide en Amérique. Il prend l'Angleterre pour une vaste plaisanterie, un jouet très amusant ; les trains, la campagne, ce sont des jouets pour lui. Je l'ai compris à la façon dont il a parlé dans la voiture, quand on revenait à la maison.

Je savais ce qu'elle voulait dire : j'avais ressenti un peu la même chose le soir où ils avaient débarqué au château ; mais pas avec Simon. Et j'étais certaine que Neil ne le faisait pas méchamment.

Je lui ai demandé comment était leur mère.

– Belle, et elle parle tout le temps. Papa aura très vite envie de l'assommer.

– S'il la rencontre...

– Il la rencontrera certainement. J'ai l'impression que nous allons voir assez souvent les Cotton dorénavant.

Elle avait l'air si sûre d'elle, presque arrogante, que j'ai eu peur pour elle.

– Oh, Rose, ne fais pas l'imbécile cette fois!

Cela m'avait échappé, et Rose m'a aussitôt prise à partie.

– Qu'est-ce que tu veux dire par «imbécile»? C'est Topaz qui a dit ça?

Je lui ai dit que non, que c'était ce que j'imaginais, mais elle n'a pas voulu en rester là. Elle m'a harcelée de questions. J'avais beau avoir envie de défendre Topaz et être fatiguée, je n'étais pas aussi ferme que j'aurais dû l'être, et Topaz avait bien dit qu'il faudrait lui parler si par hasard nous devions revoir les Cotton. Mais je me suis sentie abominable quand j'ai eu tout raconté à Rose, méchante envers elle et aussi envers les Cotton. Enfin, si ça peut lui faire du bien... Et j'ai bien insisté sur ma fausse naïveté. J'ai passé sous silence ce qui concernait papa.

Elle a voulu savoir lequel des deux frères avait dit les choses les plus dures. J'ai donc fait le tri dans leurs réflexions autant que possible.

– Au moins, Simon était désolé pour moi. C'est Neil qui a suggéré de ne plus nous voir. Alors là, ils me le paieront!

– Ne leur en veux pas pour cela, l'ai-je suppliée. Regarde comme ils ont été gentils ce soir. Et si tu es vraiment sûre qu'ils ont l'intention d'être nos amis maintenant...

– Sûre et certaine.

– Ils ont dit qu'ils voulaient nous revoir?

– Ne t'occupe pas de ça!

À ma grande surprise, elle s'est remise à rire, mais elle n'a pas voulu me dire pourquoi. Quand elle a eu terminé, elle m'a déclaré qu'elle avait sommeil.

J'ai essayé de la faire parler encore par l'intermédiaire de miss Blossom :

– Alors, ma petite Rosie, avez-vous bien vidé votre sac, vilaine fille… ?

Apparemment, elle l'avait vidé.

– Et s'il restait quoi que ce soit dedans, ça n'en sortirait pas, a-t-elle répondu. Dors, et miss Blossom aussi !

Mais je suis restée éveillée pendant des heures, à réfléchir et à retourner tout cela dans ma tête.

Grand Dieu ! Quatre heures viennent de sonner à l'église de Godsend, cela fait six heures que j'écris là-haut sur la butte ! Topaz n'a pas sonné la cloche du déjeuner pour moi ; au lieu de cela, elle m'a apporté du lait et deux gros sandwichs au fromage, ainsi qu'un message de papa, me disant que je pouvais continuer à écrire aussi longtemps que je le désirais. Cela peut sembler égoïste pendant que les autres s'occupent si courageusement des vêtements de tante Millicent, mais lorsque nous les avons sortis ce matin, je me suis remise à trembler, et quand Topaz a compris quel effet ils me faisaient, elle m'a conseillé d'aller écrire pour me soulager. Je crois que ça a marché car à présent je peux les regarder sécher au vent sur la corde à linge sans être horrifiée, bien que pour l'instant ils ne m'attirent aucunement, contrairement aux fourrures.

Stephen est retourné à la gare de Scoatney avant d'aller travailler et a rapporté le manteau en poil d'ours. Il était caché dans un fossé. Papa se souvient d'avoir entendu parler de ce manteau quand il était petit : les cochers avaient de la chance s'ils avaient une courte pèlerine en peau de chèvre à porter l'hiver ; mais l'arrière-grand-mère disait que si son mari, qui voyageait à l'intérieur de la voiture, avait un manteau doublé en castor, le cocher, dehors dans le froid, devait être au moins aussi chaudement vêtu. Il a donc été bien content d'avoir le manteau en poil d'ours, mais un peu gêné car les petits garçons se moquaient de lui et lui demandaient tout le temps de danser. La veste en loutre avait appartenu à tante Millicent dans les années 1890, avant qu'elle ne soit contre les fourrures. Papa pense qu'elle les a gardées par nostalgie et peut-être aussi parce qu'elle n'avait été heureuse que quand elle était petite. Comme il était étrange de songer que la vieille dame à la longue capote militaire noire était la miss Milly qui fréquentait le cours de danse ! Du coup, je me suis demandé à quoi je ressemblerais quand je serai vieille.

J'ai très mal à la main mais je veux continuer à écrire. Je me suis reposée tout en réfléchissant. Toute la journée, j'ai été deux personnes à la fois : celle que j'étais hier et celle que je suis aujourd'hui, en ce moment, sur la butte ; et maintenant, il y en a une troisième qui se profile : celle que je serai demain. Les Cotton vont-ils nous inviter à Scoatney ? Topaz croit que oui. Elle pense que la singularité de l'incident de la peau d'ours va les charmer, de même que l'étrangeté de leur arrivée au château les a charmés, et que la fuite éperdue de Rose aura réparé le tort qu'elle avait causé en se montrant si démonstrative. Pourvu qu'elle se conduise de façon un peu plus réservée ! Topaz approuve le fait que je lui aie parlé hier soir ; elle en a un peu discuté avec Rose ce matin, qui l'a écoutée avec une courtoisie surprenante.

— Surtout, ne dis rien et écoute le plus possible jusqu'au moment où tu te sentiras parfaitement à l'aise, lui a conseillé Topaz. Et je t'en supplie, pas de provocation. Ta beauté s'en chargera si tu lui en laisses la chance.

J'adore Topaz quand elle est d'humeur si prosaïque.

Est-ce abominable d'être complice de ces manigances ? Est-ce vendre sa propre sœur ? Rose peut fort bien réussir à tomber amoureuse d'eux, je veux dire, amoureuse de celui qui tombera amoureux d'elle. J'espère que ce sera Neil, parce que je trouve Simon franchement un peu inquiétant ; seulement, c'est Neil qui n'arrive pas à prendre l'Angleterre au sérieux...

Je me suis reposée, tout en contemplant le château. J'aimerais trouver les mots, de beaux mots graves, pour le décrire dans le soleil de l'après-midi ; plus je les cherche, plus ils m'échappent. Comment dépeindre le puits de lumière de la cour, les fenêtres dorées, cet étrange aspect suranné que l'on ne retrouve que dans les tableaux anciens ? Tout ce que j'ai trouvé, c'est : « la lumière d'un autre temps », et c'est la pure vérité...

Oh... ! Je viens de voir la voiture des Cotton sur la route de Godsend, au carrefour d'où l'on aperçoit le château en arrivant. Ils viennent ici ! Vais-je encore les regarder et attendre sans bouger ? Pas question !

Je descends.

Chapitre 7

Nous sommes invités à dîner à Scoatney dans une semaine jour pour jour ! Et il y a autre chose que je voudrais raconter, quelque chose qui n'appartient qu'à moi. Oh, je ne sais plus par où commencer !

Je suis descendue de Belmotte juste à temps pour prévenir les autres : Rose et Topaz étaient en train de repasser, et Rose a enfilé un corsage encore tout chaud. Topaz s'est contentée de s'apprêter un brin et a préparé le plateau pour le thé. J'ai fait une rapide toilette, puis je me suis aperçue que je devais choisir entre avertir papa ou me brosser les cheveux ; j'ai quand même réussi à faire les deux en prenant mon peigne et ma brosse pour aller à la loge de garde. Papa s'est levé avec une telle précipitation que j'ai bien cru qu'il avait l'intention de filer pour échapper aux Cotton, mais il m'a simplement arraché la brosse des mains pour brosser sa veste avec – ce n'était pas du tout le moment de faire des chichis, nous en étions bien conscients.

Pour finir, nous avions encore quelques minutes devant nous, car ils avaient garé leur voiture tout au bout du chemin ; la boue a séché mais les ornières sont encore profondes.

— Mrs. Cotton est avec eux! me suis-je écriée tandis qu'ils s'engageaient dans la dernière courbe du chemin.

Papa a déclaré qu'il allait les attendre sous le passage voûté de la loge de garde.

— Si cela se passe mal cette fois, ce ne sera pas ma faute; j'en ai fait la promesse à Topaz, a-t-il dit, avant d'ajouter d'un ton un peu grinçant : je suis ravi que tu ne sois pas encore en âge d'être mise sur le marché...

Je suis vite retournée voir Rose et Topaz. Elles avaient fait du feu dans le salon et cueilli un grand bouquet de jonquilles. Le feu donnait à la pièce un aspect beaucoup plus printanier. Nous avons ouvert les fenêtres; les cygnes glissaient sur l'eau, l'air assez indifférent. Cela m'a soudain rappelé ce premier après-midi de printemps au salon, quand Rose nous a joué son morceau. Je revoyais maman qui se penchait au-dessus des douves, je revoyais sa robe grise très précisément mais j'étais incapable de revoir son visage. Une petite voix s'est élevée en moi : «Oh, maman, fais que tout se passe bien pour Rose!» et j'ai eu la vision de ma pauvre mère qui se dépêchait de redescendre du paradis pour mettre en œuvre tout ce qui était en son pouvoir. C'est fou ce que l'imagination peut s'emballer rien qu'en ouvrant une fenêtre!

Et papa est entré avec les Cotton.

Rose trouvait Mrs. Cotton très belle, mais ce n'est pas exactement ainsi que je la qualifierais. Topaz est très belle, essentiellement à cause de la singularité de son visage : elle donne l'impression d'appartenir à une race plus blanche que blanche. Rose, avec son teint ravissant et ses yeux qui d'un instant à l'autre peuvent illuminer son expression, est très belle. Mrs. Cotton est élégante et a de la classe ; non, ce n'est pas encore ça, car elle n'est pas précisément intimidante. Elle est tout simplement extraordinairement charmante, extraordinairement comme il faut, tout est parfait chez elle. Elle a un teint de la complexion idéale. Ses cheveux noirs blanchissent avec la proportion idéale de cheveux gris, là où il faut, et le volume de ses boucles est parfait. Son visage est parfait, de même que ses vêtements : un ensemble de tweed, mais beaucoup plus intéressant que je ne l'aurais cru possible pour du tweed ; le tissu est assez clair, dans des tons bleus qui mettent ses yeux en valeur. J'ai eu peur de trop la regarder, mais j'espère qu'elle a compris que je n'avais que de l'admiration pour elle. Comme elle est la mère de Simon Cotton, elle ne peut avoir beaucoup moins de cinquante ans, ce qui paraît incroyable. En y repensant, il est impossible qu'elle soit plus jeune ; c'est simplement que ses cinquante ans n'ont absolument rien à voir avec ceux des autres.

Elle est entrée sans cesser de parler : on aurait dit un mur de paroles qui marchait sur nous. Heureusement, elle s'exprime très bien, comme Simon, et ne se formalise pas du tout si on l'interrompt ; ce que font ses fils en permanence et ce que papa s'est bientôt mis à faire, puisque c'est à lui qu'elle s'adressait essentiellement. Quand il lui a eu présenté Topaz et moi, et une fois qu'elle nous a eu serré la main à toutes les trois, espéré que Rose s'était bien remise de ses émotions et dit : « Vous avez vu ces cygnes ? », elle a poursuivi sur *Jacob Luttant* et la conférence de papa à laquelle elle avait assisté en Amérique. Ils se sont mis à discuter en s'interrompant le plus amicalement du monde, tandis que Rose prenait place sur la banquette de la fenêtre pour converser avec Simon, et que Topaz et moi nous éclipsions pour aller chercher le thé. Neil nous a suivies très gentiment pour nous aider.

Nous avons attendu autour du feu, dans la cuisine, que l'eau bouille.

– Votre mère ne se doute absolument pas que l'ours était Rose ? ai-je demandé.

– Oh, non, et c'est aussi bien ainsi, car ce n'est pas du tout le genre d'humour qu'elle apprécie. De toute façon, ce ne serait pas très honnête vis-à-vis de votre sœur.

J'étais bien d'accord : Mrs. Cotton se serait demandé pour quelle raison Rose était partie en courant. (À mon avis, Neil doit penser que c'était parce qu'elle s'imaginait qu'ils ne voulaient plus nous voir. Oh, mon Dieu, que tout cela est gênant !)

– Mais je ne comprends toujours pas comment les gens ont pu croire que vous aviez tué l'ours avec une fourche, ai-je dit.

– Je ne l'ai pas tué, seulement blessé, gravement blessé, je crois, mais pas suffisamment pour le mettre hors d'état de nuire. Il est revenu vers moi tout chancelant, je me suis écarté et il est tombé la tête la première dans la rivière, je l'ai même entendu se débattre dans le noir. J'ai ramassé une grosse pierre, pauvre bête, ç'a été très dur, mais j'ai dû l'achever. Il a poussé un seul grognement au moment où la pierre l'atteignait et il a coulé. J'ai brandi la lanterne : il y avait des bulles à la surface de l'eau. Et puis j'ai vu sa grosse masse noire sous l'eau emportée par le courant.

– Mais vous n'aviez pas de lanterne, ai-je objecté.

– Il n'avait pas d'ours non plus, a remarqué Topaz.

Pendant quelques instants, j'ai été à deux doigts de le croire, moi aussi, et j'étais tout à fait désolée pour cet ours. Rien d'étonnant à ce que Mrs. Cotton se soit laissé prendre.

– Ce matin, maman nous a obligés à aller voir le propriétaire du cirque pour le dédommager, a-t-il repris en souriant. Ce n'est qu'un tout petit cirque, à vrai dire il n'avait pas d'ours, mais il était tout disposé à confirmer notre histoire : il pensait que ça lui ferait un peu de publicité. J'ai bien essayé de lui acheter un de ses lions, mais ils n'étaient pas à vendre.

– Qu'est-ce que vous auriez fait d'un lion ? ai-je demandé.

– Ils étaient tellement mignons, a-t-il répondu de manière évasive.

L'eau s'est mise à bouillir et nous avons apporté le thé au salon.

Quand Neil a eu fini de faire le service, il est allé s'asseoir auprès de Rose sur la banquette de la fenêtre. Puis Simon est venu faire poliment la conversation à Topaz. Papa et Mrs. Cotton étaient toujours en train de s'interrompre joyeusement l'un l'autre. C'était passionnant de les observer tous, mais les conversations s'annulaient les unes les autres, de sorte que je ne pouvais en suivre aucune. J'étais inquiète au sujet de Rose. Je voyais bien qu'elle laissait Neil conduire la discussion, ce qui était très bien ; mais elle ne semblait pas l'écouter, ce qui l'était nettement moins. Elle a passé son temps à donner à manger aux cygnes par la fenêtre. Neil avait l'air un peu décontenancé. Alors je me suis aperçue que Simon ne la quittait pas des yeux, et au bout d'un moment, elle a croisé son regard et lui a souri. Neil lui a jeté un rapide coup d'œil, puis il s'est levé et a prié Topaz de lui servir un autre thé (qu'il n'a pas bu). Simon s'est approché de Rose. Elle ne s'est pas montrée beaucoup plus loquace, mais elle semblait trouver tout ce que disait son compagnon follement intéressant. J'ai saisi un mot de temps en temps et compris qu'il était question de Scoatney Hall. J'ai entendu Rose dire : « Non, je ne l'ai jamais visité. » Et lui : « Mais il faut venir nous voir ! Nous aimerions bien vous avoir à dîner un soir de la semaine prochaine. » Alors, il s'est tourné vers Mrs. Cotton et elle nous a invités. Il y a eu un moment épouvantable où j'ai bien cru que je n'allais pas en être, car elle a demandé : « Est-ce que Cassandra est en âge de dîner avec nous ? », mais Neil a rétorqué : « Mais bien sûr ! », et tout s'est arrangé.

Oh, j'aime beaucoup Neil ! Lorsqu'ils sont partis, j'ai pris le chemin avec lui ; papa était avec Mrs. Cotton, et Rose avec Simon. Neil a voulu savoir comment nous allions nous rendre à Scoatney et quand je lui ai dit qu'il faudrait qu'on y réfléchisse, il a décidé d'envoyer la voiture nous chercher. C'est le garçon le plus gentil qui soit, bien que l'autre jour, il ait été tout sauf gentil vis-à-vis de Rose. Peut-être qu'on ne devrait jamais tenir compte des conversations que l'on surprend. En tout cas, c'est Simon qui a dit que j'étais une fausse ingénue, et Neil a dit que j'étais mignonne ; ce n'est pas exactement comme ça que je me vois, mais l'intention était aimable.

Comme nous retournions vers le château, papa a déclaré qu'il les avait tous trouvés très sympathiques, puis il nous a demandé si nous avions des robes pour le dîner à Scoatney. J'y avais pensé avant lui avec une certaine inquiétude.

– Oh, Topaz va bien nous trouver quelque chose, ai-je répondu.

– On ne pourrait pas transformer un des vêtements de tante Millicent ? Sinon, eh bien, il devrait encore nous rester une ou deux bricoles à vendre…

Il m'a jeté un regard d'une telle humilité, tellement implorant que j'ai glissé mon bras sous le sien et j'ai répliqué très vite :

– Nous nous débrouillerons très bien.

Puis il a risqué un regard vers Rose : elle avait un petit sourire aux lèvres. Je ne pense pas qu'elle ait entendu un traître mot de notre conversation.

Quand nous sommes entrés dans la cuisine, Topaz était en train de laver les tasses à thé.

– Mortmain, vous méritez une médaille ! a-t elle déclaré.

– En quel honneur ? Ah, pour avoir discuté avec Mrs. Cotton ? Ça m'a fait grand plaisir.

Topaz l'a regardé avec des yeux ronds.

– J'ai eu l'occasion de me familiariser avec la fabuleuse vitalité des Américaines quand j'étais là-bas, a-t-il expliqué.

– Elles sont toutes aussi bavardes ? ai-je demandé.

– Non, évidemment. Mais il se trouve qu'elle appartient à un type d'Américaines que j'ai eu fréquemment l'occasion de rencontrer : les adeptes de conférences. Elles donnent un dîner ensuite ; de temps en temps, elles hébergent un conférencier pour la nuit ; elles ont un sens de l'hospitalité très développé.

Papa était assis sur la table de la cuisine et balançait les jambes : on aurait dit un petit garçon.

– Elles sont fort capables d'avoir trois ou quatre enfants, a-t-il repris, de s'occuper d'une maison, de se tenir au courant de ce qui se fait dans les domaines de l'art, de la littérature et de la musique – de façon assez superficielle, soit, mais mon Dieu, ce n'est déjà pas mal – et de travailler, par-dessus le marché. Certaines d'entre elles ont même deux ou trois maris, juste pour éviter de se rouiller.

– À mon avis, à ce régime-là, aucun mari ne serait capable de tenir le coup plus de quelques années, a remarqué Topaz.

– C'est ce que je croyais au début : leur assaut verbal me laissait sur le carreau. Mais au bout de quelque temps, je m'y suis habitué. Elles me font un peu songer à des punching-balls : vous leur flanquez un coup, ils vous le renvoient mais, dans l'ensemble le résultat est tout à fait stimulant.

– À moins qu'elles ne vous assomment complètement, a rétorqué sèchement Topaz.

– Ça leur arrive parfois, en effet, a reconnu papa. Parmi les hommes, un grand nombre d'Américains sont singulièrement silencieux.

— Elle semble avoir une assez bonne connaissance de *Jacob Luttant*, ai-je remarqué.

— Elle a certainement lu toutes les critiques avant de venir, c'est ce qu'elles font généralement, et ma foi, c'est assez courtois de leur part. Il est étrange qu'elles soient si nombreuses à avoir les cheveux prématurément gris ; c'est d'un chic… Je dois reconnaître qu'il est très agréable de voir une femme aussi élégante.

Soudain, il s'est mis à fredonner entre ses dents et nous a laissées en plan pour rejoindre la loge de garde. Je l'aurais giflé pour sa remarque sur l'élégance, car Topaz, aujourd'hui, était tout sauf élégante. Elle avait mis sa robe tricotée à la main qui ressemblait plutôt à un sac à pommes de terre, et ses beaux cheveux, qui avaient grand besoin d'être lavés, disparaissaient dans un vieux filet à moitié déchiré.

— Peut-être trouvera-t-il cela stimulant si je me mets à parler autant, a-t-elle suggéré.

— Pas question !

À la vérité, je trouvais également Mrs. Cotton très stimulante, mais je n'aurais pas manqué de tact au point de l'avouer.

— Topaz, croyez-vous que son costume de soirée est mangé aux mites ? Il n'a pas dû servir depuis les dîners chez tante Millicent.

Mais Topaz en avait pris soin.

— Il va falloir lui trouver des boutons de manchettes, car il a vendu les plus jolis. Oh, Cassandra, c'est quand même fou, un génie, un auteur sur lequel se penchent les critiques américains, qui n'a même pas de boutons de manchettes dignes de ce nom !

J'ai répondu à Topaz que, bien souvent, les génies n'avaient même pas une chemise sur laquelle mettre des boutons ; et nous avons enchaîné sur la façon dont nous pourrions nous habiller nous-mêmes pour ce dîner.

En ce qui me concerne, j'ai ce qu'il faut : d'après Topaz, la robe blanche que j'avais à la distribution des prix de l'école fera encore l'affaire, étant donné mon jeune âge. Et elle pourra transformer quelque peu une de ses robes de soirée. C'est Rose qui pose un problème.

– Il n'y a aucun vêtement de votre tante que je puisse arranger pour elle, a déclaré Topaz, et je n'ai rien à moi qui lui convienne. Il lui faut quelque chose de vaporeux, ou à volants. Et comme nous ne pourrons jamais l'empêcher d'exercer son charme victorien début de règne, autant l'accentuer.

Rose jouait du piano. J'ai donc fermé la porte de la cuisine avant de demander :

– Comment avez-vous trouvé son comportement aujourd'hui ?

– Plus posé en tout cas, bien qu'elle leur ait encore fait les yeux doux. Mais cela n'a plus aucune importance à présent.

Comme je la regardais sans comprendre, elle a poursuivi :

– Simon Cotton est séduit par Rose, réellement séduit, tu ne t'en es pas aperçue ? Dès lors, une fille peut faire tout ce qu'elle veut, et sa sottise même passera pour un charme supplémentaire.

– Et Neil, il est séduit, lui aussi ?

– Cela m'étonnerait. J'ai l'impression que Neil

voit clair dans son jeu, je m'en suis aperçue à la façon dont il la regardait. Oh, Cassandra, comment allons-nous l'habiller ? Elle a toutes ses chances avec Simon, je t'assure, il y a des signes qui ne trompent pas.

J'ai eu la vision fugitive du visage de Simon, si pâle au-dessus de la barbe.

– Mais cela vous plairait vraiment qu'elle l'épouse ?

– J'aimerais bien qu'elle en ait l'opportunité, a répondu fermement Topaz.

Sur ces entrefaites, miss Marcy est arrivée avec un livre pour papa. Elle nous a appris que le pasteur était également convié au dîner chez les Cotton – elle le tenait de sa gouvernante.

– La plupart des gens ne sont invités qu'à déjeuner ou pour le thé, nous a-t-elle dit. Mais un dîner, c'est tellement plus merveilleux !

Nous lui avons soumis le problème de la robe de Rose.

– Il faudrait qu'elle soit rose, avec effet de crinoline. J'ai vu exactement ce qu'il vous faut dans le numéro de cette semaine de *Conversation au coin du feu*, a-t-elle déclaré en plongeant la main dans sa sacoche.

– Hélas ! ç'aurait été parfait, a soupiré Topaz.

Miss Marcy a battu des paupières et rougi avant de demander :

– Vous seriez capable de la lui confectionner, Mrs. Mortmain, si... si miss Rose m'autorisait à lui offrir le tissu ?

– Je vous l'autorise, a répondu Topaz, je m'en sens le droit.

Miss Marcy lui a jeté un rapide coup d'œil

auquel Topaz a répondu par un imperceptible hochement de tête. J'ai failli éclater de rire, elles étaient si différentes l'une de l'autre, miss Marcy, petit oiseau rose, et Topaz, grande et pâle, telle une déesse à l'article de la mort, mais en cet instant, elles avaient en commun ce désir effréné de marier Rose à tout prix.

– Peut-être pourrions-nous proposer à miss Marcy quelque chose ayant appartenu à tante Millicent ? ai-je suggéré.

Elles se sont rendues dans le salon où étaient étalés tous les vêtements, pendant que je préparais du thé pour Stephen. Topaz avait décidé que ceux d'entre nous qui avaient pris le thé cet après-midi dîneraient plus tard d'un bol de chocolat.

Stephen a été très contrarié d'apprendre que j'allais porter une si vilaine robe à Scoatney.

– Ne pourriez-vous avoir au moins une ceinture neuve ? a-t-il demandé. J'ai mis un peu d'argent de côté.

Je l'ai remercié en lui disant que la ceinture que je portais à la distribution des prix était comme neuve.

– Alors, un ruban pour vos cheveux, miss Cassandra ?

– Mon Dieu, je n'en ai pas mis depuis ma tendre enfance !

– Vous aviez des petits nœuds au bout de vos nattes avant que vous ne vous coupiez les cheveux. C'était très joli.

Puis il m'a demandé ce que je pensais des Cotton, à présent que je les connaissais un peu mieux.

– Oh, je ne connais pas du tout Simon : il

discute presque tout le temps avec Rose. Mais Neil est très gentil.

– Le trouvez-vous beau ?

– Pas vraiment beau, Stephen, pas comme vous.

J'avais répondu sans réfléchir, car tout le monde dans la famille s'accordait sur la beauté de Stephen ; mais il a rougi si fort que j'ai aussitôt regretté d'avoir dit cela.

– Vous, Stephen, vous avez des traits classiques, ai-je essayé d'expliquer, le plus naturellement du monde.

– N'étant pas un gentleman, cela semble en pure perte, a-t-il rétorqué avec un sourire sarcastique.

– Ne dites pas ça, les gentlemen sont des hommes qui se conduisent en gentlemen. Et c'est votre cas.

– N'est gentleman que celui qui l'est par la naissance, a-t-il objecté en secouant la tête.

– Ce ne sont que des fadaises dépassées, Stephen. Je vous assure. Et, à propos, pourriez-vous cesser de m'appeler « miss » Cassandra ?

Il a eu l'air étonné.

– Oui, je comprends, je devrais dire « miss Mortmain », à présent que vous êtes en âge d'être invitée à des dîners.

– Certainement pas ! Je voulais dire que vous devez m'appeler Cassandra, sans le « miss ». Vous faites partie de la famille : c'est ridicule que vous ne m'ayez jamais appelée que « miss ». Qui vous a demandé de le faire ?

– Ma mère. Elle y attachait énormément d'importance. Je me souviens encore du premier jour où nous sommes arrivés ici. Vous jouiez à la balle avec miss Rose, dans le jardin, et je me suis précipité vers la porte de la cuisine en me disant que j'aimerais bien jouer aussi. Maman m'a rappelé que vous étiez les jeunes demoiselles et que je ne devais jamais jouer avec vous, à moins d'y avoir été invité. Et qu'il fallait vous appeler « miss », rester à ma place et ne jamais me montrer inconvenant. Elle a eu du mal à m'expliquer ce que « inconvenant » signifiait.

– Oh, mais c'est horrible, Stephen ! Et vous aviez… quel âge ?

– Sept ans, je crois. Vous deviez en avoir six et miss Rose neuf. Thomas n'avait que quatre ans, mais elle m'a recommandé de l'appeler « monsieur Thomas ». Mais il y a des années qu'il m'a demandé de ne plus le faire.

– C'est ce que j'aurais dû faire moi-même, il y a longtemps.

Je n'y avais pas songé un seul instant. Sa mère avait été employée dans une maison pendant des années avant de se marier. Lorsqu'elle a été veuve, elle a dû retrouver du travail comme domestique et placer son fils dans une famille. Je sais qu'elle a été très reconnaissante à maman de lui avoir permis de garder Stephen auprès d'elle, et c'est peut-être pour cette raison qu'elle faisait montre d'un tel respect.

– Bon, en tout cas, à présent c'est moi qui vous le demande, ai-je repris, alors tâchez de vous en souvenir…

– Devrai-je appeler miss Rose simplement « Rose » ?

Comme je ne savais pas très bien ce qu'en

aurait pensé Rose, je me suis contentée de lui répondre :

— Oh, pourquoi s'occuper de Rose ? C'est entre vous et moi.

— Je ne pourrais jamais continuer à l'appeler « miss » et vous non, a-t-il affirmé résolument. Ça la placerait au-dessus de vous.

Je lui ai dit que j'en parlerais à Rose, puis je lui ai demandé sa tasse pour le resservir — le sujet m'embarrassait quelque peu. Il a longtemps tourné sa cuillère dans son thé avant de dire :

— Vous étiez sincère lorsque vous disiez que les gentlemen étaient des hommes qui se conduisaient en gentlemen ?

— Mais oui, bien sûr, Stephen. Je vous jure que je le pensais vraiment.

J'étais si désireuse qu'il me croie que je me suis penchée vers lui, au-dessus de la table. Il m'a regardée, droit dans les yeux. Cette expression étrange, voilée, que j'ai bien peur d'avoir appelée son air idiot, avait brusquement disparu ; on aurait dit qu'une lumière luisait dans ses yeux qui pourtant ne m'avaient jamais semblé aussi sombres. Et ils étaient si directs que j'avais plus l'impression d'être touchée que regardée. Cela n'a duré qu'une seconde, mais pendant cette seconde-là, il n'était plus du tout la même personne : il était beaucoup plus intéressant, et même un petit peu troublant.

Thomas est entré et je me suis dépêchée de me rasseoir convenablement.

— Pourquoi es-tu toute rouge, ma vieille ? m'a-t-il demandé d'un ton exaspérant.

Je comprends pourquoi, de temps en temps, Rose

a envie de le frapper. Heureusement, il n'a pas attendu que je lui réponde et nous a raconté qu'il était question, dans le journal de King's Crypt, de l'ours qui s'était noyé à quelques kilomètres de là. J'ai ri et j'ai mis de l'eau à chauffer pour son œuf à la coque. Stephen est sorti dans le jardin.

Je me suis posé des questions pendant tout le temps que je préparais le thé de Thomas : je comprenais tout à coup que je ne pourrais plus jamais continuer à prétendre que Stephen ne m'était que vaguement attaché et que cela n'avait pas la moindre importance. Je n'y avais plus songé depuis des semaines et je ne m'étais certainement pas montrée brusque ou cassante avec lui, comme papa me l'avait recommandé. Alors j'ai décidé de m'y mettre sur-le-champ ; mais je me suis vite rendu compte que j'en étais incapable, encore moins après lui avoir demandé de cesser de m'appeler « miss ». Entre parenthèses, je ne me suis jamais moins sentie brusque de ma vie, pour la bonne raison que lorsqu'on vous regarde comme ça, ça tourne un peu la tête.

Je suis allée dans le jardin pour réfléchir. C'était l'heure du soir où les fleurs pâles ont l'air encore plus pâles, les jonquilles sont presque blanches ; elles étaient parfaitement immobiles, tout était figé, silencieux. La lampe de papa brillait dans la loge de garde, Topaz et miss Marcy avaient allumé une bougie dans la salle à manger, Rose jouait encore du piano au salon, dans la pénombre. Je n'avais plus le vertige ; je ressentais une drôle d'impression, comme une sorte d'excitation. J'ai gagné le chemin en passant sous la voûte de la loge de garde, puis je me suis dirigée vers la grange. Stephen en est sorti. Il n'a pas souri comme à son habitude dès qu'il me voit; il m'a regardée d'un air interrogateur.

– Allons faire un petit tour, m'a-t-il proposé.

– D'accord, ai-je répondu, avant de me raviser : non, je ne peux pas, Stephen. Il faut que je voie miss Marcy avant qu'elle ne parte.

Je n'avais aucune envie de voir miss Marcy. Je voulais aller me promener avec lui. Mais j'ai brusquement senti que je ne devais surtout pas accepter.

Stephen a simplement hoché la tête. Puis nous sommes retournés ensemble au château sans échanger une seule parole.

Lorsque nous sommes montées nous coucher, Rose et moi, je lui ai demandé si ça la dérangerait que Stephen ne l'appelle plus «miss».

– Ça m'est complètement égal, après tout, c'est lui qui me nourrit.

Alors j'ai commencé à parler des Cotton, mais elle n'a montré ni entrain ni intérêt particulier, on aurait dit qu'elle voulait réfléchir. Donc je me suis livrée, moi aussi, à quelques réflexions.

Tôt ce matin, lorsque j'ai croisé Stephen en train de sortir les poules, je lui ai dit que Rose aimerait bien qu'il cesse de lui dire «miss». J'ai été formidablement cassante; c'est assez facile d'être cassante au petit matin. Il a seulement répondu : «Très bien», sans expression particulière. Pendant le petit déjeuner, Rose et Topaz ont décidé d'aller à King's Crypt acheter tout ce qu'il fallait pour la robe de Rose. (Elles y sont en ce moment, j'ai eu presque toute la journée à moi.)

Je faisais griller du pain près du feu. Stephen est venu vers moi.

— S'il vous plaît, permettez-moi de demander à Mrs. Mortmain l'autorisation de vous acheter quelque chose pour la soirée.

Je l'ai remercié et lui ai dit que je n'avais besoin de rien.

— Vous êtes sûre ? Puis il a ajouté, très lentement, comme s'il prononçait un mot difficile : Cassandra.

Nous avons rougi tous les deux. J'avais cru qu'en abandonnant le « miss » également pour Rose, cela passerait mieux et aurait l'air tout à fait naturel, mais il n'en était rien.

— Mon Dieu, qu'est-ce qu'il chauffe, ce feu ! Non, franchement, je ne vois pas ce dont je pourrais avoir besoin.

— Bon, eh bien, je vais continuer à faire de petites économies pour… pour ce pour quoi je fais de petites économies, a-t-il conclu avant de partir au travail.

Il est quatre heures de l'après-midi. Papa est allé voir le pasteur, donc j'ai le château pour moi toute seule. C'est fou ce qu'une maison paraît différente quand il n'y a personne. Cela semble plus facile de réfléchir à des sujets plus intimes ; c'est ce que je vais faire…

Je ne suis pas allée bien loin dans mes réflexions. C'est le genre d'après-midi paisible, jaune, où l'on peut se laisser facilement absorber par la rêverie si l'on se tient très tranquille : je suis restée dix bonnes minutes sans bouger à fixer le carré de lumière de la fenêtre de la cuisine. Je vais me reprendre et méditer de façon un peu plus constructive…

J'ai réfléchi. Et voici ce que j'ai découvert :

1. Je ne partage pas les sentiments de Stephen.

2. J'avais envie d'aller faire un tour avec lui hier soir et, comme je n'ai jamais pu supporter dans les livres les filles trop, trop naïves, je déclare : je crois que je pensais que si j'avais accepté, il m'aurait embrassée.

3. Ce matin, près du poulailler, je n'avais pas envie qu'il m'embrasse.

4. En ce moment, je ne crois pas avoir envie qu'il m'embrasse.

J'ai encore réfléchi quelques instants, toujours plongée dans mon espèce de rêverie hypnotique. J'ai revécu le moment où Stephen m'a regardée de l'autre côté de la table. Même pour me souvenir du malaise que j'ai ressenti. Ce malaise un peu vertigineux m'a bien plu. Alors, en imagination, j'ai fait avec lui la promenade que je lui avais refusée. Nous avons pris le chemin, traversé la route de Godsend et sommes entrés dans le petit bois de mélèzes. Il n'y a pas encore de jacinthes sauvages ni de campanules, mais j'en ai mis quand même. Il faisait presque nuit dans les bois et soudain il a fait très frais, presque froid, et j'ai senti qu'il allait se passer quelque chose. J'ai fait dire à Stephen un certain nombre de choses, je l'ai entendu les dire. Il faisait de plus en plus noir, jusqu'au moment où il n'est plus resté qu'un petit coin de ciel pâle au-dessus des arbres. Alors seulement, il m'a embrassée.

Mais là, je n'ai pas du tout réussi à continuer car j'étais incapable d'imaginer quel effet cela pouvait faire. Brusquement j'ai regretté d'avoir imaginé tout cela. Je...

Je finis d'écrire dans ma chambre parce que j'ai entendu Stephen qui se lavait à la pompe du jardin et je me suis précipitée au premier étage. Je viens de le regarder par la fenêtre et je me sens terriblement coupable d'avoir accepté cette promenade imaginaire ; coupable et honteuse, avec une étrange sensation de faiblesse au creux de l'estomac. Je ne jouerai plus jamais à ces petits jeux. Maintenant, je suis tout à fait certaine de ne pas avoir envie qu'il m'embrasse. Il est vraiment très beau, là, à la pompe, mais il a repris son air un peu idiot – oh, pauvre Stephen, je suis une peste, non, ce n'est pas un air véritablement idiot ! Mais je suis certaine qu'il n'aurait jamais pu trouver tout seul tout ce que je lui ai fait dire ; et dans le tas, il y avait un certain nombre de choses pas idiotes du tout.

Je ne veux plus y penser. Je vais désormais concentrer mes réflexions sur la soirée chez les Cotton, qui est de loin beaucoup plus intéressante, mais peut-être plus intéressante pour Rose que pour moi. Je me demande quel effet ça ferait d'être embrassée par l'un des Cotton... non et non ! je ne vais pas commencer à penser à ça. Franchement, je me fais honte ! De toute façon, je n'ai plus le temps : Rose et Topaz vont arriver d'un instant à l'autre.

Je ferais mieux de déchirer ces dernières pages de mon journal. Je le fais ? Non : on ne triche pas avec son journal. Et je suis sûre que personne d'autre que moi ne peut déchiffrer mon écriture rapide. Mais je vais le cacher. D'habitude, je le range dans mon ancien cartable qui ferme à clé, et cette fois, je vais l'emporter à Belmotte ; j'ai trouvé une cachette que personne ne connaît, pas même Rose. Je vais passer par la porte principale pour ne pas risquer de croiser Stephen, je ne sais pas comment je pourrais encore le regarder en face avec toutes les idées que je lui ai prêtées. À l'avenir, je serai cassante avec lui, je le jure!

Chapitre 8

Je vais être obligée de raconter la soirée à Scoatney par bribes, puisque je sais très bien que je serai constamment interrompue – ce qui ne me dérange pas du tout car la vie est trop passionnante pour qu'on reste tranquille trop longtemps. Outre le fait que les Cotton semblent bien nous apprécier, nous avons reçu vingt livres, car le pasteur nous a acheté la couverture qui a l'air d'être en poil de chien. Demain, nous irons faire des courses à King's Crypt. Je vais avoir une robe d'été. Oh, quelle merveille de se réveiller le matin avec autant de choses aussi plaisantes en perspective !

Passons à Scoatney. Nous nous sommes préparés toute la semaine pour cette soirée. Topaz a acheté des mètres et des mètres de mousseline rose pour la robe de Rose et elle s'est extraordinairement surpassée. (Avant de poser pour les peintres, Topaz avait travaillé chez un grand couturier, mais elle ne nous en avait jamais parlé, pas plus d'ailleurs qu'elle ne nous a fait de confidences sur ses nombreuses vies, ce qui m'étonne toujours de la part de quelqu'un d'aussi libre sur tant de sujets.)

Rose a eu une véritable crinoline à mettre sous

sa robe ; une petite seulement, mais cela fait toute la différence. Nous l'avons empruntée à la grand-mère de Mr. Stebbins, qui a quatre-vingt-douze ans. Dès la robe achevée, Mr. Stebbins a amené la vieille dame à la maison pour qu'elle voie Rose avec. Elle nous a appris alors qu'elle avait porté cette crinoline pour son mariage à l'église de Godsend, à l'âge de seize ans. Cela m'a fait penser au poème de Waller[1], *Go, lovely Rose* :

Bref est le temps qui leur est imparti,
À elles, si charmantes et si jolies !

mais je n'ai pas fait de commentaires ; la pauvre vieille dame pleurait bien assez sans que j'en rajoute. Elle nous a quand même dit que ça lui avait fait grand plaisir d'être venue à la maison.

C'était amusant de nous voir toutes les trois coudre les volants pour la robe ; je faisais comme si nous étions dans un roman victorien. Rose a bien voulu se prêter au jeu, mais elle arrêtait dès que je faisais intervenir les Cotton. Et nous n'avons plus jamais parlé d'eux le soir dans nos lits. Ce n'était pas qu'elle était fâchée, ou qu'elle boudait, mais elle avait l'air soucieuse, ça se voyait au fait qu'elle se couchait sans lire une seule ligne, avec un drôle de petit sourire affecté. Maintenant que j'y pense, j'étais tout aussi cachottière à mon sujet et celui de Stephen ; j'aurais été terriblement gênée de lui confier mes sentiments – mais j'ai toujours été beaucoup plus réservée qu'elle. Et

---

[1]. *Go, lovely Rose*, d'Edmund Waller (1606-1687).

je sais parfaitement qu'elle le considère comme un garçon, euh... comment dire ? d'une classe différente de la nôtre. (Est-ce également mon opinion ? Si oui, j'ai honte d'un tel snobisme.) Je suis heureuse de pouvoir écrire que j'ai réussi à être cassante, quoiqu'il serait plus exact de dire que je n'ai pas été non cassante, sauf pendant la seconde, hier soir, où je lui ai pris la main... Mais cela concerne la soirée à Scoatney Hall.

J'étais dans tous mes états lorsque nous avons commencé à nous habiller. Il faisait encore un peu jour, mais nous avons tiré les rideaux, parce que j'ai lu quelque part que les femmes à la mode s'habillent *pour* la lumière des bougies *à* la lumière des bougies. Nos robes étaient étalées sur le lit à baldaquin, la mienne avait été lavée et Topaz en avait un peu échancré l'encolure. Miss Blossom était en extase devant Rose : « Ma parole, ça va attirer les messieurs. Et je n'avais jamais vu que tu avais les épaules aussi blanches. On n'a pas idée d'avoir de tels cheveux et pas une seule tache de rousseur ! » Rose a ri, mais elle n'était pas contente car elle ne pouvait pas se voir en entier ; notre grand miroir avait été vendu. Je lui ai tenu une petite glace pour qu'elle se voie par tranches, mais c'était très frustrant.

— Il y a la glace au-dessus de la cheminée du salon, ai-je proposé. Peut-être qu'en grimpant sur le piano...

Elle est descendue pour essayer. En revenant de la salle de bains, papa a traversé notre chambre pour regagner la sienne. Un instant plus tard, je l'entendais s'exclamer :

— Mais que t'est-il arrivé ?

Il avait l'air tellement horrifié que j'ai cru que Topaz avait eu un accident. J'ai couru vers la Zone tampon, et me suis arrêtée net à la porte de leur chambre ; de là, je voyais très bien Topaz. Elle avait mis une robe de soirée noire qu'elle n'avait jamais aimée, une robe très classique. Elle avait relevé ses cheveux en chignon et s'était maquillée, très peu maquillée, rien qu'un peu de fard à joues et de rouge à lèvres. Le résultat était sidérant. Elle avait l'air extrêmement ordinaire, à peine jolie, inintéressante au possible.

Ils ne m'ont vue ni l'un ni l'autre.

– Oh, Mortmain ! c'est la soirée de Rose, l'ai-je entendue dire. Je voudrais qu'elle soit le point de mire de tous les regards…

Je suis retournée dans ma chambre sur la pointe des pieds. Un tel altruisme me stupéfiait, d'autant qu'elle avait passé des heures à arranger sa plus belle robe de soirée. J'avais parfaitement compris ce qu'elle avait voulu dire, naturellement, car si elle l'avait désiré, elle aurait facilement éclipsé la beauté de Rose. Et je me suis soudain souvenue de la façon dont elle s'était efforcée de rester en retrait, le soir où les Cotton étaient venus à la maison. Oh, noble Topaz !

– Bon, ça suffit maintenant ! a hurlé papa. Il ne me reste plus grand-chose dont je puisse avoir lieu d'être fier. Permettez-moi au moins de l'être de ma femme.

Topaz a émis un curieux petit bruit de gorge avant de s'exclamer : « Oh, mon chéri ! », et je me suis dépêchée de redescendre rejoindre Rose au salon. J'avais un peu l'impression d'avoir surpris une conversation défendue. Et j'étais gênée, comme chaque fois que je pense sérieusement à mon père et à Topaz en tant que mari et femme.

Lorsqu'ils sont descendus, Topaz était aussi blanche que d'habitude et ses cheveux argentés, d'une propreté irréprochable, étaient détachés jusqu'au bas du dos. Elle avait mis sa plus jolie robe, qui ressemble à une tunique grecque, sorte de nuage gris vaporeux, assortie d'une grande étole grise drapée sur la tête et les épaules. Elle était extrêmement belle – c'est ainsi que j'imagine l'Ange de la Mort.

La voiture des Cotton est arrivée, conduite par un chauffeur en livrée, et nous voilà partis. J'étais navrée de laisser Stephen et Thomas à la maison, mais Topaz s'était débrouillée pour qu'ils se consolent avec des saucisses pour dîner.

C'était une voiture gigantesque et magnifique. Nous n'avons presque pas parlé durant le trajet; en ce qui me concerne, j'étais beaucoup trop préoccupée par la présence du chauffeur : il était tellement guindé et impeccable, et il avait de si grandes oreilles décollées ! J'ai regardé du fond de mon siège défiler les champs qui s'assombrissaient, avec un sentiment de faiblesse et de volupté mêlées. J'ai pensé à nous tous et me suis demandé à quoi pensaient les autres. Papa était très beau dans son habit de soirée, et malgré son sourire et son amabilité, je voyais bien qu'il était nerveux ; du moins, c'était mon impression, mais j'ai réalisé brutalement combien je le connaissais mal, de même que Topaz, ou Rose, ou n'importe qui d'autre au monde, à l'exception de moi-même. J'avais l'habitude de me flatter d'être capable de deviner ce que pensaient les gens, d'avoir de soudaines intuitions, mais je ne saisissais que leurs pensées les plus superficielles et les plus fugitives. Après toutes ces années, je ne sais même pas pour quelle raison papa a cessé d'écrire ! Je ne sais pas non plus ce que Rose pense des Cotton. De même pour Topaz ; mais Topaz, je n'ai jamais pensé la connaître. Bien sûr, j'ai toujours su qu'elle était gentille, mais jamais je ne l'aurais cru capable d'un si noble sacrifice pour Rose. Et juste au moment où je m'en voulais de l'avoir prise pour quelqu'un d'artificiel, elle a dit d'une voix suave :

– Regarde, Mortmain, regarde ! Oh, n'es-tu pas impatient d'être un très, très vieux monsieur, attablé dans une vieille auberge ?

– Oui, et avec des rhumatismes en prime, a rétorqué papa. Ma chère amie, vous êtes stupide.

Nous sommes passés prendre le pasteur, et nous nous sommes retrouvés un peu à l'étroit, surtout avec la crinoline de Rose... C'est l'homme le plus charmant du monde – la cinquantaine, replet, cheveux blonds bouclés, on dirait un vieux bébé – et particulièrement impie. Un jour, papa lui a dit :

– Dieu sait comment vous avez pu devenir pasteur !

Et le pasteur lui a répondu :

– C'est son boulot de le savoir.

Après nous avoir examinées toutes les trois, il s'est exclamé :

– Mortmain, vos femmes sont somptueuses !

– Pas moi, ai-je corrigé.

– Ah, mais toi, tu es du genre insidieux : Jane

Eyre, avec un soupçon de Becky Sharp[1]. Une fille très dangereuse ! J'aime bien ton collier de corail.

Avec lui, la conversation est vite devenue générale et il a même réussi à faire rire le chauffeur. Ce qui est curieux, c'est qu'il arrive à faire rire les gens sans rien dire de particulièrement drôle. Je suppose que c'est parce qu'il a le don de mettre tout le monde à l'aise.

Il faisait nuit lorsque nous sommes arrivés à Scoatney Hall et toutes les fenêtres étaient illuminées. Il y a un raccourci qui traverse le parc, et je l'ai fréquemment emprunté quand je rentrais de l'école à bicyclette, de sorte que je connaissais déjà l'extérieur de la maison – elle date du XVIe siècle, hormis le pavillon du jardin aquatique qui est du XVIIe ; mais j'étais impatiente de découvrir l'intérieur. Nous avons franchi quelques marches basses, fortement incurvées par l'usure des ans, et la porte d'entrée s'est ouverte avant même que nous n'ayons sonné. Je n'avais jamais vu de maître d'hôtel et je me suis sentie un peu embarrassée devant lui, mais le pasteur le connaissait et il s'est adressé à lui normalement.

Nous avons laissé nos affaires dans le vestibule ; Topaz nous avait épargné la honte de mettre nos gros manteaux d'hiver en nous prêtant de quoi nous couvrir. Il y avait une extraordinaire atmosphère d'un autre temps. L'air embaumait les fleurs et la cire d'abeille, une odeur douce mais un peu aigre et chargée de quelques relents

---

[1]. Personnage principal de *La Foire aux vanités*, de W. M. Thackeray, modeste jeune fille qui s'élève socialement grâce à un beau mariage.

de renfermé ; une odeur qui vous faisait éprouver une grande tendresse pour le passé.

On nous a fait entrer dans un salon plutôt exigu, où les Cotton se tenaient près de la cheminée en compagnie de deux autres personnes. Mrs. Cotton a continué à parler jusqu'à ce que nous ayons été annoncés ; alors, elle s'est tournée vers nous et est restée sans rien dire pendant une seconde entière – je crois qu'elle a été stupéfaite de l'allure de Rose et de Topaz. J'ai remarqué que Simon regardait Rose. Puis, nous nous sommes tous serré la main et avons été présentés aux autres invités.

Il s'agissait de Mr. et Mrs. Fox-Cotton, parents anglais des Cotton ; des parents plutôt éloignés, à mon avis. Dès que j'ai entendu que le mari se prénommait Aubrey, je me suis souvenue qu'il était architecte : j'ai lu un jour dans une revue un article sur son travail. Il a une cinquantaine d'années, le teint grisâtre et des cheveux fins d'une couleur indéterminée. Il émane de lui une sorte de grande élégance et il a une très belle voix, quoiqu'un peu affectée. J'étais à côté de lui quand nous avons bu nos cocktails (le premier de ma vie, et j'ai détesté) et je lui ai posé quelques questions sur l'architecture de la maison. Il s'est lancé sans hésiter.

– Ce qui la rend si parfaite, c'est qu'il s'agit d'une grande maison en miniature. Elle a tout : un grand vestibule, une grande galerie, une cour centrale, mais le tout à si petite échelle qu'elle est très facile à vivre, même de nos jours. Cela fait des années que je la convoite. J'aimerais tant réussir à convaincre Simon de me la louer à long terme.

Il a dit cela autant à mon intention que pour être entendu de Simon.

– Jamais de la vie ! a rétorqué Simon en riant.

Puis Mr. Fox-Cotton m'a posé une question :

– Dites-moi, cette ravissante dame en gris, ne serait-ce pas par hasard la Topaz du tableau de MacMorris qui se trouve à la Tate Gallery ?

Et une fois que nous avons eu parlé de Topaz une ou deux minutes, il s'est glissé vers elle. J'avais eu le temps de remarquer que Simon était en train d'admirer la robe de Rose et qu'elle lui racontait toute l'histoire de la crinoline – ce qui avait l'air de le passionner au plus haut point, car il a répondu qu'il voulait aller voir la vieille Mrs Stebbins ; puis le pasteur s'est approché de moi et a obligeamment terminé mon cocktail. Peu après, nous sommes allés dîner.

La table était une véritable nappe de lumière, et il y avait tant de chandelles que le reste de la pièce avait l'air plongé dans le noir et que les portraits de famille semblaient en suspension dans l'obscurité.

Mrs. Cotton avait placé papa à sa droite et le pasteur à sa gauche. Topaz était à la droite de Simon, Mrs. Fox-Cotton à sa gauche à lui. Rose était entre le pasteur et Mr. Fox-Cotton ; j'aurais préféré qu'on la mette à côté de Simon, mais je suppose que les femmes mariées passent avant. J'ai dans l'idée que Neil avait probablement demandé à ce que je sois à côté de lui, car il m'a dit où j'étais placée au moment où nous entrions dans la salle à manger. Je lui en ai été très reconnaissante.

Ç'a été un dîner merveilleux, avec du vrai

champagne (délicieux, ça ressemble un peu à une boisson gazeuse au gingembre, sans le gingembre). Mais j'aurais bien aimé manger la même chose ailleurs que dans un tel dîner, parce qu'on ne fait pas pleinement attention à ce qu'on mange quand on est obligé en même temps de se tenir correctement. Et j'étais un petit peu intimidée, tous ces couteaux et toutes ces fourchettes, c'était bien compliqué. Je ne m'attendais absolument pas à me sentir ignorante en la matière – nous avons toujours eu de multiples plats aux dîners de chez tante Millicent –, mais là, je n'arrivais même pas à reconnaître tous les mets. Et essayer d'imiter Neil ne m'était d'aucun secours car sa façon de se tenir à table m'était tout à fait étrangère. Je crains qu'il ne m'ait surprise en train de l'observer, car à un moment, il m'a dit :

– Maman estime que je devrais manger à la manière anglaise – elle et Simon s'y sont mis –, mais il n'en est pas question en ce qui me concerne.

Je lui ai demandé de m'expliquer quelles étaient les différences. Il semblerait qu'en Amérique, la politesse veut que l'on coupe son morceau, qu'on pose le couteau dans l'assiette, qu'on passe la fourchette de la main gauche à la main droite, qu'on la charge, qu'on mange sa bouchée, qu'on rechange la fourchette de main, et qu'on prenne de nouveau le couteau. Et l'on ne peut piquer avec la fourchette qu'un seul genre d'aliment à la fois ; pas question de se faire une belle fourchetée de viande et de légumes !

– Mais cela prend un temps fou ! ai-je remarqué.

– Non, pas du tout, a répondu Neil. En tout cas,

pour moi, la façon dont vous vous accrochez à vos couteaux me semble abominable.

L'idée que les Anglais puissent faire quelque chose d'abominable me contrariait fort, mais j'ai gardé mon calme.

– Il y a encore une chose qui cloche chez vous, a repris Neil en agitant un peu sa fourchette. Ainsi, on sert votre belle-mère en premier. Chez nous, c'est ma mère que l'on aurait d'abord servie.

– Ne doit-on pas se montrer poli envers les invités ? ai-je demandé, tout en me rendant compte à quel point je pouvais paraître atrocement prétentieuse.

– Mais c'est tout à fait poli, et c'est beaucoup plus délicat : la maîtresse de maison peut ainsi montrer l'exemple en matière de convenances – s'il faut verser la soupe dans l'assiette ou comment utiliser quelque ustensile –, vous comprenez ce que je veux dire ?

Je comprenais parfaitement et je trouvais que c'était une excellente idée.

– Alors peut-être pourrais-je m'habituer simplement à passer ma fourchette d'une main à l'autre, ai-je dit en joignant le geste à la parole, mais j'ai trouvé ça très compliqué.

Le pasteur nous observait de l'autre côté de la table.

– Quand cette maison a été construite, les gens se servaient de leurs dagues et de leurs doigts, a-t-il remarqué. Et il en sera ainsi jusqu'au jour où ils se nourriront de gélules.

– Quelle idée d'inviter des gens à faire un repas de gélules ! ai-je dit.

– Oh, ils les prendront discrètement chez eux,

est intervenu papa. Ce jour-là, on ne parlera même plus de manger. Les dessins ou les photos d'aliments seront des objets de curiosité, très rares, que seuls collectionneront de vieux messieurs un peu frustes.

À ce moment, Mrs. Fox-Cotton s'est adressée à Neil, qui s'est tourné vers elle pour lui répondre ; cela m'a donné l'occasion d'observer ce qui se passait autour de la table. Papa et le pasteur écoutaient tous deux Mrs. Cotton ; Aubrey Fox-Cotton accaparait Topaz. Pour l'instant, personne ne parlait ni à Rose ni à Simon. J'ai vu qu'il la regardait. Elle lui a jeté un coup d'œil de sous ses longs cils, et tout en sachant ce que Topaz voulait dire en trouvant cela désuet, c'était une œillade très séduisante ; peut-être que Rose avait eu le temps de s'entraîner. En tout cas, j'ai bien vu que cette fois, cela n'a pas rebuté Simon. Il a levé son verre et l'a regardée en transparence, un peu comme s'il portait un toast à sa santé. Il avait de beaux yeux, et j'ai brusquement souhaité qu'elle puisse tomber réellement amoureuse de lui, malgré sa barbe. Moi, je sais que j'en serais incapable !

Elle a souri – un imperceptible sourire –, puis elle s'est retournée pour bavarder avec le pasteur. Je me suis dit qu'elle faisait des progrès, car si elle avait continué à regarder Simon, cela aurait été trop flagrant.

J'ai ressenti une drôle d'impression à les observer tous et à les écouter ; peut-être venait-elle de ce que papa avait dit quelques instants plus tôt. Cela m'a semblé brusquement inouï que des gens se retrouvent tout spécialement pour manger ensemble, parce que la nourriture entre dans la bouche et les paroles en sortent. Et si, lors d'un dîner, vous observez des gens en train de manger et de parler, si vous les regardez attentivement, c'est véritablement un drôle de spectacle : les mains très occupées, les fourchettes qui montent et descendent, les bouchées avalées, les mots qui sortent entre les bouchées, les mâchoires qui s'activent sans répit. Plus vous les observez, plus la scène vous paraît ahurissante : tous ces visages éclairés par les bougies, les mains qui passent par-dessus les épaules avec les plats, les propriétaires de ces mains qui se déplacent en silence autour de la table, sans prendre part à la conversation ni aux rires. J'ai cessé de m'intéresser à la table pour percer les ténèbres alentour et, peu à peu, j'ai découvert que les domestiques étaient des gens bien vivants, qui nous regardaient, se transmettaient des instructions à voix basse, échangeaient des regards. J'ai reconnu une fille du village de Godsend et lui ai fait un petit clin d'œil ; je l'ai aussitôt regretté car elle a émis un bref éclat de rire avant de se tourner, terrorisée, vers le maître d'hôtel. L'instant d'après, mon oreille gauche a entendu quelque chose qui m'a glacé les sangs (expression que j'ai toujours méprisée mais cette fois, j'ai véritablement senti un frisson entre les épaules) : Mrs. Cotton demandait à papa depuis combien de temps il n'avait rien publié.

– Une bonne douzaine d'années, a-t-il répondu de cette voix blanche qui, à la maison, nous indique que la discussion est close.

Elle n'a été d'aucun effet sur Mrs. Cotton.

– Vous avez estimé que vous aviez besoin de

laisser votre esprit en jachère. Ils sont bien rares les écrivains qui ont la sagesse de le faire.

Elle avait prononcé ces mots avec beaucoup de compréhension, presque avec respect, avant d'ajouter vivement :

– Mais cela a assez duré, n'est-ce pas ?

J'ai vu la main de papa se retenir à la table. Pendant une seconde épouvantable, j'ai cru qu'il allait reculer sa chaise et s'en aller, ainsi qu'il le fait si souvent à la maison dès que l'un de nous l'ennuie. Or, il s'est contenté de répondre, avec un grand calme :

– J'ai complètement abandonné l'écriture, Mrs. Cotton. Maintenant, si nous parlions de choses intéressantes…

– Mais c'est très intéressant, a-t-elle insisté.

Je l'ai regardée à la dérobée : elle se tenait très droite, tout en velours bleu nuit et perles fines. Je ne pense pas avoir jamais vu de femme qui ait l'air aussi impeccable.

– Et je vous préviens que je ne me décourage pas facilement, Mr. Mortmain. Lorsqu'un écrivain aussi potentiellement doué que vous reste silencieux aussi longtemps, l'on se doit d'en découvrir la raison. On pense immédiatement à la boisson, mais de toute évidence, ce n'est pas votre problème. Il doit y avoir quelque élément d'ordre psychologique…

C'est le moment qu'a choisi Neil pour me parler.

– Chut ! un instant s'il vous plaît, lui ai-je murmuré, mais j'ai quand même raté la fin du discours de Mrs. Cotton.

– Grand Dieu ! Vous ne pouvez tout de même

pas me dire de telles choses à votre table! s'est exclamé papa.

— Oh, je suis pour les actions de choc avec les génies, a répliqué Mrs. Cotton. Et elles se mènent en public sinon les génies prennent le mors aux dents.

— Je suis parfaitement capable de prendre le mors aux dents, en public ou non, a répondu papa, mais je savais qu'il n'en avait nullement l'intention ; il y avait dans son ton une désinvolture amusée que je ne lui avais pas entendue depuis longtemps. Dites-moi, a-t-il repris d'un air ironique, êtes-vous unique en votre genre ou la femme américaine, membre de tous les clubs à sa disposition, s'est-elle faite plus agressive depuis mon dernier séjour ?

Cela m'a paru très grossier de dire une chose pareille, même sur le mode de la plaisanterie, mais Mrs. Cotton n'a semblé aucunement s'en formaliser.

— Il se trouve que je ne suis pas celle que vous croyez et je n'appartiens à aucun club, a répliqué Mrs. Cotton en souriant. Quoi qu'il en soit, je crois que nous devons vous faire passer cette fâcheuse habitude de proférer des généralités au sujet de l'Amérique sur la base de deux brèves tournées de conférences.

Papa l'avait bien cherché : il avait toujours parlé des États-Unis comme s'il les connaissait encore comme sa poche. Naturellement, j'avais envie de continuer à écouter la conversation, mais comme cela n'avait pas échappé à Mrs. Cotton, j'ai été obligée de vite me retourner vers Neil.

— C'est bon à présent, ai-je dit.

— Que vous est-il arrivé ? Vous vous êtes cassé une dent ?

J'ai ri et lui ai répété ce que je venais d'entendre.

— Vous allez voir. Elle va lui faire écrire des chefs-d'œuvre huit heures par jour, à moins bien sûr qu'il ne la menace avec un couteau à pâtisserie.

Je l'ai regardé avec des yeux ronds, mais il a continué :

— Oh, elle a demandé à notre avoué de nous envoyer tous les détails de l'affaire. Ça m'a bien fait rire. Mais je crois qu'elle a été un peu déçue que ce ne soit pas une véritable tentative de meurtre.

— Vous pouvez comprendre qu'une histoire aussi grotesque puisse l'empêcher d'écrire tout le reste de sa vie ? ai-je demandé.

— Vous savez, je ne suis même pas capable de comprendre l'œuvre de votre père, alors ! Je ne m'intéresse pas du tout à la littérature.

Après quoi, nous avons parlé de choses et d'autres. J'ai pensé qu'il était poli de poser quelques questions sur l'Amérique. Il m'a parlé du ranch de son père où il avait vécu jusqu'à ce qu'il rejoigne Mrs. Cotton et Simon. (C'était étonnant de découvrir combien il avait eu peu de rapports avec eux.) Je lui ai dit que je trouvais triste que leur père soit mort avant d'avoir pu hériter de Scoatney Hall.

— Il n'y aurait pas habité, de toute façon. Il n'aurait jamais vécu autre part qu'aux États-Unis, comme moi d'ailleurs.

Je m'apprêtais à lui demander si son frère avait réellement l'intention de s'installer ici, lui, mais je me suis ravisée. Neil avait l'air si contrarié que j'en ai conclu que ce devait être un sujet douloureux. Alors, avant tout pour parler d'autre chose, je lui ai demandé s'il aimait la robe de Rose.

— Pas énormément, pour être franc, elle est trop sophistiquée à mon goût. Mais elle lui va très bien. Et elle le sait, n'est-ce pas ?

Le pétillement que j'ai surpris dans ses yeux a ôté toute grossièreté à sa réflexion. Je dois reconnaître qu'en effet Rose le savait parfaitement.

On a apporté alors le plus extraordinaire des puddings glacés, et tandis que Neil se servait, j'ai de nouveau tendu l'oreille en direction de papa et de Mrs. Cotton. Ils semblaient s'entendre à merveille, même si c'était à qui crierait le plus fort. J'ai remarqué soudain que Topaz les regardait avec quelque inquiétude, puis elle a eu l'air soulagée : papa riait à s'en étrangler.

— Oh, discutez donc avec le pasteur, laissez-moi reprendre mon souffle ! a-t-il déclaré.

— Mais je reviendrai à l'attaque ! a répondu Mrs. Cotton.

Elle avait les yeux brillants et l'air deux fois plus en forme que quiconque.

— Eh bien, comment trouves-tu ton premier dîner de grande fille ? m'a demandé papa.

C'était la première fois qu'il m'adressait la parole depuis le début du repas, mais je ne pouvais lui en vouloir. Il avait le visage assez rouge et paraissait plus gros que d'habitude ; il y avait chez lui un peu de la magnificence qui était la sienne avant l'affaire du couteau à pâtisserie. Il l'avait d'ailleurs fugitivement retrouvée lorsqu'il avait épousé Topaz, mais hélas, ça n'avait pas duré. L'idée épouvantable qu'il serait capable de tomber amoureux de Mrs. Cotton m'a traversé l'esprit. Elle s'était remise à discuter avec lui depuis moins de deux minutes, à peine la gent féminine avait-elle quitté la table.

Comme nous montions au premier étage, Topaz a glissé son bras sous le mien.

– Tu as entendu quelque chose ? m'a-t-elle murmuré. Tu crois qu'il s'amuse réellement ou qu'il fait semblant ?

Je lui ai répondu qu'à mon avis il était tout à fait sincère.

– C'est extraordinaire de le voir comme ça, a-t-elle remarqué avec une nuance de regret dans la voix.

Elle estimait que les femmes ne devaient pas être jalouses, pas plus qu'elles ne devaient retenir un homme contre son gré ; mais je peux vous dire que ça ne lui plaisait pas du tout de voir quelqu'un d'autre ramener à ce point papa à la vie.

La chambre de Mrs. Cotton était ravissante – il y avait énormément de fleurs, de livres récents posés un peu partout, une chaise longue couverte d'un nombre hallucinant de petits coussins, et un feu de bois ; ce doit être divin d'avoir du feu dans sa chambre. La salle de bains était insensée : tous les murs étaient en miroir ! Et il y avait une table en verre sur laquelle étaient disposés au moins une demi-douzaine de flacons de parfum et d'eau de toilette. (Les Américains disent *perfume* au lieu de *scent*, ce qui me paraît plus exact ; je ne vois pas pourquoi en Angleterre on trouve que *perfume* est plus affecté.)

– Simon prétend que cette salle de bains est

une insulte à cette maison, a dit Mrs. Cotton, mais je n'ai aucun besoin d'antiquités dans une salle de bains.

— N'est-ce pas ravissant ? ai-je glissé à Rose.

— Splendide, a-t-elle rétorqué d'un ton presque tragique.

J'ai bien vu qu'elle trouvait cette salle de bains tellement belle que c'en était réellement douloureux.

Après un petit brin de toilette, nous sommes allées admirer la grande galerie – elle occupe toute la longueur de la maison et, comme elle est assez étroite, elle a l'air beaucoup plus longue qu'elle ne l'est. Il y avait trois cheminées et dans chacune un feu avait été allumé, mais il ne faisait pas trop chaud. Rose et moi avons admiré les tableaux et les statues, et toutes sortes d'objets intéressants exposés dans de petites vitrines, tandis que Mrs. Cotton s'entretenait avec Topaz. Mrs. Fox-Cotton avait disparu après le dîner ; je suppose qu'elle s'était retirée dans sa chambre.

Nous nous sommes éloignées jusqu'à la dernière cheminée et, de là, avons observé les autres à loisir ; si nous entendions bien le son de leurs voix, nous ne pouvions comprendre ce qu'ils disaient, de sorte que nous nous sommes senties en sécurité pour parler toutes les deux.

— Comment as-tu trouvé le dîner ?

Rose l'avait trouvé ennuyeux ; elle n'aimait pas Mr. Fox-Cotton, qui, de toute manière, ne s'était intéressé qu'à Topaz.

— Alors je me suis concentrée sur le repas, qui était exquis. De quoi avez-vous discuté, Neil et toi ?

– Entre autres choses, il m'a dit que tu étais très jolie.

– Quoi d'autre ?

– Nous avons surtout parlé de l'Amérique.

J'ai essayé de me rappeler tout ce qu'il m'avait raconté, principalement sur le ranch en Californie ; ça m'avait bien plu.

– Quoi ? Des vaches et tout ça ? a-t-elle demandé d'un air dégoûté. Il y retourne ?

– Le ranch a été vendu à la mort de son père. Mais il m'a dit qu'il aimerait beaucoup en avoir un dès qu'il en aurait les moyens.

– Mais ne sont-ils pas très riches ?

– Oh, tais-toi donc, lui ai-je ordonné tout bas en jetant un rapide regard vers Mrs. Cotton ; mais apparemment, il n'y avait pas de danger. Je ne crois pas que Neil soit riche et l'entretien de cette maison doit engloutir tout l'argent de Simon. Allez, viens, il faut retourner avec les autres.

Comme nous arrivions à la hauteur de la cheminée située au centre de la galerie, Mrs. Fox-Cotton est réapparue. C'était la première fois que j'avais l'occasion de l'observer à loisir. Elle est petite, à peine plus grande que moi ; ses cheveux bruns sont impeccablement tirés en un gros chignon bas sur la nuque et elle a la peau très mate. Ses cheveux comme sa peau m'ont paru très gras. Topaz prétend que la structure de son visage est très belle, mais je ne vois pas en quoi un bon savonnage pourrait l'altérer. Elle portait une robe moulante vert foncé, si brillante qu'elle avait presque l'air visqueuse : on aurait dit des algues. Et figurez-vous qu'elle se prénomme Léda.

Rose et moi nous sommes dirigées à sa rencontre, mais elle s'est assise sur un canapé, a posé les pieds sur un repose-pieds et a ouvert le vieux livre relié qu'elle avait apporté.

– Cela ne vous dérange pas ? Je voudrais le terminer avant de rentrer à Londres, demain.

– Qu'est-ce que c'est ? ai-je demandé par politesse.

– Oh, ce n'est pas pour les petites filles.

Elle avait une voix très bête, comme un petit bêlement grêle ; elle ouvrait à peine la bouche pour parler, les mots glissaient entre ses dents. À la lumière de ce qui s'est passé par la suite, je déclare que c'est à ce moment-là que j'ai compris que décidément je ne l'aimais pas.

Les hommes sont arrivés sur ces entrefaites et j'ai bien remarqué qu'elle n'a eu aucun mal à interrompre sa lecture pour eux. Papa et Simon avaient l'air de conclure une discussion sur la littérature ; j'espère qu'ils ont réussi à bien discuter en bas. C'était assez intéressant de voir vers qui les hommes choisissaient de se diriger : papa et le pasteur sont allés bavarder avec Mrs. Cotton, Aubrey Fox-Cotton s'est précipité vers Topaz, Simon et Neil sont venus vers Rose et moi, tandis que Mrs. Fox-Cotton quittait son canapé pour arrêter Simon au passage.

– Saviez-vous qu'il y a là un portrait qui vous ressemble ? lui a-t-elle demandé en le prenant par le bras pour l'entraîner le long de la galerie.

– Ah, oui ! moi, j'ai remarqué, ai-je dit.

Rose, Neil et moi leur avons emboîté le pas, ce qui, je pense, n'a pas du tout fait plaisir à Mrs. Fox-Cotton.

C'était l'un des plus anciens tableaux, élisabéthain, je crois ; l'homme avait un col montant, surmonté d'une petite fraise blanche. C'était un portrait jusqu'aux épaules sur un fond sombre.

– Ce doit être la barbe, a dit Simon.

– Non, les yeux, a objecté Mrs. Fox-Cotton.

– Surtout les sourcils, ai-je ajouté, la façon dont ils remontent vers les tempes. Et l'implantation des cheveux sur le front, en pointe.

Rose observait attentivement le tableau. Simon lui a demandé ce qu'elle en pensait. Elle s'est retournée vers lui et l'a regardé fixement ; on aurait dit qu'elle s'imprégnait de ses traits, les uns après les autres. Pourtant, lorsqu'elle s'est décidée à donner son avis, elle s'est contentée d'une réponse évasive :

– Oui, peut-être, un peu...

J'ai eu l'impression qu'elle était en train de songer à tout sauf au portrait, à quelque chose qui concernait Simon au premier chef ; et qu'après maints détours, elle était revenue parmi nous qui attendions son avis.

Nous avons rejoint les autres. Topaz et Aubrey Fox-Cotton regardaient les tableaux eux aussi ; ils en étaient aux Cotton du XVIIIe siècle.

– J'ai trouvé ! s'est exclamé brusquement Fox-Cotton. Vous êtes un véritable Blake. N'est-ce pas, Léda ?

Mrs. Fox-Cotton a semblé prêter un intérêt très mitigé à cette question. Après avoir longuement étudié Topaz, son jugement est tombé :

– Oui, si elle n'avait pas que la peau sur les os.

– Rose est un Romney, a décrété Simon, employant son prénom pour la première fois devant moi. Elle fait penser à lady Hamilton. Et Cassandra un Reynolds[1], naturellement : la petite fille à la souricière !

— Pas du tout ! me suis-je exclamée, indignée. Je déteste ce tableau ! La souris est terrorisée, le chat est affamé et la fillette est une cruelle petite peste. Je refuse de lui ressembler.

— Ah, mais vous allez libérer la souris et donner une belle sardine au chat, a répliqué Simon, ce qui l'a fait remonter dans mon estime.

Les autres étaient occupés à trouver un peintre pour Mrs. Fox-Cotton. Ils sont finalement tombés d'accord sur un surréaliste du nom de Dalí.

— Avec des serpents qui lui sortent des oreilles, a précisé Mr. Fox-Cotton.

Je n'ai aucune idée de ce qu'est le surréalisme, mais j'imagine fort bien des serpents dans les oreilles de Mrs. Fox-Cotton — et ce n'est pas moi qui leur reprocherai de vouloir en sortir.

Après cela, il a été décidé que nous danserions.

— Dans le hall, a précisé Neil, parce que c'est là que se trouve le phonographe.

Mrs. Cotton, papa et le pasteur sont restés en arrière pour discuter.

— Il va nous manquer un homme, s'est plainte Mrs. Fox-Cotton comme nous descendions l'escalier.

J'ai dit que je regarderais, car je ne connais

---

1. George Romney (1734-1802), souvent qualifié de « portraitiste mondain », a exécuté des dizaines de portraits de lady Hamilton, la maîtresse de l'amiral Nelson. Joshua Reynolds (1723-1792), peintre de l'aristocratie anglaise, est également célèbre pour ses nombreux portraits.

aucune danse moderne. (Rose non plus d'ailleurs, mais elle s'y était essayée une ou deux fois aux soirées de tante Millicent.)

— Quelles danses connaissez-vous ? m'a demandé Simon d'un ton taquin. La sarabande, la courante, la pavane ?

— La valse et la polka, ai-je répondu. Maman nous les avait apprises quand nous étions petites.

— Je vais vous apprendre, a dit Neil.

Il a mis un disque sur le phonographe — je m'attendais à ce que ce soit beaucoup plus extraordinaire — puis il est revenu vers moi, mais je lui ai dit que je préférais laisser passer les premières danses pour regarder.

— Oh, allez, Cassandra ! a-t-il insisté, mais Mrs. Fox-Cotton s'en est mêlée.

— Laissez cette enfant regarder si elle en a envie. Et dansez donc celle-ci avec moi.

J'ai réglé le problème en grimpant en haut de l'escalier et je me suis assise sur la dernière marche. Rose dansait avec Simon, Topaz avec Mr. Fox-Cotton. Je dois reconnaître que Mrs. Fox-Cotton dansait à ravir, bien qu'on eût toujours l'impression qu'elle se vautrait quasiment sur Neil. La robe de Rose était vraiment ravissante, mais elle n'arrêtait pas de se tromper dans les pas. Topaz était raide comme un bâton — elle trouve les danses modernes vulgaires —, mais Mr. Fox-Cotton dansait si bien qu'elle a fini par se détendre. C'était fascinant de les regarder évoluer de là-haut. Le hall était très faiblement éclairé, et le plancher de chêne était aussi noir qu'un plan d'eau, la nuit. J'ai été de nouveau frappée par l'étrange odeur de cette vieille maison, mais cette fois, elle se mêlait au parfum de Mrs. Fox-Cotton – effluves lourds et mystérieux qui n'avaient rien à voir avec les fleurs. Je me suis appuyée contre la rampe ouvragée, et j'ai écouté la musique, me sentant dans un état totalement inconnu : c'était très doux, très beau, un peu comme si des tas d'hommes étaient amoureux de moi et que rien ne m'empêchait de l'être en retour. J'ai ressenti aussi une drôle d'impression dans la poitrine : une impression de vulnérabilité, c'est ce que je trouve de plus approchant pour la décrire ; je réfléchissais à tout cela, dans un état nébuleux, assez agréable, le regard perdu dans la contemplation d'un grand vase de tulipes blanches face à la grande fenêtre sans rideaux, lorsque soudain j'ai eu le choc de ma vie.

Deux visages venaient d'apparaître derrière la vitre noire.

L'instant suivant, ils avaient disparu. J'ai intensément fixé la fenêtre dans l'espoir de les revoir, mais les danseurs passaient et repassaient devant, les masquant à ma vue. Tout à coup, ils sont réapparus, mais assez flous. Puis ils sont redevenus nets et, à ce moment-là, le disque s'est arrêté. Les danseurs ont cessé de danser, les visages se sont évanouis dans la nuit.

– Vous avez vu, Simon ? s'est écrié Aubrey Fox-Cotton. Encore deux villageois qui viennent regarder.

– C'est l'inconvénient d'avoir un droit de passage si près de la maison, a expliqué Simon à Rose.

– Et alors, qu'est-ce que ça peut bien faire ? a dit Neil. Laissez-les donc regarder si ça leur fait plaisir.

— Mais ils ont fait très peur à maman, l'autre soir. Je crois que je vais les prier de cesser si j'arrive à les attraper.

Simon est allé ouvrir la fenêtre. J'ai dévalé l'escalier quatre à quatre jusqu'à lui. Une lampe au-dessus de la porte plongeait les alentours dans les ténèbres.

— Ne les attrapez pas, ai-je murmuré.

Il m'a souri d'un air étonné.

— Rassurez-vous, je ne vais pas leur faire de mal.

Il a descendu les quelques marches et a crié dans l'obscurité :

— Il y a quelqu'un ?

J'ai entendu un rire étouffé à proximité.

— Ils sont derrière le cèdre, a dit Simon en se dirigeant vers l'arbre.

Je faisais des vœux pour qu'ils déguerpissent au plus vite, mais aucun bruit de fuite ne me parvenait.

— Rentrons, s'il vous plaît, ai-je supplié Simon en le tirant par le bras. S'il vous plaît, dites que vous ne les avez pas trouvés. C'est Thomas et Stephen.

Simon a éclaté de rire.

— Ils ont dû venir à vélo, ai-je expliqué. Vous n'avez pas à vous inquiéter. Ils mouraient d'envie de voir la danse.

— Thomas, Stephen... où êtes-vous ? a-t-il appelé. Venez nous rejoindre !

Personne ne nous a répondu. Nous avons marché vers le cèdre, et tout à coup, ils ont foncé vers l'arbre, mais Thomas s'est pris les pieds dans quelque chose et est tombé de tout son long.

– Allez, c'est bon, venez tous les deux, ai-je dit.

Simon est allé aider Thomas à se relever – je savais qu'il ne s'était pas fait mal car il riait comme un bossu. Mes yeux s'étant habitués à l'obscurité, je voyais à présent Stephen, quelques mètres plus loin ; il s'était arrêté, mais il ne venait pas pour autant vers nous. Je suis allé le voir et l'ai pris par la main.

– Je suis terriblement navré. Je savais que ce n'était pas une chose à faire.

– Pensez-vous ! Tout le monde s'en fiche.

Il avait la main moite et je suis sûre qu'il avait atrocement honte.

Les autres avaient entendu les cris et étaient sortis sur le pas de la porte. Neil a couru vers nous avec une lampe torche.

– Ça alors ! Mon vieil ami Stephen ! Il n'y a pas d'ours dans le coin, cette nuit ?

– Je vous en prie, je ne veux pas entrer ! m'a suppliée Stephen.

Mais Neil et moi l'avons pris chacun par un bras et l'avons entraîné malgré lui.

Thomas s'en moquait éperdument, il n'avait pas cessé de rire :

– On vous a aperçus au dîner, et puis après, vous avez tous disparu. On allait rentrer à la maison en désespoir de cause quand vous êtes redescendus.

Lorsque j'ai pu voir Stephen à la lumière, dans le hall, j'ai aussitôt regretté de l'avoir forcé à entrer, il était cramoisi et trop intimidé pour prononcer un mot. Rose a compliqué encore davantage les choses en disant avec beaucoup d'affection (je crois que c'était à cause de la gêne) :

– Veuillez m'excuser pour eux. Ils devraient avoir honte de ce qu'ils ont fait.
– Ne vous occupez pas de votre grand-tante Rose, les garçons, a dit Neil en souriant. Allez, suivez-moi, on va faire une razzia dans le réfrigérateur.

J'avais déjà vu ça une fois au cinéma, et ça m'avait paru fantastique. J'avais l'intention de les suivre, mais Mrs. Fox-Cotton m'a rappelée.

– Dites-moi, qui est ce garçon, le grand blond ?

Je lui ai expliqué qui était Stephen.

– Il faut absolument que je le photographie.

– À cette heure-ci ?

Elle a émis une sorte de petit hennissement en guise de rire.

– Non, pas ce soir, voyons, petite sotte. Il faut qu'il vienne me voir à Londres, je suis photographe de profession. Écoutez-moi, vous allez lui demander… Non, ce n'est pas la peine.

Et elle a couru au premier étage.

Neil et les garçons avaient disparu. J'étais désolée car j'avais encore faim, malgré le dîner colossal ; j'imagine que mon estomac avait pris de mauvaises habitudes. Je craignais qu'en restant dans le hall, Simon ne se sente obligé de m'inviter à danser – il dansait de nouveau avec Rose et je voulais qu'il continue avec elle. Je suis donc montée au premier.

C'était assez agréable d'être livré à soi-même dans cette maison ; on comprend mieux une maison quand on est seul. J'ai pris tout mon temps, avançant à petits pas pour ne rien perdre des gravures anciennes sur les murs des couloirs. Il n'y avait pas un seul endroit à Scoatney où le passé n'était pas extrêmement présent ; un peu comme une caresse dans l'air. Je ne ressens pas tellement cette impression au château ; mais peut-être est-ce à cause des multiples transformations qu'il a subies, de sorte que ses éléments les plus anciens semblent terriblement loin de nous. À Scoatney, les beaux meubles d'époque doivent probablement y être aussi pour quelque chose.

J'espérais me laisser guider par le son des voix jusqu'à la galerie, mais il n'y avait pas un bruit. J'ai fini par m'approcher d'une fenêtre ouverte qui donnait sur la cour et je m'y suis penchée pour me repérer : de là, je voyais les fenêtres de la galerie ; je voyais également celles de la cuisine, ainsi que Neil, Thomas et Stephen en train de manger. C'était très amusant.

Quand je suis entrée dans la galerie, papa était tout au fond en compagnie de Mrs. Cotton, et le pasteur s'était allongé sur le canapé où il lisait le livre de Mrs. Fox-Cotton. Je lui ai raconté l'épisode de Thomas et Stephen.

– Allons les voir, m'a-t-il proposé. À moins que vous ne préfériez que je vous invite à danser. Je danse comme une balle en caoutchouc.

Comme je préférais visiter les cuisines, il s'est levé en refermant le livre.

– Mrs. Fox-Cotton a dit que ce n'était pas un livre pour les petites filles.

– Pour les petits pasteurs non plus, a-t-il répondu en riant sous cape.

Il m'a fait passer par l'escalier de service – il connaissait parfaitement les lieux, car il était très ami avec le vieux Mr. Cotton. C'était assez intéressant de voir la différence dès qu'on arrivait dans la partie réservée aux domestiques ; les tapis étaient râpés, la lumière crue, et il faisait beaucoup plus froid. L'odeur également était différente : aussi surannée, la douceur en moins ; c'était une odeur déprimante de renfermé et d'humidité.

Mais la cuisine était très belle : peinte en blanc, avec un grand fourneau blanc émaillé et un réfrigérateur gigantesque. (Celui de tante Millicent était un vieux modèle qui fuyait.)

Neil et les garçons étaient encore en train de manger. Et, assise sur la table de la cuisine, Mrs. Fox-Cotton était en grande discussion avec Stephen.

Au moment où je suis entrée, elle lui tendait une carte de visite :

– Vous n'aurez qu'à donner cette adresse au chauffeur de taxi. Je réglerai la course à votre arrivée. Mais peut-être ferais-je mieux de vous donner tout de suite un petit peu d'argent, a-t-elle ajouté en ouvrant son sac.

– Vous allez vraiment vous faire photographier ? ai-je demandé à Stephen.

Il a secoué la tête tout en me tendant la carte sur laquelle était gravé : Léda. Artiste photographe, sous un très joli dessin de cygne ; il y avait également une adresse à St John's Wood.

– Soyez gentille et aidez-moi à le décider, m'a-t-elle demandé. Il peut venir un dimanche. Tous ses frais seront payés et je lui donnerai deux guinées. Cela fait des mois que je cherche un garçon comme lui.

– Non, je vous remercie, madame, a répondu Stephen très poliment. Je serais trop gêné.

– Mais en quoi pourriez-vous être gêné ? Il n'y a que votre tête qui m'intéresse à photographier. Vous accepteriez à trois guinées ?

– Pardon ? Rien que pour un jour ?

Elle a eu pour lui un bref regard pénétrant avant de répliquer précipitamment :

– Cinq guinées si vous venez samedi prochain.

– Ne le faites pas, Stephen, si vous n'en avez pas envie, lui ai-je dit.

Il a réfléchi un bon moment, un peu tendu, avant de déclarer :

– Il faut que je réfléchisse encore un peu, madame. Ce serait toujours cinq guinées si je venais un peu plus tard ?

– N'importe quel dimanche, je trouverai toujours quelque chose à faire de vous. Seulement, envoyez-moi un petit mot à l'avance pour être sûr que je sois libre. Vous écrirez pour lui, a-t-elle ajouté à mon intention.

– Il l'écrira tout seul s'il en a envie, ai-je rétorqué froidement.

Visiblement, elle le prenait pour un analphabète.

– Et vous, n'essayez pas de l'en dissuader. Cinq guinées, Stephen, et je n'aurai probablement pas besoin de vous plus de deux ou trois heures.

Elle s'est emparée d'une cuisse de poulet et a mordu dedans à pleines dents. Neil m'en a proposé un morceau, mais j'avais l'appétit coupé.

Stephen a dit qu'il était temps qu'il rentre à la maison avec Thomas. Neil leur a proposé de rester danser, mais il n'a pas trop insisté quand Stephen a refusé son invitation. Nous les avons tous raccompagnés jusqu'à leurs bicyclettes, derrière la maison. En chemin, nous avons traversé une réserve où étaient suspendus d'énormes jambons.

– Mr. Cotton père nous en envoyait un tous les ans à Noël, a dit Thomas. Mais à Noël dernier, il était mort.

Neil a levé le bras et a décroché le plus gros jambon qu'il a pu trouver.

– Tenez, Tommy !

– Oh, non, Thomas, c'est impossible, voyons ! ai-je commencé…, mais comme je ne voulais pas que Neil me traite de «grand-tante Cassandra», je me suis rattrapée : bon, je suppose donc que c'est tout à fait possible.

Et je crois que je me serais certainement évanouie de désespoir si Thomas avait refusé le jambon. Pour finir, c'est moi qui ai proposé de le rapporter à la maison, car il ne pouvait pas l'emporter sur sa bicyclette.

– Mais jure que tu ne vas pas faire ta bien élevée et le laisser ici ! m'a-t-il chuchoté entre ses dents, et j'ai juré.

Après le départ des garçons, nous sommes retournés dans le hall où les autres étaient encore en train de danser.

– Allez, venez, Cassandra, m'a dit Neil en m'entraînant.

Mon Dieu ! la danse est vraiment quelque chose de très étrange quand on y songe. Si un homme vous tenait par la main et par la taille, sans danser avec vous, ce serait très troublant ; en dansant, vous vous en apercevez à peine, enfin un tout petit peu quand même. J'ai réussi à suivre mieux que je ne l'aurais cru, mais avec encore trop de difficultés pour que ce soit agréable ; j'ai été très contente quand la musique s'est arrêtée.

Ensuite Neil a invité Rose, et j'ai dansé une valse mémorable avec le pasteur ; la tête nous tournait tellement à tous les deux que nous nous sommes écroulés sur un canapé. Je ne pense pas que Rose ait suivi son cavalier aussi bien que moi, car lorsqu'ils sont passés devant moi, j'ai entendu Neil lui dire :

– Cessez donc d'inventer toutes sortes de pas compliqués, voulez-vous ?

Je me suis dit que ça allait l'embêter et je ne me suis pas trompée ; à la fin du morceau, lorsqu'il lui a demandé si elle ne voulait pas faire un tour avec lui dans le jardin, elle lui a répondu, à la limite de la grossièreté :

– Non, merci.

Après quoi, nous sommes tous retournés dans la grande galerie, où papa et Mrs. Cotton discutaient plus ardemment que jamais. Mrs. Cotton s'est poliment interrompue à notre arrivée, et pendant quelques instants, la conversation a été générale ; mais comme Mrs. Fox-Cotton ne cessait de bâiller et de se tapoter la bouche en répétant : « Excusez-moi », ce qui avait pour seul effet d'attirer davantage l'attention sur elle, Topaz n'a pas tardé à suggérer qu'il était grand temps de partir. Mrs. Cotton a protesté pour la forme, avant de sonner pour demander la voiture. Il y a eu un petit moment de flottement un peu nostalgique, comme lors des rares goûters auxquels j'ai été invitée, après l'arrivée de la première gouvernante chargée de ramener un enfant à la maison.

J'ai pris le jambon au passage en traversant

le hall et l'ai discrètement glissé sous le vêtement que m'avait prêté Topaz ; c'était une sorte de burnous assez extraordinaire, qui s'est révélé fort utile. Simon et Neil nous ont raccompagnés jusqu'à la voiture et nous ont dit qu'ils passeraient nous voir dès leur retour de Londres. Ils partaient le lendemain et devaient rester absents une quinzaine de jours.

La soirée était terminée.

– Grand Dieu, Cassandra, où as-tu trouvé ça? s'est exclamé papa en découvrant le jambon sur mes genoux.

Je le lui ai dit et lui ai expliqué que je l'avais caché de peur qu'il ne m'oblige à le refuser.

– Le refuser? Tu es complètement folle, ma pauvre fille.

Il me l'a pris des mains pour essayer d'en estimer le poids. Puis, chacun à notre tour, nous en avons fait autant, en pure perte puisque nous n'avions pas de balance pour vérifier nos dires.

– On dirait que tu berces un nouveau-né sur tes genoux, m'a fait remarquer papa lorsque enfin il me l'a rendu.

Je lui ai répondu qu'à mon avis aucun bébé n'avait jamais été accueilli avec autant de joie. Après quoi, nous nous sommes tous tus, nous étant brusquement rappelé la présence du chauffeur.

Même une fois rentrés à la maison, nous ne nous sommes pas empressés de comparer nos impressions. Il m'a semblé que nous avions tous assez envie de repenser à cette soirée tranquillement. En tout cas, en ce qui me concerne.

C'est ce que j'ai fait, dès que Rose et moi avons soufflé nos bougies. Je n'avais pas sommeil le moins du monde. J'ai passé en revue toute la soirée, et c'était beaucoup plus agréable qu'en réalité, jusqu'au moment où je suis parvenue à l'épisode dans la cuisine, où Mrs. Fox-Cotton a demandé à Stephen de venir poser pour elle ; je me suis aperçue que j'étais furieuse. Alors je me suis demandé pourquoi, pourquoi n'aurait-il pu gagner cinq guinées en travaillant quelques heures seulement ? Cinq guinées représentent une grosse somme d'argent. Et un photographe a bien le droit d'engager les modèles de son choix. J'en ai conclu que ce n'était pas du tout raisonnable de ma part, mais j'étais toujours aussi furieuse.

Tandis que je débattais ainsi avec moi-même, Rose, qui couchait dans le lit à baldaquin, s'est levée pour ouvrir en grand la fenêtre puis elle s'est assise sur la banquette.

– Tu n'arrives pas à dormir ?

Elle n'avait même pas essayé, et je suppose qu'elle avait dû, comme moi, repenser à tous les événements de la soirée ; j'aurais bien aimé faire l'échange avec elle pendant quelques instants et revivre sa soirée à elle.

Je me suis levée et me suis assise à ses côtés, dans l'embrasure de la fenêtre. La nuit était très noire, et je ne distinguais d'elle que sa silhouette.

– Je regrette de connaître si peu les hommes, a-t-elle déclaré à brûle-pourpoint.

– Pour quelle raison particulière ? ai-je demandé d'un ton à la fois calme et encourageant.

Elle est restée silencieuse un si long moment que j'ai cru qu'elle ne me répondrait pas ; puis les mots se sont bousculés :

— Il est attiré par moi, j'en suis certaine ! Mais il est peut-être attiré par des tas de filles ; cela ne signifie absolument pas qu'il a l'intention de me demander en mariage. Si seulement je savais ce qu'il y a de plus intelligent à faire dans une telle situation !

— Mais, Rose, as-tu seulement songé à ce que représente réellement le mariage ?

— Oui, j'y ai pensé ce soir, quand je le regardais pour voir s'il ressemblait au vieux tableau. Je me suis tout à coup imaginée au lit avec lui.

— Tu choisis bien ton moment ! J'avais remarqué que tu avais l'air assez préoccupée. Alors, c'était comment ?

— Très bizarre. Mais je ne me suis pas démontée.

— Est-ce uniquement pour l'argent, Rose ?

— Je ne pense pas, franchement, non. Je ne me comprends pas. C'est terriblement excitant de sentir qu'on attire un homme. C'est... tu ne peux pas comprendre.

— Si, peut-être.

Pendant un instant, j'ai hésité à lui parler de Stephen, mais avant que j'aie eu le temps de le faire, elle reprenait :

— Je l'aime bien, c'est vrai. Il est tellement courtois, c'est la première personne qui m'ait donné l'impression que j'existais, que je comptais. Et il est beau, d'une certaine manière, tu ne trouves pas ? Il a de beaux yeux, en tout cas. Si je pouvais seulement m'habituer à la barbe...

— Tu es certaine de ne pas préférer Neil plutôt ? Il est si gentil, et il a un beau visage, tout lisse et net.

— Oh, Neil... !

Il y avait un tel mépris dans sa voix que j'ai

compris que Neil avait dû l'énerver beaucoup plus que je ne l'avais imaginé.

— Non, je te le laisse, a-t-elle répondu.

Franchement, c'était la première fois qu'une telle idée me venait à l'esprit. Naturellement, je ne l'ai pas prise au sérieux, mais je me suis dit qu'elle méritait d'être considérée à tête reposée.

— Si seulement j'arrivais à obtenir de Simon qu'il se rase la barbe, a poursuivi Rose, avant de continuer d'un ton plus cassant : de toute façon, qu'est-ce que cela peut faire ? Je l'épouserais même si je le détestais. Cassandra, as-tu déjà vu quelque chose de plus beau que la salle de bains de Mrs. Cotton ?

— Oui, des tas de choses, ai-je rétorqué fermement. Et aucune salle de bains au monde ne pourra compenser le fait d'épouser un barbu que tu détestes.

— Mais je ne le déteste pas : je te l'ai dit, je l'aime bien. Je pourrais même…

Elle s'est tue brusquement et a regagné son lit.

— Peut-être ne seras-tu sûre de tes sentiments que lorsqu'il t'aura embrassée…

— Mais je ne peux pas le faire avant qu'il m'ait demandée en mariage car ça pourrait le faire changer d'avis, a-t-elle répliqué avec assurance. Voilà au moins une chose que je sais.

Elle m'a semblé un peu vieux jeu, mais je me suis bien gardée de lui faire part de mes impressions.

— Eh bien, il ne me reste plus qu'à prier pour que tu tombes réellement amoureuse de lui, et lui de toi, évidemment. Je vais commencer tout de suite.

– Moi aussi ! s'est-elle exclamée en sautant de son lit.

Nous avons prié très fort toutes les deux, Rose beaucoup plus longtemps que moi ; elle était encore à genoux alors que j'étais sur le point de m'endormir.

– Ça ira, Rose. Il suffit de dire ce que l'on veut, tu sais. Les prières interminables sont très agaçantes à la fin.

Nous avons eu un mal fou à trouver le sommeil. J'ai essayé de faire dire à miss Blossom quelque chose d'apaisant, mais je n'étais pas d'humeur. Au bout d'un moment, j'ai entendu ululer une chouette et j'ai réussi à me détendre en l'imaginant survoler les champs dans la nuit, et je l'ai vue soudain en train de fondre sur une souris. J'adore les chouettes, mais je regrette qu'elles ne soient pas végétariennes. Rose n'arrêtait pas de gigoter dans son lit.

– Oh, cesse donc de te retourner comme ça ! Tu vas casser les derniers ressorts de ce pauvre lit à baldaquin…

Mais chaque fois que j'étais sur le point de sombrer dans le sommeil, elle faisait un saut de carpe. Deux heures sonnaient à l'église de Godsend quand enfin je l'ai entendue respirer paisiblement. Alors seulement, je me suis endormie.

Chapitre 9

Il m'a fallu trois jours pour décrire la soirée à Scoatney; je n'ai pas indiqué les interruptions, car je voulais que ça ait l'air écrit d'une seule traite. À présent que la vie est beaucoup plus passionnante, je songe à ce journal comme à une histoire que je serais en train d'écrire. Une nouvelle péripétie est survenue hier et je meurs d'envie de m'y consacrer, mais je dois résister à la tentation et attendre d'être à jour.

S'il est une tentation à laquelle je n'ai pas réussi à résister, c'est bien celle d'empêcher mon imagination de galoper. Comme Rose avait dit que je pouvais fort bien séduire Neil, je me suis un peu amusée à caresser cette idée; je me suis réveillée en y pensant, le lendemain de la soirée, et je l'ai imaginé en train de me demander en mariage dans le jardin aquatique de Scoatney. J'acceptais sa proposition, et Rose et moi organisions un double mariage et nous achetions les trousseaux les plus extraordinaires. Après, je me suis rendormie et j'ai rêvé que j'étais vraiment la femme de Neil. Nous étions enfermés tous les deux dans la salle de bains de Mrs. Cotton, ce qui était assez gênant, tandis que le visage de Stephen se reflétait dans tous les miroirs. J'étais franchement contente de me réveiller et de réaliser que ce n'était qu'un rêve. Naturellement, Neil ne me fera jamais une telle proposition à présent que j'en ai rêvé. Aucune importance.

Après tout, cela n'est peut-être pas impossible, mais certainement pas comme je l'ai imaginé, et pas dans le jardin aquatique.

Topaz et moi avons un peu reparlé de la soirée en faisant les lits. Elle était extrêmement optimiste en ce qui concernait Rose, mais assez déprimée au sujet de papa : il l'avait envoyée promener lorsqu'elle lui avait demandé de quoi ils avaient discuté, Mrs. Cotton et lui.

– Tout ce qu'il a trouvé à me répondre, ç'a été : « Ne soyez pas stupide, ma chère, comment peut-on répéter une conversation en détail ? C'est une femme d'une grande intelligence, capable aussi bien d'écouter que de parler. » Et que crois-tu qu'il ait ajouté ? Qu'il s'était mépris sur son compte : sa connaissance de la littérature n'avait rien de superficiel ; elle est même extrêmement cultivée. « Cela prouve simplement, m'a-t-il dit encore, qu'il faut bien se garder de généralisations hâtives sur la base d'une connaissance superficielle d'un pays » ; et on aurait pu croire à l'entendre que c'était moi qui m'étais laissée aller à ces généralisations !

– C'est très ennuyeux, ai-je reconnu, en réprimant mon envie de rire.

Cela m'amusait beaucoup que papa ait repris à son compte la réflexion de Mrs. Cotton sur les généralités.

– Quoi qu'il en soit, comment se fait-il qu'il discute littérature avec elle et pas avec moi ? J'essaie tout le temps de lui parler de livres, mais il me fait taire chaque fois.

J'ai beaucoup de choses à reprocher à papa, mais pas ça : c'est un véritable cauchemar de parler de livres avec Topaz. Alors que j'avais très envie d'une bonne discussion tranquille à propos de *Guerre et Paix*, de Tolstoï, elle a dit : «Ah! c'est la dimension épique et débridée qui est le plus extraordinaire. J'ai essayé un jour d'en faire un tableau, sur une toile circulaire», et elle ne savait même plus qui était Natacha.

Je lui ai manifesté ma sympathie concernant le comportement de papa, mais sans m'attarder, car j'avais envie d'aller écrire mon journal. J'ai réussi à trouver une heure avant le déjeuner, puis j'y ai consacré tout l'après-midi, là-haut, dans le grenier. Stephen m'y a rejointe en rentrant de la ferme. J'ai senti mon cœur se serrer quand il m'a tendu un papier plié en quatre – j'avais osé espérer qu'il cesserait de m'apporter des poèmes. Il a attendu que je le lise.

Dès le premier vers, j'ai compris que, cette fois-ci, il était de sa composition. Il s'agissait de moi : j'étais à Scoatney, assise sur les marches de l'escalier, pendant que les autres dansaient. J'étais en train de me demander ce que j'allais pouvoir lui en dire lorsqu'il me l'a arraché des mains et l'a déchiré.

– Je sais que c'est très mauvais.

Je lui ai répondu que non, pas du tout.

– Il y a quelques rimes très originales, Stephen. Et il est de vous. Je l'aime mieux que tous ceux que vous avez copiés.

Je me suis dit que c'était un bon moyen pour qu'il cesse de plagier des poèmes.

— Je ne les ai pas vraiment copiés, a-t-il objecté sans me regarder. J'ai toujours changé un mot ou deux. Je n'avais pas l'intention de tricher, Cassandra, mais simplement rien de ce que je pouvais écrire ne me semblait assez bon.

Je lui ai répondu que je comprenais parfaitement, mais qu'à l'avenir il devrait toujours écrire ses propres poèmes. Et je lui ai aussi conseillé de ne surtout plus chercher à imiter les autres.

— Je sais parfaitement que tout est de vous dans ce poème, mais il fait encore un peu trop penser à Herrick, surtout le passage sur les lis, les roses et les violettes. Vous n'avez pas pu les voir, l'autre soir, dans le hall, car il n'y avait que des tulipes blanches.

— Je suis sûr qu'Herrick n'avait pas forcément vu toutes les fleurs qu'il évoque dans ses poèmes, a rétorqué Stephen en souriant. Et la seule rime que j'ai réussi à trouver pour «tulipes», c'est «tes lippes»!

J'ai éclaté de rire et lui ai expliqué qu'il y avait bien d'autres choses plus importantes en poésie que les rimes. Des tas de bons poèmes n'en ont parfois aucune. L'essentiel est d'écrire ce que l'on ressent profondément.

— Oh, c'est impossible! Ça ne marchera pas du tout.

— Et pourquoi pas, Stephen? Bien sûr que ça marchera!

— Non, ça ne marchera pas, a-t-il insisté en regardant fixement devant lui, un sourire aux lèvres, comme au souvenir d'une bonne plaisanterie.

Cela m'a aussitôt rappelé le jour, si lointain

déjà, où nous avions mis des casseroles sous les gouttières : il avait eu le même petit sourire rêveur.

— Stephen, vous vous souvenez, oh, c'était la première fois que les Cotton venaient ici ! Vous vous souvenez quand vous avez dit en regardant par la fenêtre : «Les débuts sont toujours des moments délicieux»?

Il a hoché la tête.

— Mais je ne m'attendais pas à rencontrer les Cotton, a-t-il répondu d'un air maussade. Vous avez dansé avec eux, hier soir?

— J'ai essayé une fois avec Neil.

— Les gens ont l'air ridicules quand ils dansent ; j'aurais honte. Mais vous ne vous conduirez jamais comme cette Léda, n'est-ce pas?

— Je ne saurai jamais danser aussi bien qu'elle. Mais je comprends ce que vous voulez dire. On a véritablement l'impression qu'elle s'enroule autour de ses partenaires, non? Vous n'allez quand même pas vous laisser photographier par elle?

J'ai dit cela le plus naturellement du monde, comme si c'était le cadet de mes soucis. À ma grande surprise, il a pris son air buté — qui n'a rien à voir avec son air idiot. L'air idiot est plutôt nébuleux, rêveur ; l'air buté peut aller jusqu'à la bouderie obstinée. C'est l'air qu'il réserve parfois à Rose, mais je ne me rappelle pas qu'il m'ait jamais regardée ainsi.

— Ce n'est pas impossible... Si les gens ont de l'argent à jeter par les fenêtres...

— Mais vous allez détester cela, Stephen !

— Ça vaut peut-être la peine pour gagner cinq

guinées. Avec cinq guinées on peut presque acheter...

Stephen s'est tu brusquement et a commencé à redescendre l'escalier.

– Acheter quoi ? lui ai-je crié.

– Oh, des tas de choses, a-t-il répondu sans se retourner. Cinq guinées, c'est plus que je ne peux économiser en une année.

– Mais vous étiez tellement certain de ne pas vouloir accepter hier soir...

Il m'a regardée juste avant que l'escalier en colimaçon n'amorce une boucle, la tête dépassant à peine du plancher du grenier.

– Peut-être que oui, peut-être que non ! a-t-il répliqué de manière exaspérante, avant de continuer à descendre.

Dans ma tête, j'ai entendu une petite voix qui disait : « Il n'a pas intérêt à aller poser pour Léda Fox-Cotton ! » Et puis la cloche du thé a sonné et je suis descendue derrière lui.

Topaz avait fait cuire la moitié du jambon. Elle aurait préféré qu'on attende qu'il ait refroidi avant de l'entamer, car ainsi il nous ferait plus d'usage, mais Thomas a insisté : il s'était montré particulièrement possessif envers ce jambon. Alors, nous l'avons tous éventé avec des journaux jusqu'à la dernière minute. Il était exquis, naturellement ; le jambon à la moutarde est un mets fabuleux.

Miss Marcy est venue après le thé, pour qu'on lui raconte notre soirée. Elle m'a dit que les photos de Mrs. Fox-Cotton étaient très célèbres, qu'elles étaient publiées dans des revues. Elle se souvenait plus spécialement de l'une d'entre elles représentant une jeune fille qui se cachait derrière un coquillage géant, avec l'ombre d'un homme qui s'approchait d'elle.

– On aurait dit qu'il était…, eh bien, qu'il était tout nu, ce qui n'a pas manqué de m'étonner dans la mesure où l'on n'a pas tellement l'habitude de voir des photos aussi artistiques que des tableaux, n'est-ce pas ? Je crois qu'il avait un maillot de bain…, on ne peut pas vraiment se rendre compte sur une ombre, n'est-ce pas ?

J'ai éclaté de rire… Je l'adore, cette chère miss Marcy. Mais j'étais d'autant plus décidée à ce que Stephen ne s'approche pas de la Fox-Cotton.

Le lendemain matin, Topaz, Rose et moi sommes allées à King's Crypt avec les vingt livres du pasteur pour la couverture en colley d'Écosse, et je me suis acheté ma première robe de jeune fille, en coton vert pâle ; Rose en a eu une rose. Topaz a dit qu'elle n'avait besoin de rien, et que de toute façon, elle se sentait très mal à l'aise dans les vêtements de confection. J'ai acheté également une paire de chaussures blanches et des bas presque en soie. Comme ça, si jamais je suis invitée à une garden-party, je pourrai y aller.

En rentrant à la maison, nous nous sommes aperçues que papa n'avait pas touché au déjeuner que Topaz lui avait préparé et qu'il n'était nulle part dans le château. Il a réapparu vers neuf heures du soir, nous disant qu'il était allé à Scoatney à bicyclette. Manifestement, Simon lui a laissé l'accès à la bibliothèque en leur absence. Je lui ai demandé s'il avait lu quelque chose de particulièrement intéressant.

– Oh, essentiellement des revues américaines…, et quelques essais critiques. J'avais oublié à quel point la critique américaine était en pointe.

Comme Topaz se proposait de lui apporter à manger, il lui a répondu qu'il avait déjeuné et dîné.

– Apparemment, Mrs. Cotton a laissé des ordres pour qu'on me nourrisse quand je vais là-bas.

Puis il a regagné la loge de garde d'un air assez satisfait.

Je suis remontée au grenier où j'ai repris ce journal. Lorsque je suis redescendue dans la cuisine, Stephen était en train d'écrire sur un sachet de sucre mis à plat. Il est devenu cramoisi en me voyant et a froissé le papier en boule. Au même moment, Topaz est rentrée du jardin avec le grand manteau noir de tante Millicent, sans bas ni chaussures. J'imagine qu'elle revenait d'une de ses séances de naturisme.

– Dieu merci, la Nature ne m'a jamais trahie, a-t-elle déclaré en montant dans sa chambre.

Lorsque je me suis retournée, Stephen était en train de faire brûler le sachet de sucre dans la cheminée.

– C'était un nouveau poème ? lui ai-je demandé – il me semblait que je devais l'encourager dans cette voie. Pourquoi l'avez-vous brûlé ?

– Parce qu'il était complètement raté, a-t-il répliqué, encore très rouge.

Il m'a fixée quelques instants, puis s'est précipité dans le jardin. Je l'ai attendu, assise au coin du feu en compagnie d'Ab et d'Hél, mais il n'est pas revenu.

Lorsque je suis montée dans la chambre, Rose

était assise sur le lit et se faisait les ongles; elle s'était offert un flacon de vernis avec l'argent du pasteur; moi, j'avais choisi une savonnette à la lavande.

– Tu ferais mieux d'attendre pour l'étrenner! Les Cotton ne reviennent pas avant une dizaine de jours...

J'étais loin d'imaginer que nous les reverrions dans moins de quatre jours!

Hier, nous étions le 1er Mai. J'adore les jours de fête : la Saint-Valentin, Halloween; mais mon préféré reste la Saint-Jean. C'était une véritable journée de mai, comme il y en a peu, et lorsque j'ai regardé par la fenêtre de ma chambre les douves dont l'eau miroitait en se ridant légèrement sous la douce brise printanière, je me suis sentie heureuse comme jamais. Je savais que ce serait un jour faste.

En tout cas, avant le petit déjeuner, il commençait bien mal.

Papa est descendu dans son plus beau costume sombre, un costume qu'il n'avait pas mis depuis des lustres. Rose et moi l'avons regardé bouche bée, et Topaz s'est arrêtée de remuer le porridge :

– Mortmain... mais que diable...?

– Je vais à Londres, a répliqué papa, laconique.

– Pour quoi faire? nous sommes-nous écriées en chœur, ce qui faisait pas mal de bruit.

– Pour affaires, a répondu papa encore plus fort, avant de quitter la cuisine en claquant la porte.

– Laissez-le tranquille, ne lui posez pas de questions, a chuchoté Topaz; puis elle s'est tournée vers moi, l'air défait. Tu crois qu'il va voir... Mrs. Cotton?

— C'est impossible, pas sans avoir été invité.

— Oh si, c'est possible! a rétorqué Rose. Regardez-le, il est allé à Scoatney trois jours de suite, se fait nourrir par les domestiques, bouquine dans la bibliothèque livres et revues! Vous allez voir, un de ces jours, il va finir par les décourager de nous fréquenter!

— En tout cas, ce n'est pas lui qui les a découragés de nous fréquenter la dernière fois, a répliqué Topaz avec colère.

Comme j'ai compris qu'il allait y avoir du grabuge, je me suis réfugiée au salon. Assis sur la banquette de la fenêtre, papa était en train de cirer ses chaussures avec un pan du rideau. Lorsqu'il s'est levé, il était couvert de poils blancs d'Héloïse — c'était son coussin, sous la fenêtre.

— Un homme en costume sombre ne peut donc s'asseoir nulle part dans cette maison? a-t-il vociféré en allant chercher une brosse à habits dans le vestibule.

— Non, à moins que nous ne teignions Hél en noir, lui ai-je répondu.

Je l'ai brossé. Mais avec une brosse qui avait perdu la majeure partie de ses poils, un costume élimé qui avait lui aussi perdu de son poil et Héloïse qui perdait tous les jours un nombre incroyable de poils, je vous laisse imaginer le résultat. Topaz est venue nous annoncer que le petit déjeuner était prêt, mais il lui a répondu qu'il allait rater le train s'il ne partait pas immédiatement.

— Fichez-moi la paix! a-t-il répliqué lorsqu'elle l'a supplié de manger quelque chose.

Puis il l'a repoussée tout à fait grossièrement

et a pris la bicyclette de Rose, car la sienne avait un pneu à plat.

— Quand rentrez-vous ? lui a crié Topaz.

Il lui a hurlé par-dessus son épaule qu'il n'en avait pas la moindre idée.

— Qu'est-ce qu'il lui arrive ? a demandé Topaz comme nous traversions le jardin. Je sais bien qu'il a toujours eu un caractère difficile, mais je ne l'ai jamais vu d'aussi mauvaise humeur. C'est bien pire depuis que nous avons été invités à Scoatney.

— Peut-être cela vaut-il mieux qu'une insupportable résignation, ai-je suggéré, dans l'intention de la réconforter. Vous savez, il avait un caractère épouvantable quand nous étions petites, lorsqu'il écrivait. Vous connaissez l'histoire de maman et du couteau à pâtisserie...

— Il peut me tuer, si cela peut vraiment l'aider, a dit Topaz, pleine d'espoir, avant de retomber dans le découragement. Mais je ne lui suis d'aucune utilité. C'est cette femme qui l'a remis en route.

— Mon Dieu, nous ne savons pas si quoi que ce soit l'a remis en route, ai-je répliqué. Nous avons eu tant de fausses alertes. Et où a-t-il trouvé l'argent pour aller à Londres ?

Topaz lui avait donné cinq livres sur la vente de la couverture.

— Mais je n'aurais jamais cru qu'il les dépenserait pour aller la voir. Enfin, a ajouté Topaz avec noblesse, j'imagine que je ne devrais pas en prendre ombrage si elle l'encourage à travailler...

Rose est sortie de la cuisine avec un morceau de pain et une tranche de jambon, et elle est passée devant nous sans un mot ; je crois qu'elle s'est méchamment disputée avec Topaz pendant que je brossais papa. Nous avons découvert en rentrant que le porridge avait brûlé – comme quoi, on peut toujours trouver plus mauvais en matière de nourriture. Avec ça pour tout aliment, plus Topaz au trente-sixième dessous, le repas a été parfaitement déprimant. (Les garçons, évidemment, étaient déjà partis, après avoir mangé du jambon au petit déjeuner.)

– Je vais aller bêcher un peu pour retrouver une certaine tranquillité d'esprit, a déclaré Topaz quand nous avons eu terminé la vaisselle et fait les lits.

J'ai pensé qu'elle la retrouverait mieux toute seule et j'avais envie d'écrire mon journal ; j'avais fini de raconter la soirée à Scoatney, mais il me restait encore quelques réflexions sur la vie en général que je voulais noter. (Je ne les ai jamais notées, et d'ailleurs, je ne sais plus du tout de quoi il s'agissait.) Tandis que je m'installais sur la butte de Belmotte, j'ai aperçu Rose qui s'engageait dans le chemin avec la crinoline de Mrs. Stebbins : Stephen nous avait fait savoir que la vieille dame était impatiente de la récupérer. Il avait refusé de la lui rapporter pour Rose, car ça le gênait énormément. Rose l'avait chargée sur son épaule, et c'est vrai que c'était assez cocasse.

J'ai décidé de réfléchir un peu avant de me mettre à écrire, alors je me suis allongée dans l'herbe, au soleil, et j'ai contemplé la grande coupole bleue du ciel. C'était absolument délicieux de sentir la chaleur de la terre sous mon dos et l'herbe tendre sous les paumes de mes mains, tandis que mon esprit s'élevait. Malheureusement, mes pensées sont vite redescendues vers des considérations plus terre à terre, et j'ai admiré ma belle robe verte, toute neuve, en me demandant si les cheveux bouclés m'iraient bien. J'ai fermé les yeux, ce que je fais toujours quand je réfléchis profondément. Petit à petit, je me suis imaginé Rose mariée à Simon. On dirait que cela ne porte pas à conséquence d'imaginer des choses pour les autres ; mais pour soi, ça les empêche purement et simplement de se produire. J'ai organisé un très beau mariage à Rose et en suis arrivée au point où elle était seule à Paris avec Simon, dans un grand hôtel ; elle avait un petit peu peur de lui, mais j'ai arrangé tout ça. Il la regardait de la même manière qu'au dîner lorsqu'il a levé son verre à sa santé...

J'ai ouvert les yeux. Il était là, devant moi, le vrai Simon Cotton, en chair et en os, qui me fixait.

Je n'avais rien entendu. Il y a une seconde à peine, il était à l'hôtel, à Paris, parfaitement visible, bien que minuscule et très loin, un peu comme lorsqu'on regarde dans un miroir convexe ; un instant plus tard, on aurait dit un géant se découpant sur le ciel. Comme j'étais au soleil, les yeux fermés, je suis restée un moment aveuglée, incapable de distinguer les vraies couleurs. L'herbe et le ciel étaient presque blancs, et son visage gris pâle. Mais sa barbe était toujours aussi noire.

— Je vous ai fait peur ? m'a-t-il demandé en souriant. J'avais fait le pari d'arriver jusqu'ici sans que vous m'entendiez. Oh... vous ne dormiez pas, au moins ?

— Non, pas à cette heure-ci de la journée, ai-je répondu en me redressant, tout éblouie.

Il s'est assis à côté de moi. Cela m'a fait une drôle d'impression, de devoir troquer l'homme imaginaire contre le vrai, à mes côtés. Dans mes pensées, il était extrêmement séduisant, ce qu'il n'est pas dans la réalité, évidemment, bien qu'il soit très, très charmant. J'en suis certaine à présent.

Neil et lui étaient venus pour la journée ; Neil l'avait déposé à l'entrée de notre chemin et était parti à Scoatney, comme si nous ne l'intéressions pas tellement.

– Je suis navré d'avoir manqué votre sœur, mais Mrs. Mortmain pense qu'elle ne devrait pas tarder.

Je lui ai répondu qu'en effet elle n'allait certainement pas tarder, mais je pensais qu'elle en avait encore pour une bonne heure, et je me suis demandé si j'arriverais à l'intéresser suffisamment pour qu'il accepte de discuter avec moi jusque-là. Comme je voulais savoir s'ils s'amusaient bien à Londres, je lui ai posé la question.

– Oh, oui... j'adore Londres. Mais quel dommage de ne pas être ici avec un temps pareil ! (Il s'est allongé sur le coude, le regard perdu vers les prés.) Je n'aurais jamais cru que le printemps anglais fût aussi extraordinaire.

Je lui ai répondu que c'était une surprise tous les ans.

– À partir de la semaine prochaine, nous resterons ici un certain temps..., enfin, Neil et moi ; maman est très occupée avec son nouvel appartement... *flat*[1], comme vous dites ici. Léda

---

1. *Apartment* en américain, *flat* en anglais.

et Aubrey l'aident à choisir les meubles. Oh, à propos, ça me fait penser... (Il a sorti une enveloppe de sa poche.) J'aurais dû la déposer au château. C'est pour ce charmant garçon, Stephen ; l'argent de son billet pour Londres, de la part de Léda.

— Je la lui remettrai, ai-je répondu, en me demandant si Stephen avait écrit pour dire qu'il viendrait, ou si elle lui avait juste envoyé de l'argent pour l'attirer.

Simon m'a tendu l'enveloppe.

— Parlez-moi un peu de lui. Comment se fait-il qu'il s'exprime si différemment des autres petits villageois ?

Évidemment, Stephen parle comme nous, sauf qu'il choisit des mots plus simples. J'ai fourni à Simon toutes les explications.

— Je suis curieux de savoir comment il va s'en sortir avec Léda. Elle a l'intention de le faire poser au milieu de quelques copies de sculptures grecques. Elle lui fera mettre une tunique, ou rien... s'il n'y prend pas garde. Il a une tête extraordinaire, c'est certain..., peut-être finira-t-il à Hollywood.

J'ai fait disparaître l'enveloppe entre les pages de mon journal pour qu'elle ne s'envole pas.

— Qu'est-ce que c'est ? Des cours ?

— Oh, non ! Il y a longtemps que je ne vais plus à l'école.

— Je vous prie de m'excuser, a-t-il rétorqué en riant. Je vous vois toujours comme cette petite fille dans son bain. C'est une histoire ? Vous ne voulez pas m'en lire un passage ?

Je lui ai expliqué qu'il s'agissait de mon journal

et que je venais de terminer le récit de la soirée à Scoatney.

– Est-ce qu'il est question de moi ? Je vous offre une boîte de bonbons si vous me permettez d'en lire une page.

– D'accord.

Il a pris mon cahier. Au bout d'une ou deux secondes, il a relevé la tête.

– Vous m'avez bien eu ! C'est un code secret à vous ?

– Plus ou moins, quoique, au début, ce soit de l'authentique écriture rapide. Mais elle a évolué au fil des pages. Et j'ai écrit de plus en plus petit pour économiser le papier.

Il l'a feuilleté et a deviné un mot par-ci par-là, mais j'ai bien vu que je n'avais rien à craindre.

– Hier, j'ai relu tout le journal de *Jacob Luttant*, dont j'ai déniché par hasard une première édition. C'est curieux, mais je me rappelle que je n'y avais rien compris quand je l'avais lu, à seize ans. Et au moment où je l'ai étudié à l'université, ça m'avait paru parfaitement limpide.

– Le seul passage que je trouve encore un peu compliqué pour moi, c'est le chapitre sur l'échelle, vous vous souvenez, ce sont les phrases qui représentent les barreaux de l'échelle. Papa n'a jamais rien voulu m'expliquer.

– Peut-être en est-il incapable. J'ai toujours pensé qu'il s'agissait de la description de quelque expérience mystique. Naturellement, vous connaissez la thèse selon laquelle chaque barreau conduit au suivant, bien qu'il n'y ait aucun rapport apparent entre les phrases ?

– Non, pas du tout. Mon Dieu, c'est tellement

fantastique de savoir que des gens forgent toutes sortes de théories à propos de l'œuvre de papa et l'étudient à l'université à des milliers de kilomètres d'ici. Elle doit être beaucoup plus importante que nous ne le croyons.

— À vrai dire, c'est l'un des livres précurseurs de la littérature de l'après-guerre. Et votre père est un des maillons de cette chaîne d'écrivains pour lesquels la forme était une question primordiale. Si seulement il avait poussé un peu plus loin ses recherches formelles!

— Mais ne disiez-vous pas que c'était impossible? Que *Jacob Luttant* était un roman unique en son genre, qui se suffisait à lui-même, indépassable, en ce qui le concernait en tout cas, et qu'il ne pouvait y avoir de suite.

Il m'a jeté un rapide coup d'œil.

— C'est étonnant que vous vous rappeliez tout cela! Vous savez, j'ai honte de vous avouer que ça ne voulait pas dire grand-chose: c'était une tentative de ma part pour me sortir avec tact d'une situation assez délicate quand je me suis aperçu que j'avais fait une gaffe.

Je lui ai répondu que je m'en étais bien rendu compte, ce qui l'a fait rire.

— Vilaine petite fille qui voit tout! Mais je ne crois pas que votre père ait vu quoi que ce soit. Et d'une certaine manière, tout ce que j'ai dit est vrai, savez-vous: il ne peut plus dépasser la technique narrative élaborée dans *Jacob Luttant*, car depuis, de nombreux écrivains sont allés beaucoup plus loin que lui sur ce même terrain; James Joyce, par exemple. Il faudrait qu'il aille nettement plus loin que tout ce qui a été produit dans l'intervalle, et dont il s'est d'ailleurs coupé. Je me demande si ce n'est pas cela qui l'a empêché de continuer à écrire, le fait que le barreau suivant de l'échelle – puisque nous parlons d'échelle – a déjà été utilisé par d'autres. Que pensez-vous de cette théorie ? Ou bien suis-je simplement en train d'essayer de trouver un argument plausible à mon raisonnement fallacieux de l'autre soir ?

– En tout cas, cela nous change agréablement de la thèse selon laquelle c'est la prison qui l'a empêché de continuer à écrire.

– Oui, bien sûr, c'est fou, et les comptes rendus du procès ont tout l'air sortis d'un vaudeville. Et maman a dit que sa description de son séjour en prison était encore plus hilarante.

– Ne me dites pas qu'il le lui a raconté ?

J'étais suffoquée : jamais je ne l'avais entendu faire la moindre allusion à cet épisode.

– Elle le lui a demandé de but en blanc, je dois dire que je n'aurais pas osé. Pendant une seconde, paraît-il, elle a bien cru qu'il allait la frapper, et puis il s'est lancé allégrement dans un monologue d'une demi-heure. Oh, je suis certain que la prison n'est pas à l'origine du problème.

Je lui ai répondu que je ne le pensais pas non plus.

– Mais c'est quand même curieux qu'il n'ait plus jamais rien écrit depuis sa sortie.

– Certes. Il est évident qu'il devrait entreprendre une psychanalyse.

Je suppose qu'il n'existe aucun individu d'intelligence moyenne, et vivant dans les années 1930, qui n'ait quelque notion de ce qu'est la psychanalyse, mais comme j'ai encore quelques lacunes en la matière, j'ai demandé à Simon de bien vouloir les combler.

— Grand Dieu, ce n'est pas une mince affaire! s'est-il exclamé en riant. Je n'en ai moi-même qu'une très vague idée de profane. Mais voyons voir : je crois qu'un psychanalyste dirait qu'il faut chercher l'origine du problème bien avant ces quelques mois passés en prison, mais que la prison l'a probablement fait remonter à la surface. Il étudiera cette période avec le plus grand soin, demandera à votre père de se rappeler les moindres détails ; pour ainsi dire, il faudra qu'il retourne en prison.

— Pas physiquement?

— Non, bien sûr. Mais... attendez... je suppose qu'il n'est pas inconcevable que, si le problème est survenu en prison, la prison elle-même puisse le résoudre. Enfin, c'est un peu tiré par les cheveux, et de toute façon, ce n'est pas envisageable, car s'il acceptait de retourner en prison, il ne se sentirait pas réellement prisonnier ; par ailleurs, aucun psychanalyste n'oserait le remettre en prison sans son consentement.

— De toute façon, il ne mettra jamais les pieds chez un psychanalyste. La simple allusion à la psychanalyse l'exaspère : il dit que ce ne sont que des foutaises.

— Oui, parfois, mais pas toujours. Le fait qu'il y soit à ce point opposé pourrait être assez symptomatique. À propos, j'imagine que vous êtes certaine qu'il ne travaille pas en cachette à quelque projet ?

— Je ne vois pas comment il pourrait faire : nous voyons tout ce qui se passe dans la salle de garde, il y a des fenêtres devant et derrière, et il s'approche rarement de son bureau. Il passe son temps dans son fauteuil, à lire ses vieux romans policiers. Nous avons bien repris espoir il y a quelques semaines : Topaz l'a vu en train d'écrire. Mais ce n'étaient que des mots croisés.

— Il fait lui-même penser à une énigme policière : *L'Affaire du talent disparu*. J'aimerais bien pouvoir la résoudre. Cela m'aurait tellement plu d'écrire quelque chose à son sujet.

Je ne savais pas qu'il écrivait. Je lui ai demandé quelle était sa spécialité.

— Oh, essentiellement des essais critiques, pour le plaisir, en dilettante. Quelques-uns ont été publiés. Votre père aurait été un sujet formidable, si seulement je savais quel genre de grain de sable a enrayé ses travaux.

— Ce serait encore mieux si vous arriviez à l'en retirer.

— Commençons par découvrir de quoi il s'agit, ensuite nous aviserons.

Il s'est allongé dans l'herbe, les yeux fermés, pour réfléchir. J'en ai profité pour le regarder tranquillement. C'était étrange de constater à quel point il avait une peau de jeune homme, qui contrastait avec sa barbe. Je l'appréciais de plus en plus, à mesure que je discutais avec lui, et j'avais l'intention de dire à Rose toutes sortes de choses aimables à son sujet. J'étais contente de voir qu'il avait de jolies oreilles, parce qu'elle attache énormément d'importance aux oreilles. Les gens ont l'air différents les yeux fermés, leurs traits sont tellement plus dessinés. La bouche de Simon a une très jolie forme, c'est une bouche intéressante. Je m'entends déjà dire à Rose : « Tu sais, je pense que ce pourrait être un homme tout à fait attirant. »

À ce moment précis, il a rouvert les yeux :
— Elle ne vous plaît pas, n'est-ce pas ?

Je me suis sentie rougir.
— Quoi donc ?
— Ma barbe. Vous étiez en train de vous demander comment un homme peut avoir l'idée d'en porter une ; à moins, naturellement, qu'elle n'exerce à présent sur vous une sorte de fascination horrifiée.
— Eh bien, justement, je commençais à m'y habituer.

Il a ri et répondu que c'était là l'humiliation suprême, car tout le monde finissait par s'y habituer.
— Tout le monde, sauf moi. Je ne me regarde jamais dans la glace sans un certain étonnement.
— Serait-il indiscret de vous demander pourquoi vous portez la barbe ?
— Non, c'est tout à fait normal. C'est à la suite d'un pari, à vingt-deux ans, et depuis je l'ai gardée dans un pur esprit de provocation : elle était formidablement déplacée à Wall Street ! Je travaillais dans un bureau avec un cousin de ma mère et notre antipathie était réciproque. Et puis, je trouvais que la barbe me donnait un côté écrivain bohème. D'un point de vue psychologique, c'est probablement lourd de sens : je dois vouloir dissimuler aux yeux du monde ma nature infâme.
— Eh bien, c'est la plus jolie barbe que j'aie jamais vue. Vous pensez que vous la raserez un jour ?

Pour une raison que j'ignore, ma question l'a fait rire.

– Oh, oui, dans dix ou douze ans…, peut-être à quarante ans. Ce me sera commode de descendre un beau matin sans barbe, et de paraître vingt ans de moins. Votre sœur déteste la barbe ?

– Demandez-le-lui vous-même !

Il a regardé l'heure à sa montre et dit qu'il ne pouvait pas rester davantage.

– Neil doit passer me prendre à l'auberge de Godsend à midi et quart. Soyez gentille, accompagnez-moi jusqu'au village.

Il s'est levé et m'a tendu la main pour que j'en fasse autant. Puis il a regardé la tour de Belmotte.

– J'avais l'intention de vous demander de me la faire visiter, mais nous n'avons plus le temps. Elle est beaucoup plus impressionnante de près.

– Vous êtes-vous habitué au fait qu'elle vous appartient désormais ?

– Mais elle ne m'appartient pas… enfin, pas avant une bonne petite trentaine d'années. En tout cas, je suis obligé de me répéter toute la journée que Scoatney est à moi.

Comme nous redescendions la butte, je lui ai raconté comment j'avais imaginé sa première vision de Scoatney, cette nuit de mars.

– J'ai trouvé qu'il avait rapetissé.

– Vous y étiez déjà venu, alors ? me suis-je étonnée.

– Oh, oui, quand j'avais sept ans. Mon père m'avait emmené quand il s'est réconcilié avec mon grand-père, qui malheureusement s'est fâché de nouveau avec lui lorsqu'il a pris la nationalité américaine.

– Saviez-vous à l'époque qu'un jour Scoatney vous appartiendrait ?

– Grand Dieu, non ! Il y avait six personnes bien en vie entre Scoatney et moi. Mais je l'aimais déjà passionnément à cet âge. Je me souviens, j'étais en haut de l'escalier et je regardais mon grand-père, mon père, mes oncles et un cousin de mon âge qui prenaient le thé dans le hall, et je me suis dit : « S'ils mouraient tous, Scoatney serait à moi. » Et je me suis précipité en hurlant dans la chambre des enfants, effrayé par tant de vilenie. Je me dis parfois que, ce jour-là, j'ai voulu du mal à toute ma famille.

– Cela aurait représenté un sacré pouvoir de nuisance pour un enfant de sept ans !

J'ai essayé de l'imaginer à cet âge, très petit et très brun, perché sur l'escalier, comme moi quand je regardais les gens danser.

– Mon grand-père m'appelait « le petit Yankee », ce qui avait le don de me mettre en rage. Mais je pense que c'était quelqu'un de merveilleux. Je regrette de ne pas l'avoir revu avant sa mort ; peut-être n'aurais-je pas dû attendre qu'il accepte de me recevoir, mais je n'avais pas envie de forcer les choses.

Ensuite, il m'a raconté qu'il s'était trouvé dans une situation particulièrement délicate car il ne savait absolument pas si le vieux Mr. Cotton lui aurait laissé suffisamment d'argent pour entretenir Scoatney – la propriété est inaliénable, ce qui n'est pas le cas pour l'argent –, faute de quoi, il aurait été obligé de louer la maison et de rester en Amérique.

– Ç'a dû être un véritable tiraillement pour

vous de décider si vous allez vous installer là-bas ou choisir l'Angleterre.

— Vous avez tout à fait raison, et il y a des jours où j'ai l'impression que ça le sera toute la vie. Oh, je finirai bien par prendre racine ici. Mais j'aurais bien aimé le savoir, le jour où j'étais assis sur ces marches.

Nous étions arrivés au petit portillon qui ouvrait sur le chemin. Il s'est assis dessus un moment, en admirant la grange.

— C'est superbe. Quel beau bâtiment! Mais le toit n'a-t-il pas besoin de réparations? J'aimerais être un bon propriétaire.

Je lui ai répondu que c'était à nous de nous en charger, en vertu de notre bail. Et lorsque nos regards se sont croisés, nous avons éclaté de rire en même temps.

— J'espère que vous ne comptez pas trop sur nous pour nous en occuper cette année? ai-je ajouté.

Il m'a aidée à franchir le petit portillon, sans cesser de rire.

— Écoutez-moi, Cassandra, j'aimerais que votre père sache une chose, et je ne tiens pas à lui en parler directement. Pouvez-vous lui faire comprendre que son loyer n'est pas un problème pour moi, qu'il ne le sera jamais, même s'il ne me payait plus jamais jusqu'à la fin du bail. Je voudrais qu'il sache que c'est un honneur pour moi de l'avoir comme locataire.

— Il serait donc plus votre hôte que votre locataire, ai-je corrigé, ce qui nous a fait encore une fois éclater de rire.

Puis je l'ai remercié et lui ai promis d'en parler à papa.

– Faites-le avec tact, voulez-vous ? Que je n'aie pas l'air charitable ni trop «protecteur».

– Mais je vous trouve très charitable, dans le bon sens du terme. De même qu'il y a des protecteurs estimables... Peut-être que papa vous dédicacera ainsi son prochain livre : «À son véritable inspirateur».

– Quelle charmante enfant vous êtes, a-t-il déclaré simplement.

– Pas trop faussement ingénue ?

Je jure que cela m'a échappé, ce n'était absolument pas intentionnel de ma part. Mais c'est parce que je regardais la grange, et tout en bavardant, je me suis rappelé ce jour-là, en me félicitant de la tournure qu'avaient prise les choses.

Il s'est retourné d'un coup.

– Que voulez-vous dire ?

– Oh, rien de particulier, ai-je lâchement répondu. Mais ce serait l'opinion de certaines personnes.

Nous étions en train de passer devant la grange. À ce moment précis, Héloïse a pointé le museau de l'endroit où je me tenais quand j'avais surpris la conversation, et a lancé une salve d'aboiements – elle fait des petits sommes dans le foin, une oreille toujours dressée au cas où un rat passerait à sa portée.

– Vous étiez là-haut ?

J'ai acquiescé. Nous avons rougi tous les deux jusqu'aux oreilles.

– Qu'avez-vous entendu d'autre ?

– Juste ce que vous avez dit sur moi...

Héloïse est sortie à toute vitesse de la grange sans cesser d'aboyer, et je me suis dit que ça mettrait un terme à la discussion; la caresser était aussi une bonne façon d'éviter le regard de Simon. Mais elle a aussitôt cessé d'aboyer, et il s'est penché sur elle pour la caresser à son tour, en me fixant.

– J'ai terriblement honte de moi-même. Je vous présente mes plus plates excuses.

– C'est ridicule. Cela m'a fait beaucoup de bien.

– Vous avez entendu bien d'autres choses, n'est-ce pas? Avez-vous entendu...

Je ne l'ai pas laissé finir.

– Allez, venez, nous allons faire attendre votre frère. Laissez-moi seulement poser mon journal.

J'ai couru vers la grange et j'ai pris tout mon temps pour le ranger; quand je l'ai rejoint, j'ai délibérément parlé du temps qu'il faisait.

– C'est le plus beau 1er Mai que j'aie connu, ai-je déclaré avant de m'époumoner à appeler Héloïse qui avait disparu.

Elle est apparue entre les touffes de cerfeuil sauvage, telle une jeune mariée.

– Toute la campagne est en dentelle blanche, ai-je remarqué tandis que nous marchions sur le chemin.

Il est resté si longtemps silencieux que j'ai cru qu'il ne m'avait pas entendue.

– Pardon? Oh... excusez-moi. J'essayais de me rappeler ce que vous aviez pu m'entendre dire au sujet de Rose.

Pour ma part, j'ai essayé de me montrer le plus convaincante possible afin de le rassurer:

– Quoi que vous ayez pu dire, elle n'en a jamais rien su, ai-je fini par affirmer.

Je suis une assez bonne menteuse quand on me laisse le temps ; il m'a crue sans hésiter.

– C'est très gentil de votre part de ne lui avoir rien dit.

Je m'entends encore me justifier auprès du bon Dieu, comme toujours lorsque j'invente un beau mensonge, indispensable et généreux.

Quant à Simon, il s'est mis en tête de m'expliquer pourquoi ils s'étaient complètement trompés au sujet de Rose :

– C'est parce qu'elle est extrêmement originale, a-t-il conclu.

– Rose ? Originale ?

– Eh bien, oui, quoi... Même sa façon de s'habiller. Cette petite robe rose à volants... cette authentique crinoline qu'elle a réussi à emprunter...

– C'était...

J'avais envie de dire que c'était Topaz qui avait eu l'idée de tout cela, mais je me suis arrêtée à temps.

– ... ravissant, n'est-ce pas ?

– Tout en elle est ravissant, a répondu Simon.

Il était absolument intarissable : elle était tellement différente des autres jeunes filles d'aujourd'hui – c'est d'ailleurs pour cela qu'il ne l'avait pas comprise et l'avait trouvée maniérée –, c'était simple, évidemment, elle était unique en son genre. Tout ce que fait Rose est original, manifestement, même sa façon de danser, inventant des petits pas bien à elle. Et elle est si intelligente – il m'a très gentiment dit que je l'étais aussi, mais Rose est une femme d'esprit (ce qui jusqu'à présent avait échappé à la famille). En ce qui concerne sa beauté, elle aurait été remarquable à toutes les époques.

Je pouvais sans mal être d'accord avec lui sur sa beauté. Je lui ai dit que je l'imaginais fort bien arriver à Bath avec les cloches sonnant à toute volée et Beau Nash[1] l'accueillant comme la jeune beauté en vogue ; ça lui a plu énormément.

Rose nous a fait de l'usage jusqu'au petit bois de mélèzes, où Simon s'est brusquement arrêté pour disserter sur la belle couleur des arbres.

– Il ne devrait pas tarder à y avoir des jacinthes sauvages, elles commencent à sortir, ai-je dit.

Il est resté un long moment à contempler le bois avant de remarquer :

– Comment se fait-il que la beauté de la campagne anglaise soit bien plus qu'un simple plaisir des yeux ? Pourquoi nous touche-t-elle autant ?

Il avait l'air un petit peu triste. Peut-être trouvait-il, comme moi parfois, la beauté un peu triste. Un jour, quand j'étais petite, j'ai posé la question à papa, et il m'a expliqué que cela tenait à ce que nous savions que toute beauté était éphémère, et que cela nous rappelait que nous aussi, nous étions mortels. Puis il a ajouté que j'étais probablement trop petite pour comprendre ; mais j'avais très bien compris.

Comme nous reprenions notre marche, j'ai posé à Simon des questions sur la campagne

---

1. Fameux dandy, maître des cérémonies à Bath en 1704, il contribua largement à la notoriété de la station balnéaire par le faste des fêtes qu'il y organisa.

américaine et il m'a décrit certains vieux villages de Nouvelle-Angleterre. Ils avaient l'air jolis : bien tenus et tout blancs, plus étendus que nos villages à nous, avec de larges rues ombragées par de grands arbres. Et il m'a parlé aussi d'endroits charmants sur la côte du Maine, où il avait passé des vacances. Il dit *vacations* pour « vacances », alors que nous disons *holidays*. Bien que je persiste à penser qu'il a en anglais un accent plus que parfait, je commence à m'apercevoir que dans presque toutes ses phrases on retrouve quelque petite tournure américaine : *guess* à la place de *suppose*, *maybe* pour « peut-être », là où nous dirions *perhaps*, *I've gotten* quand nous dirions *I've got* : « j'ai ». Oh, il y aurait des dizaines d'exemples. Et il est beaucoup plus américain avec moi qu'avec papa, et beaucoup plus jeune ; avec papa, il choisit ses mots avec tant de soin qu'il a l'air pédant et beaucoup plus âgé, mais avec moi, on dirait presque un gamin.

– Oh ! l'aubépine est déjà en bouton, ai-je remarqué alors que nous arrivions au croisement.

Les haies étaient loin d'être en fleurs, mais, près du panneau indicateur, une aubépine l'était presque. J'attache une très grande importance à l'aubépine ; il m'est arrivé de passer des heures à essayer de décrire une seule fleur, avec pour résultat ces quelques mots qui vous restent dans la gorge comme une arête de poisson : « Petite fleur au regard candide et aux moustaches de chaton. »

– « Le buis et l'aubépine égayent les maisons de campagne », a cité Simon. Je crois que c'est à cause de ce poème[1] que j'ai toujours pensé que les élisabéthains vivaient dans un printemps perpétuel.

Puis, à nous deux, nous avons réussi à nous rappeler le poème en entier, et lorsque nous en sommes arrivés à :

Les amoureux se retrouvent, les vieilles femmes
    prennent le soleil,
Dans toutes les rues ces sons charment nos
    oreilles :
Coucou, piiou-piiou, tou-ouitt, tou-ouitt !

nous étions au village.
– Entendez-vous quelque oiseau chanter ainsi ? ai-je demandé.
– Écoutons.
Nous avons écouté, et nous avons entendu :

Quelqu'un qui donnait des coups de marteau,
Une poule pondant un œuf tout chaud,
Une radio annonçant : « Ici la BBC »,
La pompe sur la place qui grinçait,

toutes sortes de bruits plutôt désagréables, mais la cloche en se mettant à sonner le quart a fait de cette cacophonie une espèce de concert campagnard assez réjouissant, porté par la brise légère et printanière. Puis Héloïse a tout chamboulé en agitant frénétiquement les oreilles après s'être roulée dans l'herbe.

---

1. *Spring*, de Thomas Nashe (1567-1601).

— Combien d'odeurs sentez-vous ? ai-je demandé à Simon.

Nous les avons énumérées ensemble :

Fumée de feu de bois,
Odeurs de ferme nous arrivant aux narines selon le sens du vent (que nous avons classées ainsi :
Paille, foin, chevaux, vaches propres : bon,
Fumier, cochons, poules, vieux choux : mauvais, mais encore supportable par petites bouffées),
Tourte appétissante en train de cuire quelque part,
Odeur exquise et fraîche, pas précisément celle des fleurs ou de l'herbe, ou autre fragrance plus spécifique, mais celle de l'air pur de la campagne que l'on oublie souvent de remarquer, à moins qu'on ne vous y fasse penser.

— Je me demande combien d'odeurs différentes Héloïse est capable de sentir, a dit Simon.
— Voyons voir... Que sentait Quoodle, le chien de Chesterton[1] ? L'eau, la pierre, la rosée, le tonnerre...
— Et le dimanche matin — car il est vrai que le dimanche matin a une odeur très spécifique.

Oh, qu'il est agréable d'être avec quelqu'un qui connaît les mêmes poèmes que vous ! J'espère de tout cœur avoir Simon pour beau-frère.

Nous avons traversé la place du village et tourné dans le petit chemin qui mène au plus joli coin de Godsend. L'église, romane (avec peut-être

---

1. *The Song of Quoodle*, poème de G. K. Chesterton (1874-1936).

quelques éléments préromans), se dresse d'un côté, entre le presbytère construit sous la reine Anne et la petite école de miss Marcy, qui date du XVIIIᵉ siècle. L'auberge Les Clés est en face, mais comme le chemin tourne à cet endroit-là, on a l'impression que tous ces bâtiments font partie d'un seul et même groupe. Topaz trouve la « composition » très réussie. L'auberge est couleur crème et ses pignons n'ont aucune unité ; juste à côté, se dresse un gigantesque marronnier, pas encore en fleur, mais ses jeunes pousses sont d'un très beau vert vif, avec quelques bourgeons luisants et collants encore à éclore. Il y a un banc avec une longue table le long de la façade de l'auberge, partiellement à l'ombre du marronnier, et sur ce banc, Rose et Neil attablés devant des bouteilles de *ginger beer*[1].

Il s'est trouvé qu'en revenant des Quatre-Pierres, Rose avait coupé à travers prés pour aller s'acheter un savon parfumé à la boutique de la poste (Topaz nous donne un shilling d'argent de poche par semaine tant que durent les vingt livres du pasteur) et y avait rencontré Neil qui s'achetait des cigarettes.

– Et quand je lui ai dit que tu n'allais pas tarder à arriver, elle m'a très aimablement proposé de t'attendre, a-t-il expliqué à Simon, avec, m'a-t-il semblé, une pointe d'ironie dans la voix, mais je me trompe peut-être.

Nous nous sommes assis, Simon à côté de Rose. Neil m'a demandé ce que je voulais boire.

---

1. Boisson pétillante au gingembre légèrement alcoolisée.

Je m'apprêtais à répondre « une limonade » quand une idée folle m'est passée par la tête :

– Puis-je avoir un cherry brandy ? J'ai toujours rêvé d'y goûter.

– On ne boit pas de liqueur avant le déjeuner, a répliqué Rose d'un ton de grande personne.

– Et pourquoi pas ? Si elle en a envie, a rétorqué Neil en se dirigeant vers le bar.

Rose a haussé les épaules de manière outrageusement théâtrale et s'est retournée pour parler à Simon. Il avait l'air vraiment content de la voir. Au bout de quelques minutes, il a proposé que nous déjeunions tous à l'auberge et a demandé de loin à Neil de s'en occuper.

En règle générale, Mrs. Jakes ne sert que du pain et du fromage, mais elle a apporté aussi des saucisses froides, ainsi que du miel et du gâteau. Neil a mangé ses saucisses avec du miel, ce qui m'a purement et simplement charmée, mais à ce moment-là, presque tout me charmait. Le cherry brandy est une boisson fantastique.

Cependant je ne crois pas que le petit nuage de béatitude sur lequel je flottais fût uniquement dû au cherry brandy, les verres sont trop petits. (J'ai bu de la limonade pour étancher ma soif.) C'était tout cela à la fois qui était agréable : le déjeuner en plein air, le soleil, le ciel à travers les feuilles du marronnier, la gentillesse de Neil à mon égard et celle, encore plus grande, de Simon envers Rose ; et, naturellement, le cherry brandy par-dessus n'y était pas pour rien.

Pendant que Neil allait me chercher mon deuxième verre, j'en ai profité pour examiner Rose. Elle portait sa plus vieille robe, celle en coton bleu tout passé, mais c'était exactement ce qui convenait pour un déjeuner en plein air. Juste derrière sa tête, ployait une des branches du marronnier, si bas qu'une mèche de ses beaux cheveux s'est emmêlée autour d'une feuille.

– Cette branche vous gêne-t-elle? lui a demandé Simon. Voulez-vous changer de place? J'espère que non, car vos cheveux sont si beaux avec les feuilles en arrière-plan.

J'étais contente qu'il s'en soit aperçu.

Rose a répondu que la branche ne la gênait pas le moins du monde.

Lorsque Neil est revenu avec mon deuxième verre de cherry brandy, Rose a déclaré :

– Maintenant que nous avons fini de déjeuner, j'en prendrais bien un aussi.

Je savais parfaitement qu'elle mourait d'envie de faire comme moi depuis le début.

– Non, non, s'est-elle brusquement ravisée. Je voudrais une crème de menthe.

J'étais assez étonnée car nous en avions goûté toutes les deux chez tante Millicent et ça ne nous avait pas plu du tout ; mais j'ai compris à quoi elle voulait en venir quand elle a eu son verre : elle n'a pas cessé de le lever à la hauteur de ses cheveux, car le vert de la menthe était du plus bel effet à côté, même s'il jurait affreusement avec celui des feuilles du marronnier. Je dois avouer qu'elle était plus maniérée que jamais, mais cela ne semblait pas déplaire à Simon. Ce qui n'était pas le cas de Neil, qui m'a dit avec un clin d'œil :

– Si ça continue, votre sœur va se le mettre en chapeau sur la tête...

Neil est vraiment drôle, bien que ce soit plutôt

la façon laconique dont il profère les choses que ce qu'il dit en réalité ; de temps en temps, il a l'air très sérieux, même grave, mais on sait toujours qu'il plaisante. Je crois que c'est ce qu'on appelle un pince-sans-rire. Rose avait raison de dire qu'il ne prenait pas du tout l'Angleterre au sérieux, mais la considérait comme une espèce de jouet très amusant ; pourtant, contrairement à elle, je ne pense pas qu'il y ait de sa part le moindre mépris pour ce pays : il ne le prend simplement pas au sérieux. Je suis plutôt étonnée que Rose en soit si affectée parce que l'Angleterre ne lui tient pas spécialement à cœur, comme à moi, – oh, non ! pas les drapeaux, Kipling et les colonies lointaines, mais la campagne, Londres et les manoirs comme Scoatney. Manger du pain et du fromage dans une auberge, ça, c'est la quintessence de l'Angleterre pour moi, quoique ce soit un peu bizarre avec du cherry. J'avais toujours vu ces bouteilles chez Mrs. Jakes, toutes deux pleines jusqu'au goulot.

Nous sommes restés à bavarder jusqu'à ce que la cloche de l'église sonne deux heures, et c'est alors qu'il s'est produit quelque chose de tout à fait charmant : miss Marcy a commencé son cours de chant. Les voix des enfants se sont échappées par les fenêtres grandes ouvertes, claires et limpides. Ils ont commencé par chanter *My dame hath a lame, tame crane*, puis *Now Robin lend to me thy bow*, et enfin *Sumer is icumen in*, qui est ma préférée ; quand je l'ai apprise à l'école, c'était à l'occasion d'une leçon sur Chaucer et Langland, et ce fut une des rares fois où j'ai véritablement eu l'impression d'être transportée dans le passé. Cette fois, en écoutant chanter les élèves de miss Marcy, j'ai eu l'impression que tout se télescopait dans ma tête : l'Angleterre médiévale, moi-même à dix ans, les étés d'antan et celui qui allait venir. Je ne crois pas pouvoir être un jour plus heureuse qu'en ces instants ; et j'étais justement en train de me faire cette réflexion quand Simon a demandé :

— Avez-vous déjà vécu quelque chose de plus beau que cet instant ?

— Apportons de la limonade aux enfants, a proposé Neil.

Nous sommes donc allés chercher deux douzaines de bouteilles de limonade que nous avons apportées à l'école. Miss Marcy a bien failli tomber en pâmoison de bonheur et a présenté Simon aux enfants comme le « châtelain de Godsend et Scoatney ».

— Allez-y, faites un petit discours, ça se fait..., lui ai-je soufflé à voix basse.

Il m'a prise au sérieux et m'a jeté un regard désespéré. Puis il leur a dit combien il avait apprécié leur talent et qu'il espérait bien qu'ils viendraient chanter un jour à Scoatney pour sa mère. Tout le monde l'a applaudi à l'exception d'une toute petite fille qui s'est mise à hurler et s'est cachée sous une table. Je crois que c'est sa barbe qui lui a fait peur.

Nous sommes partis sur ces entrefaites et les Cotton nous ont proposé de nous raccompagner en voiture. Neil est allé régler Mrs. Jakes tandis que j'entraînais Héloïse hors de la cuisine, où elle s'était copieusement gavée de saucisses. Lorsque je suis ressortie, Simon était en train de contempler l'école, adossé au marronnier.

— Regardez cette fenêtre, s'il vous plaît.

Je regardai. C'était une fenêtre cintrée, assez haute. Sur l'appui, à l'intérieur, il y avait une jacinthe montée en graine dont les racines blanches trempaient dans un récipient en verre, un pot à confiture rempli de têtards et un hérisson.

– Ce serait bien d'en faire un tableau, ai-je remarqué.

– C'est ce que je me disais. Si j'étais peintre, je crois que je ne peindrais que des fenêtres.

J'ai levé les yeux vers l'auberge.

– En voilà une autre pour vous.

À côté de l'enseigne aux clés d'or croisées qui se balançait, une fenêtre à losanges était ouverte, laissant entrevoir des rideaux rouge foncé ainsi qu'un petit broc et une cuvette ornés de fleurs, avec, à l'arrière-plan, la boule de cuivre et le montant en fer noir d'un lit. Cela aurait fait un superbe tableau.

– Où que l'on se tourne…

Simon a regardé autour de lui, comme s'il cherchait à graver ce qu'il voyait dans sa mémoire.

La gouvernante du pasteur a baissé les stores à cause du soleil, de sorte qu'on aurait dit que le presbytère fermait les yeux. (Mrs. Jakes nous avait dit que le pasteur était sorti, autrement nous serions passés le voir.) Les élèves de miss Marcy étaient très calmes – j'imagine qu'ils devaient être en train d'engloutir leur limonade. Il y a eu un moment de grande paix et de silence. Puis la cloche a sonné la demie, un pigeon blanc s'est posé dans un grand battement d'ailes sur le toit de l'auberge juste au-dessus de la fenêtre ouverte, et Neil a mis le moteur en marche.

– Tu ne trouves pas que c'est très beau ici ? lui a demandé Simon en s'approchant de la voiture.

— Oui, beau comme un tableau, du genre de ceux dont on fait les puzzles.

— Vous êtes décourageant ! lui ai-je dit en riant.

Naturellement, j'avais très bien compris ce qu'il voulait dire ; mais ce ne sont pas ces mièvreries qui auront raison de la beauté de villages comme Godsend.

Rose est montée à l'arrière avec Simon ; Héloïse et moi à l'avant, Neil conduisant la plupart du temps un bras passé autour de la chienne.

— Mince alors ! Quel charme ! s'est-il exclamé.

Et il lui a dit aussi qu'elle était un adorable toutou, mais qu'il aimerait bien qu'elle cesse de lui laver les oreilles. Ça ne l'a pas empêchée de continuer : Héloïse ne peut pas voir une oreille humaine à portée de sa langue sans lui prodiguer des soins maternels.

Quand nous sommes arrivés au château, j'ai pensé que c'était la moindre des choses de les inviter à entrer, mais Neil avait pris rendez-vous pour Simon avec le régisseur de Scoatney. Simon est visiblement très soucieux de connaître tout ce qui concerne sa propriété, mais je doute qu'il soit très doué pour l'agriculture. Ce qui n'est pas le cas de Neil ; c'est donc d'autant plus regrettable qu'il ne reste pas en Angleterre.

— Est-ce que Simon a dit quand nous devons nous revoir ? ai-je demandé à Rose tandis que la voiture s'éloignait.

— Ne t'inquiète pas, ils viendront, a-t-elle rétorqué d'un ton vraiment méprisant qui m'a fait un peu de peine, étant donné leur gentillesse à notre égard.

— Tu es bien sûre de toi, ai-je répondu avant

qu'une idée me traverse brusquement l'esprit : tu ne leur en veux tout de même pas encore... pour ce que j'ai entendu l'autre jour ?

— Je n'aime pas Neil. Il est mon ennemi, a-t-elle lancé en rejetant la tête en arrière de façon mélodramatique.

Je lui ai répondu de ne pas être stupide.

— Mais c'est lui-même qui me l'a dit : avant que tu arrives ce matin, il m'a déclaré qu'il ne perdait pas espoir que Simon retourne en Amérique avec lui.

— Je ne vois pas en quoi cela en ferait ton ennemi, ai-je insisté.

Je dois reconnaître qu'il est un petit peu agressif avec elle. Évidemment, être propriétaire de Scoatney devrait selon toutes probabilités inciter Simon à s'établir en Angleterre, mais j'imagine qu'épouser une Anglaise le conduirait au même résultat.

— Pourtant, c'est comme ça... De toute façon, je le déteste. Mais il ne va pas se mêler longtemps de mes affaires, crois-moi !

Elle était toute rouge et avait un regard désespéré, le genre de regard qui me fait honte car je la sais prête à tout.

— Oh, Rose ! ne va pas te faire trop d'idées, l'ai-je suppliée. Simon n'a peut-être pas la moindre envie de te demander en mariage, en Amérique, les garçons ont l'habitude de considérer les filles comme de simples amies. Et ils nous trouvent probablement très amusantes, de même que Neil trouve l'Angleterre très amusante.

— Au diable, Neil ! s'est-elle écriée avec fureur.

Je préfère la voir furieuse que désespérée, cela

m'a rappelé le jour où elle s'est retournée contre le taureau qui était en train de nous charger. (En réalité, ce n'était qu'une vache qui avait une drôle d'allure.) En repensant à cet incident, je n'ai pas pu m'empêcher d'éprouver une grande tendresse envers elle, donc je lui ai raconté toutes les gentillesses que Simon avait dites à son propos lors de notre promenade jusqu'à Godsend. Et je lui ai fait promettre de ne jamais lui avouer que je lui avais menti, même si elle l'épousait. Je serais désolée qu'il l'apprenne, alors que je l'ai fait par délicatesse. Je m'aperçois chaque jour un peu plus que je n'aurais jamais dû rapporter à Rose un traître mot de cette conversation que j'ai surprise ! Non seulement, elle a pris Neil en grippe depuis, mais elle est devenue encore plus déterminée par rapport à Simon : elle l'épousera ou elle en mourra.

J'ai trouvé Topaz en train de dormir sur la banquette de la fenêtre du salon ; elle avait l'air d'avoir pleuré, mais elle s'est réveillée assez gaiement et nous a dit que notre déjeuner était dans le four, entre deux assiettes (nous l'avons mangé pour le thé). Lorsque nous avons eu fini de lui parler des Cotton, elle nous a demandé :

– Mais comment allons-nous faire pour leur rendre la politesse ? J'y pense depuis que nous sommes rentrés de Scoatney. On ne peut pas les inviter à dîner... sans le moindre meuble dans la salle à manger. Pourquoi ne pas organiser un pique-nique ?

– Non, c'est impossible, a déclaré Rose, nous ne ferions que tout gâcher. Fichons-leur la paix et laissons-les plutôt nous courir après.

Sur ces mots, elle est montée à l'étage.

– Ne lui en veux pas trop, a dit Topaz. La première fois que les filles prennent conscience de leur pouvoir, ça les met dans cet état.

Après quoi elle s'est mise à bâiller tant et si bien que je l'ai laissée terminer sa sieste.

Je suis allée rechercher mon journal dans la grange et je me suis souvenue qu'il y avait dans mon cahier le mot de Léda Fox-Cotton pour Stephen. Je me suis dit que c'était ridicule de m'énerver et que je ne lui en parlerais même pas : je le lui laisserai là où je serai sûre qu'il le trouve en rentrant du travail. Comme cela ne lui plairait peut-être pas que les autres le voient – Rose était tout à fait capable de se montrer vexante –, je suis allée le déposer dans sa chambre. Je ne me rappelle pas y être entrée depuis la première fois où nous avons visité le château, du temps où cette pièce attenante à la cuisine servait de poulailler ; papa en a fait deux petites chambres pour Stephen et sa mère. Aujourd'hui, celle de sa mère nous sert de remise.

Lorsque j'ai ouvert la porte de la chambre de Stephen, j'ai été saisie par l'obscurité et l'humidité qui y régnait ; l'étroite fenêtre était presque entièrement obstruée par le lierre et la chaux des murs grisâtre s'écaillait. Il y avait un petit lit défoncé, impeccablement fait, une commode autrefois blanche avec des vis qui dépassaient là où les poignées avaient disparu, et trois crochets au mur pour les vêtements. Sur la commode, son peigne était posé exactement entre une photo de sa mère et de lui, bébé, dans ses bras, et un instantané de moi, les deux dans des cadres en aluminium bien trop grands. À côté du lit se trouvait une vieille caisse en bois, avec l'exemplaire de *Jacob Luttant* que lui avait offert papa, il y a des années, et un livre de Swinburne. (Oh, mon Dieu, il ne va pas s'enticher de Swinburne maintenant!) Et c'était tout : pas de tapis, pas de chaise. La chambre sentait l'humidité et la terre. Elle ne ressemblait à aucun autre endroit du château tel qu'il est maintenant, mais plutôt telle que la cuisine était la première fois que nous l'avons découverte, dans le soleil couchant. Je me suis demandé si les fantômes des poules d'antan venaient hanter Stephen.

J'ai contemplé un long moment la photo de Mrs. Colly, me rappelant combien elle était gentille avec nous dans les années qui ont suivi la mort de maman. Je me suis rappelé aussi le jour où j'étais allée la voir à l'hôpital avec papa et où j'avais dû aider mon père à annoncer à Stephen que sa maman ne guérirait pas. Il avait simplement répondu : « C'est triste. Merci, monsieur. Ce sera tout ? », avant de retourner dans sa chambre. Après sa mort, pensant qu'il devait se sentir très seul, j'ai pris l'habitude de lui faire la lecture tous les soirs dans la cuisine, mais je crois qu'en réalité j'étais assez contente de lire à haute voix. C'est à cette époque qu'il a commencé à aimer la poésie. Papa a épousé Topaz l'année suivante et, dans l'effervescence, mes soirées avec Stephen ont pris fin. Elles m'étaient complètement sorties de l'esprit jusqu'au moment où je me suis mise à regarder la photo de sa mère. Je me suis figuré qu'elle me reprochait de ne pas avoir été plus gentille avec son fils et je me suis demandé ce que je pourrais faire pour arranger un peu sa chambre. Je pourrais lui faire des rideaux, si Topaz arrivait à mettre un peu d'argent de côté pour le tissu ; mais cette fenêtre envahie par le lierre était ce qu'il y avait de plus joli dans la pièce, et ce serait vraiment dommage qu'on ne la voie plus. Comme d'habitude, tout au fond de moi, je sais qu'en réalité ce n'est pas gentil d'être gentille avec Stephen ; être sèche et brusque l'est beaucoup plus. J'ai regardé Mrs. Colly droit dans les yeux et lui ai envoyé un message : « Je fais ce que je peux, croyez-moi. »

Ensuite, j'ai senti qu'il était préférable que Stephen ne sache pas que j'étais entrée dans sa chambre. Je ne sais pas très bien pourquoi, mais ce que je sais, c'est que les chambres sont des lieux très intimes ; et il ne serait peut-être pas très content que j'aie vu comme la sienne était misérable. J'y ai jeté un dernier coup d'œil. Le soleil de l'après-midi filtrait à travers le lierre, baignant toute la pièce d'une lueur verte. Les vêtements pendus au mur avaient l'air fatigués, presque morts.

Si j'avais laissé la lettre, il aurait deviné que c'était moi qui l'avais déposée ; donc, finalement, je la lui ai donnée dès son retour. Je lui ai expliqué comment ce mot était arrivé, d'un ton des plus détaché, puis j'ai couru au premier étage. Il n'a fait aucun commentaire, se contentant de me remercier. Je ne sais toujours pas quels sont ses projets par rapport à Londres.

Dans la soirée, alors que je travaillais à mon journal dans le salon, papa a surgi ; j'étais tellement absorbée que je ne l'ai même pas entendu rentrer à la maison.

– Bonjour ! Les affaires ont-elles bien marché ? ai-je demandé poliment.

– Les affaires ? Quelles affaires ? Je suis allé au

British Museum, a-t-il répondu en se penchant sur mon journal.

Je le lui ai aussitôt retiré de la vue, en le fixant, éberluée.

– Grands dieux, je n'ai pas l'intention de connaître tes petits secrets; je voulais juste jeter un œil sur ton écriture rapide. Fais-moi une démonstration, si tu préfères, écris-moi *God save the King*, par exemple.

J'ai pensé que je pouvais aussi bien lui montrer mon journal, mais j'ai choisi un passage qui n'avait rien de confidentiel, au cas où il se serait montré plus doué pour le déchiffrage que Simon. Il a regardé attentivement, puis a approché la bougie et m'a demandé de lui indiquer les symboles correspondant aux mots.

– Il n'y en a pas. Ce ne sont pour l'essentiel que des abréviations.

– Aucun intérêt, aucun! a-t-il décrété avec impatience en repoussant mon cahier.

Puis il est parti dans la loge de garde. Je suis allée dans la cuisine où j'ai trouvé Topaz en train de lui préparer des sandwichs au jambon; il ne lui avait absolument rien dit de ce qu'il avait fait de sa journée.

– En tout cas, il n'était pas avec Mrs. Cotton, car il était au British Museum.

– Ça ne prouve rien du tout, a rétorqué Topaz d'un air lugubre. Les gens n'y font rien, mais ils s'y donnent rendez-vous, un jour, nous nous sommes retrouvés là-bas, dans la salle des momies.

Elle est allée lui apporter les sandwichs dans son bureau, ainsi qu'il le lui avait demandé. Quand elle est revenue, elle m'a dit :

— Cassandra, il est devenu fou. Il a punaisé une feuille de papier millimétré sur son bureau et a voulu m'envoyer demander à Thomas de lui prêter un compas. Quand je lui ai dit que Thomas dormait, il m'a répondu : «Alors, allez me chercher une chèvre. Oh, et puis allez vous coucher, allez vous coucher!» Tu crois qu'il voulait vraiment une chèvre?

— Mais non, voyons, ai-je répondu en riant. Ce n'est qu'une association de mots incongrue : «La chèvre et le compas»; il y a des auberges qui s'appellent ainsi parfois. Je l'ai déjà entendu faire ce genre de plaisanteries, et je les trouve complètement idiotes.

Elle a eu l'air un petit peu déçue : je crois que ça l'aurait assez amusée d'aller lui chercher une chèvre en pleine nuit.

Quelques instants plus tard, papa faisait de nouveau irruption comme un fou dans la cuisine, réclamant à cor et à cri un compas, quand bien même faudrait-il réveiller Thomas; j'ai heureusement réussi à entrer dans sa chambre sans faire de bruit et à prendre un compas dans son cartable sans le réveiller. Papa est reparti avec. Il était trois heures du matin lorsqu'il est revenu de la loge de garde : j'ai entendu sonner l'horloge de Godsend juste après qu'il a eu réveillé Héloïse qui a fait un potin de tous les diables. Quelle idée de rester réveillé jusqu'à trois heures du matin pour faire joujou avec un compas et du papier millimétré! J'ai envie de le frapper!

Chapitre 10

Oh, je meurs d'envie de tout raconter dès le premier paragraphe, mais non, je ne le ferai pas ! C'est l'occasion ou jamais pour moi d'apprendre le grand art du suspense.

Nous n'avons plus eu aucune nouvelle des Cotton depuis que nous avons déjeuné avec eux à l'auberge du village, mais nous n'en attendions guère, sachant qu'ils étaient toujours à Londres ; et quand j'ai décrit cette journée, c'était un peu comme si je la revivais, alors ça m'a fait assez plaisir. Ça m'a pris pas mal de temps aussi, car Topaz s'étant découvert une soudaine passion pour la lessive, la couture et le ménage, j'ai dû lui donner un coup de main. J'ai donc été obligée d'écrire essentiellement le soir dans mon lit, ce qui m'a empêchée de pousser Rose aux confidences. Ça tombait bien dans la mesure où elle n'en avait visiblement pas la moindre intention et qu'elle passe le plus clair de son temps en longues promenades solitaires. Cet irrépressible désir de solitude la prend en général à l'heure du ménage !

J'ai achevé le passage sur le 1er Mai le deuxième samedi suivant, et j'ai aussitôt senti qu'il fallait absolument qu'il se passe quelque chose. J'ai jeté un coup d'œil vers Rose, en face de moi, dans le lit à baldaquin, et lui ai demandé si elle savait exactement quand les Cotton devaient revenir.

– Oh, ils sont déjà rentrés, a-t-elle répondu d'un ton détaché.

Elle l'avait appris ce matin à Godsend et elle n'en avait rien dit.

– Ne compte pas les revoir avant un moment, a-t-elle ajouté. Neil va tout faire pour empêcher Simon de me voir.

– N'importe quoi !

Mais j'en étais venue à croire comme elle que Neil ne l'aimait pas du tout. J'ai essayé de la faire parler un peu plus – je me réjouissais à l'avance de ce qu'elle aurait pu me raconter – mais elle n'était pas disposée. Et je la comprenais fort bien : lorsqu'on est concernée au premier chef, il n'est pas très prudent de se réjouir à l'avance.

Le lendemain, dimanche, il s'est passé quelque chose qui m'a fait oublier les Cotton. Quand je me suis levée, Topaz m'a appris que Stephen était parti pour Londres. Il n'avait rien dit à personne, jusqu'à ce qu'elle descende prendre son petit déjeuner et le trouve prêt à partir.

– Il était très calme et sûr de lui. Je lui ai demandé s'il n'avait pas peur de se perdre, et il m'a répondu que dans ce cas, il prendrait un taxi ; mais il ne pensait pas en avoir besoin, dans la mesure où miss Marcy lui avait bien expliqué quels autobus prendre.

Qu'il se confie ainsi à miss Marcy et me fasse des cachotteries m'a passablement mise en colère.

– Je la déteste, cette Fox-Cotton !

– Je lui ai conseillé d'être vigilant, a ajouté Topaz.

Naturellement, il se peut qu'elle n'ait pour lui qu'un intérêt purement professionnel, mais je t'avouerai que j'en doute.

— Vous voulez dire qu'elle pourrait le séduire ? ai-je balbutié, comprenant soudain pourquoi j'étais si contrariée par le fait qu'il aille à Londres.

— Eh bien, ça lui arrivera forcément, un jour ou l'autre. Mais j'aurais préféré que ce soit une gentille fille du village. Ce n'est pas la peine de faire cette tête horrifiée, Cassandra. Tu ne vas pas te mettre à jouer les trouble-fête.

Je lui ai répondu que ça me serait égal si c'était quelqu'un de bien pour lui.

Elle m'a regardée avec curiosité.

— Il ne t'attire donc pas du tout ? À ton âge, je n'aurais pas pu lui résister une seconde, beau comme il est. Et il n'y a pas que la beauté, bien sûr...

— Oh, oui, je sais, il a un caractère merveilleux.

— Ce n'est pas ce que je voulais dire, a répondu Topaz en riant. Mais j'ai promis à ton père de ne pas te mettre des idées dans la tête au sujet de Stephen, donc restons-en là.

J'avais parfaitement compris ce qu'elle voulait dire. Mais si Stephen est si attirant physiquement, pourquoi ne suis-je donc pas attirée par lui, véritablement attirée ? Ou le serais-je ?

Après le petit déjeuner, je suis allée à l'église. Le pasteur m'a aperçue de la chaire et a eu l'air particulièrement étonné de me voir. Il est venu me parler après la messe, alors que je tirais Héloïse de son petit somme sur l'une des plus anciennes tombes du cimetière.

— Cette délicieuse surprise signifie-t-elle que

vous avez une requête personnelle à adresser à Dieu ?

Non, évidemment, mais j'en ai quand même profité pour faire une prière pour Rose ; non que je croie en l'efficacité des prières, mais quitte à se faire mal aux genoux, autant que ça serve à quelque chose.

– Non, je passais juste par là, ai-je répondu assez bêtement.

– Eh bien, venez donc prendre un petit verre de sherry, vous verrez comme la petite couverture en poil de colley est d'un bel effet sur mon canapé.

Je lui ai répondu que j'avais quelque chose à dire à miss Marcy et je me suis dépêchée de la rattraper : bien entendu, je n'étais venue que dans le seul et unique but de lui parler.

Elle a abordé instantanément le sujet qui me tenait à cœur.

– N'est-ce pas merveilleux pour Stephen ? s'est-elle exclamée en battant des cils avec extase. Cinq guinées pour une seule journée, presque six, s'il parvient à économiser l'argent du taxi ! Comme c'est délicat… Quelle gentillesse de la part de Mrs. Fox-Cotton !

Je n'ai rien appris de très intéressant. Stephen était venu lui emprunter un guide de Londres ; il n'y en avait pas à la bibliothèque, mais elle l'a aidé de ses conseils. Lorsque je l'ai quittée, elle s'extasiait encore sur l'extraordinaire chance de Stephen et la bonté de Mrs. Fox-Cotton. Miss Marcy ne connaît pas la vie comme nous la connaissons, Topaz et moi.

Stephen n'est rentré que tard dans la soirée.

– Alors, comment ça s'est passé ? lui a demandé

Topaz à mon grand soulagement, car j'avais décidé de ne lui poser aucune question.

Il a répondu qu'il avait pris le bon autobus et qu'il ne s'était perdu que quelques minutes, en cherchant la maison. Mrs. Fox-Cotton l'avait raccompagné en voiture à la gare, en lui faisant faire un petit tour dans Londres.

– Elle était gentille, a-t-il ajouté, elle est très différente, très femme d'affaires, en pantalon comme un homme. Elle avait un appareil photo gigantesque, je n'avais jamais rien vu de tel.

Topaz lui a demandé comment il était habillé pour les photos.

– Avec une chemise et un pantalon en velours côtelé qui étaient sur place. Mais elle trouvait qu'ils faisaient trop neufs, alors je vais les mettre un peu ici pour travailler et la prochaine fois, ils seront très bien.

– Donc vous allez y retourner, ai-je remarqué d'un ton qui se voulait naturel.

Oui, elle le ferait venir la prochaine fois qu'elle aurait un dimanche libre, probablement dans un mois. Ensuite, il nous a parlé des bouts de statues cassées avec lesquels il avait posé, du temps infini qu'avaient pris les réglages de la lumière et de son déjeuner avec Mr. et Mrs. Fox-Cotton.

– Le studio se trouve à l'arrière de leur maison, a-t-il expliqué. Vous ne pouvez pas imaginer la maison ! Les tapis sont moelleux comme de la mousse et le sol du hall d'entrée est en marbre noir. Mr. Fox-Cotton m'a prié de le rappeler à votre bon souvenir, madame Mortmain…

Il est allé se laver pendant que Topaz lui préparait quelque chose à dîner.

— Tout va bien, a-t-elle conclu. J'avais mal jugé cette femme.

J'ai bavardé avec lui lorsqu'il est revenu, et tout paraissait aussi simple et naturel qu'avant. Il m'a dit qu'il avait voulu m'acheter un cadeau, mais que les magasins étaient fermés.

— Tout ce que j'ai pu trouver, c'est du chocolat à un distributeur automatique sur le quai de la gare, et je ne crois pas que ce soit une spécialité de Londres.

J'étais trop fatiguée pour avaler quoi que ce soit. Quand il est parti se coucher, je l'ai imaginé en train de s'endormir dans cette petite chambre humide en rêvant au studio et à la maison cossue des Fox-Cotton. Il était étrange de songer qu'il avait vu des choses que je n'avais jamais vues de la vie ; ça le faisait paraître plus lointain, et surtout beaucoup plus adulte.

Le lendemain matin, j'ai eu de quoi me changer les idées. Deux colis étaient arrivés pour moi ! Personne ne m'avait plus envoyé de colis depuis notre dispute avec tante Millicent. (Dans le dernier, elle m'avait envoyé des chaussons de nuit, absolument hideux, mais les nuits d'hiver glaciales, on ne va pas faire la difficile. Ils finissent leur belle vie de chaussons en calfeutrant ma fenêtre contre les courants d'air.)

J'avais du mal à en croire mes yeux lorsque j'ai lu mon nom sur les étiquettes de deux magasins de Bond Street, et ce que j'ai découvert à l'intérieur était encore plus incroyable. Le premier paquet contenait une énorme boîte de bonbons ronde, et le second, un gros cahier, relié en cuir bleu pâle et doré sur tranche ; les pages – il y en a deux cents, je les ai comptées – ont les bords dorés et des gardes ornées d'étoiles bleues et or. (Topaz pense qu'il a dû coûter au moins deux guinées.) Il n'y avait pas de carte avec ni dans l'un ni dans l'autre, mais je me suis rappelé que Simon m'avait promis une boîte de bonbons si je lui montrais mon journal. Et en prime, il m'avait envoyé un nouveau cahier !

Il n'y avait rien pour Rose.

– Il peut se permettre de me faire des cadeaux parce qu'il me considère encore comme une enfant, ai-je remarqué. Il a peut-être peur que tu ne les acceptes pas.

– Alors, c'est un pessimiste, a-t-elle répondu en souriant.

– Bon, en attendant, tu peux te servir. Tu me rendras la pareille à tes fiançailles : ce jour-là, on t'offrira des dizaines de boîtes comme celle-ci !

Elle a pris un bonbon, mais j'ai bien vu que ce qui comptait à ses yeux, c'était qu'ils soient à elle, et non les bonbons en eux-mêmes. Elle n'a pas mangé la moitié de ce que Topaz et moi avons dévoré ; Rose n'a jamais été très gourmande.

Nous étions à peine remises de nos émotions quand la voiture de Scoatney est apparue. Il n'y avait que le chauffeur. Il apportait une longue boîte contenant des fleurs de serre et un mot de Simon nous invitant à déjeuner le lendemain, Thomas et Stephen étaient également conviés. Les fleurs n'étaient adressées à personne en particulier mais le mot était au nom de Topaz ; elle a dit que Simon était d'une correction parfaite, ce qui était bon signe. Elle a remis au chauffeur un petit mot pour accepter l'invitation, mais en lui expliquant qu'elle ne pouvait s'engager pour Thomas et Stephen sans leur demander leur avis, et elle ne pouvait non plus refuser; ce en quoi elle a eu raison, car Thomas a insisté pour manquer l'école et venir avec nous. Stephen a dit qu'il aimerait mieux mourir.

J'aurais dû consigner cette deuxième visite à Scoatney dès mon retour à la maison, mais raconter le 1er Mai avait presque épuisé mes capacités en la matière. Aujourd'hui, quand j'y repense – nous sommes restés pour le thé –, je me rappelle surtout le vert des jardins. (Mais le dîner était beaucoup plus fabuleux; il luit dans ma mémoire comme un tableau obscur dont le centre serait lumineux : les bougies, les parquets cirés et la nuit qui colle aux vitres noires.) Mrs. Cotton était encore absente, et c'est Simon qui nous a fait les honneurs de la maison, assez grave et un peu guindé, discutant essentiellement avec papa et Topaz. Même avec Rose, il s'est montré étonnamment cérémonieux, mais il était très gai avec moi. Neil s'est beaucoup occupé de Thomas, l'incitant à manger autant qu'il le désirait et jouant au tennis avec lui – il nous a aussi proposé à Rose et moi de jouer, mais Rose a refusé car elle n'avait pas rejoué depuis l'école. Alors nous nous sommes promenées toutes les deux autour de la maison et avons visité la plus grande serre qui soit. C'était extraordinaire d'évoluer dans cette atmosphère chaude, moite, lourde et capiteuse, dans ce lieu si à part, si intime que nous avions un peu l'impression d'être dans un autre univers.

– Oh, Cassandra, tu crois que ça va arriver, dis-moi? s'est-elle exclamée tout à coup.

Elle avait la même expression qu'à Noël lorsque nous suspendions nos grandes chaussettes à la cheminée.

– Es-tu vraiment certaine d'en avoir envie ? lui ai-je demandé, avant de me dire que c'était inutile de lui poser la question tant elle avait l'air déterminée.

À ma grande surprise, elle a réfléchi un long moment, les yeux rivés sur la pelouse, là où Simon discutait avec papa et Topaz. Une fleur de camélia rose est tombée avec un petit bruit mat.

– Oui, tout à fait certaine, a-t-elle fini par répondre, d'une voix un peu trop aiguë. Jusqu'à présent, c'était comme un conte de fées que je me racontais. Aujourd'hui, c'est la réalité. Et cela doit arriver. C'est obligé.

– Eh bien, c'est un peu aussi mon impression, lui ai-je avoué, en toute sincérité.

Mais les serres me font toujours cet effet-là : elles me donnent une espèce de sentiment à la fois d'impatience et de désir que quelque chose se produise.

Neil a obligé Thomas à emporter un autre jambon et six pots de confiture. Papa a bien essayé de protester, mais très mollement ; il était d'une humeur exquise. Il a emprunté un tas de livres à Simon et s'est retiré dans la loge de garde sitôt rentré.

L'autre jour vraiment magnifique, c'était quand nous sommes allés pique-niquer. Ils sont passés nous chercher à l'improviste. Papa était parti à Londres (sans explication) et Topaz a trouvé une excuse pour ne pas venir, de sorte que nous n'étions plus que nous deux, Rose et moi. Nous sommes allés au bord de la mer. Ce n'était pas comme un pique-nique ordinaire en Angleterre, car Neil a fait griller de la viande sur un feu de bois, ça s'appelle un « barbecue » ; je m'étais toujours demandé ce que ça pouvait être depuis que j'avais lu certaine aventure de Compère Lapin. Le steak était calciné à l'extérieur et cru à l'intérieur, mais c'était follement romantique. Simon était plus juvénile que jamais et très américain, ce jour-là. Neil et lui n'ont cessé d'évoquer un fameux pique-nique qu'ils avaient fait quand ils étaient petits, avant le divorce de leurs parents. J'imagine qu'ils apprennent peu à peu à se connaître de nouveau, mais je suis certaine que Neil aime déjà énormément Simon ; pour ce qui est de Simon, c'est difficile à dire, il est tellement plus réservé. Ils sont aussi gentils l'un que l'autre, mais Neil est d'un tempérament beaucoup plus chaleureux, plus ouvert. Ce jour-là, il était aimable même avec Rose – enfin, la plupart du temps ; je ne vois d'ailleurs pas comment il aurait pu faire autrement car elle était on ne peut plus charmante. Peut-être étaient-ce les effets conjugués de la mer et de l'excitation du barbecue, mais quelque chose l'avait de nouveau transformée en une fille formidable et bel et bien réelle. Elle a ri, fait la folle et même dévalé les dunes à plat ventre. Nous ne nous sommes pas baignés parce que aucun de nous n'avait pris de maillot de bain, et c'était tant mieux, car l'eau était glaciale.

Simon était sous le charme, l'air plus séduit que jamais par Rose. Vers la fin de l'après-midi, alors qu'elle venait de se montrer particulièrement facétieuse et intrépide, il a demandé à Neil :

— Tu as déjà vu un tel changement chez une fille ?

— Non, il y a un progrès sensible.

Neil a souri à Rose qui lui a répondu par une petite grimace ; pendant quelques secondes, j'ai vraiment cru qu'il y avait de l'amitié entre eux.

— Vous croyez vraiment que c'est un progrès ? a-t-elle demandé à Simon.

— Je me pose la question. Dirions-nous que cette Rose-là est idéale à la mer et au soleil, et l'autre Rose à la lumière des bougies ? Peut-être l'idéal est-il surtout de s'apercevoir qu'il existe plusieurs Rose ?

Il la regardait droit dans les yeux et j'ai bien vu qu'elle soutenait son regard. Mais ça n'avait rien à voir avec le dîner à Scoatney : elle ne cherchait pas à l'aguicher ; l'espace d'un instant, elle a même eu l'air un peu hagarde, perdue, presque émouvante. Puis elle a souri très tendrement en disant :

— Merci, Simon.

— C'est l'heure, on range ! a déclaré Neil.

J'ai eu l'impression fugitive qu'il avait senti, tout comme moi, que le moment était grave et qu'il n'avait pas envie qu'il s'éternise. Après, il s'est de nouveau montré assez brusque vis-à-vis de Rose et, pour sa part, elle l'a purement et simplement ignoré. C'était dommage, ils s'étaient si bien entendus toute la journée.

Comme Neil avait conduit à l'aller, c'est Simon qui a conduit au retour, avec Rose à l'avant, à côté de lui. Je ne les ai pas beaucoup entendus parler ; Simon roulait très prudemment car il n'aimait pas trop les petites routes en lacet. On a bien ri, avec

Neil, à l'arrière. Il m'a raconté des tas de choses passionnantes sur la vie en Amérique ; apparemment, ils doivent bien s'amuser là-bas, surtout les filles.

— Rose et moi avons-nous l'air particulièrement guindées et conventionnelles, comparées aux Américaines ? ai-je voulu savoir.

— Fort peu conventionnelles, a répondu Neil en riant, même madame, avec ses grands airs, ne l'est pas, a-t-il ajouté en montrant Rose d'un mouvement du menton. Non, je ne dirais d'aucun membre de votre famille qu'il l'est, mais... oh, je trouve qu'il y a un peu de raideur dans l'air, les villageois eux-mêmes sont assez guindés ; vous-même l'êtes, ce qui ne vous empêche pas d'être charmante.

Je lui ai demandé ce qu'il entendait au juste par « raideur ». Il a eu un peu de mal à l'expliquer, mais j'ai compris que c'était un mélange de réserve et d'« une sorte de rigueur ».

— Mais ça n'a aucune importance, s'est-il empressé de préciser. Les Anglais sont épatants !

Cela ressemblait bien à Neil, cette façon de plaisanter sur l'Angleterre en prenant finalement toujours soin de ne pas vexer les Anglais.

Ensuite, nous avons encore parlé de l'Amérique et il m'a raconté la traversée de près de cinq mille kilomètres qu'il avait faite en voiture, de la Californie jusqu'à New York : les petites villes où il arrivait au coucher du soleil après avoir traversé les quartiers résidentiels avec de si beaux arbres et de belles pelouses sans la moindre clôture, les gens assis sur leur véranda, les fenêtres éclairées derrière eux ; puis la grande rue et ses magasins encore ouverts et les enseignes au néon brillant sur le ciel bleu marine – je dois dire que je n'avais jamais imaginé que des néons puissent être pittoresques, mais avec lui, ils le devenaient. Les hôtels doivent être formidables, même dans les petites bourgades, il y en avait souvent au moins un où la plupart des chambres avaient leur propre salle de bains ; et on mange des choses délicieuses dans des endroits qu'on appelle *Coffee Shops*. Il m'a décrit les paysages qu'on découvre en traversant les différents États : les orangeraies de Californie, les cactus du désert, l'immensité du Texas, les vieilles villes du Sud où une drôle de mousse grise pend aux arbres, et ça m'a beaucoup plu. Il est passé de l'été à l'hiver, des orangers en fleur de la Californie aux tempêtes de neige de New York.

Il a dit qu'avec un tel voyage, on comprend pleinement ce qu'est l'Amérique, et, à l'écouter, ce pays m'a semblé infiniment plus réel que dans tous les livres que j'ai pu lire ou tous les films que j'ai pu voir. Ces souvenirs étaient encore tellement vivaces en lui que chaque fois que nous traversions un joli village, s'il remarquait mécaniquement « Oui, très joli », je savais pertinemment qu'il avait encore en tête des images d'Amérique. Je lui ai dit que j'allais essayer d'imaginer son pays ; si l'on arrive de temps en temps à saisir des pensées par télépathie, on devrait être capable de voir ce que l'autre voit en imagination.

– Concentrez-vous, m'a-t-il dit en prenant ma main sous la couverture de voyage.

Nous avons fermé les yeux et nous sommes concentrés intensément. Je crois que ce que j'ai vu alors, ce n'étaient que les images que ses descriptions avaient suscitées, mais j'ai parfaitement ressenti cette formidable impression d'espace et de liberté, de sorte que lorsque j'ai rouvert les yeux, les champs, les haies et même le ciel m'ont paru si proches que c'en était oppressant. Neil a eu l'air assez stupéfait lorsque je le lui ai dit ; il m'a répondu que c'était exactement ce qu'il ressentait, la plupart, du temps en Angleterre.

Quand nous avons eu fini de nous concentrer, il a continué à tenir ma main, mais je crois que cela ne veut pas dire grand-chose ; à mon avis, ce doit être une habitude américaine. Dans l'ensemble, c'était plutôt sympathique et agréable, malgré quelques petits frissons et une drôle de sensation autour des épaules.

Il faisait nuit lorsque nous sommes arrivés au château. Nous leur avons proposé d'entrer, mais ils attendaient Mrs. Cotton dans la soirée et se devaient d'être là à son arrivée.

Papa est rentré tandis que je racontais ma journée à Topaz. (Il n'a rien dit de ce qu'il avait fait à Londres.) Il était revenu par le même train que Mrs. Cotton et l'avait invitée à dîner samedi prochain, avec Simon et Neil, bien entendu. Pour une fois, Topaz s'est vraiment mise en colère.

– Mortmain, mais comment avez-vous osé ? s'est-elle simplement écriée. Qu'allons-nous leur faire à manger, et où ? Vous avez oublié que nous n'avons plus un seul meuble dans la salle à manger ?

– Oh, eh bien, faites-leur des œufs au jambon dans la cuisine, a rétorqué papa, ça leur ira parfaitement. Avec tout le jambon qu'ils nous ont donné, il devrait y avoir de quoi.

Nous l'avons regardé, complètement effondrées. Heureusement que Rose n'était pas là, car je crois qu'elle aurait été capable de le frapper, tant son arrogance était exaspérante. Quand, brusquement, il s'est démonté.

– Euh... j'ai... j'ai cru bien faire..., a-t-il bredouillé, toute morgue évanouie. Elle nous a encore invités à dîner la semaine prochaine à Scoatney et... mon Dieu ! je perds la tête : j'avais complètement oublié cette histoire de meubles. Vous ne pouvez pas vous débrouiller pour trouver quelque chose ?

Il regardait Topaz d'un air implorant. Je ne supporte pas de le voir s'abaisser ainsi : on dirait un lion qui mendie (quoique je n'en aie jamais vu). C'est alors que Topaz s'est montrée à la hauteur de la situation de manière magistrale :

– Ne vous inquiétez pas, nous nous en sortirons très bien. C'est assez amusant, dans un sens, une sorte de défi...

Elle a essayé de prendre sa voix de contralto la plus rassurante, mais elle a un peu déraillé. J'avais envie de l'embrasser.

– Allons déjà jeter un coup d'œil dans la salle à manger, m'a-t-elle chuchoté pendant que papa dînait.

Nous avons donc pris des bougies et sommes allées voir. Je ne sais pas ce qu'elle comptait y découvrir, mais en tout cas, nous n'y avons rien trouvé : ce n'était qu'une pièce vide. Même les tapis avaient été vendus avec les meubles.

Nous sommes allées au salon.

– Dîner sur le piano à queue serait assez original, non ? a proposé Topaz.

— Oui, avec papa qui découperait la viande sur les touches !

— Et si nous nous asseyions par terre, sur des coussins ? Nous n'avons certainement pas assez de chaises.

— Nous n'avons pas assez de coussins non plus. La seule chose que nous ayons en abondance ici, c'est le plancher !

Nous avons ri jusqu'au moment où la cire des bougies nous a coulé sur les mains. Après quoi, nous nous sommes senties nettement mieux.

Finalement, Topaz a demandé à Stephen de dégonder la porte du poulailler et de fabriquer deux tréteaux rudimentaires sur lesquels la poser ; nous l'avons poussée contre la banquette de la fenêtre, ce qui nous a fait trois sièges. Nous avons pris en guise de nappe les rideaux de brocart gris du vestibule ; c'était splendide, bien que le raccord fût un peu trop visible et qu'on se prît les pieds dedans. Toute notre argenterie, notre vaisselle fine et nos beaux verres avaient disparu depuis longtemps, mais le pasteur nous a prêté son service, ainsi que son chandelier en argent. Naturellement, nous l'avons convié lui aussi à dîner, et il est arrivé tôt pour donner, dans la cuisine, un dernier coup de chiffon à ses biens pendant que nous finissions de nous habiller. (Rose avait mis la robe noire de Topaz : elle ne faisait pas du tout conventionnelle sur elle et lui allait à ravir.)

Le menu était le suivant :

Consommé
(à partir de la moitié de l'os du second jambon)
Poulet et jambon cuits à l'eau

Pêches à la crème
(les Cotton ont envoyé les pêches
à la dernière minute)
Entremets : mousse de jambon à la diable

C'est Topaz qui a tout cuisiné et Ivy Stebbins qui a fait le service ; Stephen et Thomas l'ont aidée à la cuisine. Il ne s'est rien produit de fâcheux, hormis le fait qu'Ivy n'arrêtait pas de fixer avec insistance la barbe de Simon. Elle m'a avoué après qu'elle lui donnait la chair de poule.

Mrs. Cotton était toujours aussi bavarde mais très gentille, et tellement à l'aise ; je crois que c'est vraiment grâce à elle que ce dîner a été une réussite. Les Américains ont une capacité d'adaptation phénoménale, Neil et Simon ont même donné un coup de main pour la vaisselle. (Ils disent «faire la plonge».) J'aurais presque préféré qu'ils n'insistent pas, car notre cuisine est à cent mille lieues d'une cuisine américaine. Elle était dans un désordre hallucinant et Thomas avait posé toutes les assiettes par terre pour qu'Héloïse et Abélard les lèchent – ce qui était complètement idiot car les os de poulet sont très dangereux pour les animaux.

Ivy lavait et nous essuyions tous. Ensuite Stephen a raccompagné Ivy chez elle. Elle a le même âge que moi, mais elle est très grande et belle. Elle manifeste un intérêt certain pour Stephen, ce dont je ne m'étais pas rendu compte jusqu'à présent. J'imagine que ce serait une excellente chose pour lui de l'épouser, car elle est fille unique et héritera de la ferme des Stebbins. Je me suis demandé s'il l'embrasserait en chemin, et s'il avait déjà embrassé une fille. Une part de moi le suivait par la pensée à travers champ, mais pour l'essentiel, j'étais bien présente dans la cuisine, avec les Cotton. Assis sur la table, Neil caressait Ab en pleine extase mystique; Simon faisait le tour de la pièce, s'intéressant à tout. Soudain, je me suis rappelé notre première rencontre. J'espérais que Rose avait oublié que l'ombre de Simon sur le mur nous avait évoqué le diable, ça m'était pratiquement sorti de l'esprit. Il n'y avait certainement personne au monde qui soit moins diabolique que lui.

Peu après, nous sommes passés à la partie la plus passionnante de la soirée.

Ç'a commencé quand Simon a demandé s'ils pouvaient visiter le château : je m'y attendais, de sorte que j'avais rangé les chambres.

– Allume la lanterne, Thomas, pour qu'on puisse monter en haut de la muraille, ai-je proposé, sentant que plus ce serait romantique, mieux ce serait pour Rose. Nous allons commencer par le vestibule.

Nous avons traversé le salon où les autres étaient en train de discuter, c'est-à-dire papa et Mrs. Cotton. Topaz écoutait en silence et le pasteur a écarquillé si brusquement les yeux à notre passage que je l'ai soupçonné de s'être assoupi. J'ai eu l'impression qu'il avait grande envie de se joindre à nous, mais je me suis arrangée pour le décourager. J'avais plutôt l'intention de réduire nos rangs et non de les grossir !

– D'abord, la loge de garde, a décrété Rose en arrivant dans le vestibule.

Et elle a disparu si précipitamment par la porte

d'entrée que j'ai compris qu'elle voulait éviter la salle à manger. Personnellement, je pensais que le vide absolu était beaucoup plus chic que les meubles de notre chambre. J'étais loin de me douter que Rose allait être éminemment reconnaissante au plus modeste de ces meubles !

Comme nous traversions le jardin, Simon a levé les yeux vers la butte.

– Que la tour de Belmotte paraît sombre et grande sur le ciel étoilé…

Il était évident qu'il cherchait à se mettre dans un état d'esprit romantique à souhait. C'était une très belle et douce nuit, où soufflait une petite brise délicieuse : le genre de nuit où tout peut arriver.

Je ne monte jamais au sommet de la tour de la loge de garde sans me rappeler la première fois, le jour où nous avons découvert le château, quand Rose ne cessait de me pousser dans le dos. Ce souvenir m'a fait repenser à nous deux quand nous étions petites ; alors j'ai ressenti une immense tendresse pour Rose et plus que jamais j'ai été décidée à tout faire pour son bonheur. Pendant tout le temps où nous avons suivi la lanterne et où Simon n'a cessé de s'émerveiller de la courbure élégante des vieilles pierres de l'escalier à vis, je faisais des vœux pour qu'il soit séduit par elle.

– C'est fantastique ! s'est-il exclamé en débouchant à l'air libre.

Je n'étais jamais montée en haut de cette tour en pleine nuit, et c'est vrai que c'était assez excitant : même s'il n'y avait rien d'autre à voir que les étoiles, les quelques rares lumières de Godsend et au loin la ferme des Quatre-Pierres. C'était l'impression en elle-même qui était troublante, la nuit semblait s'être un peu plus refermée sur nous.

Thomas a levé bien haut la lanterne au-dessus du parapet, éclairant le visage et les cheveux de Rose ; le reste de sa personne se fondait dans la nuit à cause de sa robe noire. La douce brise a soulevé sa courte cape de mousseline qui est venue frôler le visage de Simon.

– On dirait les ailes de la nuit, a-t-il dit en riant.

La vision de son visage si près de celui de Rose était extraordinaire : l'un si brun et l'autre si lumineux. J'essayais désespérément de trouver un moyen de les laisser seuls, mais l'imagination a des limites.

Quelques instants plus tard, nous étions redescendus suffisamment pour déboucher au niveau du chemin de ronde, au sommet de la muraille. Il nous a fallu un bon moment pour le parcourir car Neil voulait tout savoir sur les châteaux forts ; il était particulièrement séduit par l'idée de la catapulte projetant un cheval mort par-dessus la muraille. Comme Rose s'était pris dès le début les pieds dans sa robe, Simon la tenait désormais par le bras – il n'y a donc pas eu de temps perdu ; et il ne l'a relâchée que lorsque nous sommes entrés dans la salle de bains.

Nous avons laissé Thomas leur faire les honneurs de la salle de bains, et j'ai entendu Neil éclater de rire en découvrant le château de Windsor. Pendant ce temps-là, Rose et moi avons couru dans notre chambre pour allumer les bougies.

– Tu ne peux pas t'arranger pour nous laisser seuls un moment ? m'a-t-elle chuchoté.

Je lui ai répondu que j'y songeais depuis le dîner.

– Mais c'est très difficile. Tu ne pourrais pas essayer de traîner un peu en arrière ?

Elle m'a dit que c'est ce qu'elle avait fait en haut de la tour de la loge de garde, mais que Simon ne l'avait pas attendue.

– Il a juste dit : « Attends un peu avec la lanterne, Thomas, sans quoi Rose ne verra rien. » Alors j'ai dû redescendre.

– Ne t'inquiète pas. Je te jure que je vais trouver quelque chose.

Nous les avons entendus traverser le palier.

– Qui dort dans le lit à baldaquin ? a demandé Simon en entrant dans la chambre.

– Rose, me suis-je empressée de répondre.

Il se trouvait que c'était à mon tour d'y dormir, mais j'ai pensé que c'était plus romantique de l'imaginer dans ce grand lit que dans le petit lit en fer. Puis il a ouvert la porte qui donne sur notre tour et a été très amusé d'y découvrir la robe de Rose, qu'elle avait accrochée là pour que les volants ne se froissent pas dans la penderie.

– Ça alors, ranger ses vêtements dans une tour vieille de six siècles !

Neil a pris miss Blossom dans ses bras en disant que c'était exactement le type de femme qu'il aimait, puis il s'est agenouillé sur la banquette pour regarder les douves par la fenêtre. C'est alors que j'ai eu une soudaine inspiration :

– Cela vous dirait d'aller vous baigner ?

– Oh, oui, alors ! a-t-il répondu du tac au tac.

– Quoi ? Un bain de minuit ? s'est exclamé Thomas en me regardant avec des yeux ronds.

— Oui, ça va être très amusant.

Thomas a saisi mon imperceptible clin d'œil et n'a pas insisté.

— Tu vas prêter à Neil ton maillot de bain ; je crains que nous n'en ayons qu'un seul, Simon, mais vous pourrez y aller après. Rose ne peut pas se baigner : elle attrape froid si facilement…

(Dieu me pardonne ! Rose est solide comme un cheval, c'est moi qui attrape tout le temps froid.)

— Nous vous regarderons par la fenêtre, a dit Simon.

J'ai réussi à dénicher mon maillot de bain, et j'ai rejoint Thomas qui hurlait de sa chambre qu'il ne trouvait pas le sien ; pendant quelques secondes, j'ai craint qu'il ne l'ait laissé à l'école.

— À quoi tu joues ? m'a-t-il demandé tout bas. Tu sais bien que l'eau est glaciale ?

Je le savais parfaitement. Nous ne nous baignons jamais dans les douves avant le mois de juillet, voire le mois d'août, et même à ce moment-là, il nous arrive de le regretter.

— Je t'expliquerai. Et ne t'avise pas de dissuader Neil.

J'ai fini par dégotter son caleçon de bain : il servait à boucher la cheminée de sa chambre à cause des courants d'air ; heureusement, il est noir !

— Vous feriez mieux d'aller vous changer dans la salle de bains, ai-je conseillé à Neil, et vous redescendrez par l'escalier de la tour. Va lui montrer, Thomas, et après tu nous éclaireras avec ta lanterne. Je vous retrouve au bord des douves, Neil.

Je lui ai donné le maillot et j'ai filé me changer dans la Zone tampon.

— Bon bain ! m'a crié Simon comme je traversais

la chambre, avant de se tourner de nouveau vers Rose.

Ils étaient assis sur la banquette de la fenêtre, l'air merveilleusement sereins.

Ce n'est qu'en enfilant mon maillot que j'ai réalisé ce que j'allais faire : je déteste à ce point l'eau froide que mettre un maillot de bain suffit à me faire grelotter de la tête aux pieds. Je suis passée par l'escalier de la cuisine en me faisant l'impression d'être un Esquimau marchant pieds nus sur la banquise.

Je n'avais aucune envie de me faire voir dans le salon – mon maillot était devenu si étriqué que le sigle de l'école, qui me barrait la poitrine, était pratiquement illisible ; j'ai donc rejoint les douves en passant par les ruines derrière la cuisine. Un pont de bois conduisait directement au champ de blé. Je me suis assise dessus, en prenant garde de ne pas tremper les pieds dans l'eau. Neil n'était pas encore là : je voyais parfaitement le fossé d'un bout à l'autre car la lune s'était levée, jetant une lueur surnaturelle sur le blé vert ; c'était si beau que j'en ai même oublié le cauchemar qui m'attendait. Comme les lunes sont changeantes ! Il y en a des blanches, des dorées, celle-ci ressemblait à un disque de métal éblouissant, je n'avais jamais vu de lune aussi « dure ».

L'eau des douves était noire, argentée et dorée ; argentée là où se reflétait la lune, dorée sous les fenêtres éclairées par les bougies ; et tandis que je la contemplais, une nappe d'or s'est formée au pied de la tour d'angle lorsque Thomas a surgi avec la lanterne qu'il a posée dans l'encadrement de la porte.

Puis Neil est apparu à son tour, l'air immense dans son maillot de bain noir, et il est passé de la lumière de la lanterne à celle de la lune.

– Où êtes-vous, Cassandra ?

Je lui ai répondu que j'arrivais, puis j'ai mis un doigt de pied dans l'eau pour savoir quelle torture m'attendait. C'était encore plus horrible que tout ce que j'avais pu imaginer. L'idée présomptueuse de surmonter toute seule mes appréhensions et de nager vers lui s'est évanouie instantanément. Il m'a semblé qu'un sursis, ne fût-ce que de quelques minutes, serait salutaire. Alors j'ai longé lentement le champ, tandis que le blé me picotait les mollets au passage, me suis assise en face de lui, de l'autre côté du fossé, et j'ai entamé une conversation passionnante. Outre le fait de m'épargner l'horreur de plonger dans l'eau glacée, je me suis dit que musarder de la sorte laisserait plus de temps à Rose, parce que j'étais sûre et certaine qu'à peine entrés dans l'eau, nous en ressortirions en quatrième vitesse.

Je lui ai vanté la beauté de la nuit. Je lui ai raconté la fameuse anecdote qui plaît à tout le monde de la fois où j'ai tenté de traverser les douves dans une corbeille à linge après avoir découvert l'existence des coracles[1]. Puis j'ai enchaîné sur cet inépuisable sujet qu'est l'Amérique, mais là, il m'a interrompue :

– J'ai bien l'impression que vous faites tout pour ne pas vous baigner. En tout cas, moi, j'y vais. C'est assez profond pour que je plonge ?

---

1. Petit bateau en osier dont se servaient les Gallois.

Je lui ai répondu que oui, en faisant attention quand même.

– Attention aussi à la vase qu'il y a au fond, l'a mis en garde Thomas.

Il a plongé très prudemment et est ressorti de l'eau, l'air le plus stupéfait du monde.

– Nom d'un chien, qu'elle est froide ! s'est-il écrié. Malgré le soleil que nous avons eu aujourd'hui.

Comme si le soleil changeait quoi que ce soit à la température de l'eau des douves ! Elles sont alimentées par une source qui apparemment vient directement du pôle Nord.

– Je me demande si je dois me baigner… après un dîner pareil, ai-je risqué.

– Vous n'allez pas vous en sortir comme ça, a répondu Neil, c'est vous qui l'avez proposé. Allez, venez ou je vous jette à l'eau : elle est tout à fait supportable.

J'adressai aussitôt une prière au bon Dieu : « Je vous en prie, mon Dieu, je fais cela pour ma sœur, réchauffez un petit peu cette eau. » Mais je savais bien qu'Il n'en ferait rien. Avant de sauter, j'ai eu le temps de me dire que j'aurais presque préféré mourir.

C'était atroce. Comme si on vous dépeçait avec des couteaux glacés. J'ai nagé comme une folle, me répétant que ça irait mieux dans quelques secondes, tout en sachant pertinemment qu'il n'en serait rien. Neil nageait à mes côtés. Je devais avoir une mine décomposée, car il m'a demandé brusquement si j'allais bien.

– Tout juste, ai-je haleté en me hissant sur le pont de bois.

— Vous allez revenir immédiatement et recommencer à nager, ou bien vous rentrez vous sécher. Allez, venez, vous allez vous habituer…

Je me suis glissée à nouveau dans l'eau et, en effet, je l'ai trouvée un peu plus supportable ; au moment où nous arrivions à la hauteur du salon, je commençais à l'apprécier véritablement. Topaz et le pasteur, dans l'encadrement jaune de la fenêtre, nous regardaient. Il n'y avait aucun signe de vie de Simon et de Rose à la fenêtre du dessus ; j'espérais qu'ils étaient trop absorbés pour s'intéresser à nous. Nous avons nagé vers une zone éclairée par la lune – c'était amusant de faire des vaguelettes argentées –, puis jusqu'au seuil de la tour d'angle. Thomas avait disparu ; j'ai fait des vœux pour qu'il ne soit pas allé rejoindre Rose et Simon.

Une fois passé l'angle du château, en direction de la façade, c'en était fini de la lumière dorée des fenêtres ou de la lanterne, il ne restait plus que le clair de lune. Nous avons nagé sur le dos, regardant défiler les hauts murs massifs, qui jamais ne m'avaient paru si vertigineux. L'eau faisait de petits clapotis à leur pied, et il émanait d'eux une odeur très particulière, mystérieuse, un peu comme quand un orage éclate après une très chaude journée, mais cela sentait aussi l'humidité et l'herbe, et par-dessus tout le parfum inimitable de la nuit. J'ai demandé à Neil comment il la décrirait, lui, cette odeur.

— Ça sent simplement la pierre mouillée, a-t-il répondu laconiquement.

J'ai compris qu'il n'y avait qu'une seule chose alors qui l'intéressait : verser de l'huile bouillante du haut du parapet. Tout ce qui avait trait aux machines de guerre des châteaux forts le passionnait; quand nous nous sommes retrouvés sous la loge de garde, il m'a demandé comment fonctionnaient les ponts-levis et a été déçu d'apprendre que notre pont n'en était pas un. Nous continuons à l'appeler « le pont-levis » à seule fin de le distinguer du pont de Belmotte. Ensuite, il a voulu savoir ce qui était arrivé aux murs en ruine au pied desquels nous étions en train de nager et s'est indigné de la conduite des puritains de Cromwell qui les avaient abattus au XVIIe siècle.

– Quelle honte! a-t-il dit en levant les yeux vers les énormes éboulis.

Je lui ai fait remarquer que c'était la première fois qu'il manifestait une certaine émotion pour quelque chose d'ancien.

– Oh, ce n'est pas parce que cet endroit est ancien que je le trouve excitant. C'est uniquement parce que je me dis que ça a dû être sacrément amusant d'y vivre à l'époque.

Lorsque nous sommes parvenus du côté des douves donnant sur Belmotte, il faisait très sombre car la lune n'était pas assez haute pour briller au-dessus de la maison. Tout à coup, il y a eu un éclair blanc, devant nous, puis un sifflement suivi d'un battement d'ailes : nous avions réveillé les cygnes. Cela a beaucoup plu à Neil, et j'ai moi-même ri, mais j'avais vraiment peur; les cygnes peuvent se révéler très dangereux. Heureusement, les nôtres ne sont pas du tout agressifs; ils se sont contentés de s'écarter de notre chemin et d'un coup d'ailes se sont réfugiés dans les joncs.

Peu après, nous sommes passés sous le pont de Belmotte pour nous retrouver de nouveau sous la lune, du côté sud des douves. Il n'y a pas de ruines de ce côté-ci et le jardin arrive jusqu'au bord de l'eau ; le grand parterre de giroflées blanches embaumait. J'ai soudain réalisé que c'était la première fois que je voyais des fleurs pousser au-dessus de ma tête ; j'ai vu les tiges en premier, puis le dessous des pétales, ce qui me changeait agréablement.

Comme je commençais à être un peu fatiguée, j'ai fait la planche, et Neil m'a imitée ; c'était délicieux de se laisser flotter au fil de l'eau en contemplant les étoiles. C'est alors que nous avons entendu le pasteur jouer au piano l'un des plus beaux airs de *Water Music*, de Haendel ; je crois bien qu'il l'a choisi exprès pour nous, ce qui est assez sympathique de sa part. La musique nous parvenait faiblement, mais très distinctement ; j'aurais aimé pouvoir flotter ainsi indéfiniment en l'écoutant, mais je n'ai pas tardé à avoir froid et j'ai dû me remettre à nager énergiquement.

– Voilà, nous avons fait tout le tour, ai-je dit à Neil comme nous arrivions au pont de bois. Il faut que je sorte à présent.

Il m'a aidée et nous avons escaladé les ruines pour aller nous asseoir le dos contre le mur de la cuisine ; comme il y avait eu du soleil toute la journée, les briques étaient encore chaudes. La lune nous éclairait en plein. Neil avait quelques lentilles d'eau, d'un beau vert brillant, sur la tête et l'épaule ; il était superbe.

Je me suis dit qu'avec le clair de lune, la musique, le parfum des giroflées et une baignade dans des douves datant du XIVe siècle, tous les ingrédients étaient réunis pour une idylle, et que c'était vraiment dommage que Neil et moi ne soyons pas amoureux; je me suis demandé s'il n'aurait pas mieux valu que Simon et Rose aillent nager à notre place. Mais j'en suis arrivée à la conclusion que le froid est décidément un véritable tue-l'amour, car lorsque Neil a enfin posé son bras sur mes épaules, c'était nettement moins excitant que lorsqu'il me tenait la main sous la douillette couverture de voyage, dans la voiture, après le pique-nique. Ç'aurait pu s'améliorer, j'imagine, mais une minute plus tard, j'ai entendu Topaz m'appeler. Je n'aurais pu dire où elle se trouvait, jusqu'au moment où Thomas m'a fait des signaux avec sa lanterne du pont de Belmotte. Puis papa nous a crié qu'ils emmenaient Mrs. Cotton et le pasteur sur la butte voir la tour de Belmotte.

– Tâche de ne pas attraper froid, m'a mise en garde Topaz.

– Elle rentre immédiatement, madame Mortmain, a crié à son tour Neil.

– Mais je n'ai pas froid, me suis-je empressée de préciser, car j'avais trop peur que Rose n'ait pas eu assez de temps.

– Mais si, voyons, vous commencez à grelotter, et moi aussi d'ailleurs, a répliqué Neil en ôtant son bras de mes épaules. Venez, où pourrions-nous trouver des serviettes?

Jamais une question aussi anodine ne m'avait fichu un tel coup au creux de l'estomac. Des serviettes! Nous en avons si peu que, les jours de lessive, nous sommes obligés de nous secouer pour nous sécher.

– Oh, je vais vous en chercher une, ai-je rétorqué très naturellement.

J'ai traversé les ruines sans me presser, pour me donner le temps de réfléchir. Je savais que nous avions deux serviettes pour les invités dans la salle de bains, enfin, c'est ce que nous avions décrété, car en réalité c'était deux petites serviettes à thé que nous avait gentiment prêtées miss Marcy. Oserais-je les proposer à un homme aussi grand mouillé de la tête aux pieds ? Non, c'était impossible. Alors il m'est venu une idée.

Quand nous sommes arrivés à la porte de derrière, je l'ai prié d'entrer dans la cuisine.

– Allez vous réchauffer près du feu. Je vais vous chercher une serviette.

– Mais mes vêtements sont dans la salle de bains…

– Je vous les apporte aussi, lui ai-je crié en partant en courant.

J'avais décidé d'aller chercher ma serviette, ou celle de Rose – la plus sèche des deux –, et de la plier comme si elle était propre ; puis de la lui apporter en la tenant serrée contre moi, et de m'excuser de l'avoir un peu mouillée. Je n'aurais ainsi pas besoin de troubler le tête-à-tête de Rose et de Simon, puisque les deux serviettes se trouvaient dans l'escalier de la tour de notre chambre. Je les y avais jetées en rangeant la maison pour la venue des Cotton, et je pouvais aller les chercher en passant par le salon qui lui-même donnait dans la tour. J'avais l'intention de me rhabiller en deux temps trois mouvements pendant que Neil en faisait autant, puis de retourner dans la cuisine et de lui faire encore la conversation pendant un bon bout de temps.

Je suis allée ouvrir la porte du salon sur la tour

sans faire le moindre bruit et je me suis engagée dans l'escalier. Dès le premier tournant, je me suis retrouvée pratiquement dans le noir et j'ai dû continuer à quatre pattes, en progressant à tâtons. Il y a eu un moment délicat lorsque je me suis pris les pieds dans la robe rose de Rose, mais dès que j'ai pu me dégager, j'ai aperçu le rai de lumière qui filtrait sous la porte de notre chambre. Je savais que les serviettes étaient quelques marches plus haut, donc j'ai tendu le bras et les ai cherchées du bout des doigts.

C'est alors que, derrière la porte, j'ai entendu Simon :

– Rose, voulez-vous m'épouser ?

Je me suis figée sur place, n'osant plus du tout bouger de peur qu'ils ne m'entendent. Naturellement, je m'attendais à ce que Rose réponde « oui » du tac au tac, mais ce n'est pas ce qu'elle a fait. Il y a eu un silence total qui a duré dix bonnes secondes. Après quoi elle a murmuré, à voix basse mais très distinctement :

– Embrassez-moi, s'il vous plaît, Simon.

Il y a eu un autre silence, très long. J'ai eu le temps de me dire que je n'aimerais pas me faire embrasser pour la première fois par un barbu, de me demander si Neil m'aurait embrassée si Topaz ne m'avait pas appelée, et de remarquer qu'un terrible courant d'air me tombait dans le cou. Ensuite Rose a parlé, avec cette petite fêlure dans la voix quand elle est excitée, que je connais trop bien.

– Oui, Simon, s'il vous plaît.

Puis ils se sont tus de nouveau. J'ai attrapé une serviette – je n'ai pu en trouver qu'une seule – et j'ai entamé ma descente, quand je me suis arrêtée net : ne serait-ce pas plus judicieux d'entrer directement dans la chambre, au cas où... Je ne sais pas très bien ce que j'entendais par «au cas où», je n'imaginais certainement pas que Simon ait pu changer d'avis. Tout ce dont j'étais sûre, c'était que le plus tôt les fiançailles seraient officielles, mieux cela serait. J'ai donc rebroussé chemin.

Quand j'ai ouvert la porte de la tour, ils étaient toujours dans les bras l'un de l'autre. Simon a vivement tourné la tête, puis il m'a souri.

J'espère que c'est un sourire que je lui ai rendu. J'espère que je n'avais pas l'air aussi époustouflée que je l'étais en réalité. Pendant l'espace d'une seconde, j'ai cru que ce n'était pas Simon. Il n'avait plus de barbe.

– Cela vous convient-il que Rose m'épouse ?

Et nous nous sommes mis à parler tous en même temps. J'ai serré Rose dans mes bras et la main de Simon.

– Mais vous êtes gelée, mon enfant, a-t-il remarqué en relâchant ma main. Dépêchez-vous d'aller ôter ce maillot de bain trempé.

– Je dois d'abord apporter une serviette à Neil, et ses vêtements aussi.

Je suis allée les chercher dans la salle de bains.

– Comment trouves-tu Simon sans la barbe ? m'a demandé Rose.

Je savais bien que j'aurais dû en parler tout de suite, mais je m'étais sentie assez gênée.

– Formidable ! lui ai-je crié.

Mais était-ce si formidable ? Certes, ça le rajeunissait énormément, et j'étais même étonnée de voir à quel point il était beau. Mais il y avait quelque chose de vulnérable dans son visage, comme si toute force l'avait quitté. Oh, il n'a pas le menton fuyant, non, ce n'était pas cela : il avait simplement… l'air un peu désorienté.

Comment diable Rose avait-elle obtenu qu'il se rase ? C'est la question que je me posais tout en ramassant les habits de Neil. Je supposais qu'elle l'avait mise au défi. Je dois avouer qu'il m'étonnait : emprunter les affaires de rasage de papa et ma petite cuvette en émail, voilà qui me semblait manquer singulièrement de dignité. (Et on aurait dit que cette fameuse dignité propre à Simon avait disparu avec la barbe. J'avais à présent le plus grand mal à comprendre comment il avait pu m'impressionner le moins du monde ; mais à mon avis, sa transformation tenait beaucoup moins à la disparition de sa barbe qu'au fait qu'il était très amoureux de Rose.)

Lorsque je suis revenue dans la cuisine, Neil était si près du feu que son maillot fumait.

— Eh bien, j'ai cru que vous m'aviez oublié ! a-t-il dit en se tournant vers moi avec un sourire.

— N'est-ce pas fantastique ? me suis-je écriée. Rose et Simon sont fiancés !

Son sourire s'est éteint, aussi brutalement qu'une lampe en coupant le courant.

— Ça n'a pas l'air de vous faire particulièrement plaisir.

— Plaisir ?

Il est resté quelques secondes, les bras ballants, le regard fixe, puis il a attrapé la serviette.

— Sortez et laissez-moi m'habiller, m'a-t-il ordonné fort grossièrement.

J'ai laissé tomber ses vêtements en tas et je

m'apprêtais à faire demi-tour lorsque je me suis ravisée :

— Neil... je vous en prie..., ai-je commencé d'un ton qui se voulait très amical et conciliant. Pourquoi détestez-vous Rose à ce point ? Dès le début, vous l'avez détestée.

Il a continué à se sécher les épaules.

— Non, ce n'est pas vrai. Je l'aimais beaucoup au début.

— Mais plus maintenant. Pourquoi, Neil ?

Il a arrêté de se sécher et m'a regardée droit dans les yeux.

— Parce que c'est une aventurière, et vous le savez, Cassandra.

— C'est faux ! ai-je rétorqué avec indignation. Comment pouvez-vous dire une chose pareille ?

— Pouvez-vous affirmer en toute honnêteté qu'elle n'épouse pas Simon pour son argent ?

— Bien sûr que je le peux ! ai-je répondu du ton de la plus grande conviction.

Et c'est vrai que pendant quelques secondes j'y ai cru ; puis je me suis sentie rougir jusqu'aux oreilles parce que, enfin...

— Vous êtes une sacrée petite menteuse ! Quand je pense que je vous prenais pour une gentille fille, franche et honnête ! Vous avez fait exprès de me proposer ce bain ?

Tout à coup, je me suis mise en colère, non seulement pour Rose, mais pour moi-même.

— Eh bien, oui, je l'ai fait exprès ! Et je suis bien contente. Rose m'a dit que vous feriez tout pour qu'elle ne revoie pas Simon, uniquement parce que vous voulez qu'il revienne avec vous en Amérique ! Occupez-vous de vos oignons, Neil Cotton !

– Fichez-moi le camp d'ici ! a-t-il rugi, l'air tellement furieux que j'ai bien cru qu'il allait me frapper.

J'ai grimpé quatre à quatre l'escalier de la cuisine et, arrivée à la dernière marche, j'ai déclaré, de toute la hauteur dont j'étais capable :

– Je vous conseille de vous ressaisir avant de voir Simon !

Après quoi, j'ai bondi dans la chambre et verrouillé la porte derrière moi – il aurait été fort capable de me suivre.

Ce qui est formidable avec la colère, c'est que ça réchauffe, mais j'étais contente de pouvoir me débarrasser de mon maillot de bain mouillé et de me sécher avec le couvre-lit de Topaz. J'avais à peine fini de m'habiller dans la Zone tampon que je les ai tous entendus revenir de Belmotte, dans la cour. Dans la pièce à côté, Simon a dit :

– Allons leur dire, Rose.

Alors je suis entrée dans la chambre et je suis redescendue avec eux.

Nous nous sommes tous retrouvés dans le vestibule. Comme Mrs. Cotton était juste à côté de l'applique, je pouvais parfaitement observer son expression. Elle a eu l'air passablement étonnée de découvrir Simon sans barbe et à peine le temps de dire « Simon… ! » que son fils l'interrompait :

– Rose va se marier avec moi.

Là-dessus, elle est restée bouche bée. Il était évident qu'elle était aussi consternée que stupéfaite – mais pas plus d'une seconde ; puis elle a eu l'air enchantée. Elle a embrassé Simon et Rose qu'elle a remerciée de l'avoir convaincu de se raser. Elle a embrassé Topaz et moi, et j'ai bien cru qu'elle allait embrasser aussi papa! Et elle s'est mise à parler, à parler…! J'ai écrit un jour qu'on aurait dit un mur de paroles; cette fois, c'était plutôt un cuirassé tous canons dehors. Mais elle était très, très gentille; et plus on la connaissait, plus on l'aimait.

Neil a surgi au beau milieu de ces congratulations mutuelles; j'étais assez contente de voir que sa belle chemise était complètement froissée par ma faute. Personne n'aurait pu imaginer que cinq minutes plus tôt, il avait piqué une telle colère :

– Toutes mes félicitations, Simon…, tiens, tu n'as plus la barbe! Ma chère Rose, je suis certain que vous savez tout ce que je vous souhaite.

Je dois dire que ça m'a semblé extrêmement clair; mais apparemment, Rose n'y a perçu aucun sous-entendu. Elle lui a souri et l'a remercié très gentiment, avant de se remettre à écouter Mrs. Cotton.

Le pasteur a dit qu'il avait du champagne dans sa cave; Neil lui a proposé de le conduire en voiture au presbytère, et il a même eu le front de me demander de l'accompagner. J'ai refusé aussi froidement que possible sans risquer d'attirer l'attention sur moi.

Mais un peu plus tard, alors que nous étions tous en train de discuter dans la cour avant que les Cotton ne remontent en voiture, il m'a entraînée à l'écart avec tant de fermeté que je n'ai pu m'y opposer. Il m'a conduite jusqu'à la grande plate-bande de giroflées blanches, le long des douves.

– On fait la paix?

— Je n'y tiens pas particulièrement. Vous m'avez traitée de menteuse.

— Et si je vous présentais mes excuses ?

— Vous voulez dire que vous ne me prenez pas pour une menteuse ?

— Vous n'êtes pas prête à accepter mes plus plates excuses ?

Je me suis dit qu'étant donné les circonstances, je pouvais les accepter, mais je ne voyais pas comment faire sans porter préjudice à Rose. Donc, je n'ai rien répondu.

— Supposez que j'ajoute que je ne vous en veux pas d'avoir menti, si tel est le cas ? Et que je vous admire d'avoir défendu Rose. Vous n'avez pas besoin de me répondre, si vous me pardonnez, vous n'avez qu'à presser ma main.

Il a fait glisser sa main le long de mon bras, en partant du coude. J'ai répondu à sa pression.

— Bien, a-t-il conclu, avant d'ajouter avec une gravité que je ne lui connaissais pas : Cassandra, ce n'est pas que je tienne particulièrement à ce qu'il revienne en Amérique avec moi, je vous assure. Quoique ça me ferait plaisir, d'un point de vue purement égoïste…

— Je n'aurais pas dû dire cela, c'est à mon tour de m'excuser.

— Excuses acceptées, a-t-il dit en pressant de nouveau ma main, avant de la lâcher avec un gros soupir. Oh, peut-être me suis-je complètement trompé sur son compte, peut-être est-elle réellement tombée amoureuse de lui. Pourquoi pas après tout ? Toute fille saine d'esprit aurait succombé à son charme, j'imagine.

Pour ma part, je pensais qu'il se trompait

complètement sur ce point : pour moi, il y avait des tas de filles qui n'auraient jamais été attirées par Simon, malgré sa grande gentillesse ; et qu'en revanche un grand nombre d'entre elles l'auraient été par Neil. Le clair de lune se reflétait sur ses cheveux qui bouclaient énormément en séchant. Je lui ai fait remarquer qu'il avait encore des lentilles d'eau sur la tête, et il a éclaté de rire :

– Quoi qu'il en soit, c'était un sacré bon bain !

Puis Mrs. Cotton nous a appelés :

– Allez, venez, vous deux.

Une fois que nous les avons eu raccompagnés, la nuit nous a soudain semblé très calme. Je crois que nous étions tous un peu gênés.

Quand nous sommes rentrés à la maison, papa a demandé d'un ton faussement naturel :

– Euh… heureuse, ma chère Rose ?

– Oui, très, a rétorqué Rose d'un ton sec mais plutôt las. Je vais me coucher.

– Nous y allons tous, a répondu Topaz. Nous allons réveiller Stephen si nous nous mettons à laver les verres à cette heure-ci.

Stephen était déjà rentré depuis un bon moment, bien qu'à mon avis, il ait pris tout son temps pour raccompagner Ivy chez elle. Je lui avais demandé de venir boire un peu de champagne à la santé de Rose, mais il avait refusé. Il a souri d'une très curieuse façon lorsque je lui ai annoncé les fiançailles de Rose, avec cette réflexion pour le moins laconique avant de partir se coucher :

– Oh, bon, eh bien, je n'ai rien à dire…

Je me demande bien ce que justement il a voulu dire.

J'avais l'intuition qu'il avait embrassé Ivy.

J'étais impatiente de faire parler Rose, mais je savais qu'elle s'y refuserait tant que durerait le ballet des va-et-vient vers la salle de bains ; et papa et Topaz n'avaient vraiment pas l'air pressés de faire leur toilette, ce soir. Quand enfin ils eurent réintégré leur chambre, Rose est allée vérifier si nos deux portes étaient bien fermées, puis elle a grimpé dans son lit et soufflé la bougie.

– Alors ? ai-je demandé avec impatience.

Elle s'est mise à me parler à toute vitesse, d'une voix à peine audible, me racontant tout. J'avais eu raison de penser que c'était elle qui avait demandé à Simon de se raser la barbe.

– Au début, il a cru que je plaisantais. Après, il a cru que je voulais me moquer de lui et il s'est vexé. Je ne me suis pas démontée : il fallait que je le voie sans cette barbe, Cassandra ; elle avait fini par m'inspirer une sainte horreur. Je me suis approchée de lui, je l'ai regardé et je lui ai dit : « Vous avez une si jolie bouche, pourquoi la cacher ? » et j'ai dessiné le contour de ses lèvres du bout du doigt. Après, il a essayé de m'embrasser, mais je me suis esquivée : « Non, pas tant que vous aurez cette barbe. » Alors il m'a dit : « Vous accepteriez si je me la rasais ? » et moi : « Je ne peux pas savoir à l'avance. » Et je suis vite allée chercher les affaires de rasage de papa, les petits ciseaux à ongles de Topaz et un broc d'eau chaude dans la salle de bains. Nous n'avons pas cessé de rire et il y avait une drôle d'atmosphère, assez excitante, et j'étais tout le temps obligée de l'empêcher de m'embrasser. Il avait énormément de mal à se raser, et brusquement, je me suis sentie terriblement gênée, et j'ai regretté de lui avoir demandé ça. Il s'est mis très en colère, crois-moi. Et il fallait voir sa tête, avec sa barbe à moitié taillée à coups de ciseaux à ongles! Je crois que j'ai dû avoir l'air horrifiée car il m'a hurlé : « Allez-vous-en! Allez-vous-en! Arrêtez de me regarder! » Je suis allée m'asseoir sur la banquette de la fenêtre et j'ai prié... Enfin, je me suis répété « S'il vous plaît, mon Dieu, s'il vous plaît, mon Dieu... », sans aller plus loin. Au bout de ce qui m'a paru un siècle, Simon s'est séché le visage et s'est tourné vers moi en disant d'un ton un peu lugubre : « Maintenant, vous allez tout savoir. » Mais je voyais bien qu'il n'était plus fâché, il avait l'air plutôt humble et touchant, et tellement... beau! Tu ne trouves pas qu'il est beau maintenant, Cassandra?

– Oui, très beau. Et après, qu'est-ce qu'il s'est passé?

– Je lui ai dit : « C'est merveilleux, Simon. Je vous aime mille fois plus. Je vous remercie infiniment d'avoir fait cela pour moi. » Et après, il m'a demandé de l'épouser.

Je ne lui ai pas dit que j'avais entendu. Ça ne m'aurait pas plu du tout à sa place.

– Ensuite, ça a été bizarre, je t'assure, a-t-elle poursuivi, parce que je suis certaine de ne pas t'avoir entendue dans la tour, j'ai brusquement pensé à toi. Je me suis souvenue que tu avais dit que je ne serais réellement fixée sur mes sentiments à son égard que lorsque je l'aurais embrassé. Eh bien, tu avais raison : oh, je savais que je l'aimais bien et que je l'admirais, mais je ne savais pas encore que j'étais amoureuse de lui.

Et j'avais enfin l'occasion de le découvrir, sans le moindre risque puisqu'il m'avait déjà fait sa déclaration ! Alors, je lui ai demandé de m'embrasser. Et c'était merveilleux... aussi merveilleux que...

Elle s'est tue, et je crois qu'elle était en train de revivre ce moment. Je lui ai donc laissé une ou deux secondes de répit avant de la presser de continuer.

– Alors, merveilleux comme quoi ?

– Oh, aussi merveilleux que ça pouvait l'être ! Enfin, je ne peux pas te décrire ça ! En tout cas, c'était très bien : je suis amoureuse et très, très, heureuse. Et tu vas voir, je vais faire des choses formidables pour toi aussi. Tu vas venir t'installer chez nous et te marier à ton tour. Peut-être que tu épouseras Neil.

– Je pensais que tu le détestais ?

– Ce soir, je ne déteste plus personne. Oh, quel soulagement, mais quel soulagement de savoir que je suis amoureuse de Simon !

– Et si tu ne l'avais pas su, tu aurais refusé de l'épouser ?

Elle a mis un long moment avant de répondre et, d'un ton de défi :

– Non, sûrement pas. Juste avant qu'il m'embrasse, je me disais : « Tu l'épouseras de toute manière, ma fille. » Et sais-tu pour quelle raison je me suis dit cela ? Derrière lui, sur la table de toilette, je voyais la serviette, c'était la mienne, que je lui avais prêtée pour qu'il se rase, tout élimée, usée jusqu'à la trame et hideuse. Nous n'avons pas une seule serviette de rechange dans cette maison...

— Tu t'imagines que je ne m'en suis pas aperçue ? ai-je répliqué avec humeur.

— Je ne veux plus vivre comme ça. Jamais, jamais plus !

— Eh bien, tu pourras avoir toutes les serviettes que tu voudras, fit la voix de miss Blossom. Toutes mes félicitations, ma chère Rosie.

— Et tous les vêtements que je voudrais ! Je vais y réfléchir avant de m'endormir.

— Tu ne préfères pas dormir dans le lit à baldaquin pour pouvoir te réjouir en grande pompe ?

Mais elle était trop fatiguée pour changer de lit.

Tandis que je revivais, les yeux ouverts, ma baignade dans les douves, j'ai vu mon broc et ma cuvette en émail qui se découpaient devant la fenêtre ; c'était curieux de songer qu'ils avaient joué un rôle dans la disparition de la barbe de Simon. Je continuais à le voir avec deux visages, l'un barbu et l'autre glabre. Puis je me suis dit qu'il y avait un certain nombre de gens célèbres qui s'étaient rasés par amour. J'ai essayé désespérément de me rappeler de qui il s'agissait, mais je me suis endormie avant d'avoir trouvé.

Au petit matin, en me réveillant, j'ai tout de suite pensé : «Samson et Dalila», on aurait dit que quelqu'un m'avait chuchoté ces mots à l'oreille. Évidemment, dans le cas de Samson, c'était ses cheveux qu'on lui avait coupés, pas sa barbe, donc l'histoire n'avait pas grand rapport. Mais j'ai pensé que Rose se serait bien vue en Dalila.

Je me suis redressée sur le lit et je l'ai regardée dormir, en me demandant à quoi elle rêvait.

Pendant que je la contemplais, le jour se levait, me permettant de mieux distinguer ses beaux cheveux défaits étalés sur l'oreiller et le subtil incarnat de ses joues. Elle était particulièrement belle, quoique personne n'eût pu prétendre que la chemise de nuit de tante Millicent fût très avantageuse. C'est fou ce que Rose a l'air différent les yeux fermés : elle a l'air plus enfantin, doux et serein. J'ai ressenti une immense tendresse à son égard. Elle dormait profondément et paisiblement, bien que dans une position des plus inconfortable, un bras pendant en dehors du lit, puisqu'il faut se mettre tout au bord du matelas pour en éviter les plus grosses bosses. Elle n'allait pas tarder à coucher dans un lit fort différent ; et j'étais follement heureuse pour elle.

LE CAHIER À DEUX GUINÉES

DE JUIN À OCTOBRE

Chapitre 11

Je suis assise dans les ruines derrière la cuisine, là où je me trouvais avec Neil il y a trois semaines moins un jour, après notre baignade dans les douves. Quelle différence sous ce soleil radieux ! Les abeilles bourdonnent, une tourterelle roucoule, les douves sont pleines de ciel à ras bord. Héloïse est descendue boire un coup, sous le regard souverainement hautain d'un cygne. Abélard a disparu dans le blé vert, tentant de se faire passer pour un lion dans la jungle.

J'étrenne le beau cahier que m'a offert Simon et le stylo-plume qu'il m'a envoyé hier. Un stylo rouge vif et un livre relié en cuir bleu et or, quoi de plus encourageant pour écrire ? J'ai l'impression quand même que ça allait mieux avec mon vieux bout de crayon et le gros cahier à un shilling de Stephen. Je ferme les yeux et me chauffe au soleil, enfin, c'est plutôt mon corps qui se chauffe au soleil, car mon esprit ne chôme pas. Je retourne en arrière, puis je reviens en avant, cherchant à saisir le passé, rêvant à l'avenir et, ce qui n'est pas raisonnable du tout, je m'aperçois que je prends plus de plaisir à regretter le passé qu'à envisager le futur. Alors je me remémore le temps où nous avions froid et faim, et à peine de quoi nous vêtir, et je me réjouis de toutes les bonnes choses qui nous sont arrivées ; mais je ne peux m'empêcher de préférer le passé. C'est ridicule. De même qu'il est ridicule d'avoir cette espèce de sensation d'ennui, de lourdeur, pas exactement de tristesse, bref plutôt aucune sorte de sensation, alors que je devrais être follement heureuse. Peut-être qu'en me remettant à écrire, je découvrirai ce qui ne tourne pas rond chez moi.

Cela fait exactement une semaine que Rose et Topaz sont parties à Londres. Mrs. Cotton m'a aussi proposé d'y aller – elles vont habiter dans son appartement de Park Lane – mais il fallait que quelqu'un reste pour s'occuper de papa, de Thomas et de Stephen ; en plus, si j'avais accepté, elle se serait sentie obligée de m'acheter des vêtements à moi aussi, en même temps qu'elle achetait le trousseau de Rose. Elle est extraordinairement généreuse et extraordinairement délicate. Au lieu de nous remettre de l'argent pour payer notre voyage à Londres, elle a insisté pour nous acheter le manteau en castor deux cents livres. Pour ce qui est du trousseau, elle a dit à Rose :

– Ma chérie, j'ai toujours rêvé d'avoir une fille à vêtir, permettez-moi d'avoir une petite part dans votre bonheur.

J'étais assez étonnée que Topaz accepte d'aller à Londres mais, la veille de leur départ, nous avons eu une discussion qui a tout éclairci. Je remontais de la cuisine avec quelques petites affaires que je lui avais repassées quand je l'ai trouvée assise sur son lit, auprès d'une valise à moitié remplie, le regard dans le vide.

— Je ne pars pas, a-t-elle déclaré d'une voix grave de tragédienne.

— Grands dieux, pourquoi donc ?

— Parce que je n'ai aucune raison valable d'y aller. Je m'étais dit que ce serait bon pour Mortmain de rester un peu ici sans moi et que je pourrais voir quelques amis, renouer avec mes intérêts artistiques, me montrer un peu plus stimulante. Mais la vraie raison, c'est que je veux surveiller cette femme et m'assurer qu'elle ne le voit pas lorsqu'il va à Londres. C'est lamentable ! Donc, je ne pars pas.

— Bon, je ne vois pas du tout comment vous pouvez refuser maintenant, et par ailleurs vous pouvez vous arranger avec votre conscience en ne surveillant pas Mrs. Cotton. Topaz, pensez-vous réellement que papa soit amoureux d'elle ? Vous n'avez pas l'ombre d'une preuve.

— J'ai la preuve de mes yeux et de mes oreilles. Tu les as vus ensemble ? Il l'écoute avec beaucoup d'attention, et non seulement il écoute, mais il parle ! Il lui parle plus en une seule soirée qu'il ne m'a parlé de toute l'année.

Je lui ai fait remarquer qu'il ne nous parlait pas beaucoup non plus, et à aucun d'entre nous.

— Alors qu'est-ce qu'il lui prend ? Qu'est-ce qu'on lui a fait ? J'avais commencé à croire qu'il était d'un tempérament sombre, que c'était plus fort que lui, mais quand je l'ai vu faire du charme aux Cotton…! Dieu sait pourtant si je ne m'attendais pas à ce que la vie soit facile en l'épousant, j'étais même préparée à la violence. Mais j'ai horreur des esprits chagrineux !

Ce n'était pas du tout le moment de lui faire

remarquer que ce mot n'existait pas ; d'autant qu'il me plaisait assez.

— Mrs. Cotton va peut-être retourner en Amérique avec Neil, ai-je suggéré pour la rassurer.

— Non, pas elle. Elle a pris cet appartement pour trois ans. Oh, mon Dieu ! je suis complètement idiote : comment pourrais-je l'empêcher de le voir, même si j'habitais chez elle ? Il y a des milliers d'endroits où ils peuvent se retrouver. Il va très certainement se redécouvrir une passion pour le British Museum.

Je dois reconnaître que c'était un peu louche : il n'avait pas mis les pieds une seule fois à Londres pendant que Mrs. Cotton était à Scoatney.

— Dans ce cas, vous pouvez aussi bien y aller. Je veux dire, peu importe que vous y alliez pour espionner, puisque vous savez fort bien que c'est impossible.

— C'est vrai.

Elle a poussé un soupir extravagant qui tenait plus du grognement, puis s'est mise à ranger dans la valise ses longues chemises de nuit blanches, genre linceul. Quand soudain, elle s'est approchée de la fenêtre et a regardé la salle de garde éclairée.

— J'aimerais bien savoir ! a-t-elle déclaré d'une voix d'outre-tombe.

Je lui ai obligeamment demandé ce qu'elle aimerait bien savoir.

— Si je vais revenir ici. J'ai eu un de ces pressentiments qui précèdent toujours les grandes décisions. Je n'en ai eu que trois ou quatre fois dans ma vie. Cette nuit-là, au Café Royal, quand Everard a frappé le serveur…

Elle s'est arrêtée net.
— Pourquoi l'avait-il frappé ? ai-je demandé, brûlant de curiosité.

Everard était le deuxième mari de Topaz, il travaillait dans la mode ; le premier s'appelait Carlo et avait quelque chose à voir avec le cirque. Rose et moi avons toujours rêvé d'en apprendre davantage à leur sujet.

Peine perdue : elle m'a regardée d'un air légèrement outré en murmurant de sa belle voix rauque :
— Laissons les morts enterrer les morts...

Autant que je sache, Everard est toujours bel et bien vivant, et je n'ai jamais vu de mort enterrer quiconque.

Il ne m'est rien arrivé de particulier entre le soir des fiançailles de Rose et le départ de Topaz pour Londres. Naturellement, nous nous sommes rendus un certain nombre de fois à Scoatney, mais Neil n'y était pas. Il était parti assister au Derby et à quelques autres courses ; cela me semblait vraiment dommage qu'il y soit allé seul. Après avoir bien réfléchi, je lui ai écrit un petit billet. Je m'en souviens mot pour mot :

Cher Neil,
Je suis certaine que cela vous fera plaisir de savoir que Rose est réellement amoureuse de Simon. La dernière fois que nous nous sommes parlé, je craignais qu'il n'en fût rien, de sorte que vous avez eu raison de me traiter de menteuse, mais aujourd'hui je n'en suis plus une. Rose me l'a dit elle-même et elle est très franche. Pour preuve, je vous dirai qu'elle a reconnu très honnêtement qu'elle l'aurait

épousé même si elle ne l'avait pas aimé. Je n'en suis pas tout à fait convaincue, mais, s'il vous plaît, ne lui en voulez pas pour cela, car c'est une fille qui a le plus grand mal à supporter la pauvreté et cela fait de longues années qu'elle la supporte. Et comme elle est tombée amoureuse de lui au bon moment, tout va pour le mieux.

J'espère que vous vous plaisez bien à Londres.
Avec l'affection de votre future belle-sœur,
Cassandra

J'ai pensé que c'était bien de mettre «affection», comme si nous étions déjà parents, bien que je ne sois pas tout à fait sûre que le mariage de Rose fasse de moi sa belle-sœur. Peut-être ne serai-je que la belle-sœur de Simon.

Il faut que je rentre, d'une part, parce que le soleil est beaucoup trop chaud, d'autre part, parce que je dois recopier la réponse de Neil dans mon journal.

Me voilà maintenant assise sur la banquette de la fenêtre de ma chambre, avec un verre de lait et une banane que je viens de terminer.

Neil m'a répondu :

Chère Cassandra,
C'était très gentil à vous d'écrire cette lettre et ce que vous dites est probablement exact. Je crois m'être montré fort peu raisonnable et assurément très grossier. Je vous présente à nouveau mes excuses.
Il y a tellement de monde dans l'appartement de maman que je suis allé m'installer à l'hôtel, de sorte que je ne les ai pas tellement vus, mais je les ai

accompagnés au théâtre hier soir et tout le monde avait l'air très heureux. Comme c'était une première, les photographes se sont rués sur Mrs. Mortmain, qui était d'une beauté renversante.

J'espère vous revoir avant de rentrer au pays. Peut-être pourrions-nous nager encore une fois dans les douves. Comment vont les cygnes?

Je serai ravi de vous avoir pour belle-sœur.
Avec toute mon affection,
Neil

J'espère qu'il ne va pas repartir en Amérique. Il aimerait bien trouver à s'associer dans un ranch, m'a confié Simon; quelque part dans le désert de Californie. Les déserts ne m'ont pas l'air très désertiques là-bas.

Ce matin, j'ai reçu une lettre de Rose que je vais recopier tout de suite.

Chère Cassandra,
Je suis désolée de ne pas t'avoir écrit plus tôt, mais j'ai été très occupée. Ce n'est pas une mince affaire que de se constituer un trousseau. Je crois que tu serais étonnée par notre façon de procéder. Nous n'allons pas dans de vrais magasins, mais dans de grandes et belles maisons. Il y a des salons, avec des chandeliers en cristal et de petites chaises dorées tout autour sur lesquelles tu t'assieds pour regarder les mannequains (je ne sais pas comment ça s'écrit) défiler avec les vêtements. Tu as une petite fiche et un crayon pour noter ce qui te plaît. Les prix sont astronomiques : une robe toute simple coûte environ vingt-cinq livres. Mon tailleur noir va en coûter trente-cinq; davantage en réalité, car

tout est en guinées, pas en livres. Au début, j'étais absolument affolée par ces sommes hallucinantes, mais maintenant tout cela me semble presque normal. Je crois que mon trousseau va coûter un millier de livres, ce qui ne représente pas énormément de vêtements, à vrai dire, par rapport à la dépense. Mais les manteaux de fourrure et les bijoux viendront après le mariage. J'ai déjà ma bague de fiançailles, évidemment, une émeraude carrée. Ravissante.

J'imagine que tu aimerais que je te décrive tout ce que nous avons acheté, mais je n'ai pas le temps, et cela me gêne aussi d'avoir autant et toi si peu. Mais tu vas avoir une superbe robe de demoiselle d'honneur – il va falloir que tu viennes pour l'essayage – et je pense que les vêtements de confection que je porte pourront être retouchés pour toi dès que j'aurai mon trousseau. Lorsque je serai mariée, nous ferons les magasins ensemble comme des folles.

Voici quelques nouvelles qui devraient t'intéresser plus spécialement. Nous avons dîné avec les Fox-Cotton et j'ai vu les photos de Stephen ; eh bien, ma chère, à lui seul, il ressemble à tous les dieux grecs réunis. Léda est convaincue qu'il pourrait trouver un travail rien qu'à partir de ses photos et elle est très sérieuse. Je lui ai dit que c'était tordant d'imaginer notre Stephen faire l'acteur, et elle a eu l'air un peu embêtée. Tu ferais bien de veiller au grain. Non, je plaisante, ne fais pas de bêtises. J'ai l'intention de te trouver quelqu'un de vraiment génial.

Je n'aime pas trop les Fox-Cotton. Aubrey fait grand cas de Topaz ; il la sort énormément ces temps-ci. Elle fait vraiment tout pour se faire remarquer. L'autre jour, à un défilé de mode, elle connaissait certains des mannequins, je ne savais plus où me mettre! Et elle connaissait les photographes, le soir de la première à laquelle nous avons assisté. MacMorris était là, on dirait un grand singe très pâle. Il voudrait faire un autre tableau d'elle. Ses vêtements ont l'air furieusement excentriques au milieu de tous ces gens si élégants. Quand je pense qu'ils me faisaient tellement envie.

J'ai pensé à toi hier. J'étais sortie toute seule et je suis allée dans ce magasin où ils gardaient les fourrures; leurs vêtements manquaient singulièrement de classe à côté de ceux que j'ai vus depuis, mais ils ont quand même de jolies choses et des gants pas mal du tout. J'ai revu la branche de corail qui te plaisait tant et je me suis demandé si je ne te l'achèterais pas, mais elle servait simplement de décoration. Après j'ai voulu t'acheter le parfum qui d'après toi sentait la jacinthe sauvage, mais c'était exorbitant et je n'avais pas assez d'argent sur moi. Tout ce que j'ai, c'est ce que Topaz me donne et elle se montre extrêmement parcimonieuse avec l'argent du manteau en castor, bien qu'à proprement parler il nous revienne, à toi et à moi. Mrs. Cotton dépense sans compter pour moi, évidemment, mais elle ne m'a jamais donné de quoi aller m'acheter quelque chose toute seule; peut-être trouve-t-elle que ce ne serait pas très délicat, ce en quoi elle a tort.

Oh, ma chérie! tu te souviens quand nous regardions la femme qui s'achetait une douzaine de paires de bas de soie et que tu disais que nous étions comme des chats en train de pousser des petits cris de frustration devant les oiseaux ? Je crois que c'est à ce moment-là que j'ai décidé que je ferais n'importe quoi, vraiment n'importe quoi, pour ne plus être pauvre. C'est ce soir-là que nous avons revu les Cotton. Crois-tu qu'il soit en notre pouvoir que les choses se réalisent ? Moi, oui. J'étais exactement dans le même genre d'état d'esprit le soir où j'ai fait mon vœu sur la tête de l'ange, et regarde ce qui est arrivé ! Aucun doute, c'est un ange, pas un diable. C'est tellement extraordinaire que je puisse être amoureuse de Simon, et tout le reste.

Cassandra chérie, je te promets que tu ne pousseras plus jamais ces petits cris de chat frustré dès lors que je serai mariée. Et outre les vêtements, il y a des tas de choses que je pourrai faire pour toi, tu sais. Je me demandais si tu n'aurais pas envie d'aller à l'université (sais-tu que Thomas va entrer à Oxford ?). Personnellement, je trouverais ça sinistre, mais ça pourrait te plaire, toi qui es si intelligente. Mon mariage va nous aider tous, tu comprends, même papa. Être loin de lui m'a rendue plus indulgente à son égard. Simon et Mrs. Cotton s'accordent pour dire que c'était un très grand écrivain. De toute façon, cela n'a plus tellement d'importance qu'il ne gagne pas d'argent. Transmets-lui toute mon affection, ainsi qu'à Thomas et à Stephen. Je leur enverrai des cartes postales à tous. Cette lettre est destinée à toi seule, bien sûr.

J'aimerais beaucoup que tu sois là, tu me manques plus de cent fois par jour. J'étais tellement triste d'être sans toi dans ce magasin. J'y retournerai pour t'acheter ce parfum dès que j'aurai réussi à extorquer un peu plus d'argent à Topaz – il s'appelle Solstice d'été et tu l'auras à temps pour tes petites manigances à Belmotte.

Oh, là, là! j'ai utilisé des feuilles et des feuilles du joli papier à lettre de Mrs. Cotton, mais comme ça, j'ai eu un peu l'impression de bavarder avec toi. Je voulais te raconter des tas de choses sur les pièces que nous sommes allés voir, mais je ne peux pas m'y mettre maintenant, il est beaucoup plus tard que je ne le pensais, et il faut que j'aille m'habiller pour le dîner.

Avec toute mon affection, et écris vite à ta chère Rose

P.-S. J'ai une salle de bains pour moi toute seule et chaque jour de nouvelles serviettes couleur pêche toutes propres. Dès que je me sens seule, je vais passer un moment dans la salle de bains jusqu'à ce que ça aille mieux.

C'est la première lettre que j'ai reçue d'elle, puisque nous ne nous sommes jamais quittées depuis la tendre enfance, sauf la fois où Rose a eu la scarlatine. Je ne la reconnais pas tellement, dans un sens, surtout parce qu'elle est beaucoup plus tendre envers moi; je ne crois pas l'avoir jamais entendue m'appeler «chérie». Peut-être est-ce parce que je lui manque. Je trouve que c'est le signe d'une très belle nature qu'une fille, amoureuse et au milieu de tant de merveilles, se languisse de sa sœur.

Trente-cinq guinées pour un tailleur, vous imaginez! Autrement dit trente-six livres et quinze shillings; je trouve très astucieux de la part des commerçants d'afficher les prix en guinées. Je n'aurais jamais cru que des vêtements puissent coûter aussi cher. À ce prix-là, Rose a raison de dire qu'avec mille livres on n'a pas grand-chose ; surtout quand on pense à tous les chapeaux, les chaussures et les sous-vêtements qu'il faut. J'avais imaginé Rose avec des dizaines et des dizaines de robes, on en trouve de très belles pour deux ou trois livres, mais peut-être a-t-on l'impression d'être hors du commun et dotée d'une certaine valeur en portant ces petits tailleurs si onéreux, comme on porte des bijoux. Rose et moi nous sentions sensationnelles quand nous mettions nos petites chaînes en or avec les perles fines en forme de cœur. Nous avons crié au scandale quand il a fallu les vendre.

Mille livres pour des vêtements, quand on pense combien de temps des pauvres pourraient vivre avec une telle somme ! Quand on pense d'ailleurs combien de temps nous pourrions nous-mêmes vivre avec ! Bizarrement, je ne nous ai jamais considérés comme pauvres – je veux dire que je ne nous ai jamais plaints, comme les chômeurs ou les mendiants ; quoique notre situation ait été en réalité bien plus dramatique, dans la mesure où nous étions incapables de travailler et n'avions personne à qui demander de l'argent.

Je ne crois pas que je pourrais regarder un mendiant dans les yeux si mon trousseau avait coûté un millier de livres... Oh, et puis Mrs. Cotton ne donnerait pas pour autant ces mille livres à un mendiant si elle ne les dépensait pas pour Rose, donc c'est aussi bien que Rose en profite. Et je me ferai une joie d'accepter les vêtements que m'offrira Rose. Je devrais avoir honte : je me réjouis de ne pas avoir les richesses sur la conscience tout en rêvant de les avoir sur le dos.

J'avais l'intention de recopier une lettre de Topaz, mais je l'ai punaisée dans la cuisine, puisque pour l'essentiel il s'agit d'instructions culinaires, domaine dans lequel je suis beaucoup plus ignorante que je ne l'aurais cru. Nous arrivions fort bien à nous débrouiller quand elle partait poser pour ses peintres, parce qu'à cette époque, nous nous nourrissions surtout de pain, de légumes et d'œufs; mais depuis que nous avons les moyens d'acheter de la viande et même du poulet, c'est une catastrophe. J'ai frotté comme une damnée des côtelettes qui n'avaient pas l'air très nettes avec du savon dont le goût est resté et, pour le poulet, j'ai laissé à l'intérieur des choses que j'aurais dû enlever.

Même entretenir la maison se révèle plus compliqué que prévu; j'ai toujours aidé à la tâche, mais je n'ai jamais pris les choses en main. Je mesure un peu plus chaque jour tout ce que Topaz avait à faire.

On dirait qu'elle a écrit sa lettre avec un bout de bois – elle se sert toujours d'une plume d'oie orange, très large. Il y a six fautes d'orthographe. Après ses précieux conseils culinaires, elle parle de la première où ils sont allés, disant que la pièce n'est pas très « significative », adjectif dont elle vient de s'enticher. L'architecture d'Aubrey Fox-Cotton est, selon elle, significative, mais pas les photos de Léda Fox-Cotton – Topaz a des doutes quant à leurs véritables mobiles. Véritables avec deux « t ». Chère Topaz ! Sa lettre est totalement à son image : trois quarts de conseils bienveillants et un quart d'extravagance. J'espère que l'extravagance signifie qu'elle est un peu plus heureuse ; ses frasques étaient rares depuis qu'elle se faisait du souci pour papa. Cela doit faire des mois qu'elle n'a plus joué de luth ni communié avec la nature.

Elle termine sa lettre en disant qu'elle rentrerait immédiatement si papa semblait le moins du monde regretter son absence. Malheureusement, ce n'est pas le cas ; et il est beaucoup moins irascible que lorsqu'elle est là – mais pas plus loquace. Nous ne nous voyons qu'aux repas ; le reste du temps, il se promène ou s'enferme dans la loge de garde (désormais, quand il sort, il ferme la porte à double tour et emporte la clé). Je suis au regret de dire qu'il est en train de relire tous les romans policiers de miss Marcy. Et qu'il a passé une journée à Londres. Pendant son absence, je me suis dit que nous étions véritablement ridicules de nous laisser subjuguer par lui au point de ne jamais oser lui poser de questions ; donc à son retour, je lui ai demandé d'un ton badin :

— Alors, c'était bien, le British Museum ?
— Oh, je n'y suis pas allé, a-t-il répondu, d'une voix assez enjouée. Aujourd'hui, je suis allé…

Il s'est tu et m'a regardée tout à coup comme si j'étais un animal dangereux dont il venait de découvrir la présence à ses côtés ; puis il est sorti de la pièce. J'ai eu envie de le rappeler pour lui demander s'il n'était pas en train de devenir un peu dingue. Mais je me suis dit soudain que, si quelqu'un devient dingue, c'est la dernière personne à qui il faut en parler.

Cette pensée m'a fait l'effet d'une décharge électrique. Croyais-je vraiment que mon père était en train de devenir fou ? Non, certainement pas. J'ai même eu un moment l'espoir ténu, insensé, qu'il était peut-être en train de travailler puisque, par deux fois, il avait réclamé de l'encre. Mais c'est quand même un peu étrange qu'il ait besoin de mes craies de couleur – enfin, ce qu'il en reste – et d'un vieux volume de la collection enfantine *Little Folks* ; et aussi qu'il aille se promener en emportant un indicateur de chemin de fer périmé.

Son comportement n'a pas changé. Mais il s'est montré extrêmement courtois et indulgent envers ma cuisine, ce qui est assurément un signe de maîtrise de soi.

Que j'ai pu être présomptueuse ! Je me souviens d'avoir écrit dans ce journal que je comptais décrire papa un de ces jours, que j'avais l'intention d'en brosser un superbe portrait. Décrire papa ! Je ne sais rien de personne ! Je ne serais pas étonnée d'apprendre que Thomas lui-même a une double vie, bien qu'il ait l'air de ne se préoccuper que de faire ses devoirs et de manger. C'est vraiment agréable de pouvoir enfin le nourrir correctement ; je lui sers des assiettes énormes.

Et Stephen ? Non, je ne peux pas décrire Stephen. La vie réserve de drôles de surprises. Je craignais qu'il ne soit difficile de me retrouver aussi longtemps seule avec lui, durant les longues soirées, avec papa enfermé dans la salle de garde et Thomas le nez dans ses livres. Je ne pouvais pas me tromper davantage. Après le thé, il m'aide à faire la vaisselle, puis nous allons jardiner un peu, mais la plupart du temps chacun à un bout du jardin, et de toute façon il ne parle presque pas.

Il n'est plus retourné à Londres et je suis sûre qu'il n'a pas vu ses photos. Je l'aurais su si on les lui avait envoyées ici. C'est vraiment une très bonne chose qu'il ne semble plus s'intéresser à moi parce que, dans l'état où je suis, j'aurais eu le plus grand mal à me montrer cassante avec lui.

Dans quel état êtes-vous, Cassandra Mortmain ? À plat ? Déprimée ? Vide ? Et en quel honneur, je vous prie ?

J'ai cru qu'en écrivant je parviendrais à comprendre ce qui se passait en moi, mais je n'ai toujours pas réussi jusqu'à présent. À moins que… Se pourrait-il que je sois jalouse de Rose ?

Je vais faire une pause et quelque investigation dans mon for intérieur…

J'ai bien cherché pendant cinq bonnes minutes. Et je vous jure que je ne suis pas jalouse de Rose ; qui plus est, je ne voudrais pour rien au monde être à sa place. Évidemment, c'est surtout parce que je ne tiens pas à épouser Simon. Mais supposons que je sois amoureuse de lui, comme Rose ? C'est difficile à imaginer. Supposons maintenant qu'il s'agisse de Neil, parce que justement, depuis son départ, je me suis demandé si je n'étais pas un tout petit peu amoureuse de lui. C'est bon, d'accord, je suis amoureuse de Neil, je vais l'épouser, et c'est lui qui est riche. On dépensera mille livres pour mon trousseau, ensuite j'aurai des fourrures et des bijoux. J'aurai un mariage fabuleux et tout le monde dira : « Quel beau mariage a fait cette petite jeune fille discrète ! » Nous irons vivre à Scoatney et nous aurons tout ce que nous pourrons désirer ainsi que, vraisemblablement, des tas d'enfants tous plus beaux les uns que les autres. Et nous serons «heureux jusqu'à la fin des temps», comme dans les contes de fées...

Eh bien, ce n'est toujours pas ça que je veux. Oh, certes, je veux bien des vêtements et du mariage, mais je ne suis pas certaine d'avoir envie des choses de la vie qui vont avec. J'ai néanmoins réussi à surmonter l'amère déception que j'ai ressentie lorsque j'en ai entendu parler pour la première fois et, de toute façon il faut y passer un jour ou l'autre. Ce qui ne me plairait pas du tout, c'est ce sentiment figé une fois pour toutes, avec le bonheur pour seule et unique perspective. Naturellement, aucune vie n'est parfaitement heureuse, les enfants de Rose seront probablement malades, ses domestiques lui causeront des problèmes, Mrs. Cotton sera peut-être tout le temps là comme un cheveu sur la soupe. (J'aimerais d'ailleurs bien savoir qui a trouvé le premier cheveu sur la soupe.) Des centaines de soucis et de chagrins peuvent advenir, mais... ce que je veux dire, c'est que Rose n'aura même plus envie de rien. Elle voudra simplement que rien ne change. Elle n'aura même plus le plaisir d'espérer que survienne quelque chose de vraiment fantastique et merveilleux.

Je suis peut-être complètement idiote, mais c'est comme ça : JE NE SUIS PAS JALOUSE DE ROSE. Lorsque je m'imagine à sa place, j'ai un peu la même impression que lorsque je termine un roman qui finit bien ; je veux parler du genre de fin après laquelle on oublie instantanément tous les personnages pour ne plus jamais y repenser...

J'ai l'impression qu'il y a un temps fou que j'ai écrit ces dernières lignes. Je suis restée plantée devant miss Blossom en la regardant sans la voir, sans rien voir du tout d'ailleurs. À présent, je vois les choses un peu plus clairement que d'ordinaire, ça m'arrive souvent après avoir été «en panne». Les meubles semblaient presque animés et se penchaient vers moi, comme la chaise dans le tableau de Van Gogh. Les deux lits, mon broc et ma cuvette, la petite table de toilette en bambou, pendant combien d'années les avons-nous partagés, Rose et moi! Quel soin mettions-nous à ne pas empiéter sur nos moitiés de table de toilette! Aujourd'hui, il ne reste plus rien à elle, hormis un porte-bagues en porcelaine sur lequel elle n'a jamais eu une seule bague à mettre. En tout cas, maintenant, elle en a une.

Ça y est, je comprends enfin ce que j'ai eu toute la semaine. Bon sang, je ne suis pas jalouse de Rose : elle me manque! Elle ne me manque pas parce qu'elle est partie – bien que je me sois en effet sentie un peu seule – mais c'est la Rose que j'ai perdue à tout jamais qui me manque. Nous avons toujours été deux à l'affût de la vie, à discuter tous les soirs avec miss Blossom, à nous poser des questions, à rêver, à espérer ; deux Brontë, filles de Jane Austen, pauvres mais pleines d'intrépidité, deux filles du château de Godsend. Aujourd'hui, il n'en reste qu'une, et rien ne sera plus aussi drôle qu'avant.

Oh, quelle égoïste je suis, alors que Rose est si heureuse! Évidemment, je n'aimerais pas revenir en arrière ; même en ce qui me concerne, je suis impatiente d'avoir des cadeaux, mais... je me demande quand même s'il n'y a pas un piège dans le fait d'avoir énormément d'argent. Cela n'ôterait-il pas aux choses le plaisir que l'on a à les posséder? Quand je pense à ma joie devant ma robe de coton vert, ma première robe neuve depuis des lustres! Rose pourra-t-elle ressentir ce genre d'émotion au bout de quelques années?

Il y a une chose que je sais : j'adore ma robe de coton vert même si elle n'a coûté que vingt-cinq shillings. «Que» vingt-cinq shillings! Cela nous paraissait une fortune lorsque nous l'avons achetée.

Ab vient de faire son apparition en miaulant, ce doit être l'heure du thé; ce chat a une horloge dans l'estomac. Oui... j'entends Stephen parler à Héloïse dans la cour; et papa qui est obligé de crier depuis la loge de garde pour demander à Thomas s'il lui a rapporté un exemplaire de *L'Éclaireur*. (Qu'est-ce qu'un adulte peut bien vouloir faire de *L'Éclaireur*?)

Je me demande si Thomas a pensé aux harengs...

Oui, il y a pensé : je viens de le lui demander par la fenêtre. Il nous rapporte très souvent du poisson de King's Crypt maintenant. Il paraît que c'est bon pour le cerveau, peut-être que ça fera du bien à papa. Oh, des harengs pour le thé, deux chacun! Trois, si ça nous fait plaisir.

Je me sens nettement mieux.

Il faut que je descende nourrir ma famille.

Chapitre 12

C'est la Saint-Jean. Une très belle journée, aussi belle que son nom.

J'écris dans le grenier; j'ai choisi cet endroit car, de là, on voit la tour de Belmotte. Au début, j'avais envie d'aller m'installer sur la butte, mais c'était trop pour moi : je sais que j'aurais revécu les choses au lieu de les raconter. Il faut absolument que je les raconte aujourd'hui pour m'en souvenir toute la vie, intactes et délicieuses, pas encore altérées par la tristesse qui approche, car elle approche, c'est indéniable ; c'est mon cerveau qui me le dit. Je croyais qu'elle serait là ce matin, mais non, pas encore, à tel point que j'ai du mal à croire qu'elle arrive un jour !

Ai-je tort d'être si heureuse ? Peut-être devrais-je me sentir coupable ? Non. Je ne suis pour rien dans ce qui s'est passé, et ça ne peut faire de mal à personne si ce n'est à moi. J'ai bien le droit d'être heureuse, non ? Tant que ça dure...

C'est comme une fleur en train d'éclore dans mon cœur, un battement d'ailes... Oh, si je pouvais encore écrire des poèmes comme quand j'étais petite ! J'ai essayé, mais c'était aussi ridicule qu'une vulgaire chansonnette à l'eau de rose.

Alors j'ai tout déchiré. Il faut que je raconte les choses simplement, tout ce qui m'est arrivé hier, sans chichis. Mais j'aimerais tellement pouvoir écrire un poème, en son honneur...

Ma belle journée a commencé avec le lever du soleil. C'est en général l'heure à laquelle je me réveille, mais la plupart du temps, je me rendors. Hier, je me suis souvenue que c'était le matin précédant la Saint-Jean, ma fête préférée de toute l'année, et je suis restée couchée, les yeux ouverts, à songer aux petits rites que j'allais pratiquer sur la butte. J'y tenais d'autant plus que c'était peut-être la dernière fois que j'aurais l'occasion de m'y livrer ; je ne le pensais pas vraiment, mais Rose avait à peu près mon âge lorsqu'elle s'est arrêtée. Je suis d'accord avec elle quand elle dit que ce serait atroce de les perpétuer pour la forme, sans plus y croire réellement ; l'année dernière, quand Topaz m'a gentiment servi d'assistante, c'était assez curieux et finalement très païen. Mais les cérémonies les plus merveilleuses remontent à l'époque où Rose et moi étions assez petites pour avoir un peu peur.

Nous avons commencé l'année de mes neuf ans : j'avais découvert ces rites dans un livre sur le folklore traditionnel. Maman trouvait que ce n'était pas pour les petites chrétiennes que nous étions (je me rappelle encore mon étonnement quand j'ai appris que j'étais chrétienne) et elle avait peur que nos robes prennent feu en dansant autour de notre petit bûcher votif. Elle est morte au cours de l'hiver, et à la Saint-Jean suivante, nous avons allumé un feu de joie beaucoup plus grand ; tandis que nous y ajoutions du bois, j'ai brusquement pensé à elle et je me suis demandé si elle nous voyait. Je me suis sentie un peu coupable, non seulement à cause du feu, mais parce qu'elle ne me manquait plus autant et que je m'amusais. Ensuite, nous avons mangé du gâteau et j'étais bien contente de pouvoir en prendre deux morceaux, ce qu'elle n'aurait pas permis; mais en fin de compte, je n'ai pris qu'une seule part. La mère de Stephen nous faisait tout le temps un très beau gâteau pour la Saint-Jean, toute la famille en mangeait, mais Rose et moi n'autorisions jamais personne à participer à nos rites sur la butte; quoique, après la fois où nous avons vu la « chose », Stephen restât un peu plus longtemps dans la cour au cas où nous l'appellerions au secours.

Hier, tout en regardant de mon lit le soleil se lever au-dessus du champ de blé, j'essayais de me remémorer toutes nos nuits de la Saint-Jean, par ordre chronologique. J'ai réussi à remonter jusqu'au jour où il avait tant plu que nous avons tenté d'allumer un feu sous un parapluie. Puis je me suis rendormie, d'un sommeil cotonneux, léger, délicieux. Je rêvais que j'étais dans la tour de Belmotte, au point du jour, et qu'autour de moi s'étendait un grand lac doré, à perte de vue. Il ne restait absolument rien du château, mais ça n'avait pas l'air de m'inquiéter le moins du monde.

Pendant que je prenais mon petit déjeuner, Stephen est venu me dire qu'il ne serait pas là pour déjeuner, comme tous les samedis, car il allait à Londres poser encore une fois pour Mrs. Fox-Cotton.

– Elle veut se mettre au travail dès demain

matin, à la première heure, donc je vais partir aujourd'hui et passer la nuit sur place.

Je lui ai demandé s'il avait quelque chose pour emporter ses affaires et il m'a montré le vieux sac de voyage qui avait appartenu à sa mère.

— Mais enfin, vous ne pouvez pas partir avec ça ! Je vais vous prêter ma sacoche, si elle est assez grande.

— Ça ira parfaitement, a-t-il répondu avec un sourire.

Je me suis aperçue qu'il ne prenait que sa chemise de nuit, son rasoir, une brosse à dents et un peigne.

— Vous ne pourriez pas vous acheter une robe de chambre, Stephen, avec les cinq guinées que vous avez gagnées l'autre jour ?

Il m'a répondu qu'il avait l'intention d'acheter autre chose avant.

— Eh bien, alors, avec l'argent de votre salaire. Vous n'avez plus besoin de nous le remettre maintenant que nous avons deux cents livres.

Mais il a dit qu'il ne changerait rien tant qu'il n'en aurait pas discuté avec Topaz.

— Peut-être compte-t-elle encore sur moi. Et deux cents livres, ça ne dure pas éternellement. N'allez pas croire que vous êtes riches, ce n'est pas prudent.

Pour finir, il a accepté d'envisager de s'acheter une robe de chambre, mais je suis certaine que c'était uniquement pour me faire plaisir. Non, je crois plutôt qu'il l'a dit pour couper court à la discussion ; il a abandonné l'idée de chercher à tout prix à me plaire. Et je vous assure que c'est une très bonne chose.

Il venait à peine de partir quand papa est descendu à son tour, vêtu de son plus beau costume : il allait lui aussi à Londres, et plusieurs jours, s'il vous plaît !

– Où vas-tu habiter ? Chez les Cotton ? ai-je risqué. J'ai dit « risqué », car c'est bien ainsi que je m'adresse à lui ces derniers temps : sur la pointe des pieds.

– Pardon… où ? Eh bien, oui, je pense. C'est une très bonne idée. Tu as un message à transmettre aux filles ? Attends, tais-toi une seconde !

Je l'ai regardé d'un air interloqué. Il avait pris une assiette sur la table et l'examinait sous tous les angles. C'était une vieille assiette à motif de saule que j'avais dénichée dans le poulailler et rapportée à la maison pour pallier notre cruel manque de vaisselle.

– Intéressant. Tout à fait possible…, a-t-il fini par dire avant de retourner dans la loge de garde avec l'assiette.

Il est revenu au bout de quelques instants et a pris son petit déjeuner.

Il était soucieux, cela se voyait, mais, comme je voulais en savoir un peu plus au sujet de cette assiette, je lui ai demandé si elle avait de la valeur.

– C'est possible, c'est possible, a-t-il répondu en regardant droit devant lui.

– Tu connais quelqu'un qui voudrait l'acheter ?

– L'acheter ? Ne dis pas de bêtises. Et tais-toi.

Je n'ai pas insisté.

Il y a eu l'habituel branle-bas de combat pour qu'il ne rate pas son train : j'ai sorti sa bicyclette et l'ai attendu dans la cour.

– Où sont tes affaires pour la nuit ? lui ai-je

demandé tandis qu'il venait vers moi, les bras ballants.

Il a eu l'air vaguement inquiet, avant de se reprendre :

– Oh, eh bien, euh… je ne pouvais emporter de valise à bicyclette. Je m'en passerai. Au revoir…

À ce moment, il a aperçu le sac de voyage de Stephen que j'avais jeté dehors car il grouillait de mites.

– Voilà, je vais prendre ça ! Je pourrai l'accrocher au guidon. Va vite me chercher mes affaires !

Je commençais à lui faire remarquer l'état déplorable du sac, quand il m'a poussée dans la maison, tout en me criant ses instructions. J'ai entendu «pyjama!» en traversant la cuisine, «rasoir!» dans l'escalier, et «brosse à dents, mouchoirs et chemise propre si j'en ai une!» en fouillant dans sa chambre. Quand je suis arrivée dans la salle de bains, je l'ai entendu vociférer :

– Ça suffit ! Reviens immédiatement ou je vais manquer mon train !

Mais lorsque je suis arrivée en bas, à toute vitesse, on aurait dit qu'il avait complètement oublié qu'il était pressé : assis sur le pas de la porte de derrière, il étudiait attentivement la tapisserie du sac de voyage.

– C'est très intéressant… pseudo-persan…, a-t-il commencé avant de se lever d'un bond et de se remettre à hurler : Bon sang ! Donne-moi vite tout ça !

L'église de Godsend qui sonnait la demie l'avait rappelé à la réalité.

Il a tout fourré en vrac dans le sac, l'a accroché à sa bicyclette et est parti à fond de train, écrasant au passage le coin d'une plate-bande. Arrivé à la loge de garde, il a freiné abruptement, sauté de son vélo et grimpé l'escalier quatre à quatre, laissant sa bicyclette en équilibre tellement instable qu'elle est tombée par terre. Le temps que j'arrive pour la relever, il était redescendu avec l'assiette à motif de saule à la main. Il l'a enfournée dans le sac de voyage, et est reparti en pédalant comme un fou, donnant des coups de genou dans le sac à chaque tour de pédale. Juste avant le premier tournant du chemin, il a tourné brusquement la tête en criant «Au revoir!», manquant de tomber. Et il a disparu. Jamais je ne l'avais vu aussi agité..., autant que je me souvienne. Mais n'était-il pas ainsi à l'époque où il était violent?

Comme je revenais vers la maison, j'ai soudain réalisé que j'allais être toute seule cette nuit – Thomas passait le week-end chez Harry, un de ses camarades de classe. Pendant une seconde, je me suis sentie abandonnée, effarée, mais je n'ai pas tardé à me convaincre que je n'avais absolument rien à craindre; les vagabonds ne viennent presque jamais jusque chez nous, et les rares occasions où cela s'est produit, ils étaient très gentils. De toute façon, Héloïse est un excellent chien de garde.

Une fois que je me suis habituée à l'idée d'être aussi longtemps toute seule, ça a commencé à me plaire. J'ai toujours aimé la perception différente que l'on a d'un lieu quand on y est seul, et je me réjouissais à la perspective de savourer pendant deux jours entiers ces nouvelles sensations. Jamais le château ne m'avait paru m'appartenir à ce point; la journée elle-même me semblait entièrement mienne; j'ai eu la sensation pour ainsi dire d'être un peu plus moi-même que d'habitude. J'ai pris conscience de tous mes gestes : si je levais le bras, par exemple, je le contemplais, un peu songeuse, en me disant : «C'est mon bras!» J'ai pris aussi un grand plaisir à bouger, en bougeant physiquement, mais aussi en palpant l'air; c'était très étrange cette façon dont l'air semblait me caresser alors qu'il n'y avait absolument pas de vent. Toute la journée, j'ai ressenti un grand bien-être et une impression d'espace infini. Mais ce bonheur ne m'était pas étranger, il possédait une qualité particulière que je connaissais déjà. Oh, comment pourrais-je la décrire, cette impression tellement aiguë de déjà vécu? Il me semble à présent que toute la journée a été comme une sorte d'avenue conduisant à une maison jadis adorée mais oubliée, et dont le souvenir m'est revenu si progressivement, si discrètement aussi, au cours de mes déambulations, que ce n'est qu'au moment où cette maison m'est enfin apparue que j'ai pu m'écrier : «Maintenant je sais pourquoi j'étais heureuse!»

Les mots sont vraiment des magiciens! Tandis que j'écrivais le passage sur l'avenue, elle a surgi devant mes yeux : je la vois, bordée de grands arbres aux troncs lisses dont les branches s'élèvent haut dans le ciel. L'atmosphère est paisible, pourtant, j'ai le sentiment que quelque chose pourrait se produire, comme le jour où j'étais dans la cathédrale de King's Crypt, au coucher du soleil. Je me suis promenée tant et plus sous la voûte de verdure... Cette avenue, c'est hier : cette longue voie qui conduit vers la beauté. Comme elles sont étranges, ces images que l'on a dans la tête…

J'ai contemplé longuement le ciel, jamais je ne l'avais vu aussi bleu. De gros nuages gonflés d'air défilent par vagues devant le soleil qui leur fait comme un liseré d'argent lumineux. Toute la journée est argentée, éclatante, les oiseaux poussent des cris perçants… Hier était doré, même le matin, la lumière était doucement alanguie, tous les sons semblaient atténués.

Vers dix heures, j'avais terminé tout ce que j'avais à faire et je me demandais à quoi j'allais consacrer le reste de la matinée. J'ai fait un tour dans le jardin, regardé une grive sur la pelouse qui cherchait des vers de terre avant d'aller me reposer dans l'herbe, au bord des douves. Lorsque j'ai trempé ma main dans l'eau chatoyante, elle était tellement bonne que j'ai décidé de me baigner. J'ai fait deux fois le tour du château à la nage, en entendant dans ma tête *Water Music* de Haendel.

Tandis que j'étendais mon maillot de bain à la fenêtre de ma chambre, j'ai eu une envie irrépressible de m'allonger au soleil sans rien sur le dos. Je n'y avais jamais pensé auparavant. Topaz avait toujours eu chez nous le monopole de la nudité mais, plus j'y songeais, plus ça me plaisait. Alors j'ai eu l'idée géniale de prendre mon bain de soleil sur le toit de la tour de ma chambre, où personne, des champs ou de notre chemin, ne pouvait matériellement me voir. Cela m'a fait un drôle d'effet de grimper lentement, toute nue, les marches de pierre glacées et rugueuses – sensation assez excitante que je ne m'explique pas. Déboucher au sommet était formidable, la chaleur et la lumière éblouissante me sont tombées dessus comme une grande chape. Les feuilles de plomb qui tapissaient le sol étaient si chaudes qu'elles me brûlaient presque la plante des pieds ; j'étais contente d'avoir pensé à prendre une couverture à étendre par terre.

C'était extraordinairement intime. Cette tour est la mieux conservée de toutes ; le cercle des créneaux est complet, malgré quelques sérieuses fissures où un beau souci orange a trouvé le moyen de pousser. Une fois allongée, je voyais même les créneaux sans avoir à tourner la tête. Il n'y avait plus que le dôme du ciel sans nuages baigné de soleil.

Quelle différence entre porter un maillot de bain, aussi étriqué soit-il, et ne rien avoir du tout ! Au bout de quelques instants, j'avais une sensation de vie dans la moindre parcelle de mon corps autant que dans la tête, les mains, le cœur. J'ai eu l'impression extraordinaire que je pouvais penser aussi bien avec les bras et les jambes qu'avec le cerveau, et j'ai soudain compris que toutes les fadaises de Topaz sur sa communion avec la nature n'étaient, tout compte fait, pas du tout des fadaises. La chaleur du soleil faisait comme des mains délicatement posées sur moi et la vibration de l'air, des doigts légers. Ma façon à moi de communier avec la nature a toujours eu un rapport avec la magie et le folklore, et quelquefois aussi avec le sacré. Cela n'avait rien à voir avec ce que j'étais en train de vivre. Je pense que c'était ce que Topaz voulait dire par «païen», ou profane. En tout cas, c'était extraordinaire.

Mais j'ai commencé à avoir très, très chaud

du côté face. Et lorsque je me suis retournée sur le ventre, je me suis aperçue que l'autre côté était moins enclin à s'unir à la nature. Je me suis remise à penser, uniquement avec le cerveau, comme d'habitude, et il m'a semblé assez replié sur lui-même, probablement parce que c'était très ennuyeux de n'avoir rien d'autre à regarder que le ciel. J'ai commencé à écouter le silence. Jamais un matin n'avait été aussi silencieux. Aucun chien n'aboyait, aucune poule ne caquetait ; et plus étrange encore, aucun oiseau ne chantait. J'avais l'impression d'être dans une sphère de chaleur insonorisée. Je me demandais si je n'étais pas devenue sourde, quand j'ai entendu un tout petit bruit, presque imperceptible, tap, tap, impossible à identifier. Plop, plop, et j'ai trouvé : c'était mon maillot de bain en train de s'égoutter au-dessus du fossé. Puis une abeille a foncé en trombe en plein cœur du souci orange, me vrombissant dans les oreilles ; brusquement, on aurait dit que toutes les abeilles se mettaient à bourdonner en même temps dans le ciel d'été. Je me suis levée en un clin d'œil et j'ai vu un avion qui se rapprochait à si vive allure que je me suis ruée dans l'escalier, ne laissant que ma tête dépasser. L'avion est passé très bas au-dessus du château et il m'est venu l'idée saugrenue que j'étais une gente dame de Godys, au Moyen Âge, voyant un homme remonter les siècles dans sa machine volante, espérant sans doute que c'était son bien-aimé qui venait l'enlever.

Après quoi, la gente dame dévalait l'escalier quatre à quatre et allait se rhabiller.

J'avais à peine terminé que le facteur traversait

la cour en demandant s'il y avait quelqu'un. Il apportait un colis pour moi! Rose était retournée commander le parfum Solstice d'été; je croyais qu'elle avait oublié. Oh, c'était un cadeau merveilleux! Sous le papier d'emballage, il y avait un autre papier, à fleurs de toutes les couleurs, et dans ce papier, il y avait un coffret bleu velouté, et dans ce coffret, il y avait un flacon en verre sur lequel étaient gravées une lune et des étoiles, et dans ce flacon, il y avait un parfum vert pâle. Le bouchon était retenu par un mince fil d'argent et des sceaux en argent. Tout d'abord, j'ai pensé l'ouvrir sur-le-champ; puis j'ai décidé de faire de son ouverture un prélude aux rites, quelque chose que j'attendrais avec impatience toute la journée. J'ai donc posé la petite bouteille sur la moitié de la table de toilette qui était celle de Rose et je lui ai envoyé des ondes de remerciements. J'avais l'intention de lui écrire après mes petites «manigances» à Belmotte, comme elle disait, pour lui annoncer que j'avais étrenné son parfum à cette occasion... Oh, que ne lui ai-je écrit à ce moment-là? Qu'est-ce que je vais bien pouvoir lui raconter maintenant?...

Comme j'avais faim, mais aucune envie de faire la cuisine, je me suis régalée de haricots froids – quel bonheur de pouvoir de nouveau s'offrir des boîtes de conserve! J'ai mangé aussi une tartine de pain beurré, de la salade, du riz au lait froid et deux tranches de cake (acheté en magasin!) avec un verre de lait. Hél et Ab sont montés sur la table où je leur ai donné quelques petites bricoles – ils avaient déjà mangé, naturellement. Ils ont tout de suite adoré les haricots, il n'y a pas grand-chose qu'ils n'aiment pas, Héloïse mange même de la laitue assaisonnée. (Quand c'était la famine à la maison, elle était devenue pratiquement végétarienne.) Ensuite, une fois complètement rassasiés, nous avons fait tous les trois une sieste dans le lit à baldaquin, Ab roulé en boule à mes pieds et Hél le dos collé contre ma poitrine, ce qui me tenait assez chaud mais était plutôt sympathique.

Nous avons dormi des heures. Je ne crois pas avoir jamais dormi autant dans la journée ; je me suis sentie terriblement coupable en m'apercevant à mon réveil qu'il était presque quatre heures. Hél a agité la queue, comme si je revenais de loin, et Ab nous a regardées comme s'il nous voyait pour la première fois de sa vie – après quoi il a sauté du lit, s'est fait un peu les griffes sur l'unique jambe de miss Blossom, puis il est sorti. Lorsque j'ai jeté un coup d'œil par la fenêtre quelques instants plus tard, il était en haut de la muraille, une patte tendue vers le ciel, absorbé dans une toilette minutieuse. Cela m'a donné l'idée de me laver les cheveux.

Quand j'ai eu fini, il était grand temps d'aller cueillir des fleurs pour les rites.

Il fallait que ce soit des fleurs des champs. Je ne me souviens plus si c'est la tradition qui veut cela, ou si c'est Rose qui en a décidé ainsi : mauves, lychnides et campanules pour la guirlande autour du cou, digitales pour le bouquet à la main et églantines dans les cheveux. Depuis que Rose ne pratique plus ces rites, elle est souvent venue m'aider à cueillir les fleurs pour les guirlandes – j'ai passé toute la journée d'hier à converser avec elle ; elle me manque encore plus que d'habitude, alors, à la place, j'ai parlé à Héloïse. Nous avons fait une merveilleuse promenade toutes les deux sur le chemin et à travers champs ; Héloïse a même porté la corbeille de fleurs pendant quelques secondes, remuant l'arrière-train à qui mieux mieux tant elle était fière. J'étais contente de voir qu'il restait encore des campanules et des jacinthes sauvages dans le bois de mélèzes. Ce que j'aime par-dessus tout, c'est regarder Héloïse sentir une campanule de son long museau blanc et glabre. Comment peut-on trouver affreux les bull-terriers ? Héloïse est ravissante, quoiqu'elle ait pris un peu de poids, ces dernières semaines d'abondance.

J'ai donné à boire à mes fleurs ; les fleurs sauvages fanent si vite quand elles n'ont pas d'eau que je ne commence jamais ma guirlande avant sept heures du soir. Entre-temps, je ramasse le petit bois dont j'ai besoin pour allumer mon feu – Stephen me monte toujours quelques bûches là-haut – et je prépare mon panier. Quand j'ai eu terminé ma guirlande, il était près de huit heures et une lune pâle montait dans le ciel encore bleu. J'ai mis ma petite robe de coton vert, mon collier de fleurs autour du cou et l'églantine dans les cheveux ; puis à la toute dernière minute, j'ai débouché le flacon de parfum de Rose.

Il a suffi d'une seule bouffée pour me transporter dans le luxueux magasin où étaient gardées les fourrures – oh, quel arôme extraordinaire ! Mais le plus étrange, c'est qu'il ne m'évoquait plus du tout les jacinthes sauvages. J'en ai déposé une goutte sur mon mouchoir, et en l'agitant, j'ai retrouvé, une fraction de seconde, cette odeur de fleur, mais persistait surtout ce parfum suave et mystérieux, fugace, qui représentait pour moi Londres et le luxe. Il couvrait celui si subtil de la fleur d'églantier et je savais déjà qu'il troublerait l'odeur exquise de l'herbe après une chaude journée à Belmotte; j'ai donc renoncé à en mettre pour accomplir les rites. Je l'ai humé une dernière fois avant de courir prendre dans la cuisine le sac de petit bois et le panier, puis je me suis mise en route. J'étais contente qu'Héloïse ne soit pas là pour me suivre car elle veut toujours manger le gâteau prévu pour les rites.

Il n'y avait pas un souffle de vent quand je suis montée à Belmotte. Le soleil s'était couché; en général, je commence les rites en le regardant décliner à l'horizon, mais l'épisode du parfum m'a pris plus de temps que prévu. Derrière la tour, le soleil était d'un jaune très pâle, barré d'un trait vert, vert vif, d'une beauté surnaturelle. Mais il s'est vite évanoui, et il avait disparu au moment où je suis arrivée au cercle de pierres qui délimite l'emplacement du feu. J'ai contemplé le ciel jusqu'à ce que le soleil disparaisse à son tour, puis je me suis tournée vers la lune, encore basse au-dessus du champ de blé. Le bleu du ciel alentour était devenu si intense qu'elle n'avait plus l'air aussi pâle, mais ressemblait à une boule de neige lumineuse.

La paix était si profonde que j'avais l'impression d'être environnée d'une substance douce, épaisse et ouatée, rendant tout mouvement difficile; mais quand j'ai entendu sonner neuf heures à l'église, je suis sortie de ma torpeur. J'ai déposé le petit bois au milieu du cercle de pierres et j'ai ajouté les bûches que Stephen avait laissées là. Il avait également apporté de longues branches fines, que j'ai disposées par-dessus les bûches de façon à former une sorte de wigwam. Puis je suis allée à la tour chercher mon matériel pour allumer le feu.

Le véritable matériel – celui avec lequel on devrait toujours allumer les feux de la Saint-Jean – consiste en deux morceaux de bois que l'on frotte l'un contre l'autre ; mais lorsque nous avons commencé à pratiquer ces rites, Rose et moi, nous n'avons pas réussi à faire naître plus qu'une malheureuse étincelle. Nous avons donc décidé que ce serait bien assez païen d'avoir des allumettes dans la tour et un cierge. Rose sortait en portant le cierge, tandis que je la suivais en agitant mon bouquet de digitales. Cela nous a toujours fascinées de voir à quel point une flamme aussi minuscule pouvait faire paraître le crépuscule encore plus profond et encore plus bleu, ce que nous prenions d'ailleurs pour une première manifestation de magie. Il était extrêmement important que le cierge ne s'éteigne pas pendant que nous descendions l'escalier de la tour et traversions la butte : les nuits de grand vent, nous le protégions avec un verre de lampe. Mais la nuit dernière était si tranquille que j'ai à peine eu besoin de le protéger avec la main.

Dès que le feu a pris, toute la campagne alentour a disparu dans le noir ; j'ai donc jeté un dernier coup d'œil sur les champs paisibles, navrée d'avoir à les abandonner. Puis j'ai allumé les brindilles. Elles se sont embrasées instantanément.

J'adore les premières minutes d'un feu, les crépitements et les claquements du bois, les légers tremblotements, la première brusque bouffée de fumée. Les bûches avaient plus de mal à prendre, m'obligeant à approcher mon visage à quelques centimètres du sol pour souffler dessus. Tout à coup, les flammes se sont élevées jusqu'au sommet du wigwam de branches et j'ai vu la lune enneigée prisonnière d'une cage embrasée. Puis la fumée s'est envolée en volutes tourbillonnantes quand les bûches se sont enfin enflammées. Toutes mes pensées semblaient irrésistiblement absorbées par le feu, se consumaient au milieu du cercle de pierres illuminé. Tout l'univers sifflait, craquait, rugissait.

Quand soudain, du fin fond de la nuit, j'ai entendu crier mon nom.

– Cassandra !

Cela venait-il du chemin ou bien du château ? Et quelle était cette voix ? Figée sur place, j'ai attendu qu'on appelle de nouveau, cherchant à faire abstraction des crépitements du feu. Était-ce une voix d'homme ou de femme ? Lorsque j'essayais de me la remémorer, je n'entendais plus que le feu. Au bout de quelques instants, j'en étais arrivée à croire que j'avais rêvé. Puis Héloïse s'est mise à aboyer, ainsi qu'elle le fait dès que quelqu'un arrive.

J'ai traversé la butte en courant et j'ai scruté la propriété en contrebas. Au début, je ne voyais pas très distinctement à cause des flammes qui dansaient encore devant mes yeux, mais la pâle lueur du soir s'est progressivement installée de nouveau ; il m'était toutefois impossible de voir s'il y avait quelqu'un dans la cour ou sur le chemin, car une brume épaisse venait de s'élever des douves. Héloïse faisait un tel vacarme que je me suis décidée à descendre. Au moment où je me mettais en route, elle s'est tue ; et là, portée par la brume, j'ai de nouveau entendu la voix : « Cassandra ! », long cri interminable. Cette fois, je savais qu'il s'agissait d'une voix d'homme, mais j'étais incapable de la reconnaître. J'étais certaine en tout cas que ce n'était ni celle de papa, ni celle de Thomas, ni celle de Stephen. C'était la voix de quelqu'un que je n'avais jamais entendu m'appeler.

– Je suis là ! ai-je crié à mon tour. Qui est là ?

Quelqu'un approchait dans la brume, franchissait le pont. Héloïse est partie comme une flèche, très contente d'elle.

« Mais c'est Neil, bien sûr ! » ai-je songé, et j'ai couru à sa rencontre. Et puis j'ai réussi à voir. Ce n'était pas Neil : c'était Simon.

Quel étrange souvenir... je n'étais pas contente de le voir ! J'aurais préféré que ce soit Neil, puisque manifestement quelqu'un surgissait au moment précis où je commençais les rites. Il m'était désormais impossible d'en vouloir à celui qui, surprenant une grande fille comme moi en train de se livrer à ce genre d'activité, l'aurait trouvée « faussement ingénue ».

Pendant que nous nous serrions la main, j'ai pris la décision de le conduire à la maison, sans faire allusion au feu. Mais il l'avait vu :

– J'avais complètement oublié que c'était la nuit de la Saint-Jean. Rose m'a raconté combien vous vous amusez ces soirs-là. Quelle belle guirlande vous avez !

Et sans y penser, nous sommes remontés ensemble jusqu'en haut de la butte.

Il était venu à Scoatney pour rencontrer le régisseur, avec qui il avait travaillé toute la journée.

— Et puis je me suis dit que je pourrais passer vous voir, vous et votre père. Il est sorti ? Le château est tout éteint…

Je lui ai expliqué pour papa, et lui ai dit qu'il était peut-être à l'appartement.

— Eh bien, il n'aura plus qu'à dormir dans ma chambre, nous sommes serrés comme des sardines dans cet appartement. Quelle flambée fantastique !

Tandis que nous nous asseyions, je me demandais ce que Rose lui avait effectivement raconté sur nos rites, j'espérais qu'il ne connaissait que l'existence du feu. Mais je l'ai surpris à jeter un regard vers le panier.

— Comment va Rose ? lui ai-je demandé précipitamment pour détourner son attention.

— Oh, elle va très bien… elle vous embrasse, naturellement. Topaz aussi. Est-ce le porto du pasteur dont Rose m'a parlé ?

Le petit flacon de médicament dépassait du panier.

— Oui, il m'en offre un peu tous les ans, ai-je rétorqué avec quelque embarras.

— Buvons-nous ou faisons-nous des libations ?
— Nous ?
— Oh, j'ai bien l'intention de faire la fête, moi aussi. Je représenterai Rose, même si elle estime qu'elle a passé l'âge.

Ma gêne s'est envolée aussitôt. J'ai eu l'impression que Simon était l'une des rares personnes capables de trouver les rites de la Saint-Jean très romantiques, qu'il les considérerait comme un lien entre le passé et le présent, et qu'ils pourraient l'aider à retrouver ses fameuses racines anglaises. C'est pourquoi j'ai accepté et commencé à sortir tout ce qu'il y avait dans le panier.

Il m'a regardé, faire avec le plus grand intérêt.

— Rose ne m'avait pas parlé du sachet de plantes aromatiques pour la cuisine. À quoi servent-elles ?

— Nous les faisons brûler, elles protègent de la magie noire. Évidemment, il ne faudrait pas les acheter dans un magasin, il vaut mieux les cueillir à la pleine lune. Mais je ne sais pas où en trouver qui sentent bon.

Il m'a répondu que je pourrais désormais aller en ramasser dans le jardin aromatique de Scoatney.

— Ce serait bien de savoir qu'elles servent à quelqu'un, parce que, pour les salades, ce n'est pas encore ça. Qu'est-ce que c'est que cette poudre blanche ?

— Du sel, pour chasser le mauvais sort. Et ça donne aux flammes un très beau bleu.

— Et le gâteau ?

— Eh bien, nous le présentons au feu avant de le manger. Ensuite nous buvons du vin et en jetons quelques gouttes dans les flammes.

— Et vous dansez autour du feu ?

Je lui ai rétorqué que j'étais trop grande pour cela.

— Certainement pas, quelle idée ! Je vais danser avec vous.

Je ne lui ai pas parlé des vers que je récite

d'habitude, parce que c'est moi qui les ai écrits quand j'avais neuf ans et qu'ils sont complètement idiots.

Les hautes flammes retombaient ; il allait nous falloir encore du petit bois si nous voulions que notre feu soit grandiose. J'avais vu qu'il restait un peu de bois sec dans la tour, vestiges du temps où nous allions pique-niquer sur la butte.

Comme nous arrivions au pied de la tour, il s'est arrêté et a considéré cette masse noire qui se découpait sur le ciel.

– Combien mesure-t-elle ? Elle doit certainement faire entre vingt-cinq et trente mètres de haut.

– Vingt mètres. Elle paraît plus haute parce qu'il n'y a rien autour.

– Elle me rappelle un tableau que j'ai vu un jour, et qui s'appelait *La Tour du sorcier*. On peut monter tout en haut ?

– Thomas y est monté, il y a quelques années, mais c'était très dangereux ; le sommet de l'escalier est maintenant beaucoup plus écroulé qu'à l'époque. De toute façon, il n'y a aucune issue sur le toit, si vous y parvenez, car il s'est effondré il y a des centaines d'années. Venez voir.

Nous avons gravi la longue volée de marches en pierre conduisant à la porte d'entrée et descendu l'échelle, à l'intérieur. En levant les yeux vers le disque de ciel, très haut, les étoiles brillaient sur le bleu pâle : ce qui était curieux puisque de l'extérieur, elles n'étaient pas encore visibles.

La lumière qui tombait de la porte ouverte suffisait à Simon pour regarder autour de lui. Je lui ai montré le départ de l'escalier à vis, qui est dissimulé dans une sorte de dégagement. (C'est là que je cache ce journal.) Il m'a demandé ce qu'il y avait au-delà de la voûte qui donnait sur le dégagement opposé.

– Rien aujourd'hui. C'est là qu'il y avait les garde-robes.

À vrai dire, on devrait plutôt les appeler cabinets ou latrines, mais c'est plus délicat de dire « garde-robes ».

– Combien d'étages y avait-il à l'origine ?

– Trois, on distingue encore les paliers. Il y avait le niveau de l'entrée, une grande pièce au-dessus, et un cachot tout en bas – à l'endroit même où nous nous trouvons.

– Je parie qu'ils festoyaient là-haut pendant que les prisonniers faisaient cliqueter leurs chaînes en bas...

Je lui ai répondu qu'à mon avis, ils devaient plutôt festoyer ailleurs, puisque dans le temps, le château de Belmotte devait être beaucoup plus important, bien qu'il n'en reste pas grand-chose aujourd'hui :

– C'était probablement une tour de guet. Attention de ne pas vous cogner dans le châlit.

Le cadre de lit en fer était déjà là, la première fois que nous sommes venus à Belmotte, un grand lit à deux places, assez original, mais entièrement rouillé. Papa avait l'intention de le faire enlever, mais lorsqu'il l'a vu envahi par le cerfeuil sauvage qui grimpait vers la lumière, il a été séduit. Rose et moi le trouvions pratique pour nous y asseoir, au grand dam de maman, chaque fois que nous revenions avec la marque des ressorts rouillés sur nos culottes blanches.

– Il est tout ce qu'il y a de plus surréaliste ! a remarqué Simon en riant. Je n'arrive pas à comprendre pourquoi il y a tellement de lits en fer abandonnés dans la campagne.

Je lui ai répondu que c'était probablement parce qu'ils étaient imputrescibles, tandis que le reste se décomposait.

– Quelle fille rationnelle vous faites ! Je n'aurais jamais pensé à ça.

Il s'est tu quelques instants, le regard perdu vers les hauteurs incertaines de la tour. Un dernier oiseau a traversé le disque étoilé pour regagner son nid tout en haut, dans une meurtrière.

– Vous le sentez… vous sentez que des gens ont vécu ici réellement ? a-t-il fini par demander.

Je comprenais parfaitement ce qu'il voulait dire.

– J'ai essayé, mais c'est trop loin. Ils me font penser aux personnages des tapisseries : pas vraiment humains. Mais cela doit vous faire quelque chose de savoir que c'est un de vos ancêtres qui a bâti cette tour. Quel dommage que le nom des Godys se soit éteint !

– J'appellerais bien mon fils aîné Étienne de Godys Cotton, si j'étais sûr qu'il s'en sorte avec un nom pareil en Angleterre. Vous croyez que c'est possible ? Ce serait fatal à n'importe quel enfant américain.

Je lui ai répondu qu'à mon avis, ce serait fatal à n'importe quel enfant de n'importe quel pays. Puis Héloïse est apparue dans l'encadrement de la porte, au-dessus de nous, nous rappelant que nous étions partis chercher du bois.

J'ai tiré les branches de sous la vieille table

vermoulue et les ai passées une par une à Simon, perché à mi-échelle, technique que j'avais mise au point avec Rose. Quand j'ai eu terminé, Simon m'a aidée à remonter.

— Regardez, m'a-t-il dit, il y a un enchantement qui vous attend...

La brume qui s'élevait des fossés montait vers Belmotte, nimbant d'un voile laiteux le pied de la colline.

— C'était comme ça, la nuit où nous avons vu la «chose».

— La quoi?

Je lui ai raconté ce qui s'était passé en apportant les branches vers le feu :

— C'est arrivé la troisième année de nos rites, après une journée particulièrement chaude et sans vent. Tout en s'élevant vers nous, la brume s'est brusquement concentrée en une forme gigantesque, aussi haute que... oh, plus haute que la tour. Elle est restée en suspens entre nous et le château; on aurait dit qu'elle allait fondre sur nous à tout moment. Je n'ai jamais eu aussi peur de ma vie. Et le plus étrange, c'est que ni Rose ni moi n'avons cherché à nous enfuir; nous nous sommes jetées à plat ventre en hurlant. C'était un esprit, évidemment..., puisque j'avais prononcé une formule pour le faire apparaître.

Il a éclaté de rire, et m'a expliqué que c'était vraisemblablement un phénomène dû à la brume.

— Pauvres petites! Et après, qu'est-ce que vous avez fait?

— J'ai adressé une prière au bon Dieu pour qu'il le fasse disparaître, ce qu'il a fait très obligeamment. Rose a eu le courage de relever la tête au bout de quelques minutes et il s'était évanoui. J'ai eu un peu de peine pour lui après : je crois que personne ne l'avait invoqué depuis les Celtes et la nuit des temps.

Simon a de nouveau éclaté de rire, avant de me regarder avec curiosité :

– Est-ce que par hasard vous croyez encore qu'il s'agissait d'un esprit ?

Est-ce que je le crois ? Tout ce que je sais, c'est qu'au même moment, j'ai regardé la brume qui montait vers nous – passé la première vague, elle s'élevait aussi inexorablement qu'insidieusement – et j'ai eu si peur au souvenir de cette forme gigantesque que j'ai failli hurler de terreur. Au lieu de quoi j'ai émis un petit rire étranglé et je me suis mise à jeter du bois dans le feu pour pouvoir passer à autre chose.

Rose croyait aussi qu'il s'agissait d'un esprit. Or, elle avait quatorze ans à l'époque et beaucoup moins d'imagination que moi !

Lorsque les flammes se sont élevées de nouveau dans le ciel, j'ai songé qu'il était grand temps de procéder aux rites. Et afin de dissimuler ma gêne, qui était un peu revenue, j'ai décidé d'être le plus prosaïque possible ; je dois avouer que, sans les petites formules poétiques, les choses étaient un peu ennuyeuses. Nous avons jeté dans le feu le sel et les herbes (en américain, on ne prononce pas le *h* de « herbe », ce qui fait très bizarre) et avons partagé le gâteau avec Héloïse ; Simon n'en a pris qu'un tout petit morceau parce qu'il avait trop mangé au dîner. Puis nous avons bu le porto du pasteur. Comme il n'y avait qu'un seul verre, Simon a dû boire directement au flacon, ce qui, d'après lui, lui conférait quelques saveurs très intéressantes ; après quoi, nous avons fait nos libations, en en ajoutant une pour Rose. J'espérais pouvoir en rester là, mais Simon m'a rappelé avec insistance qu'il fallait aussi danser autour du feu. Pour finir, nous avons couru sept fois autour, avec Héloïse sur nos talons qui aboyait comme une folle. C'est le seul moment où j'ai eu un peu l'impression que Simon était en train de s'amuser avec des enfants, mais je sais très bien que ce n'était pas intentionnel de sa part, et il était tellement gentil que j'ai dû moi-même faire un peu semblant de m'amuser – je me suis même permis quelques bonds échevelés. Topaz, elle, est la reine des bonds ; l'année dernière, la butte en avait presque tremblé.

– Et maintenant ? a demandé Simon tandis que nous nous affalions par terre. N'est-ce pas le moment de sacrifier Héloïse ?

Elle était en train de nous laver à grands coups de langue, ravie d'avoir réussi à nous attraper après une aussi longue course-poursuite.

– En la faisant marcher sur les braises, nous la guérirons de la peste, mais elle ne l'a pas. Il n'y a rien de plus à faire, si ce n'est contempler le feu qui se meure et se transporter dans le passé...

Évidemment, c'était tout à fait au goût de Simon, mais nous ne sommes pas remontés très loin dans le passé parce que nous n'avons pas cessé de parler. Il a avoué, entre autres choses, qu'il ne se lasserait jamais du charme du crépuscule anglais, interminable. Je ne m'étais encore jamais aperçue que nous avions de si longs crépuscules. Les Américains font parfois des réflexions qui aident les Anglais à mieux connaître l'Angleterre.

Une nappe de brume s'était arrêtée à quelques mètres de nous, pour ne plus bouger. Simon a dit que c'était à cause du sort que je lui avais jeté. En bas, autour des douves, elle était montée tellement haut que seules les tours du château émergeaient. Le feu s'est consumé si rapidement que bientôt il n'en est plus resté qu'une mince colonne de fumée qui s'est dissipée dans le gris de la nuit naissante. J'ai demandé à Simon si nous voyions encore clair grâce aux dernières lueurs du jour ou aux premières de la lune, et il a eu beaucoup de mal à me répondre. Peu à peu, la lune s'est imposée et la brume qui enveloppait le château a pris des nuances argentées.

– Est-il possible de peindre un tel tableau ? a demandé Simon. Debussy aurait pu le mettre en musique. Vous aimez Debussy ?

J'ai bien été obligée d'avouer que je n'avais jamais entendu la moindre note de musique de Debussy.

– Oh, cela m'étonne. Pas même à la radio, ou en disque ?

Quand je lui ai appris que nous n'avions pas de gramophone et encore moins de poste de radio, il a eu l'air interloqué. J'imagine que les Américains ont le plus grand mal à imaginer qu'il existe encore des gens dans le monde qui ne possèdent pas ce genre de machines.

Il m'a dit qu'ils avaient un nouvel appareil à Scoatney, capable de changer automatiquement les disques ; j'ai cru qu'il plaisantait jusqu'à ce qu'il m'explique comment cela fonctionne.

— Et si je vous emmenais l'écouter tout de suite ? Nous en profiterions pour souper.

— Mais vous avez dit que vous aviez déjà beaucoup trop mangé à dîner, lui ai-je rappelé.

— Eh bien, je vous parlerai pendant que vous mangerez. Et Héloïse aura un os à ronger à la cuisine. Regardez-la se frotter le museau avec les pattes pour essuyer la rosée ! Allez, venez, l'herbe est toute mouillée, a-t-il conclu en m'aidant à me relever.

J'étais contente d'accepter car j'avais une faim de loup. Simon piétinait les dernières braises pendant que j'allais refermer la porte de la tour. Je suis restée un moment en haut des marches, tentant de retrouver ces impressions qui étaient les miennes la nuit de la Saint-Jean, car j'avais été trop occupée à bavarder avec Simon pour y songer plus tôt.

Brusquement, j'ai compris que j'avais eu raison de craindre que ce ne soit là la dernière fois que j'accomplissais ces rites, que si je recommençais un jour, ce serait pour « m'amuser avec les enfants ». Cela ne m'a pas trop chagrinée, car la perspective d'un souper à Scoatney m'enthousiasmait ; mais je me suis dit que, Simon ou pas, j'allais pousser mon cri d'adieu, un adieu pour toujours, pas pour un an. C'est un drôle de cri, composé de toutes les voyelles de l'alphabet, c'était formidable quand Rose et moi le poussions ensemble, mais je ne m'en suis pas trop mal sortie toute seule : « Iouaye ! » et, comme prévu, les murs du château me l'ont renvoyé en écho. Puis Héloïse a levé la tête et poussé une longue plainte, qui, elle aussi, a retenti deux fois. Simon était fasciné ; c'était, d'après lui, le moment le plus extraordinaire des rites.

Redescendre de Belmotte a été une expérience très curieuse, à chaque pas, nous nous enfoncions un peu plus dans la brume, jusqu'à ce qu'elle nous submerge entièrement. Nous avions l'impression de nous noyer dans une eau fantomatique.

— Vous feriez bien de prendre une veste car c'est une voiture décapotable, m'a conseillé Simon tandis que nous franchissions le pont qui menait à la cour. Je vous y attends.

Je suis montée me laver les mains, toutes sales à cause du bois que j'avais transporté. J'ai versé quelques gouttes de Solstice d'été sur ma robe et mon mouchoir, le parfum idéal pour un souper. Comme ma guirlande de fleurs était encore fraîche, je l'ai portée par-dessus la veste, mais en descendant l'escalier j'ai pensé que ça ne faisait pas très naturel et que, de toute façon, elle ne tarderait pas à avoir besoin d'eau ; alors je l'ai jetée dans les douves en traversant le pont-levis.

Ce n'était pas la voiture habituelle, mais une nouvelle, très longue et basse, si basse qu'on avait l'impression de risquer à tout moment de se cogner le derrière sur la route.

— Je la trouve un petit peu trop tape-à-l'œil, a dit Simon, mais Rose en était folle.

La nuit était merveilleusement claire dès que nous avons été suffisamment loin du château. Nous nous sommes retournés pour admirer le paysage, là où la route de Godsend remonte, et seule une petite colline embrumée surgissait des champs de blé sous la lune.

— À mon avis, c'est un château enchanté, a

déclaré Simon. Quand je vous raccompagnerai, il aura peut-être disparu.

C'était fabuleux de rouler dans la nouvelle voiture. Nous étions au même niveau que les talus escarpés, au pied des haies, le moindre brin d'herbe était d'un vert vif et brillant dans la lumière des phares et semblait beaucoup plus frais et «vivant» qu'en plein soleil. Nous étions obligés de rouler doucement à cause des lapins, tandis qu'Héloïse passait son temps à foncer la tête la première dans le pare-brise pour les attraper. Une de ces pauvres bêtes a couru pendant un temps fou devant la voiture, de sorte que Simon a fini par s'arrêter et éteindre les phares afin qu'elle retrouve assez de présence d'esprit pour plonger dans le fossé. En attendant, il s'est allumé une cigarette, et, renversés dans nos sièges, nous avons contemplé le ciel et les étoiles, parlé astronomie et philosophé sur l'univers, l'infini et les interrogations qu'il suscite.

— Et il y a l'éternité, naturellement…, ai-je commencé, aussitôt interrompue par l'église de Godsend qui sonnait dix heures, rappelant à Simon qu'il était temps de se remettre en route.

Il n'y avait que quelques rares lumières à Scoatney. Je me suis même demandé si tous les domestiques ne seraient pas couchés; mais le maître d'hôtel est venu nous ouvrir. Comme ce doit être extraordinaire de pouvoir dire à un homme aussi grand et imposant: «Vous voudrez bien apporter un plateau de souper à miss Mortmain dans le pavillon», sans même s'excuser de le déranger si tard! C'est moi qui me suis excusée, et le maître d'hôtel m'a répondu: «Il n'y a pas de quoi, miss », mais avec une certaine froideur. Comme il s'éloignait à la suite d'Héloïse (qui connaissait parfaitement le chemin des cuisines à présent), l'idée qu'il allait être le maître d'hôtel de Rose m'a soudain traversé l'esprit. J'ai pensé : « Va-t-elle réussir à s'habituer à lui ? »

Nous avons traversé le hall d'entrée plongé dans la pénombre et sommes ressortis à l'arrière du bâtiment.

– Voici vos herbes sous le clair de lune, a dit Simon, et avez-vous remarqué comme j'ai bien prononcé le « h » ?

Il m'a fait traverser le petit jardin aromatique, un peu tristounet – l'idée est bien plus intéressante que la chose elle-même –, qui donnait dans le jardin aquatique, et nous nous sommes arrêtés devant les fontaines du grand bassin ovale. Nous les avons contemplées un moment, assis sur un banc de pierre, puis nous sommes entrés dans le pavillon. Simon a allumé une seule bougie.

– Je l'éteindrai quand j'aurai mis en marche le phonographe. Comme ça, vous pourrez voir les fontaines tout en écoutant Debussy, ça va très bien ensemble.

Je me suis assise auprès d'une des grandes fenêtres cintrées et j'ai regardé autour de moi ; je n'étais pas retournée dans le pavillon depuis qu'il avait été transformé en salon de musique. Un grand piano à queue était arrivé en même temps que le superbe phonographe, et des dizaines de disques étaient rangés sur les étagères de deux placards peints, dans lesquels Simon, une bougie à la main, cherchait les œuvres de Debussy.

– J'imagine que je devrais commencer par le

commencement avec vous, mais je ne crois pas que nous ayons *Children's Corner*. Je vais vous faire entendre *Clair de lune*, je suis certain que vous connaissez déjà ce morceau.

Il avait raison. Dès les premières mesures, je m'en suis souvenue ; une fille l'avait joué à un concert de l'école. C'est très beau et le gramophone était fantastique. On aurait dit que quelqu'un jouait du piano pour de vrai, sauf qu'en vrai, je n'ai jamais rien entendu d'aussi réussi. Quand le disque s'est changé tout seul, Simon m'a appelée pour que je vienne voir, et il m'a parlé du troisième morceau : *La Cathédrale engloutie*. On entend la cathédrale remonter à la surface de l'eau et les cloches sonner à toute volée, avant de sombrer de nouveau dans la mer.

– À présent vous comprenez pourquoi j'ai dit que Debussy aurait pu composer quelque chose sur le château dans la brume.

Le troisième disque était *La Terrasse des audiences au clair de lune*. C'était merveilleux de regarder les fontaines en l'écoutant – il y avait aussi des fontaines dans la musique.

– On dirait bien que Debussy vous a conquise, mais cela ne m'étonnerait pas que vous le rejetiez plus tard. Vous seriez plutôt du genre à vous prendre de passion pour Bach.

Je lui ai dit que cela n'avait pas été le cas à l'école. Avec le seul morceau de Bach que j'aie appris, j'avais eu l'impression qu'on me tapait sur la tête en cadence avec une petite cuillère. Mais je ne suis pas allée très loin en musique : j'ai arrêté à douze ans, faute d'argent pour payer les cours.

— Je vais vous trouver quelque chose de Bach qui va vous plaire.

Simon a rallumé la bougie et s'est mis à fouiller dans un grand album. Le gramophone s'était arrêté. Je suis allée prendre dans les placards quelques disques dont j'ai examiné les pochettes : la simple lecture des noms des compositeurs était enivrante.

— Vous les écouterez tous, le moment voulu. J'aimerais bien vous faire entendre quelque chose de vraiment moderne. Quel dommage que Rose n'aime pas la musique !

Je me suis retournée, stupéfaite.

— Mais elle l'adore ! Elle joue beaucoup mieux que moi…, et elle chante aussi.

— N'empêche qu'elle n'aime pas la musique, a-t-il affirmé. Je l'ai emmenée à un concert et elle a eu l'air de s'ennuyer mortellement. Ah ! voilà votre souper.

Il était servi sur un plateau d'argent, et le maître d'hôtel a déplié un napperon en dentelle sur une petite table pour l'y poser. Il y avait une soupe en gelée, du poulet froid (rien que du blanc), des fruits, du vin et de la limonade au cas où je n'aimerais pas le vin, mais j'aime ça. Simon a demandé d'allumer toutes les bougies au maître d'hôtel, qui a fait le tour des appliques en cristal avec un cierge fixé au bout d'un long manche. Je me serais crue transportée au XVIIIe siècle.

— Je ne veux pas installer l'électricité ici, a expliqué Simon.

Après que le maître d'hôtel nous a eu servi du vin à tous les deux, Simon lui a dit qu'il pouvait s'en aller. J'étais contente parce que, autrement, je me serais sentie obligée d'avaler mon souper en quatrième vitesse. Il s'appelle Graves, mais je n'ai jamais réussi à l'appeler par son nom avec cette espèce de détachement qui est de mise.

Simon avait trouvé le disque qu'il cherchait.

– Mais il faut attendre un peu, je ne vais pas vous faire dîner avec Bach.

Il a mis un autre disque, de la musique pour danser, et baissé considérablement le volume du gramophone ; puis il est revenu s'asseoir à table avec moi.

– Parlez-moi de Rose, lui ai-je demandé, car je me suis soudain rendu compte que je ne lui avais presque pas posé de questions, entièrement occupée par ma petite personne.

Il m'a parlé du trousseau et de l'admiration que suscitait Rose où qu'elle aille.

– Topaz aussi, naturellement, et ma mère a belle allure également. Quand elles sortent toutes les trois ensemble, c'est quelque chose !

Je lui ai répondu qu'elles auraient besoin de moi pour rabaisser le niveau, ce que j'ai regretté aussitôt. Ce genre de réflexion n'est bon qu'à vous attirer des compliments.

Simon a ri et m'a dit de ne pas faire la modeste.

– Vous êtes beaucoup plus jolie qu'il n'est permis à une fille de votre intelligence. D'ailleurs... – il a eu l'air brusquement étonné –, d'ailleurs, vous êtes effectivement très jolie.

– Je crois que je suis un petit peu plus jolie quand Rose n'est pas dans les parages.

Il a ri de nouveau.

– En tout cas, vous êtes très jolie ce soir, c'est sûr.

Et il a levé son verre à ma santé, comme je l'avais vu faire avec Rose. Je me suis sentie rougir et me suis dépêchée de changer de sujet.

– Avez-vous écrit, ces temps-ci? ai-je voulu savoir.

Il avait écrit un essai critique sur papa, mais il n'arrivait pas à se résoudre à l'achever.

– Je ne vois pas comment ne pas aborder le sujet de son inactivité. Si seulement on avait le moindre indice nous permettant de penser qu'il travaille actuellement à quelque chose...

J'ai failli un instant lui faire part de mes espoirs, mais il m'aurait fallu lui parler du comportement récent de papa; et à l'idée de dire à quelqu'un qu'il lisait des *Little Folks* et se passionnait pour les assiettes à motif de saule, j'ai compris combien ceux-ci étaient subjectifs. J'ai donc laissé Simon disserter sur son essai, qui m'est largement passé au-dessus de la tête. Il doit être terriblement intelligent.

Lorsque j'ai eu terminé mon sublime poulet, il m'a épluché une pêche, ce qui était une bonne chose parce qu'en général, avec moi, le résultat est catastrophique. Simon a fait ça merveilleusement. J'ai remarqué qu'il avait des mains très fines, et j'ai soudain compris ce que Topaz entendait en disant de lui qu'il avait de jolies «lignes». Il portait une chemise de soie blanche – il avait ôté sa veste – et la ligne de ses épaules était harmonieusement parallèle à celle de sa mâchoire (Rose avait eu mille fois raison de lui faire raser la barbe!). J'ai eu l'étrange sentiment d'être en train de le dessiner. Je savais parfaitement comment tracer le mouvement de ses sourcils, la courbe de ses lèvres, là où elles se serraient l'une contre l'autre lorsqu'il épluchait la pêche avec attention. Et tandis que j'en exécutais cette esquisse en imagination, je la sentais s'imprimer délicatement sur mon visage, mes épaules, mes bras et mes mains ; même les plis de sa chemise, à l'instant où je les dessinais, semblaient me frôler. Pourtant, mes traits de crayon ne faisaient naître aucune image devant mes yeux : je le voyais toujours tel qu'il était à la lueur vacillante des bougies.

J'avais mangé la pêche et achevais de boire la dernière goutte de vin lorsque le gramophone s'est mis à jouer un morceau extraordinaire. J'ai demandé à Simon ce que c'était.

– Ça ? *Amoureux*, je crois. Vous voulez danser ? Et après, je vous raccompagnerai chez vous.

Il est allé augmenter le volume du gramophone, puis il est revenu vers moi. Je n'avais jamais dansé avec lui et j'étais un peu tendue. J'avais trouvé assez difficile la fois où j'avais dansé avec Neil, mais à ma grande surprise, c'était beaucoup plus simple avec Simon ; il vous tient moins serré, tout semble plus naturel ; j'ai eu avec lui une sensation de légèreté, d'aisance. Au bout de quelques secondes, j'ai cessé de m'efforcer de suivre ses pas, mes pieds s'en sont chargés tout seuls. Ce qui est curieux, c'est que Neil vous aide beaucoup plus à le suivre, il vous y oblige presque. Avec Simon, je n'ai jamais senti la moindre contrainte.

C'était le dernier disque de la pile, de sorte que le gramophone s'est arrêté à la fin du morceau. Nous étions assez près de l'appareil pour que Simon puisse le remettre sans lâcher ma taille ; nous avons donc dansé une seconde fois, sans un mot ; à vrai dire, à aucun moment nous n'avons parlé en dansant. Je ne me souviens pas d'avoir même pensé à quoi que ce soit. J'avais l'impression d'évoluer avec un plaisir insouciant.

Lorsque le gramophone s'est arrêté de nouveau, Simon m'a dit, me tenant toujours dans ses bras et me souriant :

– Merci, Cassandra.

Je lui ai rendu son sourire et lui ai répondu :

– Merci à vous... C'était délicieux.

Alors, il a baissé la tête et m'a embrassée.

Depuis, j'ai essayé tant et plus de me rappeler ce que j'avais ressenti. Il est certain que j'ai dû avoir l'air stupéfaite, mais je n'ai aucun souvenir précis. Tout ce dont je me souviens, c'est d'avoir ressenti un immense bonheur, un bonheur de l'esprit et du cœur, qui s'est répandu dans tout mon corps, un bonheur qui ressemblait à la chape de soleil qui m'enveloppait quand j'étais sur la tour. Il y a eu aussi une sensation d'obscurité – et cette obscurité est revenue quand j'ai essayé de me remémorer ce moment... Je me suis sentie complètement détachée, non seulement de Simon, mais de moi-même telle que j'étais alors. Les deux personnages que je vois dans le pavillon éclairé à la chandelle me sont étrangers.

L'autre chose que je me rappelle tout à fait clairement, c'est le rire de Simon. C'était un rire extrêmement gentil, bienveillant, mais il m'a fait tressaillir.

– Quelle enfant étonnante, a-t-il remarqué.

Je lui ai demandé ce qu'il entendait par là.

– Seulement que vous embrassez d'une façon

exquise, a-t-il répondu avant d'ajouter pour me taquiner : vous devez avoir une grande expérience.

– C'est la première fois de ma vie que j'embrasse un homme...

J'ai aussitôt regretté d'avoir dit cela. Je craignais qu'à partir du moment où il saurait que je n'avais jamais embrassé personne avant lui et où je lui avais quand même rendu son baiser, il ne devine tout ce que cela avait représenté pour moi. Je me suis vite dégagée de son étreinte et j'ai couru vers la porte, cherchant avant tout à lui cacher mon émotion.

– Cassandra... arrêtez ! s'est-il écrié en me rattrapant par le bras au moment où j'ouvrais la porte. Oh, ma pauvre ! je suis vraiment désolé. J'aurais dû me douter que vous vous froisseriez.

Il n'avait rien deviné. Il croyait simplement que j'étais fâchée. J'ai réussi à retrouver mon sang-froid.

– Quelle idée, Simon ! Je ne suis pas froissée du tout, voyons...

– Non, vous n'en aviez pas l'air..., a-t-il commencé, à la fois soucieux et troublé. Mais pourquoi vous êtes-vous enfuie comme ça ? Ne me dites pas que je vous ai fait peur ?

– Mais non, pas du tout !

– Alors pourquoi... ?

J'ai trouvé quelque chose de plausible à répondre :

– Simon, je n'ai pas eu peur de vous et je n'étais pas froissée... Comment aurais-je pu me froisser d'être embrassée par quelqu'un que j'aime autant que vous ? Mais juste après, pendant une seconde, j'ai été vexée que vous ayez cru pouvoir m'embrasser aussi facilement.

Il a eu l'air abasourdi.

— Mais c'est faux, ça ne s'est pas passé comme ça. Pouvez-vous comprendre que c'était spontané de ma part : parce que vous avez été si mignonne pendant toute la soirée, et que c'était tellement délicieux de danser avec vous et que je vous aime beaucoup ?

— Et peut-être aussi parce que Rose vous manquait, ai-je ajouté pour l'aider.

— Alors ça, non, je ne l'accepterai pas, ce serait vous faire insulte à toutes les deux, s'est-il récrié en rougissant. Non, c'était un baiser rien que pour vous, ma petite.

— Quoi qu'il en soit, nous en faisons beaucoup trop de cas. Oublions, et pardonnez-moi de m'être montrée si sotte. Puis-je écouter le disque de Bach avant de rentrer ?

Je m'étais dit que cela allégerait un peu l'atmosphère.

Il me regardait toujours d'un air soucieux : je crois qu'il cherchait une façon de s'expliquer plus clairement. Puis il y a renoncé.

— Fort bien, nous l'écouterons pendant que j'éteindrai les chandelles. Allez vous asseoir dehors, ainsi mes déplacements ne risqueront pas de vous déranger. Je vais couper l'eau des fontaines pour que vous puissiez bien entendre.

Je me suis assise sur le banc de pierre et j'ai regardé les rides de l'eau s'aplanir totalement. Puis la musique s'est élevée dans le pavillon, la musique la plus douce, la plus paisible que j'aie jamais entendue. Par les trois grandes fenêtres cintrées, je voyais Simon faire lentement le tour de la pièce et éteindre chaque chandelle à l'aide d'un petit capuchon de métal. Chaque fois, je voyais son visage levé en pleine lumière et, chaque fois, les fenêtres dorées s'assombrissaient un peu plus jusqu'au moment où elles furent plongées dans l'obscurité. Puis le disque s'est achevé et le silence était tel que j'ai entendu un poisson sauter à l'autre bout du bassin.

– Eh bien, ai-je fait une nouvelle adepte de Bach ? s'est enquis Simon en refermant la porte du pavillon derrière lui.

– Oh, oui, alors ! Je pourrais l'écouter pendant des heures, ai-je avoué avant de lui demander le nom de la cantate.

C'était la cantate dite de la Chasse. Nous avons continué à parler musique en allant récupérer Héloïse dans les cuisines et, durant tout le trajet en voiture, je n'ai eu aucun mal à faire la conversation ; c'était comme si mes véritables sentiments étaient profondément enfouis à l'intérieur de moi et que mes propos n'en étaient que l'écume à la surface.

Minuit sonnait à l'église de Godsend lorsque nous sommes arrivés devant la loge de garde.

– Eh bien, j'ai réussi à raccompagner Cendrillon chez elle avant minuit, a remarqué Simon en m'aidant à descendre de la voiture.

Il est entré avec moi dans la cuisine et m'a allumé une bougie, riant au plaisir avec lequel Héloïse a retrouvé son panier. Je l'ai remercié pour cette merveilleuse soirée, tandis qu'il me remerciait à son tour de l'avoir autorisé à partager mes rites de la Saint-Jean – il s'en souviendrait toute sa vie. Puis, au moment où nous nous serrions la main, il m'a demandé :

— Suis-je vraiment pardonné ?

Je l'ai pleinement rassuré.

— J'ai fait des histoires pour rien. Vous allez vraiment me prendre pour une petite sainte !

— Je vous promets que non. Vous êtes la gentillesse incarnée, et je vous remercie encore.

Il a pressé ma main d'une façon un peu plus marquée et, la seconde d'après, la porte se refermait derrière lui.

Je suis restée sans bouger pendant près d'une minute, puis je me suis précipitée dans l'escalier, j'ai traversé la tour de la salle de bains et suis sortie sur le chemin de ronde. La brume s'était dissipée, de sorte que je voyais fort bien les phares de la voiture sur le chemin, puis sur la route de Godsend. Longtemps après qu'ils eurent disparu à l'entrée du village, je regardais toujours, et j'ai réussi à les apercevoir encore une fraction de seconde sur la route de Scoatney.

Tout le temps que j'ai passé sur la muraille, j'étais dans une sorte d'état second, à peine consciente de ce qui m'entourait, à l'exception de la voiture qui s'éloignait ; et lorsque j'ai eu suffisamment repris mes esprits pour rentrer et me déshabiller, j'ai délibérément chassé toute pensée de ma tête. C'est seulement une fois couchée que je les ai laissées m'envahir de nouveau. Et ce n'était rien que du bonheur, le même bonheur que celui que j'avais éprouvé lorsque Simon m'avait embrassée, mais en plus paisible, serein. Oh, je me suis bien dit et répété qu'il appartenait à Rose, que je ne pourrais jamais le lui enlever, même si j'étais assez méchante pour essayer, ce qui est impensable. Cela ne changeait rien. Être amoureuse me semblait la chose la plus merveilleuse qui me soit arrivée. L'idée m'est venue que ce qui comptait surtout, c'était d'aimer, et non d'être aimée en retour, et que l'amour sincère ne pouvait connaître rien d'autre que le bonheur. Pendant quelques instants, j'ai vraiment cru que j'avais fait une grande découverte.

Lorsque j'ai aperçu du coin de l'œil la silhouette de miss Blossom, je l'ai entendue dire :

– Accroche-toi bien à cette belle théorie rassurante, ma cocotte, car tu vas en avoir besoin.

D'une certaine manière, lointaine, je savais qu'elle avait raison, même si ça ne changeait toujours rien.

Je me suis endormie, plus heureuse que jamais.

Chapitre 13

Oh, avec quelle amertume je relis cette dernière phrase, écrite il n'y a pas trois semaines, alors que je ne sais plus aujourd'hui ce que c'est d'être heureuse !

Je ne suis pas remontée plus loin dans la lecture de mon journal. J'avais trop peur que disparaisse cette impression d'être morte, abattue et sur mes gardes que je ressens pour la première fois depuis ce matin. C'est absolument sinistre, mais nettement préférable à la détresse aiguë, et cela m'a donné envie de déverser tout ce que j'ai en tête dans ce journal, ce qui m'occupera bien quelques heures. Mais vais-je être capable de raconter cette chose épouvantable que j'ai faite à mon anniversaire ? Vais-je réussir à la décrire intégralement ? Je ferais peut-être bien de m'y mettre tout de suite.

Dieu, que le temps a été atroce : pluies torrentielles et vents glacés ; il n'a fait beau que le jour de mon anniversaire. Aujourd'hui il fait chaud, mais c'est un temps abrutissant et déprimant. Je suis sur la butte, assise sur les marches de pierre qui mènent à la tour de Belmotte. Héloïse est avec moi : elle est dans une de ces périodes où elle n'a pas le droit d'aller se promener, et elle s'ennuie terriblement si je l'enferme toute seule. J'ai prudemment attaché sa laisse à ma ceinture, au cas où il lui prendrait la fantaisie d'aller faire un tour. Courage, Héloïse chérie, encore quelques jours et tu seras de nouveau libre.

Il s'est mis à pleuvoir dès que j'ai eu fini d'écrire le dernier passage de mon journal, dimanche, dans le grenier. Quand j'ai regardé dehors, de gros nuages d'orage s'amoncelaient dans le ciel. Je me suis dépêchée de descendre fermer toutes les fenêtres. J'étais encore très heureuse à ce moment-là ; je me souviens très bien de m'en être fait la réflexion.

Comme je me penchais pour refermer la fenêtre de la chambre, j'ai remarqué combien le champ de blé avait l'air immobile, figé dans une sorte d'attente ; j'espérais qu'il serait assez résistant pour supporter les fortes pluies. Puis j'ai baissé les yeux et vu que ma guirlande de fleurs avait fait le tour du château et se trouvait juste en dessous, flottant sur la surface grise des douves. Une seconde plus tard, la pluie se mettait à tomber, telle, des milliers de piécettes brillantes rebondissant sur l'eau. J'ai eu l'idée fugitive d'aller récupérer la guirlande, mais le temps que je me décide, elle avait déjà coulé.

Héloïse gémissait à la porte de derrière, et j'ai couru lui ouvrir : elle était trempée comme une soupe. Je l'ai séchée, puis j'ai rallumé le feu dans la cuisine, qui s'était éteint pendant que j'écrivais au grenier. Il venait tout juste de prendre lorsque Stephen est arrivé, de retour de Londres. Je l'ai envoyé se changer, car il était trempé, lui aussi ; nous avons pris le thé ensemble, assis sur le garde-feu. Je lui ai raconté ma soirée avec Simon – tout en gardant pour moi, naturellement, les détails qu'il n'avait pas à connaître –, et il m'a raconté à son tour son voyage ; ça avait l'air de le gêner beaucoup moins d'être photographié, mais j'ai bien senti qu'il n'était pas franchement à l'aise avec la tunique grecque que Léda Fox-Cotton l'avait obligé à porter. Il avait pris tous ses repas avec les Fox-Cotton et dormi dans une chambre aux rideaux dorés, avec de petits angelots dorés au-dessus du lit. Et Aubrey Fox-Cotton lui avait donné une robe de chambre, qui était comme neuve. Je l'ai admirée, et j'ai reconnu que c'étaient des gens très gentils. Tout mon ressentiment envers Léda Fox-Cotton semblait s'être évanoui.

– Vous a-t-elle montré les photos qu'elle a prises la dernière fois ?

– Oh, oui, je les ai vues, a-t-il répondu sans grand enthousiasme.

– Alors, quand pourrai-je les voir, moi ? Elle ne vous en a pas donné ?

– Elle m'a proposé d'en prendre quelques-unes, mais je n'ai pas voulu. Elles sont tellement grandes et... euh, flatteuses. Je lui en demanderai la prochaine fois, si vous avez vraiment envie de les voir.

– Vous allez donc y retourner ?

– Oui, mais pas pour la même chose, a-t-il avoué en devenant très rouge. Oh, c'est tellement ridicule que je n'ose en parler.

La lettre de Rose m'est revenue en mémoire.

– Est-ce qu'elle veut vous faire faire du cinéma ?

D'après lui, c'était complètement idiot, mais...

— L'autre soir, il y avait un monsieur qui est venu dîner et qui travaille dans le cinéma ; il a dit que je pourrais faire l'affaire. Il m'a fait lire quelque chose à voix haute. Il faut que j'aille passer un essai, comme ils disent. Seulement, je ne sais pas si j'irai.

— Mais si, bien sûr, Stephen, il faut y aller ! l'ai-je encouragé.

Il m'a jeté un regard furtif et m'a demandé si cela me ferait plaisir qu'il soit acteur... et j'ai soudain réalisé que j'avais tort de croire que je ne l'intéressais plus. (Sauf que je ne savais pas alors à quel point je me trompais.) Je n'avais fait que lui poser un certain nombre de questions par pure politesse – rien à part Simon ne m'intéressait le moins du monde – mais je me suis efforcée d'avoir l'air enthousiaste :

— Voyons, Stephen, ce serait formidable, bien sûr que ça me plairait !

— Alors je vais essayer. Ils ont dit qu'ils pourraient m'apprendre.

C'est fort vraisemblable, car il a une très jolie voix, quoiqu'un peu sourde et voilée quand il est intimidé.

— Eh bien, c'est tout à fait passionnant, ai-je répliqué d'un ton enjoué. Vous irez peut-être à Hollywood !

Il a souri et dit qu'il ne comptait pas trop là-dessus.

Après avoir mangé, il m'a aidée à faire la vaisselle puis il est parti à la ferme des Quatre-Pierres ; les Stebbins donnaient une petite fête. Je suis sûre qu'Ivy devait être tout excitée à l'idée qu'il fasse du cinéma. (Non qu'il y ait eu du nouveau, ces derniers temps.) Je suis allée me coucher tôt, nageant toujours dans le bonheur. Même la pluie qui frappait sur le toit me faisait plaisir, car cela me rappelait que Simon avait fait réparer toutes les fuites. Tout ce qui a un rapport avec lui est cher à mon cœur; si quiconque mentionne ne serait-ce que son nom, je prends cela comme un cadeau, et j'ai tellement envie de prononcer son nom que j'aborde des sujets qui m'y obligent et je rougis jusqu'à la racine des cheveux. Je ne cesse de me jurer de ne plus jamais parler de lui mais, dès qu'une occasion se présente, je saute dessus à pieds joints!

Papa est rentré le lendemain matin avec un annuaire téléphonique de Londres qui dépassait de son sac.

– Grand Dieu! Est-ce qu'on va avoir le téléphone?

– Ah ça non, alors! a-t-il répliqué en posant négligemment son sac sur une des chaises de la cuisine.

Il s'est aussitôt renversé, et l'annuaire et un certain nombre de livres sont tombés par terre. Papa s'est dépêché de les faire disparaître précipitamment dans le sac, mais j'ai eu le temps de voir qu'il y avait un très joli petit *Langage des fleurs*, un manuel de *Chinois à l'usage des débutants* et un journal qui s'appelait *Le Pigeon voyageur*.

– Où est passée l'assiette à motif de saule? ai-je demandé du ton le plus naturel possible.

– Je l'ai fait tomber à la gare de Liverpool Street, elle avait fait son temps!

Il a fait demi-tour pour se rendre dans la loge de garde, mais a voulu boire un verre de lait avant de partir. En allant le lui chercher, je lui ai demandé s'il avait logé chez les Cotton.

— Oui, oui, j'ai pris la chambre de Simon, à propos, il m'a expressément chargé de te transmettre ses amitiés ; il m'a dit que tu l'avais fort bien accueilli.

— Où es-tu allé quand Simon est revenu, hier ?

— Je suis resté dans sa chambre. Il a préféré dormir à l'hôtel avec Neil ; très aimable à lui. Simon est tout à fait charmant... malheureusement.

— Pourquoi « malheureusement » ? ai-je voulu savoir tout en lui apportant son lait.

— Parce que Rose en profite. Mais aucun homme ne devrait être aussi amoureux que Simon ; du coup, on en veut à toute la gent féminine.

En rapportant le pot à lait dans le garde-manger, je lui ai demandé par-dessus mon épaule :

— Je ne vois pas pourquoi, dans la mesure où Rose est amoureuse de lui.

— L'est-elle seulement ? a répondu papa, et comme je m'attardais, dans l'espoir qu'il abandonne le sujet, il a insisté : Es-tu sûre qu'elle l'aime, Cassandra ? Ça m'intéresserait de le savoir.

— C'est ce qu'elle m'a dit en tout cas, et tu sais comme elle est franche.

Il a mis un certain temps avant de me répondre.

— Tu as raison. Je ne l'ai jamais entendue proférer le moindre mensonge. La franchise va très souvent de pair avec une certaine cruauté. Oui, oui, si elle dit qu'elle l'aime, c'est que c'est vrai, et son comportement d'hier soir est tout à fait compatible avec cela, étant donné son caractère.

Il a posé son verre vide, de sorte que j'ai pu l'emporter à l'évier et lui tourner le dos :

— Qu'est-ce qu'elle a fait ?
— Elle s'est montrée d'une indifférence à toute épreuve, tellement elle est certaine de son ascendant sur lui. Oh, j'oserais dire que c'est plus fort qu'elle. Elle est de ces femmes qu'on ne devrait pas aimer trop tendrement ; lorsque c'est le cas, une sorte d'instinct primaire les fait rechercher la violence, elles la provoquent. Mais si elle l'aime pour de bon, tout se passera très bien. Simon est si intelligent qu'il finira par trouver un équilibre, parce que ce n'est pas quelqu'un de faible, j'en suis sûr ; seulement, quand un homme est aussi amoureux que lui, il se retrouve en position d'infériorité.

— Oh, je suis sûre que tout va s'arranger, ai-je réussi à répondre avant de me concentrer sur le verre — je n'avais jamais de la vie essuyé un verre aussi longtemps.

Papa s'est enfin décidé à rejoindre la loge de garde, à mon grand soulagement.

— Je suis content que nous ayons pu avoir cette petite conversation. J'ai la conscience nettement plus légère à présent.

Pas moi. J'imagine que j'aurais dû me réjouir de l'entendre parler de façon aussi rationnelle, mais j'étais beaucoup trop préoccupée par mes propres tourments car, à ce moment-là, j'étais submergée par la douleur et la culpabilité. Tout ce qu'il avait dit sur les sentiments de Simon envers Rose m'était tellement pénible que j'ai compris brusquement que ce n'était pas seulement la joie d'être amoureuse qui m'avait soutenue : tout au fond de moi, d'une manière assez insidieuse et floue, je m'étais laissé bercer par l'espoir qu'il ne tenait pas tant que cela à elle, que c'était moi qu'il aimait et qu'en m'embrassant il s'en était rendu compte. «Tu es une imbécile, et en prime…, me suis-je dit, une voleuse en puissance.» Après quoi je me suis mise à pleurer et, quand j'ai sorti mon mouchoir, il sentait le parfum de Rose, ce qui m'a fait penser que je ne lui avais pas écrit pour la remercier. «Avant de le faire, tu dois avoir la conscience tranquille, me suis-je répété. Et il n'y a pas trente-six moyens. Rien de ce que tu imagines ne se produit jamais; alors, vas-y, rêve que Simon t'aime, qu'il t'épouse à la place de Rose – comme ça, ça ne risquera pas d'arriver. Tu auras abandonné tout espoir de le lui voler.»

Cela m'a fait me demander si j'aurais pu m'opposer à Rose au tout début, au moment où cela aurait été tout à fait loyal. J'ai repensé à l'occasion que j'ai ratée le 1er Mai quand Simon et moi sommes allés ensemble jusqu'au village. Si seulement j'avais pu être plus fascinante! Mais ma fascination aurait été bien embarrassante puisque je sais que Simon ne faisait pas grand cas de Rose jusqu'au moment où il est tombé amoureux de sa beauté; évidemment, après ça, il a trouvé la fascination fascinante.

Et puis, je me suis souvenue de ce qu'avait dit un jour miss Marcy au sujet de Rose : «Notre chère Rose mènera les hommes par le bout du nez», et papa a dit à peu près la même chose en parlant de la façon dont Rose exerçait son pouvoir sur Simon. Brusquement, j'ai ressenti une violente envie de martyriser Rose et, comme j'étais sur le point d'abandonner, en imagination, l'idée que Simon soit à moi, j'ai décidé d'en profiter et de martyriser Rose par-dessus le marché. J'ai donc ranimé le feu de la cuisine, mis à chauffer le ragoût pour le déjeuner, puis j'ai approché le fauteuil et j'ai lâché la bride à mon imagination ; j'en mourais d'envie, outre le fait que c'était un beau geste.

J'ai visualisé tout ce qui se passait dans l'appartement de Mrs. Cotton ; je l'ai même doté d'un balcon donnant sur Hyde Park. Nous avons commencé là, puis nous sommes rentrés dans la pièce. Rose est arrivée pendant que Simon était en train de m'embrasser : elle était furieuse, à moins que je ne me le sois imaginé par la suite. J'en ai tant inventé, de ces scènes, que peu à peu, elles se sont toutes confondues. Je ne crois pas que je pourrais me résoudre à en décrire une seule en détail, car si elles sont extraordinaires sur le moment, elles me procurent un sentiment de honte, de tristesse, d'écœurement, en y repensant. Elles sont comme une drogue, on en a besoin de plus en plus souvent, et il faut qu'elles soient de plus en plus excitantes jusqu'au moment où l'on se retrouve à court d'idées. Heureusement, ça revient au bout de quelques jours. Dieu sait comment je pourrai encore regarder Rose en face après tout ce que j'ai pu imaginer lui dire et lui faire ; un jour, je lui ai même donné un grand coup de pied. Naturellement, je fais toujours comme si elle n'était pas amoureuse de Simon, et qu'elle n'en voulait qu'à son argent. Pauvre Rose ! C'est ahurissant comme je peux l'aimer sincèrement, ressentir à son égard une énorme culpabilité, et pourtant la détester plus que tout en imagination.

Ç'a été particulièrement pénible de redescendre

sur terre après cette première scène, parce que c'était celle qui condamnait Simon irrévocablement. Les autres n'étaient pas aussi lourdes de conséquences (mais c'est toujours assez terrible de voir les images que l'on a en tête perdre toute signification, et de retrouver à la place le monde réel, aussi dénué de sens). Je n'étais certainement pas d'humeur à écrire à Rose, mais, dans le courant de l'après-midi, je me suis forcée à le faire – c'était un peu comme si j'écrivais une lettre pour un des personnages d'un livre. Je lui disais que le parfum m'avait fait grand plaisir, lui parlais un peu d'Hél et d'Ab, du temps épouvantable. La pluie m'a été très utile pour enchaîner : « Heureusement qu'il a fait beau la nuit de la Saint-Jean. Il faisait si doux que Simon est venu, dis-lui que j'ai apprécié chaque moment... » C'était grisant d'écrire ça, c'était presque comme si je lui disais que j'étais contente qu'il m'ait embrassée. Mais après avoir posté la lettre, j'ai eu peur qu'il ne comprenne mes sous-entendus. En revenant du bureau de poste, j'étais en proie aux pires affres : et s'il avait raconté à Rose qu'il m'avait embrassée et qu'ils en avaient ri ensemble ?

Ça m'a fait tellement mal que j'en ai hurlé sans retenue. Je voulais me jeter dans la boue et m'enfoncer sous terre. Il me restait juste assez de bon sens pour savoir quelle tête j'aurais après avoir essayé, donc je m'en suis abstenue ; mais je ne pouvais plus continuer à marcher. Je me suis assise sur une barrière et j'ai essayé de chasser ces idées de ma tête. Résultat : d'autres idées bien plus horribles se sont dépêchées de prendre leur place ! Je me suis demandé si ce n'était pas mal de la part de Simon de m'embrasser alors qu'il aimait Rose, s'il n'était pas du genre à estimer que la première fille venue était bonne à embrasser. De tous mes tourments, le plus douloureux est de penser du mal de Simon ; non que ça dure très longtemps…

Après être restée assise sous la pluie pendant un bon bout de temps, j'ai compris que ce n'était pas une catastrophe qu'il m'ait embrassée. Et bien qu'il ait prétendu que ce n'était pas parce que Rose lui manquait, c'était peut-être quand même pour cette raison qu'il l'avait fait. De toute façon, je trouve que les Américains embrassent très facilement et très fréquemment ; miss Marcy a des magazines américains où presque à toutes les pages on voit des gens en train de s'embrasser, sans compter les réclames. Je pense que les Américains sont affectueux, en tant que peuple. Je n'aurais certes pas été étonnée que Neil m'embrasse, et je n'en aurais pas conclu pour autant qu'il était amoureux de moi. D'un certain côté, cela ne ressemblait pas trop à Simon, mais… Puis je me suis demandé s'il n'avait pas cru que je l'attendais, ce baiser, si je ne l'avais pas, en quelque sorte, incité à m'embrasser. J'ai eu envie de mourir de honte à cette idée, mais en même temps, c'était réconfortant car du coup, on pouvait imaginer que Simon avait agi par gentillesse.

– Il ne dira rien à Rose et ne se moquera pas de moi ! me suis-je écriée sous la pluie. Et il n'a rien fait de mal. Quelles qu'aient été ses raisons, elles n'étaient pas malintentionnées. Quand on aime quelqu'un, on lui fait entièrement confiance.

Je suis descendue de mon perchoir et je suis

rentrée à la maison. Malgré la pluie qui tombait à verse, j'avais plutôt chaud.

Cette petite flamme réconfortante m'a tenu compagnie toute la soirée, mais au matin, elle avait disparu. Mes réveils sont les pires moments qui soient, avant même que j'aie ouvert les yeux, je sens un énorme poids m'écraser la poitrine. Je parviens en général à m'en débarrasser un peu au fil des heures, manger m'aide considérablement, bien que ce ne soit pas très romantique. Ma voracité augmente en proportion de mon désespoir. Le sommeil est assez efficace aussi, je ne l'avais jamais considéré comme un plaisir jusqu'à présent, mais aujourd'hui, j'ai hâte de me coucher. Le meilleur moment, c'est juste avant que je m'endorme, le soir, quand je peux penser très fort à Simon et que je suis moins malheureuse. Je dors aussi dans la journée. Ce ne doit pas être tout à fait normal que quelqu'un d'aussi follement amoureux ait autant d'appétit et un aussi bon sommeil. Suis-je un monstre ? Je sais seulement que je suis malheureuse, que je suis amoureuse, mais que cela ne m'empêche ni de manger ni de dormir, bien au contraire.

L'autre luxe que je me permets, c'est de pleurer tout mon soûl, ça me calme énormément. Mais c'est difficile de trouver le bon moment parce qu'il me faut pas mal de temps pour retrouver ensuite figure humaine ; le matin, ce n'est pas prudent, car je dois avoir l'air normale devant papa au déjeuner, et l'après-midi, ce n'est pas tellement mieux car Thomas rentre vers cinq heures. L'idéal ce serait le soir dans mon lit, mais ce serait dommage de gâcher ces moments de grand bonheur.

Les jours où papa va lire chez les Cotton, à Scoatney, sont des jours parfaits pour pleurer.

Le mercredi de cette semaine de boue et de larmes, je suis allée voir le pasteur ; il a toutes sortes de vieilles partitions et j'espérais pouvoir y trouver la cantate de Bach que j'avais entendue. Ce matin-là, la pluie avait cessé pendant quelques heures, mais il faisait très froid, humide, et la campagne avait l'air aussi meurtrie que moi. Tout en pataugeant sur la route de Godsend, en me disant que je devrais faire bien attention de ne pas me trahir devant le pasteur, je me suis demandé si ce ne serait pas un soulagement de me confesser à quelqu'un, comme Lucy Snowe dans *Villette*[1]. Le pasteur n'est pas assez «anglo-catholique» pour accepter des confessions, et je suis certaine qu'une grande part de moi se serait révoltée à l'idée de lui confier quoi que ce soit, à lui ou à quiconque d'ailleurs, mais j'avais néanmoins le sentiment que quelqu'un d'aussi malheureux que moi serait susceptible de trouver une sorte de réconfort dans la religion. Ensuite, je me suis dit que, puisque je n'avais jamais songé à l'Église tant que j'étais heureuse, je ne pouvais tout de même pas en espérer quoi que ce soit quand je ne l'étais plus. On ne peut pas toucher l'assurance sans avoir payé les primes.

Le pasteur était en train de préparer un sermon, drapé dans la couverture en poil de chien. J'adore son bureau ; il est tout en boiseries anciennes peintes en vert, hormis un mur occupé du sol

---

1. Roman de Charlotte Brontë, auteur également de *Jane Eyre*.

au plafond par une bibliothèque. Sa gouvernante veille à ce que tout soit rutilant et d'une propreté impeccable.

– Ah, c'est merveilleux ! Enfin un prétexte pour arrêter de travailler et allumer un bon petit feu.

Ce qu'il a fait aussitôt. Rien que de regarder les flammes qui crépitaient, je commençais à me sentir mieux. Il ne pensait pas avoir la cantate que je cherchais, mais je pouvais toujours fouiller dans ses partitions. Elles sont pour la plupart réunies dans des volumes reliés en cuir qu'il avait achetés à une vente aux enchères. Ils sentent le renfermé et la typographie est très différente des partitions modernes ; avant chaque morceau, il y a une page ornée d'une jolie gravure. En tournant les pages, on ne peut s'empêcher de penser à tous ces gens qui les ont tournées par le passé, et l'on a un peu le sentiment de se rapprocher des compositeurs ; j'aime bien l'idée que certaines œuvres de Beethoven ont été jouées tout de suite après sa mort.

Je suis très vite tombée sur un des airs de *Water Music* de Haendel, qui n'était plus aussi important pour moi, mais je n'ai pas réussi à trouver la cantate de la Chasse. C'était néanmoins très apaisant de feuilleter ces vieux recueils, car en pensant au passé, on en vient à considérer le présent comme un petit peu moins réel. Tandis que je me livrais à mes recherches, le pasteur a sorti du madère et des gâteaux secs. Je n'avais jamais bu de madère, et c'était absolument délicieux, l'idée surtout, car j'avais l'impression de me retrouver dans un vieux roman. Pendant quelques instants, je me suis dédoublée et j'ai pensé : « Pauvre Cassandra !

Décidément, elle n'est pas près de s'en sortir. Elle est en train de dépérir. »

Nous avons parlé des Cotton et de Scoatney, nous nous sommes extasiés sur la façon merveilleuse dont les choses avaient tourné, et combien nous étions tous heureux pour Rose. Il s'est montré particulièrement curieux lorsque je lui ai appris que Simon avait passé la nuit de la Saint-Jean en ma compagnie, et m'a posé toutes sortes de questions à ce propos. Après quoi, nous avons enchaîné sur la religion, ce qui n'a pas manqué de me surprendre car c'est un sujet que le pasteur aborde fort rarement – je veux dire, avec nous ; évidemment, j'imagine qu'il en est beaucoup question dans sa vie quotidienne.

– Vous devriez essayer un de ces jours. À mon avis, ça devrait vous plaire.

– Mais j'ai déjà essayé, vous le savez bien. Je suis allée à l'église. Visiblement, ça ne marche pas.

Il a ri, disant qu'il savait en effet qu'il m'était arrivé de m'exposer à la contagion.

– Mais attraper quelque chose dépend en grande partie de l'état de santé. Vous devriez songer à vous tourner vers l'Église si vous vous sentez déprimée.

Je me suis rappelé mes pensées sur le chemin du village.

– Oh, ce ne serait pas juste de se précipiter à l'église dès qu'on ne se sent pas bien, ai-je dit du ton le plus gai possible.

– Ce le serait encore moins de ne pas le faire ; vous priveriez la religion d'une de ses meilleures raisons d'être.

— Vous voulez dire que les extrémités auxquelles s'expose l'homme sont autant d'opportunités pour Dieu ?

— Exactement. Naturellement, il y a des extrémités dans les deux sens ; le bonheur extrême appelle la religion autant que le malheur extrême.

Je lui ai répondu que je n'avais jamais pensé à cela. Il m'a resservi un peu de madère, et m'a dit :

— En outre, la religion a une chance de se manifester chaque fois que l'esprit cherche éperdument une consolation dans la musique, la poésie, ou dans toute forme d'art. Personnellement, je considère la religion comme un art, le plus grand de tous ; un prolongement de la communion vers laquelle tendent tous les autres arts.

— Je suppose que vous voulez parler de la communion avec Dieu ?

Il a émis un bref éclat de rire, de sorte que son madère a fait fausse route.

— Qu'ai-je donc dit de si drôle ? ai-je demandé tandis qu'il s'essuyait les yeux.

— C'est votre ton si parfaitement détaché qui m'amuse. Dieu aurait pu tout aussi bien être une longue semaine pluvieuse, comme celle qu'Il a la bonté de nous offrir en ce moment.

Il a jeté un coup d'œil par la fenêtre. Il avait recommencé à pleuvoir si fort que le jardin, derrière les carreaux ruisselants, ne faisait plus qu'une large tache verte floue.

— Comme les jeunes gens intelligents se méfient de la simple évocation de Dieu ! a-t-il ajouté. Ça les ennuie en même temps que ça leur donne un sentiment de supériorité.

— Vous savez, dès lors que vous cessez de croire

en un vieillard barbu..., ai-je tenté d'expliquer. C'est simplement le mot «Dieu»... il sonne de façon si conventionnelle à mes oreilles!

— Ce n'est qu'une manière plus rapide de désigner d'où nous venons, où nous allons et le sens de notre passage sur terre.

— Et les croyants ont-ils découvert le sens de notre passage sur terre? Ont-ils la réponse à cette énigme?

— Il leur arrive de percevoir le souffle d'une réponse.

Il m'a souri, je lui ai souri à mon tour, puis nous avons tous les deux siroté notre madère.

— J'imagine, a-t-il repris, que les services religieux sont également trop conventionnels pour vous, et je peux le comprendre. Oh, ils conviennent parfaitement aux vieilles gens, aux habitués de longue date, et leur permettent de se rencontrer, mais il m'arrive de penser que leur fonction essentielle est d'aider les églises à se faire – un peu comme on fume une pipe pour la faire, vous comprenez. Si quelque non-croyant avait besoin du secours de la religion, je lui conseillerais d'aller s'asseoir dans une église vide. S'asseoir, pas s'agenouiller. Et d'écouter, pas de prier. La prière est quelque chose de très compliqué.

— Oh, mon Dieu, c'est vrai?

— Eh bien, oui, pour certaines personnes inexpérimentées. Voyez-vous, elles sont prêtes à considérer Dieu comme une machine à sous. Si rien ne tombe, elles disent: «Je savais bien qu'il n'y avait rien là-dedans», alors que tout le secret de la prière, c'est de savoir que la machine est pleine.

— Mais comment peut-on le savoir ?
— En la remplissant soi-même.
— Avec de la foi ?
— Avec de la foi. Encore un mot ennuyeux pour vous, non ? Et je vous préviens, cette métaphore de la machine à sous a des limites. Mais si vous vous sentez très malheureuse – ce qui n'est manifestement pas le cas en ce moment, avec le bonheur dont jouit enfin votre famille –, eh bien, essayez donc d'aller vous asseoir dans une église vide.

— Guetter si j'entends un petit souffle ?

Nous avons tous les deux éclaté de rire, puis il a dit que c'était aussi raisonnable de dire qu'on sentait Dieu, comme de le voir ou de l'entendre :

— Avec un peu de chance, vous le sentirez avec tous vos sens, et avec aucun. Il y a une expression qui correspond bien à cette intuition : on « se sent tout chose ».

— Cela vous est-il déjà arrivé ?

Il a soupiré et répondu que les « souffles » étaient rares.

— Mais leur souvenir est éternel, a-t-il ajouté tout bas.

Ensuite nous nous sommes tus, le regard fixé sur le feu. La pluie, qui tombait toujours dans le conduit de la cheminée, faisait de petits sifflements au contact des flammes. Je songeais à la grande bonté de cet homme, dont la piété n'était jamais ennuyeuse. Et j'ai pensé soudain pour la première fois que, si un homme aussi intelligent et instruit pouvait croire en la religion, c'était assez impudent de la part d'une ignorante comme moi d'en ressentir de l'ennui et une certaine supériorité, car j'ai compris que ce n'était pas la simple évocation de «Dieu» qui en était la cause.

Je me suis demandé si par hasard je n'étais pas athée. Je ne m'étais jamais considérée comme telle jusqu'à présent, et certains jours particulièrement agréables, j'ai vraiment eu le sentiment qu'il y avait *quelque chose* quelque part ; et je prie tous les soirs, tout en sachant que mes prières ne sont que des formes de vœux... enfin presque : je prie *au cas où* Dieu existerait. (Je n'ai fait aucune prière au sujet de ma détresse concernant Simon car je n'ai pas le droit de demander qu'il m'aime, et je ne demanderai pas non plus de cesser de l'aimer. Plutôt mourir!) Je ne me suis jamais sentie en communion avec Dieu en le priant ; la seule fois où j'ai vaguement senti quelque chose, c'était le jour où j'ai passé un moment dans la cathédrale de King's Crypt au coucher du soleil, et ça a disparu dès que j'ai entendu la voix monocorde de la directrice de l'école qui nous parlait des vestiges saxons. Ici, en compagnie du pasteur, j'ai tenté de retrouver ce que j'avais ressenti dans la cathédrale, mais ces impressions se sont mêlées au souvenir de l'avenue, qui m'évoquait une cathédrale, dont j'avais eu la vision en décrivant la nuit de la Saint-Jean ; ensuite, toutes ces impressions – la cathédrale, l'avenue, mon amour pour Simon, et moi-même en train d'écrire sur tout cela dans le grenier – se sont confondues dans mon esprit, chacune éclairée d'une lumière qui lui était propre, et pourtant toutes inextricablement liées les unes aux autres. Durant tout ce temps, je n'avais pas une seconde quitté des yeux le feu du pasteur.

Je ne suis redescendue sur terre qu'au moment où l'horloge a sonné la demie. Je me suis levée brusquement pour partir et le pasteur m'a invitée à déjeuner ; mais j'ai pensé qu'il valait mieux rentrer préparer le repas de papa.

Tout en m'aidant à enfiler mon imperméable, le pasteur m'a demandé de faire un détour par l'église au cas où il aurait laissé la fenêtre de la sacristie ouverte. La pluie avait enfin cessé, mais il tenait quand même à ce que je referme cette fenêtre ; il était sûr qu'il allait se remettre à pleuvoir, probablement à peine sa sieste commencée. Il m'a regardée traverser en courant le cimetière et je lui ai fait un dernier signe de la main avant d'entrer dans l'église par la petite porte latérale. Comme je la refermais derrière moi, j'ai trouvé assez drôle qu'il m'ait envoyée dans une église, qu'il m'ait même expliqué comment trouver quelque réconfort dans la religion, sans savoir le moins du monde si j'en avais besoin.

La fenêtre n'était pas ouverte, en fin de compte. En ressortant de la sacristie, je me suis dit : « Bon, te voilà dans une église vide, autant profiter de l'occasion. » Me trouvant juste à côté de l'autel, je l'ai bien observé. Les ornements et la nappe de l'autel n'avaient absolument aucun sens pour moi. Les roses blanches étaient fraîches, mais un peu abîmées par la pluie ; elles avaient l'air figé qu'ont toutes les fleurs d'église, d'ailleurs tout sur cet autel avait l'air artificiellement figé…, austère, renfermé.

J'ai pensé : « Je ne ressens ni secours ni réconfort. » Puis je me suis rappelé ce que m'avait conseillé le pasteur, de sa voix douce et onctueuse :

«s'asseoir et écouter». Il m'avait dit de ne pas prier mais, quand je suis face à un autel, mes pensées se portent automatiquement vers la prière. Je me suis assise sur les marches, j'ai tourné la tête de l'autre côté, vers la nef, et j'ai ouvert grand mes oreilles.

J'ai entendu la pluie qui coulait à flots dans les gouttières et une petite branche qui crissait contre l'une des fenêtres ; mais aujourd'hui, l'église avait l'air entièrement coupée de l'agitation du monde extérieur, tout comme je me sentais moi-même coupée de l'église. «Je suis l'agitation dans le calme dans l'agitation.»

Au bout d'une ou deux minutes, le silence a commencé à exercer une pression sur mes oreilles, j'ai cru au début que c'était bon signe, mais il ne s'est rien produit d'intéressant. Puis je me suis souvenue que le pasteur avait dit qu'on pouvait sentir Dieu de tous ses sens, donc j'ai mis mes oreilles au repos et j'ai essayé avec le nez. Il y avait une odeur de vieux bois, de vieille tapisserie de prie-Dieu, de vieux recueils de cantiques, une odeur de poussière et de moisi mélangés ; aucune fragrance n'émanait des roses de l'autel glacial, et pourtant il flottait une sorte de léger parfum douceâtre, sentant le renfermé qui provenait de la nappe d'autel richement brodée. J'ai essayé le goût, mais, naturellement, il ne me restait sur la langue que celui du madère et des biscuits. Le toucher : le froid des marches en pierre. Quant à la vue – eh bien, oui, il y avait des tas de choses à voir : le jubé ciselé, le tombeau des Godys, la haute chaire qui arrivait à avoir l'air à la fois particulièrement vide et quelque peu réprobatrice – ...oh, j'ai remarqué beaucoup de choses, dont certaines étaient très belles, mais rien au-delà des apparences n'a frappé mon regard. Alors j'ai fermé les yeux. Le pasteur avait dit « avec tous vos sens, et avec aucun », et j'ai pensé que si j'arrivais à mettre mon esprit en veilleuse…

J'ai souvent essayé. Un jour, je m'étais dit que ce pouvait être une façon de prévoir l'avenir, mais je n'ai jamais vu autre chose que du noir. Assise sur les marches de l'autel, j'ai scruté une obscurité encore plus obscure que d'habitude, et je l'ai sentie aussi distinctement que je la voyais ; j'avais l'impression d'être écrasée sous des tonnes d'obscurité. Tout à coup, le vers d'un poème de Vaughan m'est revenu en mémoire : « Il y a en Dieu (paraît-il) une obscurité profonde mais éblouissante[1] », et l'instant d'après, les ténèbres se déchiraient et devenaient lumière. « Était-ce Dieu, tout cela est-il réellement arrivé ? » me suis-je demandé. Mais la part d'honnêteté que j'avais en moi a répondu : « Non, voyons, tu as tout imaginé. » Ensuite l'horloge a sonné moins le quart, emplissant l'air de ses coups sonores. J'ai ouvert les yeux : j'étais de nouveau dans la belle église glaciale, à l'odeur de renfermé, qui se moquait pas mal que je vive ou que je meure.

L'horloge m'a rappelé que j'allais être en retard pour le déjeuner de papa, m'obligeant à faire le trajet de retour au pas de course ; tout cela pour m'apercevoir qu'il s'était très bien débrouillé tout seul (sauf qu'on aurait dit qu'il avait découpé la

---

1. *The Night*, Henry Vaughan (1622-1695).

viande froide avec une truelle) et qu'il était sorti. Comme sa bicyclette n'était plus là, j'en ai conclu qu'il était allé à Scoatney. J'ai pris le risque de ne pas être présentable pour le thé et je me suis offert une bonne séance de pleurs, avec ensuite un morceau de gâteau et un verre de lait. Je me suis sentie tellement mieux que d'habitude, même après avoir pleuré, que je me suis sérieusement demandé si par hasard je n'avais pas effectivement senti un petit « souffle » divin quand j'étais à l'église.

Mais le lendemain matin, le poids que j'avais sur le cœur ne m'avait jamais autant pesé. Il était toujours là au petit déjeuner, après le départ de Stephen et de Thomas, et quand papa s'est enfermé dans la salle de garde, j'étais tellement malheureuse que j'ai dû m'appuyer aux murs ; je ne comprends pas pourquoi, quand je suis malheureuse je m'appuie toujours aux murs, mais c'est ainsi. Pour une fois je n'avais pas envie de pleurer, j'avais envie de crier. Alors, je suis sortie sous la pluie et je me suis réfugiée dans un champ désert, loin de tout, et j'ai hurlé comme une perdue ; après quoi, je me suis sentie extraordinairement bête, et toute mouillée. J'ai eu le désir irrépressible d'être assise au coin du feu en compagnie du gentil pasteur, de boire du madère avec lui, et comme j'étais déjà à mi-chemin de Godsend à vol d'oiseau, j'ai continué ma route, coupant à travers les haies et les fossés. Je cherchais désespérément une bonne excuse à cette seconde visite – tout ce que j'ai pu trouver, c'était que je m'étais fait surprendre par la pluie sans imperméable et que je craignais d'attraper froid –, à vrai dire, je n'avais plus grand-chose à faire de ce que pourrait penser de moi le pasteur ou qui que ce soit, du moment que je pouvais boire mon madère au coin du feu.

Quand je suis arrivée au presbytère, il n'y avait personne.

J'ai sonné la cloche et frappé tant et plus à la porte, espérant sans doute ainsi susciter une présence à l'intérieur, tout en sachant que c'était impossible.

« Vais-je m'introduire dans l'église pour l'attendre ? » me suis-je demandé en reprenant l'allée du jardin ruisselante d'eau. À ce moment précis, Mrs. Jakes m'a crié depuis Les Clés que le pasteur et sa gouvernante étaient partis faire des courses à King's Crypt et qu'ils ne seraient pas de retour avant la fin de la journée.

J'ai couru vers elle et lui ai demandé si elle ne voulait pas me faire crédit pour un verre de porto. Elle a ri et m'a répondu qu'elle n'avait légalement pas le droit de me servir à boire avant midi, mais qu'elle pouvait toujours m'offrir un verre.

– Oh, ma pauvre ! vous en avez bien besoin, a-t-elle remarqué tandis que je la suivais à l'intérieur du bar. Vous êtes toute trempée. Ôtez-moi donc cette tunique de gymnastique, je vais vous la faire sécher auprès du feu, dans la cuisine.

Il y avait un homme en train de réparer l'évier, de sorte que je ne pouvais pas y rester sans robe ; mais elle a fermé à clé la porte du bar et m'a dit qu'elle veillerait à ce que personne n'entre en passant par la cuisine. Je lui ai donné mon vêtement et me suis assise au bar, où j'ai bu mon porto en maillot de corps et culotte bouffante noire de l'école.

Le porto m'a fait du bien et m'a réchauffée, mais les vieux bars de campagne ne sont pas des endroits très gais; il y a quelque chose de particulièrement déprimant dans les relents de bière. Si j'avais été de bonne humeur, l'idée que les villageois venaient boire ici depuis trois siècles m'aurait peut-être plu; mais comme ce n'était pas le cas, je ne pouvais m'empêcher de penser que leurs vies avaient été d'un ennui mortel et que d'ailleurs, la plupart d'entre eux étaient morts. Il y avait un miroir derrière le bar, face à la fenêtre, et je voyais les pierres tombales du cimetière qui s'y reflétaient. Je pensais à la pluie qui tombait dessus, jusqu'aux cercueils imprégnés d'eau. Durant tout ce temps, mes cheveux mouillés me dégouttaient le long du dos, sous mon maillot de corps.

Toutefois, lorsque j'ai eu terminé mon porto, je me suis sentie nettement moins malheureuse. J'étais simplement un peu hébétée et ne cessais de fixer stupidement ce qui m'entourait. Je contemplais ainsi les bouteilles de crème de menthe et de cherry brandy dont on nous avait servi un verre à Rose et à moi, le 1er Mai. Et tout à coup, je me suis prise d'une haine violente pour la crème de menthe verte de Rose et d'une affection profonde pour mon cherry brandy rouge rubis.

Je suis allée passer la tête à la porte de la cuisine.

– S'il vous plaît, madame Jakes, pourrais-je avoir un cherry brandy? Il est midi pile, comme ça, je vous le devrai sans avoir enfreint la loi.

Elle est venue me le servir et, quand elle a reposé la bouteille à sa place, j'ai eu la satisfaction de constater qu'il restait moins de cherry que de crème de menthe. « Maintenant, tout le monde va croire que le cherry brandy est plus populaire que la crème de menthe », me suis-je dit. Puis deux hommes sont venus frapper à la porte, réclamant leurs bières, et Mrs. Jakes m'a chassée du bar avec mon verre de brandy.

– Vous pouvez aller attendre dans la chambre de miss Marcy. Votre robe ne va pas être sèche de sitôt.

Miss Marcy loue une chambre à l'étage de l'auberge, loin de l'agitation du bar. Depuis son arrivée à Godsend, elle a le projet d'avoir un cottage à elle, mais les années passent, elle demeure toujours aux Clés, et je ne pense pas qu'elle en parte un jour. Mrs. Jakes lui rend la vie très agréable, et l'auberge est à deux pas de l'école.

En montant l'escalier, j'ai été étonnée de constater que j'avais les jambes en coton. « Pauvre de moi, me suis-je dit, je suis beaucoup plus fatiguée que je ne l'aurais cru. » Quel soulagement de m'asseoir dans le fauteuil à bascule en osier de miss Marcy, sauf qu'il était beaucoup plus bas que prévu ; j'ai renversé une quantité non négligeable de cherry. J'ai achevé le reste avec une grande satisfaction ; à chaque gorgée, je me disais : « Bien fait pour la crème de menthe ! » Ensuite j'ai réalisé, assez confusément, que le vert était ma couleur et le rose celle de Rose, donc que nous avions interverti nos couleurs et que c'était complètement idiot. Et puis, je me suis demandé si je n'étais pas un peu ivre. Je me suis regardée dans la glace de la table de toilette de miss Marcy et je me suis trouvé une tête épouvantable : mes cheveux étaient de véritables queues-de-rat, j'avais la figure toute sale et l'air larmoyant des ivrognes. Je me suis fait un grand sourire, sans raison aucune. Puis je me suis interrogée : « Qui suis-je ? Qui suis-je ? » Chaque fois que je me pose cette question, j'ai l'impression que je vais basculer tout à coup dans la folie ; je me suis donc détournée du miroir et j'ai essayé de ne plus penser à moi. Il m'a suffi pour cela de m'intéresser à la chambre de miss Marcy.

Elle est vraiment incroyable : tout ce qu'elle possède est de taille très réduite. Les tableaux sont des reproductions en cartes postales de grands peintres. Elle a des tas de petits animaux en métal de moins de trois centimètres, de petites chaussures en bois, de boîtes peintes juste assez grandes pour contenir des timbres. Et ces objets ont l'air d'autant plus minuscules que la pièce est très vaste, les poutres de chêne énormes et les meubles de Mrs. Jakes gigantesques.

Tandis que j'étais occupée à examiner les pichets miniatures du Devon sur la cheminée (il y en avait cinq, chacun avec une fleur sauvage différente peinte dessus), les effets du cherry brandy se sont dissipés, probablement à cause du vent qui soufflait de la cheminée directement dans mes culottes bouffantes. Je me suis donc enveloppée dans la courtepointe et me suis allongée sur le lit. J'étais sur le point de m'endormir lorsque miss Marcy est rentrée chez elle pour déjeuner.

– Ma pauvre, pauvre petite, s'est-elle lamentée en tâtant mon front. Je me demande si je ne devrais pas vous prendre la température.

Je lui ai répondu que j'allais très bien, mais que

j'avais peut-être un peu trop bu. Elle a ri, battu des paupières en disant :
— Eh bien, vous alors !

Et je me suis brusquement sentie lasse de vivre et très vieille comparée à elle. Elle m'a tendu ma tunique de gymnastique et est allée me chercher de l'eau chaude. Une fois débarbouillée, je me suis sentie tout à fait normale, sauf qu'il ne me restait de toute la matinée qu'un souvenir brumeux quelque peu honteux.

— Il faut que je file à la maison. J'ai une demi-heure de retard pour le déjeuner de papa.

— Oh, votre père est encore à Scoatney. Il va avoir un beau steak bien épais à déjeuner.

Elle le tenait de Mrs. Jakes qui elle-même le tenait du boucher, qui le tenait de la cuisinière de Scoatney.

— Vous pouvez donc rester déjeuner avec moi, m'a proposé miss Marcy. Mrs. Jakes va nous apporter de quoi manger toutes les deux.

Elle prenait ses repas sur les plateaux qu'on lui montait des cuisines de l'auberge, mais cela ne l'empêchait pas d'avoir dans le grand placard d'angle en acajou ce qu'elle appelait ses « petites douceurs ».

— J'aime bien grignoter la nuit, a-t-elle avoué en allant chercher de petits biscuits. Je me réveille toujours vers deux heures du matin avec l'envie de manger.

Je l'ai imaginée dans son grand lit un peu défoncé, en train de contempler la fenêtre à losanges éclairée par la lune tout en grignotant ses biscuits.

— Vous restez éveillée longtemps ?

– Oh, la plupart du temps, j'entends l'horloge sonner le quart. Alors je me dis qu'il faut être sage et se rendormir. En général, je me raconte une jolie petite histoire et ça marche.

– Quel genre d'histoires ?

– Oh, des histoires que j'invente, naturellement. Parfois j'essaie d'imaginer ce qui arrive aux personnages de romans, après la fin du livre, j'entends. Ou alors je songe aux personnes si intéressantes que je connais : cette chère Rose en train de courir les magasins à Londres, ou Stephen qui se fait photographier par cette charmante Mrs. Fox-Cotton. J'adore inventer des histoires sur les gens.

– Et vous n'en inventez pas sur vous-même ?

Elle a eu l'air très étonnée par ma question.

– Eh bien, voyez-vous, je ne pense pas l'avoir jamais fait. Je ne dois pas me trouver très passionnante.

Quelqu'un a frappé à la porte et miss Marcy est allée prendre le plateau. Mrs. Jakes avait fait monter un ragoût et une tarte aux pommes.

– Oh, parfait, a dit miss Marcy. C'est si réconfortant de manger du ragoût quand il pleut.

Tandis que nous nous installions pour déjeuner, j'ai dit à miss Marcy que ce devait être formidable de ne pas se trouver intéressante.

– Cela a-t-il toujours été le cas ? lui ai-je demandé.

Elle a réfléchi un moment, tout en mastiquant une énorme bouchée.

– Non, pas quand j'étais petite. Ma chère mère disait tout le temps que j'étais très égocentrique. Et jamais contente !

— Ce n'est plus vrai aujourd'hui. Que s'est-il passé pour que vous ayez changé ?

— Dieu m'a envoyé un véritable chagrin, ma chérie.

Elle m'a raconté que ses parents étaient morts tous les deux à un mois d'intervalle quand elle avait dix-sept ans, et que ç'avait été épouvantable.

— C'en était fini du bonheur pour moi. Mais un jour, notre clergyman m'a demandé de l'aider à encadrer des enfants qu'il devait emmener à la campagne... Eh bien, savez-vous ? ce fut un véritable miracle. Je crois que c'est à partir de ce jour que j'ai commencé à trouver les autres plus intéressants que moi-même.

— Il n'y aurait pas de miracle pour moi... je veux dire, si un jour j'étais très malheureuse.

Elle m'a répondu qu'il finirait toujours par s'en produire un ; puis elle a voulu savoir si Rose me manquait beaucoup. J'ai remarqué qu'elle avait l'air assez curieuse, de sorte que j'ai acquiescé tout à fait naturellement avant d'enchaîner rapidement sur le trousseau de Rose et la joie que j'éprouvais pour elle, jusqu'à ce que nous entendions passer sous la fenêtre les enfants qui retournaient à l'école. Alors miss Marcy s'est levée d'un bond et s'est poudré le bout du nez avec une minuscule houppette chargée d'une poudre très blanche.

— Nous chantons cet après-midi, a-t-elle déclaré. Nous attendons toujours ce moment avec impatience.

J'ai repensé à la leçon de chant du 1er Mai, à Simon, à la fois si gêné et si gentil, qui faisait son petit discours aux enfants. Oh, quelle journée merveilleuse, c'était avant qu'il ne demande Rose en mariage!

Nous sommes descendues et j'ai remercié Mrs. Jakes pour tout, et surtout pour le cherry brandy à crédit. (Un shilling. Et c'était un tarif réduit. Boire est ruineux!) La pluie avait cessé, mais il faisait encore très gris et froid.

— J'espère qu'il fera beau samedi, a souhaité miss Marcy tandis que nous passions entre les gouttes qui tombaient du marronnier, parce que je dois pique-niquer avec les enfants. J'imagine, ma chérie, que vous n'aurez pas le temps de m'aider? Vous auriez tant de jeux formidables à leur proposer!

— Je crains d'être très occupée au château, me suis-je empressée de répondre.

Les élèves jouaient en poussant de grands cris dans la cour de récréation et je ne me voyais pas du tout passer un après-midi entier dans ce brouhaha.

— Où avais-je la tête! Bien sûr, vous avez tant à faire les week-ends, avec les garçons dont il faut s'occuper ainsi que votre père. Peut-être aurez-vous un peu plus de temps lors de ces longues soirées d'été, où les personnes âgées aiment bien qu'on leur fasse la lecture quand il fait encore clair...

Je l'ai regardée avec des yeux ronds. Ni Rose ni moi ne nous sommes jamais rendues à ce genre de soirées; soit dit en passant, les villageois apprécient véritablement ces bonnes œuvres. Miss Marcy a dû voir la tête que je faisais car elle s'est empressée d'ajouter:

— Oh, c'était une idée en l'air. J'ai pensé que

vous pourriez sortir un peu, au cas où la vie vous paraîtrait trop ennuyeuse sans Rose.

— Non, non, pas vraiment, ai-je répondu gaiement.

Dieu sait qu'on n'a pas le temps de s'ennuyer quand on est malheureux !

Pauvre chère miss Marcy, elle était loin de se douter que Rose n'était pas la seule à me manquer. À ce moment, des enfants sont arrivés avec une grenouille dans une boîte en carton, alors elle m'a dit au revoir et elle les a accompagnés jusqu'à la mare où ils allaient la regarder nager.

Quand je suis rentrée à la maison, le château était désert ; même Ab et Hél étaient sortis. J'avais mauvaise conscience car ils n'avaient rien eu à manger, je les ai appelés, appelés, mais ils ne se sont pas montrés. Ma voix avait des intonations désespérées, brusquement, je me suis sentie plus seule que jamais, et surtout beaucoup plus triste. Tout était gris autour de moi : grise, l'eau des douves, gris, les grands murs, grisâtre, le ciel ; même le blé, entre le vert et l'or, avait l'air terne.

Je me suis assise sur la banquette de la fenêtre, fixant d'un air hébété miss Blossom. Quand brusquement sa voix a résonné dans ma tête :

— Vous allez assister à ce pique-nique, ma cocotte.

Je me suis entendue lui demander pourquoi.

— Parce que miss « Je bats-des-cils » a raison, ça vous distraira de votre petite personne. Et faire des choses pour les autres donne bonne mine.

— Le porto aussi, ai-je rétorqué cyniquement.

— Ce ne sont pas des façons de parler à votre âge, mais je dois reconnaître que vous étiez impayable quand vous vous baladiez en culotte à l'auberge avec votre cherry brandy. Alors, comme ça, vous avez un penchant pour la boisson !

– Je ne peux pas y noyer mes chagrins trop souvent, c'est trop onéreux. Les bonnes œuvres coûtent beaucoup moins cher.

– La religion aussi. Il paraît même que c'est ce qu'il y a de mieux. Vous y viendrez avec un petit effort, savez-vous, vous qui aimez tant la poésie.

Ce qui est vraiment curieux, c'est que je me suis très souvent dit des choses, par l'intermédiaire de miss Blossom, que je ne savais pas que je savais. Quand elle a affirmé que je « viendrais » à la religion, j'ai tout de suite su qu'elle avait raison, à tel point que je me suis aussitôt demandé si je n'étais pas convertie. J'ai décidé que ce n'était pas aussi terrible que cela ; tout ce que je retenais, c'était qu'une conversion était « possible ». Je comprenais soudain que la religion, Dieu, quelque chose au-delà de la vie quotidienne, était à portée de la main, si on le désirait véritablement. J'ai compris aussi que, si ce que j'avais ressenti dans l'église n'était que le fruit de mon imagination, c'était néanmoins un pas dans cette voie ; car l'imagination elle-même était parfois une sorte de révélateur de désir : on fait comme si c'était vrai, car on a envie que cela soit vrai. Cela m'a fait penser à ce qu'avait dit le pasteur – la religion comme prolongement de l'art – et j'ai commencé à comprendre comment la religion pouvait soulager les chagrins ; s'en servir à d'autres fins, les transformer en beauté, de même que l'art peut embellir les choses tristes.

– Le secret, c'est le sacrifice, me suis-je surprise

à dire. De même qu'il faut savoir en faire pour l'art, il faut en faire pour la religion; ainsi, ce sacrifice se transformera en bénéfice.

Ensuite, mon raisonnement est devenu un peu confus, suscitant une remarque de miss Blossom :

– Vous dites n'importe quoi, ma poulette. C'est pourtant parfaitement simple : s'oublier dans quelque chose qui vous dépasse est extrêmement reposant.

J'étais bien d'accord avec elle. Puis j'ai pensé : « C'est ainsi que miss Marcy fait passer son chagrin, sauf qu'elle se perd en se dévouant aux autres et non dans la religion. » Quelle vie était-elle préférable, la sienne ou celle du pasteur ? J'en ai conclu que le pasteur adorait Dieu et aimait simplement les villageois, tandis que miss Marcy adorait les villageois et aimait simplement Dieu, alors je me suis demandé si je ne pouvais combiner les deux : adorer autant Dieu que mes voisins. Mais en avais-je vraiment le désir ?

Oui, absolument ! Oh, pendant quelques instants, c'était vrai, je l'ai désiré sincèrement ! Je me voyais aller régulièrement à la messe, faire ma communion, dresser un petit autel avec des fleurs, des bougies, être merveilleuse avec tout le monde à la maison comme au village, racontant des histoires aux enfants, faisant la lecture aux personnes âgées (avec un peu de tact, ils ne s'apercevraient même pas que c'étaient des bonnes œuvres). Serais-je sincère ou ferais-je semblant de l'être ? Quand bien même cela commencerait par une simulation, cela deviendrait probablement sincère au bout d'un moment, non ? Peut-être l'était-ce déjà, car à cette simple perspective, mon chagrin ne me pesait déjà plus sur le cœur. Il s'était envolé si loin que, même si je le voyais encore, je ne le sentais plus.

Ensuite, il s'est passé quelque chose de vraiment stupéfiant : j'ai eu la vision de la nouvelle route qui contourne King's Crypt : large, droite, idéale pour une circulation directe. Puis j'ai vu la partie animée et commerçante de la ville, avec son entrelacs de vieilles ruelles étroites et si pénibles pour les automobilistes les jours de marché, mais tellement pittoresques. Ces images mentales voulaient me signifier que le pasteur et miss Marcy avaient tous deux réussi à contourner les souffrances qui sont le lot de la plupart des gens, lui grâce à la religion, elle grâce à son dévouement. Et il m'est apparu qu'en agissant ainsi, on risque de passer à côté de beaucoup de choses en s'évitant les chagrins, peut-être même, d'une certaine manière, à côté de la vie. Est-ce la raison pour laquelle miss Marcy fait si jeune pour son âge et que le pasteur, en dépit de sa grande intelligence, a cet air de vieux bébé ?

– Je ne veux passer à côté de rien ! ai-je déclaré à voix haute.

Et de nouveau, le désespoir a fondu sur moi, telle une rivière trop longtemps contenue. J'ai essayé de lui ouvrir mon cœur, de l'accueillir comme une expérience à vivre, et au début ça a été un peu plus facile à supporter. Mais cela a bientôt empiré. Mes souffrances étaient aussi physiques que mentales, j'avais mal partout, au cœur, aux côtes, aux épaules, à la poitrine, même mes bras étaient douloureux. J'avais tellement besoin de quelqu'un pour me consoler que j'ai posé la tête sur la poitrine de miss Blossom ; elle était douce et maternelle sous son corsage de satin bleu roi, et je l'entendais me dire : « Allez, ma cocotte, c'est bien, fonce, ne cherche pas à l'éviter. C'est bien souvent la seule façon de s'en sortir. »

Puis, une autre voix me parlait, plus amère et sarcastique, la mienne quand je suis franchement désagréable : « Tu es tombée bien bas, ma fille, pour enlacer un mannequin de couturière. N'as-tu pas passé l'âge de ces bêtises avec miss Blossom ? » Alors, pour la première fois de ma vie, je me suis demandé comment j'arrivais à « faire » miss Blossom. Ressemblait-elle à la mère de Stephen, mais en moins humble, ou plutôt à la femme de ménage de tante Millicent ? Ou bien me suis-je inspirée de quelque personnage de roman ? Soudain, je l'ai vue plus vivante que jamais, derrière le bar d'un vieux pub londonien. Elle me regardait d'un air lourd de reproches, puis elle a enfilé une veste en peau de phoque sur son corsage bleu, a éteint les lumières, et est sortie dans la nuit en refermant la porte derrière elle. La seconde suivante, son buste était aussi dur qu'un morceau de bois, sentait la poussière et la vieille colle. Je savais qu'elle avait disparu à tout jamais.

Heureusement, Héloïse est arrivée sur ces entrefaites, sinon je crois que j'aurais pleuré jusqu'à l'heure du thé et je n'aurais pas été présentable. C'est impossible de pleurer avec Héloïse : elle agite la queue par sympathie, mais a l'air gênée et ne tarde pas à s'en aller. De toute façon, il fallait que je lui donne une pâtée qu'elle n'avait que trop attendue.

Depuis lors, je n'ai pas réussi à regarder une

seule fois miss Blossom. Ce n'est pas seulement parce qu'elle n'est plus qu'un pauvre mannequin de couturière, mais on dirait le cadavre d'un mannequin de couturière.

Religion, bonnes œuvres, alcool fort, oh! il existe un autre moyen de fuir, un moyen terrible, bien pire que l'alcool. Je l'ai expérimenté il y a une semaine, le jour de mon anniversaire.

Lorsque je me suis levée, ce matin-là, le soleil brillait pour la première fois depuis près de quinze jours. J'avais à peine eu le temps de m'en rendre compte lorsque j'ai entendu de la musique juste devant la porte de ma chambre. J'ai sauté de mon lit et couru sur le palier où j'ai découvert, par terre, une petite radio, avec une carte : «Meilleurs vœux pour votre anniversaire, de la part de Stephen.» Voilà pourquoi il avait fait des économies ! Voilà pourquoi il avait posé pour Léda Fox-Cotton !

– Stephen ! Stephen ! ai-je hurlé.

– Il est parti travailler tôt ce matin, m'a crié Thomas depuis l'entrée. Je crois qu'il était gêné que tu le remercies. C'est une bonne petite radio. Habille-toi vite, on va l'écouter en prenant le petit déjeuner.

Il a monté l'escalier quatre à quatre et embarqué la radio avant même que j'aie pu tourner le bouton. J'étais sur le point de lui demander de me la rapporter lorsque je me suis ravisée : «Après tout, quelle importance ?» me suis-je dit. Le poids du petit matin m'était tombé sur le cœur. Tout en m'habillant, j'ai pensé que seulement deux semaines et deux jours plus tôt, j'aurais été folle de joie d'avoir une radio à moi ; aujourd'hui, ça ne signifiait absolument plus rien. Puis je me suis dit que je pourrais toujours souffrir en écoutant de la musique.

Quand je suis descendue, j'ai vu que Stephen avait mis la table du petit déjeuner pour moi, avec un bouquet de fleurs.

— Et voilà mon cadeau, a annoncé Thomas. Je n'ai pas fait de paquet parce que je suis en train de le lire.

C'était un livre d'astronomie, sujet qui l'intéresse énormément ; j'étais contente qu'il ait choisi quelque chose dont il avait lui-même envie, parce que, bien qu'il reçoive désormais un peu d'argent de poche, il aura du mal à rattraper toutes ces années où il en a été privé.

Papa est descendu à cet instant ; naturellement, il avait oublié que c'était mon anniversaire.

— Mais Topaz s'en sera certainement souvenue, a-t-il remarqué joyeusement. Elle t'enverra quelque chose de ma part.

Il a été horrifié en découvrant la radio — il a toujours dit que ne pas en avoir était l'un des derniers avantages de la pauvreté ; mais il a commencé à s'y intéresser durant le petit déjeuner. Seulement, il ne pouvait supporter ni la musique ni les voix : ce qu'il aimait, c'étaient les parasites !

— J'imagine que tu accepteras de me la prêter une petite heure, non ? m'a-t-il demandé dès que Thomas a été parti à l'école. Ces bruits sont formidables.

Je l'ai laissé la prendre.

Tout ce qui m'importait, c'était de savoir si Simon m'enverrait un cadeau.

Le colis est arrivé par la poste à onze heures.

C'était une robe de chambre de la part de Topaz, les œuvres complètes de Shakespeare en un volume de la part de papa (Topaz avait eu la délicatesse de se rappeler qu'il détestait me prêter son exemplaire), une chemise de nuit – en soie véritable ! – de la part de Rose, six paires de bas de soie de la part de Mrs. Cotton, et une grosse boîte de chocolat, de la part de Neil. Rien de la part de Simon.

Ça alors, rien de la part de Simon ! J'étais encore sous le choc, déçue comme pas deux, lorsqu'un coup de klaxon a retenti dans le chemin. Une minute plus tard, une camionnette s'arrêtait devant le château et le chauffeur déposait une caisse sur le pont-levis. J'ai crié à papa de descendre, et à nous deux, nous avons fait sauter le couvercle. À l'intérieur il y avait une radio sans fil et un gramophone combinés, l'appareil le plus extraordinaire qui soit ! Une fois fermé, ça ressemble à une grosse valise, avec une poignée pour la transporter. L'extérieur est en tissu d'un beau bleu brillant. Il y avait un porte-disques assorti. Personne n'avait jamais eu de cadeau aussi fantastique.

Simon avait joint un petit mot :

Chère Cassandra,
J'avais l'intention de vous en envoyer un qui marche à l'électricité, mais je me suis rappelé que vous n'aviez pas l'électricité. La radio fonctionne avec des piles que vous pouvez faire recharger au garage de Scoatney, le phonographe, lui, est un ancien modèle qu'il faut remonter à la main, mais c'est mieux que rien. Je vous envoie le Debussy que

vous aimez bien, mais je n'ai pas réussi à trouver le Bach que je vous ai fait entendre. Prenez tous les disques que vous voulez à Scoatney jusqu'à ce que vous sachiez vraiment quels sont vos goûts musicaux, alors je vous achèterai des tas d'autres disques.

On m'a promis que vous recevrez ce colis pour le bon jour, et j'espère que ce sera le cas. Tous mes vœux d'anniversaire.

À bientôt, avec toute mon affection,
Simon

C'était écrit au crayon, dans le magasin, je ne pouvais donc pas espérer que ce soit plus long ou plus personnel. Mais il avait mis «Avec toute mon affection», alors qu'il aurait pu finir simplement par «Bien à vous» ou «Écrit à la hâte», ou n'importe quoi d'autre. Naturellement, je savais que ce n'était pas l'affection que j'attendais, mais c'était déjà ça.

J'ai relu le mot un bon nombre de fois, pendant que papa faisait sortir de la petite radio les bruits les plus épouvantables.

– Arrête! ai-je fini par hurler. Tu vas l'abîmer si tu continues.

– On dirait les âmes errantes des mouettes, tu ne trouves pas? m'a-t-il crié pour couvrir le vacarme.

Je me suis plantée devant lui et j'ai éteint l'appareil. Dans le silence soudain, on n'entendait plus que la radio de Stephen qui marchait toute seule dans la salle de garde.

– Est-ce que tu t'es seulement demandé quel effet cette chose-là va faire à ton soupirant?

Je n'ai pu qu'éprouver un certain ressentiment à l'égard de Stephen car sa peine allait me gâcher le plaisir que je prenais au cadeau de Simon ; mais pas trop quand même – ç'aurait été difficile.

Heureusement, papa n'attendait aucune réponse de ma part.

– Cette radio est beaucoup plus puissante, a-t-il poursuivi. Je te l'emprunterai de temps en temps.

– Non ! me suis-je récriée, si violemment qu'il m'a dévisagée, interloqué. J'ai très envie d'essayer le gramophone, ai-je ajouté en essayant de me montrer calme et raisonnable.

– Bon, bon..., a-t-il répondu avec un sourire presque paternel avant d'apporter l'appareil à la maison et de me laisser seule avec.

J'ai sorti les disques de leur emballage en papier gaufré et les ai mis et remis indéfiniment. Il y avait des préludes et des fugues de Bach, ainsi que le fameux Debussy.

Simon ne m'avait pas envoyé *Amoureux*.

Lorsque Stephen est rentré à la maison, mon bon fond avait eu le temps de reprendre le dessus, et j'étais très inquiète de sa réaction. J'avais installé sa petite radio dans la cuisine (elle n'intéressait plus du tout papa) et j'ai pris soin de la mettre à plein volume à son arrivée. Je me suis confondue en remerciements et je ne crois pas l'avoir jamais vu aussi heureux. J'avais demandé à papa au cours du déjeuner s'il pensait que ce serait une bonne idée de cacher le cadeau de Simon pendant un jour ou deux, mais il trouvait qu'en fin de compte, ce serait beaucoup plus dur pour Stephen.

— Dis-lui simplement que tu es bien contente d'avoir une radio ultralégère que tu peux transporter partout et que tu utiliseras probablement celle de Simon pour le gramophone, m'a-t-il suggéré, et j'ai trouvé cela très sensé de sa part.

Mais l'instant d'après, je l'ai vu tourner un disque entre ses mains à n'en plus finir, comme s'il cherchait à en lire les sillons. Et quelqu'un qui essaie de lire un disque ne peut pas être tout à fait normal, non ?

J'ai fait de mon mieux pour annoncer la nouvelle à Stephen le plus délicatement possible ; j'ai dit tout ce que papa m'avait conseillé de dire, et un peu plus encore.

— Et le vôtre est en bois véritable, lui ai-je dit.

Mais son regard s'est éteint aussitôt. Il m'a demandé s'il pouvait voir le cadeau de Simon, qui était dans ma chambre. Après l'avoir contemplé quelques instants, il a déclaré :

— Oui..., c'est très chic.

Et il a tourné les talons.

— La radio n'est pas très bonne, lui ai-je crié, en mentant, alors qu'il était déjà dans l'escalier.

Oh, que j'étais navrée pour lui ! Après tout ce temps qu'il lui avait fallu pour faire des économies ! Je lui ai couru après et, du haut de l'escalier de la cuisine, je l'ai vu qui regardait fixement la petite radio marron. Il l'a éteinte, puis est sorti dans le jardin, l'air terriblement amer.

Je l'ai rattrapé au moment où il traversait le pont-levis.

— Allons faire un petit tour, ai-je dit.

— D'accord, si vous voulez, a-t-il répondu sans me regarder.

Nous avons pris le chemin sans grand enthousiasme. J'étais dans le même état que le jour où Rose avait eu une terrible rage de dents : j'étais insensible à sa souffrance ; se contenter d'être navrée ne suffit pas lorsque quelqu'un est malheureux. Toutefois, quand je me suis posé la question de savoir si, par égard pour Stephen, j'aurais préféré ne pas avoir reçu de cadeau de Simon, j'étais certaine que la réponse était négative.

J'ai fait tout mon possible pour parler avec naturel des deux appareils, m'étendant sur les avantages du petit, qu'on pouvait transporter d'une pièce à l'autre, et même dehors (tout en sachant parfaitement qu'à moins que Stephen ne soit dans les parages, je promènerai la radio de Simon partout, dussé-je me casser le dos). J'ai dû en faire trop, car il m'a interrompue :

– Ça va, vous savez…

Je lui ai jeté un coup d'œil rapide. Il s'efforçait de sourire pour me rassurer, mais il avait le plus grand mal à croiser mon regard.

– Oh, Stephen ! me suis-je écriée. Venant de vous, c'est un cadeau beaucoup plus beau. Simon n'a pas eu besoin de faire des économies… ni de travailler pour me l'offrir.

– Non, c'était là mon privilège.

J'ai trouvé cette façon de présenter les choses extrêmement élégante. Je n'en ai été que plus désolée, si désolée que j'étais à deux doigts de regretter de ne pas être tombée amoureuse de lui au lieu de Simon.

Juste à ce moment, il a ajouté, tout bas :
– Ma très chère…

Une idée folle m'a alors traversé l'esprit. Mais

pourquoi, grand Dieu ? Quelque chose dans le ton de sa voix avait-il éveillé ce sentiment en moi ? Ou bien était-ce parce que nous traversions le bois de mélèzes où je m'étais imaginée en train de me promener avec lui ?

Je me suis arrêtée et je l'ai regardé bien en face. Son visage était doré dans le soleil couchant. Il m'a demandé si je voulais rentrer.

– Non. Allons voir s'il y a encore des jacinthes sauvages dans le bois.

Il m'a jeté un rapide regard, enfin droit dans les yeux.

– Allons-y, ai-je déclaré.

Tandis que nous écartions les premières branches des mélèzes ployant jusqu'à terre, je pensais : « Eh bien, voilà qui va démentir ma théorie selon laquelle rien de ce que j'imagine ne se réalise jamais. »

Mais cela n'a pas été le cas, parce que rien ne s'est passé comme je l'avais imaginé. Le bois avait été éclairci, de sorte qu'il n'y faisait plus aussi frais ni aussi sombre que je l'aurais cru ; l'air était encore doux, et les derniers rayons du soleil nous chauffaient le dos. Les troncs d'arbre avaient des reflets rouges. Au lieu du parfum des jacinthes, fanées et prêtes à monter en graine, flottait une forte odeur de résine. Et au lieu de l'attente sereine que j'imaginais, je ressentais une excitation oppressante. Stephen n'a rien dit de ce que je lui avais fait dire alors ; nous étions tous deux silencieux. Je marchais devant lui tout le temps et je suis arrivée dans la petite clairière au cœur du bois avant lui. Alors je me suis retournée et je l'ai attendu. Il s'est approché, approché de plus en plus près, puis il s'est immobilisé en me fixant d'un air interrogateur. J'ai hoché la tête, et il m'a prise dans ses bras et m'a embrassée, très tendrement. Ce baiser ne signifiait rien pour moi, je sais que je ne le lui ai pas rendu. Mais tout à coup, il a changé d'attitude, et m'a embrassée de plus en plus fougueusement, pas tendrement du tout, et moi aussi, j'ai changé de comportement, je voulais qu'il continue encore et encore. Je ne l'ai même pas arrêté quand il a fait glisser ma robe de mes épaules. C'est lui qui s'est arrêté tout seul.

— Arrêtez-moi ! Arrêtez-moi ! a-t-il haleté en me repoussant si violemment que j'ai failli tomber à la renverse.

Comme je vacillais, j'ai ressenti soudain une terreur folle, et au moment où je retrouvais mon équilibre, j'ai foncé la tête la première dans les bois.

— Faites attention à vos yeux. Rassurez-vous, je ne vous poursuis pas ! m'a-t-il crié.

Mais je continuais à courir en me frayant un chemin à travers les branches basses, me protégeant le visage avec le bras. J'ai couru jusqu'au château et me suis ruée dans l'escalier de la cuisine avec l'intention de m'enfermer dans ma chambre, mais j'ai glissé sur une marche et me suis fait très mal au genou. Là, j'ai éclaté en sanglots et suis restée assise par terre à pleurer à chaudes larmes. Ce qui est affreux, c'est qu'au fond de moi, j'espérais qu'en restant assez longtemps dans l'escalier, il finirait par venir et verrait dans quel état j'étais. Je ne comprends toujours pas pourquoi je voulais qu'il soit là.

Au bout d'un moment, je l'ai entendu arriver à la porte de la cuisine.

— Cassandra, je vous en prie, cessez de pleurer, s'est-il écrié. Je n'avais pas l'intention d'entrer, mais je vous ai entendue et... Arrêtez, je vous en prie, je vous en prie.

Et moi, je pleurais de plus belle. Il s'est avancé jusqu'au pied des marches. J'ai entrepris de monter l'escalier en m'aidant de la rampe, pleurant toujours.

— Mais tout va bien, je vous assure. Il n'y a pas de mal à cela si nous nous aimons.

Je me suis retournée sauvagement vers lui :
— Je ne vous aime pas. Je vous déteste !

Et brusquement, à son regard, j'ai compris toute l'horreur de sa situation. Jusqu'à présent je n'avais pensé qu'à mon propre malheur.

— Non, non..., ai-je balbutié. Ce n'est pas ce que je voulais dire... Oh, je n'arriverai jamais à vous expliquer.

Après quoi, je me suis précipitée dans ma chambre et j'ai fermé les deux portes à double tour.

J'étais sur le point de me jeter sur le lit, lorsque j'ai aperçu le cadeau de Simon, posé sur la banquette de la fenêtre. Je me suis approchée, j'ai fermé le couvercle du gramophone et j'ai posé ma tête dessus en le serrant dans les bras. Pour la première fois de ma vie, j'ai regretté de ne pas être morte.

Quand il a fait tout à fait nuit, j'ai repris suffisamment mes esprits pour allumer une bougie et tituber jusqu'à mon lit. Quelques instants plus tard, on a frappé à la porte du palier et Stephen a crié :

— Je ne veux pas entrer, mais, s'il vous plaît, lisez le mot que je vais vous glisser sous la porte.

– D'accord, lui ai-je crié à mon tour et j'ai vu apparaître le petit papier blanc.

Au moment où je le ramassais, j'ai entendu ses pas descendre l'escalier, puis la porte d'entrée qui se refermait.

Voici ce qu'il avait écrit :

Très chère Cassandra,
Je vous en supplie, ne soyez pas malheureuse. Tout ira bien. Vous êtes si jeune. Je l'oublie trop souvent, car vous êtes tellement intelligente. Je ne peux pas vous expliquer, parce que je crains que vous ne soyez encore plus mal après, et de toute façon je ne sais comment vous expliquer. Mais il ne s'est rien passé de mal. Tout était ma faute. Si vous me pardonnez de vous avoir tant choquée, écrivez simplement oui sur un morceau de papier, et glissez-le sous ma porte. Je vais sortir et je ne rentrerai pas avant que vous ayez éteint la lumière, donc vous ne risquerez pas de me croiser. Demain matin, je partirai travailler avant que vous ne soyez levée. Nous n'en reparlerons plus, en tout cas, pas avant longtemps. C'est vous qui déciderez du moment. Je vous assure que tout va très bien.
Avec toute l'affection de
Stephen
xxxxxx, mais quand vous en aurez envie.

Sur une feuille à part, il avait écrit : « Peut-être cela vous aidera-t-il à comprendre. Évidemment, c'est pour le jour où nous serons mariés. » Et il avait recopié quatre vers de *La philosophie de l'amour* :

Rien au monde n'est destiné à être seul,
Toute chose en vertu d'une divine loi
Doit se joindre à une autre...
Pourquoi pas toi et moi ?

Percy Bysshe Shelley
(né en 1792, mort en 1822)

Je suppose qu'il a indiqué le nom et les dates de l'auteur pour que je n'aille pas croire qu'il pillait encore les vers d'un autre. Oh, Stephen, je sais parfaitement pourquoi vous le faisiez ! Je meurs d'envie d'exprimer mon amour pour Simon et je suis incapable d'écrire quoi que ce soit de valable.

J'ai écrit OUI et j'ai glissé le papier sous sa porte. Je ne pouvais pas ne pas le faire et, naturellement, c'était vrai dans un sens ; je lui ai effectivement pardonné. Mais en même temps, cela lui faisait croire un mensonge : que j'étais bouleversée parce qu'il m'avait choquée. Depuis, nous ne nous sommes plus jamais trouvés tous les deux seuls. Nous bavardons assez naturellement devant des tiers, mais je ne le regarde jamais dans les yeux. J'espère qu'il croit que c'est par timidité.

Bien entendu, la seule chose honnête à faire serait de lui dire que je n'y pourrai rien changer, mais, quand bien même aurais-je le courage de le faire souffrir, je doute de réussir à le convaincre sans lui laisser entendre que je suis éprise de quelqu'un d'autre – puisque je l'ai laissé espérer en lui permettant de me faire la cour. Mais pourquoi l'ai-je laissé faire ? Laissé faire ? Tu l'as bel et bien encouragé, ma fille ! Mais pourquoi, pourquoi ? Alors que toute mon âme ne soupirait qu'après Simon ! Peut-être parviendrais-je à mieux me comprendre s'il ne m'était pas si odieux de repenser à tout cela... Je n'ai même pas fini de raconter ce qui s'est passé !

Voici ce que je sais : c'était méchant de lui demander d'aller dans les bois avec moi, méchant envers lui et méchant envers moi-même. Franchement, je crois que j'étais tellement désolée pour lui que ç'a dû jouer aussi, mais c'était essentiellement de la méchanceté pure et simple. Et c'est uniquement grâce à Stephen si les choses n'ont pas tourné de façon plus cruelle encore.

J'ai véritablement commis un péché. Je vais faire une pause à présent, et rester sur la butte à me repentir, en proie à une honte incommensurable...

Oh, là, là, quelle grave erreur j'ai commise ! J'ai laissé mon esprit vagabonder, passant du repentir à l'idée que ce n'aurait pas été un péché si Simon avait été à la place de Stephen. Et en les intervertissant, je me suis aperçue à quel point j'avais gâché jusqu'au souvenir du baiser de Simon. Oh, comment vais-je pouvoir affronter mon pitoyable avenir ? Je vais devoir être la demoiselle d'honneur de Rose, la voir vivre au fil des ans à Scoatney avec Simon, tandis qu'il lui vouera une véritable adoration. Comment ferai-je pour dissimuler mes sentiments quand ils seront ensemble en face de moi ?

Si seulement je pouvais partir ! Mais je ne vis que dans l'espoir de revoir Simon.

Je viens de me souvenir d'avoir écrit que je n'étais pas du tout jalouse de Rose, que je trouvais qu'un mariage heureux devait être mortellement ennuyeux. Mon Dieu, ce que je pouvais être bête !...

Papa est sur le chemin, il rentre à bicyclette après avoir encore passé la journée à Scoatney, et les garçons seront là d'un instant à l'autre. Je suppose que je dois descendre dîner; du saumon en boîte, voilà qui va me remonter le moral. C'est le retour à la réalité le plus étrange et le plus déprimant qui soit après avoir été plongée si longtemps dans ce journal; j'ai écrit toute la journée, avec une brève interruption pour donner à manger à Héloïse et avaler quelques petits bouts de saucisses froides.

Une de mes plus violentes envies de pleurer m'est tombée dessus. Je vais dévaler la butte à toute vitesse en riant et en chantant à tue-tête pour que ça passe.

Neuf heures du soir. Écrit au lit.
Il s'est passé quelque chose. Oh, je sais, je ne devrais pas me faire des idées, mais c'est comme ça.

Pendant que nous étions en train de dîner, un télégramme de Léda Fox-Cotton est arrivé pour Stephen; elle veut qu'il vienne à Londres, le week-end prochain. Il est donc retourné à la ferme pour savoir s'ils pouvaient se passer de lui samedi matin. Dès qu'il est parti, j'ai éteint sa radio et je suis montée dans ma chambre allumer celle de Simon, ce que je ne fais jamais quand Stephen est à la maison.

Thomas est monté aussi et m'a demandé de mettre les préludes et fugues de Bach qu'il aime particulièrement. Nous les avons écoutés très gentiment, tous les deux allongés sur les lits. Il me semble que Thomas a mûri et qu'il est plus intelligent, ces derniers temps. Il a toujours été brillant à l'école, mais je n'ai jamais trouvé les discussions avec lui très intéressantes. En ce moment, il m'étonne assez souvent. Peut-être toutes les bonnes choses qu'il mange depuis peu lui sont-elles montées jusqu'au cerveau...

Quand le disque de Bach s'est arrêté, il m'a dit :

— Tu te souviens du jour où Rose a fait un vœu sur la tête de pierre ?

Je lui ai demandé ce qui lui faisait repenser à ça.

— Oh, je suppose que c'est d'écouter le gramophone de Simon, avec ça aussi, les Cotton nous ont changé la vie. Il ne m'était jamais venu à l'esprit auparavant que Rose voulait se vendre au diable : elle a fait un vœu, et ils sont entrés.

Je l'ai regardé fixement.

— Mais Rose ne se vend pas : elle aime Simon. Elle me l'a dit et tu sais qu'elle ne ment jamais.

— C'est vrai, a reconnu Thomas. Alors peut-être qu'elle a réussi à se convaincre elle-même, parce que je sais pertinemment qu'elle n'est pas amoureuse. Et elle se trompe complètement pour Simon.

— Mais comment peux-tu dire qu'elle n'est pas amoureuse ?

— Eh bien, avant tout parce qu'elle ne parle jamais de Simon. La sœur de Harry est amoureuse, et je peux te dire qu'elle n'arrête pas de parler de son fiancé. Harry et moi, on prend des paris là-dessus. Le week-end dernier, elle a prononcé cinquante et une fois son nom.

— C'est complètement idiot. Rose est plus réservée, c'est tout.

— Réservée ? Rose ? Penses-tu, quand elle s'entiche de quelque chose, elle nous en rebat les oreilles ! Sais-tu que dans la lettre qu'elle m'a envoyée, il n'est pas question une seule fois de Simon ?

— Quand as-tu reçu cette lettre ? Je pourrais la voir ?

Il m'a expliqué qu'il avait croisé le facteur sur le chemin, quelques jours plus tôt.

— Je ne t'ai pas montré la lettre parce qu'elle m'a demandé de ne pas le faire, mais pour une raison très bête, donc je ne vois pas pourquoi tu ne la lirais pas. Je vais te la chercher tout de suite.

C'était une lettre étrange. Il n'y avait assurément pas un mot au sujet de Simon, mais il n'y avait rien non plus sur personne, pas même sur elle, à vrai dire. Ce n'était qu'une interminable liste des choses qu'on lui avait achetées, ainsi que le prix qu'elles avaient coûté. À la fin, elle écrivait : « J'aimerais autant que tu ne montres pas cette lettre à Cassandra, parce que c'est terrible que j'aie autant de jolies choses et elle, aussi peu. Tu ne seras pas jaloux car tu n'es pas une fille. Et c'est si bon de pouvoir se confier à quelqu'un. »

— Je te parie que je sais pourquoi elle a fait cette liste, a dit Thomas. C'est pour se convaincre que ça vaut le coup de se marier pour l'argent. Oh, je ne vais pas me tracasser pour ça, les femmes se marient toujours pour l'argent, tu sais. De toute façon, c'est une bénédiction pour nous, même si, pour elle, le diable y est un peu pour quelque chose.

— Et Simon alors ?

— Simon ? Oh, son cas est désespéré. Tu te

souviens de la dernière fois que nous sommes allés à Scoatney avant qu'ils ne partent tous à Londres ? Il a prononcé quarante-deux fois le nom de Rose pendant qu'on faisait le tour des écuries, j'ai compté. Ce sont les chevaux qui ont dû en avoir par-dessus les oreilles !

Je lui ai répondu qu'il n'avait aucune preuve concrète des sentiments de Rose ; mais un espoir fou était en train de naître dans mon cœur car c'était pour le moins étrange qu'elle ne fasse aucune allusion à Simon dans sa lettre, puisque, quand on est amoureux, on a tout le temps envie de parler de la personne qu'on aime. J'écris même le nom de Simon sur des petits bouts de papier ! (Et ensuite je suis folle d'angoisse à l'idée de ne pas les avoir assez déchirés en mille morceaux.)

Une fois Thomas parti faire ses devoirs, j'ai ressorti la seule et unique lettre que Rose m'ait écrite. Au début, elle ruinait tous mes espoirs, car quoi de plus définitif que : « C'est tellement extraordinaire que je puisse être amoureuse de Simon, et tout le reste » ? Mais supposons qu'elle se monte la tête, comme le pense Thomas. Elle parle si peu de Simon. Et une grande partie de sa lettre est assez triste, elle parle de solitude, dit qu'elle s'enferme dans la salle de bains jusqu'à ce que ça aille mieux. Moi, si j'avais Simon, je ne me sentirais jamais seule !

Je me suis couchée en essayant d'imaginer quel genre de lettre j'aurais écrite à la place de Rose. Je ne crois pas que j'aurais beaucoup parlé de mes sentiments les plus intimes, je peux donc fort bien comprendre que Rose les garde pour elle. Mais je suis certaine que j'aurais raconté quelles robes Simon préférait, ce qu'il pensait des pièces de théâtre...

Je sais qu'il aurait été le sujet principal de ma lettre.

Suis-je en train de me faire des illusions, à croire ce que je veux croire ? Quand bien même ne l'aimerait-elle pas, je sais que lui l'aime. Mais peut-être que si elle le quitte...

Oh, il fait tellement chaud dans cette chambre ! Je n'ose ouvrir la fenêtre de peur qu'Héloïse n'ait l'idée de sauter en bas : un de ses soupirants, le chien berger des Quatre-Pierres, rôde autour du château. Héloïse chérie, ce serait un mariage particulièrement mal assorti. Je me demande s'il est parti... Non, il est encore là. Il y a deux chiens maintenant, juste de l'autre côté du fossé ; je vois quatre yeux luire dans l'obscurité. Je suis vraiment désolée pour ces pauvres chiens éplorés. Je ne peux pas dire qu'Héloïse en semble très affectée, quoiqu'elle ait l'air assez contente d'elle...

Je viens de décider ce qu'il fallait faire. Il faut que je m'arrange pour découvrir la vérité. Si Rose l'aime vraiment, je n'essaierai jamais de le lui ravir, même en pensée. Je partirai, j'irai peut-être à l'université, comme elle l'a suggéré. Mais je dois savoir la vérité. Il faut que j'aille la voir.

Je partirai à Londres samedi avec Stephen.

Chapitre 14

Je suis rentrée de Londres. Ça n'a servi à rien.
Rien ne sera plus jamais pareil entre Rose et moi.

Durant tout le trajet à vélo jusqu'à la gare de Scoatney, hier au petit matin avec Stephen, je n'ai cessé de penser à la dernière fois que j'étais allée à Londres en sa compagnie. Je me suis surprise à discuter avec elle telle qu'elle était alors ; je lui ai même demandé son avis pour savoir ce que je devrais dire à la nouvelle Rose. La Rose au trousseau à mille livres n'avait plus rien à voir avec la Rose au pauvre petit tailleur blanc avec qui j'avais pris le train un beau matin d'avril. Comme la campagne était pimpante ! Tout était verdoyant hier, après la pluie, mais il n'y avait plus cette sorte d'impatience mêlée d'espoir. Le soleil était chaud, et, bien que je fusse contente que le mauvais temps fût enfin derrière nous, je le trouvais un peu trop éblouissant. Le grand beau temps est parfois impitoyable envers les âmes tristes.

Me retrouver seule avec Stephen s'est révélé beaucoup plus difficile que je ne l'aurais cru. Nous avons fort peu parlé, et de choses tout à fait anodines. Je me sentais coupable envers lui et, très injustement, un peu agacée pour cette raison même. Je lui en voulais surtout de me tourmenter à son sujet.

Tandis que nous attendions le train, Héloïse est apparue, haletante, après avoir échappé à Thomas et couru après nos bicyclettes. Elle n'avait plus besoin d'être séquestrée et nous ne tenions pas à la laisser sur le quai, car la dernière fois que nous l'avions fait, elle était montée dans le premier train pour se retrouver au poste de police de King's Crypt. Alors Stephen lui a pris un billet, et le chef de gare lui a donné à boire avant de dénicher un bout de ficelle en guise de laisse. Elle s'est parfaitement bien comportée pendant tout le voyage, sauf quand on a changé de train et qu'elle a mangé le gâteau d'un petit garçon. Je me suis empressée de le remercier de le lui avoir offert et il s'est laissé convaincre que telle était son intention.

Stephen a insisté pour m'accompagner jusqu'à Park Lane. Nous sommes convenus de nous téléphoner pour savoir par quel train nous rentrerions, après quoi il a filé à St John's Wood.

J'ai fait faire à Héloïse le tour du pâté de maisons, puis je suis entrée dans l'immeuble. C'était un endroit grandiose, plein de tapis moelleux et de portiers tirés à quatre épingles, avec un ascenseur que l'on actionne soi-même. On a une étrange impression d'irréversibilité dès qu'on a appuyé sur le bouton et que l'engin s'élève. Héloïse, apparemment claustrophobe, a essayé de grimper aux parois couvertes de cuir. Ça ne les a pas arrangées du tout.

Je n'ai jamais rien vu d'aussi résolument silencieux que le couloir conduisant à l'appartement ; on avait le plus grand mal à croire qu'il y avait des gens derrière les portes d'entrée rutilantes. Lorsque celle de Mrs. Cotton s'est ouverte, je suis tombée des nues.

J'ai demandé à voir Rose et annoncé à la femme de chambre qui j'étais.

– Ils sont tous sortis, m'a-t-elle répondu.

C'est alors que j'ai réalisé que j'aurais dû les avertir de mon arrivée.

– Et quand seront-ils de retour, s'il vous plaît ?

– Madame a dit vers dix-huit heures trente, à temps pour s'habiller pour le dîner. Vous ne voulez pas entrer, mademoiselle ?

Elle a offert de l'eau à Héloïse qui tirait une langue jusqu'au sol, et m'a proposé de boire quelque chose. J'ai demandé un verre de lait et si je pouvais faire un brin de toilette. Elle m'a fait passer dans la chambre de Rose qui était superbe : le tapis était si blanc que ça me semblait un crime de marcher dessus. Tout était blanc ou crème, hormis un énorme bouquet de roses rouges dans un vase de marbre posé sur la table de nuit. Auprès du bouquet, il y avait une petite enveloppe d'où dépassait une carte avec ces mots « Bonjour, chérie ! », de la main de Simon. Comme je contemplais les roses, la femme de chambre est revenue avec mon lait et de l'eau pour Héloïse, puis elle nous a laissées seules.

On aurait dit que la salle de bains de Rose n'avait jamais été utilisée : même la brosse à dents était invisible. Elle avait dit dans sa lettre qu'il y avait tous les matins des serviettes propres, mais je n'avais pas imaginé qu'il pût y en avoir autant, de trois tailles différentes, ainsi que des gants de toilette ravissants à ses initiales.

Une fois rafraîchie, je suis retournée dans la chambre où Héloïse se prélassait comme une bienheureuse sur le couvre-lit en piqué blanc ; elle était très belle là-dessus. J'ai ôté mes chaussures et je me suis allongée à côté d'elle, me demandant ce qu'il convenait de faire. Les roses sentaient merveilleusement bon.

J'ai compris qu'il serait parfaitement impossible de parler à Rose si elle rentrait aussi tard ; j'avais besoin de procéder doucement et avec tact, et je n'en aurais pas le temps ni avant ni après dîner, quand bien même rentrerais-je par le dernier train de vingt et une heures trente. Je me suis demandé si je ne pourrais pas la trouver ; elle rentrerait certainement si elle savait que j'étais là.

J'ai sonné la femme de chambre, mais elle ignorait totalement où ils étaient allés.

— N'y a-t-il personne qui le sache ?

— Eh bien, nous pourrions essayer auprès de Mr. Neil, quoique nous ne l'ayons pas beaucoup vu ces derniers temps.

Elle a téléphoné à son hôtel, mais Neil était sorti. Alors, je me suis demandé si les Fox-Cotton sauraient quelque chose, et nous les avons appelés.

Manifestement, Léda Fox-Cotton n'avait pas l'air particulièrement enchantée de me parler.

— Petite sotte, pourquoi ne les avez-vous pas prévenus ? Mais non, voyons, je ne sais pas où ils sont. Attendez un instant, je vais demander à Aubrey. Topaz lui a peut-être dit quelque chose.

Un instant plus tard, elle était de nouveau au bout du fil.

— Il sait simplement que Topaz va rentrer dans la soirée, car il doit passer la prendre. Vous feriez mieux de venir déjeuner avec nous — mais vous attendrez jusqu'à deux heures parce que je dois passer toute la matinée avec Stephen. Je l'emmène cet après-midi voir des gens qui travaillent dans le cinéma. Vous pouvez peut-être trouver à vous distraire pendant une heure ou deux, non ? Prenez un taxi à une heure et demie.

J'étais sur le point de refuser, mais j'avais très envie de connaître sa maison et son studio de photographie, et de les revoir encore une fois, elle et son mari ; on avait l'impression que Topaz et lui étaient très liés. Alors je l'ai remerciée et j'ai accepté. Quand j'ai eu fini d'entendre sa voix chevrotante, je me suis dit que c'était quand même très gentil de sa part de m'avoir invitée et que je devrais peut-être réviser mon jugement à son égard.

— C'est parfait, a remarqué la femme de chambre, mais la cuisinière aurait fort bien pu vous préparer à déjeuner. Voyons voir, vous avez une heure et demie devant vous... je suppose que vous aimeriez faire un tour dans les magasins.

Mais comme ça ne me plaisait pas du tout d'avoir à traîner Héloïse dans les rues encombrées, j'ai dit que j'irais tout simplement me promener à Hyde Park.

— Votre robe est toute froissée, mademoiselle. Je peux vous la repasser, si vous le désirez.

Je me suis regardée dans la glace en pied de Rose. C'est fou l'influence de l'environnement sur les vêtements : la veille, j'avais lavé et repassé ma robe, et je la trouvais très jolie, mais dans la chambre de Rose, elle avait l'air tout à fait ordinaire et bon marché. Et m'allonger sur le lit ne l'avait pas arrangée. Mais je n'avais pas envie de l'enlever pour la faire repasser, car mes sous-vêtements étaient très vieux et tout reprisés ; j'ai donc remercié la femme de chambre et lui ai dit que cela ne me dérangeait pas.

Cela m'a donné chaud de me promener dans le parc, alors je me suis assise dans l'herbe sous les arbres. Héloïse s'est roulée par terre, puis elle m'a incitée à la chatouiller en agitant les pattes ; mais comme j'étais beaucoup trop paresseuse pour le faire à son gré, elle s'est retournée et s'est endormie. Je me suis adossée contre un arbre et j'ai regardé autour de moi.

C'était la première fois que je me retrouvais seule à Londres. En temps normal, j'aurais été contente de savourer cette sensation nouvelle – il faut l'avoir fait une fois pour vraiment apprécier –, et malgré mon état d'esprit un peu inquiet, c'était agréable d'être tranquillement assise dans l'herbe, à regarder les autobus rouges passer au loin, les vieilles maisons aux façades couleur crème de Park Lane et les nouveaux immeubles aux stores à rayures. L'impression que j'avais du parc lui-même était des plus étrange et intéressante – par son côté coupé du monde ; il a l'air riant et accueillant, mais finalement très à l'écart de la ville qui s'étend sur des kilomètres à la ronde. Au début, je croyais que c'était parce qu'il se trouvait dans un quartier très ancien, victorien, XVIIIe siècle, ou même antérieur. Puis, en regardant les moutons paître tranquillement, je me suis dit que Hyde Park n'avait jamais véritablement fait partie de Londres, qu'il avait toujours été, fondamentalement, un morceau de campagne dans la ville ; c'est ainsi qu'il fait le lien de façon quasi magique entre les divers aspects de capitale, évoluant au fil du temps tout en restant inchangé au cœur d'une capitale en perpétuelle mutation.

Dès que j'ai entendu sonner une heure et quart, je suis sortie dans Oxford Street où j'ai trouvé un taxi libre. C'était la première traversée de Londres d'Héloïse et elle a aboyé presque sans interruption pendant tout le trajet. Le chauffeur a dit que ça lui évitait d'avoir à klaxonner.

Je n'étais jamais allée à St John Woods ; c'est un quartier très tranquille, aux rues bordées d'arbres et de maisons discrètes, anciennes pour la plupart, ce qui fait ressortir d'autant plus la porte d'entrée rouge vif des Fox-Cotton.

Aubrey Fox-Cotton m'a accueillie dans le hall d'entrée.

– Léda est encore occupée, m'a-t-il dit de sa belle voix raffinée.

Au grand jour, son visage paraissait encore plus gris que l'autre soir, à Scoatney. C'est un personnage très fantomatique, et pourtant, il y a quelque chose de marquant dans son élégance effacée. Héloïse s'est prise d'une brutale affection pour lui, mais il s'est contenté de lui faire un vague signe de la main en la taxant de « comique animal ».

Il m'a servi un verre de xérès et m'a fait poliment la conversation, mais sans réellement s'intéresser à moi, jusqu'à deux heures passées. Finalement, il a proposé que nous allions tout doucement chercher les autres.

Nous avons traversé le jardin jusqu'à un bâtiment qui devait être à l'origine une écurie. À l'intérieur, nous nous sommes retrouvés face à un rideau de velours noir qui séparait la pièce en deux. Dans un coin, un petit escalier en colimaçon montait à l'étage.

— Allez-y, montez, m'a-t-il chuchoté, et taisez-vous au cas où nous tomberions à un moment crucial.

En haut de l'escalier partait une galerie d'où on avait une vue sur le studio. Il était puissamment éclairé, toutes les lampes braquées sur une estrade, au fond de la pièce. Stephen était là, en tunique grecque, devant un décor peint de temple en ruines. Il était magnifique. Je ne voyais nulle part Léda Fox-Cotton, mais je l'entendais.

— Votre bouche est trop sévère, lui a-t-elle crié. Mouillez vos lèvres et laissez-les entrouvertes. Relevez un tout petit peu la tête.

Stephen a obéi à ses ordres et, lorsqu'il a relevé la tête, il est devenu écarlate.

— Mais bon sang! a commencé Léda Fox-Cotton, avant de comprendre qu'il avait vu quelqu'un sur la galerie, puis elle s'est avancée pour voir de qui il s'agissait. Ah, je vois! Je ne vais plus rien pouvoir en tirer maintenant. Déjà qu'il a été gauche toute la matinée, à cause de la tunique, j'imagine. Allez vous changer, Stephen.

Elle était habillée tout en noir, pantalon noir, chemise noire, avait très chaud et transpirait, mais l'atmosphère laborieuse rendait moins déplaisant qu'à Scoatney son aspect gras et luisant. Pendant que nous attendions Stephen, je lui ai demandé si elle pouvait me montrer un peu son travail et elle m'a emmenée dans ce qui avait dû être l'écurie de la maison voisine. C'était meublé comme un salon, avec de grands canapés sur lesquels il y avait des tas de coussins. Tout était noir ou blanc. Sur les murs étaient accrochés des agrandissements de photos qu'elle avait prises, parmi lesquelles celle d'un Noir splendide, presque nu, plus grand que nature. Le tirage, très impressionnant, allait du sol jusqu'au plafond, qui était très haut. Il y avait un portrait gigantesque de Stephen, encadré, en instance d'être accroché. Je l'ai admiré en remarquant combien il était formidablement photogénique.

– C'est le seul garçon que j'ai pris en photo qui soit beau sans être efféminé, a-t-elle déclaré. Et il est aussi beau de corps que de tête. J'aurais bien aimé que ce sot accepte de se déshabiller pour moi, j'aimerais le mettre à côté de mon Noir.

Ensuite, elle m'a passé un paquet de photos de Stephen, toutes superbes. Ce qui était étrange, c'est qu'elles lui ressemblaient énormément, et pourtant ce n'était pas vraiment lui, mais quelqu'un de plus déterminé, énergique, avisé. Sur aucune d'entre elles il n'avait cet air que je qualifie d'«idiot». Pendant que nous déjeunions sur une table en verre, je me suis demandé si cet air n'avait pas également disparu dans la réalité. Il faisait en tout cas beaucoup plus mûr, étonnamment à l'aise avec les Fox-Cotton. Mais cependant…, comment dirais-je? il en imposait moins que sur la photo.

Le repas était merveilleux, comme tout le reste en ce lieu, par ailleurs ultramoderne.

— Ça ne va pas du tout avec cette vieille maison, a remarqué Aubrey (ils m'avaient demandé de les appeler par leurs prénoms), quand il m'a vue admirer les meubles. Mais à Londres, je préfère le moderne et Léda ne voudra jamais quitter son studio pour prendre un appartement. Le moderne à la ville, l'ancien à la campagne, voilà ce que j'aime. Si seulement Simon acceptait de me louer Scoatney !

— Peut-être que Rose tombera amoureuse de New York quand ils iront y passer leur lune de miel, a dit Léda.

— Parce qu'ils y vont ? ai-je demandé d'un ton qui se voulait naturel.

— Oh, Rose en a parlé, a répondu vaguement Léda. Ce serait une très belle saison pour y aller, s'ils se marient en septembre. New York est splendide en automne.

Une énorme vague de tristesse m'a frappée de plein fouet. Je réalisais soudain que rien ne pourrait empêcher ce mariage et que j'étais venue à Londres pour des prunes ; je crois que j'avais commencé à le comprendre en voyant les roses de Simon dans la chambre de Rose. J'aurais voulu être à la maison pour pouvoir me jeter sur le lit à baldaquin et pleurer tout mon soûl.

Léda discutait avec Stephen pour savoir s'il voulait bien encore poser pour elle le lendemain matin.

— Mais il faut qu'on rentre ce soir, me suis-je dépêchée de répondre.

— Oh, n'importe quoi…, vous pouvez dormir à l'appartement, a affirmé Léda.

— Il n'y a pas de place, ai-je rétorqué. Et de toute façon, je suis obligée de rentrer.

— Mais pas Stephen, n'est-ce pas ? Vous pouvez rentrer toute seule.

— Non, c'est impossible, pas à une heure aussi tardive, a répliqué Stephen. Naturellement, je vous raccompagnerai si vous le désirez, Cassandra.

Léda lui a jeté le regard le plus perçant et le plus vif qui soit, on aurait dit qu'elle découvrait brusquement ses sentiments à mon égard, en était contrariée, mais ne tenait pas à discuter avec lui.

— Quelle barbe ! s'est-elle exclamée avant de se tourner de nouveau vers moi. Je suis certaine qu'ils trouveront bien à vous faire une petite place. Pourquoi donc ne pouvez-vous rester ?

J'ai failli lui dire de s'occuper de ses affaires. Mais comme j'étais son invitée, j'ai simplement répondu que papa et Thomas avaient besoin de moi.

— Mais, bon sang…, a-t-elle commencé, puis devant mon air déterminé, elle a haussé les épaules et ajouté : parfait, si vous changez d'avis, téléphonez.

Le déjeuner était terminé. En traversant le hall d'entrée, nous sommes tombés sur Héloïse, repue de nourriture. Léda s'est arrêtée pour la contempler.

— Pas mal, son ombre sur le marbre. Je me demande si je ne vais pas la photographier. Non, il n'y a pas assez de temps pour installer toutes les lampes ici.

Elle n'a pas esquissé l'ombre d'un sourire quand

Héloïse s'est mise à remuer la queue. À vrai dire, je ne l'ai jamais vue sourire.

Tandis qu'elle s'habillait pour conduire Stephen aux studios de cinéma, j'ai pensé qu'il serait poli de m'entretenir avec Aubrey de son travail et de lui demander de me montrer des dessins de ses réalisations. Certes, je ne connais absolument rien à l'architecture moderne, mais ça m'a semblé intéressant. Il est curieux qu'un homme aussi sec soit aussi inventif, de même qu'une femme aussi inepte que Léda fasse d'aussi belles photos. Lorsqu'elle est redescendue, elle portait une très jolie robe noire et un chapeau, ainsi que des gants rouge foncé et un collier de rubis ancien; mais elle avait toujours un peu son air gras-luisant.

Comme j'avais décidé de retourner à l'appartement au cas où Rose serait rentrée plus tôt que ne l'avait prévu la femme de chambre, Léda m'y a déposée en allant aux studios de cinéma. Stephen a fait le nécessaire pour pouvoir passer me prendre à vingt heures trente.

Léda a trouvé le moyen de me chercher une dernière querelle.

– Vous êtes vraiment pénible de l'obliger à vous raccompagner ce soir. Il faudra qu'il revienne dès demain à Londres s'il décroche ce travail.

– Il n'est pas obligé de rentrer avec moi s'il n'en a pas envie, ai-je répondu d'un ton que je ne crois pas avoir été trop impoli. En tout cas, je vous souhaite bonne chance pour ce travail, Stephen.

Comme la voiture s'éloignait, j'ai entrepris de promener Héloïse autour du pâté de maisons, mais je n'avais pas fait trois pas que la voiture s'est arrêtée et que Stephen est revenu vers moi en courant.

— Êtes-vous sûre que je dois accepter ce travail si je parviens à l'obtenir ?

J'ai répondu que oui, évidemment, et que nous serions tous très fiers de lui.

— Très bien..., si vous en êtes sûre...

En le regardant courir vers la voiture, j'ai éprouvé un sentiment de fierté injustifié, non pas tant parce qu'il m'était entièrement dévoué qu'à l'idée que Léda était bien forcée de s'en apercevoir.

J'ai passé l'après-midi dans le salon de l'appartement. J'ai lu un peu – il y avait quelques revues américaines très sérieuses, qui n'avaient rien à voir avec celles de miss Marcy. Mais la plupart du temps, j'ai simplement réfléchi. J'ai surtout réfléchi au luxe. Je ne m'étais jamais aperçue auparavant que le luxe est plus que le fait de posséder des choses ; l'air même que l'on respire est différent. Et moi-même, je me sens différente en respirant cet air-là : détendue, paresseuse, encore triste, mais les arêtes de la tristesse sont comme émoussées. Il se peut que les effets s'estompent avec le temps, ou qu'on ne s'en rende pas compte si on a toujours vécu dedans, mais j'ai vraiment l'impression que le climat de l'opulence est quelque peu lénifiant pour les sens. Il se peut même qu'il émousse la joie comme le chagrin.

Bien que je ne puisse affirmer en toute honnêteté que je tournerai toujours le dos au luxe qui me sera offert, je sens profondément qu'il y a quelque chose d'un peu vicié en lui. Et c'est peut-être ce qui en fait l'attrait essentiel.

À cinq heures, la gentille femme de chambre m'a apporté du thé glacé, des sandwichs au concombre, et des gâteaux secs pour Héloïse, quoiqu'elle préfère de loin les sandwichs. Après quoi, je me suis endormie sur le canapé.

Soudain tout le monde est rentré et la pièce a résonné de rires et d'éclats de voix. Elles étaient toutes trois vêtues de noir – manifestement les femmes les plus élégantes de Londres sont en noir –, malgré la chaleur ; cela peut paraître déplacé, mais ça leur va très bien. Elles avaient l'air tellement contentes de me voir – Rose m'a simplement prise dans ses bras –, et voulaient toutes que je reste pour le week-end. Rose a insisté, disant que son lit était assez grand pour deux, et lorsque je l'ai prévenue que nous risquions de nous donner des coups de pied, elle a répondu :

– Parfait : je dormirai par terre, mais tu resteras.
– Oh, oui, ma chérie, a renchéri Mrs. Cotton. Comme cela, nous pourrons nous occuper de votre robe de demoiselle d'honneur lundi matin.
– Si j'avais su que tu étais là, je serais rentrée beaucoup plus tôt ! s'est exclamée Rose. Nous avons assisté à un spectacle en matinée d'un ennui sans nom...

Elle s'éventait avec son programme. Il y a trois mois, aucune matinée au monde ne lui aurait paru ennuyeuse.

Topaz me pressait de rester mais, dans le même souffle, me demandait si papa pourrait se débrouiller sans moi. Je lui ai rapporté fidèlement tout ce que j'avais laissé comme provisions pour lui et pour Thomas.

— Nous téléphonerons à Scoatney pour qu'on leur apporte du rôti froid, a dit Mrs. Cotton. Ils auront de quoi tenir avec ça.

Ensuite Simon est arrivé, et c'était si merveilleux de le revoir que je me suis sentie tout de suite très heureuse.

— Mais bien sûr, elle doit rester, a-t-il renchéri, et sortir avec nous ce soir.

Rose a dit qu'elle pouvait me prêter une robe.

— Appelez Neil, Simon, et demandez-lui de venir danser avec elle. Tu prendras un bain dans ma salle de bains, Cassandra.

Elle m'a prise par la taille et nous sommes parties toutes les deux dans sa chambre.

L'appartement assoupi renaissait à la vie. On ouvrait portes et fenêtres, la femme de chambre relevait les stores, une douce brise soufflait du parc, apportant des odeurs d'herbe sèche et d'essence. Fantastique, ce parfum londonien se mêlant aux effluves appétissants du dîner en préparation !

— La porte de la cuisine a dû rester ouverte, a reproché Mrs. Cotton, assez irritée, à la femme de chambre.

Comme si l'odeur d'un dîner succulent pouvait déranger qui que ce soit !

Pendant que j'étais dans mon bain, Rose a téléphoné de ma part chez les Fox-Cotton, car je craignais de tomber sur Léda et n'avais aucune envie de lui annoncer moi-même que j'avais changé d'avis. Et puis, je me suis dit que ce serait gentil de demander à Stephen comment s'était passé son rendez-vous, alors j'ai crié à Rose que j'aimerais bien lui parler.

— Il est au studio avec Léda! Aubrey lui dira de te rappeler tout à l'heure!

Après avoir raccroché, elle est venue m'apprendre que Stephen avait obtenu le rôle pour le film.

— Il paraît que Léda est dans tous ses états : Stephen va toucher dix livres par jour pendant au moins cinq jours. Il n'a rien à dire, tout ce qu'il a à faire, c'est de se promener avec quelques chèvres. C'est une espèce de symbole, ou quelque chose comme ça.

— Mon Dieu! Stephen va gagner cinquante livres, tu imagines!

— Il gagnera beaucoup plus avant que Léda en ait terminé avec lui. Elle est folle de lui.

Lorsque je suis sortie de mon bain, une robe du soir m'attendait : encore une robe noire, tellement à la mode! Mais j'ai compris que Rose me l'avait choisie pour la simple raison qu'elle était trop courte pour elle. Elle m'allait parfaitement, tombait jusqu'à terre, et était extrêmement somptueuse bien que Rose ait déclaré : «Oh, ce n'est qu'une des robes de confection que l'on m'a achetées en dépannage!»

Alors que je finissais de m'habiller, j'ai entendu la voix de Neil dans l'entrée :

— Il te fait honneur, a remarqué Rose, cela fait des semaines qu'on ne l'a pas vu. Mon Dieu, j'espère qu'il ne va pas verser du poison dans ma soupe!

Je lui ai répondu que c'était vraiment dommage qu'ils ne s'entendent pas.

— Ce n'est pas ma faute. Je suis toute disposée à ce que nous soyons amis, pour l'amour de

Simon. J'ai essayé plusieurs fois, et j'essaierai de nouveau ce soir, rien que pour te montrer. Mais cela ne servira à rien.

Au moment où elle a dit « pour l'amour de Simon », j'étais convaincue qu'elle l'aimait et que j'avais été stupide de croire Thomas. Mais je persistais à être heureuse, me disant : « Je l'ai vu, et dans un instant, je le reverrai encore. Cela suffit presque à mon bonheur. »

Neil a frappé à la porte de la chambre en demandant :

– Où est mon amie Cassandra ?

Comme Rose n'était pas tout à fait prête, je suis sortie toute seule. J'avais oublié combien il était séduisant. Lorsque nous sommes entrés dans le salon, Simon s'est exclamé :

– Mais c'est une grande fille !

– Oui, elle a bien grandi et embelli, a renchéri Mrs. Cotton. Il faut absolument que nous allions faire les magasins ensemble, ma chérie.

Je crois que j'étais passablement jolie dans la robe de Rose.

Tout le monde s'est montré très gentil à mon égard – peut-être ont-ils eu l'impression de m'avoir un peu négligée. Lorsque Rose est apparue, elle m'a prise par le bras.

– Il faut qu'elle reste très, très longtemps, n'est-ce pas ? Papa n'aura qu'à se débrouiller tout seul.

Topaz n'aurait jamais laissé passer une chose pareille, mais elle était partie avec Aubrey Fox-Cotton.

Après le dîner (quatre plats ; la soupe en gelée était sublime), ils se sont mis d'accord sur un endroit où aller danser. Mrs. Cotton ne voulait pas venir, elle préférait rester à la maison et relire Proust.

— J'ai commencé hier, a-t-elle dit à Simon, et je suis impatiente de m'y replonger. Cette fois-ci, je prends des notes pour retrouver plus facilement mes passages préférés, comme toi.

Il s'en est suivi une discussion sur Proust que j'aurais bien aimé écouter, mais Rose m'a entraînée dans sa chambre pour que nous nous préparions.

— Cette manie qu'ils ont ces deux-là de parler bouquins! s'est-elle exclamée. Et toujours d'un livre que je n'ai pas lu…

C'était merveilleux de marcher dans Park Lane pour rejoindre l'hôtel où avait lieu la soirée dansante, avec le ciel bleu foncé au-dessus des réverbères. Mais au bout de quelques pas, j'ai su que j'aurais de gros problèmes avec les chaussures de satin de Rose; elles semblaient pourtant m'aller parfaitement quand je les ai essayées, mais elles me quittaient le pied dès que je marchais, à moins de crisper les orteils. Danser s'est révélé bien pire, et après un tour de piste, j'ai compris que c'était désespéré.

— Je vais me contenter de regarder, ai-je déclaré à Neil.

— Jamais de la vie, a-t-il rétorqué en m'entraînant dans un couloir désert juste à côté de la salle de bal, qui avait l'air prévu pour les danseurs qui désiraient se reposer un peu – avec de petites alcôves ménagées dans les parois tendues de brocart rose, mais Neil m'a dit que les gens venaient rarement s'y asseoir.

— Maintenant, enlevez-moi ces satanées

chaussures, et je vais en faire autant, au cas où je vous marcherais sur les pieds.

Cela faisait un drôle d'effet de danser sur un tapis épais, mais la sensation était plutôt agréable. À la fin du morceau, nous nous sommes installés dans l'une des petites alcôves.

– Je suis content que vous soyez venue à Londres. Autrement, j'aurais pu ne jamais vous revoir. Je rentre chez moi dans une semaine, jour pour jour.

J'étais stupéfaite.

– Vous voulez dire en Californie ? Vous n'allez pas rester pour le mariage ? Je croyais que vous deviez être garçon d'honneur.

– Simon n'aura qu'à trouver quelqu'un d'autre. Je ne peux pas laisser passer cette occasion. On me propose de m'associer dans un ranch, j'ai reçu le câble aujourd'hui. Ils ont besoin de moi tout de suite.

À ce moment précis, nous avons vu Rose et Simon qui sortaient de la salle, nous cherchant manifestement.

– Ne dites rien, je vous en prie, m'a recommandé précipitamment Neil. Je voudrais en parler à ma mère avant de mettre les autres au courant. Ça ne va pas lui faire très plaisir.

La musique a repris juste après que Rose et Simon nous eurent rejoints. Rose s'est tournée vers Neil et lui a demandé très gentiment :

– M'accorderez-vous cette danse ?

J'ai tout de suite compris pourquoi elle était certaine que c'était sans espoir qu'ils soient amis ; pendant une fraction de seconde, j'ai cru qu'il allait tout bonnement refuser. Mais finalement, il s'est contenté de répondre : « Oui, si vous voulez », très poliment, mais sans la moindre esquisse de sourire ; et ils sont partis tous les deux, me laissant seule avec Simon.

Nous avons commencé par parler de Rose ; il était inquiet que les courses dans les magasins ne l'aient fatiguée.

— J'aimerais pouvoir me marier tout de suite, et quitter Londres. Mais maman et Rose insistent toutes deux pour que nous attendions le trousseau.

Il m'avait semblé que Rose était un petit peu moins animée que d'habitude, mais certainement pas aussi fatiguée que lui. Il était plus pâle que jamais et avait l'air particulièrement doux, presque las. Je ne l'en ai trouvé que plus charmant, j'avais une folle envie de me montrer pleine de sollicitude à son égard.

Après avoir discuté de Rose en long en large et en travers, il m'a demandé des nouvelles de papa, et nous avons émis l'hypothèse qu'il soit en train d'écrire quelque chose et qu'il ne veuille pas nous en parler.

— Il s'est comporté de façon très bizarre quand il est venu passer un moment chez nous, il y a quelques semaines, m'a confié Simon. Maman m'a dit qu'il était allé à la cuisine emprunter tous les livres de recettes.

Je commençais à réaliser avec angoisse que le temps passait et que rien dans notre conversation ne mériterait d'être retenu pour plus tard, il était charmant et gentil comme d'habitude, mais je n'avais pas l'impression qu'il faisait réellement attention à moi. J'avais envie de dire quelque chose de drôle, mais ne trouvant rien de spirituel, j'ai essayé d'être intelligente.

– Croyez-vous que je doive lire Proust? ai-je demandé.

Apparemment, c'était plus drôle qu'intelligent, car ça l'a fait rire.

– Eh bien, il ne faudrait pas que ce soit une corvée, mais vous pourriez y jeter un coup d'œil. Je vous enverrai *Du côté de chez Swann*.

Ensuite je lui ai parlé du cadeau d'anniversaire qu'il m'avait envoyé, et il m'a dit qu'il avait beaucoup apprécié ma lettre de remerciements.

– J'espère que vous n'hésitez pas à emprunter tous les disques que vous voulez à Scoatney.

En l'entendant, j'ai instantanément revu le pavillon à la lumière de la lune et des chandelles, et tout à coup, par le plus horrible des hasards, l'orchestre, qui avait joué jusqu'à présent un pot-pourri de morceaux, a attaqué *Amoureux*. Je me suis sentie rougir épouvantablement. Jamais de ma vie, je n'avais ressenti une telle gêne. J'ai bondi sur mes pieds et couru vers le miroir, au bout du couloir.

– Que se passe-t-il? s'est alarmé Simon.

– J'ai un cil dans l'œil…

Il m'a demandé s'il pouvait m'aider, mais je lui ai répondu non, merci, et je me suis escrimée avec mon mouchoir jusqu'à ce que mes joues aient retrouvé une couleur à peu près normale. Je ne crois pas qu'il ait remarqué quoi que ce soit, et pendant que je revenais vers lui, il m'a dit :

– C'est fou ce que cette robe peut vous changer. Je ne suis pas sûr d'avoir envie que vous grandissiez. Oh, je finirai bien par m'y habituer…

Mais vous étiez très bien comme vous étiez, a-t-il ajouté avec un sourire.

C'était la petite fille amusante qu'il avait aimée, l'enfant «comique» qui se livrait à ces drôles de rituels la nuit de la Saint-Jean, c'était celle-là qu'il avait embrassée. Mais cela m'étonnerait que je sache un jour vraiment ce qui l'avait poussé à ce baiser.

Après quoi, j'ai conversé assez aisément, je l'ai même fait rire quelquefois ; il recommençait à bien m'aimer, mais ce n'était pas du tout celle que j'étais aujourd'hui qui parlait, je me livrais à une imitation de celle que j'étais avant. J'étais tout ce qu'il y a de plus «fausse ingénue». Jamais, au grand jamais, je ne m'étais comportée ainsi avec lui ; en dépit de l'impression que j'ai pu lui donner, je me suis toujours sentie parfaitement naturelle. Mais je savais, tout en l'amusant pendant que l'orchestre jouait *Amoureux*, que bien des choses qui m'avaient semblé naturelles avant que je n'entende ce morceau ne le seraient plus désormais. Et la robe noire n'avait pas été la seule chose à me faire grandir.

Rose et Neil sont revenus à la fin du morceau, puis Neil est reparti nous commander à boire.

– Il était bien, ce dernier morceau, a remarqué Rose. Comment s'appelle-t-il ?

– Je crains de ne pas y avoir fait attention, a répondu Simon.

– Moi non plus, ai-je menti.

Rose est allée s'asseoir dans l'alcôve opposée à la nôtre et a posé les pieds sur la banquette.

– Fatiguée ? s'est enquis Simon en s'approchant d'elle.

— Oui, très, a-t-elle rétorqué sans se pousser pour lui faire une place, de sorte qu'il s'est assis par terre, à côté d'elle.

— Voulez-vous que je vous raccompagne à la maison quand nous aurons terminé nos consommations ? lui a-t-il proposé.

Rose a aussitôt accepté. Neil serait bien resté avec moi, mais j'ai dit que nous ne pouvions pas continuer à danser pieds nus dans ce couloir.

— On se croirait un peu dans une cellule capitonnée, a-t-il remarqué.

Je n'oublierai jamais ce lieu : l'épais tapis, les murs couverts de brocart, les lumières vives que renvoyaient les miroirs dorés ; tout était si luxueux... si dénué de sens, si peu vivant.

Lorsque nous sommes arrivés devant l'entrée de l'immeuble, Neil a dit qu'il ne voulait pas monter, mais il nous a accompagnés jusqu'à l'ascenseur et a fait en sorte que nous nous retrouvions tous les deux loin derrière les autres.

— J'ai bien l'impression qu'il est l'heure de se dire au revoir.

J'ai ressenti une tristesse qui n'avait rien à voir avec ma détresse personnelle.

— Mais nous nous reverrons un jour, non ?

— Bien sûr. Il faut que vous veniez en Amérique.

— Vous ne reviendrez plus jamais ici ?

Il en doutait, puis il a ri avant d'ajouter :

— Peut-être... quand je serai riche et vieux.

— Pourquoi nous détestez-vous autant, Neil ?

— Je ne vous déteste pas, vous, a-t-il répondu très vite. Oh, je ne déteste rien du tout. Mais je n'ai rien à faire ici, c'est simple.

Puis les autres m'ont crié que l'ascenseur m'attendait, alors nous nous sommes serré la main rapidement. Je ne supporte pas l'idée qu'il me faudra peut-être attendre des années avant de le revoir.

Un message de Stephen m'attendait à l'appartement, j'avais complètement oublié qu'il devait me téléphoner. Rose l'a lu tout haut : « Pour miss C. Mortmain, de la part de Mr. S. Collie. Le monsieur a dit qu'il était à votre entière disposition si besoin était. »

– Voilà qui est très gentil de sa part, a dit Simon. Ne vaudrait-il pas mieux le rappeler ?

– Oh, attendons demain matin, a répliqué Rose, et allons nous coucher. Je n'ai presque pas eu l'occasion de bavarder avec toi.

Au même instant, Topaz est sortie de sa chambre et m'a dit qu'elle voulait me parler.

– Ça ne peut pas attendre demain ? a demandé Rose.

Topaz a répondu qu'elle ne voyait pas pourquoi elle attendrait.

– Il n'est que dix heures et je suis rentrée plus tôt exprès.

– Bon, alors dépêchez-vous, a conclu Rose.

Topaz est montée avec moi sur la terrasse.

– On ne sait jamais qui peut nous entendre dans cette maison, a-t-elle expliqué.

C'était un superbe jardin suspendu, avec des tas de petits arbres en pots et un très joli mobilier.

Nous étions seules. Nous nous sommes assises dans une grande balancelle et j'ai attendu qu'elle dise quelque chose d'important, mais comme prévu, elle ne voulait me parler que de papa.

– Je l'ai à peine croisé une minute quand il

est venu ici. Ma chambre est trop petite, et Mrs. Cotton a discuté jusque très tard avec lui, les deux soirs.

Je lui ai demandé si elle s'inquiétait toujours à leur sujet.

— Non, pas comme avant. De toute façon, je ne crois pas qu'il y ait quoi que ce soit de son côté à elle. Je comprends maintenant que ce n'est pas l'homme qui l'intéresse, mais l'homme célèbre — s'il lui fait le plaisir de l'être de nouveau. Elle espère que ce sera le cas, et elle veut y contribuer. Comme Simon d'ailleurs.

— Et alors, quel mal y a-t-il à cela ? Vous savez qu'ils ne lui veulent que du bien...

— Simon, oui, le travail de Mortmain l'intéresse en tant que tel, ainsi que l'amitié qu'il lui porte. Mais je pense que Mrs. Cotton n'est qu'une collectionneuse de célébrités, elle fait même un certain cas de moi depuis qu'elle a vu quelques-uns de mes portraits.

— Elle vous avait invitée chez elle avant même de voir vos tableaux, ai-je rectifié.

J'aime bien Mrs. Cotton ; sa générosité envers notre famille a été fabuleuse, c'est le moins que l'on puisse dire.

— Allez, vas-y, dis que je suis injuste, a soupiré Topaz avant d'ajouter : je sais que je le suis, franchement. Mais elle m'exaspère. Comment fait-il pour la supporter ? Mystère. Elle parle, elle parle, elle parle... je n'ai jamais vu une telle énergie. Je ne crois pas qu'une telle vitalité soit tout à fait normale chez une femme de son âge. Si tu veux mon avis, c'est un problème hormonal.

J'ai commencé à rire, mais j'ai vite compris

qu'elle était très sérieuse. «Hormonal», Topaz avait toujours aimé ce mot.

— Eh bien, vous n'avez qu'à venir vous reposer un peu au château, lui ai-je proposé.

— C'est ce dont je voulais te parler : est-ce que Mortmain a manifesté le moins du monde qu'il avait besoin de moi ?

J'essayais de trouver une façon de lui répondre «non» avec tout le tact dont j'étais capable, mais heureusement, elle a enchaîné tout de suite :

— J'ai besoin de me sentir nécessaire, Cassandra, il en a toujours été ainsi. Les hommes m'ont peinte, ou aimée, ou simplement martyrisée – certains hommes ont besoin de martyriser, tu sais, il paraît que c'est bon pour l'inspiration ; mais d'une manière ou d'une autre, je leur étais nécessaire. Il faut que j'inspire les gens, Cassandra, c'est mon rôle dans la vie.

Je lui ai avoué que je nourrissais le faible espoir que papa se soit remis au travail.

— Tu crois que j'ai réussi à l'inspirer par mon absence ?

Nous avons toutes les deux éclaté de rire. Topaz n'a de l'humour que par intermittence, mais il est excellent. Une fois que nous nous sommes calmées, elle m'a demandé :

— Que penses-tu d'Aubrey Fox-Cotton ?

— Pas grand-chose. Est-ce qu'il a besoin d'être inspiré ? J'ai l'impression qu'il se débrouille très bien comme ça.

— Il pourrait faire des choses infiniment meilleures. Il le sent.

— Vous voulez dire, si vous divorciez tous les deux, chacun de votre côté, et que vous vous mariiez ?

– Euh, non, pas exactement.

J'ai eu brusquement le sentiment que c'était un moment important, et me suis demandé ce que je pourrais bien lui dire pour l'influencer. Il était parfaitement inutile de prétendre que papa avait besoin d'elle, parce que je savais qu'elle saurait que c'était faux moins d'une demi-heure après son retour.

– J'imagine que cela ne vous suffit pas que Thomas et moi ayons besoin de vous ? ai-je fini par dire.

Elle a eu l'air contente, puis elle s'en est sortie avec un de ses redoutables « topazismes » :

– Oh, ma chérie ! Mais ne sais-tu pas que l'art passe avant l'individu ?

C'est là que j'ai eu une inspiration :

– Alors vous ne pouvez pas quitter papa. Oh, Topaz, que vous lui manquiez ou non, ne comprenez-vous pas qu'un tel choc pourrait le détruire complètement ? Imaginez une seconde ce que pourrait écrire son biographe : « Mortmain était sur le point d'aborder la seconde phase de sa carrière, lorsque sa perfide épouse, modèle pour artistes peintres, a ruiné l'édifice de sa vie. Nous ne saurons jamais tout ce que le monde a perdu par la faute de cette jeune femme indigne… » et vous ne le saurez jamais non plus, Topaz, car si papa n'écrivait plus une seule ligne après votre départ, vous vous sentiriez responsable jusqu'à la fin de vos jours.

Elle me regardait fixement, je voyais que je lui avais fait grande impression. Heureusement, elle n'a pas réalisé que personne n'écrirait la biographie de papa s'il ne se remettait pas au travail.

— Vous figurez-vous quelle opinion aura de vous la postérité ? ai-je renchéri. Alors que si vous ne le lâchez pas, vous pourriez être « la femme, belle comme un ange de Blake, qui a su sacrifier ses propres talents multiples et variés pour la renaissance de Mortmain ».

Je me suis tue, craignant d'en avoir trop fait, mais elle a tout gobé.

— Oh, chérie... c'est toi qui devrais écrire sa biographie, a-t-elle balbutié, le souffle coupé.

— Mais oui, mais oui, l'ai-je assurée.

Je me suis demandé si elle n'allait pas envisager de rester rien que pour m'inspirer, moi, mais je pense qu'elle se considère exclusivement comme la muse des hommes. Quoi qu'il en soit, je n'ai pas eu besoin de m'inquiéter car elle m'a répondu de sa plus belle voix de contrebasse :

— Cassandra, tu viens de m'éviter une cruelle erreur. Merci, merci beaucoup.

Puis elle s'est effondrée sur mon épaule avec une telle violence que je suis tombée de la balancelle.

Oh, Topaz chérie ! Elle appelle intérêt de « collectionneuse » celui que porte Mrs. Cotton à la célébrité de papa, sans s'apercevoir que son propre désir d'inspirer les hommes en est une autre forme... beaucoup moins authentique. Car les principaux centres d'intérêt de Mrs. Cotton sont vraiment intellectuels – enfin, intellectuels mondains –, alors que l'intellectualisme de ma chère et splendide belle-mère est très, très factice. La vraie Topaz, c'est celle qui nous fait la cuisine, le ménage et raccommode nos vêtements. Comme les gens sont bizarres, bizarres et charmants !

En redescendant de la terrasse, elle m'a dit qu'elle avait l'intention de rentrer à la maison d'ici une dizaine de jours, quinze peut-être, dès que MacMorris aurait terminé le nouveau portrait qu'il faisait d'elle. Je lui ai dit que ça me faisait très plaisir, avant de m'apercevoir qu'il me serait très difficile de lui cacher mes problèmes. Ils m'étaient sortis de l'esprit en bavardant avec elle mais, quand nous sommes rentrées dans l'appartement, on aurait dit qu'ils m'attendaient sur le pas de la porte.

Tout le monde était allé se coucher. Un rai de lumière filtrait sous la porte de la chambre de Simon, et à l'idée qu'il allait dormir tout près de moi, j'ai eu encore plus de chagrin pour une raison que j'ignore. La perspective de le revoir le lendemain matin ne m'a été d'aucun réconfort ; je m'étais rendu compte, dans ce somptueux couloir qui jouxtait la salle de danse, qu'être auprès de lui pouvait se révéler beaucoup plus douloureux qu'être loin de lui.

Rose m'attendait, assise dans le lit. Je me souviens avoir remarqué la beauté de ses cheveux brillants contre le dosseret en velours blanc.

— Je t'ai sorti une des chemises de nuit de mon trousseau.

Je l'ai remerciée en espérant que je ne la déchirerais pas – elle avait l'air si fragile – et elle m'a répondu que de toute façon elle en avait des tas.

— Nous allons enfin pouvoir parler ! me suis-je exclamée, voulant dire en fait que c'était elle qui allait me parler.

Je n'avais plus aucune intention de lui poser des questions sur ses sentiments envers Simon.

Évidemment, elle l'aimait, évidemment, rien ne s'opposerait à leur mariage, ma venue à Londres était une erreur stupide.

– Je n'en ai pas très envie ce soir.

Cela n'a pas manqué de m'étonner – elle aimait tellement papoter avant.

– Eh bien, nous aurons tout le temps demain, ai-je simplement répondu.

Elle a dit qu'elle le supposait, oui, sans grand enthousiasme ; puis elle m'a demandé d'emporter les roses dans la salle de bains pour la nuit. Alors que j'allais les prendre, elle a jeté un coup d'œil au mot de Simon sur la table de nuit :

– Fiche ça à la poubelle, s'il te plaît !

Elle n'a pas dit cela naturellement, mais d'un ton de rancœur lourd de mépris. Ma résolution de me taire s'est évanouie instantanément :

– Rose, tu ne l'aimes pas.

Elle m'a fait un petit sourire ironique.

– Non. C'est dommage, hein ?

Eh bien, la voilà cette chose que j'attendais tant ! Mais au lieu de ressentir de la joie, de ressentir un vague espoir, c'est de la colère que j'ai éprouvée, une telle colère que j'ai préféré me taire.

Je suis restée à la regarder jusqu'à ce qu'elle intervienne :

– Alors ? Dis quelque chose !

J'ai réussi à garder mon calme.

– Pourquoi m'as-tu menti, le soir de tes fiançailles ?

– Je ne t'ai pas menti. Je croyais vraiment être amoureuse. Quand il m'a embrassée... Oh, tu ne peux pas comprendre... tu es trop jeune.

Je comprenais parfaitement. Si Stephen m'avait embrassée avant que je sache que j'aimais Simon, j'aurais pu faire la même erreur, surtout si j'étais bien décidée à la faire, comme Rose. Mais j'étais toujours en colère.

— Depuis quand le sais-tu ? lui ai-je demandé.

— Des semaines et des semaines... je m'en suis aperçue peu après notre arrivée à Londres ; Simon est presque tout le temps avec moi ici. Oh, si seulement il était moins amoureux ! Est-ce que tu comprends ce que je veux dire ? Ce n'est pas tant qu'il passe des journées entières à me faire la cour, mais dès que nous sommes ensemble, je le sens en constante demande d'amour. Il relie tout à cet amour d'une façon ou d'une autre : si la journée est particulièrement belle, si nous voyons quelque chose de beau ou écoutons de la musique tous les deux. Ça me donne envie de hurler. Oh, mon Dieu ! je n'avais pas l'intention de te le dire. J'en avais envie : je savais que ça me soulagerait ; mais j'avais décidé de me taire, il y a quelques minutes à peine, parce que je savais que c'était égoïste. Je suis navrée que tu m'aies arraché cet aveu. Je vois que ça te bouleverse terriblement.

— Ça va. Veux-tu que je le lui dise à ta place ?

— Lui dire ? s'est-elle exclamée en me regardant d'un air ahuri. Alors là, c'est la preuve que tu n'es plus dans ton état normal ! Ne t'inquiète pas, ma chérie, je vais l'épouser quand même.

— Non, tu ne l'épouseras pas ! Tu ne peux pas faire ça, c'est affreux.

— Et pourquoi serait-ce si affreux ? Tu as toujours su que j'avais l'intention de l'épouser, que je l'aime ou non, et tu y as contribué de toutes tes forces, sans même t'assurer que je l'aimais.

— Je n'ai pas compris. C'était pour s'amuser, comme dans les livres. Ce n'était pas sérieux, pas réel.

Mais je savais au fond de moi que je n'avais pas la conscience tranquille et que je ne m'étais pas écoutée. Mon malheur n'était que mon juste châtiment.

— Pourtant, c'est tout ce qu'il y a de plus réel aujourd'hui, a raillé Rose.

Ma propre culpabilité a quelque peu atténué mon ressentiment à son égard. Je suis allée m'asseoir sur le lit, et j'ai tenté de lui faire entendre raison.

— Tu ne peux pas faire ça, tu le sais, Rose, pour des vêtements, des bijoux, des salles de bains…

— Tu parles comme si je faisais tout ça rien que pour moi, m'a-t-elle interrompue. Tu sais ce que je me disais, tous les soirs, dans ce lit ? « Au moins, ils ont de quoi manger au château aujourd'hui. » Tiens, même Héloïse a grossi ! Et c'est surtout à toi que je pensais, plus qu'à quiconque : à tout ce que j'allais pouvoir faire pour toi une fois mariée…

— Eh bien, tu peux tout de suite arrêter d'y penser parce que je n'accepterai rien de toi, rien du tout…, ai-je commencé, avant que la colère ne m'envahisse de nouveau, libérant un flot de paroles. Tu peux aussi arrêter de faire croire que tu fais tout ça pour nous, tu le fais uniquement parce que ça te plaît, parce que tu ne peux pas supporter d'être pauvre. Tu vas ruiner la vie de Simon à cause de ta cupidité et de ta lâcheté…

J'ai déversé tout ce que j'avais sur le cœur en une sorte de cri assourdi, car, sachant très bien que l'on pouvait nous entendre, j'ai réussi à contrôler le volume de ma voix mais pas le contenu de mes propos ; je ne me rappelle même pas la moitié de ce que je lui ai dit. Rose n'a pas tenté une seule fois de m'interrompre, elle me regardait sans bouger. Soudain, une lueur d'intelligence a brillé dans ses yeux. Je me suis arrêtée net.

– Tu es amoureuse de lui ! a-t-elle déclaré. Il ne manquait plus que ça !

Alors elle a éclaté en bruyants sanglots et enfoui la tête dans l'oreiller pour en étouffer le bruit.

– Oh, tais-toi !

Au bout d'une ou deux minutes, elle a cessé de hoqueter dans son oreiller et a tendu la main autour d'elle pour trouver son mouchoir. Comme il est impossible de rester insensible à un tel désarroi, quel que soit votre degré de colère, je le lui ai donné après l'avoir ramassé – il était tombé par terre. Elle s'est délicatement tamponné les yeux, puis a dit :

– Cassandra, je te jure sur tout ce que j'ai de plus sacré que j'y renoncerais sans hésiter si j'étais certaine qu'il t'épouse à ma place. Je sauterais même sur l'occasion : il y aurait toujours de l'argent dans la famille et je ne serais pas obligée de l'avoir pour mari. Je ne veux pas de Scoatney, je n'ai pas besoin de tant de luxe. Tout ce que je désire, c'est ne plus jamais connaître l'atroce pauvreté qui était la nôtre, je n'en veux plus, jamais, jamais ! Et ce serait le cas si je renonçais à lui, parce que je sais qu'il ne tombera jamais amoureux de toi. À ses yeux, tu n'es qu'une petite fille.

— Ce qu'il pense de moi n'a rien à voir avec ça. C'est à lui que je songe en ce moment, pas à moi. Tu ne l'épouseras pas si tu ne l'aimes pas!

— Ne comprends-tu pas qu'il préfère m'avoir comme ça que pas du tout?

Je n'y avais jamais pensé mais j'ai tout de suite su qu'elle disait vrai. Et je l'ai détestée plus que jamais. J'ai commencé à me débarrasser de la robe noire.

— Allez…, viens te coucher, a-t-elle dit. Éteignons la lumière et réfléchissons calmement. Peut-être t'imagines-tu simplement que tu es amoureuse de lui, ne serait-ce pas ce qu'on appelle des «amours enfantines», chérie? Tu ne peux pas savoir si tu es réellement amoureuse avant qu'on t'ait véritablement fait la cour. De toute façon, tu t'en remettras quand tu auras rencontré d'autres hommes, et j'y veillerai. Parlons, tâchons de nous épauler l'une l'autre. Viens te coucher.

— Je n'irai pas me coucher, ai-je rétorqué en envoyant promener la robe. Je rentre à la maison.

— Mais c'est impossible, pas à cette heure-ci! Il n'y a plus de trains.

— Je passerai la nuit à la gare, dans la salle d'attente.

— Mais pourquoi…

— Je ne viendrai pas me coucher à côté de toi.

Je m'efforçais d'enfiler ma robe verte. Rose a sauté hors du lit et a tenté de m'en empêcher.

— Cassandra, s'il te plaît, écoute-moi…

Je lui ai dit de se taire sinon elle allait réveiller toute la maison.

— Et je te préviens, si tu m'empêches te partir, c'est moi qui vais réveiller tout le monde et tout leur raconter ! Et tu seras bien forcée de rompre tes fiançailles !

— Oh, non, sûrement pas..., a-t-elle répliqué d'un ton où, pour la première fois, perçait de la colère. Je leur dirai que tu mens parce que tu es amoureuse de Simon.

— De toutes les façons, nous n'avons pas intérêt à réveiller la maison.

Je cherchais dans toute la pièce mes chaussures que la femme de chambre avait dû ranger. Rose me suivait, moitié en colère, moitié suppliante.

— Mais qu'est-ce que je vais leur dire si tu t'en vas cette nuit ?

— Tu n'as qu'à attendre demain matin. Tu leur diras que j'ai été soudain prise de remords à l'idée de laisser papa seul à la maison, et que j'ai sauté dans le premier train.

J'ai fini par retrouver mes chaussures et je les ai mises.

— Oh, et puis tu peux leur raconter ce que tu voudras ! ai-je ajouté. De toute manière, je m'en vais.

— Tu m'abandonnes au moment où j'ai le plus besoin de toi !

— Oui, c'est ça, pour compatir à tes malheurs et te donner du courage. Désolée, pas question !

J'ouvrais tous les tiroirs les uns après les autres pour essayer de remettre la main sur mon sac ; lorsque je l'ai retrouvé, j'ai écarté Rose de mon chemin pour qu'elle me laisse passer.

Elle a fait une nouvelle tentative pour me retenir :

— Cassandra, je te supplie de rester. Si tu savais comme je suis malheureuse...

— Oh, va t'asseoir dans ta salle de bains et compte donc tes serviettes couleur pêche! lui ai-je lancé avec mépris. Elles te remonteront le moral, espèce de sale petite menteuse, tricheuse, profiteuse!

Et je suis partie, en me maîtrisant assez pour refermer la porte sans bruit. Pendant quelques instants, j'ai cru qu'elle me courrait après, mais ne la voyant pas, j'en ai conclu qu'elle était persuadée que je crierais la vérité sur tous les toits ; et elle n'avait pas tout à fait tort, car j'étais dans une rage folle.

Le hall d'entrée n'était éclairé que par la lumière du palier qui filtrait autour de la porte. Je me suis dirigée droit dessus. À ce moment, j'ai entendu un faible gémissement. Héloïse! Je l'avais complètement oubliée. La seconde suivante, elle était à côté de moi dans le noir, agitant la queue. Je l'ai tirée pour l'obliger à sortir et j'ai couru vers l'ascenseur. Coup de chance, il était là. Pendant que nous descendions, je me suis assise par terre et l'ai laissée mettre ses pattes autour de mon cou pour me manifester sa joie débordante.

Elle avait son collier, et j'ai pris ma ceinture en guise de laisse – il y avait encore trop de circulation pour qu'elle puisse courir à sa guise, même lorsque nous avons tourné après Park Lane dans une rue plus tranquille. J'étais contente d'être dehors à l'air frais, mais passé les premières minutes de soulagement, je n'ai cessé de ressasser la scène avec Rose : je pensais à toutes les choses encore plus épouvantables que j'aurais pu dire et je m'imaginais en train de les proférer. Mon regard était encore tellement imprégné de la chambre blanche que je ne faisais pas vraiment attention où j'allais ; je me souviens vaguement d'être passée devant des dizaines de maisons cossues. On donnait un bal dans l'une d'entre elles et des gens déambulaient sur un balcon ; j'ai le souvenir confus d'avoir regretté d'être trop préoccupée par mes soucis pour m'y intéresser (quelques mois plus tôt, j'aurais adoré imaginer des tas d'histoires). Je gardais toujours en tête l'idée qu'à un moment ou à un autre je tomberais sur un autobus ou une station de métro, pour aller à la gare où je patienterais dans la salle d'attente. J'ai commencé à revenir à la réalité en débouchant dans Regent Street.

J'ai décidé de me reprendre, me rappelant avoir entendu raconter des tas de choses sur Regent Street la nuit. Mais je crois avoir confondu avec une autre rue, car je n'ai absolument rien vu d'inquiétant le moins du monde. Je m'étais imaginé un flot de femmes peinturlurées et habillées de façon criarde, déambulant dans la rue en clignant de l'œil, alors que les seules que j'ai croisées étaient tout ce qu'il y a de plus respectable, élégamment vêtues de noir et faisant un dernier petit tour : certaines avaient même sorti leur chien, ce qui n'a pas manqué d'intéresser Héloïse. Mais j'ai remarqué que la plupart d'entre elles étaient en couple, ce qui m'a fait réaliser que je ne devrais pas me promener toute seule à une heure aussi tardive. Je m'étais à peine fait cette réflexion qu'un homme s'est approché de moi :

— Excusez-moi, n'ai-je pas déjà rencontré votre chien quelque part ? m'a-t-il demandé.

Je n'ai pas répondu, naturellement, mais malheureusement, Héloïse a commencé à agiter la queue. Je l'ai tirée, et il nous a suivies, proférant des sottises du genre :

— Mais bien sûr qu'elle me reconnaît, nous sommes de vieux amis, je l'ai rencontrée au *Palais de danse*[1] d'Hammersmith.

Héloïse était de plus en plus amicale avec lui. Elle faisait de véritables moulinets avec la queue, et comme j'avais peur qu'à tout moment elle ne saute au cou du monsieur et ne l'embrasse, j'ai demandé à ce dernier d'un ton sec :

— Hél, qui c'est, ça ?

Ce que je fais toujours quand un vagabond à l'air suspect rôde autour du château. Elle s'est mise à aboyer si frénétiquement que l'homme a fait un bond en arrière et failli renverser deux dames. Si ça l'a dissuadé de nous suivre, en revanche, je n'arrivais plus à faire taire Héloïse qui a continué jusqu'à ce que nous traversions Piccadilly Circus, où nous nous sommes fait terriblement remarquer.

J'ai été bien contente de trouver enfin une station de métro, mais pas pour longtemps car j'ai découvert qu'on n'y acceptait pas les chiens. Ils ont le droit de voyager sur l'impériale des autobus, mais il y en a fort peu qui roulent encore à cette heure-ci ; il était largement plus de minuit. Je commençais à me dire que je ferais mieux de

---

1. En français dans le texte.

prendre un taxi lorsque je me suis rappelé qu'il y avait un restaurant tout près de Piccadilly, dont Topaz m'avait dit qu'il était ouvert toute la nuit. Je mourais d'envie de boire un thé, et j'avais l'impression qu'Héloïse se serait bien désaltérée elle aussi – elle avait fini par se calmer et avait l'air passablement fatiguée. Nous nous sommes donc remises en route.

C'était un endroit tellement grandiose que je craignais qu'ils n'acceptent pas Héloïse, alors j'ai profité d'un instant où le portier ne regardait pas et j'ai choisi une table contre le mur pour qu'on ne la remarque pas. La serveuse l'a vue, mais elle m'a simplement dit :

– Si vous avez réussi à passer la porte… Il faut seulement qu'elle se tienne tranquille.

Ce qui, par miracle, a été le cas.

Après que je lui ai glissé discrètement trois soucoupes d'eau sous la table, elle s'est profondément endormie sur mes pieds ; cela m'a tenu très chaud, mais je ne pouvais risquer de la réveiller en bougeant.

Le thé m'a grandement réconfortée, et à ce moment-là, j'avais plus que jamais besoin de l'être. J'avais mal à la tête à cause de la fatigue et j'avais l'impression d'être restée les yeux ouverts depuis des lustres ; mais le pire – pire encore que mes tourments concernant Simon, auxquels je m'étais plus ou moins faite –, c'était que je commençais à m'apercevoir que j'avais eu terriblement tort avec Rose. Je voyais bien que la raison principale à mon éclat n'était pas le noble souci que m'inspirait le bonheur de Simon, mais l'effroyable jalousie pure et simple. Quoi de plus injuste que de l'aider à se fiancer pour ensuite le lui reprocher ? Comme elle avait eu raison de me reprocher de l'abandonner ! Le moins que j'aurais pu faire, ç'aurait été de discuter calmement avec elle. Ce qui me bouleversait, c'était que je savais au fond de mon cœur qu'elle m'aimait plus que quiconque au monde ; tout comme je l'aimais jusqu'à ce que je tombe amoureuse de Simon.

Mais elle n'aurait pas dû dire ce qu'elle a dit sur les « amours enfantines ». Quel toupet ! Pour qui se prend-elle pour décider si ce sont des « amours enfantines », plutôt risibles, contrairement au « premier amour », qui est beau ? Elle qui n'a même jamais été amoureuse !

J'ai ressassé tous mes griefs en sirotant tasse de thé sur tasse de thé – la dernière était si claire qu'on voyait le morceau de sucre au fond. Ensuite la serveuse est venue me demander si je désirais autre chose. Comme je n'avais aucune envie de partir, j'ai étudié le menu attentivement et commandé une côtelette d'agneau : il fallait pas mal de temps pour les préparer et elles ne coûtaient que sept pence pièce.

En attendant, je tentais de soulager quelque peu mon chagrin par rapport à Rose en pensant à celui dont Simon était la cause, mais je me suis retrouvée à penser aux deux à la fois. « C'est sans espoir, ai-je conclu. Nous allons tous les trois être malheureux pour le restant de nos jours. » Puis la côtelette d'agneau est arrivée, perdue dans un océan d'assiette blanche, et beaucoup plus petite qu'il soit possible d'imaginer une côtelette. J'ai pris tout mon temps pour la manger ; j'ai même mangé le petit brin de persil offert en prime pour sept pence. Puis la serveuse a posé l'addition sur la table et débarrassé mon assiette d'un geste définitif, de sorte qu'après une dernière longue goulée d'eau gratuite, j'ai compris que je ferais mieux de m'en aller. J'ai ouvert mon sac pour donner un pourboire à la serveuse, et là…

Je me souviendrai toute ma vie de ce moment : mon porte-monnaie n'était pas dans mon sac.

J'ai fouillé frénétiquement, sans le moindre espoir. Parce que je savais parfaitement qu'il était resté dans le petit sac que Rose m'avait prêté pour la soirée. Tout ce que j'ai réussi à trouver, c'était un malheureux quart de penny dans la petite poche intérieure.

Je me suis sentie glacée jusqu'aux os et vaguement nauséeuse. On aurait dit que la lumière était beaucoup plus vive, les gens plus bruyants et cependant plus irréels. Une voix dans ma tête me disait : « Garde ton calme, garde ton calme, tu vas t'expliquer avec le responsable. Donne-lui ton nom et ton adresse, et propose-lui de lui laisser un objet de valeur en attendant. » Le problème, c'était que je n'avais rien de valeur ; ni montre ni bijoux, mon sac était usé jusqu'à la corde, et je n'avais pas plus de veste que de chapeau ; l'espace d'une seconde de délire, j'ai même envisagé de laisser mes chaussures. « Mais il verra bien que tu es quelqu'un de respectable, qu'il peut te faire confiance », ai-je essayé de me convaincre, avant de me demander sérieusement si j'avais vraiment l'air de quelqu'un de respectable. J'étais toute décoiffée, ma robe verte était voyante et assez minable, comparée aux vêtements de Londres ; et Héloïse que je promenais sans laisse n'arrangeait pas mes affaires. « Ils ne peuvent tout de même pas appeler la police juste pour un thé et une côtelette », me répétais-je. Puis, brusquement, j'ai réalisé que je n'avais pas seulement besoin d'argent pour payer l'addition : comment ferais-je pour me rendre à la gare sans taxi ? Héloïse ne pourrait jamais aller jusque-là, quand bien même j'y parviendrais moi-même. Et mon billet de train !

Il était lui aussi dans mon porte-monnaie.

« Il faut que je demande de l'aide. »

Mais comment ? Il y avait des cabines téléphoniques à l'avant du restaurant, mais outre le fait que j'aurais préféré mourir que d'appeler à l'appartement, je savais que cela mettrait Rose dans l'embarras de fournir des explications. Alors je me suis rappelé le message de Stephen, disant qu'il était à mon entière disposition. Dans ce cas, aurais-je le courage de réveiller les Fox-Cotton à deux heures du matin ? J'étais en train de retourner le problème dans ma tête, lorsque la serveuse est revenue et m'a regardée avec insistance : il fallait que je fasse quelque chose.

Je me suis levée, laissant l'addition sur la table.

— J'attends quelqu'un qui est en retard, il faut que j'aille téléphoner. Voudriez-vous me garder ma table, s'il vous plaît ?

Héloïse avait horreur d'être réveillée, mais je n'ai pas osé la laisser sous la table ; heureusement, elle était trop endormie pour aboyer. J'ai expliqué à la caisse que j'allais passer un coup de téléphone et j'ai remarqué que la fille s'assurait que j'entrais bien dans une cabine. Il faisait atrocement chaud à l'intérieur, surtout avec Héloïse collée contre moi. Je cherchais dans l'annuaire le numéro des Fox-Cotton…

Et soudain… il fallait deux pennies pour téléphoner d'une cabine publique !

« Un jour, tout cela te fera bien rire, me suis-je dit. Tu riras comme une bossue. » Je me suis appuyée contre la vitre de la cabine et j'ai fondu en larmes. Mais je me suis arrêtée assez vite lorsque je me suis souvenue que mon mouchoir était aussi resté dans le sac de Rose. J'ai contemplé le boîtier dans lequel on introduit les pièces en songeant que j'aurais bien aimé le fracturer, si seulement je savais comment m'y prendre. « Oh, mon Dieu… faites quelque chose », ai-je prié en silence.

Quelqu'un, qui n'était pas moi, a levé vivement la main à mon insu et a appuyé le doigt sur le bouton B. Lorsque les pièces sont tombées, ma petite voix intérieure a dit : « J'en étais sûre. »

Ensuite, tout m'est revenu brusquement en mémoire et j'ai entendu le pasteur me parler de prière, de foi et de machine à sous.

La foi peut-elle fonctionner à l'envers ? Le fait que j'allais me mettre à prier a-t-il pu inciter quelqu'un à oublier de récupérer ses pennies ? Et si c'était ma prière qui avait été à l'origine de cela, le bouton B ne pourrait-il pas me faire tomber une livre pour m'éviter d'avoir à déranger Stephen ? « Sauf que ç'aurait été une livre en petite monnaie, naturellement. » J'ai prié de nouveau, appuyé de nouveau sur le bouton B, me demandant comment je ferais si je recevais une pluie de deux cent quarante pennies, mais il était inutile que je m'inquiète. Alors j'ai téléphoné aux Fox-Cotton.

C'est Léda qui a décroché, plus rapidement que je ne l'aurais cru. Elle avait l'air furieuse. Je lui ai dit que j'étais absolument désolée de la déranger mais que je ne pouvais pas faire autrement. Puis je lui ai demandé de me passer Stephen.

– Ah, certainement pas ! Vous ne pouvez pas lui parler maintenant.

– Mais il le faut, ai-je insisté. Et je sais que ça ne lui fera rien que vous le réveilliez ; il y tiendrait au contraire, s'il savait que j'étais dans l'embarras.

– Eh bien, ma petite, vous resterez dans l'embarras jusqu'à demain matin. Mais vous ne dérangerez pas Stephen à cette heure-ci ! C'est tout à fait révoltant, cette façon de...

Elle s'est interrompue, et pendant une seconde épouvantable, j'ai cru qu'elle avait raccroché. Puis j'ai entendu des éclats de voix, sans comprendre ce qui se disait, jusqu'au moment où elle s'est mise à hurler : « Ne vous avisez surtout pas de faire ça ! » Puis elle a poussé un petit cri strident, et l'instant d'après, j'avais Stephen au bout du fil.

– Que se passe-t-il ? Qu'est-il arrivé ? s'est-il exclamé.

Je lui ai tout expliqué le plus vite possible, passant évidemment sous silence ma dispute avec Rose. Je lui ai dit que j'avais eu l'intention de prendre un train très tard.

– Mais il n'y en a aucun...

– Si, si, il y en a, ai-je répondu précipitamment, il y en a un dont vous n'avez pas entendu parler. Oh, je vous expliquerai plus tard. En attendant, tout ce qui importe, c'est que je suis en plan ici et que, si vous ne venez pas très vite, je vais me faire arrêter.

— Je pars tout de suite… (Il avait l'air dans tous ses états.) Ne vous affolez pas. Retournez à votre table et commandez quelque chose, ça calmera leurs soupçons. Et ne laissez aucun homme vous aborder, aucune femme non plus, surtout les infirmières.

— D'accord, mais dépêchez-vous, je vous en supplie.

Plus tard, j'ai regretté d'avoir dit que je risquais d'être arrêtée, parce que je savais qu'il le croirait, comme je le croyais un peu moi-même. Mais me retrouver échouée comme ça dans un restaurant, à Londres, était très angoissant, surtout en pleine nuit, et je voulais être sûre qu'il viendrait. J'étais à tordre lorsque j'ai raccroché le combiné. J'ai dû chasser Héloïse de mes pieds et la traîner littéralement de nouveau sous la table. Ses yeux n'étaient plus que deux fentes roses. On aurait vraiment dit une somnambule.

J'ai dit à la serveuse que mon ami n'allait pas tarder à arriver et j'ai commandé un ice-cream soda au chocolat. Puis je me suis renversée sur mon siège et j'ai savouré pleinement ce moment de soulagement. C'était si délicieux que j'en ai presque oublié à quel point j'étais malheureuse et j'ai commencé à m'intéresser à mon entourage. À une table de la mienne, il y avait des gens qui avaient un rapport avec le théâtre et parlaient d'une nouvelle pièce, l'un d'eux en était l'auteur ; ils attendaient les journaux du matin pour lire les premières critiques. C'était amusant de voir combien tous ces gens avaient l'air charmants et intéressants, une fois ma peur panique envolée, alors que juste avant, ce n'était qu'une mer de visages grimaçants et bruyants. Pendant que je buvais mon ice-cream soda (c'était grandiose), une infirmière est entrée et s'est assise à la table voisine de la mienne. J'ai failli m'étouffer avec ma paille, parce que je savais ce que Stephen avait voulu dire. Miss Marcy racontait tout le temps des histoires d'infirmières qui enlevaient des jeunes filles pour les envoyer en Argentine où elles deviendraient ce qu'elle appelait : «eh bien, euh…, des filles de joie, ma chère». Quand je m'imagine l'Argentine, je n'y vois que des filles très joyeuses.

Stephen n'est pas arrivé avant trois heures du matin, ayant dû marcher près de un kilomètre avant de trouver un taxi. Il avait un drôle d'air, tendu, que j'ai mis sur le compte du souci qu'il s'était fait pour moi. Je lui ai fait prendre une grande limonade bien fraîche.

– Vous avez arraché le téléphone des mains de Léda? lui ai-je demandé. C'était l'impression que ça donnait. Quelle chance j'ai eue que vous l'ayez entendue me parler! Leur téléphone se trouve sur le palier?

– Il y en a un au studio, c'est là que nous étions.

– Vous voulez dire qu'elle était encore en train de vous photographier?

Non, ils étaient dans l'autre studio.

– Celui avec les grandes photos. Nous étions en train de bavarder, simplement…

– Quoi? Jusqu'à deux heures du matin? me suis-je étonnée; mais constatant qu'il évitait mon regard, je me suis dépêchée de reprendre : bon, racontez-moi comment ça s'est passé avec les gens du film.

Il s'est exécuté, mais je ne me souviens de rien du tout ; j'étais trop occupée à l'imaginer au studio avec Léda. J'étais sûre qu'elle était en train d'essayer de le séduire. Je les imaginais assis sur le divan, une seule lampe tamisée allumée, sous le regard du grand Noir. Cette idée était à la fois insupportable et fascinante.

Je suis revenue à la réalité lorsque je l'ai entendu me dire :

— Je vous raccompagne à la maison et je prends mes vêtements, bien que Léda estime qu'il m'en faut des neufs. Puis je vais passer voir Mr. Stebbins. Il m'a dit qu'il ne mettrait jamais aucun obstacle à ma carrière.

« Carrière » était un mot étrange dans la bouche de Stephen.

— Que va dire Ivy ?

— Oh, Ivy… (On aurait dit qu'elle était très loin dans ses souvenirs.) C'est une gentille fille, cette Ivy.

Quelqu'un a apporté les journaux du matin aux gens qui les attendaient. Toutes les critiques avaient l'air mauvaises. Le pauvre auteur ne cessait de répéter :

— Ce n'est pas tant pour moi que ça m'ennuie, évidemment…

Et ses amis étaient tous très indignés contre les critiques, disant que leur avis n'avait aucune importance, n'en avait jamais eu et n'en aurait jamais.

— Je suppose que vous n'allez pas tarder à avoir des critiques, vous aussi, ai-je dit à Stephen.

— Oh, peut-être pas exactement des critiques, mais mon nom va paraître dans les journaux. Il va y avoir un petit texte sur moi sous la photo de Léda qui va être publiée, disant que je suis un jeune acteur promis à un grand avenir. Après ce film, où je me promène avec des chèvres, je serai sous contrat, et je devrai apprendre à jouer la comédie. Mais juste un peu, paraît-il, car ils ne veulent pas que je change trop.

Il y avait, à vrai dire, un petit ton satisfait dans sa voix qui lui ressemblait si peu que je l'ai regardé fixement avec stupéfaction. Il a dû le sentir parce qu'il a rougi et ajouté :

— Enfin, bon, c'est ce qu'ils prétendent. Et vous aviez envie que je le fasse. Oh, partons d'ici...

J'étais contente de quitter cet endroit. Mon soulagement d'avoir été secourue avait été de courte durée ; je ressentais une impression d'irréalité et de lassitude dans ce restaurant confiné – l'idée qu'il ne fermait jamais me fatiguait pour lui. La plupart des gens semblaient à présent éreintés et inquiets, le pauvre petit auteur était sur le départ, l'air déprimé au plus haut point. L'infirmière, toutefois, avait l'air en pleine forme ; elle en était à sa deuxième assiette d'œufs pochés.

Nous nous sommes assis un moment sur un banc, à Leicester Square, avec Héloïse allongée sur nos genoux à tous les deux. Ses os pointus me faisaient horriblement mal ; et je n'aimais pas du tout l'atmosphère de cette place qui était très différente des autres places de Londres.

— Allons donc voir la Tamise, ai-je proposé, maintenant que le jour se lève.

Nous avons demandé notre chemin à un agent.

— Vous n'avez pas l'intention de vous jeter à

l'eau au moins, miss ? a-t-il plaisanté, ce qui m'a bien fait rire.

Ce n'était pas tout près et Héloïse déteste marcher ; mais elle s'est un peu requinquée quand nous lui avons acheté un sandwich à la saucisse dans un petit bar. Nous sommes arrivés à Westminster Bridge juste au moment où l'aube teintait le ciel de rouge. Je songeais au sonnet de Wordsworth, mais il ne convenait pas vraiment : la ville n'était certainement pas « Toute pimpante et rutilante dans l'air sans fumée[1] » ; tout baignait dans une brume blafarde. Je n'ai pas pu apprécier non plus toute la saveur de « Mon Dieu ! les maisons même ont l'air de dormir » car la moitié de mon esprit était encore au restaurant, qui lui ne dort jamais.

Accotés au pont, nous regardions couler le fleuve. C'était beau, même si je ne ressentais aucune paix. Une douce brise me caressait le visage, comme quelqu'un qui m'aurait prise en pitié. Des larmes ont roulé sur mes joues.

– Qu'y a-t-il, Cassandra ? Est-ce à cause de moi ? m'a demandé Stephen.

Pendant un instant, j'ai cru qu'il faisait encore allusion au baiser qu'il m'avait donné dans le bois de mélèzes. Puis j'ai lu de la honte dans son regard et j'ai dit :

– Non, absolument pas.

– J'aurais dû m'en douter, a-t-il répondu amèrement. J'aurais dû deviner que rien de ce que j'ai pu faire ce soir-là ne pouvait avoir d'importance

---

1. *Upon Westminster Bridge*, de William Wordsworth (1770-1850).

à vos yeux. De qui êtes-vous amoureuse, Cassandra ? De Neil ?

J'aurais dû lui dire qu'il disait n'importe quoi, que je n'étais amoureuse de personne, mais j'étais trop fatiguée et abattue pour jouer la comédie.

– Non, ce n'est pas Neil.

– Alors, c'est Simon. C'est dommage, parce que Rose ne le lâchera jamais.

– Mais elle ne l'aime pas, Stephen. Elle me l'a avoué...

Et j'en suis arrivée à lui parler de notre terrible dispute dans sa chambre et la façon dont je m'étais sauvée de l'appartement.

– Vous et vos derniers trains ! Je savais parfaitement qu'il n'y en avait plus.

Je lui ai raconté tout ce que je savais, en un flot de paroles intarissable. Lorsque je lui ai dit que j'avais l'impression de m'être mal conduite envers Rose, il m'a rétorqué :

– Ne vous en faites pas pour ça. Rose est méchante.

– Pas vraiment méchante, ai-je corrigé en essayant de lui trouver des excuses, puisqu'elle avait voulu aider sa famille tout autant qu'ellemême.

– Elle est quand même méchante, fondamentalement, m'a-t-il coupée. Des tas de femmes le sont.

– Il nous arrive d'être méchantes sans le vouloir.

Alors je lui ai demandé s'il me pardonnerait jamais de l'avoir laissé m'embrasser, alors que je savais que j'étais amoureuse de quelqu'un d'autre.

– Oh, Stephen, c'est ça qui était méchant ! Et

je vous ai laissé croire que je vous aimerais peut-être un jour.

— Cela n'a pas duré longtemps : je me suis vite rendu compte que j'étais ridicule. Mais je n'arrivais pas à comprendre... pourquoi vous m'aviez laissé faire. Je comprends maintenant. Ça arrive quand on n'est pas amoureux de la bonne personne. C'est la pire des choses. On ne se le pardonne jamais.

Il regardait droit devant lui, l'air très abattu.

— Êtes-vous malheureux parce que vous avez flirté avec Léda Fox-Cotton ? C'était sa faute, n'est-ce pas ? Vous n'avez rien à vous reprocher.

— Je me le reprocherai toute ma vie, a-t-il répondu avant de se retourner brusquement vers moi. C'est vous que j'aime et que j'aimerai toujours. Oh, Cassandra, êtes-vous certaine que vous ne pourrez jamais m'aimer ? Cela ne vous a pas déplu que je vous embrasse, enfin il m'a semblé. Si nous pouvions nous marier...

Le soleil levant illuminait son visage, la brise soufflait dans ses beaux cheveux blonds. Il avait l'air désespéré et superbe, beaucoup plus beau encore que sur les photos de Léda. La vague expression d'« idiotie » avait disparu de son regard, j'avais même le sentiment qu'elle avait disparu pour toujours.

— Je travaillerai pour vous, Cassandra. Si je réussis en tant que comédien, nous pourrons habiter à Londres, loin des... des autres. Ne pourrais-je pas vous aider à passer ce cap, une fois que Simon aura épousé Rose ?

Dès qu'il a prononcé le nom de Simon, j'ai revu son visage. Je l'ai revu tel qu'il était dans le couloir, à côté de la salle de danse, las et très pâle. J'ai revu les cheveux noirs qui poussaient en pointe sur le front, les sourcils qui remontaient vers les tempes, les petites rides aux coins de la bouche. La première fois qu'il s'est rasé la barbe, je l'ai trouvé très beau, mais c'était surtout parce qu'il avait l'air plus jeune et moins étrange ; je sais aujourd'hui qu'il n'est pas beau, comparé à Stephen, il ne fait pas le poids.

Pourtant, tandis que mon regard passait de Stephen face au soleil levant à Simon, dans les ténèbres de ma mémoire, c'était comme si le visage de Simon avait été le vrai, devant moi, et celui de Stephen celui que j'imaginais, ou une photo, un tableau, quelque chose de beau mais de pas assez vivant pour moi. Mon cœur entier était si empli de Simon que même la pitié que m'inspirait Stephen n'était pas vraiment authentique, c'était quelque chose que je savais devoir ressentir, qui venait plus de la tête que du cœur. Et je sentais que j'aurais dû le plaindre d'autant plus que j'en étais si peu capable.

– Oh, je vous en prie, taisez-vous ! me suis-je écriée. J'ai énormément d'affection pour vous et je vous suis extrêmement reconnaissante. Mais je ne pourrais jamais vous épouser. Oh, Stephen ! mon cher, je suis tellement désolée.

– C'est bon, c'est bon, a-t-il dit en se remettant à regarder fixement devant lui.

– Eh bien, au moins sommes-nous des compagnons d'infortune.

Héloïse s'est alors dressée, a posé ses pattes avant sur le parapet, entre nous, et mes larmes faisaient de petites taches grises en tombant sur sa tête blanche et luisante.

Chapitre 15

J'écris ces lignes installée au bureau de papa dans la salle de garde. Mon étonnement ne serait pas plus grand s'il s'agissait du bureau du roi au palais de Buckingham.

Il est à présent neuf heures et demie du soir. (La semaine dernière à la même heure, je bavardais avec Simon dans le couloir de la salle de danse, j'ai l'impression que c'était il y a des années.) J'ai l'intention de travailler à ce journal jusqu'au moment où je réveillerai Thomas, à deux heures. La nuit dernière, c'est lui qui était de garde et j'ai pris le relais. Je me suis sentie très mal presque tout le temps. Ça va un peu mieux ce soir, mais il m'arrive encore d'avoir l'estomac noué. Oh, est-ce un miracle que nous avons accompli, ou quelque chose de si épouvantable que je n'ose même pas y penser?

Je n'ai pas réussi à achever mon récit. Au souvenir de mes larmes tombant sur la tête d'Héloïse, je m'apitoyais tellement sur mon sort qu'il m'était impossible de continuer. De toute manière, je n'avais pas grand-chose à ajouter sur le voyage à Londres. Nous sommes rentrés par le premier train. J'ai dormi la majeure partie du trajet, et me suis couchée aussitôt arrivée à la maison.

Je me suis réveillée en plein après-midi, pour m'apercevoir que j'étais toute seule dans le château ; Stephen était parti aux Quatre-Pierres, papa était à Scoatney, Thomas passait le week-end avec son ami Harry. Stephen est rentré vers neuf heures et il est allé directement se coucher sans me déranger – j'étais en train d'écrire mon journal au grenier. Quand je l'ai entendu traverser la cour, j'ai hésité à descendre lui parler, mais je ne voyais vraiment pas ce que j'aurais pu lui dire. Ensuite, j'ai pensé que je pourrais au moins lui préparer un bol de chocolat et bavarder un peu avec lui, mais le temps que j'arrive à la cuisine, il avait éteint la lumière de sa chambre.

Il est retourné à Londres lundi matin à la première heure, après avoir rangé ses vêtements dans une cantine de marin que lui a prêtée Mrs. Stebbins : elle avait appartenu à son frère quand il s'était embarqué comme mousse. Je ne suis pas allée à la gare car Stephen m'avait dit que Mr. Stebbins l'y accompagnerait, et Ivy aussi, j'imagine. Il me semblait que Stephen méritait de profiter de toutes les occasions de se consoler et je préférais que ce soit auprès d'Ivy plutôt que de Léda, parce que Ivy est vraiment une chic fille. Je suis sortie discuter avec elle et Mr. Stebbins quand ils sont passés prendre Stephen, qui n'était pas tout à fait prêt. Ivy avait un ensemble gris clair, des gants blancs très serrés, et un chapeau du bleu le plus vif qui soit, qui faisait encore plus ressortir le rouge de ses joues. C'est vraiment une belle fille. Malgré ses pieds gigantesques...

Stephen mettait un tel temps à venir que je suis allée voir dans sa chambre ce qu'il faisait.

Je l'ai aperçu par la porte ouverte qui regardait simplement autour de lui, les bras ballants. La fenêtre est tellement envahie par la végétation qu'on aurait dit qu'il se trouvait dans une grotte de verdure.

– Peut-être que vous serez célèbre le jour où vous reviendrez ici. Mais j'espère que vous ne serez pas trop long à nous revenir…

– Je ne reviendrai pas, a-t-il répondu posément, même si je ne réussis pas comme acteur. Non, je ne reviendrai pas.

J'ai dit que si, bien sûr, il reviendrait, mais il a secoué la tête. Puis il a regardé une dernière fois la chambre. Les photos de sa mère et de moi avaient disparu. Le lit était défait et l'unique couverture soigneusement pliée.

– J'ai balayé la chambre pour que vous n'ayez pas à le faire. Vous pouvez fermer la porte et l'oublier. J'ai rendu ses livres à Mr. Mortmain avant qu'il parte à Scoatney. Ils vont me manquer.

– Vous allez pouvoir vous en acheter tout seul maintenant.

Il m'a répondu qu'il n'y avait pas pensé.

– J'ai l'impression que j'ai un peu de mal avec l'argent…

– N'oubliez pas d'en mettre de côté, au cas où, lui ai-je recommandé.

Il a acquiescé et rétorqué qu'il ne tarderait peut-être pas à élever de nouveau des cochons. Puis Mr. Stebbins a klaxonné.

– Je vous accompagne, mais disons-nous plutôt au revoir ici, lui ai-je proposé en lui tendant la main, avant d'ajouter : embrassez-moi si vous en avez envie, moi, cela me ferait plaisir.

Pendant une seconde, j'ai cru qu'il allait le faire ; puis il a secoué la tête et m'a à peine serré la main. J'ai tenté de l'aider à porter sa petite malle, mais il l'a hissée sur son épaule. Nous sommes allés jusqu'à la voiture. Héloïse tournait autour, reniflant les roues, et lorsque Stephen a fini d'arrimer sa cantine sur le porte-bagages, il est allé lui déposer un petit baiser sur le sommet du crâne. Il ne s'est pas retourné une seule fois avant de disparaître au bout du chemin.

Tandis que je faisais la vaisselle du petit déjeuner, j'ai réalisé que je ne savais même pas où il allait habiter. Retournerait-il chez les Fox-Cotton ? Je suppose que Rose sera au courant. Je lui ai écrit ce matin-là pour lui dire que j'étais dans mon tort et lui demander de me pardonner. Je dois avouer qu'elle a pris son temps pour me répondre ; mais cet après-midi, j'ai reçu un télégramme où elle me disait qu'elle m'écrirait dès que possible et me demandait d'essayer de la comprendre. Elle ne parlait pas de me pardonner, mais comme c'était signé « ta Rose qui t'aime », je suppose qu'elle avait accepté.

J'ai travaillé à mon journal presque toute la journée de lundi, finissant dans des torrents de larmes et trop tard pour que Thomas ne me surprenne pas dans cet état en rentrant :

– Tu as pleuré comme une Madeleine, non ? J'imagine que le château est déprimant après Londres...

Cela m'a grandement facilité la tâche. Je lui ai répondu qu'il avait bien raison et que j'avais eu de la peine de voir partir Stephen sans savoir ce qu'il allait devenir.

— Je ne me ferais pas de souci pour Stephen, a répliqué Thomas. Il va faire fureur au cinéma. Toutes les filles du village sont amoureuses de lui, elles attendaient qu'il passe sur la route de Godsend pour avoir une chance de l'apercevoir ! Un de ces jours, tu réaliseras ce que tu as raté.

Je me suis mise à préparer le repas ; Thomas avait apporté du haddock.

— Papa va dîner à Scoatney, ce n'est pas la peine de l'attendre, ai-je remarqué.

— Les domestiques doivent commencer à en avoir assez de le nourrir. Qu'est-ce qu'il fabrique, là-bas, toute la journée ? Est-ce qu'il lit pour le plaisir, ou bien travaille-t-il à quelque chose ?

— Si seulement on le savait !

— Harry pense qu'il devrait se faire psychanalyser.

Je l'ai regardé avec stupeur :

— Harry connaît quelque chose à la psychanalyse ?

— Son père en parle de temps en temps, il est médecin, tu sais.

— Et il y croit ?

— Non, il est très sceptique et sarcastique dès qu'il en est question. Mais ça plaît bien à Harry.

Il fallait que je me concentre sur la cuisson du haddock ; mais pendant que nous le dégustions, j'ai remis le sujet sur la table et rapporté à Thomas la première conversation que j'avais eue avec Simon sur la butte, bien que je ne me la rappelle qu'imparfaitement.

— Je regrette que Simon ne m'en ait pas dit davantage. Le père de Harry n'aurait-il pas des livres qui pourraient m'aider ?

Thomas a dit qu'il se renseignerait, mais que maintenant que Rose allait épouser Simon, ça n'avait plus tellement d'importance que papa écrive ou non.

– Mais si, Thomas, ça en a ! C'est terriblement important pour papa. Et pour nous aussi, parce que si toutes les excentricités auxquelles il s'est livré depuis des mois ne mènent à rien, eh bien, c'est qu'il est en train de devenir fou. Et avoir un père fou, ce n'est vraiment pas le rêve, indépendamment de toute la tendresse qu'on peut avoir pour lui.

– Tu as de la tendresse pour lui ? Moi, je n'en sais rien, non que je ne l'aime pas…

Au même moment, papa est arrivé. Il s'est contenté d'un vague « bonjour » en réponse au mien, et s'est engagé dans l'escalier qui menait à sa chambre. À mi-étage, il s'est arrêté et nous a regardés ; puis il est redescendu précipitamment.

– Vous pouvez me la laisser ? a-t-il demandé en saisissant entre le pouce et l'index l'arête du haddock.

Je croyais qu'il plaisantait, sa façon à lui de nous signifier que nous ne lui avions laissé que ça à manger. Je lui ai expliqué que nous ne l'attendions pas pour dîner et lui ai proposé de lui faire cuire un œuf.

– Oh, mais j'ai déjà dîné, a-t-il répondu en emportant l'arête dégouttante de lait avant de sortir par la porte de derrière pour gagner la loge de garde. Ab l'a suivi plein d'espoir. Lorsqu'il est revenu – véritable caricature de chat en proie à une violente déception –, Thomas et moi nous tenions les côtes de rire.

— Oh, mon pauvre Ab! ai-je hoqueté en lui donnant quelques restes de mon assiette. Arrête de rire comme ça, Thomas. Si papa est franchement en train de perdre la tête, nous regretterons notre manque de cœur.

— Mais non, voyons, ne t'en fais pas, c'est du chiqué tout ça, a rétorqué Thomas avant d'ajouter brusquement sur un ton alarmé : évite quand même de laisser traîner des couteaux. Je vais en parler dès demain au père de Harry.

Le père de Harry ne nous a été d'aucun secours.

— Il m'a dit qu'heureusement pour lui, il n'était pas psychanalyste, ni psychiatre, ni psycho-machin-chose, m'a rapporté Thomas le lendemain soir. Et il ne voit pas pourquoi nous voulons à tout prix que papa se remette à écrire, car un jour il a jeté un coup d'œil sur *Jacob Luttant* et il n'y a rien compris. Harry était très gêné.

— Et Harry, il y comprend quelque chose?

— Oui, bien sûr. C'est la première fois que j'entends dire que c'est difficile à lire. De toute façon, ce qui est du charabia pour une génération est aussi clair que « B A BA » pour une autre.

— Même le chapitre sur l'échelle?

— Oh, ça! s'est exclamé Thomas avec un sourire condescendant. Ce n'est qu'une petite plaisanterie de la part de papa. Et depuis quand devrait-on toujours tout comprendre? On peut fort bien apprécier certaines choses, sans les comprendre obligatoirement, et même les aimer d'autant mieux parfois. J'aurais dû me douter que le père de Harry ne nous serait d'aucun secours, il est plutôt du genre à aimer les bonnes histoires.

En tout cas, il a certainement sous-estimé

Thomas. Il y a quelques semaines seulement, j'aurais cru que lui aussi était du genre à aimer les bonnes histoires. Je m'aperçois à présent qu'il a lu énormément de poètes modernes (dont ses professeurs lui avaient prêté les livres) et qu'il n'a eu aucun mal à les lire. Je regrette qu'il ne me les ait pas prêtés ; mais je sais fort bien que je suis incapable d'aimer quelque chose que je ne comprends pas. Je suis stupéfaite de découvrir qu'il a des goûts si intellectuels, bien plus que les miens ; et la façon dont il est capable d'apprécier l'art sous toutes ses formes, d'une manière pragmatique et froide, est tout à fait déconcertante. C'est ainsi qu'il réagit d'ailleurs dans toutes sortes de domaines ; la semaine dernière, il a fait preuve d'un tel sang-froid qu'il me semblait plus âgé que moi. Heureusement, il est encore capable d'attraper des fous rires et de se comporter comme n'importe quel collégien. Ce que les gens peuvent être difficiles à cerner !

Quand nous avons eu fini de parler du père de Harry, Thomas s'est mis à ses devoirs et je suis allée faire un tour sur le chemin. Il y avait un superbe coucher de soleil, avec des tas de nuages aux formes étranges et évocatrices, et il soufflait du sud un vent chaud plutôt rare dans nos contrées, que je trouve toujours assez excitant. Mais j'étais trop déprimée pour m'intéresser davantage à cette soirée. J'avais passé toute la journée à fonder de grands espoirs en la psychanalyse ; j'avais compté sur Thomas pour nous rapporter des ouvrages dans lesquels nous aurions pu nous plonger avec avidité. Et je ne songeais pas exclusivement à la santé mentale de papa. Je m'étais dit en me réveillant ce matin-là que, s'il se remettait à écrire, Rose pourrait estimer que nous aurions largement de quoi vivre et ainsi rompre ses fiançailles. Je n'escomptais pas «récupérer» Simon, quand bien même aurait-il été libre. Ce que je savais, et rien ne pourrait m'en faire démordre, c'est qu'il ne fallait pas qu'il épouse une fille qui nourrirait à son égard les sentiments de Rose.

Je suis allée jusqu'au bout du chemin, puis j'ai pris la route de Godsend, tout en cherchant un moyen de venir en aide à la fois à papa et à moi. Parvenue à la partie de la route qui remonte, je me suis retournée et j'ai vu que sa lampe était allumée dans la salle de garde. J'ai repensé au nombre de fois où je l'avais vue briller de loin l'été lors de mes promenades vespérales, et où elle avait toujours évoqué pour moi une certaine image de papa : distant, fermé, inabordable. «On devrait tout de même en savoir un petit peu plus sur son propre père, non?», songeais-je. Et tandis que je retournais tranquillement vers le château, je me suis demandé si ce n'était pas notre faute autant que la sienne : avais-je vraiment fait tout ce qu'il fallait pour me rapprocher de lui? Dans le passé, oui, j'en étais sûre, mais ces derniers temps? Non. Je me suis trouvé des excuses, en me disant qu'il était inutile de chercher à se lier avec quelqu'un qui ne veut jamais parler de lui. Puis il m'est apparu qu'une des rares choses que je sache sur la psychanalyse, c'est que les gens doivent être incités à parler d'eux-mêmes. Ai-je suffisamment essayé avec papa? N'ai-je pas chaque fois renoncé un peu facilement? Et si j'avais peur de lui ? Je savais en mon for intérieur que c'était cela. Mais pour quelle raison ? Avait-il jamais levé la main sur l'un de nous ? Non, jamais. Sa seule arme avait été le silence – et à l'occasion, le sarcasme. Alors, quelle est cette barrière infranchissable érigée autour de lui ? De quelle nature est-elle ? D'où vient-elle ?

J'avais soudain l'impression que ce n'était plus moi qui posais les questions, que quelqu'un d'extérieur me harcelait. J'ai tenté d'y répondre en me demandant si l'insistance de maman à ce que nous ne l'ennuyions ni ne le dérangions jamais n'avait pas joué, et Topaz avait perpétué cela en lui épargnant tout tracas. Je me suis demandé si je n'avais pas gardé une certaine peur du jour où je l'avais vu brandir le couteau à pâtisserie – si je ne croyais pas, inconsciemment, qu'il avait effectivement voulu poignarder maman. « Mon Dieu ! me suis-je dit, voilà que je m'autoanalyse à présent ! Si seulement je pouvais faire la même chose avec papa ! »

Je venais de passer le dernier tournant du chemin et je le voyais devant la fenêtre de la salle de garde éclairée. Que pouvait-il bien faire ? Qu'il soit assis à son bureau ne signifiait pas pour autant qu'il soit en train d'écrire, il s'y installe également pour lire l'Encyclopédie, parce qu'elle est très lourde. Lisait-il en ce moment ? Il avait la tête penchée en avant, mais je ne voyais pas sur quoi. Il a levé la main pour repousser ses cheveux en arrière. Il tenait un crayon ! À cet instant, la petite voix qui m'avait tourmentée pendant tout le trajet a dit : « Imagine qu'il soit en train d'écrire un livre extraordinaire qui se vende à des milliers d'exemplaires, mais que tu ne t'en aperçoives que le jour où ce sera trop tard pour que cela vous soit de quelque utilité, à Rose et à toi-même ? »

Je me suis remise en route vers la maison. Je ne me rappelle pas avoir prévu de faire quoi que ce soit, ni même pris de décision précise; c'était comme si ma tête ne pouvait aller plus vite que mes pas. J'ai traversé le passage voûté et sombre, sous la loge de garde, pour gagner l'escalier de la tour, plongé dans l'obscurité, que j'ai gravi à tâtons jusqu'à la porte du bureau. J'ai frappé.

– Va-t'en, m'a-t-on répondu aussitôt.

La clé se trouvant à l'extérieur, je savais qu'il ne s'était pas enfermé. J'ai ouvert la porte.

À mon entrée, il s'est retourné, l'air furieux. Mais avant même que j'aie eu le temps d'enregistrer son expression, on aurait dit qu'un rideau venait de tomber, masquant sa fureur.

– C'est important ? a-t-il demandé d'un ton parfaitement contrôlé.

– Oui, très, ai-je répondu avant de refermer la porte derrière moi.

Il s'est levé et m'a examinée très attentivement :

– Que se passe-t-il, Cassandra ? Tu es étrangement pâle. Tu es malade ? Tu ferais mieux de t'asseoir…

Je ne me suis pas assise. Je suis restée plantée au milieu de la pièce, à regarder autour de moi. Quelque chose avait changé. En face de moi, au lieu des longs rayonnages de livres entre les fenêtres du nord et du sud, il y avait une grande bande de papier aux couleurs vives.

– Mais qu'est-ce que tu fabriques ? ai-je balbutié.

Il a vu ce que je regardais.

— Oh, ce sont simplement des dessins humoristiques américains, plus communément appelés «bandes dessinées». Bon, qu'y a-t-il, Cassandra?

Je me suis approchée et j'ai vu que ce que j'avais pris pour du papier peint était en réalité des feuilles de journaux punaisées bord à bord sur la tranche des étagères. À la faible lueur de la lampe, on ne pouvait pas vraiment distinguer les dessins, mais on aurait dit de petites images coloriées côte à côte.

— Ça vient d'où?

— Je les ai rapportés de Scoatney hier. Ça vient des suppléments dominicaux des journaux américains, j'ai l'impression que Neil ne peut s'en passer. Mieux vaut ne pas commencer à en lire!

— Tu en as besoin pour ton travail?

Il a ouvert la bouche pour répondre, puis un éclair de méfiance et de nervosité a traversé son regard :

— Pourquoi es-tu venue me voir? m'a-t-il demandé d'un ton sec. Tu ne t'es jamais intéressée à mon travail jusqu'à présent…

— C'est pour ça que je suis venue. Papa, il faut que je sache ce que tu fais.

Il m'a regardée un instant sans rien dire, avant de répondre d'une voix glaciale :

— C'est là l'unique motif de ta visite, un interrogatoire?

— Non, non, ai-je commencé, avant de reprendre courage. Oui, c'est ça, c'est exactement ça. Et je ne partirai pas avant que tu ne m'aies répondu.

— Tu vas sortir d'ici.

Il m'a saisie par le bras et m'a raccompagnée jusqu'à la porte ; j'étais tellement sidérée que je ne lui ai opposé pratiquement aucune résistance. Mais, à la dernière seconde, je me suis dégagée et j'ai couru vers son bureau. J'avais le fol espoir de découvrir à quoi il travaillait. Il s'est précipité sur mes talons, mais j'avais eu le temps d'entrapercevoir des pages et des pages de longues listes de son écriture. Alors il m'a attrapée par le poignet et m'a fait faire demi-tour ; jamais de ma vie, je ne l'avais vu aussi furieux. Il m'a écartée de son bureau avec une telle violence que j'ai été projetée contre la porte, à l'autre bout de la pièce. Ça m'a fait si mal que j'ai poussé un cri et que je me suis mise à pleurer.

– Oh, mon Dieu, c'est ton coude ? s'est enquis papa. Ça ne peut pas faire si mal.

Il est venu vérifier si je n'avais rien de cassé. Malgré la douleur, j'étais stupéfaite de constater à quelle vitesse sa colère était retombée. J'ai continué à sangloter car c'était bel et bien atrocement douloureux, tout le bras, jusqu'au poignet et la main. Au bout d'une ou deux minutes, papa m'a fait marcher dans la pièce, en me soutenant par la taille.

– Ça passe un peu, lui ai-je dit dès que possible. Je voudrais m'asseoir un instant.

Nous nous sommes assis côte à côte sur le canapé, et il m'a prêté son mouchoir pour que je sèche mes larmes.

– Cela va nettement mieux, regarde ! ai-je remarqué en bougeant le bras et la main pour lui montrer. Ce n'était pas si grave.

– Ç'aurait pu l'être, a-t-il répondu d'une drôle

de voix, tendue. Je n'ai pas perdu mon sang-froid comme ça depuis...

Il s'est tu brutalement avant de retourner à son bureau.

— Depuis que tu as attaqué maman avec le couteau à pâtisserie ? ai-je enchaîné, stupéfaite de m'entendre prononcer ces mots. Évidemment, je sais très bien que tu ne l'as pas vraiment attaquée, me suis-je empressée d'ajouter, c'était une erreur, mais... mais tu étais quand même très en colère contre elle. Oh, papa, tu crois que tout vient de là, que c'est à la suite de cela que tu as cessé d'être violent ? Et qu'en contenant ton humeur, tu as également contenu ton talent, ton inspiration ?

Il a ricané sans même prendre la peine de se retourner.

— Qui est-ce qui a bien pu te mettre une idée aussi géniale dans la tête ? C'est au moins Topaz, non ?

— Non, j'ai trouvé ça toute seule, à l'instant.

— C'est très astucieux de ta part. Mais il se trouve que c'est complètement idiot.

— Ce n'est pas plus bête que de croire que tu as cessé d'écrire à cause de la prison, ai-je répliqué, étonnée de mon audace. Il y a pas mal de gens qui le croient, tu sais.

— Les imbéciles ! Comment quelques mois de prison auraient-ils pu me faire quoi que ce soit ? J'ai souvent eu envie d'y retourner ; au moins, les gardiens ne cherchaient pas à m'autopsier. Oh, la paix que j'avais dans ma petite cellule !

Il avait un ton très grinçant, mais ne semblait presque plus en colère, de sorte que j'ai eu le courage de revenir à la charge.

— Et toi, tu n'as aucune idée de ce qui a pu te faire cesser d'écrire ? (Je me suis efforcée d'être le plus calme et détachée possible.) Simon pense que…

Il s'est retourné instantanément, me coupant la parole.

— Simon ? Vous avez parlé de moi, tous les deux ?

— Eh bien, il se trouve que nous te portons un certain intérêt…

— Et quelles théories a bien pu échafauder Simon ?

J'avais l'intention de lui dire que Simon avait préconisé une psychanalyse, mais papa avait l'air de nouveau si mécontent que j'ai eu la frousse et que j'ai dû me creuser la cervelle pour trouver quelque chose de plus délicat.

— Eh bien, ai-je fini par articuler, il a pensé que ce qui t'avait retenu, c'était que tu étais un écrivain si original que tu ne pouvais évoluer comme le premier écrivain venu, que tu serais obligé de trouver une manière de faire tout à fait inédite…

Comme je m'empêtrais dans mes explications, je me suis dépêchée de conclure :

— Il a dit quelque chose de ce genre la première fois qu'ils sont venus ici, tu te souviens ?

— Oui, parfaitement, a répondu papa qui se détendait. J'ai été très frappé d'ailleurs. Depuis, j'en suis arrivé à la conclusion que c'était de la part de Simon une de ces inepties suprêmement délicates, que Dieu le bénisse ! Mais sur le coup, je m'y suis vraiment laissé prendre. Je ne suis pas du tout certain que ce n'est pas ce qui m'a poussé à… (Il s'est interrompu brutalement.) Bon, allez, à présent, file vite au lit, ma petite.

– Oh, papa, me suis-je écriée, tu as donc trouvé une nouvelle façon de travailler ? Alors tous ces trucs bizarres, comme les mots croisés, *Little Folks*, *Le Pigeon voyageur*, etc., représentent vraiment quelque chose pour toi ?

– Grand Dieu, pour qui me prends-tu ? Naturellement qu'ils représentent quelque chose !

– Même l'assiette au motif de saule, et quand tu essayais de lire les disques pour le gramophone ? Mais c'est passionnant ! Quoique je n'arrive pas du tout à comprendre comment…

– C'est inutile, a rétorqué papa d'un ton sec. Occupe-toi simplement de tes affaires.

– Mais je ne peux pas t'aider ? Je ne suis pas trop bête, tu sais. Tu n'as jamais eu envie d'en parler à quelqu'un ?

– Pas du tout, non. Parler, parler… Tu es aussi pénible que Topaz. Comme si vous aviez l'une ou l'autre la moindre idée de ce à quoi je veux aboutir ! Si je lui avais dit quelque chose, elle l'aurait répété à tous les peintres de Londres, toi, tu l'aurais répété à Simon, et il en aurait écrit un article bien troussé. Seigneur Dieu, combien de temps une innovation peut-elle en rester une si on l'ébruite aux quatre coins du monde ? De toute façon, en ce qui me concerne, j'estime que le secret est l'essence même de la création. Allez, maintenant, file !

– Je m'en irai dès que tu auras répondu à une dernière question : dans combien de temps auras-tu terminé ton livre ?

– Terminé ? Mais il n'est même pas commencé ! J'en suis encore à réunir les matériaux, et ça peut durer toute la vie, naturellement. (Il s'est mis à arpenter la pièce et avait plus l'air de parler tout seul que de s'adresser à moi.) J'ai l'impression que je pourrais m'y mettre bientôt, si l'échafaudage me satisfait. J'ai besoin d'une épine dorsale...

– C'est pour ça que tu as pris l'arête de haddock? ai-je demandé involontairement.

Il s'est aussitôt retourné vers moi.

– On ne se moque pas!

Et je crois qu'il a vu à mon air que ce n'était pas mon intention car il a ri avant de reprendre :

– Non, on dira que le haddock s'est transformé en hareng saur en cours de route, comme bien des choses d'ailleurs. Mais je ne sais pas, la structure en échelle était intéressante. Il faut que j'étudie les poissons du monde entier... les baleines et les ancêtres des baleines aussi...

Il s'était remis à marcher de long en large en soliloquant. Je l'écoutais sans rien dire.

– Primitif, antédiluvien, l'arche? Non, pas la Bible cette fois. Préhistorique, en partant du plus petit os de mammouth? Pourrait-on partir de là?

Il s'est précipité à son bureau et a griffonné quelques mots; il y est resté, sans interrompre son monologue. Je ne saisissais que des bribes de phrases, des mots sans suite, comme : «Conception, déduction, reconstruction, symbole, trame et problème, quête toujours recommencée, mystère éternel (énigme jamais résolue)»...

Il s'est mis à parler de plus en plus bas, puis il s'est tu complètement.

J'ai contemplé un long moment l'arrière de sa tête, qui se découpait dans le cadre de l'imposante fenêtre à meneaux. La lampe posée sur son bureau faisait paraître le crépuscule d'un bleu très profond. Le tic-tac de la petite pendule de voyage de maman résonnait dans le silence. Je me demandais si l'idée qu'il recherchait allait lui venir. Je le souhaitais, pour son propre bonheur ; à ce moment-là, je ne croyais plus du tout qu'elle puisse survenir à temps pour nous être de quelque secours, à Rose et à moi.

Au bout de quelques instants, j'ai commencé à me dire que je ferais peut-être mieux de m'éclipser discrètement, mais je craignais de faire du bruit en ouvrant la porte. « Et si son idée lui est effectivement venue, ai-je songé, je risque de tout gâcher en le dérangeant maintenant. » Puis j'ai pensé que si un jour il s'habituait à ma présence dans son bureau, ça pourrait l'aider véritablement : je me suis rappelé combien il aimait que maman soit auprès de lui pendant qu'il écrivait, pourvu qu'elle se tienne tranquille ; elle n'avait même pas le droit de coudre. Je me suis souvenue qu'elle trouvait cela très difficile au début, qu'elle avait cru qu'elle ne tiendrait pas plus de cinq minutes. Puis elle avait tenu cinq autres minutes, et, de fil en aiguille, les minutes étaient devenues des heures. Je me suis dit : « Dans dix minutes, sa pendulette va sonner neuf heures. Je vais rester ici jusqu'à dix heures. » Mais au bout de deux minutes, j'ai commencé à avoir des démangeaisons atroces un peu partout. Je suis restée les yeux rivés sur la petite horloge, en la suppliant presque d'accélérer le mouvement ; j'avais l'impression qu'elle faisait de plus en plus de bruit, jusqu'au moment où son tic-tac est véritablement devenu assourdissant. J'étais persuadée que je ne tiendrais pas une seconde de plus lorsque le vent a tout à coup ouvert une des fenêtres au sud, soulevant toutes les pages des journaux punaisés le long des étagères tandis que papa se retournait brutalement.

On aurait dit que ses yeux s'étaient enfoncés plus profondément dans leurs orbites ; il a battu des paupières. Il revenait manifestement de très loin. Je m'attendais à ce que ma présence le mette en colère, mais il s'est contenté de me dire « bonjour » d'un ton gentiment hébété.

– C'était une idée intéressante ? ai-je risqué.

Pendant un instant, il n'a pas paru comprendre de quoi je voulais parler, puis il a répondu :

– Non, non… une simple petite lueur… Est-ce que tu as croisé les doigts pour moi, ma pauvre petite souris ? Ta mère restait assise comme ça, près de moi.

– Je sais. Je pensais à elle, il y a un instant.

– Ah oui ? Moi aussi. Ce doit être de la télépathie.

Les journaux ont claqué de nouveau au vent et il est allé refermer la fenêtre ; il a contemplé un moment la cour en contrebas. Croyant qu'il allait encore une fois m'oublier, je me suis dépêchée de lui demander :

– Maman t'a beaucoup aidé, non ?

– Oui, mais d'une drôle de façon, détournée, m'a-t-il répondu en s'asseyant sur la banquette de la fenêtre, apparemment tout disposé à bavarder. Dieu sait si elle n'avait pas deux sous d'idées, la chère femme, mais elle avait une propension extraordinaire à dire la chose la plus utile un peu par hasard, comme de mentionner le nom de « Jacob » tandis que je cherchais une idée forte pour *Jacob Luttant*. En réalité, elle voulait parler du laitier. Et sa présence dans la pièce semblait me donner de l'assurance, l'atmosphère devenait très dense avec ses prières. Bon, eh bien, bonne nuit, mon enfant... (Il s'est levé et s'est approché de moi.) Ton coude va mieux ?

— Oui, oui, merci.

— Parfait. La prochaine fois que tu viendras me voir, je tâcherai de te réserver un meilleur accueil, je déroulerai le tapis rouge. Mais tu devras attendre d'être invitée. Je serais curieux de savoir ce qui t'a poussée à intervenir ce soir. Tu n'agis tout de même pas sur ordre de Mrs. Cotton, non ?

— Mais non, voyons !

Naturellement, je n'avais pas la moindre intention de lui avouer mes véritables motifs ; non seulement je l'aurais alarmé inutilement, mais ce n'aurait pas été correct vis-à-vis de Rose.

— J'étais inquiète, c'est tout.

— Grand Dieu ! Inquiète au sujet de ma santé mentale ? (Il a émis un petit rire avant de se reprendre.) Ma pauvre petite, tu as vraiment cru que j'étais en train de perdre la tête ? Je dois reconnaître que je me suis conduit de façon un peu saugrenue, et bien des gens trouveront que c'était dérisoire quand le livre paraîtra. Si jamais il paraît ! Pourquoi est-ce que je n'arrive pas à prendre le taureau par les cornes ? Il n'y a que l'idée de départ qui m'échappe. J'ai perdu confiance en moi, vois-tu, et ce n'est pas de la paresse, je te le jure. (Il y avait une nuance d'humilité, presque d'imploration dans sa voix.) Ça ne l'a jamais été. J'espère que tu me crois, ma chérie. Je... je n'y parvenais pas, c'est tout.

— Bien sûr que je te crois. Et je crois aussi que tu vas t'y mettre très vite à présent.

— Je l'espère, a-t-il répondu avec un drôle de petit rire nerveux. Parce que si je ne m'y mets pas tout de suite, je vais perdre tout mon élan ; et dans ce cas, eh bien, je crois que j'envisagerai un grand plongeon, très reposant, dans la démence. Il y a des moments où le vide abyssal est très attirant. Allons, allons, ne prends pas tout ce que je dis au sérieux.

— Non, non, me suis-je empressée de répliquer. Mais écoute-moi, papa : pourquoi ne pourrais-je pas rester ici, à côté de toi, comme le faisait maman ? Je prierai, tout comme elle ; je suis très douée pour les prières. Alors tu vas t'installer à ton bureau et commencer tout de suite.

— Non, non, pas encore, a-t-il répondu, l'air absolument affolé. Je sais que tu veux bien faire, ma chérie, mais tu me rends nerveux. Allez, file au lit maintenant. Je vais me coucher, moi aussi.

Il a soulevé les journaux américains et a disparu en dessous, face au rayonnage des vieux romans policiers, avant d'en prendre un au hasard. Puis il a éteint la lampe. Au moment où nous quittions la pièce, la pendulette de maman sonnait neuf heures. Papa avait déjà refermé la porte à clé et nous descendions à tâtons l'escalier plongé dans le noir que nous entendions encore les petits coups égrenés.

— Il faut que je pense à prendre des allumettes, a-t-il remarqué, maintenant que Stephen n'est plus là pour laisser une lampe allumée devant ma porte.

Je l'ai assuré que j'y veillerais désormais. Il n'y

avait pas non plus de lanterne dans le passage voûté de la loge de garde, ainsi que Stephen y veillait auparavant; je découvrais tous les jours tout ce que faisait Stephen sans que je m'en aperçoive.

– Je vais te préparer un chocolat, papa, lui ai-je proposé en entrant dans la cuisine.

Mais il a refusé, disant qu'il n'avait besoin de rien.

– Un petit biscuit, à la rigueur, et essaie de me trouver une bougie pour que je puisse lire au moins trois heures.

Je lui ai donné une assiette pleine de biscuits et une bougie neuve.

– L'opulence qui est la nôtre aujourd'hui ne cesse de m'étonner, a-t-il conclu avant de monter se coucher.

Thomas était plongé dans ses devoirs, à la table de la cuisine. J'ai attendu que papa soit au château de Windsor avant de m'adresser à lui :

– Viens avec moi dehors, il faut que je te parle. Prends une lanterne, on va aller dans le chemin; je ne veux pas que papa nous entende par une fenêtre ouverte.

Nous sommes allés jusqu'au portillon, sur lequel nous nous sommes perchés, la lanterne posée en équilibre entre nous. Je lui ai tout raconté, sauf la véritable raison pour laquelle j'avais osé affronter papa; j'ai dit que je m'étais décidée sur un coup de tête.

– Alors, qu'est-ce que tu en penses ? lui ai-je demandé pour finir.

– Rien de bon. J'ai bien l'impression qu'il est en train de devenir fou.

J'étais complètement déconcertée.

— Je crois que je t'ai présenté les choses d'une manière bien plus inquiétante qu'elles ne le sont en te racontant tout très vite. Ce n'est qu'à la fin que son comportement était bizarre, et un petit peu aussi quand il s'est mis à parler tout seul de baleines et de mammouths.

— Mais cette façon qu'il a de passer constamment avec toi de la violence à la douceur... Et puis toutes ces bêtises auxquelles il s'intéresse ces derniers temps : quand je repense à la fois où il a emporté l'arête de haddock...

Et il s'est mis à rire.

— Arrête, Thomas, tu me fais penser aux gens qui se moquaient des fous de l'asile de Bedlam, au XVIIIe siècle.

— Oui, je crois que j'aurais ri aussi à l'époque, les choses peuvent être drôles tout en étant épouvantables, tu sais. Mais, je me demande, a-t-il repris, de nouveau sérieux, si nous ne sommes pas en train de faire comme le père de Harry lorsqu'il raille *Jacob Luttant*. Il a peut-être effectivement quelque chose en préparation. Bien que toutes ces listes ne me disent rien qui vaille : c'est comme lorsqu'on prend trop de notes en classe ; on croit avoir fait quelque chose alors qu'il n'en est rien.

— D'après toi, cela voudrait dire qu'il pourrait ne jamais se mettre réellement à son livre ?

Je me suis tue quelques instants, les yeux rivés sur la lanterne ; ce que je voyais, c'était le visage de papa et son expression à la fois humble et agitée.

— Oh, Thomas ! s'il n'y arrive pas, je suis certaine

qu'il deviendra fou. Il prétendait plaisanter en disant qu'il sombrerait dans la démence, mais je suis sûre qu'il était sérieux. Il doit se situer à la lisière : la folie et le génie sont très proches, n'est-ce pas ? Si seulement nous pouvions le faire basculer du bon côté !

— En attendant, tu n'es pas arrivée à grand-chose ce soir. Tu as simplement réussi à l'envoyer se coucher avec un roman policier. Bon, moi, je rentre. Que papa soit fou ou non, il faut encore que je fasse mon algèbre.

— Tu n'as qu'à te dire que c'est lui, x, l'inconnue. Je vais rester encore un peu dehors. Tu peux te débrouiller sans la lanterne ?

Il me l'a laissée car le ciel était très étoilé.

— Tu ferais quand même mieux de rentrer au lieu de rester à ruminer, a-t-il ajouté avant de partir.

Je n'avais pas du tout l'intention de ruminer. J'avais décidé de relire la discussion que j'avais eue avec Simon au sujet de la psychanalyse, et de la probabilité qu'on avait de découvrir quelque chose d'utile ; et je n'avais aucune envie que Thomas sache où je cachais mon journal. J'ai attendu d'être sûre qu'il était bien rentré, après quoi j'ai coupé à travers le pré et grimpé en haut de la butte. Une nuée de petits papillons de nuit blancs m'a accompagnée tout le trajet, tourbillonnant autour de la lanterne.

Cela faisait une drôle d'impression de passer de la douceur de la nuit venteuse à la fraîcheur et au calme de la tour de Belmotte. Tout en descendant l'échelle, je repensais à la nuit de la Saint-Jean avec Simon en ces lieux, comme chaque fois que je pénètre dans la tour. Puis j'ai repris mes esprits. «C'est peut-être ta dernière chance d'éviter à ton père de se retrouver à l'asile», me suis-je dit gravement. Entre-temps, j'avais repris un peu d'espoir quant à mes affaires personnelles : si jamais je parvenais à le faire s'atteler à un ouvrage important, je pourrais tout aussi bien convaincre Rose d'ajourner son mariage, et alors tout pouvait arriver!

J'ai gravi à quatre pattes l'escalier effondré et attrapé la boîte en fer dont je me sers depuis quelque temps car les fourmis pénétraient dans le cartable. J'ai étalé mes trois journaux sur le vieux lit rouillé et je les ai feuilletés ; j'arrivais fort bien à lire à la lueur de la lanterne. Je n'ai pas été longue à retrouver le passage sur le 1er Mai et les quelques lignes sur la psychanalyse.

Simon disait tout d'abord qu'il ne croyait pas que papa ait cessé d'écrire uniquement parce qu'il avait été en prison, que le problème venait certainement de plus loin. Mais que la prison avait pu faire remonter ce problème à la surface. De toute façon, un psychanalyste poserait sûrement à papa des questions sur son séjour en prison – dans un sens, il le remettrait mentalement dans les conditions de la prison. Ensuite, venait le passage où l'on se demandait si en l'enfermant de nouveau, on ne pourrait résoudre le problème. Mais Simon pensait que c'était un traitement inenvisageable parce que ce n'était pas faisable sans le consentement de papa – et s'il acceptait, par voie de conséquence, il n'aurait plus l'impression d'être enfermé.

Manifestement, je ne pouvais pas en tirer grand-chose. J'ai jeté un coup d'œil un peu plus loin, au fil des pages, au cas où un élément m'aurait échappé, puis je suis passée à la description de Simon couché dans l'herbe les yeux fermés. Ça m'a fait l'effet d'un coup de poignard où se mêlaient bonheur et désespoir. J'ai refermé le journal et contemplé le morceau de ciel noir qui se découpait en haut de la tour.

Puis, soudain, mon plan a été échafaudé dans les moindres détails.

Je crois que je considérais encore tout ça comme une vaste plaisanterie, et je me rappelle avoir pensé que cela ferait bien rire Thomas. C'était encore une plaisanterie pour moi lorsque j'ai rangé mes cahiers et monté l'échelle pour ressortir de la tour, très lentement car j'avais besoin d'une main pour tenir la lanterne. J'étais à mi-hauteur lorsque l'invraisemblable s'est produit. Dix heures venaient de sonner à l'église de Godsend, quand tout à coup, à l'instar de la cloche qui résonnait dans le lointain, j'ai entendu le carillon cristallin de la pendulette de maman. Aussitôt je l'ai vue en imagination – pas la photographie que je connaissais d'elle, qui me venait toujours à l'esprit en pensant à elle, mais son vrai visage, tel qu'il était à l'époque. J'ai vu ses cheveux châtain clair et ses taches de rousseur, alors que j'avais complètement oublié qu'elle avait des taches de rousseur. Et au même moment, j'ai entendu sa voix, après des années où il m'avait été impossible de me la remémorer. C'était une petite voix douce, saccadée, qui disait très simplement : « Vois-tu, ma chérie, je crois que ton plan peut parfaitement fonctionner. » J'ai entendu ma propre voix répondre : « Mais maman, nous ne pouvons pas faire ça ! C'est extravagant… » « Oui, mais ton père est quelqu'un de tout à fait extravagant. » Tels furent les derniers mots de ma mère.

Au même moment, le vent a fait claquer la porte de la tour juste au-dessus de ma tête, me faisant tellement sursauter que j'ai failli en perdre l'équilibre. Je me suis rétablie, puis j'ai tendu l'oreille dans l'espoir d'entendre encore la voix de ma mère et de lui poser des questions… Seul m'est parvenu le dernier coup de la cloche de l'église. Mais ma décision était prise.

Je suis rentrée en courant au château et j'ai obligé Thomas à ressortir. À ma grande surprise, il n'a pas trouvé mon plan aussi absurde que moi : au contraire, il était enthousiaste et a pris les choses en main.

— Tu vas me donner l'argent des courses et demain, j'achèterai ce dont nous avons besoin, a-t-il déclaré. Pour que tout soit prêt après-demain. Il nous faudra agir vite, car Topaz pourrait rentrer la semaine prochaine.

Je n'ai pas fait allusion à mon étrange expérience avec maman ni aux conseils qu'elle m'avait donnés ; je l'aurais peut-être fait s'il s'était montré réticent au projet, mais ça n'a jamais été le cas. Ai-je réellement été en relation avec maman, ou était-ce quelque chose tout au fond de moi qui m'a poussée ainsi à prendre ma décision ? Je n'en sais rien. Tout ce que je sais, c'est que ça s'est produit.

Le lendemain matin, Papa s'est rendu à Scoatney, de sorte qu'il n'y avait aucun risque qu'il me surprenne. Avant le retour de Thomas, j'avais déjà tout préparé, sauf les deux ou trois choses qui étaient trop lourdes à porter toute seule. Il m'a donné un coup de main en rentrant et nous avons mis au point nos derniers préparatifs.

– Nous devons agir juste après le petit déjeuner, a décrété Thomas, sinon il risque de passer encore la journée à Scoatney.

« Je ne peux pas aller jusqu'au bout, me suis-je dit en ouvrant un œil, jeudi matin. C'est dangereux, il peut se passer quelque chose d'horrible. » Et puis je me suis souvenue que papa avait dit que, s'il ne se mettait pas très vite au travail, l'élan pourrait retomber. Tout en m'habillant, je n'ai cessé de penser : « Oh, si seulement j'étais sûre que ce soit ce qu'il faut faire ! » J'ai essayé de prendre de nouveau conseil auprès de maman : il ne s'est rien passé. J'ai essayé de prier le bon Dieu : il ne s'est rien passé. J'ai adressé une prière « à n'importe qui, au cas où il m'entendrait » – au soleil du matin, à la nature, par l'intermédiaire du champ de blé. Finalement, j'ai décidé de le jouer à pile ou face. Mais Thomas est arrivé en courant à ce moment-là pour me dire que papa ne prendrait pas de petit déjeuner, qu'il allait partir d'un instant à l'autre à Scoatney. Aussitôt, j'ai su que je tenais à mener cette entreprise jusqu'au bout, et que, quoi qu'il arrive, je ne reculerais pas.

Le petit couinement des pneus de bicyclette que l'on regonfle nous est parvenu par la fenêtre ouverte.

– Trop tard, a dit Thomas. C'est raté pour aujourd'hui.

– Pas encore. Sors de la maison sans te faire voir, passe par le chemin de ronde et redescends par l'escalier de la loge de garde. Ensuite, monte vite en haut de la butte et cache-toi derrière la tour. Tiens-toi prêt. Vas-y…, dépêche-toi !

Il a filé tandis que je me précipitais dans la cour, faisant semblant d'être très contrariée que papa parte sans petit déjeuner.

– Oh, j'en prendrai un à Scoatney, a-t-il répondu d'un ton désinvolte.

Puis je lui ai parlé de sa bicyclette, lui proposant de la lui nettoyer, lui disant qu'il avait besoin de nouveaux pneus.

– Laisse-moi faire, je vais te gonfler encore un peu le pneu arrière.

Et j'ai pompé et pompé jusqu'au moment où j'ai estimé que Thomas avait eu assez de temps. Ensuite, alors que je lui rendais sa bicyclette, j'ai remarqué en passant :

– Tu n'aurais pas une minute pour monter à la tour de Belmotte ? J'ai pensé que tu voudrais peut-être prévenir quelqu'un à Scoatney de ce qui y est arrivé.

– Oh, seigneur ! le dernier orage a fait tant de dégâts que cela ? s'est inquiété papa.

– Eh bien, je crois que tu vas découvrir quelques petits changements, ai-je répondu le plus sincèrement du monde.

Nous avons traversé le pont et commencé à gravir la butte.

– On a rarement vu de ciel aussi bleu en Angleterre, a remarqué papa. Je me demande si le régisseur de Simon a les moyens de faire entreprendre des réparations sur la tour.

Il a bavardé ainsi tout le long du chemin, de façon très naturelle et détendue. Mes inquiétudes s'envolaient toutes les unes après les autres, mais les dés étaient jetés.

— Je devrais vraiment passer plus de temps ici, a-t-il dit en montant à ma suite l'escalier de pierre qui menait à la tour.

J'ai ouvert la lourde porte en chêne et me suis effacée pour le laisser passer. Il s'est engagé sur les premiers barreaux de l'échelle, puis s'est arrêté, clignant des yeux.

— Je n'y vois pas grand-chose, après le soleil, m'a-t-il crié en regardant autour de lui. Tiens, tu es venue camper ici ?

— C'est pour l'un de nous, ai-je répondu, avant d'ajouter précipitamment : monte quelques marches de l'escalier, veux-tu ?

— Il s'est encore écroulé, tu ne trouves pas ?

Il est passé sous la voûte et a commencé à monter.

Thomas était discrètement sorti de sa cachette, derrière la tour. Je lui ai fait signe, et en une fraction de seconde, il était à mes côtés. À nous deux, nous avons remonté l'échelle pour la jeter dans l'herbe en contrebas, au pied de la tour.

— Descends me montrer de quoi il s'agit, Cassandra ! m'a crié papa.

— Ne dis rien avant qu'il ne soit revenu par là, a chuchoté Thomas.

Papa m'a appelée encore une fois, mais je n'ai pas répondu. Au bout de quelques secondes, il est repassé sous la voûte.

— Tu n'entends pas quand je t'appelle ? s'est-il étonné en levant la tête vers nous. Bonjour, Thomas, tu n'es pas à l'école ?

Nous le regardions, juste en dessous de nous.

À présent que l'échelle avait été retirée, il semblait très, très loin ; l'imposant cylindre de pierres qui l'entourait avait des allures de donjon. La perspective était telle que, de notre point de vue, on aurait dit qu'il n'avait plus qu'une tête, des épaules et des pieds.

– Que se passe-t-il ? Pourquoi ne répondez-vous pas ? s'est-il écrié.

Je me suis creusé la cervelle pour lui présenter les choses le plus délicatement possible, mais voilà tout ce que j'ai trouvé à dire :

– Peux-tu te retourner, papa ? Il y a une surprise.

Nous avions installé le matelas du lit à baldaquin sur la vieille carcasse en fer, ainsi que des couvertures et des oreillers. Tout ce dont il aurait besoin pour écrire l'attendait sur la table vermoulue, sans oublier les pierres en guise de presse-papiers. Nous lui avions descendu le fauteuil de la cuisine.

– Tu trouveras de quoi te laver et de l'eau potable dans la garde-robe, lui ai-je crié – mon pot et ma cuvette en émail reprenaient du service. À présent que nous avons arraché le lierre qui obstruait les meurtrières du bas, tu y verras assez pour travailler et tu auras une lanterne pour le soir, naturellement. On te descendra d'excellents repas dans un panier, nous avons aussi acheté une Thermos…

Je n'ai pas pu continuer, incapable de supporter plus longtemps la stupéfaction qui se peignait sur son visage. Il venait de s'apercevoir que l'échelle n'était plus là.

– Dieu du ciel ! s'est-il exclamé avant de se laisser tomber sur le lit et d'exploser de rire.

Il riait et riait tant et plus, j'ai même eu peur qu'il ne s'étrangle.

— Oh, Thomas! ai-je murmuré. Crois-tu que nous l'avons fait basculer du mauvais côté?

Papa s'est essuyé les yeux.

— Mes chers, chers enfants! a-t-il fini par dire. Cassandra, tu as... quel âge as-tu, au fait? Dix-sept, dix-huit ans? Ou bien huit? Remets cette échelle en place immédiatement!

— Vas-y, c'est toi qui parles, ai-je chuchoté à Thomas.

Il s'est raclé la gorge et a déclaré à haute et intelligible voix :

— Nous pensons que tu devrais te mettre au travail, papa, pour toi, plus que pour nous. Nous pensons aussi qu'en étant enfermé ici, tu pourras mieux te concentrer, et que ça te fera par ailleurs le plus grand bien. Sois certain que nous avons bien réfléchi à la question et, en accord avec la psychanalyse...

— Remettez l'échelle en place! a rugi papa, que le sérieux de Thomas avait manifestement fait sortir de ses gonds.

— Il est inutile de discuter, a répliqué calmement Thomas. Nous allons te laisser t'installer. Tu nous diras à l'heure du déjeuner si tu as besoin de certains livres ou papiers pour ton travail.

— Ne vous avisez pas de partir! a insisté papa d'une voix si pathétique que je me suis empressée de lui répondre :

— S'il te plaît, ne te fatigue pas à appeler au secours, il n'y a personne à des kilomètres à la ronde. Oh, papa! c'est une expérience, donnons-lui une chance de réussir.

— Espèce de petits fous, vous…, a commencé papa, en proie à une fureur croissante.

— Je te préviens, a chuchoté Thomas, ça ne peut que se terminer en raffut monstre. Laisse-moi fermer la porte.

Pour ce qui était du raffut, il avait déjà commencé. Je me suis reculée et Thomas a fermé la porte.

— Déjeuner à une heure, papa! ai-je annoncé pour lui remonter le moral.

Nous avons fermé la porte à double tour et poussé les verrous. Il n'y avait pas le moindre risque que papa parvienne à grimper jusque-là, mais nous pensions, Thomas et moi, que l'effet psychologique serait bénéfique. Tandis que nous redescendions la butte, ses cris nous parvenaient de plus en plus faiblement; en arrivant au pont, nous ne les entendions plus du tout.

— Tu crois qu'il s'est évanoui? ai-je demandé à Thomas.

Thomas est remonté quelques mètres en arrière.

— Non, on l'entend toujours. C'est la tour qui retient les sons.

— Thomas, tu crois que c'est une folie, ce que nous avons fait? ai-je dit en me retournant pour contempler la tour.

— Mais non, pas du tout, a-t-il répondu d'un ton guilleret. Tu sais, rien que le changement d'air lui fera peut-être du bien.

— Oui, mais l'enfermer là-dedans… c'était un cachot dans le temps! Mettre en prison son propre père!

— Eh bien, c'était l'idée générale, non? Non que je fonde autant d'espoirs que toi sur tout le côté psycho et compagnie. Personnellement, je pense que le fait de savoir qu'il ne sortira pas de là tant qu'il n'aura pas un peu travaillé est le plus important.

— C'est ridicule. Si ça ne s'arrange pas psychologiquement, au plus profond de lui, ça ne s'arrangera pas du tout. On ne peut entraver la créativité.

— Et pourquoi pas ? Sa créativité n'a jamais été entravée pendant des années sans le moindre résultat. Voyons un peu ce que donnent les entraves.

Nous sommes rentrés et avons pris notre petit déjeuner. C'était atroce que papa commence cette aventure le ventre vide, mais je savais que nous ne tarderions pas à lui apporter à manger. Ensuite, j'ai écrit un mot à l'école de Thomas pour prévenir qu'il était souffrant et serait absent pendant quelques jours, puis je suis allée faire les lits. Thomas s'est gentiment proposé pour essuyer la poussière.

— Tiens, regarde-moi ça ! s'est-il exclamé tout à coup.

La clé de la salle de garde était posée sur la table de toilette de papa.

— Allons jeter un coup d'œil à ces fameuses listes dont tu m'as parlé, a-t-il suggéré.

— Oh, Thomas, ce ne serait pas un peu de l'espionnage ? me suis-je inquiétée en montant l'escalier de la loge de garde.

— Mais si, bien sûr, a-t-il répondu en tournant la clé dans la serrure.

Je me suis sentie brusquement aussi affolée que coupable, c'était un peu comme si une partie de l'esprit de papa flottait encore dans la pièce et nous en voulait de notre intrusion. Le soleil entrait par la fenêtre sud, les bandes dessinées étaient toujours accrochées aux étagères, la pendulette de maman égrenait les secondes sur le bureau. Mais les listes avaient disparu et le bureau lui-même était fermé à clé.

J'étais assez contente que nous n'ayons rien trouvé. Cela me tourmentait beaucoup plus de fouiner dans ses affaires que de l'enfermer dans la tour.

Thomas est resté lire les bandes dessinées pendant que je préparais à déjeuner pour papa. A une heure, nous lui avons apporté son repas dans un panier : de la soupe dans une Thermos, une salade de poulet, des fraises à la crème et un cigare (neuf pence).

– Je me demande si nous avons raison de le nourrir aussi richement, a remarqué Thomas tandis que nous montions la butte. Du pain et de l'eau auraient été plus indiqués pour ce qui est de l'ambiance de la prison.

Il n'y avait aucun bruit aux abords de la tour. Nous avons déverrouillé la porte et regardé en bas : Papa était allongé sur le lit et regardait en l'air.

– Bonjour ! a-t-il dit d'un ton des plus aimable.

J'étais stupéfaite, et encore plus quand il nous a souri. Naturellement, je lui ai souri à mon tour et lui ai souhaité bon appétit.

Thomas a entrepris de descendre le panier au bout d'une corde à linge.

– Ce n'est qu'un léger repas, pour que tu ne risques pas de t'endormir, ai-je expliqué. Ce sera plus copieux ce soir, et il y aura du vin.

J'ai vu qu'il s'était déjà servi un verre d'eau, signe qu'il commençait à prendre possession des lieux.

– C'est grandiose, s'est-il exclamé de sa plus belle voix. Maintenant, écoutez-moi, mes deux drôles : j'ai passé une longue et paisible matinée à réfléchir, c'était extrêmement agréable de rester couché à contempler le ciel. Je suis parfaitement sincère en disant que je suis touché de votre sollicitude à mon sujet. Et je ne suis pas certain que vous n'ayez pas réussi. Ç'a été fort stimulant ; il m'est venu une ou deux idées géniales. C'est une réussite, vous comprenez ? Mais l'attrait du nouveau s'est quelque peu émoussé ; si vous me laissez ici plus longtemps, vous risquerez de gâcher tous ces bénéfices. Alors, je vais manger ce délicieux petit repas, et puis vous redescendrez l'échelle, n'est-ce pas ? (Sa voix a un peu tremblé sur le « n'est-ce pas ? ».) Et je vous jure qu'il n'y aura aucunes représailles, a-t-il conclu.

J'ai consulté Thomas du regard pour voir ce qu'il en pensait.

– Y a-t-il des livres ou des papiers dont tu aurais besoin, papa ? s'est-il contenté de répondre d'un ton imperturbable.

– Non, je n'ai besoin de rien ! a hurlé papa, perdant brusquement toute *bonhomie*[1]. Tout ce que je veux, c'est sortir d'ici !

Thomas a claqué la porte.

– Le dîner sera servi à sept heures, ai-je crié.

Mais cela m'étonnerait que papa m'ait entendue

---

1. En français dans le texte.

car il hurlait beaucoup plus fort qu'au moment où nous l'avons enfermé. J'espère que cela ne lui coupera pas l'appétit.

J'ai passé tout le début de l'après-midi à lire les bandes dessinées. On commence par les trouver stupides, puis on s'y habitue et on finit par aimer ça. Ensuite, j'ai préparé le dîner de papa : ce devait être un vrai dîner, pas un simple thé amélioré. Il y avait du melon, du saumon froid (nous l'avons descendu au fond du puits pour qu'il soit bien froid), des pêches au sirop, du fromage et des petits gâteaux secs, une bouteille de vin blanc (trois shillings), du café et encore un cigare à neuf pence. Et presque un coquetier du porto qui me restait dans le flacon de médicament.

Nous avons tout monté sur des plateaux juste au moment où sept heures sonnaient au clocher de Godsend. C'était une très belle et douce soirée. Nous avions à peine traversé le pont que les hurlements de papa nous sont parvenus aux oreilles.

– Tu t'es épuisé à hurler comme ça tout l'après-midi ? lui ai-je demandé dès que Thomas a ouvert la porte.

– Oui, presque, a répondu papa, la voix rauque. Il y aura bien quelqu'un qui passera dans les champs à un moment ou un autre.

– J'en doute, a répliqué Thomas. Les foins sont terminés et Mr. Stebbins ne coupera pas son blé avant plusieurs semaines. De toute façon, ta voix ne porte pas au-delà de la butte. Si tu nous rendais le panier avec la vaisselle du déjeuner, je le remonterais et t'enverrais ton dîner à la place.

Je m'attendais à ce que papa proteste, mais il n'a même pas répondu ; et il a fait tout de suite ce que lui avait suggéré Thomas. Ses gestes étaient très maladroits et brusques. Il avait ôté sa veste et ouvert son col, ce qui lui donnait l'air assez touchant – il faisait un peu penser à un condamné à mort sur le point d'être exécuté.

– Il faut qu'on lui apporte un pyjama et une robe de chambre pour ce soir, ai-je murmuré.

Papa m'a entendue, et il a levé la tête.

– Si vous me laissez ici cette nuit, je vais devenir fou, je suis très sérieux, Cassandra. Cette… cette sensation d'emprisonnement, j'avais oublié à quel point c'était terrible. Ignorez-vous quel effet ça fait aux gens d'être enfermés dans des lieux exigus ? Vous n'avez jamais entendu parler de claustrophobie ?

– Il y a énormément d'espace en hauteur, ai-je rétorqué le plus fermement possible. Et tu ne souffres pas de claustrophobie quand tu t'enfermes dans la salle de garde.

– Mais ce n'est pas la même chose lorsque c'est quelqu'un d'autre qui t'enferme, a-t-il rétorqué avant que sa voix ne se casse. Oh, espèces de petits imbéciles, laissez-moi sortir ! Laissez-moi sortir !

Je me sentais épouvantablement mal, tandis que Thomas, lui, avait l'air parfaitement indifférent. Il a hissé le panier que papa avait rempli, sorti les assiettes et les plats, et rangé le dîner au fond. Il avait dû sentir que j'étais en train de faiblir, car il m'a chuchoté :

– Il faut aller jusqu'au bout, maintenant. Laisse-moi faire.

Il a descendu le panier et crié à papa d'un ton déterminé :

— Tu sortiras d'ici dès que tu auras écrit quelque chose, disons cinquante pages.

— Je n'ai jamais écrit cinquante pages en moins de trois mois, même quand j'étais capable d'écrire, a répondu papa, la voix plus cassée que jamais.

Puis il s'est laissé tomber dans le fauteuil et s'est pris la tête dans les mains.

— Sors au moins ton dîner, veux-tu ? a conseillé Thomas. Tu devrais peut-être commencer par la cafetière.

Papa a levé la tête et il est devenu brusquement tout rouge. Puis il s'est précipité sur le panier du dîner, et la seconde suivante, une assiette me frôlait le visage. Une fourchette est passée par la porte juste avant que nous ne l'ayons refermée. Ensuite, nous avons entendu toute la vaisselle se briser dessus.

Je me suis assise sur les marches et me suis mise à pleurer.

— Mon Dieu ! Tu es blessée, Cassandra ? a croassé papa.

Je me suis baissée et, la bouche contre le bas de la porte, j'ai crié :

— Non, je n'ai rien du tout. Mais je t'en supplie, ne jette pas tes assiettes avant d'avoir mangé ce qu'il y a dedans ! Oh, papa, ne peux-tu faire un tout petit effort et essayer d'écrire ? Écris n'importe quoi, mais écris. Même «B A BA», si cela te fait plaisir. Tout ce que tu voudras, du moment que tu écris !

Puis j'ai recommencé à pleurer de plus belle. Thomas m'a aidée à me relever et à descendre les marches.

– Nous n'aurions jamais dû faire ça, ai-je sangloté tandis que nous redescendions de la butte. Je le libérerai ce soir, même s'il nous tue.

– Non, non, rappelle-toi notre serment. (Nous avions juré de ne céder que si nous étions tous les deux d'accord.) Je tiens bon pour l'instant. Nous verrons comment il se comporte après dîner.

Dès que le jour a commencé à décliner, Thomas est allé chercher le pyjama et la robe de chambre, et a allumé une lanterne. Il n'y avait pas un bruit à proximité de la tour.

– Oh, Thomas… imagine qu'il se soit fracassé la tête contre les murs! ai-je chuchoté.

C'est alors qu'un léger effluve de cigare, très rassurant, nous est parvenu aux narines.

Quand nous avons ouvert la porte, papa était de dos, assis à la table. Il s'est retourné en nous entendant, le cigare dans une main et un crayon dans l'autre.

– Ton idée de génie a marché! s'est-il écrié d'une voix rauque mais très gaie. C'est un miracle! J'ai recommencé à écrire!

– C'est extraordinaire! ai-je murmuré dans un souffle.

– C'est formidable, papa, a commenté Thomas d'un ton assez mesuré, nettement moins démonstratif que moi. Pouvons-nous voir ce que tu as écrit?

– Certainement pas! Vous n'y comprendriez rien du tout. Mais je vous assure que j'ai commencé. Laissez-moi sortir maintenant.

– C'est une ruse, a dit tout bas Thomas.

– Combien de pages as-tu écrites, papa? ai-je demandé.

— Eh bien, euh…, pas énormément, on n'y voit pas grand-chose, là en bas, depuis une heure…

— Ça ira nettement mieux avec la lanterne, a dit Thomas tout en la faisant descendre.

Papa l'a attrapée, puis a déclaré d'une voix tout à fait raisonnable :

— Thomas, je te donne ma parole que j'ai commencé à travailler, regarde : tu peux constater par toi-même.

Il a approché une feuille de papier de la lanterne avant de la retirer prestement.

— Cassandra, toi qui écris, tu sais bien que les brouillons ne sont pas toujours… euh…, très convaincants. Bon sang ! je m'y suis mis seulement depuis le dîner. Excellent dîner, soit dit en passant ; je vous remercie beaucoup. À présent, dépêchez-vous de m'envoyer cette échelle, je veux retourner à la salle de garde et travailler toute la nuit.

— Mais tu es dans un endroit idéal pour travailler toute la nuit, a fait remarquer Thomas. Te réinstaller dans la salle de garde ne te causera que du dérangement. Tiens, voilà ton pyjama et ta robe de chambre. Je repasserai demain matin de bonne heure. Bonne nuit, papa.

Il a lancé les vêtements en bas, fermé la porte et m'a attrapé fermement par le bras.

— Allez, viens, Cassandra.

Je l'ai suivi sans discuter. Je ne pensais pas que c'était du bluff, je croyais véritablement que notre traitement commençait à agir ; mais j'avais imaginé que ça prendrait plus de temps. Et étant donné l'état d'esprit assez serein et maîtrisé qui était celui de papa ce soir, je n'étais pas mécontente de le laisser passer encore une nuit dans la tour.

— Nous devons cependant prendre garde à ce qu'il ne mette pas le feu à sa literie, ou que sais-je…, ai-je prévenu Thomas.

Nous avons divisé la nuit en tours de veille. J'ai dormi, assez mal, jusqu'à deux heures; puis j'ai relayé Thomas. Je suis montée toutes les heures à la tour, mais tout ce que j'ai entendu, c'était un léger ronflement aux alentours de cinq heures du matin.

J'ai réveillé Thomas à sept heures, avec l'intention de monter avec lui pour la première visite de la journée; mais il y est parti tout seul pendant que j'étais occupée au château de Windsor. Je l'ai croisé alors qu'il traversait le pont. Tout allait pour le mieux là-haut et papa était ravi qu'il lui ait monté un bon seau d'eau chaude.

— Je vais finir par croire qu'il s'est mis au travail pour de bon; je suis sûr qu'il écrivait quand j'ai ouvert la porte. Il est calme et se montre de plus en plus coopératif : il avait déjà rangé dans le panier toute la vaisselle de son dîner. Et il m'a dit qu'il aimerait bien prendre un petit déjeuner.

Chaque fois que nous lui avons monté ses repas aujourd'hui, il était en train d'écrire comme un fou. Il demande toujours à ce qu'on le laisse sortir, mais plus avec la même insistance. Et ce soir, quand nous lui avons apporté la lanterne, il nous a accueillis par ces mots :

— Allez, dépêchez-vous, j'ai été obligé de m'arrêter…

Moi, je l'aurais bien laissé sortir, mais Thomas

voulait qu'il nous montre d'abord quelques pages de ce qu'il avait écrit.

Il est près de quatre heures du matin. Je n'ai pas réveillé Thomas à deux heures car je tenais à finir de rédiger cette partie ; et le pauvre garçon dort si profondément, couché là, sur le canapé. Il ne jugeait pas utiles les tours de veille cette nuit, mais j'ai insisté : outre la peur qu'il arrive quoi que ce soit à papa, le baromètre est en train de chuter. Pourrions-nous rester inflexibles s'il se mettait à pleuvoir à verse ?

Thomas est beaucoup plus tenace que moi. Il lui a descendu un parapluie en même temps que la lanterne.

J'ai regardé défiler toutes les heures par la fenêtre sud. La raison principale pour laquelle nous avons choisi de passer la nuit dans la loge de garde, c'est que d'une fenêtre, nous pouvons voir la tour de Belmotte et de l'autre, surveiller le chemin. Mais qui pourrait bien se présenter au château en pleine nuit ? Personne ! Pourtant, je me sentais comme une sentinelle en train de faire le guet.

Des hommes ont probablement fait le guet dans ce bâtiment, il y a six cents ans…

Je viens de jeter de nouveau un coup d'œil vers la tour. La lune l'éclaire entièrement à présent. J'avais l'étrange impression que c'était plus que de simples pierres inanimées. Savait-elle, cette tour, qu'elle était en train de jouer un rôle dans une sorte de résurrection ? Que son cachot renfermait une fois de plus un prisonnier endormi ?

Quatre heures. La pendulette de maman vit sa vie, petit personnage diligent à quelques centimètres de ma main.

Ce que Thomas peut dormir profondément ! On a l'impression, à regarder quelqu'un dormir, d'être encore plus loin de lui.

Héloïse court en rêve après des lapins, elle fait de petits bruits, renifle, gémit, agite les pattes. Ab nous a fait l'honneur de sa présence jusqu'à minuit ; depuis, il est parti chasser sous la lune.

Il faudra bien libérer papa demain. Et s'il ne veut pas nous montrer ce qu'il a fait ? Il avait un drôle d'air ce soir en prenant la lanterne, le visage levé vers nous, un peu comme un saint qui aurait eu des visions.

Peut-être est-ce uniquement dû à la barbe naissante.

Vais-je réveiller Thomas, maintenant que ce journal est à jour ? Je n'ai pas du tout sommeil. Je vais éteindre la lampe et m'asseoir sous le clair de lune.

J'y vois encore assez pour écrire.

Je me rappelle avoir commencé à écrire ce journal à la lueur de la lune. Que de choses se sont passées depuis !

Je vais penser à Simon maintenant. Maintenant ? Comme si je n'y pensais pas tout le temps ! Même au moment où je me faisais le plus de souci pour papa, une petite voix résonnait sans cesse dans ma tête : « Mais rien au monde ne compte plus pour toi que Simon. » Oh, si jamais Rose rompait ses fiançailles, serait-il mien un jour ?

Il y a bel et bien une voiture sur la route de Godsend. C'est étrange de regarder les phares et de se demander qui peut bien conduire dans la nuit.

Oh, mon Dieu ! La voiture a tourné dans notre chemin ! Que vais-je faire ?

Du calme, du calme, elle s'est trompée de route, c'est tout. Elle va repartir en marche arrière, ou au pire, faire demi-tour en arrivant devant le château. Mais la plupart du temps, les gens qui viennent jusqu'au château s'arrêtent pour regarder. Si papa a entendu la voiture, sa voix porterait-elle jusqu'ici ? Ce n'est pas impossible par une nuit si paisible. Oh, partez, partez !

La voiture approche inéluctablement. Je me fais l'impression d'être en train d'écrire un journal jusqu'à la dernière seconde précédant une catastrophe imminente...

La catastrophe s'est produite. Simon et Topaz descendent de la voiture.

Chapitre 16

Nous sommes arrivés en courant dans la cuisine au moment où Topaz grattait une allumette pour allumer la lampe. J'ai entendu la voix de Simon avant de voir son visage.

– Rose est là?

– Rose? ai-je répété d'un ton de totale incompréhension.

– Oh, mon Dieu! a dit Simon.

La lampe s'est allumée et j'ai entraperçu son air de profond désarroi.

– Elle a disparu, a expliqué Topaz. Non, non, ne t'inquiète pas, elle n'a pas eu d'accident ni rien; elle a laissé un mot à Simon. Mais... (elle lui a lancé un regard avant de poursuivre) ça n'explique pas grand-chose à vrai dire. Apparemment, elle serait partie ce matin. Simon était allé accompagner sa mère chez des amis – Rose n'avait pas eu envie de se joindre à eux. Il est resté dîner avec eux, il n'est donc rentré que fort tard à l'appartement. Moi, j'étais à l'extérieur toute la journée : j'ai d'abord posé pour MacMorris, puis je suis allée au théâtre avec lui. Quand je suis arrivée à la maison, Simon était en train de lire le mot de Rose. Nous avons pensé qu'elle était peut-être venue te voir, alors nous sommes partis immédiatement.

– En tout cas, elle va bien, ai-je rassuré Simon. Elle m'a envoyé un télégramme, dans lequel elle me dit simplement qu'elle m'écrira dès que possible et me demande d'essayer de la comprendre.

Brusquement, je venais de réaliser qu'elle ne faisait pas du tout allusion à notre dispute mais à sa fuite, lorsqu'elle me demandait de la comprendre.

– D'où le télégramme a-t-il été envoyé ? a voulu savoir Topaz.

– Je n'ai pas fait attention. Je vais le chercher.

Il était dans ma chambre. Comme je me précipitais dans l'escalier, j'ai entendu Topaz remarquer :

– C'est curieux que Mortmain ne se réveille pas avec tout ce bruit !

Je craignais qu'elle ne monte le réveiller avant mon retour, mais elle n'en a rien fait.

J'ai déplié le télégramme sous la lampe.

– Ça alors ! Il a été posté de la petite station balnéaire où nous avons pique-niqué ! ai-je dit à Simon.

– Qu'est-ce qu'elle est allée faire là-bas ? s'est exclamé Thomas. Et pourquoi cette idiote ne s'est-elle pas expliquée dans son mot ?

– Elle s'est parfaitement expliquée, a rétorqué Simon. Je vous remercie de vouloir ménager mes sentiments, Topaz, mais c'est vraiment un détail sans importance.

Il a sorti le mot de sa poche et l'a posé à côté du télégramme.

– Voyez vous-mêmes ce qu'elle écrit :

C'était un petit mot griffonné à la hâte.

Cher Simon,
Je veux que vous sachiez que je ne mentais pas au début. J'ai vraiment cru que je vous aimais. Aujourd'hui, il ne me reste plus qu'à vous supplier de me pardonner.
Rose

— Eh bien, voilà! a commenté Thomas en me jetant un regard entendu.

— Mais cela n'a rien de définitif, s'est empressée d'ajouter Topaz. Je disais à Simon que ce n'était qu'une crise d'angoisse consécutive à ses fiançailles; dans un jour ou deux, elle sera revenue à de meilleurs sentiments. Manifestement, elle a choisi cet endroit pour réfléchir.

Simon a consulté sa montre.

— Êtes-vous trop fatiguée pour que nous repartions tout de suite? a-t-il demandé à Topaz.

— Vous voulez dire, qu'on parte à sa recherche? Oh, Simon, êtes-vous certain que cela soit raisonnable? Si elle a l'intention de rester seule un certain temps...

— Je la laisserai tranquille. Je ne la verrai même pas, si elle n'y tient pas. C'est vous qui lui parlerez en premier, si vous le voulez bien. Mais il faut absolument que j'en sache un peu plus!

— Oui, bien sûr, alors je viens. Permettez-moi seulement d'aller dire un mot à Mortmain...

Elle s'est dirigée vers l'escalier de la cuisine, mais je l'ai devancée.

— C'est inutile de monter, ai-je dit.

— Pourquoi, il est encore à Londres?

— Non..., ai-je commencé en regardant Thomas pour qu'il me vienne en aide. Vous voyez, Topaz...

– Qu'y a-t-il ? Que me cachez-vous ?

Elle était tellement affolée qu'elle en a oublié de prendre sa belle voix de contralto.

– Il va très bien, l'ai-je rassurée précipitamment, mais il n'est pas là-haut. Il n'y a que des bonnes nouvelles, Topaz…, ça va vous faire terriblement plaisir.

Puis Thomas a pris le relais et expliqué les choses posément :

– Papa est dans la tour de Belmotte depuis deux jours. Nous l'y avons enfermé pour qu'il se mette au travail, et ça a marché, à l'en croire.

J'ai trouvé qu'il avait admirablement résumé la situation, mais Topaz lui a posé un nombre invraisemblable de questions avant de comprendre de quoi il s'agissait. Alors, elle est entrée dans une rage épouvantable.

– Vous l'avez tué ! a-t-elle hurlé.

– En tout cas, hier soir, il était tout ce qu'il y a de vivant et se démenait comme un beau diable, ai-je répondu. N'est-ce pas, Thomas ?

– Non, pas comme un beau diable, a corrigé Thomas. Il s'est bien calmé. Si vous voulez mon avis, Topaz, vous feriez bien de le laisser là-bas encore quelques jours.

Elle était déjà devant le buffet, où l'on accrochait en général la clé de la tour.

– Où est-elle ? Donnez-la-moi tout de suite ! Si je n'ai pas cette clé dans deux minutes, je défonce la porte à la hache !

Il était évident que ça lui aurait beaucoup plu ! Je savais qu'elle n'était plus aussi affolée car elle avait retrouvé son extraordinaire voix d'outre-tombe.

– Nous allons être forcés de le libérer maintenant, ai-je remarqué. De toute façon, c'est ce que je comptais faire demain matin.

— Pas moi ! ça va ruiner toute notre expérience, a objecté Thomas en allant quand même chercher la lanterne.

La lune était couchée, mais il y avait encore beaucoup d'étoiles dans le ciel lorsque nous sommes sortis dans la cour.

— Attendez, je vais chercher ma torche dans la voiture, a déclaré Simon.

— Je vous prie de m'excuser, lui ai-je dit tandis que nous traversions le pont de Belmotte à la suite de Thomas et de Topaz. Nous n'avons pas le droit de vous mêler à nos affaires de famille à un moment où vous avez vous-même tant de soucis.

— Soucis ou pas, je ne voudrais manquer ça pour rien au monde !

Aucun bruit ne venait de la tour lorsque nous sommes arrivés à proximité.

— Ne vous avisez surtout pas de vous mettre à crier que vous venez le délivrer, ai-je recommandé à Topaz. Vous savez quel effet ça fait d'être réveillé en sursaut…

— Si jamais il se réveille !

Je l'aurais giflée, d'abord parce que tout chez elle à ce moment était factice, et parce j'étais moi-même assez inquiète. Je n'avais absolument pas peur que papa soit mort, mais je craignais que tout cela ne lui ait davantage dérangé l'esprit – sa santé mentale étant quelque peu fragile bien avant notre intervention.

Toujours aucun bruit au pied des marches.

— Donne-moi la clé, a chuchoté Topaz à Thomas. Je veux affronter ça toute seule.

— Si vous ne faites pas attention, vous allez affronter ça, la tête la première, cinq mètres plus bas, lui a-t-il répondu. Laissez-moi au moins ouvrir la porte et installer l'échelle avec Cassandra ; ainsi vous pourrez descendre vers lui tel l'ange de la Providence.

L'idée de l'ange de la Providence lui a tout de suite plu.

— Entendu, mais je voudrais que ce soit moi qu'il découvre en premier.

— Fais le moins de bruit possible, ai-je murmuré à Thomas en installant l'échelle. J'aimerais bien lui jeter un coup d'œil avant qu'il ne se réveille. J'ai pris la torche de Simon.

Nous avons ouvert la porte presque en silence, puis j'ai braqué la lampe dans le trou noir.

Papa était couché sur le lit, si immobile que, l'espace d'un instant, j'en ai été suffoquée. Puis un petit ronflement saccadé a balayé toutes mes angoisses. Le spectacle au fond du puits était assez stupéfiant. À la lueur de la torche, la végétation chlorotique et démesurée, cherchant désespérément la lumière, avait une blancheur de squelette. Les pieds du vieux lit en fer avaient une drôle d'inclinaison, manifestement, ils avaient du mal à résister au poids de papa. Près du lit, il y avait le parapluie, ouvert ; j'en ai conclu qu'il avait bien toute sa tête pour avoir eu cette idée. Et j'étais encore plus contente lorsque j'ai dirigé le faisceau de la lampe sur la table. À côté de la grosse pile de feuilles blanches, il y en avait quatre autres, plus petites, chacune surmontée d'une pierre en guise de presse-papiers.

Thomas et moi avons descendu l'échelle en

silence, Topaz piaffant d'impatience derrière nous. Il fallait qu'elle descende à reculons, bien sûr, ce qui n'était pas vraiment dans les habitudes d'un ange de la Providence, mais elle s'est amplement rattrapée en arrivant en bas. Brandissant la lanterne le plus haut possible, elle s'est écriée :

– Mortmain ! Je suis venue vous délivrer ! Mortmain, c'est Topaz ! Vous êtes sauvé !

Papa s'est brusquement redressé sur son séant et a balbutié :

– Grands Dieux ! Que se passe-t-il ?

Puis elle s'est jetée sur lui et le lit s'est écroulé, manquant de peu de se refermer sur eux tant les deux extrémités s'étaient rapprochées dangereusement dans la chute.

Suffoquant de rire, Thomas et moi nous sommes dépêchés de disparaître. Arrivés au pied des marches, nous avons entendu un tintamarre de tous les diables : papa réalisait la prouesse de jurer, de bâiller puissamment et de rire en même temps, tandis que Topaz émettait une sorte de roucoulement de contrebasse.

– Ne serait-il pas préférable de les laisser tous les deux un moment ? a suggéré Simon.

– Oui, oui, attendons qu'elle ait terminé sa comédie, ai-je conseillé à Thomas.

Nous avons patienté dans la cour jusqu'à ce que nous ayons vu la lanterne redescendre de la butte. Alors, Simon, avec beaucoup de tact, a décidé par discrétion d'aller attendre dans la voiture.

– Il faut que nous nous éclipsions, nous aussi ? a demandé Thomas.

– Non, non, autant en finir tout de suite.

Nous avons couru à leur rencontre alors qu'ils

passaient le pont. Topaz était suspendue au bras de papa :

— Appuyez-vous sur moi, Mortmain, appuyez-vous sur moi…, lui disait-elle, comme le petit lord Fauntleroy[1] à son grand-père.

— Ça va, papa ? lui ai-je demandé gaiement.

— Mes chers jeunes geôliers, a répondu papa d'un ton un peu las. Oui, je pense que je survivrai, si Topaz veut bien cesser de me traiter comme si j'étais à moi tout seul les *deux* petits princes[2] enfermés dans la tour de Londres !

Au moment où il entrait dans la cuisine, Topaz est restée en arrière, m'a attrapée par le bras et a opéré en un clin d'œil un de ces fabuleux changements à vue dont elle a le secret :

— Remontez là-haut et allez voir ce qu'il a écrit, m'a-t-elle chuchoté.

Nous avons couru jusqu'à la tour ; fort heureusement, j'avais gardé la torche de Simon.

— Mon Dieu, quel suspense ! me suis-je exclamée une fois devant la table bancale. Peut-être qu'un jour je raconterai ce moment quand j'écrirai la biographie de papa.

Thomas a soulevé la pierre posée sur une pile de papier.

— Tiens, regarde, c'est là que ça commence, a-t-il dit en découvrant ce qu'éclairait la lampe torche : Partie A.

---

1. *Le Petit Lord Fauntleroy*, roman de Frances H. Burnett, où un petit garçon né en Amérique vient vivre en Angleterre avec son grand-père dont il est le seul héritier.
2. Les enfants d'Édouard IV, que Richard III fit enfermer puis tuer en 1483.

Il a soulevé la première page et a poussé un cri de surprise.

La page suivante était entièrement couverte de grosses capitales d'imprimerie, des lettres mal formées, comme celles d'un enfant qui apprend à écrire. Tandis que je suivais avec la lampe, nous avons lu : B A BA. B A BA. B A BA. B A BA. B A BA. B A BA. B A BA…, et ainsi de suite jusqu'au bas de la page.

– Oh, Thomas ! ai-je gémi. Nous l'avons rendu fou.

– Absolument pas ! Tu as bien vu comme il s'exprimait rationnellement…

– Oui, peut-être qu'il est en train de reprendre ses esprits, mais…, tu ne comprends pas ce qui s'est passé ? (Je venais moi-même de le comprendre.) Tu ne te souviens pas de ce que je lui ai crié sous la porte quand j'étais si bouleversée ? Je lui ai dit : « Écris n'importe quoi, mais écris. Même "ba ba", si ça te fait plaisir. Tout ce que tu voudras, du moment que tu écris ! » Et c'est ce qu'il a écrit !

Thomas feuilletait les pages les unes après les autres. Il y avait écrit cette fois « béa bat », à n'en plus finir, toujours en lettres d'imprimerie.

– Il est retombé en enfance, me suis-je lamentée. Et c'est notre faute.

– Regarde, c'est un peu mieux, a dit Thomas. Il grandit…

En effet, nous avons finalement retrouvé un peu plus loin la belle écriture de papa, si joliment formée.

– Mais qu'est-ce que ça veut dire ? a ajouté Thomas. Bon sang, voilà qu'il s'est remis aux jeux !

Il y avait un acrostiche assez simple, un rébus, des vers où se cachaient des noms d'animaux, bref tous les jeux pour enfants présents dans notre vieux petit volume relié de *Little Folks*. Puis il y avait une page entière de simples devinettes. Sur la dernière feuille, papa avait noté :

À rechercher :
Vieux cahiers
Modèles de lettres
L'Encyclopédie des enfants
Puzzles
Jouets du London Museum

– Ça me paraît assez rationnel, a remarqué Thomas. Crois-moi, tout ce bazar a certainement un sens.

Mais je n'en croyais rien. Oh, j'étais revenue de ma crainte initiale que papa soit devenu fou mais je pensais que tous les jeux enfantins avec les mots étaient une façon de passer le temps, un peu comme lorsqu'il jouait à ouvrir au hasard son Encyclopédie.

Thomas avait ôté la pierre posée sur la partie B.
– Voilà au moins quelque chose qui n'a rien d'enfantin, a-t-il déclaré au bout de quelques secondes. Cela dit, apparemment, ça n'a ni queue ni tête.

Il y avait un certain nombre de phrases numérotées, de deux ou trois lignes chacune. Au début, j'ai cru que c'étaient des poèmes ; il y avait de très belles associations de mots, et, bien qu'énigmatiques, je sentais qu'elles avaient un sens caché. Et puis soudain tous mes espoirs se sont évanouis.

— Ce sont les solutions des mots croisés, ai-je rétorqué d'un air dégoûté. Il a passé son temps à s'amuser, je n'ai aucune envie d'en lire davantage.

Je venais de réaliser que, si je ne me dépêchais pas de rentrer au château, je risquais de ne pas revoir Simon avant son départ.

— Hé, reviens ici avec la lampe ! s'est écrié Thomas tandis que je m'engageais sur le premier barreau de l'échelle. Je ne pars pas d'ici avant d'avoir lu tout ce qu'il a écrit. Sans exception.

Comme je ne m'arrêtais pas, il m'a arraché la torche des mains. Au moment où j'atteignais le dernier barreau de l'échelle, il a hurlé :

— Tu devrais jeter un coup d'œil sur la partie C, ce ne sont que des diagrammes indiquant la distance entre deux endroits. Il a aussi dessiné un pigeon, avec des mots qui lui sortent du bec.

— C'est un pigeon voyageur, lui ai-je répondu d'un ton grinçant. Tu ne vas pas tarder à tomber sur le sac de voyage et l'assiette au motif de saule.

Il m'a crié que j'étais exactement comme le père de Harry, qui se moquait de *Jacob Luttant*...

— Je suis certain que tout ça a un sens, certain ! a-t-il insisté.

Mais j'étais loin d'être convaincue. Et pour l'instant, je dois avouer que je n'en avais pas grand-chose à faire. Toutes mes préoccupations étaient de nouveau dirigées vers Simon.

Topaz est redescendue en courant de leur chambre quand je suis arrivée dans la cuisine.

— On peut parler tranquillement, Mortmain est dans son bain. Oh, n'est-ce pas merveilleux qu'il se soit remis à écrire ? Qu'avez-vous découvert ?

Cela me faisait tellement de peine de la décevoir

que je lui ai dit que Thomas devait avoir raison et moi, tort. Mais dès que j'ai fait allusion aux mots croisés, elle a eu l'air accablée.

— Pourtant, je suis sûre et certaine qu'il croit avoir travaillé, a-t-elle remarqué, soucieuse. Il est en pleine confusion mentale, probablement à cause de tout ce qu'il a subi. J'ai deux ou trois petites choses à te dire, ma fille… Mais je n'ai pas le temps pour l'instant ; nous devons nous occuper de Simon. Cassandra, tu ne voudrais pas l'accompagner à ma place ? Comme ça, je pourrais rester avec Mortmain. Je ne tiens pas à ce qu'il soit au courant pour Rose avant d'être un peu rétabli, il ne sait même pas que Simon est ici.

Mon cœur a bondi dans ma poitrine.

— Bien sûr, j'y vais.

— Et pour l'amour de Dieu, tâchez de faire entendre raison à Rose. J'ai dit à Simon que je préférais que ce soit toi qui y ailles, et il pense que c'est une bonne idée, tu auras peut-être un peu plus d'influence sur elle. Il attend dans sa voiture.

Je suis montée me préparer. C'était le moment le plus terrible de ma vie, car malgré ma conviction que l'expérience avec papa se soldait par un échec, malgré la profonde affliction qui se lisait sur le visage de Simon, j'étais follement heureuse. Rose l'avait laissé tomber et j'allais partir avec lui dans le soleil levant.

Il faisait encore nuit lorsque j'ai couru vers la voiture, mais le ciel avait un aspect légèrement cotonneux et les étoiles perdaient peu à peu de leur éclat. En traversant le pont-levis, j'ai entendu Héloïse hurler dans la salle de garde où nous l'avions enfermée. Elle était montée sur le bureau de papa et écrasait son long museau contre la fenêtre obscure. En la voyant, je me suis rappelé que mon journal était justement resté sur le bureau, mais heureusement Topaz a surgi derrière moi pour me donner des sandwichs et m'a promis de le ranger sans chercher à déchiffrer mon écriture rapide.

– Embrassez papa de ma part, et dites-lui que nous avons fait tout ça pour son bien !

J'étais tellement heureuse que j'avais envie d'être gentille avec tout le monde. Puis nous sommes partis, en longeant la grange d'où j'avais un jour surpris les propos de Simon, traversant le carrefour où nous nous sommes mis à réciter des poèmes le 1er Mai, la place du village où nous avons énuméré les sons et les odeurs. En passant sous le marronnier, devant l'auberge, mon cœur s'est serré pour Simon ; se rappellerait-il les cheveux de Rose devant le feuillage ? « Oh, je la lui ferai oublier, me suis-je juré, à présent que je suis libre d'essayer. »

Nous avons un peu parlé de papa, quelques instants après notre départ. Simon ne croyait absolument pas que ce que Thomas et moi avions découvert fût des élucubrations ; il voulait se rendre compte par lui-même.

– Même si je reconnais que ça a l'air assez curieux, a-t-il ajouté.

Après quoi nous sommes restés silencieux. Nous avions depuis longtemps dépassé Godsend, lorsqu'il m'a demandé :

– Étiez-vous au courant des sentiments de Rose à mon égard ?

J'ai été tellement longue à réfléchir à ce que je devais lui répondre, qu'il a repris :

— N'en parlons plus. Je n'ai pas à vous demander ce genre de choses.

— Simon…

Il m'a interrompue aussitôt.

— Je pense que je ferais mieux de ne pas en parler, en tout cas, pas avant de savoir à quoi m'en tenir.

Alors il m'a demandé si je n'avais pas froid, si je préférais qu'il abaisse la capote de la voiture – il faisait chaud lorsqu'ils avaient quitté Londres, et c'est Topaz qui lui avait demandé de la relever. Cela me convenait parfaitement. L'air était frais, mais pas vraiment froid.

Étrange impression que de traverser tous ces villages endormis! Chaque fois, on aurait dit que la voiture faisait davantage de bruit, que les phares étaient plus éblouissants. J'ai remarqué que Simon ralentissait systématiquement; je suis certaine que la plupart des hommes dans son état auraient roulé comme des fous. Dans un des cottages, une bougie brillait derrière les vitres en losanges d'une fenêtre à l'étage et une voiture était garée devant la porte.

— C'est peut-être un médecin, ai-je suggéré.

— Oui, une mort ou une naissance…

Le ciel nocturne a pâli jusqu'au moment où il a pris des nuances brumeuses dans le lointain. Plus rien n'avait de couleur; les cottages ressemblaient à des dessins à la craie sur du papier gris. On se serait davantage cru au crépuscule qu'à l'aube, mais assurément à aucune heure du jour ou de la nuit. Lorsque j'en ai fait part à Simon, il m'a dit que cette étrange lumière d'avant l'aube lui évoquait celle des limbes, du moins c'était ainsi qu'il la voyait.

Quelques instants plus tard, il s'est arrêté pour consulter la carte. Tout autour de nous, au-delà des fossés dépourvus de haies, s'étendaient des prairies inondables et embrumées, parsemées de saules étêtés. Au loin, un coq chantait.

– Dommage que vous n'ayez pas un beau lever de soleil, a dit Simon.

Mais jamais aucun lever de soleil n'a été plus beau qu'au moment où la brume grise et épaisse s'est transformée peu à peu en un vaporeux voile d'or.

– C'est tout à fait extraordinaire, a remarqué Simon. D'autant qu'on ne voit pas du tout le soleil.

Je me suis dit que c'était symbolique : il ne voyait pas encore à quel point je pourrais le rendre heureux un jour.

– Voulez-vous un sandwich ? lui ai-je proposé.

Je crois qu'il a accepté uniquement pour faire comme moi, mais il a bavardé le plus naturellement du monde pendant que nous mangions tous les deux, parlant de la difficulté qu'il y avait à trouver les mots pour décrire cette brume lumineuse, et des raisons qui poussaient les hommes à vouloir décrire cette beauté.

– Peut-être est-ce une manière de la posséder, ai-je suggéré.

– Ou d'être possédé par elle ; cela revient peut-être au même, en réalité. J'imagine que ce que l'on recherche, c'est une identification complète avec la beauté.

La brume est devenue de plus en plus lumineuse. J'aurais pu la contempler à l'infini, mais Simon a caché soigneusement le papier d'emballage des sandwichs au fond du fossé, et nous nous sommes remis en route.

Quelque temps après, nous avons senti la mer. La brume au-dessus des marais salants était trop dense pour que le soleil levant la perce, mais la blancheur était aveuglante. Nous avions l'impression de traverser un tunnel creusé au cœur des nuages.

– Êtes-vous certaine que c'est bien ici que nous sommes venus pique-niquer ? s'est enquis Simon tandis que nous longions la rue principale. Je ne reconnais rien.

Je lui ai répondu que c'était à cause de l'ambiance des vacances estivales. Au mois de mai, le village ressemblait à n'importe quelle bourgade de l'intérieur des terres ; aujourd'hui, il y avait devant toutes les portes des seaux d'enfants, des pelles et des épuisettes, et des maillots de bain séchaient à toutes les fenêtres. J'ai eu soudain l'envie irrésistible d'être à nouveau enfant et de me réveiller dans une chambre étrangère, avec la perspective d'une journée entière à la plage, pourtant Dieu sait que je n'aurais voulu pour rien au monde échanger ma place avec qui que ce soit à ce moment précis.

Il n'y avait pas âme qui vive dans la grand-rue, mais nous sommes passés devant un hôtel dont la porte d'entrée était grande ouverte, tandis que dans le hall une femme de ménage était occupée à laver le sol. Elle nous a laissés consulter le registre des clients.

Le nom de Rose n'apparaissait nulle part.

– Nous ferions mieux d'attendre que les gens se réveillent et nous irons frapper à toutes les portes du village, ai-je dit.

– Elle ne pourrait pas être au Cygne par hasard ? a suggéré la femme de ménage. Ce n'est pas exactement un hôtel, mais ils peuvent accueillir un ou deux clients.

Je me souvenais que nous étions passés devant, le jour du pique-nique ; c'était une toute petite auberge au bord de la mer, à un kilomètre environ ; mais je n'imaginais pas du tout Rose dans un endroit pareil.

– Allons voir quand même, en attendant que le village s'éveille, a proposé Simon.

Nous avons roulé le long de la route côtière déserte. Il n'y avait pas de brume au-dessus de la mer ; elle était pâle, avec des reflets dorés, si calme que les vaguelettes semblaient avoir tout juste la force d'atteindre le rivage et d'étendre lentement leur voile de dentelle sur le sable.

– Regardez ! C'est là que nous avons fait le barbecue ! me suis-je exclamée.

Simon s'est contenté de hocher la tête et j'ai aussitôt regretté d'avoir dit cela. Ce n'était pas le moment le plus indiqué pour lui rappeler un jour particulièrement heureux.

Nous avons vu Le Cygne de loin ; c'était la seule maison à l'horizon : une très, très vieille auberge, qui ressemblait un peu aux Clés de Godsend, mais en plus petit et plus modeste. Le soleil levant se reflétait sur les vitres miroitantes.

Simon s'est garé devant la porte.

– Il y a quelqu'un ? a-t-il demandé en levant la tête.

Il y avait une fenêtre ouverte dans le pignon qui ressemblait étonnamment à celle des Clés, jusqu'à la cuvette et au broc posés sur l'appui.

Une voix féminine qui chantait *Early One Morning*[1] nous est parvenue.

– C'est Rose, ai-je chuchoté.

Simon a eu l'air très étonné :

– Vous êtes sûre ?

– Certaine.

– Je ne l'aurais jamais crue capable de chanter ainsi.

Il a tendu l'oreille, les yeux soudain brillants. Au bout de quelques secondes, elle a cessé de chanter et s'est contentée de fredonner. Je l'entendais s'activer dans la chambre, ouvrir et refermer un tiroir.

– Elle ne chanterait certainement pas comme ça si elle n'était pas heureuse ? s'est interrogé Simon.

– Peut-être que tout va bien, me suis-je efforcée de répondre. Peut-être que ce n'était que l'angoisse, comme le pense Topaz. Je l'appelle ?

Avant même qu'il n'ait pu me répondre, quelqu'un a frappé à une porte, dans l'auberge. Puis une voix d'homme a dit :

– Bonjour ! Vous êtes prête pour venir vous baigner ?

Simon a eu un hoquet de surprise. Une seconde plus tard, il avait redémarré la voiture et nous étions repartis.

– Mais qu'est-ce que ça signifie ? ai-je crié. C'était Neil !

Simon a acquiescé.

– Ne dites plus rien pour l'instant…

---
1. Célèbre chanson d'amour anonyme.

Peu de temps après, il arrêtait la voiture et s'allumait une cigarette.

– Ça va, ne faites pas cette tête-là, m'a-t-il dit. J'ai l'impression de l'avoir toujours su…

– Mais, Simon, ils se détestent !

– On le croirait, n'est-ce pas ? a-t-il répondu d'un ton lugubre.

Nous avons roulé tout droit jusqu'au moment où nous avons trouvé un chemin différent pour rentrer sans avoir à repasser devant l'auberge. Simon ne parlait presque pas, mais il a reconnu qu'il savait que Neil était très attiré par Rose au début.

– Et puis, il a décrété qu'elle était trop maniérée et vénale, du moins, c'est ce qu'il m'a dit. Je me suis imaginé qu'il était piqué parce qu'elle me préférait à lui, de même que je me suis imaginé qu'elle tenait à moi ; du moins, je l'ai cru, au début. Cela fait des semaines que j'ai des doutes, mais j'espérais que les choses s'arrangeraient, une fois que nous serions mariés. Dieu sait que je ne me suis pas douté un seul instant qu'elle puisse être amoureuse de Neil, ni lui d'elle d'ailleurs. Ils auraient dû m'en parler franchement. Cela ne ressemble pas à Neil.

– Je n'aurais pas imaginé non plus que ça puisse ressembler à Rose, ai-je rétorqué d'un ton affligé.

Nous sommes rentrés à la maison sous un beau soleil radieux. Les villages se réveillaient les uns après les autres et tous les chiens du voisinage aboyaient à qui mieux mieux. Quelques lambeaux de brume flottaient encore au-dessus des prairies où nous avions admiré le soleil voilé peu auparavant. En passant devant, je me suis rappelé que je m'étais dit que je saurais rendre Simon heureux.

Je ne suis plus la même à présent. Car je sais désormais que je me suis raconté des histoires idiotes, et que jamais je ne compterais pour lui comme Rose a compté dans sa vie. Je crois que je l'ai compris tout d'abord en voyant l'expression qu'il a eue dès qu'il a entendu Rose chanter, puis lorsqu'il a évoqué toute cette histoire lamentable, sans colère ni amertume, mais calmement et sans le moindre reproche à l'égard de Rose. Mais surtout, je l'ai compris à cause du changement qui s'est opéré en moi-même. Peut-être qu'en voyant souffrir quelqu'un qu'on aime, on en apprend plus qu'en souffrant soi-même.

Bien avant que nous ne soyons arrivés au château, de tout mon cœur et pour soulager ses peines comme les miennes, je lui aurais rendu Rose si cela avait été en mon pouvoir.

Maintenant, nous sommes en octobre.

Je suis sur la butte, près du cercle de pierres. Il reste quelques morceaux de bois carbonisés, vestiges du feu de la Saint-Jean.

C'est un superbe après-midi, doré, sans vent, un peu frais, toutefois, mais j'ai mis la veste en peau de phoque de tante Millicent, qui est merveilleusement chaude, et j'ai pris la vieille couverture de voyage de papa pour m'asseoir. Il met à présent le grand manteau en ours. D'une manière ou d'une autre, les fourrures de tante Millicent ont toutes trouvé un usage.

Les champs de blé ne sont plus que des chaumes couleur ficelle. La seule couleur vive à l'horizon, c'est celle du fusain tout en baies, en bas du chemin. Du côté des Quatre-Pierres,

Mr. Stebbins laboure avec ses chevaux. D'ici peu, nous serons encerclés par ce que Rose appelait un océan de boue.

J'ai reçu une lettre d'elle ce matin.

Elle et Neil ont traversé les États-Unis en voiture; ils sont dans le désert de Californie, qui ressemble de moins en moins à l'idée que je me faisais d'un désert; Rose dit qu'il n'y a pas de chameaux, et que le ranch dispose de trois salles de bains. Elle est pleinement heureuse, sauf en ce qui concerne son trousseau qui s'est révélé parfaitement inutile. Elle ne porte plus que des pantalons et des shorts, et comme par hasard, ce n'était pas sur la liste. Mais Neil va l'emmener quelques jours à Beverly Hills afin qu'elle puisse mettre sa robe du soir pour danser.

J'aimerais bien être moins fâchée contre elle; ce n'est pas bien de ma part alors qu'officiellement je lui ai pardonné. Et ils ne se sont pas vraiment enfuis sans donner d'explications à Simon. Neil lui a écrit une lettre qu'il a laissée sur la table du vestibule à côté du petit mot de Rose, mais l'enveloppe s'était glissée sous le courrier arrivé dans la journée, et Simon n'a pas eu une seconde l'idée d'ouvrir la moindre lettre après avoir lu le message de Rose.

Je ne l'ai vue qu'une fois toute seule avant son départ pour l'Amérique. C'était ce jour épouvantable où nous nous sommes tous rendus à l'appartement pour rabibocher tout le monde. Pour commencer, Mrs. Cotton s'est entretenue avec Neil et Rose, pour leur pardonner, ensuite Simon les a vus chacun séparément, toujours pour leur pardonner. Ensuite, Mrs. Cotton a demandé à papa s'il désirait voir Rose en particulier, ce à quoi il a répondu :

– Grands Dieux, non ! Je ne comprends pas comment fait Simon pour supporter toute cette comédie !

– Comportons-nous en personnes civilisées, a répondu Mrs. Cotton.

Papa a répliqué en émettant une espèce d'éructation furieuse de sorte que Topaz lui a pris le bras en signe d'avertissement. Après quoi, nous avons déjeuné au champagne.

Stephen est arrivé, vêtu d'un costume extrêmement bien coupé, d'une beauté à couper le souffle. En lui serrant la main, Rose lui a dit :

– Je vous remercierai toute ma vie.

Je n'ai pas compris ce qu'elle voulait dire jusqu'à ce que je me retrouve seule avec elle pour l'aider à faire ses bagages. Elle m'a raconté alors que Stephen était allé voir Neil à son hôtel pour lui annoncer froidement que Rose n'était pas amoureuse de Simon. Je pense que Neil m'a crue, le jour où je lui ai écrit qu'elle l'était ; en tout cas, il s'est rarement autorisé à la voir pendant son séjour à Londres. Mais après sa discussion avec Stephen, il est venu à l'appartement et lui a posé directement la question.

– Et tu sais quel effet ça m'a fait ? Tu te souviens quand je suis rentrée à la maison après avoir eu la scarlatine ? Comme nous sommes restées dans les bras l'une de l'autre sans pouvoir prononcer un mot ? Eh bien, c'était la même chose en un million de fois plus fort. J'ai bien cru qu'on n'arriverait plus jamais à se lâcher. Je l'aurais épousé même sans un sou, et je l'aurais déjà fait depuis des semaines si seulement il m'en avait donné la possibilité. Tu comprends, je ne savais pas qu'il m'aimait.

– Mais, Rose, comment Stephen pouvait-il le savoir, lui ?

– Eh bien, il se doutait que Neil ressentait, disons, un certain intérêt pour moi, a-t-elle répondu avec un de ses très jolis petits rires. Tu te rappelles le soir où ils m'ont prise pour un ours, lorsque j'ai giflé Neil ? Après m'avoir fait traverser les voies pour aller dans le pré derrière la gare, il m'a fait asseoir et m'a dit : « Voilà pour la gifle », puis il m'a embrassée. Et Stephen a tout vu.

C'était donc cela qu'elle gardait pour elle, le soir où nous avons bavardé toutes les deux au lit ! Je sentais bien qu'elle me cachait quelque chose, puis ça m'est sorti de l'esprit.

– Et c'est uniquement parce qu'il a vu Neil t'embrasser une seule fois que...

– Ce n'était pas qu'une seule fois, des tas de fois. Et c'était merveilleux. Mais j'avais l'impression qu'il voulait se punir pour avoir dit sur moi toutes les choses que tu as entendues dans le chemin, et aussi pour m'avoir embrassée comme ça, même si ça m'avait plu. En outre, ce n'est pas lui qui était riche dans cette famille. Mais franchement, Cassandra, ça ne m'aurait pas arrêtée s'il m'avait montré qu'il avait réellement de l'affection pour moi. Il ne l'a jamais fait, jamais, il n'était plus du tout gentil avec moi, toujours dur et méchant ; tout ça parce qu'il pensait que je courais après Simon, ce qui était la vérité. Quand Simon m'a embrassée, c'était sensationnel aussi – on ne peut pas véritablement juger sur des baisers –, alors je ne savais plus que penser. Mais ça n'a pas duré longtemps.

Oh, il y a tellement de choses qui me sont revenues en mémoire ! La façon dont elle s'était appliquée à détester Neil m'avait toujours paru disproportionnée. Je me suis rappelé aussi combien elle avait été prompte à prier Simon de lui demander de passer à l'appartement, le soir où j'y étais, la façon dont elle l'avait invité à danser, son abattement lorsqu'ils sont tous les deux revenus dans le couloir illuminé. Et, naturellement, une bonne part de la colère de Neil, le soir des fiançailles, était à mettre sur le compte de la jalousie !

Ils s'étaient enfuis de l'appartement ce matin-là avec l'intention de se marier immédiatement.

– Neil m'a dit que nous nous marierions une fois en Amérique, mais nous nous sommes vite aperçus que c'était impossible. Donc nous nous sommes installés à la petite auberge pour attendre le moment où ce serait faisable. Nous avons choisi cet endroit parce que Neil a dit que la dernière fois qu'il m'avait trouvée « humaine », c'était au pique-nique. Et bien sûr, ma chérie, c'est surtout toi que je dois remercier pour tout, car je suis certaine que si Stephen est allé trouver Neil, c'est pour toi. Il lui a dit que c'était toi qui étais faite pour Simon – j'imagine qu'il avait deviné que tu en étais amoureuse et qu'il essayait de t'aider.

Oh, mon cher, cher Stephen, comment pourrais-je vous remercier d'une telle générosité ? Mais ce bonheur que vous cherchiez à m'obtenir ne sera jamais mien.

– Et, bien entendu, tout va pouvoir enfin rentrer dans l'ordre, a poursuivi Rose. Dès que Simon se sera un peu remis de son histoire avec moi, tu pourras l'avoir à toi.

– Je pensais que tu aurais abandonné cette façon de parler des hommes : « l'avoir »..., ai-je répliqué froidement.

Elle a rougi.

– Ce n'est pas exactement ce que je voulais dire, tu le sais parfaitement. J'espère vraiment qu'il finira par tomber amoureux de toi. Il t'aime déjà énormément, il l'a encore dit aujourd'hui.

Une idée épouvantable m'a traversé l'esprit.

– Oh, non, Rose ! Tu ne lui as pas dit que je l'aimais, au moins ?

Elle m'a juré que non.

Mais je crains qu'elle l'ait fait. Il est tellement gentil depuis ; il l'a toujours été, mais j'ai l'impression que sa gentillesse est un peu plus délibérée. Est-ce que je me fais des idées ? Je sais que c'est la raison pour laquelle j'ai énormément de mal à le voir ; mais je dois faire un tel effort de volonté pour ne pas le voir, alors qu'il vient discuter avec papa presque tous les jours... Ils sont ensemble dans la salle de garde en ce moment.

Apparemment, je m'étais entièrement trompée au sujet de papa. Apparemment, c'est très intelligent de commencer un livre en écrivant dix-neuf fois de suite « B A BA ».

Bon, allez, ça suffit, Cassandra Mortmain. Tu es encore vexée parce que c'est Thomas qui a subodoré que ce que nous avions trouvé dans la tour n'était pas uniquement des inepties. Tu t'évertues à justifier ta bêtise, car c'était bien une preuve de bêtise, dans la mesure où papa t'avait dit carrément que toutes ses élucubrations avaient un sens. Et ce n'est pas vrai que le livre commence par dix-neuf « B A BA » ; dans la version revue et corrigée, il n'en reste plus que sept. Voilà l'explication logique, selon le génial Thomas : c'est la formule qu'aurait en tête un enfant apprenant à lire et à écrire. Suis-je d'une bêtise hors du commun ? Suis-je vieux jeu ? Suis-je du genre du père de Harry qui dénigre *Jacob Luttant* ? Oh, je vois bien que les jeux et les énigmes de papa ne sont pas complètement idiots en tant que tels, que le style dans lequel il les rédige est porteur de belles images ; mais pourquoi seraient-ils censés être plus que des jeux et des énigmes ?

Thomas et moi avons servi de cobayes à papa lorsqu'il a entrepris de réviser les quatre premières parties ; elles sont beaucoup plus riches que lorsque nous les avons découvertes, il y a deux mois. J'ai vraiment fait des efforts. J'ai résolu les jeux pour enfants assez facilement. J'ai fait les mots croisés ; et je ne peux pas dire qu'ils m'aient beaucoup plu, puisque tous étaient en relation avec les cauchemars et la peur. J'ai traité le pigeon voyageur avec le plus grand respect (c'est le héros d'une sorte de bande dessinée qui s'appelle *Le Voyage du pigeon*). J'ai même réussi à lire l'essentiel de la partie D, qui se présente comme une nouvelle espèce de jeu inventé par papa, à l'aide de mots et de dessins, et dont chaque indice vous fait remonter un peu plus dans le passé. Mais aucun n'avait le moindre sens pour moi, contrairement à Thomas, qui a tout de même reconnu qu'il avait du mal à exprimer ce qu'il en pensait avec des mots.

– Si tu y arrivais, mon garçon, j'irais me noyer tout de suite, a dit papa.

Après quoi, il a explosé de rire parce que Topaz a dit que la partie A avait des « accents d'éternité ».

En ce qui me concerne, je trouve que tout a plutôt des accents de folie… non. Je me remets à dénigrer. Je suis bouchée. Si Simon dit que l'énigmatisme de papa est extraordinaire, c'est qu'il l'est. (C'est Simon qui l'a baptisé «énigmatisme», ce qui est tout indiqué.) Des éditeurs anglais et américains ont versé une avance à papa, bien que son livre risque de ne pas voir le jour avant des années. Et les quatre premières parties vont paraître très bientôt dans une revue américaine. Donc, est-ce que je vais arrêter de dénigrer ?

Si seulement papa voulait bien répondre à quelques questions ! Si Thomas voulait bien avoir une de ses idées de génie dont il a le secret ! (Après m'avoir expliqué que la partie A représente l'apprentissage de la lecture et de l'écriture pour un enfant.) Topaz, naturellement, est toujours enchantée de faire étalage de ses hypothèses mais, jusqu'à présent, elles ne m'ont pas beaucoup aidée. Ses dernières contributions font état de «signification cosmique» et de «profondeur sphérique».

La seule personne capable de m'aider, c'est, bien sûr, Simon ; mais je n'ose pas lui demander de me parler en particulier au cas où il croirait que je lui coure après. Dans la mesure du possible, je m'arrange pour ne pas me retrouver en tête à tête avec lui. La plupart du temps, j'évite de rester dans les parages tant qu'il n'est pas rentré à Scoatney.

M'autoriserai-je à le voir aujourd'hui ? Descendrai-je de la butte en courant dès qu'il sera sorti de la loge de garde en lui disant que je veux lui parler du travail de papa ? Certainement, mais plus que tout, je désire simplement être avec lui. Si seulement je pouvais être sûre que Rose ne lui a rien dit à mon sujet !

Je vais attendre jusqu'à demain. Je me promets que demain…

J'en suis incapable.

Lorsque j'ai regardé en bas, il était dans la cour. Il m'a fait signe et s'est dirigé vers le pont. Il monte ! Oh, il ne faut pas que j'aie l'air gênée ! J'y arriverai peut-être si je parle constamment de papa…

C'est fou ce qu'on peut apprendre en une heure !

Tout ce que je tiens vraiment à raconter, c'est ce qui s'est passé juste avant son départ. Mais si je commence par là, je risque d'oublier certaines choses. Et le moindre mot qu'il a prononcé est très cher à mon cœur.

Nous nous sommes assis côte à côte sur la couverture de voyage. Il était venu me dire au revoir ; dans quelques jours, il partira pour l'Amérique, d'une part, parce que Mrs. Cotton veut qu'il passe l'hiver à New York, d'autre part, pour y être lorsque le travail de papa paraîtra dans la revue et pour écrire des articles à son sujet.

– Votre père dit que je lui fais penser à un chien terrier en train de secouer un rat dans sa gueule. Mais je pense qu'il est assez content de se faire secouer. Et il est important de le déposer aux pieds des gens qu'il faut.

– Simon, comme cadeau de départ, pourriez-vous m'aider à comprendre où il veut en venir ?

À ma grande surprise, il m'a répondu qu'il avait bien l'intention d'essayer.

– Vous voyez, quand je serai parti, vous serez la seule personne proche de lui susceptible de comprendre son œuvre. Oh, Thomas est un garçon intelligent, mais son intérêt est de nature assez accidentelle, dans un sens, c'est encore un intérêt enfantin. Toujours est-il que je suis certain que ce qui intéresse par-dessus tout votre père, c'est que vous le compreniez, vous.

J'étais à la fois étonnée et flattée.

– Eh bien, je ne demande pas mieux. Mais il ne veut rien expliquer... Pour quelle raison, Simon ?

– Parce que c'est l'essence même de l'énigme que l'on doit résoudre pour soi-même.

– Mais on est au moins en droit de connaître... euh, les règles pour résoudre ces problèmes.

Il était plutôt d'accord avec moi sur ce point, et c'était pour cette raison qu'il avait convaincu papa de l'autoriser à me parler.

– Avez-vous des questions à me poser ?

– Oui, bien sûr. Voici la première : pour quelle raison son œuvre doit-elle à tout prix être une énigme ?

Simon a ri.

– Vous commencez par le plus facile. Personne ne peut jamais savoir pour quelle raison un créateur crée de la façon dont il le fait. Quoi qu'il en soit, votre père a eu un prédécesseur très distingué. Dieu a fait de l'univers une énigme.

– Oui, et personne n'y comprend rien d'ailleurs. Je ne vois pas pourquoi papa a voulu faire comme Lui.

Simon m'a répondu que tout artiste créateur procédait de même, et que peut-être tout être humain était un créateur en puissance.

– Je crois que l'un des objectifs de votre père est de susciter cette créativité potentielle, de faire en sorte que ceux qui étudieront son œuvre participent ainsi au processus créatif. Naturellement, il considère la création comme une découverte. Autrement dit, tout est déjà effectivement créé, par la cause première – appelons-la Dieu, si vous voulez ; tout est déjà là pour être découvert.

Je crois qu'il a dû me trouver l'air un peu ahurie car il s'est interrompu, avant de reprendre :

– Je pense que je ne m'explique pas très bien. Attendez, laissez-moi un instant…

Il a réfléchi les yeux fermés, comme il l'avait fait le 1er Mai ; mais, cette fois, je ne lui ai accordé qu'un furtif coup d'œil. Je m'efforçais de réprimer mes sentiments les plus profonds, je ne m'étais même pas autorisée à réaliser qu'il était sur le point de s'en aller. Cela ne me sera possible que longtemps après son départ.

– Il me semble, a-t-il enfin repris, que votre père croit que l'intérêt de tant de gens pour les jeux en tout genre et les problèmes à résoudre – intérêt qui s'éveille dans la petite enfance – représente plus qu'un simple passe-temps divertissant ; qu'il se pourrait même qu'il vienne de l'éternelle curiosité de l'homme pour ses origines. En tout cas, cet intérêt exige certaines facultés de recherche progressive et cumulative comme aucun autre exercice intellectuel. Votre père veut communiquer ses idées à travers ces facultés.

Je lui ai demandé de répéter lentement. Et brusquement, j'ai compris, oh, j'ai tout compris !

– Mais comment ça marche ? me suis-je écriée.

Il m'a demandé de penser à un problème de mots croisés, aux centaines d'images qui nous passent par la tête quand on en résout un.

— Dans les problèmes que pose votre père, la somme des images vient s'ajouter au sens qu'il entend communiquer. Et la somme de toutes les parties de son livre : les jeux, les problèmes, les énigmes, les dessins, les progressions – je crois qu'il va même y avoir une partie consacrée aux énigmes policières – viendra s'ajouter à sa philosophie de recherche-création.

— Et quand doivent apparaître les «B A BA»? ai-je demandé d'un ton quelque peu sarcastique.

Il m'a répondu qu'ils étaient probablement là pour conduire vers un certain état d'esprit.

— Imaginez que vous êtes un enfant confronté aux premiers symboles mystérieux de votre vie : les lettres de l'alphabet. Pensez aux lettres avant que vous ne les ayez comprises, puis aux lettres qui deviennent des mots, puis aux mots qui deviennent des images mentales... Pourquoi avez-vous l'air si inquiète ? Je suis trop confus ?

— Pas du tout. J'ai compris tout ce que vous avez dit. Mais, oh, Simon, il me semble que ça me fait peur ! Pourquoi faut-il que papa complique tant les choses ? Pourquoi ne peut-il exprimer simplement ce qu'il veut dire ?

— Parce qu'il y a tant de choses que l'on ne peut exprimer simplement. Essayez donc d'expliquer ce qu'est la beauté – simplement – et vous comprendrez ce que je veux dire.

Ensuite, il a dit que l'art pouvait énoncer fort peu de choses, que son rôle principal était de susciter des réponses. Et que sans innovations ni expériences, comme celles de papa, l'art ne progresserait pas.

— C'est pourquoi on ne devrait pas en avoir peur,

bien qu'à mon avis ce soit un instinct naturel, probablement la peur inconsciente de ce qu'on ne connaît pas.

Ensuite il a parlé de toutes ces innovations qui, au début, ont fait peur : les derniers quatuors de Beethoven, des tas de compositions de musique moderne et les œuvres de nombreux grands peintres aujourd'hui unanimement admirés.

– Il n'y a pas autant d'innovations en littérature que dans les autres arts, a expliqué Simon, et c'est pour cette raison qu'il faut encore davantage encourager votre père.

– D'accord, je l'encouragerai dans la mesure de mes moyens, ai-je répondu. Même si je lui en veux encore un peu, j'essaierai de ne pas le montrer.

– Vous n'en serez pas capable. Et votre ressentiment paralysera vos capacités de perception. Oh, mon Dieu, que dire pour que vous vous rangiez de son côté ? Voyons, parvenez-vous toujours à exprimer exactement ce que vous voulez dans votre journal ? Est-ce que tout peut se transformer en jolis petits mots rangés dans le bon ordre ? N'êtes-vous pas constamment attirée vers la métaphore ? Le premier homme à avoir employé une métaphore était un innovateur fantastique, aujourd'hui, nous les utilisons sans même nous en apercevoir. Dans un certain sens, l'œuvre de votre père n'est qu'une métaphore étendue à l'infini.

En l'écoutant, je me suis soudain souvenue combien j'avais eu du mal à trouver les mots pour décrire mes sentiments la nuit de la Saint-Jean, et que j'avais comparé ce jour à une avenue aux airs de cathédrale. Les images qui me sont venues à l'esprit ont toujours été depuis lors indissolublement liées à cette journée ainsi qu'à Simon. Cependant, je n'ai jamais réussi à expliquer comment l'image et la réalité se confondent ni comment, dans une certaine mesure, elles se prolongent et s'enrichissent l'une l'autre. Papa essayait-il d'exprimer des choses aussi indicibles que celles-ci... ?

– J'ai l'impression que vous venez de comprendre quelque chose, a remarqué Simon. Pouvez-vous le formuler ?

– Certainement pas avec de jolis petits mots rangés dans le bon ordre...

J'essayais d'avoir l'air légère ; or en me remémorant cette nuit de la Saint-Jean, j'avais pris conscience de tout l'amour que j'avais pour lui.

– Je ne lui en veux plus. Ça va aller à présent. Je suis avec lui.

Ensuite, nous avons discuté de ce qui avait poussé papa à se remettre à écrire. Je crois que nous ne saurons jamais si le fait de l'avoir enfermé dans la tour a eu quelque influence.

D'après Simon, ce serait l'effet conjugué de plusieurs facteurs :

– Notre arrivée à Scoatney... Maman est très stimulante, vous savez. Notre bibliothèque l'a peut-être aidé aussi. J'avais disposé çà et là un certain nombre d'ouvrages susceptibles de l'intéresser. Je pense qu'il se rend compte que d'avoir été enfermé dans la tour a déclenché une sorte de libération émotionnelle ; et il vous sait infiniment gré de lui avoir dit d'écrire « B A BA ». Ça l'a aidé à démarrer et lui a donné l'idée de l'enfant en train d'apprendre à lire et à écrire.

Personnellement, je crois que ce qui a le plus aidé papa, c'est de perdre son sang-froid. Je suis de plus en plus convaincue que l'incident du couteau à pâtisserie a été une leçon beaucoup trop sévère, et que ça l'a en quelque sorte inhibé, bridé, entravé intellectuellement. Simon a trouvé cette théorie intéressante.

– Comment est-il en ce moment ? a-t-il voulu savoir.

– Eh bien, la plupart du temps, il est plus gentil que jamais. Mais, par accès, il est épouvantable. Et Topaz est en adoration devant la vie.

– Chère Topaz ! a dit Simon avec un large sourire. Elle est l'épouse idéale à présent qu'il s'est remis à écrire, et il le sait. Mais je ne pense pas qu'un hiver au château soit très réjouissant pour vous. Une domestique va rester à l'appartement, si vous avez envie d'y séjourner... Vous n'avez vraiment pas envie d'aller à l'université ?

– Non, non. J'ai envie d'écrire, c'est tout. Et il n'y a aucune école pour cela, hormis celle de la vie.

Il a ri et répondu que je le mettais véritablement en joie, parfois si vieille pour mon âge, parfois si jeune.

– J'aimerais mieux apprendre à taper à la machine et la vraie sténographie. Comme ça, je pourrais travailler comme secrétaire auprès d'un écrivain, en attendant de l'être moi-même.

Il m'a répondu que Topaz s'en occuperait. Je sais qu'il va lui laisser de l'argent pour toutes nos dépenses ; il l'a convaincue d'accepter pour éviter tout souci à papa. C'est vraiment le plus charmant et généreux des « mécènes » !

— Et vous pouvez m'écrire si vous avez besoin de quoi que ce soit, a-t-il ajouté. De toute manière, je reviens très vite.

— Je me le demande…

Il m'a jeté un rapide regard et m'a demandé ce que je voulais dire. Je l'ai aussitôt regretté. Cela fait des semaines que je redoute que le chagrin de sa rupture avec Rose ne l'ait dissuadé de s'installer en Angleterre.

— Je me demandais simplement si l'Amérique n'allait pas vous retenir…

Il a mis tant de temps à répondre que je l'ai imaginé parti pour toujours et les Fox-Cotton installés à Scoatney, selon leur plus cher désir. «Je ne le reverrai peut-être plus», me suis-je dit, et j'ai eu brusquement si froid que j'en ai frissonné. Simon s'en est rendu compte et a remonté la couverture sur nous deux.

— Je reviendrai. Dans un sens, c'est un peu comme aimer une femme très belle en train de mourir. On sait que l'esprit de ces demeures ne leur survit jamais longtemps.

Puis nous avons parlé de l'automne, il espérait arriver à temps pour en profiter un peu en Nouvelle-Angleterre.

— Il est beaucoup plus beau que le nôtre? ai-je demandé.

— Non, mais il est moins triste. En Angleterre, la plupart des très jolies choses sont empreintes de mélancolie.

Son regard a erré sur les champs, puis il a ajouté précipitamment :

— Non que je sois triste cet après-midi, je ne le suis jamais lorsque vous êtes là. Savez-vous que c'est notre troisième conversation sur la butte de Belmotte ?

Je le savais parfaitement.

– Oui, peut-être..., ai-je répondu en m'efforçant d'avoir l'air indifférente.

Je ne crois pas avoir réussi, car au même moment il a passé son bras autour de moi. Cette fin d'après-midi a eu l'air encore plus paisible que d'habitude, dans la merveilleuse lumière du soleil couchant. Je me souviendrai toute ma vie de cette minute de silence.

– J'aimerais vous emmener en Amérique, a-t-il fini par déclarer. Cela vous ferait plaisir ?

Pendant un instant, j'ai cru qu'il plaisantait, mais il a insisté :

– Vous viendriez, Cassandra ?

C'est alors qu'à la façon dont il avait prononcé mon nom, j'étais sûre et certaine que, si j'acceptais, il me demanderait en mariage. Et ça m'était impossible, quoique aujourd'hui encore, je sois incapable de savoir exactement pourquoi.

J'ai répondu du ton le plus naturel :

– Si j'en avais déjà les capacités, je pourrais venir avec vous en tant que secrétaire. Mais je ne suis pas sûre d'avoir envie d'être trop longtemps loin de papa, cette année.

Je me suis dit qu'en présentant les choses de cette manière, il ne se douterait pas que j'avais deviné ses intentions. Mais il a dû comprendre, car il m'a répondu :

– Quel sage jugement...

Puis nous avons discuté très simplement de la voiture qu'il allait prêter à papa et de la possibilité de nous installer tous à Scoatney dès que nous en aurions envie. Je n'ai pas dit grand-chose, toute préoccupée à l'idée que j'avais peut-être fait une grave erreur.

Lorsqu'il s'est levé pour partir, il m'a complètement enveloppée dans la couverture, puis m'a demandé de sortir la main.

– Ce n'est plus une petite main verte, a-t-il remarqué en la prenant.

– Simon, vous savez combien cela me ferait plaisir d'aller en Amérique si un jour les conditions étaient… disons, favorables.

Il a retourné ma main et a déposé un baiser au creux de la paume.

– Je vous dirai ce qu'il en est quand je reviendrai.

Il a descendu la butte à longues enjambées. Tandis que sa voiture s'éloignait sur le chemin, une brusque rafale de vent s'est levée, entraînant dans son sillon les feuilles jaunies des haies et des arbres, de sorte qu'on aurait dit qu'un nuage roux la suivait.

Je n'ai pas fait d'erreur. Je sais que, lorsqu'il était sur le point de me demander en mariage, ce n'était qu'une sorte d'élan spontané, de réflexe, comme la fois où il m'a embrassée la nuit de la Saint-Jean; parce qu'il m'aimait beaucoup et que Rose lui manquait. Nous avons tous un peu joué à qui attrapera l'autre, mais pas le bon : Rose avec Simon, Simon avec moi, moi avec Stephen, et Stephen, je suppose, avec la détestable Mrs. Fox-Cotton. Ce n'est pas un jeu très intéressant; les gens avec lesquels on y joue peuvent en souffrir. Léda aussi, peut-être, bien que cette idée ne m'empêche pas de dormir.

Mais comment est-il possible que Simon aime

encore Rose ? Alors qu'elle a si peu de choses en commun avec lui et moi autant ? Je mourais d'envie de courir derrière sa voiture jusqu'à Scoatney en hurlant : « Oui, oui, oui ! » Il y a quelques heures, en écrivant que je ne représenterais jamais rien pour lui, une telle occasion m'aurait paru fabuleuse. Et je pourrais certainement lui apporter... une sorte de satisfaction.

Ce n'est pas assez. Pas pour celui qui donne.

Le jour décline. Je ne vois presque plus ce que j'écris et j'ai froid aux mains. Il ne me reste plus qu'une page à remplir dans mon beau cahier relié en cuir bleu, mais c'est largement suffisant. Je n'ai pas l'intention de poursuivre ce journal, j'en ai assez d'écrire sur moi. Ça m'a prise aujourd'hui, un peu à cause d'un certain sens du devoir : il m'a semblé que je devais achever convenablement l'histoire de Rose. Je crois que j'ai terminé la mienne, ce à quoi je ne m'attendais vraiment pas...

Quelle réflexion saugrenue et pleurnicharde, alors que Simon est toujours en vie, et qu'il nous prête une voiture et un appartement à Londres ! Stephen en a un aussi là-bas, un tout petit. La façon dont il a mené son troupeau de chèvres a tellement plu qu'on lui fera dire quelques mots dans le prochain film. Si je vais m'installer un moment dans l'appartement des Cotton, je pourrai sortir de temps en temps avec lui, et être très très gentille à son égard, mais comme une sœur, pas plus. Maintenant que j'y pense, je crois que l'hiver promet d'être tout à fait fantastique, d'autant que papa est tour à tour d'une gaieté extraordinaire et d'une violence ravigotante. Et, à part moi, il y a des tas de gens au sujet desquels je pourrais écrire…

Il est inutile de prétendre que je ne pleure pas, parce que justement, je pleure… Je m'arrête un instant pour me moucher. Ça va mieux maintenant.

Ce doit être assez ennuyeux d'être mariée et installée pour la vie. Menteuse ! Ce serait formidable !

Il ne me reste plus qu'une demi-page. Vais-je la remplir avec des « je t'aime, je t'aime »… comme papa avec ses « B A BA » ? Non. Ce n'est pas parce qu'on a le cœur brisé qu'on doit gâcher le papier.

Il y a de la lumière dans la cuisine du château. Ce soir, je prendrai un bain devant le feu, en écoutant le gramophone de Simon. Topaz l'a allumé, beaucoup trop fort, pour que papa redescende sur terre avant l'heure du thé, mais c'est très beau à cette distance. Elle a mis la berceuse de *L'Oiseau de feu* de Stravinsky. On dirait qu'il dit : « Que faire ? Où aller ? »

Tu vas rentrer pour le thé, ma fille, un thé nettement supérieur à celui de l'année dernière à la même époque.

La brume se lève au-dessus des champs. Pourquoi la brume de l'été est-elle si romantique et celle de l'automne simplement triste ?

Il y avait de la brume, la nuit de la Saint-Jean, de la brume, la nuit où nous avons roulé vers l'aube.

Il a dit qu'il reviendrait.

Il ne me reste plus que la marge pour écrire.

Je t'aime, je t'aime, je t'aime.

Vous voulez en savoir plus
sur Dodie Smith et
Le château de Cassandra :

Biographie

Dodie Smith est née en 1896. Orpheline de père, elle passe toute son enfance à Manchester, sous le toit de ses grands-parents maternels vers lesquels sa mère s'est repliée. Entourée d'oncles et de tantes qui la gâtent, Dodie s'amuse. Très tôt, elle partage la passion de son oncle Harold pour le théâtre. Acteur à ses heures et président d'un club amateur, Harold lui offre l'occasion d'interpréter des rôles masculins.

Londres, les jouets et le théâtre
Sa mère se remarie en 1910 et la famille s'installe à Londres. Quand, quatre ans plus tard, sa mère décède, Dodie vient d'entrer à la Royal Academy of Dramatic Art. Elle a alors dix-huit ans et veut devenir actrice. Sa passion l'emporte, elle décide de rester seule à Londres pour poursuivre ses études et prend pension dans un foyer de femmes artistes. En 1923, devant les échecs à répétition, elle abandonne les planches pour les jouets : elle devient responsable commerciale chez Heal, un grand magasin londonien d'ameublement. Si ses talents d'actrice ne

lui ont pas permis de percer, c'est bien au théâtre qu'elle doit ses premiers succès, mais en tant qu'écrivain. En 1931, Autumn Crocus la lance sur la scène londonienne. Quelque six pièces plus tard, en 1938, le succès de Dear Octopus la propulse au sommet. a quarante ans, elle est la dramaturge anglaise la plus en vue et les journalistes la poursuivent chez Heal où elle travaille toujou.

L'exil américain, Hollywood et le roman
L'arrivée de la guerre bouleverse la carrière de Dodie. Son agent et compagnon, Alec Beesley, est pacifiste. Il presse Dodie de fuir. Le couple émigre aux États-Unis en 1938, emmenant dans ses bagages le premier de ses dalmatiens adorés : le célèbre Pongo, futur héros littéraire. Dodie et Alec s'installent en Pennsylvanie où ils se marient en 1939. Ils sont au cœur de l'effervescence littéraire suscitée par les nouveaux émigrants. Dodie rencontre Christopher Isherwood, avec lequel elle entretiendra amitié, rivalité et correspondance littéraires. En 1941, les États-Unis entrent en guerre et les Beesley en résistance. Alec obtient de justesse la reconnaissance de son statut d'objecteur de conscience, tandis que Dodie envoie colis sur colis en Angleterre. Dès lors, elle écrit de nombreux scénarios pour Hollywood. Si l'activité est lucrative, elle n'apprécie guère les pratiques de ce milieu pour lequel elle a le sentiment de gâcher son talent. Supportant mal l'exil, elle se réfugie dans l'écriture de son premier roman, *Le*

Château de Cassandra. Le premier jet est terminé à la fin de la guerre, mais Dodie y travaillera encore deux ans. Sa publication en 1949 lui apporte une consécration immédiate, tant de la critique que du public.

Ses dalmatiens, son grand retour et ses mémoires

Depuis sa jeunesse, elle est folle de dalmatiens qui l'ont accompagnée partout. Quand Pongo meurt, Buzz et Folly comblent le vide laissé par sa disparition : ils sont les parents de quinze chiots! Mais comment revenir au pays, quand la loi anglaise exige de laisser les animaux six mois en quarantaine ? Dodie refuse longtemps avant de s'y résoudre en 1953, pressée de retourner à sa carrière londonienne. En 1956, elle leur rend magistralement hommage dans Les 101 Dalmatiens, son dernier grand succès que Walt Disney immortalisera. Sur la fin de sa vie, installée dans un petit cottage du Sussex avec Alec et ses chers dalmatiens, elle se consacre à l'écriture de ses mémoires, publiés en quatre volumes de 1974 à 1985. Vieille dame élégante et impertinente, Dodie Smith s'éteint à l'âge de quatre-vingt-quatorze ans.

Chronologie

1896
Naissance en Angleterre de Dorothy Gladys Smith.

1914
Entrée à la Royal Academy of Dramatic Art.

1931
Autumn Crocus : sa première pièce, son premier succès.

1938
Dear Octopus : sa sixième pièce et la consécration.
Émigre aux États-Unis avec son compagnon et agent Alec Beesley.

1939
Épouse Alec Beesley.

1941
Écrit des scénarios pour Hollywood.

1949
Succès immédiat de son premier roman,
Le Château de Cassandra (*I Capture the Castle*).

1953
Retour en Angleterre.

1956
Nouveau succès avec *Les 101 Dalmatiens*.

1974-1985
Publication de ses mémoires, *Look Back With Love*, *Look Back With Mixed Feelings*, *Look Back With Astonishment*, et *Look Back With Gratitude*.

1990
Dodie Smith meurt
à l'âge de quatre-vingt-quatorze ans.

À propos de l'œuvre

Cassandra, en son château, tient un journal intime. Les pieds dans l'évier, l'experte en écriture codée se regarde écrire et s'interroge : Jane Austen écrivait-elle aussi au milieu des conversations et de l'agitation des siens ? Les sœurs Brontë, Charlotte, Emily et Anne, auraient-elles pu se plaire ici ? Car Cassandra, en son journal, construit aussi un château bohème. Lieu littéraire et fantasmatique, chaque pierre, chaque endroit est une lecture. Les poètes Robert Herrick, Percy Shelley et John Keats hantent les jardins, les romanciers Frances H. Burnett, W. M. Thackeray, Henry James et James Joyce passent en voisins, tandis que Jane Austen et les sœurs Brontë veillent à chaque page sur leur protégée. Couples qui se cherchent, regard incisif porté sur la société, romantisme exacerbé et tensions sexuelles latentes, Dodie Smith revisite ses classiques avec humour et vénération. Si elle s'inspire d'un château bien réel, perdu dans le Suffolk, l'architecture du livre doit plus encore aux emprunts, réminiscences et autres pastiches de la littérature anglaise. Le prénom de Cassandra ne rappelle-t-il pas d'ailleurs celui de la sœur et confidente chérie de Jane Austen ? Au lecteur de trouver les bonnes clés, celles qui lui ouvriront les portes dérobées que cachent les cahiers de Cassandra...

Succès d'édition depuis sa parution en Angleterre, avec plusieurs millions d'exemplaires vendus, *Le Château de Cassandra* est traduit pour la première fois en français. Le roman a été porté à l'écran, en 2003, par Tim Fywell, Romola Garai interprétant le rôle de Cassandra.

Suggestions de lectures

Dodie Smith
Les 101 Dalmatiens

Jane Austen
(1775-1817)
Raison et sentiments
Orgueil et préjugé
Mansfield Park
Emma
Persuasion
L'Abbaye de Northanger

Charlotte Brontë
(1816-1855)
Jane Eyre
Villette

Emily Brontë
(1818-1848)
Les Hauts de Hurlevent

Anne Brontë
(1820-1849)
Agnès Grey
La Dame du château de Wildfell

Henry James
(1843-1916)
Un portrait de femme
Les Ambassadeurs
Les Ailes de la colombe

Margaret Kennedy
(1896-1967)
La Nymphe au cœur fidèle

W. M. Thackeray
(1811-1863)
La Foire aux vanités
L'Histoire d'Henry Esmond
Mémoires de Barry Lyndon

Dossier réalisé par : Anne-Laure Cognet
Crédits photographiques : Dodie Smith au travail,
juillet 1934 © photo by Sacha/Getty Images.

Dans la collection
Pôle fiction

M. T. Anderson
  Interface

Bernard Beckett
  Genesis

Terence Blacker
  Garçon ou fille

Judy Blundell
  Ce que j'ai vu et pourquoi j'ai menti

Ann Brashares
  Quatre filles et un jean
  • Quatre filles et un jean
  • Le deuxième été
  • Le troisième été
  • Le dernier été
  • Quatre filles et un jean, pour toujours
  L'amour dure plus qu'une vie
  Toi et moi à jamais
  Ici et maintenant

Sarah Cohen-Scali
  Max

Eoin Colfer
  W.A.R.P.
  • L'Assassin malgré lui

Ally Condie
  Promise
  Insoumise

Andrea Cremer
  Nightshade
  • 1. Lune de Sang